京華煙雲 上

林語堂

經典新版

林語堂 著

MOMENT IN PEKING

Lin Yutang

謹以
這部寫於一九三八年八月與一九三九年八月之間的書，
獻給
英勇的中國戰士，
他們犧牲了自己的生命，
以求取我們子子孫孫往後的自由。

小引

小說，真像字面的意思，就是一些瑣屑的家常閒話？那麼，讀者諸君，若無要事，就來聽聽這篇「小」「說」吧！

這本小說並不為當代中國人的生活辯護，也不像許多晚近的中國黑幕小說那樣，意在暴露它的弱點。它既不在歌頌古舊生活，也不在偏袒新式生活。它不過是一樁故事，述說當代的男女，怎樣成長並學著相處，怎樣愛與憎、爭辯與寬恕、痛苦與歡樂，某些生活習慣和思想方法怎樣成形，尤其，在這個「謀事在人，成事在天」的塵世上，他們怎樣調整自己，以適應生活環境。

——林語堂

京華煙雲 目錄

京華煙雲 目錄

京華煙雲人物表

大括弧內為同一家庭成員，一代分成一組。
楷體人名為丫鬟或僕役。標＊者為妾。標（！）者關係不正式。

- 馮澤安
  馮夫人（謝蘋兒）……
  - 馮紅玉
    婉環
  - 馮岱
  - 馮岑

- 孔太太……
  - 孔立夫
  - 孔環兒

- 陳媽……
  - 陳三

- 姚思安
  姚太太（馮氏）
  翠霞
  乳香
  ……
  - 謝珊姐
  - 姚迪人
    銀屏……伯牙
  - 華嫂子（！）
  - 姚木蘭
    錦兒
    - 阿滿
    - 阿通
    - 阿梅
  - 姚莫愁
    - 肖夫
    - 其他二子
  - 姚阿非
    童寶芬……二女

- 祖母（孫氏）
  石竹
  ……
  - 孫太太……
  - 曾文樸
    曾太太（劉玉梨）
    雪華
    鳳凰
  - 桂姑（錢氏）＊……
    香薇
    - 曾彬亞
      孫曼妮……阿善
      小樂
    - 曾襟亞
      舒暗香……二子一女
    - 曾新亞
      曹麗華（！）
    - 曾愛蓮……二子
    - 曾麗蓮
      王大衛

- 錢太太……
  - 錢素丹
    王佐
  - 巴固
  - 錢素同
  - 錢素珍

- 牛思道
  馬祖婆（牛太太）……
- 福娘＊……
  - 牛懷玉
    陳雅琴……
    鶯鶯＊
    野薇
    - 國昌
    - 國棟
    - 國樑
    - 國裕
    - 另一子
  - 吳將軍（！）
  - 牛同瑜
  - 牛素雲
    冷香
    老金（！）
  - 牛黛雲
    羅曼

- 其他……
  - 傅增湘
  - 傅太太
  - 辜鴻銘
  - 林琴南
  - 齊畫家
  - 蔣太醫
  - 杜南輝

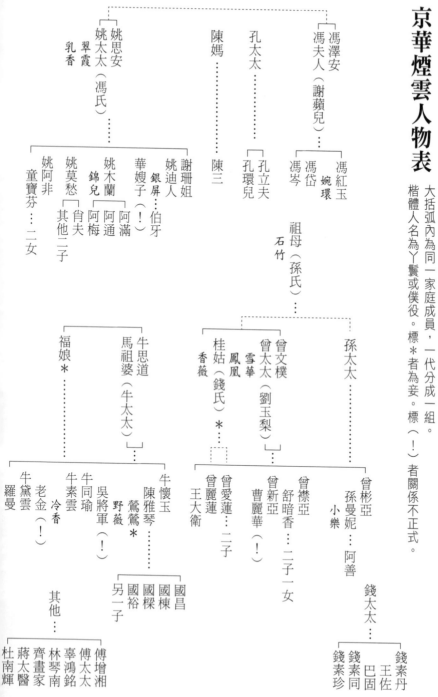

卷之一

道家的女兒

夫道……在太極之先而不為高，在六極之下而不為深，先天地生而不為久，長於上古而不為老。

——莊子，大宗師

第一章

一九〇〇年七月二十那天，一個大清早。北京東城馬大人胡同西口，橫列著一群騾車兒，一直停到順著大佛寺紅牆根南北向的那條小路頭。那班趕騾的車伕都習於早起，天剛破曉，三三兩兩的就已等候好在那裏了。他們這一夥個個是饒舌的傢伙，那一天有了那麼許多騾伕聚在一起，清晨的空氣裏免不掉激騰起煩瑣的喧擾聲來了。

羅大已經是個五十來歲的老年人，便是這一家雇了大批騾車兒，準備趕路的公館裏的總管家，正吸著旱煙管，看那些騾伕們一邊餵著牲口，一邊開玩笑，你嘲我的我嘲你的，從牲口取笑到牲口的祖宗。牲口的祖宗取笑完了，還取笑到他們自己的頭上了。

一個騾伕說道：「在這個年頭兒，誰知道這一趟路趕回來，是死是活呢？」

羅大在一旁聽了，插嘴說：「趕這一趟路你們可賺得多了，還不知足呢？回來的時候著實可以拿出一百兩銀子來買塊田地哩。」

那個騾伕卻回答說：「人死了，銀子還有什麼用處？哼，那些外國的衛生丸可不認識人。只消一顆子彈穿過你的腦殼，不怕你不成屈死的冤魂。瞧瞧這騾子的肚皮！肉做的，怎麼擋得住子彈呢？但是有什麼法子，誰能不到外邊去掙口飯吃呢？」

另一個騾伕插口道：「那很難說。只要外國兵衝進了城，北京就再也不是安逸的住所了。老實說，我就情願早點離開這兒。」

太陽從東方緩緩升起，照著這座公館的大門，梧桐葉上的露珠閃閃發亮。這棟屋子便是姚家的住宅。那扇大門算不得瑰麗宏偉，只不過是一扇小小的黑漆門，中央釘一塊朱紅的木牌。梧桐的樹蔭罩蓋著這個門口，一個騾伕正蹲坐在地面的大石塊上。清爽的晨光是那麼欣快，今天又該是一個晴朗而炎熱的天氣了。樹蔭下安放著一隻不大不小的茶缸，那是夏天時施給過路人解渴的。可是這個時候那茶缸還是空著。瞧見這一只施茶缸，一個騾伕又開了口，他說：「你們的東家是個大善人啊！」

羅大回答他說：世上再也沒有比他東家更好的人。他指著門柱邊貼著的一張紅紙條，可是騾伕不認得上面寫的是什麼字；羅大解釋給他聽：「上面寫的是：贈送霍亂、痧症、痢疾特效靈藥」。

「喔，這倒是少不了的，」這騾伕猛的給提醒了。「你得拿些給我們，好提防路上或許會出個岔子。」

羅大笑了起來：「你跟了我們東家一路上走，還用擔心什麼藥品不成。他老人家帶著和交給你自己帶，不都是一樣嗎？」

騾伕們於是都想探聽探聽他東家的身世來歷。可是羅大只肯告訴他們說，他的東家是開設著好幾家藥鋪子的大老闆。

不久，那東家老爺踱出來了，來看看一切是否備齊了。他是一個四十來歲短小精悍的結實個子，兩道濃眉分列左右，眼下有淺淺的眼袋，沒有留鬍子，滿臉健康的膚色。一頭髮絲還是一色黑沉沉的。走路的步調是年輕的，跨著緩慢而安定的步伐，這姿態顯而易見是一個拳術家的身段，若前後左右有人突襲，他必然會應付裕如。

他踱到門口和那班騾伕們點頭招呼了一下，一眼瞧見了那只空著的茶缸，便叮囑羅大，在他出門之後，要天天和平常一樣的照顧這只茶缸，別讓它空了。

「老爺真是個好人啊！」騾伕們異口同聲的歡呼起來了。

這樣，他踱了進去，接著，姍姍嫋嫋走出來一個美麗的少婦。她生著一雙纖纖金蓮，烏油油的髮髻在後腦鬆鬆的綰著，身穿一件粉紅小襖，寬大的袖子滾著三寸寬的湖綠緞子邊，她很自然的跟騾伕們攀談起來，絲毫沒有一般深閨少女羞怯的神態。她問了問騾伕們可都餵過牲口，隨後一個轉身就走了進去。

「你們東家老爺真是福氣人啊！」一個年輕的騾伕忍不住讚歎，「古話說得好，好人有好報，你們的東家老才有這個好福氣，你瞧，這麼一位標緻的小老婆！」

「爛掉你的舌根！」羅大罵道，「我們東家老爺從來沒有小老婆。這位姑娘是他的乾女兒，卻是個寡婦了。」

這個多嘴的騾伕嘻皮癩臉地自己刮了個耳光，其他的騾伕都笑了。

接著，另一個僕人和一群漂亮的小丫鬟，年紀大約十二三歲到十八歲，端著被褥包裹等走出來了，那些騾伕們看呆了，卻再也不敢放肆批評了。後面跟著一個約莫十三歲光景的男孩子，羅大告訴騾伕們說，這便是小少爺。

這樣忙碌了半個鐘頭，將出門的家屬都走出來了。那位美麗的女人也在其中，挈著兩個小姑娘，這兩個姑娘一律很素樸的穿著白洋紗衫，一個穿一條綠褲子，一個穿一條紫色褲子，只消看那姑娘的態度溫文雅致與否，就很容易辨別出誰是千金小姐和丫鬟；而眼前的事實，那少婦捏著這兩位姑娘的纖手，便可以向騾伕們表示這兩位是千金小姐。

所以這個年輕騾伕搶上前說：「小姐，請到我的車兒上來，別人的騾子是跛腳的。」

大姑娘木蘭想了一想，暗中做了比較，旁邊那輛車的騾子瘦小些，可是那騾伕卻生著較為有趣的神態，而這個年輕騾伕頭上還生著醜惡的瘡癤。其實木蘭在選擇車輛時，不是看騾子的好壞，而是取決於騾夫的樣子了。

在我們的生命中，一些小事物本身似乎毫無意義可言，但若事後從因果關係中來看，不得不體認它們影響之大。假使這個年輕騾伕頭上不長個瘡癤，木蘭也就不會跨上駕著一隻瘦小騾子的另一輛車去，則這一次旅程中所發生的經歷也許不會是這樣，而木蘭的一生命運亦必是另外一種遭遇。

在一陣擠攘中，木蘭聽見她母親在責罵坐在另一輛車上的丫鬟銀屏，因爲她脂粉搽得太濃，衣裳又穿得太艷。十六歲的銀屏當著眾人面前挨罵，脹紅著臉，十分難爲情；翠霞那個年事較長的十九歲丫鬟，正幫著太太上車，暗自竊喜自己聽了太太的訓誡，沒有過度裝扮自己。

誰都看得出這位太太是這一家的主宰，她是一位三十多歲的中年婦人，寬寬的肩膀，方方的臉蛋，神色是壯健的；說話的聲浪是清楚而具命令的力量。

正當大家都就座，即將啓程時，卻瞥見一個十一歲小丫鬟名喚乳香的，伏在門口哭泣。原來她感覺自己被人遺棄，得孤零零跟羅大和別的男傭們住在一起，未免傷心。

「讓她一起去吧！」木蘭的爸爸看著他妻子說：「她至少會替你裝裝水煙筒呢。」

這樣一來，乳香便快活地跳進了丫鬟坐的那輛車兒。每個人都坐好了，姚太太關照丫鬟們放下面前的竹簾，不許常常向外張望。

一共有五輛附車篷的車，駕車的牲口中間有一匹小馬，其餘的全是騾子，爲首的一輛由舅父馮大爺和一個年輕小伙子領導著，後面跟著太太和大丫鬟翠霞，她懷裏抱著一個兩歲的孩子。第三輛車中是木蘭、她的妹妹莫愁和那位乾女兒，她的芳名叫珊瑚。另外三個丫鬟銀屏、十四歲的錦兒和小乳香，坐在第四輛車子裏，姚大爺獨個兒正好押隊。他的兒子迪人不願和他坐同一輛車，卻躲到他舅父的那輛車裏去。一個男僕人羅同，是羅大的兄弟，坐在姚大爺那輛車的外面，一腿搭住車杠，一腿垂盪著。

對那些來看熱鬧的人們，姚太太一律宣稱此行是赴西山探親，過幾天便回來，其實車卻是往南方去的。

不論他們的目的地是往哪裏去，旁觀者都清清楚楚地看出，他們是在逃避正朝北京而來的義和團與八國聯軍。

於是一陣皮鞭劃空聲，騾伕連聲吆喝，車輛發動了。孩子們都很興奮，因爲這是他們第一次回他們的杭州老家去，這個地方是他們時常聽見父親談起的。

木蘭十分崇拜她的父親。她父親起初堅決不離開北京，直拖延到十八日那天的晚上；而現在，他們都已決意要到杭州去以策安全，他保持著極端冷靜的態度，有條不紊地辦理各種出門的準備，姚先生是一位貨真價實的老莊主義者，秉有不動心的工夫。

木蘭時常聽她的父親說：「心浮氣躁對心神有害」，父親還有另一句常掛在口中的話：謂「自持而正，非禮莫能加諸身」。在後來的生命中，木蘭屢次想到她父親的這句話，這句話也就成了指示她的人生哲學，使她從中獲得樂觀與勇氣。一個永遠不會遭遇非禮不義行爲的世界，自然是一個良善而快活的世界，能使得一個人有勇氣生活，並忍耐下去。

自從五月以來，戰爭的氣氛已經密佈在空中，八國聯軍攻陷了沿海的砲台，不過通往北京的鐵路已被義和團拆毀了。這時義和團的勢力正一天天膨脹。

究竟是該避免與洋人打仗呢？還是利用那批自稱能抵禦子彈，高喊「扶清滅洋」的義和團呢？慈禧太后猶疑不決。朝廷才剛下令緝捕義和團首領，隔天卻又任命包庇義和團的端王爲外交大臣。宮廷的陰謀，對推翻壓制義和團的決定大有關係。慈禧太后早已奪去光緒皇帝的實權，正計劃著廢立之舉。她寵愛端王的兒子，想讓他繼承皇位，而端王的兒子卻是一個不中用的無賴漢。端王覺得，對外開戰足以增加他的私人權力，並便利他的兒子承踐帝祚，因此慫恿慈禧太后，使她相信義和團的法術真能抗禦洋人的槍彈，而且，義和團示威的宣稱要擒捉「一龍二虎」來祭天，以懲其誤國之罪。一龍指採納維新運動的光緒皇帝，他兩年前的「百日維新」曾把保守的滿清官僚大大的震動了一下，而二虎係指年邁的慶王和李鴻章，他們是負責洋務的。

端王僞造了一張北京外交團的聯合照會，要求慈禧太后恢復光緒皇帝的實權，這一來，就使得這老婦人相信列強有意作梗，以阻擋她的廢立計劃，所以決意採用義和團，義和團得勢的祕密，便是他們「驅逐洋人」的吶喊口號。朝中幾個思想較開明的樞密大臣曾竭力反對義和團，因爲義和團主張焚燒外國使館是違反西洋慣例的；但是這些反對者卻被端王殺掉了。

義和團的分子實際就潛匿在京城中。一位曾經奉旨征討義和團的參將被人暗殺了，而他的部屬一古腦兒入了義和團。在深得民心與勝利的氣氛下，義和團佔領了北京，殺戮外人和華籍教徒，並放火焚燒教堂。外交團對此提出嚴重抗議。而奉旨去調查義和團的剛毅卻覆奏稱：他們是受著天命來驅逐洋人以雪中國之恥的，因而暗暗的開城，把數萬義和團放了進來。

一旦進了城，義和團在慈禧太后和端王的祕密保障之下，立刻放肆恐怖行動起來。他們在街道上到處搜捕並殺戮所謂「大毛子」和「二毛子三毛子」。

什麼叫作大毛子呢？原來指那些僑居在北京的歐洲人；什麼叫二毛子三毛子呢？原來指那些華籍的基督教徒，洋行職員，以及任何滿口洋話的中國人。

他們四處焚燒教堂、洋房，搗毀洋鏡、洋傘、洋鐘、洋畫。而實際上他們所殺戮的中國人多於外國人。他們用來證明一個中國人是否爲二毛子的方法，非常簡單。只要讓那有嫌疑的人物跪在當街所設的義和團祭桌面前，然後向他們所信奉的神燒一張黃表，看紙灰上騰的方向如何，便決定此人是否爲罪犯。

祭桌總是在街道上向落日的方向設座，那些人民凡欲表示信奉義和團的，都來祭桌面前點香，他們便一面在旁打拳拜齊天大聖孫悟空。孫悟空這個小說上的猴子精，就是他們所供奉的神靈。因此滿街充塞了香氣，使人感覺置身於《西遊記》中的異域。甚至高級官吏也設起了祭桌，邀請義和團領袖到他們家中，而僕役下人加入了義和團，便敢仗勢欺凌主人。

姚先生的名字叫作思安，是一位飽學之士，他很同情有意維新的當朝皇帝，目睹這種情形，認爲完全是一種愚昧的舉動，不啻爲危險的兒戲，不過他的這種看法只暗藏在心中。他也有他自己反對外國的理由，他認爲教堂是仗恃洋人以武力保護才能夠順利傳教。可是他的理智不容許他贊同義和團的行爲。所幸的是，羅大和他的兄弟羅同還沒有跟這班下流東西合汙同流。

城中已經發生了戰鬥。德國公使被甘肅士兵襲擊而刺殺了。使館區東交民巷受了包圍，使館衛隊堅守了兩個月，以等候天津的救兵。慈禧太后的寵臣榮祿，受命統轄御禁軍以攻擊各國使館，可是榮祿心中卻不贊成這樣的舉動，他暗中通知使館早做防衛。可是鄰近使館區域的一部分建築物，都已被夷爲平地，而南城的全部街道都經燒得牆頹壁倒。北京城實際上已入於義和團之手，非復爲朝廷所掌握。就是挑水擔糞的役伕，若不用他們的紅黃巾包頭，也不許去挑水擔糞。

在這樣的情形下，姚思安仍堅決的拒絕遷地避難。他最高限度所能答允的只不過是搗毀幾塊家中的大洋鏡，和一架當初因好奇而買下的西洋望遠鏡。他的住宅離那被毀滅的地區較遠。他對於妻子爲了避免屠殺劫掠騷亂而做逃難的種種懇請，總是置之不理。城鄉四面擁滿了軍隊，姚思安認爲一動不如一靜。他相信謀事在人，成事在天。他準備接受任何命運的來臨。

他的靜態和冷淡的神情，往往激怒了他的夫人。她咒詛他將來要爲了花園或骨董而死，但是到了聯軍當真逼近城池，全城起了一種將遭洗劫的恐懼時，他夫人忍不住對他說：「就算你不愛惜自己的性命，也得替你的孩子打算打算。」

這句話最終打動了他的心坎，不過他口中仍說：「你怎樣知道路上會比城中安全呢？」

於是在七月十八的下午，他們決定動身。他計算他們倘能雇著了騾車向南走，到山東的德州只需八到九天的路程，那麼他們就可算到達了安全的境地了。新任的山東巡撫用武力把義和團驅出了山東省境，因而得以保全治安。義和團原來卻是發源於山東的，因爲就在山東省境內首先發生了幾件教案，其中有一件甚至釀成後來將青島租給德國的大禍，前任撫台毓賢且以此革職，因爲他助長了義和團。

據說當時，新任撫台袁世凱邀請了一個義和團首領到他面前去表演他們的神力。他吩咐十個義和團員排成一字形，面對著一隊架著新式來福槍的隊伍。一通一個暗號，他的隊伍馬上開槍，奇怪得很，這十個義和團員一點都沒有受傷；原來這些來福槍是未裝實彈的。那個義和團隊長何等得意。軒昂的嚷道：「你瞧著……」語猶未了，這撫台親自掣出手槍，把這幾個義和團一個個射殺了。就這樣把義和團在山東的勢力一股氣推翻了，而經過一個時期的困鬥，義和團都溜到直隸省去了。

穿越天津逃難是辦不到的。假使北京成了萬魔場，天津則早已進了地獄門：而且上天津的路線，亦即直徑趨向火線。從天津逃上京城的難民說：運河上交通壅塞，達數里之遠，船一整天才走半里路。所以他們捨水登陸，南向直驅山東德州，然後再搭運河上的船隻；又因爲北京永定門外有土匪，他們得繞道盧溝橋，循陸路入涿州，然後再轉道東南向。

從德州下運河赴上海或杭州，亦爲安全路線之一。因爲東南諸省的巡撫總督，已經和外國領事簽訂了協定，保護外人的生命財產而維持治安，因此拳匪之亂只侷限在北方。

「我們幾時動身？」姚夫人這麼問。

「後天嘍，」她的丈夫回答說：「我們得準備好了騾車，然後還要打包行李。」

「一天的工夫我怎麼收拾得完呢？」姚夫人嚷了起來，「又有衣箱、又有皮貨、又有珠寶——還有你的骨董。」

「不用管我的骨董，」姚思安淡然地說：「讓這座屋子保持原有的樣子，動也不要動。沒有東西需要打包，只要帶幾件夏季衣衫和準備路上用的銀子。我們並非為快活而去旅行；我們是去逃難。留下羅大和幾個僕人看家。它或許會遭拳匪的劫掠，或許遭兵士劫掠，也或許遭外國軍隊的劫掠，甚至或許整座屋子被放火燒掉。不管你捲不捲起地毯，鎖不鎖好衣箱，都是一樣，假使我們幸而得以避免，也就避免了；假使我們要遭損失，也只好損失了。」

「但是我們還有許多皮貨和珠寶要怎麼樣？」他的妻子又問一句。

「我們能雇到多少車呢？光是載人就需要五輛車，我真不敢說能不能找滿這個數目呢。」想了一想，他喚羅大到廳上來。羅大在姚家工作好多年了，又是姚太太的遠房親戚。姚老爺知道他的為人，是可以把全部財產付託的。

「羅大，」他說，「明天你和我打幾個包裹起來，一些瓷器玉器和精品的書畫，把它們收藏到安全的地方去。但那些座子和框架子仍舊讓它們留在原來的地方。倘有任何強盜闖進來，不用抵抗，只請他們自己去動手好了。千萬不要為了那些沒用的勞什子去拚你的老命！那是犯不著的。」

他又告訴內兄馮舅舅，明天去弄點兒金子銀子來，整錠的，零碎的，好預備路上用。馮舅舅在他家是照顧家事，又管他家藥舖茶葉店的生意。馮舅舅還去拜訪過一位御醫大夫，想設法一路弄到些公家的護衛照會。

那一天夜深人靜，姚思安獨個兒睡在庭院西南的書房裏，特地夜半起身下床去推醒了羅大，拉著他點了一盞洋燈火，帶了一把草耙，一隻鐵鏟，躡手躡足的一同走到後花園來，這樣，年邁的主僕二人挾了六件周漢鼎彝銅器和幾十塊寶玉、石印，由姚思安親手細心地裝入香匣內，埋藏於一棵棗樹下。這樣在燈火和七月的星光下，主僕二人足足工作了一個鐘頭。

在全家還沒有一個人起床之前，姚思安回到屋裏，愉快而興奮。那晚的夜露相當沉重，羅大有些咳嗽，主張要去燉一罐熱茶喝喝。

姚思安是慣常一個人獨宿的，他沒有小老婆。身爲一個富裕家庭的主人翁，除了他的書本、骨董和孩子以外，什麼也不能引起他的興趣。他不娶小老婆有兩個原因，第一是因爲他的夫人不同意；第二是因爲在他三十幾歲娶了木蘭的母親之時，他的生活觀念有了一個強大的轉變。本來是一個敏感的冒險的頑皮孩子，一變爲老莊主義的聖哲。

在這個轉變時期以前，他的生命史完全可以說是他家族史上最黑暗的一頁。他曾酗酒縱賭、鬥拳擊劍、馳馬宿娼，過著放蕩的生活。但是，他忽然轉變了。他的父親在他婚後一年去世了，遺留給他一份巨大的家私，有藥鋪子，有茶葉字號分設於杭州、蘇州、揚州、北京，復在四川設有藥草坐莊，福建、安徽設有茶葉坐莊，另外還有幾家典當。在那些年，他內心精神的發展變化，真是深秘不可臆測。所以就連他的夫人也猜不出，究竟他的脾氣是在娶了她以前轉變的，還是在娶了她以後。他戒絕了賭博，以海量出名的酗酒也突然停止，好色縱欲，及其他損害身體的事也完全中止；然而，他對生意竟也棄置不顧，因爲內兄馮舅舅是位經商老手，他就完全交他一手掌管了。

一八九八和一九〇〇年之間，新思想尚在萌芽時期。提倡新思想的就是發動維新，後來實行政變失敗，終於導致光緒皇帝被囚於瀛台的那些人。當時的形勢既這樣波動，姚思安頗也在流行的書籍雜誌中吸收了相當的新思想。

當羅大去替他沏茶時，年長的姚大爺並沒到他妻子與孩子的房間去，卻跑到前面靠西邊的書房裏去。他在土炕上躺了下來，思索今天應該做的事。

每逢他開始一段養生修煉之時，他總是住在書房裏。在夜半起身，盤膝打坐。自額角太陽穴以致面頰下，而及於手掌足心做一定數量之摩擦，並控制丹田，練習深呼吸而節制津液的吸嚥。這樣促進其循環，控制其呼吸，日久功深，他可以在夜深人靜的時候，聽得其自身腸道液體的環流而補養其丹田，所謂丹田者。乃全身精力的中心歸集之所。他這樣操練大約須歷時十分鐘至一刻或二十分鐘，目的在練其氣。在固定的時間，他磨擦手心腳心，但從不過度，一到感覺舒快之時，他就停息下來，感覺氣血周流，直貫兩腿，渾身紅潤。然後全身放鬆，躺下睡一場好覺。

羅大撩起門幃，拿著茶壺走進來，斟了熱騰騰的一杯茶，端到床前。姚思安喝了一口，漱一漱喉，又唾入唾壺。

「老爺，這一趟路程是很吃力的。」羅大說，「你今天該歇息了。我真說不準我們到底能不能找到騾夫和車輛，今天早晨這個打聽的人該有個回覆了。」

說著，又替他東家斟了一杯，接著說：「小的把事情想過了，老爺，還是讓舅老爺留著，小的一個人擔當這責任實在太重了。但是……帶了翠霞、錦兒、銀屏、乳香……當這種時勢，帶著小姑娘就只找些麻煩在身上。」

「不差，」姚大爺說，「去叫老丁和老張來幫你守護這屋子。可是舅老爺是要跟我們一塊兒去的。」老丁和老張都是姚家藥舖的伙計，那家藥舖就在馬大人胡同南邊兒不遠，因爲只賣中藥跟茶葉，和洋人沒來往，所以直到現在還沒遭到搶劫。

「那很好。可是這樣便沒有旁的人手了，」羅大回答說，「屋子裏倒要他人少，人越少，事越省。可是那鋪子卻怎麼樣？」

「姓陳的弟兄倆可以留在那裏。除了一些草根藥料紙張，也沒有什麼可以偷的了。他們拿了這些東西有什麼用呢？我們沒有洋鏡子去叫他們搗，但無論如何店面還是先關閉起來，等時局好一些再說。幾天前那家洋商鋪子叫作寶威的，不是遭了搶劫嗎，他們搗掉了所有鐘錶玻璃之類。有幾個拿了外國香水當作洋酒喝起來，不料剛喝下肚，就臉色轉白跌倒在地上，大嚷他中了外國毒藥的毒了。在那家洋行做事的一個男孩子說，他們以為電話是妖魔地雷，裝在那兒要炸死他們，就把電話砸爛，把電線割斷了。有幾個抓住了外國人體模型，撕掉了衣服，掮了赤裸裸的外國女人模型踱過街市。那一群人起勁得很，跟那個人體模型大開玩笑。孩子們跳著縱著去抓她的金髮，爭奪得大家打起架來了……」羅大和姚大爺都笑起來了。

這時候，天色已經大明，天井裏已經有了聲息，羅大放下窗上的紙幕，自語說，今天又該是一個大熱天了。

夏天的晚上在北京總是涼爽的，而在炎熱的白晝，間間屋子都是平房，居民都在窗上放下紗紙，使屋內像地窖那樣不受熱氣的威逼。這一年，姚思安沒有像往年夏天一樣在屋頂和天井上面蓋搭三四十尺高的蘆蓆涼棚，涼棚的效用和一棵大樹一樣，給整個屋子蓋上一個大遮蔭，同時仍不阻礙空氣的流動。這是因為今年五月裏的動亂，在北京城裏引起的火災太多，這樣用木柱竹架的蘆蓆棚很容易著火，進而延燒到屋子。

羅大撩起門簾走了出去。姚思安靜坐片刻，定一定神，他聽見他的愛女木蘭在高聲呼喚著說：「爸爸，你已經起身了嗎？」

那時候的木蘭還是個纖瘦的孩子，以十歲的年齡來看，個子不算大。她生著一雙明澈活潑的眸子，黑油油的秀髮編成一條髮辮下垂肩後，輕薄的夏裝使她的體態顯得格外細小。她時常跑到她父親的書房裏去聽父親說長道短，她父親也喜歡跟她這樣那樣的講。每天早晨，逢著她父親隔夜並未睡在母親的內房裏，她一定跑到前天井來向她父親問安，這差不多是她起身盥洗後第一件要做的事。

「你的母親可曾起身呢？」她進房的時候，父親這樣問她。

「他們都起身了，只有迪人和妹妹還睡著呢，」木蘭這樣回答了，接著問她爸爸道：「爲什麼昨天晚上您說那些骨董統統是無價值的廢物呢？」

「只要你認爲它們是無價值的廢物，它們就成爲無價值的廢物。」他說。這句話對於木蘭未免過於奧妙了。

「但是，你真的把那些東西都拋棄了？你至少要替我把那些寶玉和琥珀收藏起來。那是我要的。」

「我已經收藏起來了，好孩子。」於是他一五一十把適才掩埋的情形像一件偌大祕密般講給她聽，又把所埋藏的東西一件一件報給她聽，而木蘭一樣一樣的記牢了它們的名目。

「萬一被人家發現了，掘了起來，那怎麼辦呢？」她忍不住又問。

「你聽我說，孩子；」爸爸說，「任何東西都有它宿命註定的主人。你想想在過去三千年中，此等周代鼎彝曾經有過幾百個主人？沒有一個人在這個世界裏能永久享有一樣東西。現在我是它們的主人，但再過一百年，誰又是它們的主人呢？」

木蘭聽了覺得很難過。後來父親又說：「若不是命定的主人掘起來那些寶物，他只能得到幾缸清水而已。」她這才覺得還有希望，又緊緊的追問道：「那麼匣中那些寶玉的獸形玩物會怎麼樣呢？」

「它們會像小鳥一般飛開去的。」

「假使我們回來了，自己去發掘呢？」

「寶玉仍歸寶玉，鼎彝仍歸是鼎彝。」

這樣一說，使得木蘭快活起來。同時卻也是給了她一個教訓，福氣不是自外而來的，而是自內而生的。倘欲享受任何塵世上的福氣，一個人得先具一種能享樂容納的德性。逢到一個有福分值得享福的人，一罈清水會變成銀子，逢到一個沒有福分不值得享福的人，一罈銀子會變成清水。

此時，那個大丫鬟翠霞跑過來說，「太太要問老爺可曾起身，假若起身了，便請他過去商酌事情。」

「那麼舅老爺起身了沒有？」

「他早已在那裏了。」

姚思安一手挈了他的女兒，穿過月牆洞，走到內院，瞧見珊姐兒正忙著搬運皮箱，中廳的地板上雜亂放著許多箱籠兒。

珊姐是他的乾女兒，已經是一個二十多歲的婦人了。她自小是一個孤兒，她的爸爸謝先生是姚思安至親密的朋友，自從她的雙親去世，姚思安像自己的女兒一樣把她撫養長大，到了十九歲，替她選擇了一個溫雅佳婿，完成了婚事。不幸她的丈夫第二年就去世了，沒留下孩子，因此她還是回轉到姚家。過去的四年中，便是這樣依傍著他們過活著。在管理家務和督飭傭僕方面，她倒是姚太太很大的幫手，而對木蘭和莫愁而言，她像是她們的大姊姊。她的容顏上看不出有憂鬱的痕跡，她從不想再嫁，完全像原來那樣快活。很明顯，她已經沒有了性的感識，因此對於男人家，也不知道怎樣怕羞迴避了。像木蘭一樣，她稱呼姚思安夫婦也稱爸爸媽媽，木蘭叫她大姊。因爲這個緣故，木蘭雖是姚思安第一個女兒，卻順次稱呼爲二小姐，莫愁稱呼爲三小姐。

珊姐兒這樣能幹，致使姚太太依賴她漸如不可少的左右手，所以她在家務商酌的決定上，具有相當的勢力。

「您眞早啊，爸爸，」珊姐招呼了他，一面趕快搬開幾只箱子，騰出讓他走過的路線。

「你還沒有梳頭髮，吃了早粥再料理吧，」他說。

她站起來笑了一笑。她隔夜編了一條髮辮，穿著一條大腳褲，望去真像一個十五六歲的小姑娘。

「吃過早粥天便熱起來了，還是現在料理清楚了的好，」她回答說。

姚思安走進西間，穿到後廂房，珊姐兒就在後面跟了上來，姚太太坐在床褥上，舅老爺坐在邊床一隻椅子上，和他姊姊商量這一次出門的準備。

馮澤安是一個三十歲的青年，穿一件半舊的白洋紗長袍，錦兒正在替莫愁小姐編髮辮。見了姚大爺進來，除了姚太太外，每個人都站起來招呼他，他走到姚太太對面的座位上坐了下來。木蘭靜悄悄地踅到媽媽身邊坐定了，凝神著準備諦聽他們商議的開場。

中國孩子的成長歷程中，有一個時期，他們的行爲舉止會突然變成大人模樣，但其性情脾氣則還是保持著孩子的稚氣。女孩兒大約在九、十歲到這個時期，男孩子則大概要等到十二、三歲。他們以知道怎樣做人做事，知道生活的規矩禮貌爲榮耀。若是不懂事或幼稚無知，則認爲是丟臉，是不光彩。知道守規矩的孩子，大人就把他們當做大人看待。木蘭還沒有大到見了母親知道敬畏的程度，她母親本性嚴肅，不過自從一個病孩的夭折，她對待餘下的這兩個女兒，木蘭和莫愁，也就特別柔和起來了。

姚先生替他的孩子命名，有一個特殊的方法，他特意避開那些常人用慣的文學字面，像秋、月、雲、芳、翠、清、明、雅、彩、牡丹、玫瑰，以及其他花草的名稱，而從中國歷史典故中找尋古典的名字。「木蘭」是中國歷史上一位奇女子的名字。這奇女子是有一首著名的詩歌所歌頌著的。花木蘭因爲代父從軍，在外作戰了十二年未被人識破，後來升爲將領，衣錦榮歸，脂粉重施，恢復她的女兒裝束。「莫愁」二字的字義爲莫須憂愁，卻是古時一個富族的一位幸運女兒的名字。南京城外有一口湖至今還稱爲莫愁湖，也是承襲了這個女兒的芳名而得名的。第三個女兒叫作目蓮，這個孩子自小就體弱多病，起的這個名字正是曾入地獄救母那個佛教聖人的名字，既普通易曉，又表示孝順父母之意。雖然她題了這個名字，又過繼給了西山一所庵堂裏的一個尼姑，這個不幸的孩子最後還是短命死了。

姚思安轉向馮舅舅說道：「你還是早一些去拜訪那個御醫大夫。」

「誰生了病呀？」木蘭插口問道。

她母親便打斷了她的話說：「孩子們只消用耳朵聽，莫要多開口。」可是接著她也轉面問她的弟弟道：「你去訪他幹什麼呢？」

「去想想辦法，不知道能否託他弄得到一些一路上官家保護的證件。」

「爲什麼不去請求義和團來保護我們？現在正是義和團當勢呢。」木蘭又忘卻了母親的告誡，忍不住插口來獻議。

經過這一提點，大家一時沉默了下來。姚思安望望馮舅舅，馮舅舅望望姚思安，姚太太呆呆的瞪眼望著兩個人。

姚思安向這孩子一看，面上發出一陣欣喜的光彩，說：「她倒會想主意。我們最好還是到端王那邊去弄一張安全護照；這位御醫大夫是認識端王的。」

「瞧瞧這孩子，」珊姐兒插口道：「她還只有十歲，但是你莫要小覷了她。等到這孩子長大起來，我可不敢惹她，她將來得嫁一個啞巴丈夫，那讓她一生一世替兩個人說話。」

這一來叫木蘭感到又快活又羞窘，快活的是獲得了意外的勝利，羞窘的是給姍姐兒嘲笑了一番。

「小孩子想到什麼就說什麼，那裏知道這句話的意義呢？」她母親故意這樣說，特地要挫挫她的驕氣，以免木蘭過度得意而自傲起來。

這時，翠霞進來通知早餐已經準備好了。

「迪人在哪裏？」姚太太牽掛著她的兒子。

「他在東花園中瞧銀屏餵老鷹，我已經告訴他來了。」

闔家來到庭院東邊的餐廳上來。還沒有用畢早點，羅大上來報告車伕已經來了。馮舅舅一口咬了一隻包子，急忙忙出去瞧他。

車伕說城門外擠滿著軍隊和強盜，騾馬都不容易覓到。而車伕也很少肯冒險趕這一程路，他們非得要多些價錢，才值得去挺一挺頭皮。他開出了一個價錢，使人大吃了一驚。要五百兩銀子雇五輛車子，這數目據他說，冒著險趕十天路程還是一個極小的數目。爭論半天，這車伕絲毫不肯讓步，他老是說，這一遭或許會喪失他的騾子、車兒，喪失他的一切。馮舅舅向他解釋，他們會設法領到官家護照的，可是騾夫硬是不肯落價。因為騾夫看來是個老實人，馮澤安終於答應了。不過，這次遠行的價錢之高，真是前所未有。

馮舅舅進去告訴商定的價錢，姚太太說這樣的車價是出世以來從未聽見過的，可是也沒法子。孩子們聽見有五輛車子一同出門，都覺得很起勁，就開始談論起怎樣搭檔坐車的問題來了。迪人要和銀屏丫鬟同車坐，木蘭和莫愁都要珊姐兒。在孩子們覺得這一次旅行是有趣而興奮的，木蘭和莫愁還是第一遭出門。她們等不及要看杭州是什麼樣子，因為平常聽母親與珊姐兒說起杭州不知多少次了。

馮舅舅出去拜訪御醫大夫了，這位大夫可算是姚家的良友。御醫大夫答允替他們設法請領安全護照和其他護衛。端王如能下一道命令，也就是一路上給他們對付兵士與義和團的極高保障了。

姚思安說過他們只需帶些夏季衣衫，因而打包的工作也就輕鬆得多了，但也把闔家上下忙了一整天，只有迪人是例外，他還是在東花園中跟那老鷹嬉耍，還絆著銀屏，累得她旁的工作也受了妨礙。

這天晚上，太陽落山的光彩特別耀得煊紅，預示著明天是個大熱天。用過了晚餐，大家又圍坐著合議商酌一下，商議大家怎麼分配車輛。

姚太太又清清楚楚的對各人關照了一遍，他們將乘著車子到德州，然後在德州換乘船隻，又寫明了杭州住宅的地址，每人分藏一張，以防有人或許在半路上失散的話。於是吩咐個個早些去就寢，因爲明天黎明時光都得起身的。

第二章

木蘭交腿兒坐在繃硬的藍布座墊上，與八歲的莫愁妹妹和珊姐兒同車，第一次嘗到乘坐北京騾車的震盪顛簸味道。她的神經未免興奮起來，清楚地感覺到自身正在遼闊的世界中踏上閱歷的旅程了。

她們馬上跟騾夫攀談起來，他是一個有趣快活的人物，講給她們聽這樣那樣，講講義和團，他們幹些什麼，忌的什麼，講講他的笑話，講講天津的戰事，又講到皇上和慈禧太后和大阿哥，又講講他們得意的旅程生活。

等到車輛行進南城區域，他們瞧見許多屋子燒成頹垣殘壁，沿著城牆在這殘燬區域向西行，瞧見一大叢人擠著站在設於廣場上的一座祭桌周圍，那祭桌束著大紅檯幃，上面設著高大錫燭台，燃著大紅蠟燭，幾個犯有「二毛子」嫌疑的中國人跪在地上受著審訊。

騾伕指指幾個穿著紅襖紅褲的姑娘、婦女，說這是義和團的女團員。她們的纖小弓鞋從褲腳管下露出，頭髮則束成闊帶形的盤繞於頭頂上。她們像男團員一樣，腰間也圍著闊闊的腰帶，這使她們顯露出一種尙武的威儀。

騾伕告訴她們，這些婦女便是所謂「紅燈照」和「黑燈照」。白晝，她們帶一柄紅扇子，連扇骨都是通紅的，入晚則擎一盞紅燈。紅燈照是少女的隊伍，而黑燈照則是寡婦，那不纏足的婦女，則爲招募的艙娘。她們的首領本人就是一個運河裏的船娘，她們都稱她爲「聖母」。騾伕說，她雖是出身船娘，可曾經坐著黃綾轎由巡撫親自接進衙門。有幾個姑娘確然會拳術，可是大多數都是不會的。她們所具的本領是魔術，她們得學習咒語，經過短期的練習，她們可以揮動紅扇而飛上天空；不過她們至少會爬上牆壁，因爲這車伕曾目睹她們有一次高踞於屋頂。

這騾伕可曾見過義和團作法沒有？

見過的，他見過許多許多次。他們先設香案，點起蠟燭，隨而口中念念有詞。接著，他們就講起不可解的幻異語言，好像陷入瘋魔的狀態。這就表示他們已經有了鬼神附體，那時他們的眼睛將直逼而寬睜開來。於是他們開始揮舞大刀，用力猛砍自己的腹部，而大刀竟不能砍碎他們的肌膚。

附著於他們身上的這種鬼神便是齊天大聖孫悟空，乃宗教色彩的神怪小說《西遊記》中所讚揚的角色。

這一切對於木蘭，都是小說神話竟變成了眼前的真實故事。

這段故事還沒有講完，他們早已穿過了西便門，出了城，行到了城牆外的曠野了。

旅程的前三天，還算平穩，除了天氣的酷熱和車輛的顛簸，一切都很順利。每個人都在爲了腿兒痠楚而訴苦。他們每天動身得很早，在進早餐的時分以前，已趕過了一二十里路程，接著又趕一個早晨，而讓人騾在中午時分好好的休息一下，直到下午兩點時分再接續趕一段路。迪人和馮舅舅覺得腿兒彎得痠痲的時候，總喜歡下車來步行那麼二三里路，不過到了第四天以後，身子對車的顛簸似乎已經習慣了。

迪人是個最不安順的孩子，他屢屢換乘車輛，有時要跟母親同車，有時要跟丫鬟們同車。他的母親因爲縱容慣了他，也就隨他。當他跟銀屏坐在一起，他總是十分高興，銀屏比他大三歲；

又喜歡跟錦兒開玩笑，直弄得錦兒忍不住了，調到姚太太的車上去，替換著抱抱孩子。

在第四天上午，離開了涿州兩天之後，踏上到保定的大道，又折向東南，一切事情似乎都不順。有謠言說，八國聯軍已進了北京城，散兵亂卒和義和團向南撤退。還有一個謠言說巡撫裕祿和將軍李秉衡都已自殺。甘肅軍隊也向這個方向撤退。

義和團和兵士之間，時常發生零星的小戰鬥，而義和團所執的兵器，只有大刀和矛戟，未免吃虧。只要聽見槍聲一響，義和團便四散奔跑。老百姓和兵士都猜不出義和團到底是怎麼樣的人物。在同一營中，一半的兵士主張打他們，而一半的兵士不主張打。義和團很受民間歡迎；他們焚燒教堂，殲除被痛恨的洋人。朝廷在春天曾下令收編拳徒，現在又讓軍隊剿滅拳徒；新近朝廷似乎又寵信他們，並採取他們的排外政策。

散亂的拳匪越退越多的散向四鄉，搶劫行動也與日俱增。滿路擁著避難的難民，有的步行、有的乘騾車、有的乘獨輪車、有的騎騾馬。農民挑著兩只籮筐，一籮裝著豬仔，一籮裝個孩子。不過姚家一家，走在撤退兵卒的前面，所以一路上還算平安無事。太太小姐們開始擔心，迪人也不再那麼不安分，姚先生吩咐盡速趕路，希望早些趕到德州，不致為散兵所追及。他早已撕毀了端王衙門所頒給的告示，此時它早已失去效力，且容易引起兵士或拳匪的誤會。

那天下午，太陽還未落山之前，他們趕到了任邱，因為這一天中午，只休息了短短的片刻。下了宿店，姚思安首先打聽城中可有兵士，幸喜聽說天津鑲黃旗第六營的都統駐紮在此地維持著治安，心上好似撤去了一塊石頭。這裏的天主教堂在一個月前已經被燒掉了，但當徐都統進了城，拿捕砍殺了幾十個所謂「大師兄」者，這黨團就散向四鄉去了。

有一個旅客帶著他的家眷，兩個女人和三個女孩子，也是逃難的難民，他比姚家晚抵達這客舍，帶來了一樁令人著慌的故事。他在當天早晨離開保定，直奔向任邱來，因為講說徐都統很能負責保衛這裏城池的安全。

這件故事是這樣的：

有一個官府家屬正在趕赴保定的路上。這家有一個女眷戴著一隻金手鐲。剛好有一支流浪的部隊行過，一眼瞧見了這輝煌的金鐲，便向他們索取。這婦人遲疑了一下，突有一個士兵上前抽刀砍斷了她的手臂，搶了金鐲就跑。另一支部隊趕到，聽見了適才發生的事，知道這隻金鐲落在離此不遠的兵士手中，立刻向前開槍追擊。前面部隊中有些脫逃的士兵，又隱匿於路旁的稻桿後面，待那搶得金鐲的部隊行近時，一個個發槍射殺了。這樣，單單爲了一隻金鐲，犧牲了七八十條生命。

這個旅途同伴講故事的時候，差不多竟是附耳低語，姚思安聽了也只是記在肚裏。吩咐他闔家用過晚餐早些就寢，不許丫鬟和孩子們走到房間門外去，這客舍只剩一間房間容納他們一家十二個人，他們又不願意把自己的夥伴分散到另外的客舍裏去。不料再添上一家旅伴來，把這情形弄得更尷尬了。這間屋子裏只有一隻土炕，凡十五尺闊，丫鬟只好睡在地板上。姚思安很能體諒到別人家的需要，而不堅持自己應享的權利，因此他讓給後到的一家的兩個婦人睡在房裏，自己和馮舅舅、羅同，與另一家的其餘人物，睡到房間外面。這一間屋子原來是又當灶間又當餐廳又當休息室的。

那時孩子們已在裏間安安靜靜睡熟了，羅同也鼾聲大作，姚思安卻沒有一絲倦意。他在計算明天倘能早些動身趕路，則落日前可以趕到河間府。

一盞小油燈掛在灶壁上發出熒熒的火光，四面靜悄悄，空氣好像很見安適，他掏出一支旱煙管默默的沉思著。這是他長期磨難中最後一次有著安定的性情來靜思。他後來回想到那一天的情景，不啻是天堂一樣。想到自己的親人安適地睡在隔室，而自己安定地抽著煙管，一盞油燈融融燃照於灶壁上面。

到了夜半，姚思安好像聽得他妻子睡寢中大叫一聲，接著屋子裏發出擾雜的聲音。他走到灶壁邊提了油燈推門向室內一望。姚夫人已經坐了起來，拍拍木蘭的臉龐，撫著她的軟髮。孩子正睡在媽媽的身旁。

姚太太瞧見了姚思安，便問他道：「你在那裏幹什麼？還沒睡麼？」

「我好像聽見你在夢中驚叫啊，」姚思安說。

「是麼？我做了一個噩夢，夢著木蘭在遠遠的山谷裏向我驚呼。我嚇得發抖，就驚醒了，幸好這不過是一場空夢呢。」說著她望望木蘭，又望望旁的孩子。

「那不過是一場夢，」他說：「快睡吧。」說罷也就退回去了。

接著，突來了一陣暴雨，雨點的拍擊聲，把昏昏欲睡的姚思安在不知不覺間送入了睡鄉。

七月二十五日的清晨，姚思安在睡夢中被室內的聲息吵醒，見她們大部分已經起身，並且已經洗過臉。騾伕們等在門口說，下過了雨，今天是涼爽的一天。天際布滿了層雲，看來這一天將一直保持這個狀態。這裏離河間府不過六十里，他們應該可以不甚費力的用一整天工夫趕完這一段路程。騾子倘沒有重負，可以一天走一百里；如今趕長路，絆著車輛，那只好跑六十里，至多七十里，偏有一頭騾子一腳踏進了一道深溝，幾乎跪下來掀翻了車輛，前面的一足看來受了傷，因此行路不由得慢下來了。

八點鐘左右，他們開始動身。姚夫人叫翠霞來坐上她的車輛，替她抱抱孩子。木蘭坐的那輛車子，駕車的騾子跛著足。行了約莫十五里路，跛得愈見厲害，屢屢的站定走不動，腹部不住喘息。騾子這種畜生是生著馬的體格而具有驢子的性情的，所以牠強健如馬而頑劣如驢。騾伕說：

這情形看來不好，假使不放牠們慢慢的走，或許會乏斃的。「牲畜和人一樣，當牠們生了病，就會倒胃口，不想吃東西。這條騾子今天早晨不過嗅了嗅稻草，咬了一些些，你不能餓著肚子走路的，牠們是不是像人一樣？」

隨後，他們花了三個半鐘頭才趕完了二十里路程。好容易趕到了新中驛，那時已經是一點半鐘了，這一群旅伴下了車，餓著要進餐，新中驛是個老驛站，替官家傳遞公文，人馬是在這裏換班的。官方的緊急公文，從河間府到京城一百里地，十二個小時是可以送到的。近旁設有馬廄，有三四匹馬縛在一叢小樹林中。

因爲他們希望趕到了河間府，換掉幾頭騾子以接續未完的一段路程，這一頭病騾的騾伕決意弄一匹馬，至少完成這一天的路程。這個騾伕跟驛站的管理人是熟識的，兩下裏商酌一下也就同意了。

用罷午膳，大家在涼亭裏休息，木蘭、莫愁、迪人三人則閒蕩入森林中去瞧馬兒玩了。迪人站得太靠近一匹白馬，牠提起後蹄開始要踢了，把木蘭嚇得且叫且奔，拉著她的妹妹驚惶地避開去。這種驛站上的馬匹是矯健的牲口，姚思安慌忙隔著田畝呼喚，叫迪人趕快退回去。

姚思安的脾氣是易起感觸的。他的妻子把昨夜的噩夢告訴了他。她走在山谷裏頭，那裏在中央流著一條遼闊的大川，一面有一座森林。她一手抱著莫愁。她像聽見木蘭的聲音在呼喚她，突然覺察木蘭不在身旁，又好像不見她的面已經好幾天了。起初這叫喚的聲音像是發自樹頂的，可是當她轉身要向森林奔去，一切路徑都被攔斷了，正不知該如何是好時，卻聽得木蘭叫喚的聲音又起來了，很微弱，又很清脆，這一次聲浪來自河的隔岸。我在這裏呀，我在這裏呀，那聲音說。這母親又掉轉頭來，瞧見她的孩子正在河的對岸草地上採花。她尋不出橋樑和渡船，不知道這孩子是怎樣到隔岸去，她把莫愁放在岸上，伸足涉入這淺淺的湍瀨，突然起一陣猛暴的激流沖著她的雙足，她站不住腳，一個翻身，醒轉來覺察自身還是好好的安眠在客舍中的土炕上。

這個夢使得聽者都感到不安，雖然聽她講完這個夢，沒有人講過一言半語。

那條跛足的騾子被遺留在驛站上，讓那騾伕回轉的時候再帶牠回去。約莫三點鐘時，他們重又踏上征程，換了一匹新馬拖一輛裏面坐著珊姐兒和木蘭姊妹的車輛。這匹馬時常向前馳突，那車伕摸不著牠的性格和習慣，難以控制牠。

將近五點鐘，當他們行到離城不過十二三里的地方，瞧見一群一群軍隊遠遠地在左面橫越田野而來，姚思安說他還是騎了馬做前導，但是那走了多年的古道比平地低三、四尺，到寬廣的平地以前，根本沒法子錯車。而在他們的前面和背後百碼遠近的地方，也行著一群一群逃難的難民。

突然間，他們聽得砰的一響槍聲。然而附近的田地都是由一丈來高的高粱形成的青紗帳，所以他們雖然聽得聲音越來越近，總瞧不出兵士們究竟隱藏在哪裏。接著又來了幾槍。他們不能退回去，也不能決定究竟選擇哪一條路徑回去的好，而槍聲和人聲聽來好像前後兩面都在逼近過來。剛爬上平原，就發現七八個逃兵從交叉路掠過他們，接著就瞧見左面五十碼遠近有一群一群的軍隊。許多車輛都站定不敢動彈，姚夫人慌忙嚷著吩咐珊姐兒趕快把姊妹倆送上她自己的車裏來。

要叫纏了足的珊姐兒從騾車上跨下來，是多麼費力的一回事，可是她畢竟跨了下來。姍姐兒先立到地上，然後伸手去抱莫愁下車，把她送上媽媽的車輛坐好了，正待回身來抱木蘭，橫路口的交通，突然給混亂的擠塞完全遮斷了，後面的騾伕一面咒罵，一面嚷喊著，可是前面寸步也行不上去，一瞬間，又是一陣槍聲，幾十個散兵騎著馬從人叢前面疾馳過去。那驛站的馬吃了一驚，發蹄向前飛奔，因此帶了獨個兒坐著木蘭的那輛車跟著一群兵馬馳突而去了。

一陣混亂間，沒有人弄得清楚究竟發生了什麼亂子。這一群散兵看樣子倒是急於奔逃，並非有意搶劫。姚家這一群人馬，經其他過路的人群馬群擠得倒退了下來，又經後面的車輛一擠，不得不折入前面的車道上去，而各車牲口同時卻沒命的發蹄奔馳起來。因爲當時情形的混亂，加以灰塵沖天，什麼也辨別不出。珊姐兒當騎馬的散兵掃過的時候，急急躲上了姚夫人的一輛車子，隔了片刻，才想起木蘭還獨自一人在另一輛車子裏。向前面一望，只瞧出那雜亂的人群、車輛、馬匹，一霎時她的車輛也跟著其餘的一同衝了出去。騾馬一旦發足奔馳，再想指揮牠們，就無異於對火車頭喧叫。有幾十輛車子在她的面前，她只能希望其中一輛載著木蘭。姚思安甚至還不知木蘭是單身著。他以爲惡劣的命運已經過去，因爲兵士們沒有停留下來搶劫他們。

當全體車輛向前突馳的時候，姚思安本能地只希望越快越好的離開那群亂兵，等離得遠了再停下來檢點所遭遇的結果，但是，他總以爲闔家是向同一方向奔馳的。姚夫人的心，被兩種力量所分絆著：第一，她希望能超前去，在前面車輛群中找到木蘭坐的那輛車兒，或辨認出它的騾伕；第二，她希望車輛放慢一下，好讓她回轉頭去望一望落在後面的人們。而實際上，兩件心願都辦不到。這條車路的寬徑，只夠單向交通。她屢次想跳下車來，總是被珊姐兒攔住了。

這樣的瘋狂狀態經過了七八分鐘，那些牲口開始放緩步伐，視線中已瞧不到一個兵士。他們至少衝過了橫路有五六里之遙。有一輛車子被撞翻跌入溝道內，車內一個婦人跌出來，幾乎被後面奔上來的一輛車子輾過。另有一輛車子裏面的乘客是認識這婦人的，趕快跳下來，那輛車子便在道中央勒停了下來，致使姚家的車輛不得不也停留下來。馮舅舅跳下車來，上前去質問究竟。姚夫人陷入歇斯底里的狀態，珊姐兒和翠霞急得哭了。指著前面越馳越遠的車輛，不由大哭大喊說木蘭一定在前面這幾輛車子裏，他們應該緊緊跟上去，不應該停滯在這地方。

「木蘭還是獨個兒啊！」母親嚷著。

這一個惡劣的體認銳敏地穿入父親的心房，也沒有時間質問爲什麼把木蘭遺留在車上的理由。一把拉住那小馬，把牠從車身解了下來，躍上馬背，飛奔追上前去。可憐這一來，也不過是徒然的追逐呵！

丫鬟們也都跟著下了車，聽見了這個消息，無不嚇得面面相覷，說不出話來。珊姐兒此時簡直帶跌帶衝的滾下車來：這一輛車子裏怎樣會在過去一刻鐘坐上三個婦人、兩個孩子，沒有人說得出原委。姚夫人緊緊的抱住莫愁在膝上，翠霞則照管著那個小孩子。莫愁起初嚇得說不出話來，此時才哭出聲來。難民一群一群的過去，有的站定了瞧瞧跌在地上的婦人；原來駕她車子的那頭騾子，腿上中了子彈，而且要把牠從翻倒了的車輛輓具裏解脫出來，十分費事。有幾個人站住了諦聽一個十歲的孩子失散的新聞。有的很表同情，有的也不關心的過去了。

迪人說他瞧見木蘭那輛車的驛站馬，跟著散兵們奔向右邊去，不過他看不清楚。假使這樣，那木蘭一定岔開到另外一條路線上去，或許跟著這一群兵馬一起去了。但是有趕車的騾伕和她在一起，他會載著她上河間府去的，或許他們還能在半路上會合呢。

他們正不知如何是好時，忽見駕駛木蘭車輛的那個騾伕從後面奔著趕了來，手裏拿著一支馬鞭，且喊且跑的過來。瞧見他空身沒有了車輛，人人都驚詫，爲之失色。

「她在哪裏？」

「她向哪一條路上去了？」

「到底孩子可安全？」

「誰知道？我們一路奔跑過來，那馬吃了驚嚇，發蹄向前一衝，怎樣也控制不住……。」

「那你怎麼會跟那車輛失散的？」

那車伕跟問話者一樣，語氣若斷若續的回答。他起初跟亂兵人馬一起向右邊轉了彎，奔了一程，他再向右邊一條路上轉過去，以圖與亂兵群分開，那時發覺自己跟同伴們失散了，慌忙跳下車來去拉住那匹馬，誰知那匹馬兒蠻勁得厲害，那裏拉得住，韁索一脫手，馬兒早已直馳的奔去了。

有一件事情是確定的，那就是：木蘭至今還坐在車中。此外，便只瞧見那車輛給高粱遮掩而失蹤了。不過他確信那驛站馬兒認識途徑，會自己尋回新中驛來，所以他急喘喘追奔來告訴她的父母親。

這樣悲愁地經過了幾小時，姚思安獨自騎著那小馬兒回轉來了，他追著檢視過每一輛車子，又曾迂迴轉過幾個彎，甚至望見了河間府的城堞，終於失望而放棄追尋的念頭。

這個車伕的見解由姚思安看來是對的；那馬兒自己會循著認識的路徑回轉到新中驛來。

時光已近落日時分，姚大爺和那車伕將乘車回轉到新中驛，那車伕希望與那車輛重逢，父親希望與他的女兒重逢。其餘人還是繼續前進，趕到河間府，那城門即將關閉了。騾伕關照好了今晚應該投宿的那家客舍，讓他們在那兒等候消息。

木蘭的母親一整夜沒睡，默默地不住流淚。天剛黎明，她催促羅同和她弟弟快些起身，去北門尋找木蘭。

第二天早晨九點鐘，姚大爺也進城到了這客舍，那匹馬和那輛車子回來了，可是沒有了孩子，他曾循著老路，到每一條岔路上去四野搜尋，但毫無所獲。

這個消息好像晴天霹靂，這麼一來，木蘭肯定是失蹤無疑。她的母親於是號啕痛哭起來：「木蘭，我的孩子呀，你不該這樣離開我，跟你妹妹目蓮一塊去呀！你這樣丟下我，我這條老命也不想活了呀！」

「媽，」珊姐兒勸道，「凡事都由上天註定；是吉是凶，誰也保不定。請媽快別這樣，好好保重。前面要趕的路還遠著呢，這一家大小都靠您一個人，您身體平安，我們做兒女的也會減少一些罪戾。況且，現在還說不定木蘭到底真失蹤了沒有：還正在想法兒去找呢。那完全是我的不是；我真不應該放她獨個兒……！」

姚夫人忍住了激動回答說，「那不關你的事，珊瑚，只怪我命運不濟才出了這亂子，我不應該叫你把姊妹倆抱過來，可是誰料到會出這樣的亂子？萬一木蘭有了意外，或許她被綁走賣了……」她又放聲哭了。

姚思安立著一言不發。木蘭是他寵愛的女兒，她的走失傷透了他的心。聽到「綁走」這兩個字，他像負傷的野獸溜開了。

錦兒本來悶聲不響地靠牆站著，突然放聲大哭起來。她是一個十四歲的姑娘，差不多從小就跟木蘭一塊兒長大的。她教會了木蘭玩小孩子的所有遊戲，唱所有的兒童歌謠，她們是分不開的兒童遊伴，而木蘭待她完全像自己的姊妹一樣，提到「綁架」兩個字，不由促醒了她自己的命運，想起了失散的父母。她縱身橫倒到床上，忍不住慟哭起來了。瞧著她的號哭，迪人和莫愁也哭起來了，於是這屋子充滿著嘈雜的聲音。翠霞挨到錦兒身邊，一把拉她起來說：「太太剛剛心寬了一些，而你倒哭嚷起來了，惹得迪人少爺和莫愁小姐也哭著。」

錦兒坐了起來，止住了哭聲，還不住的拭她紅著的眼圈兒。銀屏向來是和錦兒作對的，冷刺刺的說：「自從今天早晨起，她老是一個人呆坐著，也沒有給莫愁小姐洗過臉，也沒有給她梳過頭，直等著要我去替她梳洗，她們兩個既這樣要好，自然要這樣掃興了。」

錦兒起來走出了這屋子，重又放聲哭出來，帶著受傷者的慘痛聲音說道：「我灑我自己的眼淚，與你有什麼相干。我與木蘭小姐要好，與你又有什麼相干？」

「我們大家都是服侍太太少爺小姐，沒有人干涉任何別人的事。」銀屏熱辣辣的回答說。

「這是反了！」姚夫人嚷著說。

珊姐兒趕快走到隔室說：「這時候是吵架的時候嗎？我們的煩惱還不夠多嗎？」

「我不是有意要哭，」錦兒抽抽噎噎的說，「但是我想著木蘭小姐，當太太說起『綁架』的話，我想到了我自己。喔，我的親爹娘，假使你們還活著，我不該像這樣的受欺凌啊！」

「當然我們大家都是很傷心的，而你因爲沒辦法幫她的忙，急得哭了也是人之常情。」珊姐兒說著，想安慰安慰她，平平她的氣。

錦兒惡狠狠的說：「倘使迪人少爺走失了，你看她哭不哭，哎。」

銀屏在外邊偷聽著的，走了進來，珊姐兒掉轉身來，推著她，跨出去，吩咐兩個人一個都不許再開口了。

木蘭的父母幻想著像木蘭那樣的年齡和美貌會遭遇到什麼，心上所起的恐懼，比死了還難過，不確定的心理縈懷不釋的恐怖，猜不出她目前所遭遇的情形，一種他日或許還能在這城中或別處重逢的僥倖希望，種種複雜衝突的心思，差不多痲痹了他們的兩顆心。

這天早晨，姚夫人除了說這麼一句：「我一定要尋出她到底死了還是活著。」此外一句話也不說。她變成了一架機械人，心中只懷著一件事，旁的一樣也聽不出，一樣也瞧不出。

到了中午，午膳已經端出來了，她便機械地走到桌子邊去。她咀嚼著，但她自己不知道在吃東西，而錦兒呢，當她好好兒的在吃飯，忽然會讓飯碗從手中掉落下來，哽咽地走開去了。

驚異著姚夫人的靜默，珊姐兒說：「媽媽，你還得休息一下。你昨天晚上沒有睡好。這一番尋訪至少得花幾天工夫。我們一定要保養好身體才是。」聽了這樣的勸解，姚夫人又機械地橫倒到床上，一句話也不說。

河間府是一個有五萬人口的府城，位於一片低平原中央，四面圍繞著北通天津的河流。東面九十里，則爲靠著運河邊岸的滄州，南面一百二十里，則爲德州，構成一個三角形的尖頂，其由陸路北通河間府，水路東北通滄州，兩面差不多是等邊的距離。

他們既一心的找尋木蘭，乃到各家旅館裏頭，城門口，和入城的要道口去遍貼尋人告示，注明著接洽的地點，標明著對於幫同尋獲者所願出的報酬，報酬的銀額爲二百兩。婦女們一步不離的守候在那客舍裏，姚大爺、馮舅舅和僕人羅同以及幾個趕騾的車伕則四出到全城各處以及附近鄉村去搜尋。木蘭的母親一變而爲堅強而沉默的人，不分晝夜的往各處私街小巷去徘徊、暗伺，甚至到河面上去察看，一心要找尋她親生的女兒。

可是河間府此時充滿了難民和迷途的孩子，木蘭並不是唯一失蹤的遇難者，而且還來了幾個假冒的報告，木蘭的母親甚至趕出西門外去察視一個暴陳於河濱的女屍。

姚思安騎了馬向附近鄉村去到處尋訪，別人則徒步出城去偵察，東向直趕到沙河橋，西向直趕到肅寧縣。

可是絲毫沒有木蘭的蹤跡。

這孩子或許陷入販賣童奴的盜黨手中。沒有再比這樣的揣測更合理的了。木蘭至少可以值一百兩銀子，人人這樣想，雖然沒有人說出口。馮舅舅有一天晚上回家來談起一件故事，說這班童奴販子是跟那些運河上的船娘聯手的。錦兒自己小的時候被人拐賣過，證實這故事是對的，她說這些船娘待她還很好。那時，運河是北京跟南方交通的唯一主要路線。而在這路線上霸佔著絕大勢力的便是所謂的「青幫」。青幫以運河爲大本營，具有完備嚴密的組織。自從津浦鐵路建築以後，這條運河便喪失了主顧，於是青幫與揚子江流域的「紅幫」相結合而構成「青紅幫」。這種幫會雖至今日，在上海法租界仍佔絕大勢力。他們因爲參加的人數眾多，難免良莠不齊，一部分遂有操業專事綁票搶劫的，但一部分確也很出力於慈善事業。他們的領袖且充當上海工部局顧問，水旱賑災委員會長，他們做起壽來，還受著政府最高當局的祝賀。這種幫會為社會上安頓失業分子的一種互助的祕密社團，同團之間，共同享受，共同供應，所謂同產不分家，同產弟兄之間極重仁惠，極重義氣，他們的始祖，蓋導源於一千年前。稗史上的英雄，是他們信奉的神偶，那些是忠勇的戰將和劫富濟貧的俠盜。

拳民所組織的「義和團」，也是一種祕密集團。實為白蓮教的支流，白蓮教在十八世紀時曾密謀推翻滿清。由於歷史背景的關係，這種反滿情緒嬗變而為排外主義，排斥西洋而擁護滿清，這就牽涉到重大的國際關係。

經過幾天毫無結果的搜尋，他們就根據木蘭業經被拐匪綁架這一個原則，決定要沿著運河尋找。馮舅舅自告奮勇的提議他自己可先東行直往滄州，只消一整天的路程，然後便沿著運河而南下，每逢一個市鎮或渡口，便停留下來，搜求任何線索。其餘的人則繼續乘騾車南下，兩下裏到德州等候會合。

到此只有兩件事可以看出一點希望。第三天，姚夫人叫進了一個瞎子算命先生，叫他推算推算那失蹤了的孩子的前途。她說出了木蘭的年月生辰，這算命先生說這位小姐生有高貴的八字，卻因為有雙子宮星坐命，在十歲那年頭上，要遭逢小磨難，不過她的命運自會襄助她安渡難關而逢凶化吉，她的交運很早，將來縱不貴為夫人太太，亦當終身衣食無憂。問他將來可還有尋獲的希望否？他奧妙地回答說：「自有貴人相助，保護著她。」總而言之，他算著這樣的好八字，其命金起碼一塊錢，姚夫人卻索性給了他兩塊錢。這一來把她的心情恢復過來，於是她虔虔誠誠的到城隍廟去燒香，在菩薩面前求了三檔籤，奇異得很，三檔都是吉利的籤訣。

這一天晚上，她做了一個夢，情形跟上次做過的一夢相彷彿。她聽見木蘭清清楚楚的在叫喚：「我在這裏，我在這裏！」接著，又瞧見她在對岸草原上採花，而旁邊卻站著另外一個姑娘，她的面貌像是從未見過的。這母親喚著木蘭叫她過來，她卻在隔河喊著說：「請你過來吧。這邊是我們的家。你住在錯誤的一邊了。」這位母親想去尋找一架橋樑，或尋找一隻渡船，可是什麼都沒有。然後她不知怎樣的好像很輕易地在河面上行走起來，順流而下，下，下，一面卻早已忘卻了她的孩子。她經過許多城市，許多村落，許多廟宇寶塔，或在上巔，或在沿岸，漸漸的行近一座橋，瞧見一個老年人疲憊地在橋上行走，仔細一認，不是別人，正是她的丈夫。一忽兒又瞧見他身旁有一個年輕婦女扶挾著，這個婦女不是別人，正是木蘭。她在河面上向他們大聲呼喚，可是他們好像沒有聽見，仍從橋上走過去，她這樣專心的向他們望著，致一不留神和橋柱一撞，頓時在水面上浮站不住，向下沉沒，她就醒了。

第二天早晨，她把這一個夢告訴她丈夫，使兩位老人家感到興奮不少。

第三章

木蘭的遭遇到底是怎樣？

原來，當她發覺自己只剩孤零零的一個人，她並沒有哭泣。她想，無論如何總得先跳下車來，再做道理，於是當那馬匹奔到一架橋頭，踟躕著，好像在盤算要選擇哪一條路徑的時候，她毫不怠慢的乘機躍下了車。附近一個人也沒有，只看見遠遠有幾個兵丁在奔走，她認得那方向便是她方才行來的路線，所以她依著這條路線奔回去，可是奔了一程，臨到了交叉路口了，不由不站住了腳。什麼人都走開了，真是舉目無親的時候。慌張、恐懼的情緒壓上她的心頭，急得只有在路旁坐著嚶嚶啜泣。不久，卻又有一群散兵一路走過來，內中有一個胖胖的有趣的傢伙站住了，問她發生了什麼事。

「好伯伯，帶我回到我的爸爸媽媽那邊去吧，」她懇求地說。

「你的爸爸媽媽在哪裏呢？」

「我不知道啊。我們是打從北京來的。好伯伯，幫我去尋找我的爹娘吧。他們帶著錢，會好好報答你的。」木蘭說。

接著又來了一個女人和幾個兵丁。她束青紅色的腰帶，木蘭認識這是紅燈照，因為她在北京見過。這個女人有一張寬廣的臉龐，一雙天然足。猜得出這些兵丁是義和團員，而那婦人卻是他們的首領。

「好嬸母，請你送我到我爸媽那裏去吧，」木蘭又請求的說。

「你要到什麼地方去？」那婦人和悅地問她。

木蘭想不起前面第二個城市河間府的名字，所以她回答說：「我們是要上德州去的。」

「很好，德州便是我的家鄉，你跟我一塊去吧。」

木蘭有些害怕這個義和團女拳匪，可是畢竟她還是一個女人，而在眼前，她是唯一可能的救星了。

「倘使你能夠帶我到德州，我的爸媽會酬謝你的，」木蘭說。

這婦人轉向那胖兵，吩咐他帶好這孩子，這個人倒是一個詼諧有趣的人，木蘭的恐懼心也就消散了，雖然她不喜歡他粗暴骯髒的一雙手，那好像握得太緊而傷了她，同時，他又有一股蒜頭的臭味。走了不長一段路，就瞧見一匹脫韁的馬，這女人馬上吩咐那些兵丁去把牠扣住了，這個大胖兒被命伴了木蘭騎。這匹馬，對於木蘭實在是一種異樣的況味，因爲騎馬這玩藝兒，對她還是破題兒第一遭。大胖子一路上問了她許多問題，起初她特意小心的回答，後來也就克服了她的恐懼了。這胖兵告訴她，他的名字叫作老巴，她也告訴他她的名字叫作木蘭，姓姚。那胖子聽了哈哈大笑，說道，因爲她叫作木蘭，應該在軍隊中居住十二年，問她願不願意。

走了一個鐘頭的路程，木蘭仍然見不到城池的影子，不由問起老巴來，因爲她知道他們應該可以馬上到達一個城池的。老巴說，「你一定是指河間府。」木蘭此時給提醒了，想起這個名字，便說正是這個地方。但是老巴告訴她，他們不能到那邊去，因爲那城裏的軍隊要攻擊他們的。

木蘭此時真吃了一驚。太陽即將落山，這時候正是每個孩子覺得疲倦而想安息了的時間。但是木蘭還見不著父母，自己又和陌生人一起趕路。她放聲哭了，哭了一回卻睡去了，醒轉來又覺得可怕，於是又哭，哭著又睡了。

當她第二次醒來，他們一夥兒正宿在一所鄉村破廟中過夜。那女人給了她一碗粥和幾塊鹹大頭菜，可是木蘭不覺得餓。這婦人讓她躺在自己身旁睡，木蘭在白天趕得乏了，一會兒就呼呼的睡去了。

到了明天早晨，木蘭一睜開眼，便放聲哭起來，這婦人正色的制住她，不要哭。

「好嬸母，請你送我到河間府去找我的爸媽吧，」木蘭哭著說。

「咦，你說你是要到德州去的，所以我帶你上德州。你假如再哭，我便揪你，」這婦人狠狠的回答說。

老巴自告奮勇願送這孩子上河間府，但是那婦人馬上嚴厲的說：「你到了那裏，馬上會給槍斃掉啊！」

吃罷了早點，一夥兒重新出發，這一夥兒現在已有三四十人了。

木蘭聽得他們講起，知道他們是義和團，曾在北京東面參加過作戰，後來聽說洋鬼子已在向京城進擊了，便穿越田野撤退了下來。又過了幾天，他們得悉慈禧太后和皇帝已經出奔，北京陷入了焚燒劫掠的大混亂中，而且白人兵丁更往南下追過來了。

「我們爲什麼會打敗仗，洋人的子彈爲什麼可以射殺我們呢？」木蘭忍不住偷偷的這麼問一問。

老巴回答說：「因爲洋人也會使神術，而他們的神術又比我們的強，就是這個道理了。齊天大聖孫悟空從未見過這種碧眼黃毛的妖怪，所以他沒有力量來保護我們，因爲洋人們使用的神術是完全不同的一種方法，他們有一種魔鬼用的傢伙，戴上後，他們的眼睛可以瞧到一千里以外的東西。」

現在京城已經淪陷，皇帝已經出奔，義和團員唯一的生路，只有回到老家去了，一路上大多數村民與他們縱不十分友善，至少不與他們採敵視態度，因爲他們說著本地話，大家是同鄉人，有幾個夥伴撤下頭帕丟了算數。他們抱怨政府不應該始而組織他們，繼而剿辦他們，復繼而遣派他們去與洋人作戰，有許多人後悔著根本不應該去參加義和團，他們本來應該在家好好耕田。於是這夥團一天一天小起來，因爲逐漸一個一個的溜出去，回他們的老家耕田去了。

老巴和這個女隊長原是一對戀人，但是馬上要分手了。因爲老巴要回到自己的村莊去而不到德州去了。木蘭眼見要被留下獨與這婦人作伴，未免恐懼起來，要求他留著住下來。最奇怪的要算木蘭從老巴那裏學得了第一課的英語課程，一個義和團員居然懂得英語。老巴講了許多他所親見關於洋人的事情，又教了她一首韻文的英語綴字，也可算是一首詩歌。那詩歌是：

來說come
去說go
廿四twentyfo（twenty-four）
山芋potato
Yes！Yes！No・
馬拉巴子！抓來放火！

「Yes！Yes！」兩個字說得最有趣，這兩個字他說的發音宛如「熱死熱死」。每次他念到這幾個字，便用力的念著而發聲狂笑。

木蘭開始也像一個義和團員那樣的思想了。她也恨起洋人來。他們不應該跑到她的國家裏來，還來宣傳一個外國的上帝。那些中國教徒或二毛子，依仗他們外國朋友的勢力而欺負自己的國人。她曾經聽見父親這樣說過，凡遇中國基督教徒與教徒間的訴訟，那縣知事一定要讓教徒勝訴，否則他便要被上司革職。

現在且想想，教會的確是依靠外國優越勢力來保護中國基督教徒和他們自己，這一來，使得中國教徒好像成爲另一個民族，反而與洋人較親近。許多「教案」，因是接連發生，教士被殺，知事革職。爲了殺死兩個洋人，政府得把青島讓給德國，而山東巡撫因此革職。這種種，都令人氣破肚皮。這也就是爲什麼那位山東巡撫痛恨洋人，也就是爲什麼他亦爲影響慈禧太后相信義和團的一分子。教會簡直是知事座墊上的鐵刺，知事之畏懼牽涉教會教士的禍事，甚於晴天霹靂。這種禍事一發生，即爲其職位的致命傷，不問其採取何種措施。

木蘭又曾聽見她的父親講過，洋人的一舉一動，無不處處與中國人相反。他們寫字自左而右以代自右而左，橫寫蟹行，以代下行垂直。他們把個人的名字置於族姓之前，最奇怪的爲通信地址的書寫法，由房屋門牌號數起首，然後寫街道，然後寫城市，然後寫省份，有如故意倒寫的。假使他們需要察看這一封信發往那個城市，他們得從底下讀起。他們的女人又生著大足，足足一尺來長，講起話來，語聲宏大，又有鬈髮藍眼，走起路來，和男人家臂挽臂兒闊步於街市。

總而言之，外國人是最不可思議的一種人民。

足足走了幾天路程，德州仍然是無影無蹤。他們所走的路線，是專門趨避那些被別的軍隊佔據著的主要城池，有一天他們在路上跟一小隊兵丁開了一次仗，結果喪失了四五個弟兄，這才叫木蘭吃了一次大驚嚇。這一團裏眼前只剩下二十人左右。

有一處地方他們耽擱了好幾天，在那兒，那個女首領跟老巴發生了一次爭論。老巴要那女首領跟他到他的家鄉去，而女首領則要老巴跟她到德州去，老巴死不答允，木蘭聽他們在互相詛咒。此時不復有「大師兄」「大聖母」等義和團的尊號。他們現在已經是平常人一樣的人民，正在趕回去重操舊業的途上。木蘭一心牽掛著到德州去的期望與畏怕那婦人的心理二者之間。老巴與她混熟了，很喜歡她，要帶她一塊兒走，但是那婦人具有較堅強的意志，老巴實在無法使她捨掉這孩子。在激烈的爭吵中，老巴開始用種種難聽的話罵那婦人，「賊婆娘」「山東婊子」「大腳道婆」「拐子」「搶孩子女匪」。

「我知道你要出賣這孩子，你這拐婆，我知道你的勾當！」他向她咒罵。回頭又對木蘭說：「我不能守護你了，那是沒有辦法的。你瞧瞧這婦人的樣兒看！」說罷就走開了。

木蘭睜大眼向那婦人望望，可是一個字都不敢說出口來。她從爸爸和錦兒那裏聽見過拐匪的話，這個名詞未免使她害怕。她於是打定主意，等一到德州就想辦法脫逃，現在卻一句話也不說。

跟這婦人一起走，簡直是可怖的事情。她現在需步行了，而且得腳步趕緊的跟上這婦人。這婦人又關照她一路上不許與任何男子交談，還得裝出是她女兒的樣子。

僥倖得很，不到一天的工夫，在垂暮的時刻，她們趕到了德州。瞧見了這個城池，木蘭便想乘間溜脫，可是給那婦人一把拉住了，夾頭夾臉打了一頓，還恐嚇她，說假使第二度再想脫逃，便用燒紅的燙鐵棒給她瞧瞧顏色，從此以後，她總是把木蘭攙著不稍放手。她們走進了德州城，但是走過幾條街，又穿出了城門，領她到一個荒僻的鄉村，走進一間屋子，四面圍繞著樹林，鄰近一條小川，不過十來尺闊。這屋裏有一個約莫四十來歲軀幹碩大的漢子住著。木蘭因為一路走得實在疲乏了，也顧不得會有什麼事發生。他們把她鎖閉在一間昏黑的小屋裏，當那婦人與那高大漢子在外面客堂上商談的時候，她便睡著了。

到了明天天亮，木蘭環顧自身禁閉於這小窨中，只有一個窗戶，高得使她伸手攀不著，這個婦人捏了一根紅熱的火鉗走進來對她說：「你要不要嘗嘗這滋味？倘使你想要逃走，就把你的眼珠子也燒得蕩出來！」

木蘭嚇得幾乎昏暈過去，連連答允不敢再逃。

到了第三天，另外有一個六歲模樣的姑娘被關進同一間屋裏來。

眼前只有恐怖。未卜的前途究竟將遭遇怎樣的變化。

此後有兩天工夫，木蘭沒有聽見那婦人的聲音，只聽見那漢子在不時的說話。

然後有一天，那婦人回來了，很快活的大笑著。「一切都辦妥了！」那婦人喉嚨提得很高的說。

木蘭又聽出鑰匙插進門鎖的聲音。

「小姐，」她說，木蘭已經有很長時間沒聽人叫她小姐了。「你的運氣真好！我已經尋著了你的爸媽了，你今天就可以去見他們。我不是對你說過，會送你去和爸媽會面的？我待你好不好？」

木蘭聽到這個消息，說不出的興奮，不由迸出了熱淚。

這婦人把她拉到了客堂上，那裏陳設著一個香案，上面安放著燭台，中央供一個神座，上面是一個褪了色、紅臉龐，沒有鬍子的偶像，那是「齊天大聖孫悟空」。

「我的爸爸媽媽在哪裏？」木蘭急著問。

「不用吵，我們會送你進城的，」這婦人說。

「多謝多謝，佛天保祐你啊！」這孩子嚷著說。「那麼我們什麼時候動身呢？」

「等你打扮好了就動身。」

「那麼暗香怎麼樣呢？」木蘭接著問。暗香便是這幾天來和她同禁在一室裏的那個姑娘。

「還沒有人來接洽。那是她爸媽的責任。」

「那麼能不能讓我帶她去？」木蘭又問。

「倘使你的家庭肯出代價，」這婦人說。

木蘭便返身奔到那房間門口喊著道，「暗香，我會請求我的父母來領你的。」但是，她語猶未了，卻被猛力的一把拖開，那婦人嚴厲的責罵說：「誰叫你去管別人的閒事？」

於是那婦人就動手替她打扮，替她梳頭髮，編辮子，辮子梢上替她結上粉紅新絨線，又澆上許多生髮油，發出強烈的臭味。她還要木蘭在臉龐上敷抹香粉胭脂，但是這孩子拒絕她，說她從未用過胭脂，這未免惱了這婦人。

一個大漢端上幾碗冲調有紅糖的棗子粥，木蘭也分著了一碗。這班匪黨是迷信的人物，當其與被劫者分離，也有一種儀式。這孩子當臨著回去的時候，必須替她打扮得越美麗越好，要樣樣都表現未來的吉利。

木蘭急著想動身，無心喝粥，只說她不覺得饑餓，但她至少須嘗那麼幾口。「我就要到家裏去了，肚子也不餓，能不能把這碗粥讓給暗香喝了？」木蘭說。

這婦人看看這孩子，又望望那碗粥，然後她親自端了去給暗香。「算你造化！」木蘭聽得那婦人喝著說。

於是他們便開始舉行儀式。一個漢子燃了三支線香，向神座拜了三拜，然後走出客堂到後院子中，面向東南，捧著香向天地作了三個揖。當他們儀式完成行將動身的時候，他們關照木蘭說：「說，你將帶好運氣給我們。」

「我將帶好運氣給你們，天老爺將保祐你們，你們人人活到一百歲，」那孩子說。

「對啊！」那婦人十分快活的高嚷出來。

他們大家下了等候在小河裏的一條船。木蘭隱隱還聽得出暗香在屋內啜泣，心上不由得替她難受。他們沿著這小河一路划入運河，靠上一艘大棚船，中艙上面飄著一面大紅旗。木蘭已經識得字，看得出這條船是屬於北京南下的京官的，那個大字「曾」字是這官府的姓。

一個婦人坐在船頭上，很留心的在注視木蘭那條小艇，幾個男孩子在她的旁邊，用驚奇恐懼的眼光望著。木蘭向她凝視了一眼，不知道怎樣稱呼她或怎樣向她施禮。使她極感失望的是，她現在明白並非送她到爸媽那邊來。這婦人是不是她父母的朋友？她記得她從未見過她的面的。

木蘭又害怕，又害羞，一半刺激，一半恐懼，她被帶上了這艘大官船。那婦人伸手出來撫摩木蘭，她看去像很和善、很文雅，很具慈母的風度。木蘭不知不覺的對她有種親切感。

「可愛的孩子，你一定受過一場驚嚇，」曾太太說著，拽她貼近她的胸懷。木蘭的淚珠兒一下子奪眶而出。她知道所貼伏著的是一個良善女人的胸懷，像她自己的母親一樣。

接著，一件稀奇事情出現了。一個相貌嚴肅的中年紳士走了出來。他生著一個高高的額角，戴一副眼鏡，上唇留一抹薄薄的髭鬚。他穿一件白色下裾上接淡藍紗綾的襯衫，手裏捧一隻水煙筒，卻不穿鞋子，只著白布短襪，著地踏著；蓋居住於這樣潔淨的河上船舶中，女人家總還穿雙鞋子，男人家往往著襪而不穿鞋，才不致擦傷工細髹漆的船板。

這紳士帶著善意的微笑走過來。曾太太說：「這位便是曾老爺。他心中在疑惑，不知道你可認識他？」

木蘭弄得如墜五里霧中，說不出是，也說不出不是，但只行了一個通常的禮，福了二順，顫抖而低低的說，「曾老爺！萬福！我祝福你！」

「你姓姚，是不是？」曾先生說。

「是的，先生。」木蘭覺得這聲音好像在那裏聽見過。

「你的家住在北京那裏？」他又問。

「馬大人胡同，東四牌樓。」

「你的名字是不是叫木蘭，或你的姊妹有叫木蘭的？」

「我的名字叫木蘭，我的妹妹叫莫愁。」這孩子回答。

曾先生不慌不忙從衣袖裏取出一包用手帕包紮的東西，露著好奇的笑容解開這個包紮，鋪展在手掌上，原來是兩小塊朽腐的枯骨，都是一寸闊，八九寸長。一望而知是兩塊無足爲奇的枯獸骨，人人可以在古園草地或廢物堆中拾得到的。

「這是什麼？」曾先生問木蘭。

木蘭雙目炯炯發光的說：「這是不是刻著古代記載的甲骨？」

「對哪！她是姚木蘭，世界上唯一能夠識得這些古代甲骨的女子。」曾先生興奮不過，高聲的嚷起來，不獨木蘭出其不意的嚇了一跳，連他的妻子兒子也都納罕起來。

木蘭猜不出到底怎麼一回事。忽然她記起他是她和父親有一天在天壇骨董市場上遇見過的一位先生，那時他正在搜購此等甲骨。

「你是曾老爺！」木蘭嚷著說，「你曾經到過我們家裏的！」

「你知道我曾經在收集骨董寶貝，是不是？」曾先生說著又轉向他妻子，指指木蘭說：「今天我替你覓到了真正的寶貝了。」

曾夫人心中在想，她從未見過她丈夫像今天那樣興奮，那樣暢快，那樣不顧尊嚴。

不差，當一九〇〇年，木蘭或許的確是能識紀元前十八世紀甲骨的唯一女子。這等東西，上面鐫刻著中國文字的最初形象，現在因其重要，已著稱於世，但當那時還剛剛從河南古代商都地方的沖毀河濱發現出來，僅有少數收藏家熱心考據。木蘭的爸爸即爲其中的一人，因此有一天木蘭跟著她爸爸遇見了這位曾先生，彼此攀談起來。木蘭的爸爸竭力稱揚他的女兒，就把木蘭做話題，說她怎樣怎樣愛好這等東西，因爲它們是稀有的古物。姚思安第二次在骨董市場上遇見了這位曾先生的時候，也曾約他到家裏來參觀他書齋裏的收藏，此時又喚了木蘭來和他們一塊兒伴著坐了好久。曾先生於是便想趁此拯救木蘭，想對姚先生略盡朋友之誼，一則他知道姚思安很寵愛這個女兒，二則也因爲他自己看這孩子的伶俐聰明，未始不動憐愛之情。對於他今天做了一樁好事，心中頗覺自負。

那女首領和她的夥伴立了這許多時候，目睹這一幕神祕的演出，也不甚清楚其中的細節。曾先生走進後艙，出來捏了幾塊紋銀，一把盤秤。秤了一百兩銀子，包了起來，他授給站著的人道：

「這便是身價的款子。你可以走了。」

這男女兩人於是拿了錢，跨下他們的小艇划開去了。木蘭心上要說起另外的一個女孩暗香，但因膽怯，老是不敢出口。後來她講起了，可是曾先生覺得這事情不干他的事。

幾個男孩子遠遠地站著，懷著好奇心望著木蘭，又疑惑、又歡迎、又不敢對她說話。那母親掉頭來捏捏木蘭的手，把三個兒子一個個介紹給她。「這是彬亞，我的大孩子，這是襟亞，我的二孩子，這是新亞，我的三孩子。你今年幾歲了，木蘭？」

木蘭說她今年十歲。而彬亞是十六歲，襟亞是十三歲，新亞是十一歲。

彬亞是很文雅的。襟亞則是個無可無不可的和氣孩子。新亞則是個小胖子，他有著笑起來看似滿足的笑容，兩眼閃爍有光。木蘭是個怕羞的姑娘。後來她覺得對於這個頑皮而坦直的小胖子，還是離遠一些的好。

陌生的混亂心理慢慢過去了，木蘭明白現在是處於友善的夥伴中，才鬆了一口氣問道：「我的爸爸媽媽在哪裏？」

「他們不在這裏。一定已經朝前去了。我們會想法找著他們的。你且莫慌，暫時跟我們一塊兒住下。」

「你們是不是也是行路的？你們要到哪裏去？」

「我們要到泰安去，那兒是我們的家鄉。」

「你們可曾見過我的爸媽？」

「沒有，我們還不知道你們是動身南下的。」

「那麼你們怎樣會知道我的失散，又怎樣尋到我的？」

「到裏面來，吃一些東西，我來告訴你。」

曾夫人是約莫三十多歲的一位少婦，模樣兒生得很細小端正，跟她高大的丈夫，兩下裏適成一個反照，她的丈夫年紀比她長上十歲。她出身於山東仕宦之家，卻已幾代寓居北京，屬於一般閨閣千金的典型，她知書識禮，是曾先生的續弦，曾先生的第一位夫人於生了彬亞之後就故世了，彬亞就由這位曾夫人視同己出的撫養起來。這樣的職務對於一個有了相當教育程度的婦人不是難事，她們了解一個賢妻良母所應盡的義務。在她溫靜、謹慎的行動中，曾夫人寓有和穆尊嚴的儀態，生長於高級家庭中，曾夫人具有高尚的中國婦德，端莊整飭、馭下仁惠、理家精鍊，知道何時應該堅決超群，何時應該溫柔從順，又何時應該寬容假作癡聾。在管理家務或丈夫的技術上，寬容與細察同等重要。然而骨幹纖細的曾夫人畢竟是屬於神經質的，這一點與其萎弱的體格，使她易於感染各種疾病。在這時候，她的肌膚卻是特殊的鮮潔，所以她顯得又年輕又美麗。

眼前，她第一先替木蘭打算，她對木蘭說：「你先洗了臉，我馬上會拿衣裳給你換的。」

一個姑娘捧了一面盆水上來，木蘭洗過了臉，曾夫人替她預備好了一碗豬肉片兒湯。木蘭客氣地說她還不覺得餓，而實際她肚皮裏卻已餓得慌了的，幸虧曾夫人堅持要勸她吃，說辰光還早著，離午膳的時間還遠著呢，木蘭推卻不過，依著吃了。這是幾天來她第一次得到一碗清潔鮮美的食物下肚。這一頓，是她有生以來從未嚐過的美味。但是女人家對於細微的小事一向特別留意，這好像是她們的責任那樣。尤其木蘭是一個伶俐的孩子，雖然她的肚子餓得慌，羹湯的滋味鮮而美，深恐狼吞虎嚥給人家笑話，還是慢慢地吃下去。曾夫人就坐在桌子旁邊，三個孩子遠遠地站著。

「這東西可還好吃？」當她吃完了，曾夫人這麼問一句。

「很好，多謝。現在可以告訴我爸媽在什麼地方了，什麼時候可以去見他們呢？」

「我實在不知道，」曾夫人說。「我們沒有見過他們呢。」

「那麼您怎樣找著我的？」

「我找著你！是不是我找著你的？」曾先生得意洋洋的說，幾個孩子今天瞧見他們的父親這樣高興，大家也覺得特別的愉快了。

「這孩子在問你，你應該正正經經的說出來，」他的夫人說。「我的好孩子，」他轉向木蘭說，「我們已經花了四五天工夫來找尋你了。」

原來曾先生的得意，自有他的道理。尋找木蘭本來是很簡單的，也不算是難事。他的興奮，出於一般人對於辦事順利所能感到的情緒，而對於尋獲了一個十歲的孩子，能具有欣賞骨董的興味者尤其興奮。

原來曾家一家本來要回返山東省泰山山麓的家鄉去的。他們在五個星期前離開北京，卻在天津被擋住了差不多三星期左右，當他們行到滄州下面運河邊上的一個村莊，曾先生上岸去閒逛時，卻在一家茶館中瞧見一張手寫的黃紙招貼，揭貼於牆壁上面，乃是一張尋人啓示。他瞧見了揭貼者的名姓住址，引起了注意，原來馮舅舅打定主意沿著運河步行到德州，俾能沿途尋訪孩子的任何線索，而在各碼頭各村落，每一家茶寮中揭貼了這樣一張招貼。

懸賞招尋失蹤女孩

失蹤——女孩一口，名姚木蘭，年十歲，身穿白洋布短衫，紅紡綢褲，眉清目秀，髮深黑，大辮一根，天然足；面小膚白身高三尺；純粹北京口音。係在新中驛河間府之間失散，如有仁人君子通風報信，因而尋獲者酬銀五十兩，親將失孩送到者，酬銀一百兩，蒼天同鑑，決不食言。

北京馬大人胡同，姚思安。

杭州三眼井，雙龍茶號。

（臨時通信處德州長發旅館）

曾先生念了一遍，不覺喊道：「這是我的老朋友姚晦旃和他的小女兒呀！」

晦旃是姚思安的號。這街道地址也是對的，他聽見過姚先生在杭州開設有藥鋪和茶號。這女孩子別致的閨名，也一些不差。他回到船上和他妻子談論起這椿事情，告訴她這女孩子是何等聰明，曾夫人聽了說，他們自己這一家能闔家平安的逃過天津這許多戰亂的日子，運氣是何等好啊！

曾先生名喚文樸，本來是山東人，德州便在山東省境，所以他尋找這孩子，倒是順路。加以他是一位現任京官，需要的時候，有可以引用勢力，役使當地官吏的便利。他知道運河上的匪黨中，向有綁架小孩，扒竊東西的完備組織，假使有人失竊了一隻手錶，而能立刻到他們的機關裏去查詢，便可以在五分鐘物歸原主。山東土匪的組織，其嚴密不亞於山西的錢莊，而在那些日子，錢莊可以安然輸送滿載銀子的車輛，穿越盜匪聚集的山林地帶，假使他們握有此等匪黨的北京機關所發蓋印簽名的保單，一路上的土匪見了這顆印記，無不尊重。盜匪倒不像軍閥時代的政府，一件貨物不會課二重捐稅。他們的諾言，卻是一言為定的。

現在假定這女孩子是落在綁匪手中，她一定會被帶著沿運河而下的，大都總是送到南方去，那兒女孩子可以賣好價錢，德州又是匪黨的主要中心點。

他們一到德州，曾文樸立刻趕到長發旅館，想去訪晤他的朋友姚思安。到長發旅館一打聽，那店主卻告訴他說姚府這一批人已在六七天前離去了，但卻留下二十兩花銀，和一封本城錢莊所出的兌款信用書，一經證實這孩子尋獲，便可支領酬款。他還在這錢莊上留著一張闔家的照片。

曾先生乃跑到一家酒店裏去，悄悄的掏出他的卡片授給掌櫃的，告訴他的來意。這掌櫃的很迅速的報告一群匪黨的名字給他聽。半嚇半騙，曾文樸逼他領到了一個小頭目的家裏，便將這失孩的姓名、年齡、地址和狀貌告訴給他。「假使你在這幾天內不把這孩子帶來，」曾文樸說，「我便咨照本城知縣抓你起來，以拳匪監禁。」

這人連連自辯的說，他自己也曾瞧見過這張告白，但是他一點都不知這孩子在哪裏，也不知道是否在他們這一黨手中。他答允去進行調查，一等得到任何消息，馬上會來報告大老爺。曾文樸一方面也答允有相當酬謝以補償他的勞役。

接連兩天，曾文樸到這家酒店中喝酒守候，可是得不著什麼消息，不過他總是不死心。到了第三天，有一個確實的消息來了，說木蘭便在德州附近。

有了這個線索，其餘的手續便簡單了。他賞給這報信的小頭目五兩銀子，答允當這女孩子交到的時候，再付他一百兩銀子。這小頭目躊躇了一下，他在想雖則沒有把握，或能僥倖毫無困難的弄得到手，同時他對於一百兩銀子實在感謝不盡，雖然那數額也並不超過那告示上的報酬。

木蘭靜靜地聽著，那好像講了一樁神話，自己便是神話中遭難的女主角。當曾夫人娓娓講這件故事，由她的丈夫在一旁加以補充校正的時候，一個頎長的年輕婦人，體態豐盈而端整，從岸上跨下船來，手裏挈了一個約莫六歲的孩子，她纏著一雙整齊的纖纖金蓮，不過還能挺挺的直立。她穿一件紫色衣衫，綠色闊滾邊，不穿裙，僅穿一條綠色褲，緣著卐字形黑滾邊。褲腳管下露出一雙紅色弓鞋，兩寸半長，鞋面上繡著精美的繡花，鞋頭上絡著橫紋白線網。

纏小了的腳，式樣精美而工緻，是一種可喜的嗜好品，因為大多數小腳，論其均衡與角度，總不十分精美。除了線條的純粹調和，最主要的是端正的直立姿勢。這個年輕婦人的一雙金蓮，差不多可以稱為標準的又纖又小，又直立又整潔，圓而柔和的漸趨削小至足尖，並不平坦如一般通常的足。木蘭當初見這一對紅鞋兒從船梢相近的門口露出來時，不覺芳心為之一怔，因為她久已愛慕這樣的小足。她的母親已將開始替她纏足了，但她的父親因為讀了梁啟超的天足論，感受了革新思想的感化，便堅決的反對纏足，那時這種革新思想正把北京和全國各地鬧得滿城風雨。那是自從與西洋文化接觸以後，影響到私人生活的時代問題之一。木蘭聽從了她父親，但心上卻傾向於纏足。

這個少婦叫作錢桂姑，恰恰是一個絕頂美麗的榜樣。當然，她的美麗，不僅僅依賴一雙足，她的整個身條顯示出她的美質，有如一尊安放於和諧的座子上的人像。她的豎立的金蓮支持著她的身體，文雅而穩定，做任何動作，她全身的線條總是完美的，一雙弓鞋所具的效果，使女人的步態，基本地依其高跟為支點，恰如今日西洋婦女所穿的高跟鞋，它變換了走路的姿態，使婦女的臀部向後撅起，使其不得不更加挺直腰桿，亦不能像穿平底鞋時那樣閒散的行步。桂姑的身段是很頎長的，生著一個適稱的臉龐和頸項，她的身體線條乃緩緩地做流線型的向外放展，直至腰部下面，乃見其圓滿均衡的褲子漸漸減小而收束於一雙微微上蹺的鞋尖上，宛如一隻勻稱的花瓶，你可以把玩數日但覺其完美而講不出所以完美的緣由。然而一雙未纏的粗足，便可以破壞這線條的和諧性。

這是木蘭初次會見桂姑時，一剎那間所感覺到的美的印象。由於女兒的本質，對她深寄渴慕之情。後來，當桂姑開口說話或笑的時候，她發現她的一張嘴生得稍微闊了一些，這是一個缺點。她的語聲則天生洪大而清楚的。

這位桂姑是曾文樸的小老婆。當她充當使女還沒有提升做姨太太的時候，曾家中人都稱她桂姐。現在升了姨太太，孩子們應該呼她作「姨媽」，但是有幾個孩子還是呼她作桂姐，她也不以為忤。至於一家的男僕役，則總得稱她姨媽或錢姨媽，錢是她娘家的姓。她本來是曾夫人娘家的使女，跟著夫人陪嫁過來，就此到了曾家。因為曾夫人生了兩個孩子，又因為她時常容易害病，而桂姐則頗柔順，她的從使女升為側室亦很自然。這一遷升，對於曾夫人與桂姐間的關係，仍無變更，因為她對於正房太太，終是使女的身分。當桂姐二十一歲的時候，曾先生正害著病，而曾夫人卻患著血虧胃痛，那需要桂姐去伺候老爺的毛病，扶掖他起坐下臥，替他洗浴更衣。二十一歲的桂姐照料這些親暱的事情，天然是怕羞的。一個中國姑娘的心理，這些事情，只留待去伺候所服侍以終身的男子的，這界限是很嚴格的，只有經過一定手續，許託以終身的男子才能打破這界限。所以曾夫人建議，等她丈夫病體恢復之後，桂姐就許給老爺充姨太太。這樣一來，使桂姑不消避嫌疑，她就一心的服侍他的病症直至復元，使他非常的滿意。等他完全復元之後，他們辦了幾桌筵席，請了許多親戚，廳上設了香案，點了紅燭，即為舉行了納寵的儀式，曾夫人非常快活。

從此桂姑是曾夫人的閨伴和首要助手，同時對於曾老爺則爲妻子。女人家具有何等不同角色的混合功用啊！

妻子猶如一朵鮮花，它可以得到花瓶的襯托而越顯其美麗與名貴，亦可以被花瓶全部糟蹋掉。曾夫人經過這一來，益顯得名貴而且十分安全，因爲她是一個受過教育的女子，很能保持自己的地位。她知書識字，而桂姑卻是沒有讀過書的，正房太太與丫鬟姨太太的分別，可以由一種身分和地位的表示來保障。正室夫人可以束裙，而姨太太只可以穿褲子。桂姑想得很明白，不至於攘奪曾夫人的地位，仍能以太太的身分去尊重她，出身於受人奴役的使女，到了這個地位，已經快活得不想變動了。

這些事情只要能公開，便是全部合宜而順當起來。置妾這件事情，所困難的地方係屬於社會的，不是屬於私人的；不在於做丈夫的感想如何，卻在於妻子的感想如何，和姨太太自身的感想如何，而最關重要者，是社會對他們三者的感想如何。

桂姑就自覺自己對曾家許多地方頗有用處。

她生了兩個女兒，愛蓮現在是六歲，還有一個剛滿六個月的嬰孩。她忙著照料家庭雜務及孩子，跟一般妻子和母親一樣。但是有一點不同，當吃飯的時候，她須站著伺候太太和老爺少爺，就是她自己的孩子倒也坐在桌旁進餐。這是很平常的，因爲古時大官府家庭中，做媳婦的，即使出身於官府大家，也得站著侍奉公公婆婆，以崇孝道。至於桂姑，這規矩倒很能嚴格遵守。她往往等別人吃罷了才就座進餐。偶爾逢著有其他僕人伺候著，不需要她的時候，由她太太吩咐了始坐下來。於是她將拉一張圓凳過來，斜坐在愛蓮的後面，忙著幫那些孩子進餐，所以實際上她不是自己在吃飯。這樣，第一點表示她懂得規矩，第二點表示她的有用，第三點表示她不是貪婪。

太太要說了「你必須自己先吃，飯後還有許多事情要做」，於是她才稍微吃幾口飯，接著又去照料孩子們舀羹湯，瞧他們好好的吃了沒有。等到別人將近吃罷，她乃開始迅速進餐，吃著碗碟裏所剩下的東西。或許她幼時受了當使女的訓練，已慣常這樣的了。不過女人家大多數總能在食桌上知所節制，或欲遵守禮貌，或欲保持體態的苗條，固不論，但沒有一個母親會在餵孩子的時候自己也想吃的。俗語說：「看著孩子吃，媽媽就飽了。」

木蘭留心的看桂姑穿過從船梢通到中艙的走廊過來。這艘船的構造是這樣的，它有一二間小的隔室，約莫十尺深，四五尺寬，以分隔中艙與一面狹廊。桂姑走過來的時候，高聲喚道：「可是姚小姐已經來了？」

「快些來見見她，她已經來了半個鐘頭了。」曾夫人答著說。

木蘭又注意著當桂姑穿過走廊過來時，得稍稍彎下她的腰肢。她走進中艙，對木蘭的臉龐很感興趣而好奇地端詳了一番，笑著說：「這位就是姚小姐麼？多麼漂亮的一個孩子啊！無怪老爺要那麼熱心尋找你，接連三日三夜睡不著了哩。」

說著又走近過來，緊緊的貼住木蘭身體，把她雪白肥嫩的一雙手，搭上木蘭的肩頭，對她說：「你現在到了這裏，這是我們的家，你要什麼東西，儘管對我說。」

「這孩子還不認識你是誰呢，」曾夫人說。「木蘭，這是錢姨媽。」

「叫我桂姐，小姐。」

「這樣也行，」曾夫人說。「但是你不用稱呼她小姐，就叫她木蘭好了。」

「木蘭，我介紹一位小妹妹給你，她叫作愛蓮。」桂姑說著，掉轉身望望愛蓮，她正挨在隔室門偷偷張望。愛蓮聽見了媽媽的話，越發怕羞起來，盡是向後退，她媽媽硬勁拖住了她，推到木蘭的身旁。「這位是木蘭姊姊，」她對愛蓮說。這個六歲的小女孩笑著，把臉蛋兒匿藏到媽媽衣裳的後面。

桂姑又把木蘭仔仔細細的打量一番，打開一個紙包。

「可曾找到適宜的衣衫？」曾夫人問著。原來曾府家裏沒有跟木蘭年齡相仿的女孩子，所以曾夫人吩咐了桂姑到估衣莊上去找找有沒有可以買的現成衣衫。

桂姑一面打開著紙包說：「我找了好幾家鋪子，都是些蹩腳衣料做的東西，也還找不到配她年齡腰身的，只有這一件，要再好的也找不出了。」

那是一件鄉下姑娘穿的鴨蛋綠色洋布衣衫，腰身太大。木蘭穿了，看去頗覺發噱。

桂姑說：「為什麼不去試試新亞的舊衣裳，他恰好與她長短相仿，像這般年紀的男孩女孩也沒有什麼分別。」

這樣，桂姑就去找了一件新亞的舊衣衫，是上好紡綢做的，經過屢次洗滌，它的質料變得更其重厚而柔軟，它的顏色則從湖白色泛成奶油色了。木蘭經過各人的慫恿勸解，才穿了上身，因為旁邊站著男孩子瞧著她，不覺羞得無地可容。衣衫的長短倒差不多，不過腰身在她的纖小骨格上未免顯得太寬大，而領圈也嫌大了一寸。穿了，形態很覺得滑稽，男孩子們都哈哈笑起來了，把木蘭羞得準備要覓地洞去鑽。

此時，飯桌擺設了出來，大家就座進午膳，木蘭坐在曾夫人的旁邊。

用過了午膳，曾先生領了木蘭到那家受託的錢莊上去，告訴他們孩子已經尋著了。錢莊上的當手乃準備償還曾先生所花的款項，但是曾文樸說不用著急，他要先跟她的父母碰碰面。他就在這家錢莊上寫了一封信，又叫木蘭親筆添上了幾句話。信中告訴木蘭的父母，說她平安地住在泰安曾家，等候她父母親自來領去，可不用擔心。這封信便託錢莊寄到他們的杭州分店，轉致姚家的杭州茶號。

第二天，曾家這官船便又起程向家鄉進發。木蘭心神很感愉快，又混熟了彬亞愛蓮等玩伴，又與桂姐和曾夫人住熟了，知道她們很喜歡她。桂姑雖在那麼大熱天裏，又要照料家務和嬰孩，還買了一疋山東府綢，替木蘭在兩天之內裁剪縫就了一件新衣。他們大家都要木蘭講那跟拳匪廝混的經驗，新亞睜大了眼睛靜靜聽著，覺得木蘭是一個勇敢的女郎。

過了初次尋獲木蘭時的興奮，曾先生又恢復了往日尊嚴的儀容，木蘭見了有些怕他，她對於自己的父親，是從未有過畏懼的。

第四章

他們到了東阿，就捨舟登陸，改乘轎子東行，直指泰安。那時已近中秋，湖面上月明如畫，木蘭在東平湖鄰近，欣賞了一個醉人的月夜，樂而忘返。第二天下午三點鐘，就到了泰安城內的曾府。曾文樸老早已差了兩個男僕徒步先行，去通報曾老爺將到的消息，於是知府知縣也都出西門來迎接。沿街的閒手和頑童，有的裸體有的半裸體聚集於城門周圍，企踵仰望著他們，紛紛傳語「北京來的官員將到」，當它是一樁很激動的新聞，木蘭廝混在這夥伴裏，倒也沾著一些光榮。等到曾府回到了本鄉，木蘭才認識他們這一家的勢力雄大，而感覺到廁身官府家庭的妙處。蓋木蘭的家庭雖屬富有而交遊廣闊，而其父若祖固絕非官僚階級。

曾氏府第位於東門附近，比連城牆。雖其堂皇宏巍不足以比擬幾個北京的官府，但其構築意匠亦頗精緻。大門的前面，接連著兩邊長長的白牆，是兩座成為慣例的石獅子，一方綠漆的四幅木質屏風置於進門的正中當道，使屋外瞧不見裏面的情狀。一個精緻小巧的花園，中央鋪有石徑，導入第一個廳堂，向那廳堂一望，但見雕樑畫棟五彩交輝。當她轉過屏風，木蘭聞著一股高雅的香氣，原來廳前有兩株盛放的桂花。她感到一種異樣的感覺，自身得居住於這樣的屋子裏。它是那樣富於家庭風味，又那樣適於居住。

站在這寬敞廳堂中央，有一個穿著富麗衣衫的老年矮婦人，撐著一根紅漆枴杖，頭戴黑色女帽，中央別一顆綠寶石。這位是老太太，曾文樸慌忙趕上幾步，向她恭恭敬敬的打了一個參。

「哎呀！我正替你擔憂著哩。」曾老太太顯出其鄉下婦人慣記日期的特性說，「自從我在七月初八得知你要回家的消息，每天都在等著你，可是現在已經一個月零九天了呢。」

每個婦人都上前向這位老太太請安。最要緊的便是把新生的孫女兒捧上去給她看。這位老太太說，她倒生得很美麗，雖則是個女孩子，桂姑聽了，好不開懷。

這位老太太高興得不得了。她的子媳都太太平平的回來了，她不啻重活了一世人生。她沉重的說，幾個孩子都長大了，尤其是彬亞，說著，把那小胖子新亞摟入懷中。她說，她從沒想到那桂丫頭會變成這樣漂亮的年輕母親的，舊事重提的對她說，不久以前，她還是一個消瘦單弱的孩子呢。

老太太滔滔不絕的講下去，人人都諦聽著，很慎重的聽她所講的一言一語，第一因爲她是一家最高的首腦，第二因爲她是婦人，關於一家重聚的種種談話，自然以婦人爲獨佔的主宰者，男子固不容置喙。曾文樸和其餘的人挺挺的站立著，後來他把木蘭介紹給老太太，簡短地告訴她說是一個朋友的女兒，是中途與家人失散的。木蘭乃被領到老太太的面前，老太太把她周身審視了一番說：

「這樣美麗的一個孩子，眉清目秀，真是曾家的好媳婦啊！」

桂姑插口說：「老祖宗，還是請你做了媒吧。」

說得人人都笑了，弄得木蘭十分尷尬不敢抬起頭來。

老太太又說：「明天我該差人去接曼妮來，她正好給木蘭做伴侶。她也長大多了。剛半個月前她還在這兒呢。……你瞧，再隔不了多少年，我要做曾祖母了。」

每個人都向彬亞望著，笑起來了，於是他也羞澀起來了。曼妮是曾家小弟兄的表姊妹，是曾老太太內姪的女兒，跟老太太的娘家一樣，姓孫，她的父親是一個窮讀書人，家境非常窮困。但是老太太喜歡曼妮長得美麗、舉止文雅，早已屬意配給彬亞做長孫媳婦，雖不是十足的童養媳，但只要曾家去喚她，或她家裏走得開的時候，她卻是時常到曾家來住一程。曾家可以說是本城的首富，公館花園都很宏大富麗，曼妮很願意在那裏多住幾天，因此便和表弟兄倆廝混熟了。

新亞捏著木蘭的手，領她走過石砌的天井，走到裏客廳來，那天井完全用石塊砌鋪的，經過長期的踐踏，表面已很平滑，這些石塊，係附近山頭上面採擷下來的。木蘭看這第二廳堂比第一廳還要來得寬大，不過它的構築，完全用粗線條的意匠，大塊的厚重木工，與第一廳的以華美勝者適相對照。

向西轉彎，他們經過一條有屋面蓋住的長廊位於內院子的邊上，在它的北端接上幾間屋子，把木蘭看得又驚又喜，為之眼花撩亂。這長廊的盡端，在西面開扇門，通入一個花園，種著許多梨樹，和幾枝古柏隔著屋面和城牆，遠遠地可以望見東嶽山峰。

「這便是泰山哪！」新亞說。

「是麼，它——為什麼這樣小呢？」木蘭問。

「為什麼你說這樣小呢？這是孔夫子登過的泰山啊！」

木蘭見新亞不高興，趕緊說：「我只是說，從遠處看來很小，像北京西山。我想走近了看，當然就大了。」

「喔，將來你一看就知道了。我們這山比西山可大多了。從山頂上看得見海，從西山可望不見海。」

「可是你還沒見過我們西山哪。」木蘭的父親在西山有一座別墅，她覺得有必要抗辯幾句。不過她接著說：「我們哪天去看看你們這座山行嗎？」

「我得問爸爸，」新亞說，氣消了。「你自己去看了就知道。」

他們險些釀成的第一次口角就此平息。新亞爬上他愛爬的那棵梨樹，木蘭在下面望著，十分佩服。

木蘭覺得這真是一個奇妙的好地方。他們一直待到傭人來請才走。

第二天，曼妮來了。

曼妮是個純樸的小鎮姑娘。撫養她長大的父親是位學究，因而，她受過完整的舊式女子教育。

所謂舊式教育，指的不僅是書本上的知識，那只是一小部分，還包括禮儀言行，如編入所謂女教四行成規中的：「婦德、婦言、婦容、婦功」。此四者代表有教養、知書達禮的女性氣質，是牢不可移的傳統，閨閣時期為培養此種氣質的重要準備期，古代少女，尤其那些識字的女子，都服膺且力求實踐此一傳統。許多著名的賢妻良母的事蹟，也明白、生動、確定而詳細地描述了這種理想，舉止應對也有一套明確合宜的規範。

禮儀大概是最重要的，因為賢淑的女人，不可能不講禮貌，禮貌周到的女人也幾乎不可能是不賢淑的女人。「婦德」是要勤儉、柔順，與六親和睦相處；「婦容」是要整潔；「婦言」是要謙和，避免閒言閒語，撥弄是非，不要在丈夫面前埋怨伯叔姑嫂；「婦功」包括基本的善於烹飪，精於針黹刺繡；倘係出身書香人家，讀過書，則亦包括能讀能寫，略通詩文——但不耽溺此道而心神渙散，稍知歷史，最好還能稍通繪事。當然，此等翰墨之事決不可凌駕女人其他份內工作，這種學問只應看作深一層瞭解生活道理的輔助，不應看得太認真。詩文之類嚴格說來只是奢侈的消遣，婦德的裝飾而已。

還有，對女人的不妒也頗有要求，也因此，婦人的寬宏大量，適足以證明其賢良。丈夫而有如此「賢妻」，往往心滿意足，與朋輩相比，也自以爲是有福之人。貞操，理所當然，在女孩身上是不可侵犯的，雖然她從來不敢指望男子也能守貞。貞操觀念，大體說來，一般家庭的閨女十個當中有九個以上都能嚴格遵守，也許，在某些階層是全部，而富貴人家的婢女則可能十個當中不到四個能夠遵守。貞操是一種奉獻；父母都會教導女兒把它視爲聖物，要她們重視自己身體，不容男子碰觸，所謂「守身如玉」是也。性觀念在青春期少女的信念中佔有重要地位，也在她堅守此一女性理想的願望上有直接影響。少女是真心誠意地以這種性觀念來等待她的夫君的。

曼妮正是女性這種古典類型的好例子，所以後來，在民國初年時，她似乎成爲珍稀的古董，好像從古書上跳出來的一幅圖畫。她這種類型在現代，顯然是不可能也不會存在了。

曼妮的眼睫毛美，微笑美，整齊的牙齒美，甜美的容貌也美。木蘭頭一次看見她時，她十四歲，已經纏了小腳。木蘭自己很活潑，卻喜歡曼妮的文靜溫雅。她們兩人在內院共住一室，沒幾天曼妮就彷彿成了木蘭的姊姊了。

這是木蘭第一次結交的真情友誼，她與曼妮相知越深，越崇敬曼妮的爲人。木蘭天性是深情的人，但她除了對妹妹莫愁和父母以外，從未這樣熱摯坦白的愛慕過別人。

曾文樸想起了孩子們自從拳匪肇禍以來，久已荒廢學業。不由深深的感到歉恨，便延請了一個老學究到家裏來分上下午給他們授課。這位業師已經六十歲，姓方，並無子息，便住在外庭院東邊課室的隔壁，他垂著一根辮子，戴著一副老花眼鏡，態度冷酷嚴刻，好像從不喜歡孩子的樣子，雖然當他說話給女學生聽的時候，聲調刻意放得較柔和。每天早膳以後開始授課，女學生在十一時左右下課，男學生則繼續至午餐時間。男女學生同讀《詩經》和五種遺規，那是一部論文的總集，內容係訓人以正當生活，學校訓練，子女對於父母的責任，治學的方法。自然，女學生的學業總是超過男同學的，除了彬亞常能背誦得很好，女學生差不多總是被命首先背誦。教師先生初起時性情很好，其後辰光越晚，脾氣變得越壞。

這些孩子個個都互相串通，當背誦者囁囁繼續不下，則暗中幫忙，來欺矇這位老師。背書的方法，係命學生站到先生的案桌旁邊，把書本交給先生，背向著先生，憑記憶將所受的課業，依原文背誦出來，越流利越好，其身體則左右搖擺，直至背完為止。先生的視線卻正好給學生所遮掩住，他盡有機會接受同學的幫助，或則低低傳語，或暗暗將書本遙示給背誦者偷看。

曼妮往往慌亂而脫漏字句。她生性怯懦，記憶力不及木蘭，又因為她當著未婚夫的面在背誦，而且當彬亞想法要幫忙她的時候，尤使她慌亂得手足無措。實際她還是留心著要在未婚夫面前表現優雅的儀態，比之獲取老師的讚賞更為重視。

木蘭對於課業很少有不解的地方，所以每當晚間，兩個女郎同居寢室，當木蘭在詢問曼妮纏足經驗的時候，曼妮會突然問起某文某句的意義，兩口兒於是一同天真爛漫的研討起《詩經》中先生不肯解釋的幾首詩：像幾首描寫少女的私奔，描寫男子的輾轉反側以求愛；又如記述一個生了七個兒子還想再嫁的寡婦的那些詩。先生只把這些章節當作宗教上的經句那樣略涉過去，他只要求學生們機械式的背頌。襟亞為有意窘迫那些女同學，特地詢問先生為什麼有了七個兒子的母親還不安於室，那先生只能簡略地回答他說，那是諷刺大臣的不忠。

曼妮在私塾裏感到不快是顯而易見的。當先生離開課室退入自己的寢室，孩子們留著本應該溫習功課，練習書法的時候，往往七說八說使她脹得紅霞滿面。她總希望快些到了十一點鐘，好跟木蘭一塊兒退課。女孩子們上課時間較短，因為老太太主張女孩子家不宜過分修學，否則將為學問太高而喪失其淳樸的天性，此外，女孩子家還須學習針線工作。所以曼妮和木蘭得進後院子去，或在曾夫人的房間，或在老太太的房間內去做針線工作。她們一面做針線。一面就聽著講一切家庭的瑣務。

曼妮很高興，因爲她感覺這些事情恰恰是女孩子應盡的職分。但是木蘭卻愛好刺繡，因爲她愛好色彩，並喜愛調和各種絲線明艷的調子，她愛好各色各樣的色彩——飛虹、落日、層雲、珠玉、寶石、鸚哥、雨後鮮花，她愛好琥珀的半透明色，又常常在睇視她父親給她的一條三稜鏡。三稜鏡的分光色譜，是她看不厭的神祕。

有一天，新亞悄悄逃了學，溜入母親的房間裏跟姑娘們廝混。當他母親問他爲什麼退學，他回答說因爲肚子痛。

桂姑說：「他的年紀還小著哩，不宜整天強逼他念書。我真不明白爲什麼一個十一歲的小孩子，要拚命的讀完天下所有的書呢。」

「好姊姊，」新亞說，「請你去對爸爸說說吧。我天天在這個時候念完了功課，在學堂裏呆坐著，怪難受的。我並不跟大哥二哥一樣念《幼學瓊林》和《孟子》呢。」

桂姑微笑著說：「你想要做什麼，是不是想和木蘭玩？」

現在新亞很喜歡木蘭，雖然木蘭特別的不喜歡他，因爲他太頑皮。瞧著木蘭正在繡一隻小煙袋，他上前說，他也要做做繡花工作呢。木蘭不肯讓與他，卻被他夾手一搶，把那絲線搶脫了針眼。

「哼！」木蘭說，「因爲你把它絆脫了眼，你要把它重穿好。」

新亞拿去穿了幾次，總是滑脫穿不進去，姑娘們和他母親都笑了起來。

「好嫂子，」新亞懇求曼妮說，「替我穿一穿，我再不跟你胡鬧了。」

襟亞和新亞時常呼曼妮做嫂嫂跟她開玩笑，因爲她是彬亞的未婚妻。

「我從未見過像你們弟兄倆那樣的孩子，」曼妮咬著牙說。但是她心中卻是暗暗的自喜，因爲這樣親熱的稱呼，確定了她在曾氏家庭中的地位。

「嫂嫂，替他做做吧，」木蘭說，這是一個順口的錯誤，因爲木蘭跟曾家並無親戚關係。

「你也來了，」曼妮對木蘭說。「或許我將來真會做你的嫂嫂呢。」

「不錯，將來或許會的。她是不是也會來做我們曾家的人呢？」桂姑說。

木蘭臉蛋兒脹得通紅。玩笑現在輪到她的身上了，曼妮從新亞手中接過針線，穿進了還給木蘭。但是新亞還不肯罷休，仍從木蘭手中將煙袋一把搶住，一定要親自試試。木蘭努著嘴把針線向他一擲。

「這煙袋是替祖母做的。看你要把它弄壞了才算呢。」聽木蘭這麼說，新亞也就放手了。

「這不是男孩做的事，」桂姑說，「如果他想做點什麼，不如學著打打花結和纓絡吧。」

這就是木蘭、新亞合作的開始。

花結纓絡這樣的東西是很好玩的，色彩的配合亦可以跟刺繡一般的繁多，有配在扇子上的纓絡，有配在煙袋上和水煙筒上的纓絡，又有蚊帳鉤上的和眼鏡殼上的纓絡，這些眼鏡係一般老太太隨身帶著，用一根絲線牽住佩在胸口鈕扣上。纓絡可以打成種種花結，有青、綠、黃、橘、白、紫和黑各種不同色彩互相配合，另有金色和銀色，光澤尤爲別致。打各種花樣時，須用上好繡花絨線，做纓絡時則用較爲強韌的絲線，此種絲線亦較易於給孩子們處理。

木蘭和新亞學著打各種不同的花結，揀選其中幾根線條，上面另外用繡絨纏緊。花結打成了種種型式——蝴蝶結、梅花結、和合結、雙喜結、八寶結、蚌殼結、華蓋結、蓮花結、花瓶結、鯉魚結，以及無首無尾神仙結。木蘭和新亞尤愛綳古錢形的花紋，因爲它又簡單、又美觀。那是用許多色彩不同的絨線纏繞在一個銅錢上，它既有一個固定的模型，又可使用許多色彩的交配。這個花紋纏成了，乃連綴一串纓絡上。大家做了一個獻給曾太太，爭著比賽整齊和色彩的美麗。

新亞因爲是家中最幼小的男孩子，太太未免放縱一些。她瞧著這一對男孩和女孩一塊玩著，做花結和纓絡，感覺到木蘭遠比她的兒子聰明。於是腦中起了一個念頭，她乃對於木蘭特別的慈愛、特別的憐惜起來。

吃過了午膳，曼妮又拿起她的刺繡活來，曾夫人乃對她說：「曼妮，剛吃過飯就做針線活是不好的。你這樣少活動會坐出病來。今天是寒露日，快到花園裏領了你的妹妹弟弟去看鸛鳥，拾些牠們搖落的羽毛。你跟木蘭已經好幾天不到花園裏去了。」

花園的四面雖然圍著圍牆，曼妮除非有人結伴，單身是不進這花園去的。這是她受諸閨訓所遵守的禮儀之一。因爲她聽父親講過，差不多所有中國戲劇與小說，其描敍一個女子之墮落或一樁浪漫史的開始，無不以後花園爲背景的，又每當男孩子們在花園裏玩，尤其彬亞一個人在那裏的時候，她也沒有勇氣到花園裏去。

「你可要到花園裏去？」她對木蘭說，「假如你高興的話，那麼我也去。」

「去，木蘭，」曾夫人說。「順便邀了男孩子們一同去。可是不論哪一個都不許再捉蟋蟀，倘或捉了，不許帶進屋子。」

這是因爲前一天，發生了一件事情，把曾先生弄得著惱起來。

幾星期前，當他剛到泰安，就逢著秋社的日子，照例有一番秋祭，來拜祀土神，當地官紳都得參與，曾文樸既是現任京官，又在自己的家鄉，少不得也換上頂戴去參加這祭典。這秋社的日子有時先於秋分，有時後於秋分，秋分總是在八月裏的。有句俗語說：秋分比秋社早，則本年應有豐盛的收穫，比秋社晚，則應該是荒歉年成。這一年，這秋社的日子恰巧來得很遲，因是民間欣喜歡騰，忙著舉行祀拜土神的典禮。

祭典完畢了之後，曾文樸回家來把紅纓帽戰衣外套卸脫，這是大禮服，要待遇到家中任何祭典或重要交際需要禮服的時候，再來穿戴。它是神聖不可侵犯的，孩子們不許碰它一碰，曾夫人總是親自把它照管收藏好，旁人一個也不容過問，因爲它是權位的標識，一家身分的象徵，更重要的意義，爲它同時是皇帝的賞賜，這一套衣冠總是跟朝靴和幾把名貴摺扇一起貯藏在一隻衣櫥裏，那裏頭還保藏著祖父的遺物，這位祖父老太爺也曾當過吏部侍郎。孩子們望見了這些東西只覺得畏憚可怕，那裏還敢去碰它一碰。

過了幾天，有一位欽差大臣過境，曾文樸免不掉要去接待，乃又拿出這套大禮服，卻發現那頂紅纓帽上的孔雀翎像被什麼昆蟲咬壞了一大段，不覺大吃一驚，這事情非同小可。它的兩邊，顯然被擦傷了因而起皺，中央的脊柱又彎曲了一段。曾文樸於是很鄭重的要查問爲什麼會把這隆重的東西弄成這副樣子，他的妻子委實狼狽地說不出理由來，因爲這樣的情形以前從沒遇到過。那時曾文樸卻聽到唧唧啾啾的蟲鳴聲，就在衣櫥邊捉到一隻蟋蟀。又在衣櫥的框架裏發現一個洞眼，這就是容許那蟋蟀從下面爬進衣櫥的通道。

「這蟋蟀怎樣會躲到那兒去的？」

「那是我的，我……我不知道怎……怎麼會逃走掉的。」新亞瑟瑟抖抖的回答。他並不想溜開去，卻是站定著，瞧著父親把那蟋蟀向地板上一摜，經朝靴踏個粉爛。那是一隻好蟋蟀，曾和襟亞的蟋蟀戰鬥過，屢戰屢勝，新亞嚇得不敢哭出來，雖然他的那顆心，肉痛得幾乎爆裂開。這蟋蟀怎麼會從放在衣櫥下層的竹筒內逃出來，他怎樣也想不明白。

「你是不是沒有別的地方安放這蟋蟀，一定要放進這間屋子裏來？」他父親說。假使闖這禍的是他的兩個哥哥，那可不是這樣責罵就算了事的。但是新亞年紀還小，他的父親有些偏護他。

這次應酬過去了，但是曾文樸第二天還是很著惱，因爲他感覺到給同僚在筵席上看出了這磨損起皺的孔雀翎好生侷促不自在，雖然當場絕沒有人來說穿。所以那天曾夫人要這樣叮囑。

當時曼妮、木蘭和新亞、愛蓮一同到花園裏去。他們一直過橋到花園的那邊，那裏養著兩隻鸛鳥。看了一陣鸛鳥，他們在草地上閒步著。曼妮卻在找尋鳳仙花，它的漿汁可用以染紅指甲的。新亞並不留心什麼鸛鳥羽毛或她們正在尋覓的花朵，因爲他正在熱心的想再捉一隻蟋蟀，獨個兒走到橋的另一端，在牆根石底細細察聽蟲聲的出發點。

突然姑娘們聽見一聲洪朗的鳥鳴聲。她們回頭一看，瞧見彬亞和襟亞結伴而來；原來是彬亞假做鳥叫聲，新亞卻促口回答了一聲口笛聲。弟兄倆奔著過來，高聲說道：今天放學，因爲先生患痢疾，已經回家去了。新亞慌忙搖手叫他們靜些，因爲他正將捉到一隻鳴著剛健鳴聲的蟋蟀。蟋蟀的優劣，你可以單憑鳴聲來判斷，又假使牠的頭和腿生得雄健，便是好鬥手，稱爲「將軍」。

姑娘們繼續尋覓她們的鳳仙花。曼妮找到了一枝，木蘭就詢問她怎樣把指甲染紅的方法。「我們先要多採些這種花。然後搠成肉漿，加少許明礬，搽於無名指和小指上，蘸些微露水再搽幾個早晨，那紅色就不褪了。」木蘭所以愛慕曼妮，因爲曼妮好像知道所有女人家的細微事情。雖然她瞧見翠霞染過她的指甲，卻從沒有講出怎樣的染法，珊姐是個寡婦從未用過，而木蘭自己的母親，已經是四十開外的人，沒有心思弄這種浮華的消耗品了。

一會兒，姑娘們又聽見一聲勝利的歡呼。他們大家奔到新亞那邊去。原來他捉住了一隻好蟋蟀，生著巨大而均衡的頭顱和矯健的腿，加以修長而挺直的觸鬚。牠的顏色是帶深紅的橘黃色。彬亞說，這叫作「紅鈴子」，這種蟋蟀，牠的鳴聲和戰鬥力都是雄壯的，馬上要拿他自己蓄養的一隻出來和牠鬥一鬥。說著轉身飛奔到屋子裏去拿那頭戰鬥員。新亞不願意讓他剛捉到的蟋蟀立刻上陣廝殺，但是他得接受挑戰，於是他把那蟋蟀雙手捧住，讓牠從這一隻手掌爬到那一隻手掌，使牠激起狂怒。蟋蟀的觸鬚開始向上挺豎，雙目怒視，利牙開闔顯露其有節奏的殘忍形態。

他們在乾燥的地面上撥清了一方草地，使兩隻蟋蟀相對的踞伏著了，但不使牠們馬上接觸，卻用蟋蟀草驅使牠們各自退回去，讓牠們互相示威一下，然後縱使接戰，其戰鬥力一望而知彼此難相匹敵的。在職業性的鬥蟋蟀場中，這樣的配檔是不容許的。蓋參戰的蟋蟀必先秤量其體重，體重相等，然後可使配檔入局，開始對敵。現在彬亞的一頭「將軍」，軀幹短小，色黑如漆，雖也為精悍善戰的上品，終比不上新亞新捉到的那隻雄偉。接戰不過幾個回合，彬亞那頭蟋蟀早已折斷了一根觸鬚。

在木蘭善感的芳心上，這種玩意簡直是慘酷的殘殺。由她天真稚氣的印象想來，這些都是生就雄力爪牙準備互相齧咬廝殺的巨獸。她好像在觀看獅子撲鬥。牠們的軀體生得這樣完美，頭顱這樣光滑，黑背上所映現的花紋色彩這樣精細。牠們的雙腿，宛如福州漆器。她委實不忍見牠們無論哪一隻受傷，但是心中料定那小的一隻必會被殺，所以她領了愛蓮走開去了。

曼妮卻不是這樣。她的個性是十分懦怯的，對於蟲類連蝴蝶也不敢觸及。但是她仍專心的注視著，因為彬亞的那隻快要輸了。她的意思是要停止戰鬥，而替彬亞媾和。但是他的那隻蟋蟀倒是不服氣，賈其餘勇，奮力作戰，那頭大蟋蟀頭顱早已受了挫傷，看牠好似勃然大怒。因是彬亞要瞧一個結局，戰鬥仍繼續進行。兩個孩子用蟋蟀草驅刺著牠們，結果，彬亞的蟋蟀傷折了一條後腿翻滾倒地，未及重新爬起，已被無情的敵手猛齧著。曼妮一把抓住彬亞的臂膀，又驚又憐的不勝焦急。

那小蟋蟀再度勉力的支撐起來，但是大勢已去，不到幾秒鐘，早被敵人用毒牙啄死，踐踏在軀體上做勝利的朗鳴了。

曼妮抓緊了彬亞，眼圈濕潮潮的哭出來了。彬亞垂頭喪氣的站起來，抬頭瞧見曼妮凝眸注視著他，與他分擔著憂慮。……

「我告訴你趕快住了手，而你不聽我的話。這次交鬥是不公平的。」曼妮說。

彬亞此時第一次體認出曼妮的美麗，她的眸子是黑溜溜流露著年輕的熱情，掩映著長長的潤濕的睫毛。

「這一些是小事情，」他向她說。「你是不是爲了這些便哭了？」

「你應該聽我的話，」曼妮說。

「下次我就聽你了，」彬亞說。

他伸手握住了她的玉腕，這舉動在禮教上本來是不應該的。這一親密而柔綿的互握，提醒了終身所不敢忘的情愫。

正在這時候，一陣呼聲驚醒了他們的甜夢。他們掉轉頭來，聽得愛蓮急嚷，木蘭跌下來了。大家慌忙奔到那地方，只見襟亞飛奔的閃入屋子裏去了。

原來當木蘭領了愛蓮走開的時候，那第二個孩子襟亞跟上來加入她們，因爲他自己沒有鬥得過他們的好蟋蟀。襟亞的資質相當聰慧，但是他卻不及他哥哥弟弟那樣坦直而適於交際；他天性謹飭而易起狐疑，這從他平日說話中可以看得出。他老是靜默而寡言，而說起話來總躊躇不決，有時往往重複再說一遍，好像覺得第一次所說的發聲有不對的地方。他畏懼冷酷的父親，使他的心靈備受壓抑，益發失卻自信。這個世界呈現給他的已經是困難重重，再加以決不定主意。他的心理活動形態大概是如此的：

「我沒有一隻好蟋蟀，是不是？像新亞那樣的好蟋蟀是很難尋覓的，我想我不見得能找得著。我可以捉到一隻好蟋蟀，但不見得能夠捉到像那一樣好的。或許我能夠，但大概是不能夠的。所以也無庸費力去尋找，就是找到了一隻，也是不會那樣好的。而且……」那顆心機械的鎖閉起來，讓那問題有首無尾的殘留著，又轉到另一個問題上去了。

和木蘭等結伴走入果園中，襟亞想起他們可以爬到樹上去找幾隻蟬蛻玩玩。金蟬大概是在這個時候從牠的外殼中脫褪出來，好像一個姑娘脫卸了衣裳走出來。脫褪的路徑是背脊上一條罅口，脫褪之後，這一隻乾燥的空殼，仍舊頭足軀體完具的棲躲於椏枝上面，與真的蟬形一般無二，除卻這殼的質地是透明的。瞧見了棗樹上有這麼一隻蟬蛻，襟亞爬將上去，忽然心上起了一念，想捉弄木蘭一下。最低的椏枝也離地有七八尺之高，木蘭卻被哄著也跟著爬上去。

她從未爬過樹，這新鮮的提議倒打動了她的心坎。襟亞幫忙攙引著她爬得高了，又扶她踏上一枝杈出的椏枝，自己卻脫身溜下樹，讓木蘭孤零零的留在樹上。

這一來把她嚇得魂不附體。雙足一滑，她慌忙一把抓住較高的一枝樹枝吊住，再用雙足探觸想獲得立腳的支點，竟探不著。當她這樣危險地吊著的時候，襟亞拍掌大笑，因爲他站在地上可以仰望，從她的短襖瞧見她的一部分肉體，他覺得這玩意兒是有趣的。木蘭嚇得實在撐不住，一脫手從十二尺高的地方翻跌下來。她的腦袋撞在一塊凸出的石塊上，躺著失卻了知覺。愛蓮發急地喊叫著呼援。襟亞瞧見她的太陽穴流著血，慌忙溜逃了。

彬亞、新亞、曼妮瞧見木蘭昏倒了，大家吃了一驚。她的臉龐黏滿了血跡，地面上染得渲紅。愛蓮嚇得哭了，弟兄倆奔入屋內，大呼：「木蘭跌死了！木蘭跌死了！」

男傭人們聽見了，大家奔入後花園，曾夫人和女傭人們跟上來。曾文樸正在午睡，給人聲鬧醒了，也跟來了。桂姑剛巧在前院子中，所以最後聽到這個消息。她正在餵鸚哥，聽到有人跌死，誤以爲是愛蓮跌死了，一碗清水失手打翻，潑得襖褲都被沾濕了，急急展開小腳三步作兩步跑著，奔到後院子來，要不是靠著牆壁和走廊柱子，幾乎傾跌一跤。

傭僕們把木蘭馱進太太的臥房，安放在土炕上躺好了。老太太早焦急地等在那裏。孩子們慌得開不出口，立在後面。桂姑動手替她洗淨傷口，一房間塞滿了人。

「萬一這孩子有什麼不測，我們還有什麼面目見姚家的人？」曾夫人說。

「這是怎樣發生的？」曾文樸質問幾個孩子。

「我們沒有瞧見她怎樣跌下來的，愛蓮和襟亞跟她在一起。」新亞說。

「襟亞到哪裏去了？」

「我們瞧見他溜逃的。」

曾文樸吩咐立刻去找襟亞來。

「你瞧見的？」曾文樸對愛蓮說。

「二哥哥叫木蘭爬上樹去拿一隻金蟬殼，等她爬上了樹，自己卻溜了下來，留她獨個兒在樹上。木蘭嚇起來了，他卻在下面拍手大笑，她越加嚇了，一面叫著，一面翻下來了。」

「這個小壞東西！」曾文樸怒吼。

桂姑很著急她女兒所說的話。

「不要完全聽信小孩子的話，小孩子說的話總有不對的地方。」桂姑說。

「拿家法來！」曾文樸嚷著。所謂家法，是一根木杖。

全間屋子登時肅靜下來。

曾夫人勸著說：「你也應該等襟亞來了，聽聽他自己怎樣說。」

「他一定犯了罪，倘使不是，爲何躲匿不見？」

襟亞被人拖著進來時，早已急得哭了，因爲他們早已告訴他，他父親正在大發脾氣。第一個見面禮便是左右兩下耳光。接著，他父親揪著他的耳朵把他拖到天井裏，命他在地上跪著。那個管家的頭目見東家發怒了，上來替少爺緩頰，曾文樸那裏肯聽。

家法帶了上來，襟亞母親聽見木杖啪啪啪三下的撲打聲，接著孩子在地上號哭起來，她急急地衝到天井裏來，縱身遮住了孩子。

「你要打死他，先打死我！這樣小的孩子，而你這樣狠勁的打他！」

老太太聽見了也連跌帶衝的奔了出來，吩咐她兒子住手。

「你瘋了麼？倘使這孩子幹錯了什麼事，我還活著，你可以告訴我。你不能爲了別人家的孩子來殺死我的孫子。」

這父親便釋下了木杖，掉轉身來。「母親，」他恭恭敬敬的說：「倘使一個孩子不在此時管教好，將來長大了那還了得？」

在這時候，桂姑大聲說：「老爺，請息怒吧。那孩子已經醒了，大致沒有什麼關係了。」丫鬟們把曾夫人扶了起來，掖著走進屋子裏去，男傭人把襟亞也抱了進去，他還哭著。桂姑揭起他的衣衫，瞧見背脊上留著青紅的傷痕。曾夫人瞧見了，心如刀割一樣，哭著道：「我苦命的孩子啊！他竟這樣狠心的把你打成這個樣兒呀！」

桂姑聽了，掉轉身來對準自己的孩子愛蓮頭角上，敲了幾下毛栗尖，因爲襟亞的受罰，那是因她多了幾聲嘴。

「這都是你的嘴舌不好！」桂姑這樣說。

「我沒有扯謊，」愛蓮慌得哭了。「別人都在捉蟋蟀呵！」

這可更把桂姑急翻了。

「倘若你再多說一句話，我就擰爛你的嘴巴。」她說著，喝止那孩子多講一句話。

曾夫人說：「不用太和她認真了。」

木蘭微弱地聽著這些聲息。她記得當時怎樣翻下來的情形，睜開了眼睛說：「你為什麼打起愛蓮來？」她想坐起身來，卻被桂姑撳住了。曼妮彎著腰伏在她上面，快活得迸出了熱淚來，因為木蘭恢復知覺了。

曾文樸不聲不響的走到前進屋子裏去了，自己也覺得對兒子太嚴酷了。別的孩子當家法帶上來的時候避入廚房去了，等到聽見父親已經走開，一切事情已經過去了，才重新回到母親的房間裏。瞧見木蘭和襟亞都躺在炕上，襟亞側躺著，愛蓮還在啼哭，彬亞和新亞走近襟亞的身旁，問他覺得怎麼樣，不料曾夫人呵喝道：「你們還閒蕩著幹什麼？去念書去！」弟兄們乃悄悄地走了出去，不知道念什麼書好，只知道念書是保持自身餘下半天安寧的最好方法。

老太太吩咐煨一些藥饍給木蘭和襟亞安安心。曾夫人說：今天晚上讓襟亞和她睡在一起，否則怕他受了驚嚇，或許變成了嚴重的症候。木蘭流了不少血，但是她的病象倒是比較輕的，所以決定仍讓她照常和曼妮合睡。這屋子裏忙亂了一天，桂姑還忙碌了一整夜，不時替襟亞掉換背上的藥膏。

從那天以後，停了三四天學。教師身體還沒有復元，襟亞還躺著沒有起床，曼妮沒有木蘭作伴也不願上學。等到木蘭和襟亞痊癒，可以重新上學時，花園裏早已披上濃霜，已是秋風蕭瑟、木葉轉黃的氣節。老太太說，依照古時的風俗，這時節是女孩子在晚上做針線，婦人們在晚上紡紗的時節。蟋蟀所以在每年的這個時節出現，就是為了要提醒婦女們紡織，聽牠們啾啾唧唧的鳴聲，多麼像機梭的格格聲。

這樣就結束了木蘭在山東的短期私塾生活，她在進餐時和放學後，仍舊和男孩子們會面，但是襟亞總是含著惱怒。他的年齡正當男孩子厭恨女孩子的時期，而他的經驗告訴他，女孩子總是禍根。木蘭總想和他攀談，他老是不理睬她，這個態度就變成了終身的成見，所以他此後永遠不喜歡木蘭。

木蘭從此也就不走進這個花園，因爲曼妮不願到那裏去，而天氣也冷了。

除了九月初九上泰山一次，姑娘也沒有出過門。那天他們闔家去登泰山，除了曾夫人和桂姑的兩個孩子，曾夫人要讓桂姑出門，所以自願守在家裏照顧孩子，因爲漸次秋深的時節，她雙腿的老毛病又犯了。倒是老太太還和著興兒一同去上山，因爲今年得闔家團聚在一起，是不容易的機會，她是多麼歡喜，又加上她是特別信守風俗的。孩子們這才恢復了愉快的精神，大家開開玩笑，木蘭始終不能忘卻她這一遭初次上南天門的印象，當時和新亞同坐在一頂轎子裏，差不多像倒豎的形勢懸宕在半空中直上山巔，兩人的身體不得不緊緊貼住。後來她和新亞再來遊歷這座名山，環境就完全不同了。

費力地爬到了南天門附近，木蘭不得不向新亞承認，他的山的確是比較高些；而新亞志在模仿成人的模樣，抱著謙遜的態度，表示他希望他的那座「卑微的山」，會因爲像她這樣高貴遊客的光臨而感到榮幸。

桂姑聽到了兩個孩子間的這一段談話，在遊玉皇觀的時候把它說給老太太聽。「這樣子的孩子，已經學著講京話了，」她說。

老太太聽了，笑了，向新亞說：「小老三，你沒有做官先講官話。待你做了官，我就想法把木蘭配給你做夫人太太呢。」這是一種老年婦人可以不用顧忌的戲謔。

「那我一定還要來拜謁這位貴顯的夫人哩，」曼妮取笑著木蘭說。

年老的曾文樸先生心上產生了一種感觸，在山頂玉皇觀的大殿上，他想起了他的祖先，盤算著他希望能目睹三個兒子一齊長大成爲達官顯宦。他彷彿好像已經瞧見他們穿著朝服頂戴了，也覺得彬亞是個高潔的好孩子，易於成爲學者。新亞這個最小的孩子，以其寬容的風度可以過得去；只有襟亞，這第二個孩子，最容易在仕途中順利進展，因爲他不多開口，而在他靜默的背後卻隱藏著大量的狡猾智慧。但是他必須予以嚴格的訓練，使他的聰明導入正軌。

曾文樸又想起還有曼妮來幫助彬亞；他對於她這樣一個媳婦，很感到滿意。他假使要把木蘭和新亞結成配偶，大致也沒有多大困難。木蘭看來是很聰明的孩子。他已經搭救了木蘭，又這樣待她，而她的父母拒絕他的提議，那末免是忘恩負義的了。由經過的遭遇看來，這一對配偶的結合，是出乎天意的。他用這樣的眼光看待木蘭，也就激起了父性的仁慈態度，好像他將寄重任與她，而把兒子未來的幸福交託在她手中。這樣，到了他六十歲告老退休的日子，曾氏一門將是何等興旺幸福的家庭啊。他又想到襟亞，覺得他的夢想還是不完全的，他願意知道他的第二媳婦將爲誰，她將是怎樣一個模樣兒。

所以他對襟亞特別慈祥起來，當他們在玉皇觀內進午膳的時候，他做了一件不尋常的事，這在他家中是沒有先例的。他用筷子夾了一塊肉遞到襟亞的面前。襟亞受了這難得的寵愛，深深的感動著，老太太和桂姑只是默默地注視，明白襟亞前次的過失已獲得了寬恕，雖然父親沒有說過一句話。

當著孩子的面，曾文樸從不讚美或獎掖他們，這是他的習慣。他們沒有幹過錯事，則一律是「壞蛋」，幹了些微錯事，則一律是「禍種」。他從未對一個請求說過一個「是」，就是對他的妻子也是如此；當他不反對或默不發聲，那麼他妻子知道他是答允了。他還是對曼妮多講話，因爲她不是他的女兒，因此也不對她擺出父性的尊嚴。所以午膳用過了，他對曼妮說：

「出去跟兄弟倆玩玩吧。但是可不要走近捨身岩。」那是一座峭壁，曾有人到那裏跳崖自殺過。

對於孩子們，這是一道赦免令，他們覺得嚴峻的父親今天對他們特別的慈愛。這一天是一次最完美的遠足。下山來不過花了他們一小時的時間，他們可以望見縣城安臥在平原上，一個方方的圈子。當他們進得城來，已經是黃昏時刻，滿街燈火了。

尤其使這一天成為可紀念的日子的，是木蘭的父親拍來了一個電報。

這電報是一星期前從杭州拍來，轉由省城郵寄到此的。電報在那時還是很稀罕的東西，曾府闔家殊難於置信，一封信札從杭州寄來不過七天工夫，大家要看看電報到底是怎麼一個樣子。電報上對曾文樸這番義舉首表盛大謝意，雖來生效犬馬之勞，難以圖報，接敍姚思安對於女兒暫住曾家的事極度放心，因為他相信木蘭在曾家的生活一定和在自己家中一樣，又說約莫小雪前後，這時期大約在十月中旬，他將親到山東來向曾先生和曾府闔家面致謝忱。又有幾句附寫給木蘭的話，說他們一家已於九月初一安抵杭州，闔家康泰可勿掛念。此後對於曾氏夫婦，應視為「恩同再造」的父母，必須服從而崇敬，毋忘恩義。

這一天晚上，木蘭興奮得厲害，怎樣也睡不著。她滔滔不絕的講，怎樣跟著父親回杭州或北京，講北京的種種掌故，把曼妮聽得出神，曼妮和其他的鄉下姑娘一樣，渴慕著想上北京去走一遭。

「你將來自會瞧見北京城的，」木蘭說。「自有人會用花轎接你進北京城呢。」

「蘭妹，讓我們做個結拜姊妹吧，」曼妮提出了這個提議。

那是簡單的小孩子的盟約。她們沒有焚香，也沒有到天井邊對天交拜，更沒有交換各人的八字庚帖。她們不過對握住手，在菜油燈前立下了誓約，她們將終身結為姊妹，互濟貧困。曼妮拿了一隻玉桃子贈給木蘭，可是木蘭卻沒有什麼可以還贈給曼妮。

經過這樣立了祕密的盟約，曼妮便把她胸中親暱的祕密透露出來，第一件事情，曼妮說給木蘭聽的是：「你將來長大，倘能嫁給了新亞，那麼我們便是嫂嫂弟媳婦，可以一世同居於一個家庭裏了。」

「我很願意做你的弟媳婦，可不願嫁給新亞。」木蘭說。

「那麼，襟亞呢？」

「不，當然不會，」木蘭回答。

「那麼，你怎樣成爲我的弟媳婦呢，假使你不嫁給曾家的弟兄？」

「我只想永久和你同住，卻不願意嫁給他們任何一個。」

「你是不是不喜歡新亞？」

木蘭年紀還輕著，不知道什麼是愛情，不過想到婚姻的事情覺得好玩。她笑笑說：

「我只喜歡彬亞，他是那麼文雅。」

「那麼我就讓你去嫁了彬亞，我做他的偏房也好，」曼妮說。

「那怎麼可以？你比我年紀大呢，」木蘭頓了一頓，又說：「我不喜歡男孩子，怎樣也不喜歡。我自己要做一個男孩子。」

「咦，蘭妹，你怎麼這樣講？」曼妮可謂是一個純粹的女性，她不能明瞭爲什麼一個小姑娘要做男孩子，「這些都是我們肉體上註定了的，不可變更的生理。」

木蘭接著說：「我要做男孩子，他們享有種種利益。他們可以出門會客；可以應試做官，可以騎馬，可以坐綠呢轎子。他們可以遊歷名山大川，閱讀世上各種書籍。像我的哥哥迪人，母親什麼事情都讓他做，他還時常命令我和妹妹。他常說：『你們這班女孩子。』這句話叫我又氣又恨。」

這是曼妮第一次聽到木蘭講起她的哥哥。「迪人可像個好孩子?」她問。

「不是，他真是個壞蛋。我的媽媽縱容著他，因爲他是獨生子，直到兩年前，才生了個小弟弟，他時常發脾氣，還要恐嚇人，摜碎東西，有一次真的把錦兒丫頭踢了一腳，還把她手中的盤子擲翻，羹湯潑了她一身。」

「你的爸爸不管嗎?」

「這些事我爸爸是不知道的。我哥哥就只怕爸爸，但是媽媽總是迴護著他，她對待我們女孩子都很嚴厲。我倒是畏懼我的媽媽，卻從不怕爸爸。」

「你說過你爸爸不讓你纏小足。」

「不錯，我媽媽原本要幫我纏足，可是我爸爸念了許多新出的書，他說他要把我們養成一個新式的女子。」

「這些事情都是前定的，」曼妮說。「就如你我的相遇，你不走失，我們怎麼會相遇呢?可見冥冥中自有天定。但我卻不懂怎樣才叫新式女子。不纏小腳怎麼好出嫁呢?」

一個想法掠過木蘭的心頭。

「姊姊，我倒想試試。你好不好替我纏纏腳看?」

這個提議曼妮覺得義不容辭。她們掩上了房門，不讓別人瞧見，真的嘗試起來。木蘭起勁得只是吃吃地笑，伸出了雙足。曼妮脫掉了木蘭的鞋襪，用長長的白布帶把她的腳纏束起來，除了大足趾以外，其餘的足趾一律彎摺到腳掌下面，用力緊緊的縛住，木蘭的一雙足只覺得僵硬，簡直好像不中用的了。

第二天，她就打定主意不再繼續纏下去了，於是更加想做男孩子，好有一雙男孩子的足。

第五章

姚思安於十月中旬到泰安來。回到杭州的路程太長，所以他決意把木蘭逕自帶轉到北京去。慈禧太后和光緒皇帝還出奔沒有回來，正由慶親王和李鴻章全權和列強談判中。戰爭的範圍原來只限於華北。由於上海各國領事與南方省當局間的諒解，而山東省也由於袁世凱的主持，未曾牽入戰禍。所以姚思安一路北來，經過的都是太平路徑。

北京得以免卻許多流血的搶劫慘禍，並逐漸恢復秩序，應歸功於名妓賽金花。一八八七年時，賽金花還只有十四歲，曾嫁給一位出使俄德奧荷的欽差大臣充側室，跟著居住過柏林。她的丈夫比她年長三十六歲，在一八九三年去世了，於是她回到中國，並成爲紅極一時的妓女。她是在義和團發難時到北京的。後來德國公使被殺，幾個德國兵在娼寮區域發現了這個會講德國話的妓女。他們把事情報告給聯軍統帥瓦德西，賽金花就成爲瓦德西寵愛的人物。她勸導北京商人賣食物給外國兵士，一面並挽救許多中國平民，俾免於遭受外國兵士的屠殺劫掠或強姦。當時人民對於她十分感激，因而稱她作賽二爺，雖然這是男人家的稱號。

姚思安到了泰安的第二天，又吩咐他的女兒拜曾氏夫婦做「義父母」。他親自搬了兩只椅子安放在大廳的中央，請曾文樸夫婦倆坐了下來，接受木蘭的叩頭禮，又在地板上鋪好紅氈毯，以便木蘭跪拜。曾氏夫婦把這禮節看得很鄭重，換上了正式禮服。姚思安本人也對他們作了揖，認他們做通家弟兄。這種友誼關係締結之後，一家的婦女可以去接見另一家的男人。曾家在前夜已替他設宴洗塵過，這天晚上，姚思安也設宴還席，他們等到姚思安準備於三天後動身的那天，又設宴請了他。

曾老太太也接受了木蘭的叩拜，從此木蘭便稱呼她祖母，而稱呼曾氏夫婦爲爸爸媽媽。木蘭從未覺得自己像今天這樣重要過。

曼妮和木蘭的離別倒是一樁不易解決的難事。木蘭曾請曼妮帶她去拜訪她自己的家庭，曼妮謙遜了一番，說她的家庭是非常卑陋的。但當曾文樸於秋操時上濟南謁見總督的時候，她帶了木蘭去見過她的父母，開玩笑地介紹她是結拜小姊妹，她們的姊妹誓約本來是祕密的。木蘭感覺到這是一個簡樸清苦的貧儒家庭，逗留了半天，吃了一頓粗糲的苦飯，曼妮的母親對於菜肴的簡薄，不住的表示歉意。

現在真臨到要分手的時候了，孩子們都望著木蘭坐上轎子，曼妮沒有去送木蘭，因爲她早已哭成淚人兒了。孩子們向木蘭遙呼說，他們將在來春在北京大家重行會晤的呢。

曼妮知道當曾氏一家回轉到北京的時候，她是不會跟著去的。她不是個「童養媳」，而是表姊妹的身分，而且她的年齡已到了不宜多接觸男孩子的時期。

那天寒露日在花園裏發生的事情，使曼妮有了一種轉變。她產生了性意識的自覺，所以她越愛彬亞，則越規避彬亞。彬亞每當四下無人時，抱怨她這樣的態度，不過這樣訴苦的機會是難得的。有一次在有簾子掩著的走廊下單獨遇見了她，他慌忙立定了想和她攀談幾句。伸手去握著她的那隻粉腕，但是她急急抽掉了說：「假如給人家看見了，會怎樣說呢？」說罷一轉身溜走了，讓彬亞呆呆地立了一回。他從此乃格外重視她眼眸的每一顧盼，聲浪的每一音節，和每次近身的機會。她天然地長成古代小姐的典型。這種女子生而具有逗引人的魔力，卻往往退縮，極少流露其愛慕的情愫，偶爾表示其愛悅，則很巧妙、很謹慎。這樣一個女人，她是美麗的，遙遠的，不可捉摸的，巧妙地隱藏著，也巧妙地表露出來，施展其女性本能的遮掩的引誘力；她匿藏深閨而從幕後窺人，從不正面對男性望上一眼，她身體雖躲藏，但對於家中動態卻無不瞭如指掌。

木蘭的父親一向是喜歡木蘭的，現在覺得她加倍的可愛，好像她是死後復甦的愛女。當其家屬還沒有回來，單單父女二人在北京度了幾個月的生活，這幾個月之中，他們每天長談，更增進了不少感情，他們的房屋未遭劫掠，完好無損。大概因為它的地位是在東城的中心，而破壞最厲害的乃是南城和東南城。那棵下面埋藏著古銅器的棗樹已經枯死了。只有他們在西山的別墅受了很大的劫掠。恐怖慘酷的故事講也講不盡。木蘭瞧了頹垣殘壁和前門城樓上纍纍的彈痕，不禁毛骨悚然。

木蘭的母親和家屬在三月裏從杭州回來，她母親對待她的態度轉變了。本來讓錦兒幫她打扮，陪她玩耍的，現在她親自替她打扮，又讓她和莫愁一起睡在她寢室裏了，珊姐為了那天讓她單獨留在車中闖了禍，時常覺得過意不去，所以格外要引她歡喜。人人都要她講失散後的經歷，她就講那女拳匪，那老巴，和她學會的一首英文歌，這是迪人愛聽，而且迅速學會了的。又講講她的學塾生活，她的從棗樹上翻下來的前前後後，以及遊歷泰山的情形。她講得最起勁的是告訴他們關於曼妮的事，所以上自姚思安夫婦，下至翠霞以及許多阿媽，總之闔家上下都知道山東有個曼妮。

莫愁聽著她姊姊講得又興奮又驚訝，露著她新生的門牙，只覺得她姊姊是個不可思議的人物。從此木蘭在家庭中被認可為已經長成了的姑娘，而迪人的長子地位，漸漸地微落了些。木蘭於是開始照顧莫愁和小阿非。這時候，她十四歲，思想已逐漸成熟，她乃學著忍耐她哥哥施於她的凌辱，這差不多是女子教育的一部分。女子的態度一定要柔順、服從，要穩重謹飭，不可對人生期望太奢，時常容忍男子享受較大的自由，施展放任的行爲。

曾府在四月初回到北京來，從此兩家往還密切，彼此熟悉起來，小孩子們也時常互相訪敍了。令時令節，必互餽禮物。木蘭的父親又主張曾家到他店裏取兌藥物一切免費，曾家也欣然接受了。姚夫人每年當冬令初期，必餽贈曾夫人以上好人參。中國藥鋪往往不僅發售藥物，還帶有各種貴重補品美味珍饈，好似燕窩魚翅，雲南的火腿、廣東的虎骨木瓜酒，和蘇州的醉蟹，這種種都是和藥草一同運來，因此姚家就常送禮給曾家。然而，送禮的篋子也從未空著退回來，曾家也往往把當令禮物還敬過來，雙方家庭都是富裕的人家，用禮物來結合友誼是很愉快而適意的一件事情。

有一天，木蘭和她妹妹被邀赴曾家用午膳，二人乃由老媽子周媽陪著一同去。用過午膳之後，曾家又堅持留下木蘭用點心，而周媽因爲她丈夫的差人呼喚，急須回去，臨去說定五點鐘會再來陪領的。木蘭卻吩咐她不必再巴巴的趕來了，她自己很熟悉回去的路徑；那不過十五分鐘的行程，穿過一條兩面店鋪的大街，不會有什麼事故發生的。

在回家的路上，木蘭和妹妹瞧見一群人，圍著一個賣藝拳師正在哈德門大街人行道上表演。這個人赤裸著上身，聲稱要用他的掌緣把一塊四五寸厚的沙石劈開。

他真的劈開了那塊沙石，乃開始兜售其刀傷拳傷的藥。接著他抽出一條青布，向眾人兩面翻來翻去展示了幾回，把它鋪在地上，不一會，在它下面捧出一碗熱潑潑的小蝦餛飩湯。

那時，上等人家的姑娘沒有陪隨的人而在街道上逗留，好像是一件不體面的事情。木蘭還只有十四歲，她的妹妹是十二歲，她們忍不住貪戀那無拘無束單獨在外邊遊蕩的樂趣，看過了拳師幻術賣藝之後，一路走過去，瞧見一個賣糖山楂的人，這是冬令剛剛上市的東西，她們的唇角不由得盤滴著饞涎，於是兩人各買了一串五枚同串的糖山楂啖著，說不出的愉快。再過去，又遇著賣西洋鏡的玩意兒，裏面有義和團和外國砲艦的畫片，兩個姑娘便掏出錢來湊到鏡眼裏去瞧它一瞧，嘴裏還滿含著糖山楂。

正看得興味濃厚時，木蘭忽然覺得有人在背後一把抓住了她的臂膊。她的糖山楂受了震動，掉落到地下去了，她慌忙掉轉頭來，一瞧是迪人，未待開言，迪人就摑了她一個耳光。

「你在這兒幹什麼？」他質問木蘭。

「我們正要回家，」木蘭忿怒地說。「你為什麼打我？」

「當然我應該打你，」迪人回答說，「你們姑娘們不應該在外遊盪。一旦讓你放蕩在外，你就失卻了貞潔的觀念。」

「為什麼你可以跑出來，而我們不可以？」

「你是姑娘，就是了，假使你不服，我就回家去告訴媽媽。」

木蘭當真發起火來了，說：「好，你馬上去告訴媽媽。你沒有權力打我。你沒有權力！我們的爸爸媽媽還活著！」為了護衛自己起見，她又說：「我也會把方才的情形告訴爸爸。」

迪人走開了，姊妹倆又恨又氣，便取道回家。一路上越想越覺得男女的不平等，最忍受不了的是受迪人的管教和辱打，他是她們所知的壞孩子，也是最沒有資格可以訓誡她們的人。

迪人是不是會去告訴母親？她們方才的行為雖不是十分合宜，但也並不算什麼大錯，她們沒有離開回家的路徑多遠，小孩子總歡喜瞧西洋鏡。她們也曾在家裏吃過糖山楂。

她們決定先看迪人有什麼舉動，進晚餐的時候，迪人一句話也沒有開口，木蘭威脅說要告訴爸爸，是指他方才在路上動手打她，而且還有許多講不得的事情，也怕她講了出來，他一生所怕的就是他父親。他盤算著還是不開口為上策。

她們哥哥的這種虐待行為，使個姊妹倆加緊的團結起來，更熱切的想起男女間的差別。這使木蘭格外起勁的聽父親講那新式女子——保持天足，與男人平等，和現代教育。這樣狂活的西洋理想早已攪動了中國。

迪人不但是縱容而變壞了的孩子，抑且逐漸在家中喪失他的地位。

迪人實際上是一個私生子，是他母親婚後五個月就生產了的。

他母親是杭州一家扇店老闆的女兒，出身於普通的中等階級商人的家庭，她初次與姚思安相識時，他已經三十歲，而她自己是二十二歲。姚思安與她發生了關係，他的老父親知道了以後，即堅決主張他應該娶她，因爲她也是好人家的女兒。有人說，女家曾提出條件要求將來不可娶妾，但此說難於證實，因爲雙方都急於想掩沒旁人的誹謗，很迅速的完婚了。我們已知道姚思安青年時固放蕩不羈，爲所欲爲，後來不但改過自新，抑且連商業也無意經營而開始研習老莊學說。有一個時期，他曾上過一個騙子的當，浪費了一小部分家產，這騙子答允可以把點金術的奧秘教給他。姚夫人馮氏，雖是個目不識丁的女子，卻替他照顧著帳項，收取田租，接著就把她的弟弟薦進來全權管理他的營業。

她嫁了富裕的人家，住在城內寬廣的屋子裏，使喚著許多傭僕丫鬟，她從來沒享受過這樣繁華的生活，因此希望她的兒子享受一切她所錯過的幸福。但是她自身欠缺學識，不明白就算是在富裕家庭中成長的孩子，也應該好好教養。

迪人自小在女傭丫鬟手中長大，甚至敢在母親面前任意毆打她們，寵溺他的母親也不會加以喝止。他長得很漂亮，一般私生子通常都長得不錯，肌膚白皙姣嫩一如他父親，只要他高興，他也可以敏慧而溫悅可人，他連騎著怒馬急馳於城中街道都受到縱容。總之，他自認是一個非常的人物，既不肯遵守其他孩子遵循的規矩，在親友家應宴時，也會臨席溜到門外和傭僕們談笑打諱。他的母親使他覺得自己是一家的唯一後嗣，他的生命價值至少等於十個普通人。到了他十五歲的時候，姚夫人才體認到他已是個縱容壞了，且無藥可救的孩子。

他父親的態度卻是與此不同。他知道迪人和他自己年輕的時候一樣。他知道自己曾經縱容放浪過，致闖了許多亂子。不過一個父親越是嚴厲的對待兒子，則越是少見他的行動，因為兒子會竭力的趨避父親的面；而姚思安之於迪人，常叫迪人極端懼見他的面。

剛在他們為了義和團發作而逃難的前幾個月，迪人曾拿了一把小刀戳傷了另一孩子的頸項，怕人地流了許多血，他父親把他綁在庭院中一棵樹上，揪得個半死。這一來使他越加畏懼更懷恨他的父親。這孩子吃了這一頓揪打之後，在床上躺臥了十天，馮氏便當著孩子的面告訴丈夫說：「我知道他應該得到教訓。但倘使責打過分，萬一有什麼不測，我活著還有什麼意思，老來又去靠誰呢？」

這樣，父親和母親對待迪人，懷著相反的旨趣，於是乃想起迪人便是個「禍種」，只有讓他去放浪，讓他去傾蕩家基，你或則取放任的態度，由他去墮落，或則用嚴厲的手段改造他，這方法或許會在體質上或心智上傷害了他，所以這兩條途徑都是要不得的。一般認為恐懼對於身體是有害的，一個人而心亂膽裂，會引起種種亂子——膽是代表勇氣的。馮氏乃把迪人看作「冤家」，這是好吵嘴的浮薄戀人的口吻，也把他視作命中註定來向她討宿債的一個兒子，簡單些說，便是這個兒子命中註定要傾蕩家產的。

他的母親是根據環境而來的宿命論者，他的父親是根據哲理而來的宿命論者。

木蘭也介乎兩個相反的方向之間，當迪人漸漸失卻其重要地位時，她仗著自己的能力，漸漸獲得重視了。

姚夫人對待她女兒的嚴厲，恰與她對待兒子的寬容相等。她管教著女兒們叫她們操練著一般姑娘共通服習的工作。這一點，她是很合理的。女兒們雖生長於富裕家庭，但是她們並不能永久留在這家庭裏，也不能永久享用這份財產。她們早晚將嫁出去，嫁到家產不同的家庭中去。所以她們務必具備婦女品格的重要德性：勤、儉、端莊、禮儀、溫柔、從順、治家能力，以及烹飪，裁縫，撫育嬰孩的技能。

不過待遇兒子與女兒的不平等，姚家比別人更嚴重。

木蘭和莫愁到了十九歲便要開始留心坐相了，背脊要端端正正的挺著，雙腿要緊緊的併著，而迪人呢，坐在椅子上任意歪斜，還要把雙足蹺到桌面上。丫鬟們閒著，木蘭和莫愁卻需要親手洗濯自己的襯衫褲（當然曬在偏僻的地方，絕不讓男性賓客瞧見一眼），下廚房去幫忙，做麵餅蛋糕，做自己的鞋子，裁剪縫製自己的衣裳。

她們所不做的事情，只有舂米和椿磨兩件工作，因爲這兩件工作會把手掌弄粗的。她們得習練女性交際上的常例習俗——怎樣送禮，怎樣支付力錢給送禮的傭人，記憶不同節令各種應時的食品，婚喪喜慶的禮儀典式；記憶著父系母系的複雜親戚關係種種稱呼，父親面上的伯伯叔叔姑母，母親面上的舅父姨母，伯父叔父的妻子，舅父的妻子，姑母的丈夫和姨母的丈夫，姑母姨母的妯娌和她們的孩子，以及姨表嫡表的兄弟姊妹，姪兒姪女和他們的丈夫妻子，姑娘們的女性智慧，倒並無困難的都能記憶辨別這些複雜的親戚關係。

木蘭還只有十四歲，可以見了人家的殯儀，一望就說出死者有多少兒子，多少女兒，多少媳婦女婿，多少孫子孫女在送喪，只看他們不同喪服上的表明。木蘭還知道新嫁娘何時應該回門，小舅子何時應該上姊夫家去答拜，答拜時習俗上用怎樣四碗菜肴款待小舅子的。她知道新的兄弟不過略略的嘗嘗這四樣珍饈，卻從不放量吞嚥。這些都是生活的常識，又有趣又實用的。

馮氏又逐漸和木蘭談起家常來了，瑣屑的家務不止一端，爲便於記憶起見，又叫她筆記下來。孩子這樣慢慢地襄助母親料理家務了，這對於母親是很有裨益的，例如端午節的節禮，收入送出都有筆記，記得清清楚楚。

木蘭還得學習煎燉中國藥草的方法，純粹憑一些經驗，她知道了有些藥性的大概。她知道蟹不能和柿子同食，蟹性寒而鰻性熱。她辨別中國藥性是由其形態與氣味來下判斷。她很熟悉中國家常用藥的原理，以及它們與食物的主要關係。

話雖如此，木蘭也有幾種非婦女的技藝；第一件是口哨，第二件是唱京劇，第三件卻爲蒐集並愛好骨董。第一件是她在山東從新亞那裏學來而在北京精熟的。第二第三兩件卻是由她父親鼓勵而成的。

木蘭的父親被她母親認爲是腐化的惡勢力。當她母親發覺木蘭從山東回來以後開始吹口哨，不覺大吃一驚，說這行爲太不像女人。而她的父親卻說：「這有什麼關係？」因此就沒有人認真的阻攔她。她於是把它練熟來，並在後花園中教給她的妹妹，母親也不再管她了。錦兒也跟著學，可是畢竟是丫鬟，她就不敢在太太面前公然吹口哨。

父親的腐化勢力最顯著的，要算他教木蘭唱京戲，你想想一個父親竟教女兒唱戲！絲竹、舞蹈、戲院子，完全握於妓女和男女伶人手中，都是被道學先生認爲屬於社會地位很低的階級，即使不直捷的說不道德分子。不過姚思安倒不是道學先生，他是個思想自由的老莊主義者，而且他也不是守舊人物。他雖已戒除了賭博和無度飲酒，卻仍愛好戲劇。爲了這個緣故，闔家中上自思安，下至僕人，沒有一個不愛戲劇。姚夫人自己也時常帶著珊姐和孩子們上戲院子，訂一個包廂，由貼身丫鬟服侍著整整消磨一個下半天。丫鬟們替她們倒茶，看管隨身物品，又替姚夫人裝水煙筒，她們則喝著笑著，嗑著西瓜子，一面閒談，一面欣賞著。

許多客串的劇藝家學習行腔演姿，都是由反覆上戲院子觀摩而來。女人通常總是避忌的。但木蘭的父親卻特地教她唱京調，好像有意蔑視她母親和一般社會。這也是姚思安度量的寬宏處，他認爲這也是改革中國社會的要著。直至十六歲，木蘭還是時常跟著父親上天壇市場去搜索古玩。

於是木蘭的智慧常識一天天增長。母親拿智慧來教她，父親拿知識來教她。莫愁也迅速的跟上她姊姊，但是她的智慧的長進倒比知識來得快些。

第六章

曼妮的閨女態，好比一枝初春獨放的寒梅，生長於堅硬蜷曲的椏枝上。並無綠葉為之掩映，也無別樣鮮花做其伴侶，等到桃花李花及其他春令時花透吐蕾苞的時候，它已經孤芳自賞的退隱去了。

跟木蘭做了兩個月的閨伴，好像一場美妙的春夢。那時她十四歲，恰好向木蘭施展其初萌的母性本能，及一種說不出的姊妹情愫。曼妮本來是沒有妹妹的。她從未跟別的姑娘同衾夜話，有如一般姑娘所歡喜的這一套。自然她遇了男孩子更將羞怯不安了。直到她十歲有一個弟弟出世，十歲以前，她是在獨生子的環境中長大的，不過她的弟弟到了五歲又夭折了，那是木蘭回到北京去的後一年。曼妮的叔叔男女無所出，因而收領了一個孩子，她的祖父是曾老太太的弟弟，把家產揮霍盡了，臨死的時候已很貧困，遺留下弟兄兩個，便是曼妮的父親和她叔叔，受著姑母的津貼在貧困家境中掙扎著，家庭好比樹木，有的繁茂，有的漸趨枯萎，無論怎樣小心培護，孫氏家庭像是在衰落的路途上，它的後代漸漸地趨向於孤單了。

像是命中註定的劫數，在她弟弟死了一年之後，曼妮的父親又在春初逝世了。這使得曾老太太想到孫氏一門的嗣續問題。

曼妮變成了繼承奉祀祖宗香煙的唯一嫡裔。老太太心上好不憂慮，因而更覺親切的看待著曼妮。於是老太太又把曼妮母女倆邀到曾家來居住，正好伴伴她孤寂的晚景。曼妮的家庭還擁有數畝薄田和一所自己的房屋，母女倆再靠了女紅收入一些，也還可以過活。不過曾府第宅既這樣寬大，老太太只有一個年老的李姨媽作伴，也需要她們的遷入。

因爲老太太不願跟隨她兒子上北京。她在她年輕的時候已經看過京師的繁華，現在她的兒子已做了高官顯宦，她深深感謝上天的恩德，因而成爲虔誠的佛教徒，信仰施行善事，足以造福來生，並蔭庇後裔的教訓，在城外西南角山麓的一座閻羅殿中，她捐助了四支前面的楹柱。她跟那裏的主持和尚交情很好，當這和尚建議重建大殿，她就慨然負擔了四柱的經費。這些楹柱上面都刻著金龍浮雕，一如山東曲阜孔廟大殿上的幾支楹柱，曲阜離這兒倒也不遠。閻羅殿這名目吸引著她，她便誠心的想取悅這位陰府的王爺。閻羅殿的下面，有一座金橋，一座銀橋和一座奈何橋，是人人死後到地獄去必須行過的路徑。人們最好還是在生前先去熟悉了那兒的路徑。

所以老太太堅持要和李姨媽守在家鄉，讓她兒子全家住在北京。他們表面上雖都勸她到北京來團聚，曾夫人暗中卻竊喜她老人家的固守家鄉，那是一般婦女通常的心理，沒有婆婆在一起，自己便是一家中唯一的女主人了。

使她更加歡喜的莫過於跟李姨媽隔別。背著老太太，人人都把李姨媽當作討厭的東西。李姨媽在曾家的地位、身分，不能不確切的界說，不過有些地方，她也未免自取其咎。她是家族制度下受惠者的一人，但她不知感恩圖報。她現在已經五十歲了，可是還有一股特別的孩子脾氣。當她還是小孩子的時候，適值太平軍戰役，她跟著父母從安慶逃到山東，她的父親充當了老太太父親的衛士，有一次曾冒了犧牲自己生命的危險，救護了主人，所以當他死後，主人家爲酬功答報起見，擔任撫養遺孤的責任。後來老太太嫁到曾家，設法把這李姨媽接了來，幫她撫養她的兒子，就是現在的曾文樸，那時李姨媽已經是一個寡婦。曾文樸長大之後，她還是依著慣例留住在曾家，其地位低於親戚，而高於傭僕。

曾夫人初嫁過來，就覺得李姨媽對她丈夫採取一種保護的態度，曾夫人受她干涉的地方比老太太還要多。後來曾文樸做了大官，李姨媽自仗爲可以依靠終身的了，因爲她是自小把他抱大起來的。至於曾文樸呢，除了對她凡事忍耐也沒有旁的辦法，否則將被稱爲忘恩負義，反正他也不在乎多養一口人。

一天一天過去，李姨媽漸漸的懶得動手，卻多管傭僕們的閒事。她時常覺得被別人辱罵了或對她不敬重起來，傭僕們一些些細微的事情，她都要向曾夫人訴說。曾夫人一定要說那傭僕實在不是，否則她便將暴跳如雷，說現在用不著她了。老太太總是偏護著她，老太太的意思原是對一個無依託的人表示仁惠，這是富貴學者家庭中應該的事情。老太太老來也獲得了一個閒談的伴侶。可是李姨媽大多講著太平軍她父親的功績，直使孩子們聽那造反的長毛和他的勇敢將帥，聽得頭痛起來了。

自曼妮的父親死了之後，老太太決意把曼妮配給長孫並舉行一次正式的儀式。彬亞乃奉命回到山東來，蓋依從老太太的計劃，訂婚手續該是很鄭重的禮節，並和曼妮父親的葬儀相繼舉行，讓彬亞也好正式的參與喪禮。

在本年春天，彬亞的學校課程可謂被根本推翻了，因爲中國的教育制度全面變更了。義和團的失敗，即爲極端保守派的失敗，因而調來了一批比較開明的各部大臣。滿漢兩族從此獲許通婚。纏足開始禁止。更由詔書頒布變更舊時考試制度，原來的書院更改爲大學中學小學，此等新式學校的畢業生，既已通過了畢業考試，即授以貢生、舉人、進士的頭銜。學校裏的課程也變更了，考試中歷來沿用的八股文章體裁也改用了時政論文。學校制度剛在萌芽時期，步驟非常紊亂，到底拿什麼教授給學生呢？曾文樸自己也躊躇拿不定主意。究竟他的兒子應該學些什麼，將來好入仕途尋求上進？所以他讓彬亞且回到山東去，他的母親也陪著回鄉。

老太太想：還是讓曼妮母女住在曾家做七較為便利，所以曼妮母女倆在安葬前就已搬入了曾家。老太太吩咐在東院子另外騰出了幾間屋子讓孫家居住，並停放那口棺木。

停放棺木的那間客堂前面掛著兩盞大棚燈，上面標著一個黑色的偌大「孫」字，堂前更張掛著布幔，把客堂遮沒了一半，這就表示這是孫家的喪居。老太太又指派了幾個男女傭僕幫忙料理喪事，使寡孤的母女倆得到不少的便利。當地官吏因為知道這是曾府外戚舉喪，也都前來致祭。老太太又在院子裏設起祭桌，叫了僧道來誦經超度亡魂。

曼妮在做七期間穿了一身素服，到了晚上便和母親在幕後睡著以守護這具棺木。起初的時候，這暗暗的幔幕，這棺木，這黑夜的燭光，使她不禁害怕，縮緊著靠住她的母親。到了白晝，母女倆忙著照顧和尚們的素齋，和支付送禮僕人的力錢，使曼妮十分疲乏。這四十九天做七的氣氛，更使她深切感到父親喪亡的悲痛。

老太太得了彬亞母親的同意，做了一件不尋常的事情。曼妮還沒有過門，彬亞至多不過是一個未婚夫婿。但是老太太心中，要讓自己內姪的喪事有一個正式的女婿來主喪，在開弔的日子，要有一個男人親來接待賓客，尤關重要者，要有一個人在棺木旁邊當賓客行禮時向賓客答禮，所以叫彬亞擔當女婿的職務。那天晚上，彬亞瞧她們母女倆委實疲乏不堪了，自告奮勇的願代替她們來守靈。

曼妮的感激自然不消說了。第一，因獲得了表親家的幫助，得以這樣大規模地舉辦喪事，讓那死者也沾著風光，一方面曼妮替自己的家庭也感到光彩。她感激當舉行喪儀的時候，彬亞將穿著已婚女婿的喪服，而且晚上還幫著她們在柩邊護靈。她感激到自父親過世，母女兩人孤苦伶仃，現在家中總算也有了個男人家了，心上很覺寬心。她感激著彬亞聽了老太太的吩咐，本來喚她母親做舅母的，現在改口過來喚做「媽媽」了——這是一件不容易的事情，就是已經成婚的女婿也往往叫不出口呢。她又感慰著他對於一切事情都很合禮，又這樣年輕、這樣美貌、這樣文雅。因是當他們這倆口兒，一個是十八歲的青年，一個是十六歲的少女，各人穿著一身素服，早晚在燭光下相對的時候，她的一雙眸子總是濕暈暈的，誰也說不清這是悲傷的淚水，還是感激的淚水，是憂鬱的淚水，還是快活的淚水。她自己也不知道呵。

可是她發自內心感動的，無過於聽他呼她妹妹這一聲，而她自己呼他做彬哥。因爲曼妮和曾家是表親的關係，不能像同族子姪輩那樣排行稱呼，不能稱她大妹二妹三妹，而「曼妹」呼來又不順耳，所以曼妮的母親主張還是稱呼了「妹妹」。

在這樣的環境之下，兩小無猜，表兄妹倆很容易厮混得熟起來。不過曾夫人是一個嚴肅的人物，時常防範著她的兒子，唯恐鬧出失禮的行爲來。

「彬兒，」她說：「你是天天跟你妹妹見面的，我也很愛她這樣文文雅雅，但卻切不可有任何逾越禮儀的事情，倘使你珍重你未來的妻子的話，夫妻之間，第一要互相尊敬。」曾夫人出自書香之家，此等訓誡的辭句，好似從舌尖不假思索的翻滾而來。

經過此一番訓誡，倆口兒重新又避起嫌疑來，但彼此想望之情，卻反而更見殷切了。

有一次，彬亞試圖親近曼妮，卻被她拒絕了。那天晚上，曼妮母親到了廚房裏去，只剩下他們兩人在祭桌面前。他們又談起了木蘭，和短期的家塾生活，彬亞告訴曼妮說，他曾見過木蘭，她現在長得高了一些了。

彬亞不明白爲什麼一個女人在悲鬱的時候，往往比在愉快的時候顯得更美麗，又不明白曼妮穿了喪服爲什麼竟會像神仙般姣艷。在他看來，她真好像是一尊活觀音菩薩，是可望而不可即的活仙女。可是她的聲音因爲哭多了，帶著鼻音，還是很熟悉很具人性的，這當然是屬於人間的姑娘呵。

「妹妹，」彬亞說：「你在這兩年來，比起上次我瞧見你時也成長很多了。」她避開他的視線。

「你爲什麼這樣冷冷的對待我？」彬亞問她。

曼妮又把臉抬起來，這一來，含著多大激動的意味，不啻是一種挑戰。她胸中不知有多少話要說，卻不知怎樣開口。「彬哥，」她頓了一頓，開口說：「你這話說得不對了。自從你替先嚴出著這樣的力，我母女兩人真不知道怎樣報答才好呢！」

「但是你卻跟我這樣疏遠，」彬亞說。「到現在你還講感恩報答那套客氣話。我爲你們所做的一切，都是因爲我心中沒有什麼你家我家的分別，這還不夠清楚嗎？爲了你，我情願服三年的喪，百日之喪算得什麼。只要你別如此冷淡地疏遠我，我們倆真不知要怎樣好呢。」

曼妮的抗拒力在胸中消散了，她微笑地說：「我們還有一世人生要好著呢。」

這嬌媚的聲浪與微笑，著實窩了彬亞的心，他覺得自己已經向一尊菩薩求愛成功了。

曼妮又想把話鋒轉到木蘭的事情上去。她告訴他，木蘭和她已經結成了金蘭姊妹，說著，走到房間裏去拿出木蘭贈給她的一副玉環，這是木蘭在山東時受了曼妮一顆玉桃的答禮。

「你把眼睛閉起來，不要動，讓我回轉來時再睜開。」她走進去時這樣說著。

待她走回來，她靠近了彬亞，叫他睜開眼來瞧她的寶貝。這玉環很美麗，它澄清的光彩與精巧的刻工可謂俱臻上乘。

「那不是很可愛嗎？」她說。

「唔，」彬亞回答說，「的確美麗，但你還沒有瞧見木蘭收藏的全部玉器呢——有老虎、有象、有兔子、鴨、船舶、寶塔、燭台、神龕、菩薩——再好沒有的了。」

當彬亞接過這玉環來的時候，他乘機去握她的手，但是曼妮急速的抽回去，幾乎把玉環跌落到地上。

「你不應該這樣的，」她脹紅了臉憨呵著說。

彬亞不服道：「鬥蟋蟀那天，當我的蟋蟀被咬死了的時候，你曾讓我握住你的手的。」

「從前是從前，現在是現在，」曼妮說。

「有什麼分別？」

「我們已經長大了，所以現在我不能和你握手了。」

「我們現在已不是你就是我，我就是你了麼？」

曼妮身體讓開一些的說：「彬哥，任何事情都有一定的規律，我的身體是完全屬於你的，但現在還沒有到那個時期，且莫要性急。我們還有長長的一世人生呢。」

這一席話好像是一番說教。彬亞覺得身邊是一個具有控制他、勸戒他的力量的姑娘，同時他也承認她是對的。從此以後，不論在山東或在北京，早早晚晚，彬亞耳邊好像持續不輟的聽到空中的低語，「還有長長的一世人生呢」，就像冥冥中有一個魂魄追隨左右向他在說話。

這便是造物弄人的惡作劇。他可以從姑娘口中的一句低語，就創造出終此一生的綿長情感。沒有人可以說，嘗過戀愛與痛苦滋味的一生，要比沒有嘗過的一生來得優美。不過在曼妮的一生中，差不多人人都要承認那況味是值得一嘗的。

過了三天，那是五七的晚上，免不掉有一番誦經奠祭的熱鬧，那晚發生了一件事，把彬亞和曼妮自然的又牽合得親密了一層。

在誦經的僧侶隊裏，有一個二十歲左右的浮薄和尙，他在做法事的時候，表面上裝作掩目合掌，一本正經的樣子，卻時時在向曼妮飄著眼風偷溜。這本來是年輕姑娘最容易注意而感覺到的。曼妮芳心中未免厭惡這個小和尙的賊眼，她把這事情告訴了她的母親。

吃過了晚飯，李姨媽卻很厲害的發作起精神病來，這次祭奠事務，原來都由曾夫人主持的，有什麼事需要商量，都去和曾老太太直接斟酌，老太太因爲平常閒著寂寞，倒也很起勁的參與辦理這件喪事，因此李姨媽感到自己未免太不受人重視，給人家撇在冷角裏了。

她事前曾絕食過，這是她時常幹的把戲，正當別人吃罷了晚飯，她驀地一下子跌倒在地上，雙眼向上一翻，轉動了一陣，怕人的眼光直直瞪定了一眨也不眨。接著撒散了頭髮，高叫了幾聲，開始以鬼靈附身的形式發言了。裝著曼妮父親的神態聲浪，呼老太太做「大姑」的哭嚷著說：「大姑救救我呀！我正滾入了那火砂谷哪！呵燙呀。我嗆死了，救命哪！救命哪！」接著轉向曾夫人問道：「表兄爲什麼不來參加我的喪事呢？」

聽到這裏，曼妮的母親忍不住放聲哭道：「呀，我的丈夫哪，你爲什麼捨下我母女兩人去了哪？」

曾夫人心上想起了那班和尙，他們晚上是準備全夜做法事的，她一面差人去傳喚了來，叫他們用經咒來袪除這鬼靈，一面寬慰著曼妮母親。

老太太卻是絕對相信她可乘機與死去的內姪對話，安慰附著了鬼靈的李姨媽說，她們正在竭力想法誦念經懺來替他超度亡魂呢。後來又問著說：「可曾瞧見一年前死去的兒子？」李姨媽回答說：「我早已向幾個小鬼打聽過，他們回答說：地獄是偌大一個地方，要尋找他，還得花許多時間哩。那些小鬼個個都貪錢，需要先賄賂了他們。」所以他們總要多燒些紙錠下去給他應用呢。老太太乃問他，可說得口渴，給他倒了一杯清水，李姨媽接到了手中，痙攣慢慢地停止下來，躺著失去了知覺，她的囈語也停止了下來。

曼妮母女通常是在自己住的那廂屋子裏進膳的，但是今晚老太太那邊特別張著一席筵席，母女倆被邀去同餐，便留了一個女傭人守靈柩，到了老太太的院子裏來，吃罷了晚餐，曼妮放下筷子，趕緊回到自家那邊的屋子來，那屋子是在東南面的，必須在黑暗中穿過幾段走廊。正走了半路，一個僕人奔過身邊朝前去說：「李姨媽鬼魂上身了。」說著又急急的去喚那班住在間屋裏的和尚了。

曼妮不知道發生了什麼事，未免膽怯，但仍硬著頭皮向前走去。直到了月門下，那是通到東邊屋子去的一條路。這裏她瞧見許多和尚正向著她走過來，心上起了一陣躊躇，要不要轉身隨著他們退回去，但最後決定還是向前面走，因爲最重要的還是守護靈柩。於是她側身站在一旁，讓那和尚們走過去。

從月門向南折轉走過遊廊，轉了兩個彎，這地方有一條四十尺長的長巷，把後面的進口路徑與她們的院子隔斷了，在這長巷的入口處，她瞧見有個人影，仔細一看，原來是那個小和尚，一雙眼睛在那裏張望轉動著。她馬上縮住了腳，一個轉身在角落裏隱藏了起來，一顆小心兒怦怦的跳動起來。這和尚在幹什麼？或想幹什麼呢？她不敢再向前走過去，也不敢向後退，退了深恐他會從後面追上來。

她屏息地等候著，過了片刻，再瞧一瞧，只見那和尚又在另一邊張望，又隔了幾分鐘再瞧瞧，卻不見了他。她心中想，他一定退回去了，還是朝前走吧，走回到自家的院子裏，來得比較安全而近捷。但是剛在她走到長巷的中途，只見那個小和尚穿過後進小門又飛奔過來了。他好像出乎意料的在這裏遇到她，驟然的又立住了。他細小的賊眼此時獷野得怕人。

她尖叫一聲，奔著慌忙的退回去。只覺得小和尚在背後跟來，但她卻不敢回頭去望一望。在黑暗中，她拚命的奔，奔跑得越快，嚇得越厲害。

突然她聽見有一個人在向她叫問：「妹妹，出了什麼亂子？」彬亞立在她面前十尺遠近。等到她瞧見彬亞，已被接抱在彬亞的懷裏了。「彬哥，嚇壞我了！嚇壞我了！」她嚷著說。

「到底出了什麼事？」

「那小和尚！可在我的背後？」

彬亞從她的肩頭望過去。

「沒有什麼人，」他說。「無論如何，你不要怕。妹妹，有我在這裏。」他深情溫柔地撫慰著她，他的聲調是那麼柔和而堅定的。

曼妮的恐懼慢慢地鎮定了下來，她才清醒地覺察適才發生的是怎樣一件事情。至於她怎樣被摟抱在他懷裏，她不知道。至此她感覺到羞慚，又感到違背了禮法，開始抽身退卻下去。因爲容許一個男性這樣貼緊的抱，是一種至親密的行動，等於容許接吻。

可是彬亞不讓她抽脫。「來，我們一塊兒走。我原來擔心著你沒有母親陪著會害怕，又瞧見一群和尚中沒有那小和尚在裏面，就跑來瞧瞧你。」

他們又向她們的院子走去，他還是挽住她的手臂。她的情緒仍然很激動，但也聽任他。她感覺到：已經讓他摟在懷裏過了，挽挽手臂是小事情；這樣，她的芳心暗暗感到一種愉快，假如她還脹紅著臉，那在黑暗中沒有人能瞧得出。

「喔，你這傻小妹妹，你是那麼容易受驚嚇的。有我終身陪護著你呢，」彬亞這樣說，曼妮順勢的貼近靠緊他一些，她感到一種說不出的興奮與陶醉。

他們走近院子，一切都沒有變動。那小和尚顯然已回到自己的房間裏去了。不過那個女傭人透了口氣說，「你們倒來了！和尚們全都走開了，我瞧見有一個男子卻屢屢的從窗格裏向內窺望呢。」

不多時，和尙們回來了，跟著幾個僕人，提著燈籠，後面是曾夫人和曼妮母親二人。李姨媽經過施誦幾次經咒，醒了過來，自承說對於方才的言行一無所知，遂即由人扶著上床去睡了。和尙們主張那天晚上繞靈柩誦經應該特別提早，多點幾對蠟燭，讓那屋子大放光明。於是木魚鐘磬齊聲進發，和尙們懶洋洋的啓誦經懺，一屋子充滿了喧鬧聲。

曾夫人陪著曼妮母親在那屋子裏坐了一個多鐘頭。

「眞奇怪，」曾夫人說，「我們太太平平的過了三十五天，家裏沒有重要的事情發生，卻出了些意外的亂子。鬼魂附上好好的活人身上，一定有個道理，一定不滿意什麼。我不是說句誇口話，我們佈置表弟的喪事，總算舒齊的了。倘沒有祖母太太的這樣慈惠，不見得會辦得到家。現在沒有一件不是辦得井井有條。自安排奠桌以至誦經化錠，守護靈柩，那一樣虧了什麼，就是彬兒也還穿著女婿的孝服。我想表弟的鬼魂不會再有不快活的道理的了。」她這樣說，一半是在指摘李姨媽的發鬼囈不是眞情。

曼妮母親聽了，慌忙表示她對於她們的深刻謝意，不過她是個謹愼的婦人，一句也沒有說過李姨媽的長短。

彬亞把那小和尙的行動告訴給他母親聽了，曼妮母女和阿媽又把那經過情形詳細的補充了一下。曾夫人說：「那倒不難，明天我好託了別的藉口，去關照那法師把那小和尙差開就是了，」曾夫人這樣說著，曼妮覺得眞不失一種官太太的儀態，十分佩服她的尊嚴與鎭靜。十一點鐘，曾夫人領著彬亞回去之前，吩咐另外加派了兩個僕人來，睡在客室內陪著她們。

曼妮這一天晚上怎樣也睡不著，她的母親以爲是她當晚受了驚嚇。但是深潛在曼妮芳心裏的，卻是一種異樣的說不出的混亂感覺。她不是在思索，她不過在以醒覺的女性本能體會著人生況味。生命對於她，好像是奇異而可怕的，同時又是美妙而悲慘的。

對於一個在嚴格的守舊家庭長大的姑娘，容許一個男子來挽持她，即是許託以終身的表示。根據嚴格的孔教觀念，這樣的姑娘已經失卻了貞潔。一個女子的肉體，有如相機底片，只要一度向任何一個男子暴露，就不能再屬於第二人了。這情形在農家姑娘與茶室女招待便不同，但曼妮係在道學先生的父親教養下長大的，這一點她知道得更深切。她默默地自語道：「彬哥，我是屬於你的了！」

彬亞跟母親回到北京去的時候，早已是春夏之交。彬亞和曼妮的關係，除了五七那晚上的純粹偶遇外，並未再增加更親密的程度，因爲曼妮到了第二天，又恢復了持重與羞澀的狀態了。他們倆彼此立在可望而不可即的境地，一半顯現著親密，一半顯現著冷淡的神情。

所以，彬亞的心中憧憬著曼妮，被上一層不可即近的精神美感，他愛著她，含著一腔不可磨滅的熱情。可是，曼妮也有相當的缺點，她並非十全十美，她是懦弱的、纖瘦的，而且兩星期來，有些咳嗽。她也還善妒，這一點，彬亞已經注意到了，彬亞有時談起北京的繁華生活，那些勝時節令，往來酬酢，倘或無意中提起了一個陌生女子的名字，曼妮就要問：「她是誰？」說時她的嘴唇顫動著，她的目光銳利地注視他一眼，然後又望到別處去。她想到自身是鄉鄙的姑娘，是他的窮表親；她信任他是愛她的，而自己的教育程度也足夠做他的配偶；但是當她想到京城裏那些衣著華麗的漂亮姑娘或許會與他接觸，未免使她爲之戰慄。彬亞住在北京這樣的繁華社會裏，而她還是留滯在家鄉，且是一個鄉下姑娘。

再向下想，她實在也沒有可以責怪彬亞的地方，過了斷七，彬亞還參加了葬儀。他走在靈柩的前面，穿了女婿應穿的喪服。最使她歡喜而加倍安心的事情是靈牌放入宗祠的時候，那靈牌上在亡親的左邊寫著「女曼妮與婿曾彬亞同拜」一行字。這是曾老太太的意旨，這樣，使彬亞的女婿身分合法的確定，即使老太太死在他們成婚之前，都不能動搖了。

兩人間的一大障礙，厥爲彼此間在禮俗上不能通信。曼妮心中想，總有時候老太太或許會叫她寫封信到北京去問候問候他們的生活，但她絕不應該寫私人信給彬亞。她的信將爲嚴格的公事化且是無情感的信。他們兩人曾談論過這件事情，曼妮說她可以祕密地寄給木蘭，而由木蘭轉交。她又說彬亞可以請求他父母，把她接上北京和木蘭去讀書。可是這願望沒有實現，她住在家鄉與彬亞分隔著整整過了兩年。她希望第二年的春天，彬亞或許會藉口掃墓回到山東來一次。彬亞確曾請求過，但是他的父母因爲一趟旅程太長，深恐耽誤了他的學業，不肯允准，那年夏天，只有桂姑帶了她的三歲孩子回來過，曼妮只能從她那裏很熱心的打聽關於曾氏小弟兄的消息，順帶問問幾個新丫鬟的名字。

第七章

細述關於曼妮和彬亞在山東的這一段插話，是很重要的。因爲在桂姑回到北京去的次年春天，彬亞患了一場重病，曾府便派人來接曼妮到北京去成婚。

彬亞的身體雖不十分結實，也還算是一個健康的孩子。和一般官家公子相仿，既不怎樣強壯，也無任何病痛。不過因爲奮勉讀書，在發育年齡過於幽閉而缺乏運動，未免挫傷了元氣。孩子們在修學上越用功，往往越形蒼白而瘦弱。那年的二月中，彬亞患著一場間歇的寒熱，曼妮得到了這個消息。知道這一年清明，望他回山東掃墓的希望又成了泡影。

自從彬亞兩年前離開山東以後，曼妮的心理大大轉變了。兩個月美妙的伴侶生活，使她在離別了他以後長留一種異樣的孤寂況味。

她變得特別的文靜，他們的靜默而安泰的戀愛環境，在她芳心中產生一種情愛與憂鬱的融合印象，所以她特別把穿著喪服與戀愛聯想在一起。她縫製了幾襲白布衫，時常替換洗濯，保持整潔，並且愛上穿白喪服的感覺，這心理又使她愛聽佛經，又很有味的瞧看門前行過的喪儀。在她的心上，喪儀即代表著愛情。

別人只認爲她因爲喪父才這樣愁慘，但她母親卻知道內中的底蘊，因爲每逢木蘭有信來提起彬亞的消息，甚至接到任何從北京發來的信，她必會快活幾天，然後又恢復她那孤獨的靜默，她母親又看出她每當展開木蘭的信札，一朵紅雲暈透了她的粉頰，她小小的口唇微微地顫動，顯出她那特有的容態。李姨媽說穿了曼妮的心事，說她在戀愛，但老太太不願意把兩小口兒在婚前拉攏得太密切。老太太慣常和曼妮母親倆結伴，所以搬往北京居住已是不可能的。曼妮的生活，可謂全在等候十九歲時，滿了三年之喪到北京去成婚，而目前她已經十八了。

所以在這一年的清明節，她到父親墳上特別悲傷的痛哭了一場，哭得太厲害，致受了風寒。當彬亞病癒復元的消息到達時，她正抱病臥床，一聽到這消息，那感冒症狀悄悄溜去了。

彬亞的病，吃了幾帖藥，也就迅速的痊癒起來了，漸次復元的時候，體力一時還未恢復，白晝也只是軟弱思睡，這樣差不多持續了一個月，他一面吃些丸藥，一面靜養了六個星期，始重行上學。

到了四月梢，彬亞突然又臥病了，這一回的病是一陣陣的發抖、頭痛，又加頸項強痛。他的父母認爲是上次流行性感冒的復發，上次的藥劑既很靈效，不妨把上次所用的柴胡湯再來試用一次，可是過了一星期，毫無起色，才著急了延請大夫來診療。由於木蘭家的介紹，他們熟識了那位御醫。就請了這位御醫來替彬亞把脈，他一診了脈，不說什麼，便開了一服發散劑的藥方。用些桂枝、甘草末、杏仁來發發汗。

木蘭那時已經十四歲，讀過幾本醫書，她的不尋常的父親又鼓勵著她常和這位御醫交談。所以當她到了曾府一看了這張藥方，就知道這是傷寒症初期的治療法。回家的時候，就把這情形告訴她的父母。

傷寒症是一種嚴重的症候；是醫生們最擔心、最鄭重地辯論著，最詳盡地著述著，而其意義最暗晦最不容易明瞭，可謂是中國醫學上最複雜的一種病症。它包含著數種不同的病症，而寒熱循環。中國醫書上稱它首先侵襲三陽體系，然後漫延至三陰體系。三陽體系係指小腸、大腸、食道、幽門，爲營養體系；有時我們說「六陽體系」，則包括膀胱、膽囊和胃臟，至於肺、心、心包絡、脾、腎、肝則總稱陰臟體系，司呼吸、循環、排泄的作用。陰陽二字的意義是含有關聯而互濟的意思，並非獨立而相互排斥的。營養體系的臟腑（陽）維持並建立體熱和體力；其循環體系的臟腑（陰）則司節制。分泌液體以潤滑體質機構。尤其以腎、肝、脾三者，以分泌液體來保持體內機制均衡，為它們的主要任務。

在第一期，那病症還只侵襲著陽表，只需要小心的看護。彬亞那時感覺喉管嘴唇乾燥，但並不口渴，眼花耳鳴並胸口脹滿。大夫跟家屬講，這病症是很厲害的，曾夫人心中認為這也許是青年期的心理病，老太太把這一對青年男女湊合得太過了一些了。又過了半個月，熱度還不肯退，而他的脈搏本來一向很浮而容易感察的，現在卻漸次沉潛了。這使她未免著急起來。她馬上想到去接曼妮，這一來有兩個理由，第一個理由，她還是認為這病源大部分是出於戀愛關係，所謂相思病，治療這種病症，最好的辦法就是與所愛的人見面，一經接觸，病象無不立即減輕。第二個理由，她相信「沖喜」的功效，這辦法就是替臥病的人成婚。她並非打算立刻替彬亞舉行婚禮，要看辦這手續是否必要，但無論如何總要把曼妮接了來住在身邊，到必要時就方便得多了。那位大夫眼看病勢已瀕絕望，醫藥治療已沒有辦法，而且他一生治療傷寒，從未有把握，就竭力慫恿曾夫人的這個提議，這種辦法，現代的醫生稱為混合心理治療法。

曾夫人又問過彬亞，是否要曼妮來瞧瞧他，彬亞說是要的。

於是曾文樸就拍發個電報到山東去。他那時在袁世凱手下還兼署著電報局副總監的職務。袁世凱在那時身兼數顯職，一方面為直隸總督、一方面兼著路礦督辦、電信督辦，為當朝最有權力的一人，而尤其顯要者為主持軍事訓練總部，訓練著一支使用新式來福槍的新軍。

曾文樸由一位同鄉又屬同僚的牛思道的介紹而認識了袁世凱，袁世凱就派他充任電報局副總監。所以他拍發了一個比較詳盡的電報，請求他的母親馬上讓曼妮母女倆來京，並說彬亞病勢怎樣的危重。

這電報對於曼妮不啻是一個晴天霹靂，毫無問題她必須迅速趕去。老太太和曼妮母親把這事情商酌一下，老太太向曼妮母親附耳低語說道：「那一定是為了要趕緊替彬亞沖一沖喜，否則不會這樣指明的要你們母女兩人一同去的。」但是曼妮母親沒有把這話告訴曼妮，因為她不能這樣告訴她的女兒。

雖然由航路旅行比較舒適，曼妮撇開了這一切考慮，告訴她母親，她們務必乘車轎北上，這樣只消一個星期就可以到北京了。老太太得了這個消息也很震驚。彬亞是她的長孫，在家族制度中是佔著很重的地位的。於是她也要上北京去走一遭，但是她說她將帶著李姨媽乘船晚幾天動身。一面派了一個男僕，一個阿媽，陪著母女倆先行，又差了一個小丫鬟叫作小樂的貼身服侍曼妮，這小丫鬟的全名叫作四樂。

北京的曾公館接到了她們動身的回電，計算路程至少需十天。彬亞的病勢早已陷入極端嚴重的危境。他的體格十分消瘦，熱度還是很高，脈息很細軟，時時嘔吐，四肢寒冷，他又說覺得下腹冷痛，虛弱而脹滿。從各方面現象看來，據說是陽臟內陷，而病症已延及陰臟。他的身體好像已經乾癟，喉管發燥，眼神呆滯。那位大夫不再用桂枝、甘草來表熱，卻認為須用溫性藥劑來暖和陰臟，因為他體察出這病象是一種陰寒，由於分泌器官失其正常功用，為了這個原因，他開了一服溫暖劑，用的是乾薑蔥白豬膽之類。可是病勢益形嚴重，乃再用較猛的藥劑，如大黃、芒硝來開了一張處方。

大家乃殷切的盼望著曼妮，一面籌劃她與病人初次相見的佈置。大家所以熱烈盼望著她的到臨，因為她現在是彬亞的唯一醫療者與救主，彬亞曾屢次詢問他母親曼妮是否曾來，並何時始可到達，當他熱度增高、神智不清的時候，他會囈語似的念曼妮的名字。有一次，桂姑獨個兒陪著彬亞，聽他清清楚楚的念：「妹妹，你為什麼不私奔了出來？」「還有一生一世的人生呢。」桂姑聽了，就把這話告訴他母親，使他母親益發相信曼妮的到達，會使彬亞大見起色。

不過現在又有一個難題困擾著曾夫人、桂姑和她們的丈夫。彬亞的病勢比當時決定去接曼妮的時候又加重了許多。這一點使他們最初擬舉行婚禮以對抗病情的計劃，不免加上了一重新的考慮。要顧到曼妮的將來。

在彬亞病勢略微輕鬆的時候不致這樣困難，但因為現在他的生命到了危如累卵的階段，未免對曼妮似乎過分。「我的兒子病得這麼厲害，叫我怎樣向曼妮開口呢？」曾夫人說。她總盼望著曼妮到了，讓倆口兒見了面，彬亞或許有個轉機，不過要舉行沖喜未免所望過奢，而沖喜是一個最後的挽救手段，因為大夫早已用盡可能的方法了。曾夫人當然可以很婉轉的提出這個意見，但倘這動議而能發自曼妮的母親，則比較能減輕一些為難的情形，她心中盤算曼妮母親一定能夠想得到此，因為在這種情形下，沖喜是很明顯的，否則不會特地指明要請曼妮母親同來。曼妮已經正式給聘定了，改嫁別人是不容考慮的事實。但是到底她和她母親能否同意？雖然沖喜算是很通行的舉動，但也不能不經對方同意而舉行。所有的婚娶都是如此，特別是對於曼妮。

一個姑娘嫁給躺在病榻上的男子，有時甚至嫁給已經死了的男子，完全是一種犧牲的義舉，絕非金錢所能買到的。他或許不幸無法康復，雖然大家總希望他能痊癒。守寡在宗法社會裏是看得何等鄭重聖潔，而因現在的狀況而守寡，更是倍受重視的。丈夫過逝後不嫁，稱為「守節」；未過門而終生不嫁，則稱「守貞」。假使本人不願守節與貞，沒有人能強迫。寡婦守節，童女守貞就好像立誓進修道院的一種誓言，完全是個人自主的行動。

曼妮或許甘願為愛情犧牲，就好像許多姑娘因為她們的情人死了，立志終身不嫁而拒絕任何婚議。

曼妮母女倆在五月二十二日下午三點鐘光景抵達北京，那天正是飛沙很盛的一天。所謂飛沙乃北方特有的現象。接近地面處並無風沙，卻是半空中有一層密集的黃塵波動掩蔽了整個天空。太陽若隱若現的露著，好似一個灰白圓盤，使這座京城罩上一重奇異幽靜的氣氛，好似一個過早而冗長的黃昏。

曼妮的情緒十分激動，因爲她到了一個久在夢中縈想的城市，而且到彬亞的家中。她還不知道彬亞的實際病況，內心非常焦急。她一路瞧著北京的街道，特別注意漢族和滿洲婦女的裝束，她的母親、小丫鬟小樂和那個阿媽同樣的激動，因爲除了那個男傭人以外，她們都沒有到過北京。

曼妮又想念著木蘭，她事前當然已通知她自己要來京城的消息，彼此闊別了四年，不知道她現在長成怎麼個模樣兒？她又想到目前的處境：因爲是表親，她到曾家去住一程，本來沒有什麼關係，但是自己現在已是大姑娘了，曾家的弟兄想必長大許多，最小的新亞亦已十五歲了，她將怎樣與他們見面，又怎樣開口攀談呢？她是彬亞的未婚妻，未婚夫妻是不便見面的！但是假使不去見他，叫她從山東急急的趕來幹什麼呢，那麼倘若見面時將怎樣避免旁人的笑話呢？那許多孩子，許多成人，許多丫鬟與僕人！

當她暗自煩惱這許多問題時，車輛已拉到一座大公館的前面。白色的圍牆伸展至百尺以外，進口處有二十五尺寬的浮凸鋪道，兩面有夾牆，內向伸延一直通至大門，那兩扇大門是明亮的朱漆，釘著金黃的銅環。大門的上面，有一方黑漆的匾額，上面寫著四個金字「和氣呈祥」。大門旁邊掛一塊白漆灑金長牌，上面寫著「電報局副總監曾公館」幾個綠字。鋪道前面，雄踞一對猙獰的石獅子，對面豎立著照牆，照牆的前後左右，路面特別放寬，以容車輛的轉身。曼妮在山東從未見過像這樣的場面。

曾府上早已準備好等候她們的蒞臨，但卻未料到來得這樣快。當那守門人報告說，她們已到了時，滿屋子頓時騷動起來。襟亞、新亞弟兄倆正在學校念書，所以只有曾氏夫婦、桂姑生的兩個女孩子和男女傭僕到門口來迎接他們，剩下桂姑一個人陪著病人。

彬亞正在睡眠狀態中昏沉著，桂姑不敢分身。她聽得外面婦女們的嘈雜聲浪，和傭僕們的喧嚷。她的女兒愛蓮迅速的跑進來告訴她說曼妮是怎樣的美麗，身材怎樣的修長，穿著怎樣的衣服。桂姑慌忙掩住她的嘴阻止她開口，但是一聽到曼妮的名字，彬亞早已睜開了眼睛說：「她在這裏麼？」桂姑慌忙奔到他的床前，輕輕地說：「彬兒，曼妮已經來了。你很高興是不是？」彬亞的熱度還是很高，只虛弱地微微笑，閉一閉眼睛又睜開來說：「她是不是真的來了？你沒騙我嗎？爲什麼她不進來看我呢？」

「你太性急了，」桂姑說，「她們剛剛才到哩。她身上有孝，不能馬上進入病人房中。」

「她們來這裏的路程要多久？好像要很久很久。」

「只有六七天，不要花精神在這些事情上。她們來得已經很快了。你生著重病，什麼都不知道呢。」

「那麼我的病會好嗎？」彬亞說。二十歲的患病青年，說起話來真像小孩子。

「你當然會好的，你先靜一靜，好好休養，等到丁香花開的時候，我就可以陪你和曼妮到什刹海去欣賞了，好不好？」

她端了一盅暖藥湯讓他喝了，喚了一個僕人來陪護著他，自己才抽身去會見曼妮母女。

曾公館是一座很富麗的四進大宅第，正屋的東面，是一條狹長的空地，沿邊列種著一行高大的榆樹，並有一段一段曲折迂迴的遊廊，通至西邊一個隱而不顯的庭院。彬亞已經移住在西廂最後一進屋子中，有一行牆垣在後進中庭間，把它與父母的屋子相隔離。他的屋子前面，可以望見一個三十尺寬的天井，裏面有一座假山，一個魚池和幾棵種在缸內的石榴樹。他遷到這座屋子裏來，因爲這裏特別的幽靜，也因爲他的病勢轉趨危急，如果真有不測，不致令正屋蒙上不祥的印象。

桂姑得從這間後進偏屋穿過一扇六角門來到後進正屋，然後再從後進正屋穿到第三進大廳，那兒曼妮母女還在跟曾氏夫婦坐著談話。

曼妮穿一件素色的藍襖和一條綠色褲子，因爲她的重孝已經滿了。髮辮上打一個黃結繫一朵黑花，她的個子並不高，但桂姑覺得她比去年在山東見面時長得多了。他們正在談論著一路的經歷和彬亞的病況，可是曾夫人還不敢把彬亞危急的實話告訴曼妮母親。曼妮母女倆瞧見桂姑挈著愛蓮走來，從椅子上站了起來，桂姑向她們道了萬福，表示著歉忱。

「來得遲了，請伯母原諒。」那是稱呼上的習慣。母親總依了孩子的稱呼來稱呼親戚，所以桂姑依著愛蓮稱孫太太做伯母。桂姑接著說：「一路上你們辛苦了。我陪著彬兒，他一向熟睡著，還是愛蓮跑進來告訴我說你們到了的時候才鬧醒的，他急急的問起你們，又問曼妮妹妹爲什麼不進去瞧他。」

曼妮微微紅暈著臉，她的母親回答道：「請他自在。我們身上還有孝，不宜直接走進去，先要洗了臉，換了衣服呢。」

這話提醒了曾夫人想起曼妮與彬亞相見的手續。

「不錯，不錯，」她說，「這次煩勞你們母女倆遙遠的趕來，是因爲我們覺得彬兒的病是由心上來的，他已經是大孩子了，又跟曼妮廝混慣了的，倘若倆口兒見了面，他的心上快活了，病勢也許會好得快一些。我在午膳時候還跟桂姐講起你們快要來了，先要好一個吉利的時辰。今天晚上戌時是吉時。再坐一坐，休息一下，嫂嫂，你洗過了臉可以先進去瞧瞧他。曼妮到了晚上這個時辰才進去。你們一定很乏了，我領你們去瞧瞧替你們預備好的房間。」

曾夫人的這一席話，暗示她重視曼妮的到來勝過她的母親，一方面表示對她母親的敬意，因爲平常像領她們去瞧臥室這種事情是託桂姑去辦的。曼妮母親推辭了一番，曾夫人卻堅持要親自陪去，說有許多話說呢！所以她吩咐桂姑回到彬亞房間去陪他，曼妮母女倆乃向曾文樸和桂姑暫時道別。

她們的行李早已搬進了在「靜心齋」裏預備好的房間，這是在正廳西面隔開的一座屋子，西偏另有一扇門可通彬亞住的一座院子。曾公館裏各座院子是個自獨立的，這樣的型式，使親族同居一宅很感便利。這種院子前面總有一個小天井，佈局的氣象很僻靜而完美，無須與他屋相毗連，當曼妮走過一段一段格子遊廊，穿過一扇一扇小門時，心中想：這樣一定認不出回來的路線了。

她們住的屋子是一座三間朝南正屋的院子，西端有一條走廊通到傭僕的臥室。靠南邊圍繞天井的白圍牆，有一叢稀疏的細竹，夾著一支淡藍色的石筍，約莫八尺高低，這所在顯現著幽靜單純的特色。而且這天井毫無障蔽的陳露於天空下面，當皓月上升，蕩漾的月色映遍了整個院子。

再西是一所家祠，建築在一座曠場上，一部分生著幾棵果樹，另有一座破舊涼亭，一堆廢物堆，形成荒蕪的景象，家祠後面便是現在彬亞住的那所屋子的一個天井。

給曼妮母女倆住的那座屋子，是全公館挑選出來最適宜於族外家庭居住的地方，它完全跟正屋相隔離，可以用作讀書人的書齋，可以用作藏嬌的別室。一個人可以終老其間，或著書自娛，或怡情養性，完全忘卻外面還有一個世界的存在。

曾夫人對她們表示特別的禮遇。她親自照顧她們的屋子、床、褥、衣、櫥、妝台，以及其他一切設備，並領導小樂和阿媽到灶間裏去，端上龍井茶、杏仁羹。曾夫人並告訴她們，稍待還有餛飩給她們做點心。

一個傭人又搬進了一對新座墊、新痰盂、一隻白銅水煙筒，和一張新的繡花桌巾。曾夫人見了責罵道：「你爲什麼不早早安排好，直到現在才弄這些？」她知道曼妮母女倆來得比預期的日子早了些，所以這不能算傭僕們的過失，不過她故作此言語，用以表示敬客的意思。

「倘若缺少什麼，盡差小樂去告訴桂姐好了，」她說。

曼妮母親回答說：「我們這一次匆匆忙忙趕來，來不及帶上禮物，反而受你這麼客氣的招待。這樣的房間真是配給神仙住的，我們的福分真不知是否承當得起呵？」

「福分！太客氣了。」曾夫人回答說。「我們只怕你們還不肯屈就呢。我們今年運氣壞。自從今年春天，這屋子裏沒有太平過；不是這個病便是那個病，我盼望你們母女到了，我們的運氣可以轉好。我的這個彬兒，到如今差不多病了一個月了，總不見好轉。」

「他現在怎樣了呢？」曼妮母親急急的問。

「一個年輕輕的孩子，怎麼經得起這麼長久的腹火煎燒？」曾夫人說著，心上想準備把這真情吐露出來，接著說，「他是大便祕結，而小便頻頻，常常說冷痛，又覺得腹部脹滿。他的四肢都是冰冷而軟弱，昨天替他換襯衫，瞧見他的肩膀骨瘦得凸了出來。千不該萬不該，我們在他剛發病時沒有馬上請大夫，還當他只是上次患過的感冒！現在大夫替他開著保持元氣的藥方，用來治療體質熱，你知道這種熱是和表熱不同的。藥方裏用著硝石，硝石這樣的藥是要等到血內發現了毒素才用的。我在想，這樣一個年輕輕的孩子究竟能受得住多少硝石呢？任何疾病都打從生機活力失調發生的，但卻經由受寒、中暑等外感的媒介而顯露出來，那就像一棵樹，假使樹根堅強，樹枝自然繁茂，假使樹根損傷了，樹枝便枯萎起來了。到了這樣毫無轉機的境地，彬亞父親和我都想到，假使你們來了，彬兒的心境歡喜了。他體內的生機活力將重新萌發出來。所以我們才拍電報請你們來。我的這個可憐孩子……」曾夫人哽咽起來。

「放心吧！」曼妮母親說，「這樣一個好孩子不會年輕輕出什麼岔子的。我們希望佛天菩薩保祐他，我們再盡力的設法，只要能夠使他好，我們母女兩人沒有一樣不肯去做的。」

曾夫人含著眼淚說：「倘使你母女兩人救活了我兒的性命，你們是曾家的大恩人了。」她忍不住又對曼妮說：「曼妮小姐，我懇求你救救我兒的性命。」她的口氣竟不像是一位表伯母和未來的婆婆，竟好像一個病孩的愁苦母親，向一位可能的救命恩人所說的話。

講起了彬亞的實際病況，曼妮的心頭開始皺縮起來，一陣一陣的刺痛，使她的淚點像斷線珠般一串一串的滾出來，還不敢哭出聲。但當曾夫人向她說「懇求你」一語的時候，她實在忍不住了，跑到隔壁去伏到床褥上痛哭了一場。

曾夫人待聽得隔室掩抑住的哭聲，這才明白曼妮方才為什麼突然的離開，而沒有回答她的懇求。

她定一定神，又接著說：「倘若老天爺有眼，他應該保祐這一對小夫婦，使他們完成美滿的良緣。」她說到這裏，再也說不下去。她感覺到自身便是曼妮的母親，急急走進隔房在床褥上坐了下來，想來安慰她。曼妮坐了起來，羞澀得無地可容，曾夫人緊緊抱住了她。這一來又催動了她的淚潮，索性伏在曾夫人懷裏啜泣起來。

這位太太和這位姑娘之間，兩顆心兒同時產生了默契。

這時候，桂姑的丫鬟香薇一直站在門簾的外面不敢跨進來。曾夫人抬起頭來瞧見簾子外一個人影，便喊道：「是不是香薇？有什麼事情？進來吧。」曼妮羞澀地轉過臉去，俯倒了脖子不發一聲。

香薇說：「我是差來請示孫太太，餛飩可要此時就端進來，還是再等一等？」

孫太太說：「我們還不餓呢。」她是跟著曾夫人進來的。

曾夫人又帶著勸意的問孫太太，不妨拿來吃一些。孫太太說，這時候的心緒，吃不下東西。曾夫人乃吩咐香薇說：「你去關照現在還用不著，再過一個鐘點，讓她們歇一歇，便送到這兒來好了。」說著又轉向孫太太：「你們還剛剛到哩，我不應就把自家的煩惱來累及你們。我該告辭了。」

曼妮母親說，等她洗好了手，換好了新衣裳，撤掉頭髮上的黑結，馬上就要去望望彬亞。這是不錯的，喪事已經過了兩年了，第三年的孝服便是黑色的。半小時內，便會有一個丫鬟差來領她們到彬亞那兒去的。

曾夫人說：「你該勸勸曼兒，叫她寬懷一些。」曼兒兩個字是一種親熱的稱呼，她毫不遲疑的隨口說了出來。接著又說：「她該好好的歇一歇，今天晚上當她去探望彬兒時，你替她打扮打扮，讓彬兒瞧見了格外歡喜一些。」

香薇跟了曾夫人回轉去。她的房間離此倒不很遠，不過沿路有一行遊廊，半邊砌著牆壁，曲折迂迴，適於暇時漫步而不宜於有急事的時候。是以她們大家走到了桂姑的房間裏去。曾夫人正想在桂姑房裏假寐一下，桂姑卻走出來報告彬亞的病況說：「自他醒了之後，沒有再睡過，不斷的反覆問著，爲什麼曼妮還不進來？」

「我從未見過像這樣親熱的一對兒，曼妮哭得真像個淚人兒。」

「可曾向她們說起沖喜的事情？」

「她們才剛到，我不能這樣性急的向她們開口，也不知道她的母親願不願意。」

「不過，他們兩人的生命早已繫在一起了，」桂姑說，「人們怎能解開月下老人結的紅絲線呢？我來對曼妮說，假使她本人答應了，她母親是不會反對的。我自從去年回山東去走了一遭，已跟她混得很熟了，她心裏的話也肯向我說。當然，小姑娘說到婚事，總是怕羞的。」

「這再好也沒有了，」曾夫人說，「她母親不久就要來瞧彬亞，你可以趁這個機會私下向曼妮說一說。」

於是曾夫人走到彬亞那邊去等候曼妮的母親。走出桂姑房間，她遇見了襟亞、新亞剛從學校回來，兩人都很起勁的要瞧瞧他們的表姊姊，但曾夫人阻著他們，說她此時還要休息一下，要等候她派人來喚他們時，才可以去會面呢。

房間裏，香薇正在把方才所見的告訴桂姑，說：「我曾見她們婆媳倆哭作一團，」說著，吃吃的笑。

「曼妮哭得很厲害嗎？」桂姑很感興趣的問。

「我怎麼看得出呢？我走進去的時候，她完全背向著我，只看見她的肩頭在顫動，一方白手帕掩住她的臉。」

曼妮母女倆，等曾夫人走了，還是第一次清靜下來。曼妮心頭感到深切的痛苦，不住的在屋子裏走動著。這地方是這樣幽靜而安適。天井裏放著一隻四尺對徑的金魚缸，裏面養著幾尾金魚，曼妮瞧了丫鬟們美麗的裝束，不覺有些慚愧；她想，他們的門房都比她父親在世時體面得多。

一架大床是鏤花烏木的，床柱鏤著黑棕兩色交砌的花紋，帳子是淡綠色的洋紗，金黃的帳鉤具有很精細的匠意。床頂板分成三格，每格俱嵌有三色繪畫的綢綾橫幅，中格爲一對鴛鴦遊戲於紅蓮花葉之間，右格爲幾隻燕子飛翔於富麗牡丹花上，左面是一隻杜鵑正在鳴春。她聞到一種異樣的香氣，仔細一看，發現帳子裏每一床柱的背後繫有兩只包著麝香的綢製香囊。她在床上坐了下來，看見褥子上那潮濕的淚痕，不由得感到慚愧。

這是一間西邊的屋子向南伸展的，所以它的南端接著西端天井。下午的斜陽從窗格透進來。這一天下午，這屋子看來好像異地的永久的黃昏，一隻平滑的紅木檯子安放在那邊窗下，檯上有幾只竹製的筆筒，大約年代已久，化成了深棕色。南面壁上倚一頂書架，西面壁上張掛幾幅草書立軸。這間屋子明顯曾做爲書房。

這間屋子的佈置，很引起她的玄想。坐在床上，她看見西南方的書架旁，有一個瓷器觀音像，約莫兩尺高，造型很精美，顏色純白。顯露著一臉仁慈的笑容，儀態十分沉靜。人人皆知這位觀世音的全名叫「大慈大悲救苦救難觀世音菩薩」，曼妮自然而然的走到這個佛像面前，默默地祈禱。那是一個小姑娘束手無策時，仰賴慈悲救主的祈禱，懇求一個未來命運的玄妙的解答。

曼妮母親慣常讓她的獨生女處在這樣沉靜的狀態中，所以她自管盥洗更衣，一面等候小樂回來幫她整理散亂的行裝。小樂是一個胖胖的鄉下姑娘，缺了門牙。她還是第一次走進這樣宏偉的宅第，未免有些倉皇。她是被派出去拿把新掃帚和借一柄鐵鎚的。可是這個差使花了她二十分鐘，待她回來了，曼妮母親說：「你到哪兒去了？還有許多事等著你做呢。」

「太太，」她回答說，「我從未見過像這樣的房屋，迷迷糊糊的走到了前門去。那守門人問我要什麼，我告訴他說我要到後面廚房裏去，他聽了大笑，然後告訴我一直向裏面走，到了第三進向東轉彎，可是在回來的時候，我仍舊走了許多冤枉路才尋了回來。」

孫太太便叮囑她說：「現在我們到了北京來，住在這麼一個大公館大花園裏，人多口雜，出言一定要十分留心，有人問你什麼事情，總要先想想方才回答，也不要太多話，你肚裏想說多少話，嘴裏只能說一半，其餘的一半讓它嚥在肚裏好了。那不像在鄉村裏頭，你得知道。看看別人怎樣行動，學些規矩。」

皂了。

孫太太乃喚曼妮來盥洗，曼妮因為在山東時在曾府上住得久了，也知道怎樣應用外國貨的肥皂了。

一個在彬亞房間裏服侍的名喚雪華的丫鬟，從邊門走了過來，卻不直接走到曼妮母女的身邊，而是走到東邊傭僕們坐著的地方，說她是來等候孫太太端整好了，準備領她到少爺房裏的。小樂乃再走進來把這話傳達，孫太太便又叮囑她說：「你瞧見沒有，這便是規矩。你倘若跑到別的院子裏去，也不能直接奔到太太、少爺面前說話，你先要對他們的丫鬟講。」

孫太太乃吩咐雪華走進來，雪華走進來說：「我們太太請孫太太說，倘若孫太太舒齊了，我便來領孫太太過去。」

孫太太乃跟了雪華走出去了，又剩下曼妮一個人。不久，一個傭人端來了一碗雞肉餛飩，又說孫太太已在裏面用了。曼妮的心裏還是很混亂，雙腿因為趕了長路，也還有些發抖，吃了一碗熱餛飩，身體暖和了不少，就到西廂躺一下。

曼妮躺在床上，不知不覺迷迷糊糊的睡去了。

差不多剛闔上眼，就瞧見一座破廟，孤立於滿鋪著白雪的荒地上。她就在這雪地上行走，大雪片還在紛紛的飄著。她心上不禁狐疑，為什麼只有自己一個人在這裏，她的伴侶到哪裏去了呢？

她向那破廟上的匾額望望，一瞧原來是人家的祠堂，但因為那匾額剝落得太厲害，這家人家的族姓已經辨認不清了。她走了進去，只見內部實在荒蕪得不堪了。天氣差不多像是黃昏時分，她身上又寒冷又有些膽怯，想燃一個火把，在地上找到了一束稻草，可是找不到火柴。正在發愁時，忽然聽見外邊有人在呼喚的聲音，她轉身一望，看見一個黑衣女郎，挽著一籃木炭，微笑地說：「曼妮！瞧瞧這裏，看我帶了什麼來給你。」

那女郎看去好像是木蘭，曼妮想起她與她已經有幾年沒見面了。那黑衣女郎走了進來時，曼妮正在默默自語著：「可是到哪裏找火柴呢？」那黑衣女郎好像聽得出她的內心話，接口說：「瞧，那裏不是有一盞永明燈嗎？」

她抬頭一望，果見一盞油燈掛在神座的前面，於是兩個姑娘一同取了稻草，在燈火上點了起來，做成取暖的火把。接著兩人又往裏走，卻叫曼妮吃了一驚，原來狹長甬道內，有幾具棺木排成一直行。突然又有個一身白衣的婦人站在甬道那端，她的臉蛋兒生得真美麗，很像那位觀音菩薩。

「曼妮，過來啊！」那婦人向她叫喚。

曼妮終是膽怯不敢穿過那條甬道，可是她心上很想接近那個慈祥的面容，她請求那黑衣女郎陪她一同走過去，但是那黑衣女郎直說：「不行，我還是站在這裏替你看管那火把，等著你回來。」

好像有一種異樣的誘惑力，吸引著她穿過那排著棺木的甬道。這條路晦暗得緊，她躊躇起來，那觀音菩薩又笑著呼喚她，叫她不用怕，她將領她去看她的宮殿。

她走過去，在甬道的盡頭處，隔著一條深深的溝道，僅用一塊棺材蓋做橋樑，那白衣婦人卻站在溝道那邊。曼妮向她說：「我走不過來呢。」她卻說：「你可以的。你一定要過來。」

那塊棺材蓋不過尺半闊，又是拱形的，而曼妮的足又是纏著的小足，她不能嘗試那不可能的事情。

「你一定要過來。你是可以過來的。」那聲音在說。

出乎意料之外，她真的跨過了那橋樑了。喔！她踏上了珠花玉樹的寶島，滿眼是雕樑畫棟，朱樓金屋，寶塔迴廊。背後的破廟，一刹那間已經隱沒，這座神仙宮的四面，盡是一片雪白的平野；曼妮發覺她自己也穿著一身縞素，且覺得越白越美麗。冰柱懸掛在銀樹上，大氣好像又稀又薄。那婦人說：「你瞧見了這一切沒有？」

她走得越近，那婦人越像觀世音菩薩。她們一同走過了大理石的平壇，走進一座宮殿。這座宮殿，她知道，是「永明宮」。那座大殿上有許多男童女童捧著花籃，有的在照顧香案上的香燭，這些孩童彼此談笑，混在一起毫無羞澀的樣子。孩童群裏有一個穿綠衣衫的小姑娘走出來迎接她，說看見她回來，真是說不出的歡喜。於是她突然感到自己好像從前來過此地，似乎對這宮殿很熟悉，所以她也祛除了一切羞澀態度，自在地與男孩子們談笑起來廝混著了。

那綠衣姑娘問道：「和你一路去的那夥伴到哪裏去了？」

曼妮經這一問，立定了尋思一下，可是一點也記不起這夥伴是誰。

綠衣姑娘又說：「那都是你的不是，你們兩人竟一同捨棄這地方而奔出去了。」於是曼妮一切都想起來了，她本是果園中的仙女，愛上了一個青年園丁，這是違犯規律的。為了這個緣故，他們兩人一同被驅逐出去，讓他們去戀愛、去受苦。她此時才明白，為什麼她得較她的情侶受較大的磨難。

那個白衣婦人此時又來領她走開，說她的朋友正等候著她。於是走回到大門口，冷不防那觀音菩薩用手指輕輕一點，把她推了出去，她只覺得好像從半空中跌了下去，忽然聽得有人在呼喚：「醒來，醒來，曼妮！」她四面一望，原來又到了那座破廟裏頭。那黑衣女郎還等候在那裏照顧著火把，而自己卻乏力地躺在地上。

「我現在在哪裏？」曼妮問她說。

「你一直都在這裏啊！你一定做了一個夢。你約莫睡了半小時。瞧瞧這火把，差不多快燒完了。」

曼妮望望那火把，那情景何等逼真，她想她真的做了一個夢。

「我方才在做夢，夢見一個奇異的美麗所在。我走過了排著棺木的甬道，又跨過棺蓋板鋪的一座橋樑，而你不願跟我一同走。」

「什麼甬道？」黑衣女郎問。

「喏，在那兒喔！」曼妮回答著，坐起來就要去尋找那甬道。

「你是在做夢呵，那裏有什麼甬道，不過是個天井罷了。」

「我不相信，除非你在做夢。我要去瞧瞧。」

黑衣姑娘一把拉住了她。「胡說，你是做了一個無意義的夢而激動起來了。我們都在這裏，外面還下著雪。」

正當那黑衣姑娘越拉越緊，她又聽得有人在呼喚：「曼妮，你在做夢啊！」她驚醒過來，只見桂姑站在她身旁，拉著她的衣袖微笑，她躺著的地方，原來是曾公館裏的一間臥室。

「你一定太疲倦了，」桂姑說。

曼妮坐了起來，心神有些模糊。「你來了多久了？我讓你等了很久嗎？」她問。

「並不很久，」桂姑微笑回答著。她在她身邊坐了下來，緊緊的捏住她的臂膀。

「不要把我捏得這樣緊，」曼妮說，「否則我又要從這個夢醒來了。」

「你在說什麼？」桂姑問。「你醒了沒有？」

「那麼你再擰我一把，」曼妮說，桂姑依著把她擰了一把。曼妮感覺到這一擰有些痛，乃自忖道：「這一次或許我真的醒了。」

「你做了怎樣一個夢？適才你還在跟人爭辯，說是別人在做夢而你自己不是做夢。」

「我在夢中做了一個夢，做著一個稀奇的夢……之後我從第二個夢醒來，轉入第一個夢，火把還在燃燒，地面上還有白雪……喔，我這樣給纏得昏頭昏腦了！」

說罷，一眼又瞧到書齋壁角放著的一尊觀音像，她的臉龐真是夢中穿白衣向她說話的那婦人的臉龐，於是想起當她入睡前，她曾很詳細的諦視過那觀音像的臉龐，而那觀音像所裝配著的那堂座，很像她夢中所瞧見的宮殿。

桂姑這一回一個人過來，沒有帶丫鬟，想暗中悄悄的跟曼妮講幾句話，因爲這幾句話很難啓口，她想怎樣引起一個開端。

「你還沒有梳理過頭髮哩，」她說，「你得稍微打扮一下，然後到了晚上去看他。」

「去看誰？」曼妮佯裝不明白的這樣問。

「看他，」桂姑狡黠地笑著回答說。「你匆匆的趕到北京來，假使不爲了看你的彬哥來，還來看誰的呢？」

除了桂姑外，以前沒有人當面對她說過看未婚夫的話，因而她皺皺眉頭很感到狼狽。「怎麼可以？」她說，「你在跟我開玩笑。」

「說哪裏話，我跟你正正經經。特地請你來的最主要目的，就是要叫你去見見彬哥。不然我們也不用拍電報去了，本來未婚夫婦是不會面的，但是也沒有別的辦法了。」

「可是假如我不去看他，又怎麼樣呢？」

桂姑知道曼妮不過是怕羞，才這樣閃避。「當你父親過世時，有一個人願意穿了孝服，把他的名字刻上神位，還寫明是女婿，現在這個人生病了，你卻瞧也不願去瞧一瞧麼？」

「不是我不知感恩，而是怕人笑話，」曼妮回答說，「訂婚是由父母作主的，假如我現在不顧禮節，在他躺在床上時去瞧他，旁人會怎麼說？」

「這一點你不用擔心，這不比那偷偷摸摸的幽會。而且沒有別的男人在那裏，單單是他的母親、你的母親和我。所以沒有人會來笑你。起來，快些讓我替你編髮辮。」

曼妮說她不敢煩勞她，但桂姑再三的要替她梳理，領她到了梳妝台面前，叫她坐了下來。桂姑打開那黑漆的小鏡匣，把裏面嵌著鏡子的匣蓋豎了起來，桂姑站在曼妮的背後，覺得這樣的位置談起話來比較方便，因爲她可以從鏡子裏窺望曼妮的表情。她打鬆了曼妮的頭髮，一頭髮絲披滿她的肩膀，正好襯出她那小小粉白的臉龐和芳唇。曼妮的眼圈兒還紅著。

桂姑說：「你不用騙我了，你一定也哭過了。」

曼妮轉身來搶住了她的木梳，蹙著眉頭說：「奶奶，倘若你要跟我開玩笑，我就不要你替我梳頭了。把木梳給我吧。」

桂姑把她撳住了，用力把她的身子旋回去，仍舊使她面對著鏡子，說：「我們假如不趕緊梳妝，就來不及準備了。襟亞和新亞都已放學回來，正等著和你見面呢。」

曼妮聽了她的話不動了，辮子編好的時候，桂姑望望鏡子裏曼妮的臉蛋兒說：「瞧！我真不能怪彬亞了。爲了這樣標致的一個臉蛋兒，假使我是男人家，也要想得病倒了。哼，假使我在病中有這樣一個美人兒來探病，我的病準會痊癒了的。」

桂姑在鏡子裏瞧見曼妮的眸子，抬起來向她望望。

「你當我是什麼？我不是藥草，怎麼能醫好人家的病呢？」

「比藥草還靈呢！你是一個活神仙啊，」桂姑說著，用兩隻手指把她的頭髮撳撳平滑，又說道：「這話我沒有告訴別人過，彬亞常常問起你，幾天前，我一個人在他房裏，那時他的寒熱正高，他喚著你的名字說：『妹妹，你爲什麼離我遠遠的呢？』」

曼妮羞得紅透了脖子，纖小的唇兒又顫動起來，在她的心上，只希望此時能立刻奔進彬亞房間去瞧瞧他。

「老老實實告訴你，」桂姑接著說，「曾家闔家都把你當作救彬亞性命的神仙看待。只有你一個人能使他快活。他若瞧見了你，痛苦也會減輕許多。」

曼妮羞得抬不起頭來，雙手掩沒了她的臉。桂姑在她背後坐了下來，捉住她的肩膀，對她說：「我知道這事情使你爲難。但是你們彼此不是陌生的，你們是自小一塊兒長大起來的表兄妹。現在這事情是爲了表哥哥的願望，他現在病得嚴重，不是呆守傳統禮儀的時候。」

曼妮抬起頭來，眼圈兒濕濕潮潮的說：「可是我們還沒結婚，而且倘若我瞧見了他，又有什麼用呢？我怎樣才能服侍他、看護他，即使我願意的話？」

桂姑明白曼妮的話，她不單是想瞧瞧他，還想實際的去服侍他呢，便對她說：「我想，目前你還不必早早晚晚的去服侍他。他所希望的只不過是見見你的面，和你談談。假使你能幫助治好了彬亞，曾家真不知要怎樣的感謝你呢。在眼前，當然是不方便的。太太昨天晚上還跟我說過，假使你們倆口兒結過了婚的，你可以一天到晚的照顧著他，沒有人會說一句話的，話又說回來，當你去和他見面的時候，我們大家都在那裏，就只像是一次很隆重的探病。」

曼妮很留心聽著，桂姑接著又說：「曼妮，我們當初拍電報給你的時候，太太本想接你來趕快完成婚事，替彬亞沖喜，所以我們還邀了你母親一同來。但是現在彬亞的病勢又沉重得多了，我們不知道將來會如何變卦，太太也不敢開口講這件事情。萬一有什麼說不得的事情發生，你又這麼年輕……」

曼妮毫不遲疑的回答說：「萬一有什麼不幸，你想我還會嫁給別人麼？曾家對我這麼好，假使我不知道感恩，便不能算是人。」又正色的對桂姑說：「奶奶，我可以把我的心思告訴你。我生爲曾家的人，死爲曾家的鬼。」

她說這幾句話並不是出於一時的衝動，而是她心裏確確實實認爲應該如此做，完全沒有一絲勉強。

「當然，我從未懷疑過這一點，」桂姑說：「我們大家希望沖了喜以後，彬亞心上高興起來，那毛病就會好了。但是爸爸媽媽當然還是要顧到你的將來，他們總要等你自己願意了，才進行這件事。現在已經沒有其他辦法了。這就是爲什麼一時很難決定下來的道理。」

「無論，無論……什麼事情，只要能治好他的病……」曼妮哽咽地悲泣說，「萬一有什麼不幸的事情發生，我只有削髮進尼姑庵去……。」

「不要胡說，」桂姑說，「事情還不致於壞到這種地步，爸爸媽媽也不會放你，還有你自己的母親在。你早已是曾家的人，你的命運跟曾家的命運是連在一起的了。我們好好的等候著，誰知道明年老爺太太會不會抱孫子？我們還得吃紅蛋呢！」

「你又來取笑我了，」曼妮歎口氣說著，立起身來，側轉過去。

香薇立在門口外面，通報說二少爺三少爺要見曼妮小姐。桂姑低低的向曼妮耳語，叫她快把淚痕拭乾了。「都是我的不好，別讓他們瞧見你紅著眼圈兒。新亞還是很頑皮，你知道的，還是這一股小孩子脾氣。」

曼妮走到鏡子面前，揩乾了淚痕，桂姑吩咐香薇把襟亞新亞領到中間一間，那便是會客室。此時桂姑想起告訴曼妮，木蘭曾差傭人來問過曼妮幾時可以到，她會去通知木蘭說她已經到了。

曼妮正在對鏡撲粉的時候，想想今天一天的經歷真好像在夢中。接著就聽見新亞在外邊叫道：「曼妮，我們特地來拜望你這位天仙，這位天仙還在撲粉呢。」

從鏡子中，她瞧見新亞立在房門口。

桂姑呵喝斥責道：「一個小叔叔怎麼可以偷窺嫂嫂的閨房？再不去坐好在客堂裏，我叫曼妮不來見你。」

曼妮雖是生來膽怯的，就是微微的激動，也會使她心跳加速，可是此時重新聽見新亞的聲音，倒也很覺得悅耳，這使她想起四年前與木蘭共同過著的快樂生活。

走出去的時候，她臉上端著笑容，襟亞和新亞只見她墨黑的眸子在頎長的睫毛下閃動著。她的步履是多麼溫雅端莊，恰恰在門口外面立定了下來，互相施禮一下。襟亞長大得多了，他的臉龐較清瘦而拔長了些，新亞卻還是那麼短短胖胖的，肌膚越見得紅潤了，他張口滿足的大笑著。弟兄倆都穿一件家常的青灰縐紗長衫。比較起來，自然新亞來得美秀一些；他的眸子是圓大的，他的嘴唇是厚重的，笑的時候，有一副深深的笑渦，雖不開口，也好像在問，「好，現在你將怎麼樣？」襟亞已經是十七歲了，態度比較持重，不輕易張口嬉笑了。

「大家都長大了，卻一點規矩也不懂，不聲不響的呆瞪著。趕快給你的姊姊作個揖。」桂姑對著弟兄倆說。

弟兄倆依言作了個揖，曼妮也還了禮，可是誰也想不出開口說什麼話。香薇站在旁邊，很有趣的看著。曼妮柔軟而輕微地讓了座，弟兄倆坐了下來，自己也在房門口揀了一個座位。新亞還是一眼不眨的望著她笑，好像她是一個稀奇的陌生人。

「襟亞，我們大家差不多有四年沒見面了，現在你們兩人都長大許多了。」曼妮先開口。她的聲音，因爲向著彬亞的兄弟，特別的懇摯，這是從前所未有的。接著又說：「你們剛從學校裏回來，是不是？你們的先生好不好？你們現在讀什麼書？」

「喔，我們讀著天文學、地理學和算學。」襟亞回答說。

這幾種學科的名詞，曼妮雖都聽過，但因爲它們不是女孩子家要學的科目，一向不去注意，所以聽來很覺得生疏模糊。她的父親生前曾竭力反對，詛咒這種古怪而誇張的新式科學，什麼天文學、地理學，以及生理學、化學，這些都是洋鬼子搗的鬼，又只有那些學時髦的壞蛋才附護它，他們甚至還反對纏足！曼妮把彬亞讀過的想了一想問道：「那麼你不再讀中國的老古書了麼？」

新亞說：「我們還讀著《左傳》，但是有一位先生說，它完全是沒用的廢物。自從我們離開了山東，《詩經》就沒讀下去了，你還記得有一個生了七個兒子的母親還想再嫁的事情嗎？我們多麼愛讀這些書呵！現在我們甚至在學堂裏朗誦也不行了。」

他們當年同學生活的情景，一時又湧上曼妮的心頭，她和木蘭同住的幾個晚上，她們共同辯論《詩經》的情況，還是歷歷如繪。這幾首古詩的音節，現在好像在她的耳朵裏鳴響著。

「你還是個頑皮的新亞……」曼妮說，但是新亞跳起來岔斷了她。

「喔，我們還學習英文哩！Goote morning, Father. Mother. Brather. Sister. You are may sister. I ime Your brather. One, two, tree, four, fav……」新亞是個北方人，念不正 a 的短音，又把am與ime、five與fav搞混。襟亞聽了，咯咯而笑，曼妮尤其笑不可抑。

「念的是什麼？念的是什麼？」她問著說。

「One, two, tree, four, fav,」新亞扳著手指重念一遍。「You-are-may-sister. you-you-are-may-sister. Pingya-is-may-brather.」

新亞說罷大笑，襟亞又咯咯而笑，曼妮聽不出他講的是什麼，只聽得出彬亞一個字，不覺忸怩起來。「好，」她說，「你學了外國話，專來取笑別人的。」

「我不是在取笑你。我說你是我的SIS—TER！」新亞發急地說。

桂姑聽了問襟亞道：「se-se-ter是什麼？我知道他一定在講曼妮。」襟亞不去回答她，卻噗嗤的笑出來，累得曼妮嬌嗔地脹紅了脖子。

這時候，曼妮的母親由雪華陪侍著走了進來。襟亞弟兄倆早已跟孫太太在別間院子中會過面了，見她進來，大家站了起來。她瞧見他們正在嬉笑，而曼妮惱得幾乎要哭的模樣，便問桂姑道：「這是怎麼一回事？」又對新亞們說：「她還剛到哩，你們不能欺侮她。」

桂姑回答道：「我也弄不清楚呢。你還是問新亞吧。」

襟亞回答說：「我們不是有意在欺侮姊姊，新亞正在告訴她，我們在學校裏是怎樣學習英文的啊。」

「我聽見他說……」曼妮要說出彬亞兩個字，欲說又咽住了。

「聽見說什麼？」新亞追問這一句。

「不要管它。當你講著外國語，我知道你在取笑我。」曼妮規避著他的追問，這樣說。

桂姑對襟亞說：「新亞到底說的是什麼？」

襟亞乃解釋道：「好，讓我來講，新亞說，彬亞是他的哥哥，曼妮是他的嫂嫂。」

「這幾句話也沒有多大關係，」曼妮的母親說。但是曼妮噘起了嘴巴，頓著足，新亞乃走到曼妮的身畔，柔和地說：「不要動氣，我不是在取笑你。」

曼妮此時的態度，哭又不好，笑又不好，因爲新亞雖則是頑皮，她心上卻是很喜歡他的。

桂姑乃領了襟亞弟兄倆回到自己的院子裏去。

從此以後，新亞每當與曼妮見面要和她開玩笑的時候，總用英語sister來稱呼她。可是新亞和襟亞幾個人除了這幾個簡單的初步英文字以外，誰也不會講較流利的英語。

第八章

這天晚上，曾府上排了筵席替曼妮母女倆洗塵。

曼妮在筵席上雙頰紅暈，顯得容光煥發，就是嚴謹的曾先生，也情不自禁的要看她幾眼。桂姑則是照例忙著敬菜。她招待客人可謂十分周到，使得孫太太非常感動，新亞倒也謹守著謙恭有禮的態度和表姊攀談。襟亞卻是沉默著，因爲他年紀大一些了，又有他父親在面前，有些膽怯。

曼妮坐上筵席，說不出的羞澀，真好像已經是新嫁娘了。其實還有更深一層的意義，她將要和闊別兩年的情人重逢了。各色菜肴她都是略微嘗嘗。她具有熱戀少女的嬌態，眼珠格外的明媚，玫瑰色的炙熱面頰襯托著排貝的皓齒，雙腿有些抖動。她正要奉母命去做一件私心祈望的事情，這一桌的筵席、談話、新亞的聲音、侍奉她的僕婦，種種情形都在這極度愉快的氣氛裏繞著她浮動著，但只有一個念頭佔據著她的心靈，就是「我是不是能援救彬亞疾病痊癒的神仙？」三萬六千個汗毛孔，個個都發出一種超乎自然的力量，準備來效勞。這種奇異的興奮感震撼著她，巴不得這場筵席立刻結束好去探望他。那股神秘的力量控制了她，紫色的暈潮衝上了她的面頰，胃裏咯咯的作聲，額角上流著汗珠。

席間的談話，第二天她全都忘了，只覺得四周的目光，連僕役在內，都集中在她的身上。

各色菜點上齊了之後，有幾件水果端上來，她連啖了好幾片生梨，才覺得舒適些了。

曾氏夫婦住在後進的屋子裏，彬亞的院子就在這屋子的西端，屋子的前面接連著一條長廊，這長廊比院子高三尺，中間隔著一垛牆，有個六角形的門戶，每邊種棵桃樹，這院子是用兩方尺的厚磚鋪砌的，中間嵌著彎曲的石子路砌成各式的花樣，院子裏有個小假山和一個小池，三排長的石級通到走廊裏，這屋子一共有三個房間，東面另外有一間傭人的臥室。

桂姑不等水果上席就急急離去，替彬亞安排這祥瑞探望的事情了，雪華見了桂姑，向她道了喜，問她新娘娘可來了沒有？雪華說的新娘娘，原是一句戲語，桂姑聽了只是微笑，說道：「別胡說。」

彬亞吃過一碗熱的雞汁銀耳，舒服的睡了一會，一覺醒來，額上還有些汗點，一盞洋油燈已經點好了，安放在桌子上，火頭旋得很低。他問雪華，這是什麼時候了，雪華告訴他，他們正在吃晚飯，孫小姐快要來探望他了。彬亞就吩咐雪華把燈芯旋得高些，這樣在她來的時候，屋子裏可以顯得格外明亮一些，他又要熱手巾，雪華就用熱手巾替他揩一次臉，雪華是個聰明負責的女孩子，所以派她服侍彬亞的病。她本來的名字叫梨花，因爲要避曾太太自己的閨名（玉梨）的諱，所以改名叫作雪華了。

桂姑進屋時覺得房裏份外明亮，這種情境在上星期是從未有過的。

她吩咐雪華到階沿上去等候著客人，自己在彬亞床前陪著，不到五分鐘，便聽見雪華在院子裏呼喚著：「她們來了！」她走前去扶掖著曾太太，曼妮跟在她母親身後，由小樂扶著。桂姑候在房門口迎接她們，這三個女人堵塞了門口，把曼妮隔在後面，她只得站在門坎外興奮地等待著。

忽然露出了一個空隙，彬亞的床帳已經鉤起了，從開著的門裏，曼妮望見彬亞瘦削的臉龐和巨大的眼窩，正在注視著她，直覺的垂下她的眼瞼。

曾太太過來拉了她的手，領著她走到彬亞的床邊，她對她的兒子說：「彬兒，你的表妹在這裏。」

對於一個十八歲的姑娘，這真是個難堪的情境，但是曼妮鼓著勇氣，語音顫動的說：

「彬哥，我來了。」

「妹妹，你來了，」彬亞說。

彼此的對話便盡於此了，但是對彬亞而言，這是另一個境界。

曾太太深怕彬亞出言失了體統使曼妮爲難，就讓她離開了床畔坐到床端的一張桌子邊。這柔和燈光射出紅色的光圈，照著她的面龐和翡翠的耳環，她的秀髮和直鼻的輪廓，格外的顯明，曾太太請曼妮的母親在一張椅子上坐了下來，她自己坐在床沿，而桂姑仍然是立著。

桂姑對雪華說：「你可以和小樂到外面去侍候著。」

彬亞從緞被裏伸出手臂來，曾太太要把他手臂放進被裏，說他不要受寒。

「我現在覺得好多了，」他說。他母親靠過去摸摸他的額角，真的，熱度已經退了，孫太太也說，的確比下午見他時好多了，桂姑過來診察著他的脈搏說：

「的確，我不信仙藥有這樣的靈驗，你們母女兩人一到，勝過了十個太醫，曼妮在下午還爭辯說她不是仙草，我說她勝過各種仙草，因爲她是彬兒命中的福星，福星高照，病魔自然逃退了。」

曼妮忍不住欣喜的微笑了，但是，聽了桂姑講著她，就對她母親說：「她是喜歡和我開玩笑的。」

「萬事都由天定的，」曼妮的母親說，「疾病都順著天意，只要老天爺佛力保祐，病人就會痊癒了，這不是人力可以做到的，我們母女兩人哪裏敢當呢。」

曾太太快樂地說：「醫生下午來過說，照這樣的情形下去，再隔幾天，他或許可以吃些陳糕米粥，人一定要吃些米粒，米是要緊的養料，能夠吃了粥，進步就快了。草根樹皮僅是治標，絕不能靠它恢復元氣的。」

彬亞躺著靜聽著關於他的好消息，他的左手露在外面，放在綠緞子的被面上，曼妮見了那手臂的蒼白憔悴，看得有些出神了。

曾太太心上很覺得滿意，站起來對曼妮母親說：「你今天路上辛苦了，請早些安息罷，」曼妮母親也站起來了，這是出乎彬亞意料的。

曼妮心上未免有些勉強，但只得也站起來了，但是桂姑說：「曼妮才來，他們表兄妹已經兩年不見了，該讓他們多談一會，你們請先去，我留著陪伴他們。」

「這也很好，」曾太太說。

這顯然是預先安排好的。

當桂姑送太太們去了回到房裏，彬亞對曼妮說：「曼妮來，坐到這邊來，」可是曼妮坐著沒有動彈，桂姑說：「表哥要你坐近些，不妨就坐近些，這樣，他才方便和你說話。」

曼妮羞怯怯地移動過去，覺得正在做極度不正當和刺激的事情。她斜坐在床頭的邊沿上，她雖則這樣矜持，也情不自禁的摩撫著被面，彬亞要她坐得再近些，她不依的說：「彬哥，這算什麼呢？」可是實際上她身子卻移近了些，她的粉腕不自覺的輕輕地放在他伸在被面的手臂上，他快活地順勢握住了她的手，曼妮裝作不知的任他撫摩著。

「妹妹，你長得這樣美麗，我見了你才會痊癒呢。」他說。

曼妮懇求地向著桂姑望了一眼，好像說：「我怎麼辦呢？」

「妹妹，我已經等得如此久了，我望著你來，而今天又等了整整一個下午，我有許多話要對你說，可是現在一句也想不起了。這也沒有關係，畢竟你已經來了。」他已經有些氣喘了，但是還繼續說，「能夠看見你，聽見你的聲音，多麼快樂啊！……可是我總覺得非常的乏力呵。」

「彬哥，」曼妮說，「你不要講太多話，我已經來了，你可以痊癒得快了。」

她的敏銳目光瞧見他正在冒汗。

「他在出汗呢，」她對桂姑說，「我想我們該拿條熱手巾給他才是。」

桂姑回到藏藥煎藥的房間裏，那裏有一隻小爐在燃燒著，一壺水總是燉在上面的。她絞了一條熱手巾，拿來給曼妮。

「這是什麼意思呢？」曼妮說。

「要你替他揩臉啊，」桂姑說。

「我要你，」彬亞對曼妮說。

曼妮受了這句話的鼓舞，歪著身子斜倚過去替他揩著臉，心上似覺從來沒有這樣的愉快過，即使要她終身看護著他，她也會樂於依從的。

桂姑把彬亞的腦袋扶了起來，三個腦袋很近的聚在一起，曼妮輕輕的耳語道，「外面有人看見了，成什麼樣子呢？」

「我早差他們走開了，」桂姑低聲回答。她解開了彬亞的領口，曼妮勇氣百倍，又替他揩了頸項，再從床架上取乾手巾替他揩拭。

「你看他是何等的消瘦啊，」她說。

彬亞握住她的手道：「謝謝你，妹妹，你還要再離開我嗎？」

曼妮略微退縮一些說：「你放心吧。」她立起身來拿了濕手巾回到後房間去，立著向四周察看了幾秒鐘，才走出來又坐到椅子上。

「坐到這裏來，」彬亞說。曼妮又依從了一次，走過去坐到床沿上。

「你也在發汗了，」桂姑說。於是曼妮掏出一幅乾手帕揩拭她自己的額角。彬亞在注意她的每一個動作，當她斜過身去把手巾放在床架上，他聞著一陣香氣；她的衣服幾乎拂拭著他的臉，他朝著燈光賞鑑她的頭髮、鼻子，和耳邊富有魔力的輪廓，他又第一次的看見她胸部隆起的線條，這是平常所祕密深藏的妙物。彬亞簡直神往於這新奇魔力的下面，默默地靜臥著。

曼妮聽見院子裏有了腳步聲，回到桌子邊的座位上，彬亞不肯放她，她指指外面，雪華撩起簾子對桂姑招手，叫她過去附耳說，曼妮小姐要離去時，可以吩咐她伴送她回到自己的屋子裏去。

現在曼妮也想著該是回去的時候了，可是她還想多坐一會兒，她很想和雪華親近一些，尤其是現在，她正羨慕著雪華可以服侍彬亞，因此，她說：「爲什麼不叫雪華進來呢？」

雪華也很喜歡乘此機會去和她接近，接近這位未來的「新娘」，再則她也很服膺曼妮的溫柔和美麗。

「請坐。」曼妮說。

「不敢當，」雪華回答道，「小姐，恕我粗鹵，你到了這裏，我還沒有敬你一杯茶呢。」

「我們都是一家人，不必客氣，」曼妮說。

雪華走到後房間去，不多時，端了一杯茶過來，曼妮喝茶的時候，再去拿炭加旺了爐子，這是她當僕人的職務，她拿了一小籃的炭，還進來說：「你看，這班傭人，不使喚他們，自己老是不肯動的。」

「你自己也可以休息一下了，」曼妮說。

「啊，這倒沒有什麼，我得進去把爐子燃燒得旺一些，少爺在睡著之前要吃銀耳湯了。」

「晚上是誰伴他的？」曼妮問著說，這時雪華走到了裏面去了。

「啊，這倒不一定，」桂姑說，「太太和我輪流陪伴他，等他熟睡，可是前幾天他不太舒服，我們整夜坐著伴他，輪流的去睡一下，有時香薇來替換雪華，有時鳳凰來，她們都睡在西首房內，我們大都靠著雪華，在他的病中，她是從未偷懶過的。」

「你聽見嗎？」當雪華回進來，曼妮對她說，「她在稱讚你呢。」

「這也值得讚嗎？」雪華正經的說，「這是我的責任，我也習慣了。而且他是需要有人服侍的。倘若你眼見沒有人好好的服侍他，你也不會就此走開了，只要大家見我受著太太的信任，不要在背後講我的長短，並肯聽聽我的話，我已經很滿足了。」

「你需要人幫忙的時候，」曼妮說，「可以來叫小樂來幫忙，不過她是個傻鄉下女孩，可是她非常忠實，肯學習。我有個心願，假使你肯教導她，我要叫她來跟你學些禮貌和規矩。」

雪華連連稱謝，她覺得曼妮是謙虛而和氣的，她見彬亞疲倦了，就說她也要走了。可是彬亞留住她說：「妹妹，不要走。」

桂姑走到床邊，問彬亞可要喝銀耳湯麼，他說：「叫妹妹不要走，假如她走了，我就不吃東西。」

「曼妮，」桂姑說，「你還是等他喝過了湯之後再走吧。」

曼妮不便再拒絕了。雪華又到後房去了，曼妮靜聽著水匙和碗移動的聲音，慌忙跟過去幫著動手。雪華是很乖巧的人，不去拒絕她，也不去暗笑她。曼妮讓雪華端了銀耳湯出去，自己還留在裏面向四面看看，只聽得彬亞突然叫道：「妹妹！妹妹在哪裏？她走了嗎？」

她慌忙奔到了外面，立到他面前。

「你假如走了，我就不喝了，」彬亞說。

「妹妹還在這裏呢，」桂姑說，「可是她也要去睡覺的，她長途跋涉，一路上很辛苦了，今天下午才到這裏，你也應該讓她去休息才是。」

「但你不會就這樣離開我了吧？」

「彬哥，你放心，」曼妮回答說，「我就住在這屋子裏，而且我會再來探望你的。」

於是曼妮就走了，雪華撐了燈照著陪送著她，在路上，曼妮爲了雪華服侍彬亞的緣故，祕密的向她道謝，後來一想，說這句話未免失策了，好在雪華早已被她的柔情蜜意籠絡住了，很欣喜的向她道了晚安，彼此分別了。

一等雪華回來，桂姑立刻過去告訴曾太太方才的一幕喜劇，並告訴她彬亞所說的，曼妮去了就不吃東西的話。她們可將怎麼辦呢？當然不會順彬亞的意思讓曼妮一直服侍他的，就是曼妮也不肯不顧禮貌而輕易答允下來。這確是一件困難的問題，她們漸漸認定只有結婚可以解決一切，所以決定第二天和曼妮的母親商議這件事情。

曼妮這一次可謂是完全成功的探望。凡她所說出口的、所做到的，與所聽到他對於她的情感的表露，都已超出了她原先所預期的程度。這天晚上，她躺在床上幾個鐘頭還無法入睡，回想每一件所見的東西，他說的一字一句，和他的種種動作，一件一件的細細體味著。

第二天早晨，曼妮才用罷早餐，短短的散步了一回，剛穿過屋子走到祠堂南面的空地上，一個女傭跟來告訴她說木蘭小姐來了，她就和小樂急急的趕回去。

木蘭坐在客堂裏正和曼妮的母親談話。木蘭的模樣兒變得使她幾乎認不得了。她不但長大許多，而且比在山東時穿得漂亮多了。她的儀態那麼端莊、那麼大方，而且她具有北京女兒的特性姿態和流利悅耳的聲調，她已不再是曼妮所想像的流落姑娘了，但這雙眸子不變，還是木蘭的眸子沒有錯。

曼妮走進來，細細的審視了她的臉龐一番，木蘭半咬著芳唇，好像也正審視著她的朋友，正抑制住衝動，抑制住奔過去擁抱的熱情。木蘭也被曼妮的姿態改變所呆住了，躊躇了一會兒，木蘭不禁喊道：「你這前世的冤家，我想著你，等著你，幾乎累得要死了。」

木蘭會開玩笑，可是曼妮是不會的。她只是熱烈的叫一聲「木蘭」，她實在有些畏懼木蘭的風格和態度。

她們互相走近了，曼妮說：「你真的是木蘭嗎？」捉住她的手，拉到自己的房裏去。

「我聽說你來了，昨晚一刻也睡不著，」木蘭說，「今天我一大早就起來，母親還戲問我，是不是要跟人私奔了。」

曼妮的情緒漸漸地恢復了，鎮靜下來，又覺得自己是她的姊姊了。木蘭仍舊比她矮些，她是曼妮在世界上唯一可與開誠密談的人。木蘭到了，曼妮在這新奇的北京環境裏，得到了力量和安慰的泉源。「我們期待了好久，渴望著聚會，可是想不到會在這樣的場合見面，」曼妮說。

「彬哥怎樣了？」木蘭問著說。

曼妮紅霞滿面，訥訥的說：「今天早晨，我的母親讓小樂去問過，雪華說他睡得很好。」

「你不知道上星期我們多麼驚嚇……你見過他嗎？」木蘭問。但是曼妮盡是不作聲，裝作沒有聽見。

「我們一同進去望望他，好不好？」木蘭接著說。

「你還是先問問太太。你想我的地位真是何等爲難，我不能隨隨便便的去望他，隨便了便是不合禮，人家會怎麼議論我呢？」

桂姑闖進來叫道：「木蘭，你的好朋友是昨夜來的，我看你是比從天上落個月亮在你懷裏還要快樂呢！」

曼妮和木蘭的手放開了。

「桂姑奶奶，」木蘭說，「等一回，我想進去瞧瞧彬哥，可以和曼妮一塊兒進去嗎?她大老遠的來，你應當讓他們聚聚。」

桂姑起初摸不著頭腦，後來大笑起來，笑得兩個少女都非常的窘了。

「我並不是說我沒有見過他，」曼妮解釋著說。木蘭轉過眼光懷疑地望著曼妮，「那麼，你們早已見過面了!」她笑著再問桂姑，她們是否可以一同去望望彬亞。

「當然可以，不過先要讓太太知道。我現在先走了，太太要請曼妮的母親過去商議一下事情呢。」

木蘭望著桂姑的背影，待她走開了，她問曼妮道：「他們商議些什麼呢?」

最後，曼妮終於告訴了木蘭，曾太太對她說的話，和桂姑所說的「沖喜」的意思，她把大部分探視彬亞的情形講給她聽了，只是沒有告訴她那真正動人的一幕，她提及新亞的惡作劇，和雪華的辛勞。這事情木蘭也承認的，但她還告訴曼妮，她聽見僕役們都誹謗雪華，說她想將來做彬亞的姨太太。接著，曼妮再講述她的離奇美妙的夢，說夢裏雪中送炭的黑衣女兒就是木蘭，木蘭對這個夢所代表的涵義非常納悶。

「至少，」曼妮說：「過去二十四小時裏的遭遇真像是個夢。」

她們手牽著手走，曼妮和木蘭立在書房裏那尊觀音的面前，靜靜的注視著這玉潔冰清的佛像。

「自從我昨天見了這神像之後，使我出神了一回，」曼妮說，「她似乎有一種很大的力量，使我一心要對她焚香禮拜。」

「這是明代的福建瓷器，」木蘭說，「這是稀有的寶物。」木蘭沉思著回到房間裏。一會兒忽然回過來說：「你說得不錯，這角裏有只三腳香爐，我們來焚香禮拜。」

她出去叫傭人拿了一些線香來，一方面她們小心地捧著這白瓷觀音，和硬木座子到靠西牆的桌上，木蘭拿些香灰裝入這銅香爐裏面，傭人送來了一包線香，她接了便吩咐她們走開去。

「幾年前結義姊妹的宣誓，我們重新舉行一次儀式好嗎？」木蘭這樣問了，曼妮熱切的贊成。於是她們就燃了香，福了三福，把香插進香爐，對面拉著手，在觀音面前，宣誓結爲姊妹，終生相互的推誠相待，共濟患難。曼妮還默默祈禱彬亞的早日復元，和他們未來的幸福。

不久，丫鬟鳳凰帶了愛蓮過來說，彬亞已在更換襯衣，稍待她們就可以去看了。

「母親正在和姑母講話，」愛蓮說，「講的是曼妮姊姊的喜事，商議要不要等祖母來了再結婚。」

「這麼快嗎？」木蘭問著，回過來向曼妮道賀，但曼妮只是默默的不作聲。

她們一同進去見了彬亞，曼妮覺察他的狀況又有變化了，昨天晚上的光輝褪了色；沒有了燈光，彬亞是出乎意料的蒼白和憔悴，呼吸急促，聲音柔弱，說話時斷時續，手和手指顯得很瘦削。木蘭問起吃些什麼藥，雪華說還是同樣的藥方，只換了兩味；他現在的藥是大黃、硝石和甘草，那大黃是要浸在酒裏的，她說上星期病勢沉重，他發熱時說著囈語，因此太醫就更換了藥方。

這是一個簡短而正式的探望，也是曼妮在婚前的最後一次探望，可是曼妮自己卻不知道。她們走出來時，雪華告訴木蘭說婚期是快了，因爲消息已經在女僕之間散撥開了。曼妮聽見了很鎮靜，好似她早有準備，而且是歡迎的。

「恭喜你，孫小姐。」雪華說，「彬亞可以多一個人陪侍，我肩上的擔子也可以減輕些了，我聽說就在一兩天內呢！」

「太太說，」鳳凰說，「孫小姐在結婚前，不用再去看他了。」

木蘭並不去向曾太太請早安，因爲她知道她們正在討論「成人的事情」，所以就和曼妮回到她的屋子裏，鳳凰也領著愛蓮走開了。

「請你告訴我，」曼妮問道，「你想這病怎麼樣？硝石不是製造火藥的嗎？」

「自然是的，」木蘭回答她，她曾經和太醫談過，「這是治療血內實熱的病的，可以治乾熱消硬塊，力量很大，可以消化金石，有實熱的服了可以清血，可是不可亂用，否則恐怕有傷身體呢。」

「這怎麼可以？」曼妮說，她聽了人吃火藥很是震驚，「我總不明白。」

「是這樣的，」木蘭說，「身上有毒，就以毒攻毒，得了消毒的功效；假使沒有毒，那麼要傷害身體的。」

正在講的時候，曼妮的母親回來了，臉上掛著憂慮的神色。

「曼妮，我的孩子，」她的母親說著，又咽住了。木蘭想，或許是她妨礙著她們，就說：「我要去見乾媽了，你們母女倆可以談一回。」但是曼妮不讓她走，回頭對她的母親說：「木蘭像我的親妹妹一樣，要說什麼，就在她面前說好了。」

曼妮的母親望望兩個姑娘，覺得她的女兒很需要依仗木蘭的幫助，她自己是新娘的家屬，在曾家沒有可以商議的人，所以很煩惱。她現在似乎覺得木蘭比自己女兒有商量，話也對木蘭講得多了，「曾家的意思，要幾天內辦大喜，藉以鎮壓彬亞的病魔，曼妮也可以方便些去照顧他。曾家待我們這樣的好，我也很難拒絕他們，但是我告訴他們需要和曼妮自己商量商量，曾舅母說假使曼妮答應了，那使她很感激，桂姑也說曼妮一定願意的，結婚越早，對於彬亞越有益……，曼妮，這事情影響你終身的幸福，我做母親的不能強迫你；你的父親已經死了，而我又是個女人，而且又到了異鄉客地，我怎能擔起這重任呢？」想起了她已故的丈夫，孫太太不禁滴下淚來，就用手巾掩著揩拭。

曼妮雖已知道了將要發生的事情，還是靜靜的聽她母親講，現在她並不跟母親一齊哭泣，只是毫不遲疑，簡潔的說：「媽，你決定好了。」這句話等於說她是情願的。

「在什麼時候？」木蘭問。

「他們想在後天。」孫太太說。

「怎麼，連預備的時間也沒有了！」

「現在我們不能依照常例辦，起初，他們想要等祖母來，但是，她要在一星期之後才能到，所以決定趕快辦了就算。我們不預備通知親戚朋友，也不辦喜酒宴客；而且因爲我們人地生疏，完全是這裏的客人，太太說由她擔任一切的籌備事宜，在這樣的大家庭裏，錢又多，婢僕又多，辦些事宜是沒有什麼困難的。我現在是手足無措，全沒有主意了。」

「我有個主意，」木蘭說，「結婚究竟是結婚，也不可太草率，把曼妮嫁給曾家，只是坐在紅轎子裏從這屋子送到那屋子，這樣未免面子上不好看。曼妮現在畢竟是待嫁的新娘了，不應仍住在婆家，她就像我的親姊姊，我早就想請她到我家去住幾天，我曾經告訴過母親，她說很歡迎她去住，現在我要請你們母女倆和我們一同住下，這婚禮就從我家裏出發，我的父母都很歡迎，假如你不嫌我家鄙陋，我就去告知父母，在下午來迎接你們。」

曼妮和她母親聽了很歡喜，她母親說：「曼妮，你看怎樣?人家待我們這樣的好。」

「我擔心要去煩擾人家，」曼妮說，「妹妹，我也想到你府上來拜候拜候，我只在幾年前見過令尊大人，從沒有到過你的府上。可是我們怎麼可以把這事情煩勞你們呢！」

「不要這樣說，」木蘭說，「我的妹妹莫愁也很想見你，她本來要和我一同來的，但我對她說：你才剛到；家父家慈今天便要請你們二位到舍間來便飯。我們見面聊得太高興了，所以還沒有告訴你。」接著，對曼妮的母親邀請了一遍，說：「孫姑母，請您不要推辭，我要在曼妮做新娘之前，和我一塊兒住幾夜呢。曾伯母一定會贊成這主意，其實也沒有再好的辦法了。我們和曾府就像一家人，這婚事又並不鋪張，完全是我們自家人的事，曾家也不會擔心我們私下放新娘逃出去的呢。」

「你看，媽，我的妹妹多麼會說話啊，」曼妮說。

接著木蘭就去見曾太太，她也覺得這辦法很好，於是木蘭回過來和曼妮母女倆告別了，約定當天下午來迎接她們。

第九章

曼妮的婚事在這樣匆促的情況下仍能辦得周到，這一點要感謝木蘭的力量。這場婚禮並沒有發送喜帖，除了木蘭全家和另外一個牛姓人家之外，並沒有旁人知道這件事。事後，曾先生曾太太對別人道歉說是因為新郎有疾在身，也沒有預備喜筵，所以未曾通知。而讓新娘先暫住在別人家，就能使迎娶的儀仗通過街市，並依慣例交換禮品，這才顯出婚禮的慎重。

木蘭在下半天，帶了她的妹妹莫愁和她母親的丫鬟翠霞，坐了馬車到曾府來接曼妮母女。曾太太伴著孫太太，桂姑則伴著曼妮送到大門。全家的丫鬟和僕役都出來爭著看曼妮，她覺得人家已經把她當新娘看了。

到了門口，曾太太對孫太太殷殷勤勤的話別，她們現在是除了原來的表親之外，又是親家的關係了。首先曾太太對於婚事的籌備因為匆促或有不周到的地方表示歉意，她說如此草草的舉行婚禮，不免薄待了曼妮，可是將來定當補償，而且在家中，曼妮無論如何可以處於長媳的地位。

在分別的時候，桂姑對木蘭和莫愁說：「新娘是交託給你們了，假如不見了，我要在你們兩人中捉一個去充新娘的。」

「對於你或者可以，不過彬亞中意不中意呢，這還是個問題哩！」木蘭巧妙地反駁，一面笑著握住曼妮的手拉她跨進馬車，曼妮掙脫了，靜默的走進車子。

「我愛你又恨你，」她坐著說。車子開始前進了，丫鬟小樂和她們在同一輛車上，莫愁去和孫太太和翠霞乘坐另一輛馬車裏。

「有些東西是可以代替的，」木蘭說，「只有救星是不能代替的。」曼妮也想不出怎樣去反駁她，只是說：「妹妹你嘲弄我嗎？你的舌頭怎麼不爛呢？」

「一個新嫁娘說出了何等不吉利的話呀！」木蘭說。

「我覺得你妹妹莫愁比你老實，」曼妮說。

「不錯，」木蘭說，「她做個女孩子固然比我好，我卻寧願做個男孩子，但是她，永不，永不會願做男孩子的！」

小樂也想說幾句話，她說：「曾太太和桂姑奶奶似乎不用著急，我們小姐怎會跑掉呢？就是跑掉，也是跑回曾家去，可不是嗎？」

木蘭忍不住笑了，「這才是個老實的姑娘啊！只有我是不老實的，假如你跑掉，我可以斷定你的一雙小腳就是在夢裏也會帶著你到曾家去的。」

曼妮聽了小樂的話，本來要笑出來了，但是被木蘭的話一激，咬著嘴脣說道：「你們沒有一個老實的，我不和你們講了。」

木蘭把掛在胸前外衣裏的那只曼妮送給她的翡翠桃子拿出來說：「好姊姊，饒了我這一次吧，我只不過想逗你開心呀，」她緊握著曼妮的手說：「爲什麼你在著惱的時候會這樣的美麗呀？」木蘭萬分欽慕曼妮的美麗，她的櫻口，她的明眸。曼妮也緊握她的手，說：「我想你是雪中送炭的黑衣女郎，你卻是在火上添油哩。」

「好一對聯句！聲調又好，」木蘭說，她們都笑了。

姚思安的書房，讓給曼妮母女倆居住了，木蘭父親暫時睡到她母親房間裏去。

姚家的屋子外表看似樸質無華，無非是爲掩蔽內部的富豪，當然比不上曾家屋子的壯麗，但是堅固結實，大小適宜，佈置精雅，而且絲毫沒有敗落鄉紳的氣象。曼妮這才明瞭木蘭得以養成她的品格和自信的環境。天花板、裝飾、幔帷床鋪、古玩櫥、字畫、紅木矮桌、盆架，種種細木工的小物件和精美的佈置，都足以證明他們的逸樂。雖然曼妮並不留意那些古瓶和翡翠印章的價值，但姚家的富貴卻是曼妮和木蘭之間友誼的一種障礙，她希望她能和木蘭一樣的富有，或是木蘭和她一樣的清貧。

這書房有三間房間，北京的房屋，每間的面積通常總是特別寬大；東首一間是臥室，其餘兩間，是用花格子分開的。中間一間的後面有一個紅木屏風，約六、七尺闊掩蔽著後面的門口。屏風上鑲嵌成一幅宋朝的宮殿圖，畫中有一座高塔，塔頂高伸入雲，一群野雁向著遠山飛去，幾個梳著高髻穿了狹領衣衫的宮女，有的在吹笛，有的立在石壇上閒看荷花池裏的游魚，圖畫鑲嵌得很精緻。黑漆的背景襯著半透明的白色、綠色和緋色的畫面，用紫水晶、雞血石和碧硒嵌成宮女的衣服，綠翡翠嵌成荷葉，玫瑰紅的寶玉嵌成荷花，還用貝殼點成水中的游魚，屏風的右部是一幅秋景，以淡黃色的滑石嵌成蘆葦，岸上蘆葦低垂的姿態，令人看了感覺到秋涼的意味，這屏風彷彿一幅人生富貴的圖畫。

在木蘭家裏，曼妮感受到異樣的風味。在這裏，行動比在曾家自由。這屋子可說是婦女的世界，木蘭的母親是主人，其次是珊姐，一個寡居的螟蛉女兒。木蘭的弟弟只是個六歲的孩子，她的哥哥迪人常常不在家，所以這家裏可說是只有珊姐和木蘭。第二種感覺是這家庭的父母親與子女之間沒有拘束，姚思安有時和孩子們說笑或和珊姐親密的談話，使曼妮見了，感到非常詫異。

姚思安的性格比身材細小的曾夫人固執，根據他的道家哲學，他完全採取無爲而治的主義，讓姚太太去管理家事，而他自己只保持幾種個人的權利，他破壞他妻子管教兒女的權利也包含在內。他讓妻子覺得她是一家之主，而姚夫人則使她丈夫感覺到他是一家之主。實際上，姚思安對於孩子們的感化遠勝過姚夫人，而姚夫人也能影響她的孩子以對抗姚思安。這是一家之中各個人物的交互作用，所以沒有一個真正主宰。不過在舊式家庭中，男子可笑地終是擔任著次要的角色，不論像姚家或曾家都是這樣的。

曼妮處在新的環境裏，和珊姐、莫愁、姚太太們聚首一堂，幾乎使她忘卻了自己的處境，也似乎跟彬亞生疏了。後來別人散了，單剩下她和母親在房裏休憩著，一個老媽子送上一碗當歸雞湯，這是特別請新娘吃的東西，曼妮喝完了，正在內房裏卸妝，羅大舉起簾子報道，蔣太醫來訪。

原來羅大剛才辦差回來，並不知道曼妮等一行住在這裏，所以就引太醫進書房就座，曼妮聽見了，趕緊走到外面來，太醫還誤以爲她是丫鬟，就問姚老爺在哪裏，曼妮回答說在裏面，可是她站定了不動，使得蔣太醫摸不清頭路。假使她是賓客，那麼不會趕著出來，假使她是使女，她應該進去通報。他覺得她或許不是婢女而是個賓客，因此踱到西邊去避免和婦女交談，佯作不見的獨自坐下來。可是沒多久，他覺得這少女正向著他走過來了。

「太醫，」她說，「我可以請教一件事情嗎？」

他驚愕的從眼鏡裏向著這美麗的臉龐瞧瞧，覺得以前從沒在姚家見過她。

「當然，」他站在專業的立場上這樣說，「這裏有人不舒服嗎？」

「不，是關於曾家少爺的事情。」

這老醫生真是越弄越不明白了。他也知道未來的新娘已到了北京，不過她是住在曾家的。難道這是愛上彬亞的一個丫鬟或其他戀人嗎？

「他的病情怎樣，你看他能不能痊癒呢？」曼妮繼續問道。

「他現在情況好轉，或許可以復元了，」太醫回答。

「是嗎？」曼妮又問，她的聲音顫動著，對生病的青年男子如此關切並不是合禮的行為，這醫生是喜歡和美貌的女子說話的，他試探著說：「像這種情形，一半靠人力，一半靠天意，一半靠藥力，一半靠病人本身的活力，他是病得久了，」他覺察她聽了這話有畏縮的神情，因此他懷疑或許是在和新娘本人講話了。

「你是他的親戚嗎？」他微笑的問曼妮。

曼妮紅透了耳根，支吾的說：「是——是的。」

一會兒，羅同進來送茶，瞧見一個少女在和老醫生講話，倒吃了一驚。

「是孫小姐嗎？」他問道，「我不知道你已經到了！恭喜你。」

這醫生興奮地站了起來，「那你是孫小姐了！」他說，「我們等了你好久，現在你來了，你表兄的病可以痊癒了。你比任何醫生都有效，不是離婚期沒有幾天了嗎？」

曼妮很窘迫的弄得舉止失措，只得叫喊她母親道：「蔣醫生在這裏，」說著宛如遊龍般的溜回自己房裏去了。

第二天早晨，珊姐、木蘭和她的妹妹一早就過來和曼妮母女商議籌備婚嫁的事，珊姐替曼妮「挽面」，同時別人在旁邊觀看，說笑著。這種修面方法是不用剃刀的，它只用浸過水的粗紗線把汗毛夾著絆出來，也可說是旋出來，左手的兩隻指頭把紗線張成一個線圈，一個線頭銜在珊姐的嘴裏，用牙齒咬住，還有一頭用右手拉著，把線交叉的地方貼著臉龐，右手一拉一放的移動，這交叉的線就旋過來絞轉去把汗毛連根捲起。珊姐的技巧很精熟，所以曼妮一點也不覺得刺痛。

孫太太心中非常煩悶，憂慮著能否趕好新嫁娘的衣裳，新娘將怎樣的裝飾？頭飾、衣裳和裙子用哪一種式樣？怎樣可以做一打鞋子做她女兒一部分的嫁妝呢？珠寶首飾又怎樣？東西要裝箱跟著迎婚的儀仗過去，但怎樣可以裝滿？要陳列出幾套被褥？男方雖然已答應擔負一切的排場，但是他們究竟能辦哪幾件呢？

木蘭和她妹妹在曼妮房裏挑選送給她的禮物，陳列出了箱子和盤子，滿裝著翡翠、珍珠和赤金的首飾。一時之間，曼妮的房間竟像一家珠寶商鋪了。曼妮自己沒有多少飾物，她也從未夢想到這許多的東西，更想不到木蘭一家會這樣慷慨地對待她，木蘭和莫愁每人送她一副耳環，和一支鑲珠的金簪，一副耳環是銀的嵌著天藍的翡翠，一副是兩串金鍊交叉併合的。珊姐也送她一支簪，用珍珠盤成一個囍字，下面襯著翠羽，象徵恩情的開始。至於手鐲，她們斷定男方會送來的，每個人都興致高昂地仔細賞鑑過了才去用午餐，好似上戲院一樣的愉快，曼妮第一次感覺到做了富人了。

午餐後，桂姑帶了她的女兒來了，還有香薇和一個男僕，帶來四隻灑金紅皮箱，裝著光耀奪目的銅鎖，這是男方的禮品。

「我們太太說，辦事匆促，很不周到，」桂姑說，「只好先辦些較重要的，像新娘自己的衣裳、器具，其餘的只好慢慢兒補辦起來了。」

她從衣裳裏摸出一包銀子，交給新娘的母親說：「這是門包，是給新娘家裏的傭人的。」在這種情形之下，當然是賞給姚家的傭人了。她再送一隻紅封袋，封著一張六百兩銀子的銀行支票，這就是聘禮，照常例是要在幾個月之前由男方送給女方辦嫁妝的。然後叫香薇解開了一個紅包袱，裏面包著一只有抽屜的首飾箱子，箱子揭開，桂姑當著姚太太和孫太太的面，拿出幾件珠寶首飾。

這時候招待桂姑的地方是在正廳，曼妮卻躲在自己的閨房裏，可是木蘭飛奔過去拉著她出來看看首飾，這些首飾包括一副金手鐲，一副光彩很好的翡翠手鐲；一枚鑽石戒指，一枚波斯綠寶石戒指，一枚藍寶石戒指，和一枚綠寶戒指；一副精緻透明的、生梨式紅寶石的耳環；一對珠花，和一支浮雕著雙雞心的翡翠簪，和一副有小鈴的踝鐲。這些首飾比一般男方送給新娘的禮物貴重了許多。他們很明瞭這是因爲曼妮的母親在這地方作客，沒有能力籌備的緣故。

一隻紅色紙匣裏裝的是新娘戴的鳳冠，和一個珠翠的頭晃，下面垂著一串串彩色寶石，還有一隻翡翠如意，「如意」完全是一種裝飾品，可謂毫無實用價値，可是在婚禮儀式中卻是不可少的吉祥物，往往只是陳列出來讓大家觀看，算是幸運的象徵。這如意原來的功用早已模糊不可考，當它做指示方向的指揮棒又覺太笨重了。箱子裏是一件繡著彩色荷花的大紅緞子短襖，一件彩色花紋的披肩，和一條深藍緞子百褶裙，滾著簡單大方的藍綠波浪花邊。小樂也沾光了一身新裝。照例，這首飾箱、如意和皮箱應該放在扛架裏走過街道，在大衆面前顯顯風光的，可是現在曾文樸和曾夫人竭力想保守祕密，所以就這樣的送了來。

但是曼妮的高興情緒沒有維持多久，她推說要給愛蓮瞧木蘭和莫愁的禮物，留下她母親自管去檢點整理，自己卻帶著愛蓮溜進房間裏去了。

「彬亞的身體怎樣了？」她問這個小女孩子。

「聽說他今天的情況不太好，早晨太太急急去請醫生。」

「醫生怎樣說呢？」

「我不知道，」愛蓮說。

桂姑和曼妮的母親與姚夫人商討婚事的排場，結婚的時間是明天下午五點鐘左右，桂姑和姚夫人認爲新娘身材並不高，最好梳個盤龍式的髮髻，小樂是她的貼身丫鬟，便擔任伴娘，由雪華在旁照料，又討論到新娘的母親怎樣參加這婚禮的問題。

「我以爲在這種情況下，一切俗禮可以免除的，」桂姑說，「新娘的母親一同來好了。」

「這怎麼可以呢？」珊姐說，「孫太太是新娘的母親，哪能留住在新娘的家裏呢。」

「不過，他們原是親戚，現在只是舊親戚上加一層新親戚關係，我們要選擇對於新娘最便利的事情做，」木蘭插口說。

「不過，你的意思當然不會說叫新娘的母親去接新娘出花轎的吧，」莫愁說。

「莫愁說得很對，」孫太太說，「我想，還是一同去的好，留在這裏我也不放心，但是我有個意思：曼妮的婚事還缺少一個媒人，姚太太是再好不過的人選了，就請她引導曼妮吧。」

「很好很好，」木蘭的母親說，「至於孫太太呢，我想她實在也不能住開的，這全視新郎的病況進步得怎樣才決定呢。」

「那麼現在怎麼樣了？」曼妮母親問著桂姑。每個人都急切地等候著她的回答。

「不怎樣好，」桂姑遲緩的回答著說。她不願欺騙她們，又不想引起她們的憂慮，接著又說：「昨晚他沒有好好的睡熟，到了今天早晨，他又說喉嚨口覺得乾燥，他的雙眼無神，……我們就請醫生來診視了一番。」

她們都靜默下來，桂姑接下去說：「最好不要讓曼妮知道。」

「我想在這種時候不要拘泥於禮節，」曼妮的母親說，「我是要陪著她住的。我們最好還是徵求曼妮自己的意見。」

小樂乃去請了曼妮出來，她走來的時候，眼圈兒紅紅的，沒有人再敢提起彬亞了，照曼妮的意見，她母親最好要陪著她一同去，即使不跟隨迎親的儀仗，至少前後的一同去。

「你們究竟是親戚，越不拘禮越好，」木蘭的母親說。

事情就這樣決定下來了。

那天一整個下午，曼妮都處於一種深思的憂慮中。在這種悲傷情緒和不尋常的婚禮儀式，以及對未來的不可知，她更覺得她是受命運的支配者。知道再也沒有別的辦法，只得歡迎明天別人替她佈置的一切。她已經忘掉了那些珠寶首飾，她對婚禮的想像已完全變了樣，她似乎是去接任做看護而不是做新娘，她並不像一般的新娘那樣興奮，可是也並不畏怯。

這天晚上，木蘭一定要拉著曼妮到房間裏和她同床睡一夜，在床上，新娘對她說：

「妹妹，你這次對我這樣的盡力，沒有你和你的父母，我們真不知怎樣才好呢。誰不想有一個隆重的婚典？但是在這時候，也顧不得形式了，快樂的理想只好待異日再求實現，你以爲我要裝扮三天像個傀儡的模樣，像一般的新娘專給人觀賞和引人快樂嗎？一旦結婚了，我就要更換我新娘的服裝，去服侍他，照料他的湯藥，這是所以我要母親和我同住的道理，我曾經考慮過，我們二人和雪華、小樂可以輪流的伴夜，他痊癒了，就有歡樂的日子。萬一有什麼不幸，我只有去長齋禮佛，繡繡佛像來消磨我的餘生，公婆絕不會讓我飢寒的。」

木蘭從來沒有從新娘的口中聽見過這樣驚人的話，於是更加佩服曼妮了。

第二天，五月二十五日，是曼妮的大喜正日，她的母親得了珊姐和木蘭的幫助，把一切事情預備好了，只等著花轎準時到來。這時候，曾家的情形卻非常忙亂，籌備的事情真是千頭萬緒；紅帶子、花綵和大紅燈籠都得張掛起來，新郎的臥房也得裝飾一下，每樣東西都要更換，新的桌子、燭台、面盆、痰盂、便桶，甚至於門帷，和彬亞床上的被褥——每樣都是新的，除了那張彬亞的臥榻。端午節家家掛在門上的菖蒲都要除下來。換上紅綵裝在門的上面和沿著門柱的地方。原來中國風俗，每逢端午節，人家往往有種消毒工作，在屋子裏焚著菖蒲用以驅除邪氣，小孩們胸前掛著絲綢包紮的香料，在這百病叢生的夏天，防止傳染疾病。現在彬亞的臥房也照樣的薰騰消毒了一番，再讓彬亞住進去，意思是要在可能範圍內把病房的空氣更換一下，到處顯著快樂的紅色以便驅除潛伏著的惡魔。

在這熱烈籌備的空氣中，彬亞的病勢加重了，他覺得頭暈，看不清東西，腸胃又不舒服，舌上顯著厚厚的一層舌苔，他覺得體內發熱而四肢冰冷，脈搏則是衰弱而遲鈍。醫生要用三個指頭重壓在腕上診察脈搏，這還是血壓減低的徵象。舊式醫生診病要根據脈搏的強弱情形的差別，好比現代的醫生要根據溫度計一樣，不過診脈這門功夫全靠經驗累積。

彬亞神志尚清，可是中氣衰弱得厲害，不能多講話，整天在半睡半醒的狀態中，只模糊的覺得這一天是他結婚的喜期。

雖然屋子外表沒有喜事的表示，屋子內部卻充滿了快樂的氣氛，僕役丫鬟全換上新衣，就連雪華的頭髮上也加上了首飾，她還戴了一副耳環。曾文樸今天不去辦公，襟亞和新亞也不上學，他們奉命去採買東西，還得買些爆竹，前面屋子裏有一班樂隊，預備迎接花轎，不過彬亞住的一進屋子裏只有一班小堂名，另外雇一個掌喝禮的贊禮人和一個伴房娘。

新娘的梳妝得費不少時間，所以提早了午膳。等花轎一到，曼妮戴上花冠，臉上還用一方紅綢張掛著遮沒了，使旁人窺不見她的臉龐。她母親比花轎早一些出發，先去了。木蘭的母親則坐著媒人的轎子排在儀仗隊伍裏。新娘的花轎又密密的遮了起來，把新娘完全掩住了瞧不見路上的情形，也瞧不出花轎抬到了什麼地方，路上的人也瞧不見新娘。

在新郎的家裏，全家連僕人都等在前廳迎候新娘，這屋子裏充滿了太太小姐丫鬟，其中有的是牛家的人，牛先生是曾文樸的同寅。

愛蓮和麗蓮跑到門口去等著，不一回，她瞧見這一隊人由樂隊領導著來了，爆竹燃放了，門裏的樂隊也預備吹奏了，一長條三尺闊的紅布，鋪在新娘要走的路線上，從門口經過院子一直到後面廳堂。愛蓮瞧不見新娘，只瞧見了花轎，包著天鵝絨繡著金線花紋的轎衣。一群小孩子和鄰舍的婦女們擁在花轎後面，愛蓮和她妹妹幾乎被擠了出去。

新娘的花轎一直抬到第二個院子停下來，抽掉轎槓，把短一些的木槓換進去，姚太太因爲是媒人，第一個下了轎，就有人端上桂圓湯，同時新娘還是躲藏在這黑暗的轎子裏，曼妮覺得悶熱，又有些昏眩，不知道究竟到了什麼地方。姚太太曉得婚禮是要在祭祖廳裏舉行的，這廳堂就在彬亞的屋子面前。因爲新郎自己不能親自參加，所以要在祖先的前面行禮，使這婚禮顯得鄭重些。他們得繞著長長的一段路才得到祭祖廳，而新娘還得坐在轎子裏從邊門抬進來，經過幾處走廊。所以太太小姐們都抄近路奔去了，鄰舍的孩子們卻被推到了外面去。

新娘的花轎抬到了祭祖廳前，在階沿上停息下來的時候，這一群太太小姐丫鬟和孩子早已先到了。鼓手吹打到來，贊禮人戴了插著金葉假花的紅纓帽。唱了四句口彩，於是喊道：「請新娘升堂，步步高升！請！」

姚太太和伴娘走近花轎，解下轎門，拿去扶手板，扶著新娘跨出來。曼妮閉緊在轎子裏，頭上又戴著重重的冠冕，真個悶得幾乎半死，到此方得舒鬆的透一口氣。但是紅綢還是掛在她的臉上，什麼也瞧不見，姚太太和伴娘左右扶掖著她，曼妮低頭一步一步出轎走過來。

在音樂和爆竹聲中，她被扶著跨上石階，木蘭走過來在她耳邊低聲的告訴她說：「姊姊，我的母親和我都在這裏，」曼妮只能瞧見地上婦女們的腳，她也認得出木蘭那雙未經纏過的天足。

木蘭感覺太太小姐和丫鬟們的目光一齊集中到她的身上來。在這種場合，男女兩性的界限暫時消除了。陌生男子可以虎視眈眈的賞鑑平日藏在深閨裏的少女，而少女們也有機會看看附近的陌生男子，所以木蘭的每一種官覺，都敏感地活動著。她不但用她的眸子去感攝和觀察這一群人像，並且利用她的耳朵、鼻子、全身的汗毛孔，和每一根神經。而且木蘭所感覺到的，莫愁和其他的少女們也都同樣感覺到。婦女們往往可以不用顯然的張目四顧，就可以覺察誰在屋子裏，誰是相憎和誰是互愛的。這種官能，西方人很神祕的稱它爲「第六感」，這在女人身上是完全正常的官能。婦女在這環境中能夠同時聽見兩個人的談話，又同時觀察到別的婦女從頭到腳的裝扮，好像讀書人一目十行的情形。這也是婚喪喜慶之所以能夠激起婦女們熱情的緣故。

在這許多人中間，最引起木蘭注意的是牛太太，她是一個四方臉的老婦人，生著狹而低的額角，頎長的上唇皮和闊而敏感的嘴巴。這種面相據說是幹練的婆太太和統治者的相貌。譬如慈禧太后；男人生了這種「馬面」的也能做大官當大權。不過在於婦人，是乖僻實踐、憎愛專一的混合體，往往會產生驚人的結果。這種人物往往是幹練、和藹和溫柔的，可是一旦決心要爭奪權利就沒有人可以阻止她。多少美麗的嬪妃敗於這種女人的手中，多少青年有爲的皇帝被這種相貌的女人謀殺了！

曼妮對這些來賓毫無興趣，她只覺得要到一個地方去完成一件幾乎不能勝任的事情，但是這件事情具有嚴肅的意義，這命運是生前早已註定了的。每一件事情都是前定的，不可避免的。任何事情似乎都屬於天命。未來的命運還沒有全部揭露，不過她的心中已經擺定了主意，沒有絲毫懷疑。

伴房娘過來揭開了新娘面紗的一角，於是曾太太拿一根裹著紅紙的秤，把紅綢輕輕的挑起，開秤有「稱心如意」的意義，所以用秤來取個吉利的口彩。大家靜默了一回，接著是一陣輕輕的讚歎聲，好像一個美麗的石像揭開了幕了。

曼妮還是低著頭，機械地移動著，只知道依著指定的命令做去：贊禮人喚著：「跪！叩首！

再叩首！三叩首！興！跪！叩首！再叩首！三叩首！」她的膝部不由自主的跪下去，她模模糊糊曉得是在祭祖先的桌子面前叩頭。雖然她是在單獨行禮，新郎並沒有到場，她並不是立在正中而是立在右邊，左邊地上還放著一個「拜墊」，算是留給缺席的新郎的。

後來兩只椅子排在廳的正中，請新郎的父母坐在上面受新娘的跪拜禮，兩個人都穿著官員的禮服禮帽和靴子，胸前都有繡著彩色龍蛇的花紋，使他們穿了顯得格外的寬大和莊嚴了，他們卻都張開了口歡笑著。贊禮人又喊出跪，叩首，於是曼妮依著命令，再跪下去再叩首，再立起來。

曼妮站了起來，又被動的立在西首對著賓客和親戚，因爲新郎還睡在病榻上，所以新郎新娘相對行禮的一節取消了，她又被動地用手拉著短襖下端先對媒人姚太太深深福了二福，再對桂姑弟兄姑嫂們福著行禮。

於是贊禮人念一套頗具辭藻的吉祥詞句，祝禱一對新夫婦百年好合，五世其昌，這樣「新人」就送入洞房了。

音樂再吹奏起來，爆竹再燃放起來，新娘由伴房娘護送，後面跟著雪華和她的貼身丫鬟小樂，踏著紅布向後面的屋子走去。曼妮的母親本來是非正式的在近邊觀禮，現在回到她自己的屋子裏去了，曼妮緩步的走過那屋子，那裏僅僅三天之前，在一個幽靜的晚上，每一件東西在她面前幻象地搬演過，現在覺得恍似隔了幾年了。

當她跨上階沿，只見一片金紅色觸著她的眼簾，廳堂的牆上掛滿了金字紅綢幛子，桌子和椅子蓋著繡花的大紅桌布椅披，門上裝著紅綠的花彩，地毯上也蓋上一層紅布，屋子正中的桌子上放著銀燭台和景泰藍香爐及花瓶，一對三尺高的金字紅蠟燭，雖然天色還沒有暗，已經點好了。中央牆壁上掛一個大紅幛子，裝著一個三尺高的「囍」字，爆竹的硫磺氣充塞於空氣中，曼妮嗅著了幾乎昏暈過去。

在婚禮進行的時候，彬亞的母親和桂姑都要離開了他的臥房到外面來，雪華也要去參加當伴娘的丫鬟，雪華預先打扮好了，等花轎一到就急急的到前面院子裏去。只留下一個老媽子侍候著彬亞。

新娘踏進了彬亞睡的那座屋子，雪華慌忙趕上前去照料安排一切。通常太太小姐們都將跟著新娘擁進新房的，但是現在曾太太和桂姑預先安排好，只讓少數人進去，她竭力要避免提起個「病」字，對親戚們解釋說是人太多了，恐怕煩擾新郎。

首先進去的是伴房娘、小樂和雪華三人，桂姑跟著也進去了，再輪著木蘭和莫愁，還有木蘭的母親要乘此機會望望彬亞，也讓她進去了。曾太太招待了其餘的賓客，到第三進廳堂裏去用茶點。

彬亞躺在床上，蓋著新的被褥。他知道今天是他結婚的日子，也曉得房裏的東西都換了新的，桌子上還燃著紅燭。那張羅喜事的喧鬧，已經使他疲乏了，所以早晨衣服也沒有更換，新娘花轎的到達，音樂的演奏，和爆竹的聲響，把他從夢中驚醒了過來。雪華先進來告訴他說婚禮已經開始了，她得離開房間到外面去一下。十分鐘過去了，不見有什麼動靜，他覺得無精打彩，便迷迷糊糊地睡著了，直到音樂聲的爆發，重新把他喚醒過來，過了一會兒方才神志清楚，覺得他自己是醒著，這響著的是他婚禮中的音樂聲。他自己也弄不清雪華走開了多少時候，和他自己睡了多少時候，卻想不出新娘爲什麼還沒有來，那老媽子走過來，輕輕的推著他，告訴他說，新娘過來了，直到這個時候，他方才完全的清醒了。

他瞧見了新娘有人伴著走進房間來了。她的紅蓋頭已經揭去，她可瞧見這房間已經改變得幾乎認不出了。伴房娘扶著新娘走到床邊，照例要請新娘在床口上坐下來的。彬亞用力想支撐著坐起來，桂姑慌忙阻住了他，他只得氣哮哮的又躺下去。滿口吉祥話的伴房娘說了幾句鸞鳳和鳴一類的話之後，說因爲剛才新郎新娘的相對行禮是未履行的，現在新娘該對新郎行一個禮，曼妮雙手拉了短襖角福了二福，然後她轉過身來斜坐在床沿上。

新娘總是不開口的，新郎也尋不出說話的題材。曼妮坐到床沿上，覺得已經完了一樁心願，不過說不出這心願是什麼。說來奇怪，她此時卻不像預想時那樣的畏怯，在房間裏見到的都是熟悉的臉龐，最使她安慰的是木蘭的臉蛋兒，她望著她微笑著，她也還她一個微笑。她因爲曾經住過這屋子，見過這新房，而且認識桂姑和雪華，所以不像普通新娘那樣的羞澀。木蘭首先過來對新郎新娘道了賀，別人也隨著上來道喜了。

木蘭的母親上前詢問新郎的病況，這時彬亞神志清楚，能夠認出她，乏力地稱呼了她，和她說了幾句。他能夠這樣的說話，使得每個人都覺得愉快。

「彬亞恭喜你，」木蘭的母親說，「你有了這樣賢慧的新娘，靠了她的好運，你一定可以馬上痊癒了。」

這時候，曼妮還不便公然的對新郎看；乘著他在講話才順勢看了他一眼。她瞧見這關係她一生的人臥在她的面前，而他的從速痊癒，都是她的責任，她覺得心中很寧靜，似乎已獲得了報酬，她已經獲得了他了，假使他竟而不復痊癒，那她的人事也已經盡了。

「謝謝你，」彬亞回答姚太太說，「煩勞你了，將來起床了，一定再過來謝你的，」他用手摸索著說，「我可以坐一回嗎？」

「不能，不能，」她們齊聲的說。

照風俗，新郎和新娘應該喝一杯合歡酒，吃的東西是一杯酒和一碗豬心，算是吃了之後夫妻倆可以永結「同心」。別的禮節可以省掉，這禮節似乎不能省。所以客人散了，就來喝這杯合歡酒。雪華拿進一隻矮檯子放在床上，一切預備好了，別人都避開去，伴房娘想留著侍候侍候，可是桂姑卻吩咐她也走了出去，又叮囑新娘說，這不過是一種形式，不要讓彬亞吃過了量才是。

門闔上了，曼妮羞答答的望著彬亞坐了一回，她的心跳動得厲害，但是說不出什麼話，彬亞伸過手來，她就把手給他，他乏力地握著說：「妹妹，從此你逃不走了。」

「就是你趕我走，我也不走的，彬哥，」曼妮說，「我來服侍你，有了我，你一定會痊癒。無論什麼事情，我都願意去做，甚至可以日夜不睡覺等你的病好。」

「很抱歉，我不能起來和你一同行禮，你瞧我是這樣虛弱啊。」彬亞說著，他的聲音細若游絲。

「請你不必介意，」曼妮說。

「事情都還滿意嗎？」

「很好，都很滿意的，」她回答說。

「妹妹，辛苦你了。」

「你靜靜的睡一下，一切就會好了。」

曼妮立著靠近他，可是中間放著那矮桌，她頭上戴著高高的冠冕，掛滿著珠串，行動十分不方便。

「我們來喝吧，」她說著，舉起兩杯酒，一杯交給彬亞問他說：「你能不能拿起它來？」他顫動著手接過一杯，曼妮拿了另外一杯敏捷地與他的一杯交碰了一下，不等他潑翻又迅速的接了過來，把兩只杯子一齊放到檯上。她是不會喝酒的。

她又拿了一隻湯匙，從碗裏舀了一小片豬心和一些湯汁，想餵他吃一些，把那湯碗移近了他。可是他躺了下去，她的冠冕又重，終究沒有餵成。她的手興奮得發顫，剛讓他啜的湯汁從嘴角流了出來。她慌忙把那湯碗放下，汁水已經潑在新被面上了。於是她把湯碗放到了矮桌上，從架上拿一條毛巾揩拭他的臉龐和頸項，又發現她自己的衣裳也給玷污了。

「給我吃一些心，只是一些就夠了。」彬亞說。

「我本來就想給你的。」曼妮說，她用牙筷夾了一片遞給他，可是彬亞說，「不，你先咬一口，」於是曼妮咬去了一些，把餘下來的給他，他就吃了。

「此後，只要你一個人來服侍我就好了。」他說。

至此，婚禮算是完成了。

第十章

木蘭當著人家都坐在正中客室裏，把這院子細細看了一番。

這房間的窗櫺後面是一間狹長的屋子，只有四五尺深，經過兩個邊門，通到一處幽靜的砌著石磚的庭院，中間有石凳石桌和石階沿。石凳上放著幾盆花和矮紫杉，還有瓷器的銅鼓形的凳子。木蘭望見在牆頭那邊有一棵高大的樹，種在百碼以外的鄰家。這裏真是美麗而幽靜的一角。木蘭從關著的窗裏望到彬亞的後房，曼妮正在拭衣裳，她就叫道：「弄好了嗎？」曼妮抬頭一望，瞧見了木蘭，就說道：「請進來。」木蘭就穿過狹狹的後廳，走了過去。這後房裏排著一隻小小的新床，配著簇新傢俱，是曼妮的寢室。

「你有這樣美麗的庭院。」木蘭說著，要拉曼妮去一同欣賞。但是曼妮只走到門口立定窺望了一下，這庭院已完全屬於她的，而且她要在這裏消磨她一生中多少白日和黃昏。這時雪華開門喚那伴房娘過去，說湯糰和雙喜餑餑都已經預備好了。

她就走過去把栗子、蛋糕、湯糰、餃子和雙喜餑餑拿進來。曼妮也沒有吃的心思，雪華說：「現在你且吃一些，今夜的晚餐他們會送過來。」

「她今天晚上是不是不去參加喜筵了？」木蘭問，「新娘是要去敬酒的。」

「不錯，」雪華說，「不過照規矩，她現在還沒有正式拜見翁姑，必須要到明天才去拜見，所以她今晚不必離開新房了，照通例喜筵是在第三天的，不過現在我們不拘形式，而且人數不多，連孩子在內只有三桌，到的客人只有姚家牛家太醫夫婦二人和我們自己一家人，你的運氣好，今夜不會有鬧洞房的事了，因爲這只是一個家屬的宴會呢。」

雪華說了，又勸曼妮吃了一碗湯糰，和幾顆餃子，這餃子，像一般的北方人一樣，是曼妮喜歡的。伴房娘請曼妮脫卸了結婚的禮服，說不多一會就要預備晚間的事情了。

曼妮聽得彬亞房間裏有呼喚的聲音，就對雪華說：「他在喚你呢，」雪華走到前房去問他要些什麼，彬亞聲音微弱的說，「我喚了好幾聲了，新娘在哪裏？」

雪華笑著快快的跑回後房說：「新郎在尋你呀，我們都該死，他喚了好幾聲，我們一個也沒有聽見，直到後來新娘自己聽見呢。」

曼妮走進前房去了，木蘭想著了一件事情，走到正中屋子裏，問錦兒道：「銀屏呢？」

「她說是肚子痛，婚禮一結束立刻就回家去了，」錦兒說。

「你看見迪人嗎？」木蘭問。

「沒有，我想他也回家去了，」錦兒說。

木蘭沒再說什麼，只是差人去告知曼妮，說自己到母親那裏去了，就帶著莫愁和錦兒一同走了。

她們走進曾太太的房間，正有四位太太，她的母親、曼妮的母親、牛太太和蔣太太，一同坐著談話，蔣太太的女兒坐在另一角裏，她們姊妹走進門就行了一個禮，牛太太說：「姚太太，恭喜你有這樣美麗的女兒，真討人喜歡。」

「我的丈夫在家裏也常常稱讚她們，」太醫的太太說，「聽說她們又擅長家務，學問又好，除了縫紉、烹飪和刺繡之外，還懂得天文、地理、數學和醫學呢。」

「哪裏的話，」這女孩子們的母親謙遜的說，「這全是承你們夫婦愛護她們，所以寬容她們的。」

「木蘭、莫愁，來讓我看看，」牛太太說，「她們是不是像舞台上的美人兒一樣？能夠娶得她們做媳婦的真是好福氣呢，她們的品行你瞧又何等的文雅端方。在這新時代養女兒真不容易，女孩子也要進學堂也要寫文章，跑出學校，她們要講自由戀愛，樣樣學時髦，只是不注重品行，這世界不知要變成什麼樣子了？」

她的說話聲調清晰而自然，宛然是一個慣於管理別人的口氣，沒有人可以違逆她的意思，她說：「古話說，『女子無才便是德』，以前，女孩子最要緊的工作是學治家，學習侍奉長輩和管理小輩，生兒子和教養女兒，她們有的會念書，有的不會念書，怎麼可以強迫她們念書呢？但是現在時勢變了，她們都要進學校，都要念書了；可是回來了還是要嫁人的，她們學的東西都沒有用處，有許多人只知道四五得二十，和五五等於二十五，可是也能夠升官發財呢。」

說話時，她細細的看著木蘭和莫愁，轉頭來對她們的母親說：「你沒有替她們纏足嗎？」

「她們的父親不允許，」姚太太說。

「不纏足算是時髦了！」牛太太說，「我們素雲十歲就替她纏足了，現在她卻不要纏了，我也由她，現在官家已經禁止纏足，漢人的女孩子都要變成大腳，像滿洲女孩子了。」

素雲聽見她的母親提到她的名字，就轉過身來，她的母親吩咐她說：「過來，素雲，和姚妹妹談談。」

素雲立起身來，斯斯文文的走了過來。她的服裝、舉止、行動和講話都講究文雅，要適合大家閨秀的風度，她沒有任何孟浪的言行，保持著超然謹飭的態度；不是缺乏女性的嬌媚憨態，卻是過於矯揉造作，總之，她是個虛僞社會的產兒。她慣常把香氣撲鼻的手帕掩著鼻子，好似唯恐給旁人染汙了的樣子，這無非在表演古代美人西施的顰笑和捧心的姿態。

幾位太太比較起女兒們的腳來了。素雲的每隻腳背上都拱起著一塊肉，很不雅觀，這是因爲曾經纏過了的緣故，但是這雙腳比別人的腳來得小。木蘭卻是貨真價實的大腳，這倒是一件使木蘭自己覺得不快意的事情。

「姚家小姐的腳大了一些，比較好看呢，」素雲說，「我的腳無論怎樣的放，總是不夠大的。」

「不用客氣，」木蘭說，「就是不纏足，也是小的好看。」

這是素雲對木蘭第一次的勝利。素雲認爲勝利了，可是木蘭還沒有感覺到，素雲繼續的說下去。

「昨天我在譚侍郎公館裏，譚小姐也是不纏足的，她說訓練總部徐會辦的女兒的腳也是任其自然的。」種種官名在素雲的唇邊滾過，和塗了潤滑油的水車輪一般的圓滑。木蘭不認識官家的女兒，不能講些她們的事情，這是素雲對木蘭的第二次勝利。

木蘭是喜歡美麗的女孩子的，所以還很喜歡和羨慕素雲，她的妹妹莫愁比較切實一點，她認爲這是趨炎附勢的脾氣，後來在家裏對木蘭說，她一點也不喜歡素雲。

牛太太和一部分的女人一樣，對於事實和情勢帶有預感。這無非是頭腦清楚，可以不受瑣屑事實的擾亂，而簡單的確定應有的情形罷了。現在她正計算著曾家、姚家和她自己的孩子的前途。

她有兩個兒子，懷玉十九歲，同瑜十七歲。懷玉已經和陳家的一位小姐訂婚，同瑜年紀還小，她希望將來能和達官顯宦聯姻。姚家沒有功名，所以她希望和曾家締婚。她有個女兒素雲現正十五歲，可以嫁給襟亞或是新亞，她知道木蘭和曾家是很親近的，或許木蘭會和他們其中一個兄弟結婚，因此她很注意木蘭，同時還留神觀察襟亞和新亞的性格。

常態的人或許要選擇比較年輕和活潑的新亞，可是牛太太是變態的人物。她要選個女婿將來能夠做官，她確切的明白做官的人應有的特性，這是和做人完全不同的，照那時的情形，好人不能做官；活潑的人不能做官；缺乏耐性的人不能做官；誠實的人不能做官；學者不能做官；太聰明的人不能做官；敏感和謹慎的人不能做官；太有膽量的人不能做官。即以當時貪瀆的官僚而論，也不是屬於同一典型的，因爲官的來源有許多出處，好比一個海，裏面積儲著全部官家的子孫，自然有的是誠實的，有的是學者，有的是活潑的，和有的是謹慎的，但是在滔滔「宦海」之中，風浪起伏，有沉有浮，只有那些具有活潑的精神和智慧再加上一些殘酷氣味的人，方才能夠成功。在這巨萬的現任官員之中，一個人既不能太誠實，又不能太急躁，又不太勇於負責，又不熱心改革，又不太敏感，又不太謹慎，又有強有力的靠山，他一定可以功成名就。

襟亞的智慧、學問和馴服保守的性格都屬合乎常例，而且是靜默和機警，他最大的德性是膽小，這性格可以保證他不會遭遇困難。至於新亞是太坦白、太急進。襟亞的特性是遇事退縮，他嚴厲的父親已經把他的膽氣完全驅逐了；至於新亞因爲是幼子，所以放任得不知馴服，牛太太最後決定，認爲有了她自己這樣的後盾，襟亞一定可以飛黃騰達，可是新亞就不可知了，或許還有著官紳們所恐懼的古怪思想，所以她一腔熱情全注在靜默而小心的襟亞身上。

牛太太不是冷酷的批評家，卻是個懷野心講實際的幹練人物。她不是一面訓練著丈夫，一面還推動著他，使他步步高陞嗎？他不是一個庸庸碌碌的人物嗎？她不是替他增殖了偌大財產嗎？她的丈夫敢不敢在她面前說，他之所以做到度支大臣，不是因爲她與王太太的關係？王太太是她的堂姊，嫁給一位大學士。她的丈夫姓牛，而她娘家姓馬，北京的茶坊酒館裏流行著一支短歌，把他們的姓連起來，諷刺這位度支大臣的貪婪。左面便是四字句短歌之一：

黃牛並蹄，白馬托托；牛馬齊軛，百姓碰禍。

牛太太有個外號叫作「馬祖婆」，形容她的權勢大，有人當她的面叫她這個名字，她心卻暗暗竊喜。牛大人則大家稱他牛財神。因此另外有了一支短歌，講一頭牛從搖錢樹吃銅錢，裝滿了牠的便便大腹，這支歌的意義未免太不客氣了。

好牛不踏後園地，好馬不吃門前草；搖錢樹下，吃個肚皮飽。

搖錢樹是人們想像出來的一種樹，它的椏枝上掛滿著一串一串銅錢，它的果實是一片一片金片，圓圓的宛如榆樹子。人們只要上去搖一搖，那掛著的銅錢金片便會紛紛跌落到地上，只消去拾取好了。

這時，婦女們聽說牛大人到了，他帶著普通的排場，四個轎伕和八個保鏢，這些人都要給賞封和飯食。曾文樸迎接他到前廳上，木蘭的父親和蔣太醫也坐在那裏。他們打拱作揖行了禮，大人長大人短的彼此寒暄，木蘭的父親冷冷地忍耐著。

牛大人起初不明白自己飛黃騰達、身居要津的原因。其實都是他妻子事前替他安排好的。他的臉是一堆肉塊，並不是生得好好的肉，但是自從他升了官，北京的相面先生都說這是「福相」。根據算命先生的哲理，肥的確表示和氣，所以就是福氣，但是在這種場合，他不僅不是快樂和氣的臉，更談不到聰明，只是無能和貪婪的特徵。

他生長在金融家的家裏，在北京和天津開設著好幾家錢莊。這世紀中葉，考試制度和文官制度開始腐敗了，各種頭銜和官職都可以購買而且有一定的價格，尤其是在逢著水災旱災和饑荒，政府要籌款的時候。因此，牛大人也買了一個舉人的頭銜，後來又孝敬了一個有權的太監，得到了軍機處的一個肥缺，專管購辦軍需品的事務，這樁買賣著實不差，因此賺了許多錢，牛太太的堂姊是某大臣的夫人，靠了這層親戚關係，他就在宦海裏一帆風順起來了。

牛大人因是便有恃無恐，往往在別人面前裝腔作勢。只除了在他的妻子面前。她比他長一歲，他自信他並不是個愚蠢、無能之輩，常常對別人訓話，表示自己的才能，特別是對於僚屬。他們當面是恭而敬之，曲意奉承，背後就取笑著他。他在家裏，懸有禁令，不可觸犯他的名諱，所以僕役們只是背地裏取笑他，當他的面不敢提「牛」字。北京有條牛尾胡同和一處牛毛巷，一個諂媚他的幕賓特地起了個名詞叫它「大人胡同」和「大人巷」，大人也贊成這個意見。但這是個危險的例子，有個牛家的僕役詼諧地倡議牛尾胡同應該叫作大人尾胡同，那就更加滑稽了，而且牛奶也應該叫作大人奶。

講到其餘的情形，以外表方面而論，他是一個受人敬仰的大臣，他並不是個壞人，只有好奇的人去私下探察他的私事，當他經營他的度支部事業的時候，由牛太太經營他的錢莊業務。這些錢是驚人的發達，實際上，他們是接受以存款爲名的賄賂的合法機關，牛大人有時痛罵官場的腐敗，罵得痛快淋漓，沒有人及得過他，他注重辭藻，引用成語，這是官場中談話時很重要的技能，不過屢次漏洞百出，像有一句成語叫「鶴立雞群」，他有一次在演說的時候，自謙道：「今天我很榮幸和你們聚在一處，好像『鶴立雞群』。」有幾個發覺錯誤了，只好忍著笑，可是牛大人一些也不覺得，後來傳開去，變成了一則宦海趣話。

牛大人和曾文樸一樣是山東人，他認識袁世凱，引薦他的同鄉給袁世凱的就是他，那時袁世凱正是官運亨通的時候，屢次升遷，差不多是滿清政府中最有權勢的漢官。他握著新軍的實權，由於這種關係，曾文樸派著了電報局會辦的位置，所以這兩家交誼很深。

晚上，少不得請到場的賓客吃杯喜酒。

第三進廳堂裏排著三桌酒席，廳上掛著喜幛，是姚家、牛家和太醫送的。木蘭的舅父馮澤安到了發酒的時候才來，除了男的女的這樣的混雜在一處，還有三家人家的孩子。襟亞和牛家的大兒子坐在男人的桌上，新亞和牛家的小兒子同四個女孩子坐著另外一桌，還有一桌坐著婦女和小孩，孫太太是新娘的母親，又是近親，所以坐了首位，木蘭的乾姊珊姐沒有來，姚太太說她有些不適意，而且也需要留一個人管管家，因爲不能把全家交託給丫鬟們。

男客們喝酒談話的時候，曾太太向女客們道了歉意，因爲新娘不能來敬酒，但她邀請她們在席散後過去看新娘，太醫的妻子和牛太太一向跟新娘不熟，所以很急著要去瞧瞧。牛太太舉杯祝賀新郎和新娘的康健，她還祝賀曾太太，並且稱讚新娘的美貌品行。曾太太附和著說：「我這媳婦，不論老老小小都喜歡她，從小她是個聰明端莊的好孩子，雖然她是我自己姪女，牛太太，我也要在自己人面前稱讚她呢。你們看她今天妝扮了新娘，真是像天仙一般，但是過後你們還可以知道的確是個三從四德的女子，我應該謝謝她的父母，把她教養得這樣好，我只希望彬兒有福來消受。」

大家靜默了一回，因爲沒有人願在這天提及病字。

曼妮的母親看了這快樂的景象，心中不免感觸，她已經失掉了丈夫了，她想假使他親眼看見曼妮的出嫁，不知要何等的快樂，一方面她現在可不能去見她的女兒了，直要等到明天才得相見，一則因爲她是岳母，再則因爲她是個寡婦，照例不能進新房的。現在經曾太太提起她和她的亡夫教養曼妮的話，她一陣心酸，眼淚就從眼角裏流出來了。

曾太太和其他女客都立刻明白她流淚的原因，桂姑急忙轉移她的注意力，「我敬你一杯，擔保你明年做祖母，你的孫兒將來一定做大官，你還可受皇封，」於是每個人都和著歡笑。

「我是個沒用的女人，」曼妮的母親說，「而且也不懂得北京的禮節，就是這次婚事，我一件事情也沒有辦過，什麼都是男方替我們母女倆辦好了的，他們待我們真好，我只管嫁掉這一塊肉，希望她做個孝順的媳婦，不要失卻長輩的歡心呢。」她的手指拭著眼淚。

酒席散了，曼妮的母親回到自己房裏去休息了。賓客們去看新娘，男客只有馮澤安和太醫一同過去，這時新娘早已準備好迎接他們的光臨。伴房娘和雪華已經替她換了衣裳，但是冠冕仍舊戴著。恐防驚擾了新郎，所以曼妮坐在後房給她們欣賞。這後房空間很小，一下子便擠滿了人，賓客們都是近親密友，所以沒有人說那些令人害羞的笑話，也沒人作弄新娘。

新娘站在床前任人觀看，鳳冠上的珠串垂下來，她確是美麗極了。木蘭和莫愁走近她身旁預備去護衛著她，其實她也用不著保護的。

太醫走到前房去看了彬亞，出來別人讓他坐下，他說：「不必，我很快就要走的。」他是個談吐柔和的老人家，飄著白鬚，嘴裏含著一支兩尺長的煙管。

「這位便是太醫，」木蘭對曼妮說，然後再對大家說：「這兩個都是新郎的醫生，一個醫身，一個醫心。」

曼妮羞得臉都紅了。她聽了太醫這名字，就想起兩天前和他會見時的緊張情形，雖然別人不知道。

不一會兒，賓客們散了，只剩下伴房娘和兩個丫鬟在屋裏，她們幫她卸裝，一切預備好了，伴房娘說了幾句吉祥話，然後請新娘到新郎房裏去安息，隨手把房門關上了。

現在只有曼妮一個人和彬亞在一處了，他正熟睡著，曼妮唯恐驚醒了他，因為休養是他極需要的，晚上的一切都預備好了，所以她一些也不作聲，輕輕的拉攏彬亞床前的帳簾，回到她自己房裏去了。

那晚，她坐在紅燭光下，尋思了好久，獨自想著過去的種種和未來的種種事情。

第十一章

這天晚上，當木蘭全家回到家時，已經將近十點鐘了，木蘭的父親卻是一面怒容。他剛在婚筵上發覺迪人這孩子竟私自溜走了。婚嫁是重大儀節，膽敢這樣隨便，未免太不知禮。一路上，姚太太無意間又提及銀屏也已經回去了，說完後又慌忙轉變話鋒。回到了家裏，木蘭的父親第一件事便問珊姐道，「我那逆種在哪裏？」

「不要問我。」珊姐直接的回答。珊姐這一句回答，未免有些蹊蹺，她是向來難得生氣的，而且從來沒有粗暴的說過話。

「這是什麼意思呢？」姚思安說。

「我姓謝，」珊姐說，「我不能管這家裏的事。」

這話聽起來更爲奇異。她自幼在姚家成長，像他們自家的女兒一樣，他們也從未把她當外人，她的稱呼也是依著次序叫「大小姐」的，而且她是個樸質而快樂的女子，她的人生觀也非常單純，並沒有什麼野心，所以這樣的話真不像是她所說的。

「到底是怎麼一回事？」木蘭說，「是誰冒犯了你，珊姐？」

「你不是因爲不舒服，自願留在家裏的嗎？」木蘭母親也插口的說。

「並沒有人冒犯我，」珊姐強作笑容的說，心上正在後悔方才的這種表示，尤其是在姚大爺的面前。

莫愁用肘子輕輕推著木蘭，低聲的說，珊姐的眼圈兒還紅著呢。

「定有人冒犯你的，」莫愁說，「我想一定是大哥。」她覺得一定有過事故發生，而且一定是迪人闖了禍了。

木蘭的父親又追問道：「這放蕩的東西呢？」

「他睡在他自己的房裏，」珊姐說。

姚思安跨著沉重的「虎步」走開了。大家捏著一把汗，只聽得錦兒這丫頭忍不住的吃吃笑聲，丫鬟們像翠霞、錦兒和乳香，本來等候著服侍太太小姐們的，現在都吩咐先去睡了。她們依著吩咐走開去，卻都等著看這一場精彩好戲。

丫鬟們走開了，珊姐才把方才的事情講出來，原來她正在獨個兒進午餐的時候，僕役進來告訴她說，少爺因爲有些不舒服，所以回來了，便在自己的房間裏進餐了。隨後又補充一句，說銀屏也回來了，她是從西首邊門進來的。

「你們切不可告訴爸爸，」珊姐說，「那時我覺得有些不對，我想假使他有什麼不舒服，應當去瞧瞧他。所以我到東廂去，誰知他好得很，正由銀屏在旁服侍著吃午飯。我走進房的時候，銀屏正捏著他的耳朵，兩個人都在笑著。他們以爲我不知道他們已經回來了，瞧見了我，不由十分尷尬。迪人訕訕的說，『我不喜歡擠在婚禮的人叢中瞧熱鬧，所以回來了，銀屏恰巧有些頭痛，也回來了。』我也沒說什麼，只問他喜事人家的情形如何，說著，我也不走開，就坐下來和他攀談。他漸漸的不耐煩了，問我爲什麼不去睡了呢。我說我要等著你們回來，聽聽新聞，現在還不想睡呢。他便在房間裏來回的踱著，忽然有一塊繡花紅手帕從他身上掉了下來。我也不知道這是什麼東西，他臉色卻窘得緊，慌忙俯身下去拾了起來，就在這時候，銀屏溜走了，突然他開始責罵我了，說：『我已知道你的好意了，可是我想要怎麼樣就怎麼樣，用不著你來干涉。』

我說我根本不明白我干涉了他什麼事情，他就說：『我稱呼你一聲姊姊不過是客氣，我姓姚你姓謝，這是我的家，你不應該來管我的事情。』我真是莫名其妙，氣得說不出話來，只好走開了。」

「讓我把他叫來向你道個歉吧。」木蘭的母親說。

「不要把小事化大事了，」珊姐說，「您待我這樣的好，我願意終身侍奉您到老，但是一旦您老百年了，木蘭和莫愁都結了婚，這裏就不再是我的家了，我只好去自顧自的了。」

「媽，」木蘭說，「你不能放任迪人這樣粗魯的待姊姊，放縱他就是害了他。即使我們是女兒家遲早要離開這裏的，但是這裏究竟還是我們自己的家，我們絕不允許一條暹羅魚來傾覆一隻金魚缸的！照這樣下去，姚家不知道要弄到怎樣結局呢？我不信只有女孩子才應該學好，男孩子偏可以學壞樣，男女是平等的。」

「木蘭！」她母親喝住了她的話，因爲這幾句話是異端，從新學說裏學來的。

「我知道，」珊姐說，「銀屏現在二十歲，迪人十七歲了，這事情不可放任下去，萬一有了什麼事故發生，對於我們的名譽才有影響呢。」

但是木蘭只聽見她母親這樣說，「我相信他會慢慢改過的，」這話差不多說了一千遍了。

銀屏進姚府的時候，只有十一歲，是木蘭的舅父從杭州買來的。她比迪人長著三歲，就派她服侍這少爺，自從進門到現在，她是個聰明能幹又美麗的姑娘，不過有些寧波腔的粗魯動作，未免不很雅觀。至今她和別的丫鬟爭吵的時候，說到「我」字，還是有著寧波習慣要指指自己的鼻子的。

翠霞是個北京姑娘，說得一口動聽的北京話，還有著北京人的德性，她賣到姚家來，在銀屏之後，到現在也已經有了八年了，還有錦兒和乳香也都是北地女兒，所以在姚家，銀屏是唯一的南方姑娘。幾個北方丫鬟，常常要聯合起來對付她一個人。那幾個北方丫鬟也學懂了南邊方言了，因爲姚太太說話還是帶著強烈的餘姚口音，當銀屏和她們的太太用本鄉方言說話的時候，她們都不愛聽。不過就大體而論，她的行爲倒是循規蹈矩的，而且做事很盡責，所以她能夠獨力抵抗那些北方姑娘的聯合陣線。姚家的孩子都講北京話，只有迪人和銀屏接觸得多了，也學會了寧波話，用寧波方言「阿拉」代替那個「我」字，在爭辯的時候，還要指著鼻子來加重語氣哩。

珊姐離開了迪人房間之後，迪人希望銀屏自己蹓回來，但又唯恐引起別人的注意，所以他不敢叫喚。可是她已經嚇跑了，暫時不敢回來。等了一刻鐘，還不見她的影子，迪人忍不住發起脾氣來了，他是慣於任意妄爲的，口中並不呼喚銀屏，卻只是用手一揮，鏘琅的碎了一隻杯子。一個知情的老媽子聽見了聲音，就走進來問他可要什麼。他瞧著這進來的不是銀屏，獅吼似的叫那老媽子滾出去，發狂似的縱身倒在沙發上喘氣。

當他父親無預警地出現在他的房門口，迪人好像見了妖魔似的吃了一驚，而他父親又是一副銳利的目光直射著他，臉上沒有一些笑容。雖然沒有給他父親撞見什麼錯事，可是在這種威厲的逼視之下，他自覺有了種種過失。既不讀書又不睡覺，姚思安瞧見他頭髮散亂，臉上現著狰獰狂妄的神色，就大步走到他面前責問他爲什麼逃席，迪人未及回答，姚思安不由分說，早對準他臉上重重的打來，這一下拳術家出手的耳光何等有力，打得迪人眼花撩亂，一跤跌倒在沙發上。他父親也不再說話，回身走出去了。

迪人的脖子痛了幾天，精神上說不出的痛苦。他猜不出究竟爲了什麼要吃這一下毒手，不知道珊姐可曾把這事情講了出來。他的兩個妹妹又不睬他，他的母親也冷冷的對待他，就是銀屏也嚇得不敢和他接近了。

木蘭直至曼妮婚後的第三天才去探望她，那天曾家祖母和李姨媽也到了，祖母派人送了些禮物給木蘭，並說要和木蘭見見。她就領了她妹妹去拜望曾老太太。

曼妮那時已經沒有了一切新娘的形式，已像平常妻子那樣的服侍彬亞了，小樂和雪華兩人則做了曼妮的副手。彬亞的病狀似乎進步些了，曼妮艷麗煥發的足足愉快了一個星期，這是她一生中最快樂的一個星期了。

曾老太太從山東帶了些粽子來，這時候端午節已經過了，因爲她知道她的孫子喜歡吃粽子，所以特地做起來。其實他們全家都喜歡吃這東西。彬亞自幼便愛吃粽子，婚後第七天的晚飯時，堅持一定要吃粽子。曼妮不忍過於拂逆他的意思，便吩咐雪華去向曾太太請示，曾太太說，只讓他稍微吃一些。曼妮乃給他吃了半個，把另外半個留了下來。可是半個粽子只夠男人家的一口，彬亞吃完了，就把她身邊的半個奪去，曼妮和他搶了半天，終於讓他拿去吃掉了。她很高興彬亞有力氣搶東西吃，但是她懇求說：「彬哥，最好少吃些。」彬亞卻不聽。

到了半夜，他開始叫肚子痛，而且越痛越厲害，曼妮整夜陪在他旁邊，怕得要命。天亮時，病情已非常嚴重。清晨灰濛濛的光線剛透進窗戶，她便差雪華去告訴他母親。他母親來了之後，彬亞還清醒了約莫半小時，然後整個人突然就虛脫了。太醫趕到了，診出他的脈搏非常微弱。曼妮仍然打起精神。她用櫻唇對著彬亞的鼻孔吹氣，看見他好像有東西卡住喉嚨，妨礙了呼吸，一直想要咳出來，她就彎下身去，從他口中吸出了一坨濃痰。假使神明有良心的話，決不會坐視不顧。可惜神明根本瞎了，或者聾了，或者到遠方度假去了。

正當中午時分，彬亞就死了。

曼妮緊緊的抱住彬亞的屍身，撕心裂肺地叫喚著：「彬哥回來！彬哥回來！」且不住的把嘴巴就著他的鼻孔吹氣。彬亞的父母雖然初遭喪子之痛，也覺得新娘子這哀婉而無效的努力，比起新郎的死亡更為慘痛。

沒多久，老祖母來了，便與她母親一起，硬把曼妮從屍床上拉開，帶到西首房裏，讓她在床上躺下來。老祖母就坐在她一旁。木蘭和莫愁也陪著母親來了，她們都看在眼裏，她還是那麼年輕的小姑娘，可是誰也幫不上她的忙。

木蘭心裏在想：「假使你自己是正直的，那麼所遭遇的事情便無有不正的，這句古話到底還對不對呢？」

李姨媽便是幫忙曾老太太做粽子的人。這天晚上，她當了桂姑面在說，曼妮帶了壞運氣罩上了彬亞，全是孫家倒了運，連累了曾家，暗指彬亞的死亡，是因為他做了那註定要絕子滅孫人家的女婿的緣故。桂姑聽見了，直率的責罵李姨媽不該詛咒祖母的娘家，望他們絕代。這事情後來給老祖母知道了，不由得非常憤怒，自此以後，李姨媽失掉了老太太的歡心，她在曾家的地位也因而降低了。

木蘭自從彬亞死了以後，要等到他的屍身殯殮過了，才重新上曾家來走動。她聽說曼妮不肯飲食，而且憂傷過度，臥病非常的危險。在第三天，桂姑來請木蘭去安慰安慰曼妮，因為再沒有別的人能夠安慰她了。

「昨晚，」桂姑對木蘭母親說，「她母親和我費了整夜的時間勸導她，可是她總不開口，就是問她，也不回答。她母親和我商議了一下，決定要請木蘭去陪她幾天，其餘的事情，我們會照料的，我們需要的只是請木蘭去陪陪她。」

木蘭的母親答允了，木蘭就和桂姑乘了馬車回去。桂姑在路上又低低的告訴木蘭說，請她去還有別種理由，就是要個機警的人看著她，唯恐她一時悲鬱過份了要尋短見。這種殉節的事實或許值得詩人歌詠，值得建立牌坊來紀念，或許可以很動聽的在民間傳說和在地方史上記載著，可是曾家並不需要這些，因爲他們著實是愛著她的。

木蘭幫助人家料理喪事還是生平第一遭，而接近棺木，實在是件可怕的事情。但是後來她知道曼妮住在與棺木隔離的另外一所屋子裏，就覺得即使住過夜，也沒有什麼關係了。

曼妮經眾人的勸解，已住在初到北京來時第一次和木蘭見面的那所屋子裏了。這前後十幾天裏，有了多少的變遷！木蘭有一種感想，覺得曼妮是一個不可思議的力量的犧牲者，受了某種人或某種事情的欺騙，而她自己是絕對不知道爲了什麼。

她走進房間，瞧見曼妮熟睡了，她的母親陪守在旁邊，看得出精神是萬分的疲乏，就勸她也去休息一下。當她坐下來望著這被遺棄的年輕新娘，忽然有一種感悟：曼妮在第一個下午，在這屋子裏做過的一個夢，像日光一般清楚的湧現到木蘭的腦海裏來。木蘭現在明白，曼妮夢中所瞧見的排列著棺材的黑暗走廊，和架在溝上做橋的棺材板，是代表彬亞的喪事，但是橋的那邊還有永明之宮可以讓曼妮平安地生活在裏面。既然有了「死亡」，當然還有「來生」。她可能指點曼妮明瞭這一點嗎？

木蘭雙手捧起了觀音像，捧到床前的桌子上，讓曼妮張開眼來就能夠瞧見。曼妮曾經夢見木蘭，她認爲她就是雪中送炭的黑衣女郎。

她輕輕的叫小樂去問雪華或鳳凰要一件黑色的衣裳，拿來就穿上身，坐在曼妮的床口上。

曼妮睡醒轉來，木蘭便喚道：「姊姊，我送炭來了。」

曼妮張開眼睛瞧見了觀音，又瞧見了在夢裏見過的黑衣女郎。

「是你嗎，妹妹！」她聲音微弱的問。

「是我，」木蘭說，「我在雪天來替你送炭的。」

「我在什麼地方？」曼妮問道，「外面在下雪了嗎？」她向房間四面望望，「我為什麼到這裏來？」

「你現在是在曾家的祠堂裏，」木蘭說，「外面在下著雪。你夢見你已經結過婚，做了新娘了，你的丈夫彬亞又死了。他死了之後，你非常悲傷，但是你看屋子後面有一條走廊，那走廊後面還有一座橋，再從那棺木板的橋過去有一座宮殿，彬亞正在那邊等候著你呀，你還記得嗎？」

「妹妹，你在騙我，」曼妮說，「外面並沒有下雪。」

正在這時，恰巧有一陣夏天的驟雨，沉重的雨點落在院子的磚地上，發出響亮的滴瀝聲，在瓦上很有節奏的從鉛皮水管子裏流下來。

小樂喚著關照拿洗臉水進來的聲音，又把曼妮帶回到現實的境界裏來了。

「不，彬哥是死了！」曼妮聲調遲鈍的說。

「我可以說是欺騙了你，但也可以說沒有欺騙你，」木蘭說，「並不是下雪，但是你瞧，這美妙的陣雨。」

可是在雨聲，她又聽得遠處有鐘鼓的聲音。

「這是什麼？這好像是我在空中聽見的音樂。」

「這是和尚在那邊的院子念經啊，」木蘭說。

「彬哥死了！你知道的！」曼妮反覆的說。

木蘭在曼妮醒的時候，巧妙地把夢境和現實混在一起，這使得死亡這件事所帶來的痛苦減輕了一些，讓人覺得如夢似幻，不十分真實。

這幻境解脫了痛苦和悲傷，使得曼妮瞭解這是上天給她的命運。唯有聽天由命，才能拯救她脫離苦海。她相信命運，相信上天給她的恩惠，相信觀世音菩薩，現在她疑信參半，覺得她自己是觀音宮中的仙女，覺得她一定和彬亞在前世犯了什麼罪，所以這是一種懲罰。

同時，人人都待她很好，她決心仍做曾家的媳婦。因爲活著的人們和死者的靈魂都希望她繼續和他們的家人一同生活。曼妮的心靈在曾家今世和來生，同樣得到了一個安身的地方。

喪事三朝的下午，她在靈柩面前慟哭了一番。這是風俗上循例的舉動。桂姑和雪華聽見了她的哭聲，就對曾太太說，最惡劣的時期已經過去了。她們很感謝木蘭。

這是曼妮第二次穿得滿身縞素。上自髮帶下至鞋履全都是白色。本來自從她父親的喪事之後，她就偏愛喪服中的白色，好像再沒有別種顏色和她相稱的了。穿了白色衣裳，她具有一種神祕的美。喪禮有時純是一種交際的集會，有時是誇耀和奢華的盛典，有時是對死者表示愛的舉動，那麼這典禮是簡單的、嚴肅的。曼妮的服喪不是第一次了，她曾經爲她的父親和弟弟服過喪，不過她這次替彬亞的服喪，意義是不同的，這完全是她切身的事情，對她充滿一種現實的感觸。在木蘭和曾家的人看來，她的這樣盡禮，具有說不出的美麗和莊嚴。

曾文樸想在南城買一塊墳地，因他想他們這一家總是永遠安居在北京的了。但是老太太卻竭力反對，因爲她的丈夫葬在泰安的祖墳上，而且她自己將來是要去合葬的。要把彬亞的屍體運回山東原籍，目前是不可能的事情，因爲曼妮吃不消長途跋涉，所以這靈柩就移到彬亞屋前的祠堂裏，放到明年春天再做決定。

事情是如此的安排了下來，曼妮便該永遠和她母親住在彬亞逝世的那所屋子裏，由雪華和小樂服侍她們。

到了晚上，她是特別膽小的，因此她母親和她睡在一張床上，那白觀音像也供在她房裏的桌子上。曼妮漸漸信仰佛教了。雖然她要什麼東西都可以辦得到，但是她把臥室竭力佈置得簡單樸素，她沒再動過那些珠寶首飾，只保存一副銀燭台和那新婚之夜用過的一盞洋油燈罷了。

不久她就開始吃長齋，來超度她丈夫的靈魂，又從事於繡佛像。好像她在這富麗的私宅裏已經立誓修行做尼姑了。這所屋子，地點清靜，和喧鬧的塵世隔絕著，庭院裏點綴著石榴樹、魚池、石凳和盆景，只有一片清幽的景色。

這年冬天，衝破這院子裏寺院般的沉寂空氣的，是來了一個小孩子。

曾文樸很關心他長子的續嗣問題，他的妻子私下問曼妮的母親，是否有生個遺腹子的希望。第一個月，曼妮的月經沒有來，她告訴了她的母親，她母親就去告訴曾太太，她欣喜的認爲她的媳婦果真「有喜」了。但是曼妮對她母親說，那是不可能的。她對木蘭發誓說，她至今還是個處女。於是木蘭告訴她的母親，她又告訴曾太太，這樣全家都知道這是沒有希望的了。

曾太太心上想著，除了彬亞的續嗣問題以外，這漫漫長夜，對於這年輕的寡婦未免太感寂寞了，尤其是這第一年的冬季，有了一個養子，可以給她心靈上一些安慰，免除她的憂思。因此曾文樸寫信給山東的家族，那時恰巧有一個滿周歲的孩子，他的母親願意把孩子嗣給曼妮。這孩子送到了北京，曼妮很愛他，當他睡在曼妮的懷裏，她覺得自己已是個母親了，已經替彬亞獲得一個子嗣了。

這孩子的名字叫作阿善。

第十二章

自從曼妮嫁到了曾家，木蘭到曾家走動得格外密切了，所以，曾府上也不再把她認作客人看待，完全像一家人一樣。她常常留在曾府吃飯，時時得了她母親的允許，就住下過夜了。關於她和曾家孩子的婚事，他們雙方父母還沒有談及，因爲他們的父母希望不時的和她見面，假使正式訂了婚，就不能這樣無拘束了。不過他們心上早已暗暗默許，認爲她的父母在未和他們談判之前，不會把她許配給別人的。假使說曼妮是兩隻腳都在曾家，那麼可以說木蘭已經有一隻腳踏進了曾家了，要是她想跑脫曾家，隨時可以捉住她的後腳的。

木蘭的父母還沒有切實的決定主意，尤其是她的父親，更沒有什麼成見。一個老莊主義者往往比儒家的思想意志來得自由。儒家往往偏於自信，而道家則兼能信人，姚思安對於西方思想也坦然接受，爲了女兒的幸福也談論婚姻自由。這是很合乎道家不干涉自然的信條的。他認爲西方思想把男女青年的婚姻大事付託於青年的盲目衝動，實在和道教哲學同樣的微妙，不可思議。他認爲姻緣是天定的，所以甚至他長子的婚事，他也不去干預。

同時，木蘭稱呼曾文樸夫婦「爸爸」和「媽媽」，她叫曾家的孩子們「哥哥」，像新亞比她長一歲，是叫「三哥」。

時令是深冬了。北京的冬季真是美妙無比，大概只有北京的別個季節可以與之媲美。北京四季分明，每個季節有它的特點，自成一格。在這城市裏，人民過著文明的生活，然而同時又居住在自然界的懷抱裏，極度的物質享受，和鄉村風味的生活融合一起，同時各自保持其特性。人們好似住在理想的城市裏，既有思想上的刺激，又有心靈的休憩。是什麼樣的力量，讓北京成爲人們理想中的天堂啊！的確，北京的天然風景非常美麗，城裏有著湖沼花園，城外則有澄碧的昆明湖和紫色的西山，不啻是北京的衣裙玉帶，北京的天色也使得當地的景致生色不少。假如天空沒有這樣清澈的深藍，昆明湖當不致有這樣碧綠的玉色，西山的山坡也不會有這樣富麗的紫色，而且這個城市的建築，的確不愧爲建築專家所設計的，世界上沒有一個城市具有這樣的活力，既富有人文精神，又富有崇高氣質與居家的舒適感，真是舉世無雙。但是北京雖是人的產物，卻不是一個人的產物，而是幾世紀以來，愛好生活的人們所共同創造的。氣候、地勢、歷史、風俗、建築和藝術構成現在的北京。在北京的生活，人的成分占著主要的地位。北京的男孩和女孩、男人和女人的抑揚頓挫的聲調，足以證明這裏的文化和生活的愉悅。

曼妮在彬亞死後的半年裏，蟄伏居喪，沒有跨出她的院子一步，她可謂只用了感覺，而不是在用視覺，去領略這北京的氣氛。她感覺到北京冬季的魔力，它的乾燥新鮮寒冷的空氣，高爽的青天，和屋子裏的禦寒設備，和泰安淒涼的冬季不同，厚厚的簾幕、紙窗和地毯，保持了室內的溫度和安適。外面下著陣陣的大雪，屋子裏還是海棠盛開，人們可以深晚工作而不受寒冷的侵襲。彬亞遺留下來一件貂皮袍子，曾太太叫她改作了她自己的衣服，可是她也覺得無甚用處，大部分的時間，她花在八雙繡花鞋子上面，這鞋子本來是由新娘在結婚的第二天早上見禮時送給婆婆穿的，可是因爲彬亞的病，所以沒有動手。這贈送婆婆的禮物是一定要新娘親手做成的，一則顯耀她針線的技藝，再則是一種孝順的表示。太太們穿著媳婦做的鞋子，也覺得快樂和光榮呢。

木蘭是個北京姑娘，她在那裏生長，充分吸收了這都市生活的繁華。這城市籠罩著它的居民好像一個慈母，她對她的孩子們百般的溫存體貼，處處滿足他們的要求奢望。也可以說是像一棵巨大的千年古樹，令棲息在這一根樹枝上的昆蟲根本不知道其他樹枝上的昆蟲的情形。她從北京城裏學得了寬大、溫良和文雅，她從小看見黃瓦的宮殿，紫瓦綠瓦的廟宇，廣闊的大道和深曲的胡同，繁盛的街市，和鄉村般幽靜的境界；種有不可少的榴樹和陳設著金魚缸的平民家庭，和富豪之家的園林巨宅；露天的茶寮，柏樹蔭下，人們懶洋洋的躺在破舊的太師椅上，費個兩角錢就可以消磨整個炎夏的下午；溫暖的茶室，在那裏富貴的和貧賤的雜聚在一處，當嚴冬的季節，人們吃著熱騰騰的涮羊肉和大蔥，喝著白乾；充滿驚奇的戲院，美觀的小吃鋪子、市場、賣幻燈和古玩的街道；一月中定期舉行的廟會；貧民賒帳制度和貧民娛樂，露天變戲法，魔術家和什刹海的走繩索，和天橋的廉價戲場；小販沿街叫賣的各種優美的聲調，巡迴的理髮匠的剃刀聲音，賣舊貨者的鼓聲，和賣冰涼酸梅湯的銅碗，他們都是聲調鏗鏘，合著節奏；蜿蜒半里長的喜事和喪事的隊伍，和官員們的轎子和扈從；穿著旗裝的滿洲婦女，從蒙古沙漠來的駱駝商隊的漢人，喇嘛和尚和禪門和尚；露天獻技，吞劍的乞丐。

每個人自由地從事他的職業和百年風俗所形成的不成文法，乞丐和丐頭，賊和賊王，官僚和隱士，聖人和娼妓，貞潔的歌女和淫蕩的寡婦，和尚的太太和宦官的兒子，票友和戲迷，和幽默的平民，渲染著北京的特色。

木蘭的童年生活激發了她的想像力，她學會了北京有名的童謠，其中關於人生的機智巧妙也影響了她。當她幼年時，曾拖著兔子燈，出神的看放煙火，看走馬燈和傀儡戲，她也聽過瞎子唱曲，講述古代英雄美人的故事，和大鼓調，在大鼓調裏，優美動人的北京話達到了聲音、韻律和表情完美的程度。從這種戲曲裏，她認識了語言的美感，她又從日常的談話中不自覺地學習了北京話的柔順、文雅，和從容不迫的語調。

每年的勝時佳節，使她瞭解一年四季的特性，這種定期的時節像日曆一般從年頭到年尾，把人生規律化起來，使人類生活接近自然的韻律節奏。她又景慕著紫禁城皇家的光輝，古代文物制度的隆盛，佛教道教喇嘛回教的廟宇，寺院和他們的儀式，以及孔教的郊社和天壇的雍容肅穆；富家的宴會和饋贈，古塔、橋樑、樓閣、拱門、陵墓，和詩人故居——對她都有莫大的誘力，這些地方的一磚一木都充滿著神話，軼事，和神祕。

她年紀很小的時候就學唱豐富的民歌，這些民歌包含著鬼神、迷信和美妙的成分。有兩個神話她最喜歡最相信，後來就講給曼妮聽。

一件是城北鐘樓上那個巨大銅鐘的神話：有一個鑄造鋪的主人要鑄造一隻銅鐘，失敗了幾次，皇帝威逼著他，限他倘不鑄成就要加以刑戮。他的女兒爲了要救父親的生命，就乘人不備的時候，跳進了這熔銅的鍋子裏，於是這口鐘果然鑄成了，敲起來一點也沒有碎裂的聲音。因此每逢大風大雨的晚上，在鐘聲裏可以聽得一種淒慘的悲鳴，這就是鑄鐘匠的女兒靈魂的聲音。現在造了一座鐘母廟在附近供奉她，人家叫她「鐘聖母」。

還有一個神話是講西門外高良橋的事故，這橋名便是一個宦官的名字。當永樂大帝重新建都北京的時候，在一四〇九年，發生了一次嚴重的旱災，城裏缺乏食糧。皇帝有一夜做夢，在西門外遇見一對白髮老夫婦，丈夫推、妻子拉，共同挽著一輛小車兒，上面裝著一隻油簍。皇帝問他們簍裏裝的是什麼，這老人答道，裏面裝的是供給北京城內的水。次日，他和大臣們討論這夢中的情景之後，便派遣了宦官高良到西門外去，吩咐他當他遇見了和夢中情形符合的老夫婦，就在簍上拍一下，然後迅速回馬向著城跑，但是切不可回頭向後望。高良依著他說的話去了，果然遇見一對老人家推著一部小車，他就拍一下簍子，立即回馬跑，卻馬上聽見身後有潮水奔騰澎湃的吼聲跟來，當他到達了西門，忍不住回頭一看，便立刻被潮水捲沒，淹死了。所以皇帝替他建造了這架石橋來紀念他。至今這橋還是橫跨在昆明湖上，慈禧太后常在這裏登船到頤和園去。楊柳掩蔽的堤岸，環繞著農田，村婦跪著洗滌衣服，遊客有的在岸畔散步，有的在湖面蕩船，這種風景很有些南方氣味。這也是木蘭愛好的夏天戶外活動的地方。

曼妮在初守寡的半年裏，對於北京的風物見得不多，她全憑聽覺在隱世的生活裏認識著北京。這種聲音是離奇和美麗的。早晨她聽見街上小販叫賣的聲音傳進院子來。又聽見鼓樓的暮鼓和鐘樓的晨鐘，雖然這鐘鼓離曾家有一里路長，這鐘聲可以傳遍半個城市。鼓聲在表明晚上的更次，雪華告訴她這鼓聲更次的意義，所以晚上睡醒時，聽到了鼓聲，就曉得在四更天，這些可憐的京官和大臣們都齊集在紫禁城的東華門了，在五更天，他們要朝見天子了。

曼妮經驗到的事情有許多並不覺得新奇，不過無論什麼，總比山東故鄉的好一些、美一些，在她吃齋以前，她辨別出北京的臘腸和鴨子比山東的滋味鮮美；冬至吃的北京糰子比山東湯糰精美；而且北京還有各式的炒麵和甜食，和各種的小吃，她喜歡美味的山東蔬菜，但是她發現北京也有同樣好的蔬菜，那些蔬菜天氣越冷越可口。現在她仍舊有糰子吃，有臘八粥吃，這是在十二月八日吃的，粥裏放著粳米、高粱、糯米、紅棗、赤豆、栗子、杏仁、花生、榛實、松子和瓜子，和著白糖或紅糖一同煮的，這比山東的臘八粥好得多了。

關於臘八粥，有一段木蘭和新亞的軼事。

十二月二十日，太醫設宴邀請了曾家和姚家的太太小姐們，這天是衙門封印的日子，從這天起，官吏們停止辦公，預備過新年了。

席上，桂姑當著眾人讚賞木蘭和莫愁的刺繡。她說這做工的精緻，花樣的巧妙，和配色的鮮明，她從來沒有見過比這再好的了。一般婦女們鞋面上繡的樣式，都是依照舊有的花樣描，但木蘭卻能別出心裁，她模仿畫中花枝的姿態，畫成花枝的花樣，繡在鞋子上，這鞋子她們姊妹兩人做了要送給母親，算是新年禮物的。莫愁還繡著彩色的鴨，繡得看上去好像要從緞子上即將立起來似的。

「看了就相信了，」桂姑對曾太太說，「我們回去的時候，一定要領你去參觀一下。」

「別聽她的，」莫愁謙虛地說，「不過您好久沒有到我們家裏來了，曾家伯母，飯後請和我們一同去坐坐。」

曾太太也想去看看鞋子，因爲姚家姊妹素來是她羨慕的，所以她跟來到了姚家，參觀姊妹們做的活。這繡的鴨，因爲色澤配合得巧妙，果然看上去好像真要從黑緞子上立起來的樣子。

「這鞋子穿掉它真可惜，」曾太太說，「這是應該獻到宮裏去的。」她再對姚太太說，「你有的怎樣一個肚子，會生出這樣靈巧的女兒？提起了這話，又使我想起那天送來的木蘭煮的臘八粥，那味道真好，祖母喜歡得不得了，一連吃了兩碗。這些果肉似乎入口即化，老年人沒有牙齒，是喜歡軟的東西的。」

木蘭聽了，不由高興，就說：「祖母這麼喜歡吃，我可以到府上替她再煮一些，好不好？」

娶著一個善於烹飪的媳婦是何等的幸福，曾太太心中默想。

就這樣，木蘭真的和曾家的人一同回到他們家裏去。她瞧見曼妮在逗引著一個周歲的孩子玩。這是一個天氣晴明的下午，幾盆菊花快要凋謝了，立在房裏冬令的灰白光線下面，發出一陣陣冷冷的清香。這孩子躺在曼妮母親房裏的床上，一旁還放有幾雙緞子鞋頭，是曼妮正在做的針線活。

「完工了沒有？」木蘭問她說。

「只做好了六雙呢，」曼妮說，「還有兩雙要動手，可是年關近了。我只好在晚上趕工，但是有時這孩子吵得厲害，也做不成幾針呢。」

木蘭看見牆上掛著一張九九消寒圖，畫著九個圈一排，共有九排，這是推算從冬至到立春日子的方法，現在八十一個圈已經填滿了，寒冷的冬天就要過去，春天快要來了。木蘭走近牆，在新年以前餘下的十天上畫了兩隻鞋子。

她扳著指頭數著說，「你只有十天工夫了，怎麼趕得及呢？」

「假使沒有孩子，做起來是很容易的。」曼妮說。

木蘭附著耳朵輕輕道：「讓我帶回去替你做一雙吧。」

曼妮平常自負著針黹的技巧，從不想請別人來代替她做針線活，一方面也沒有機會見識過木蘭和她妹妹繡工的精巧。

「假使針腳不同了，立刻就會被人家察覺的，」曼妮說。刺繡這件事，針腳要完全勻稱、光滑，且越緊密越好，花瓣的邊上有了極微的彎曲，就留下不經心的痕跡，使得全功盡棄，要每針都做在百分之一寸的範圍以內，是非常費女兒們的眼力的。

木蘭拿起床上已繡好的花樣，細細的察看了一番說：「我想這活我還能夠做，」她說著得意地笑笑，接著說：「我不敢說能做得和你一樣，但是也決不至於羞辱了你。」

鳳凰進來說，太太說，並不當真要木蘭煮臘八粥，但是祖母很喜歡木蘭煮過的花生羹。

「我們都喜歡你煮的臘八粥，」曼妮說，「你是怎樣煮的呢？」

「這也沒有什麼仙法，」木蘭說，「我只是從藥書上看來，放了一種成分在裏面，使果實快些酥軟罷了，假使太太贊成的話，不妨我現在就煮些。」

鳳凰去告訴了曾太太，回來說，太太吩咐她來幫助姚家小姐。

「雪華在哪裏？」木蘭問。

「她受了寒，有些不舒服，睡在那面一間裏，」曼妮回答說。

「這裏的爐子不夠大，」鳳凰說，「讓我們到廚房裏搬一隻大的來，」她叫了一個傭人搬了一隻大爐子來，就坐下來幫著木蘭動手預備。雪華聽見了，也起來了，要幫幫她們二人，但是曼妮和她的母親因爲她身體正不舒服，怎樣也不允許她動手。

「這是我的職務，」雪華說，「怎敢把這事情煩勞鳳凰姐姐呢。」

「她是太太派她來的，」曼妮說。

鳳凰是個驕傲的女孩子，她只揀自己願意服侍的人去服侍，她是缺乏熱情、率直，不肯做額外工作去討人歡喜的人，而雪華偏喜歡這樣做的，在行爲方面，雪華可說是圓的，而鳳凰是方的，她對待曼妮和她的母親也不十分謙恭有禮，這使她們內心覺得不太舒服。

因此雪華竭力撐著起來了。在鳳凰走開的時候，她說：「只是略微受了一些寒，昨天我睡了一天，現在覺得好多了。我不要讓人家覺得我在規避責任啊！」

「誰會這樣想呢？」曼妮反駁地說。

「我知道你是不會的，但是還有別人哩，」雪華回答。

「你還不宜走動哩，」木蘭說，「假使你一定要幫忙的話，我們就把花生送到你房裏，你可以在那裡靜靜的動手，等到火生好。」

一隻爐子放在正中屋子裏，小樂管理著爐火，廚房裏的人聽得姚家小姐替祖母在煮東西的新聞，覺得非常興奮。

鳳凰似乎很樂意工作，曼妮私下對木蘭說：「真奇怪，你能夠指揮她做事，母親和我都怕去差她做事情的。」

「各人性格不同，」木蘭說：「這全靠你如何運用她們，我想，鳳凰終有一天會極有用處的。」

確是奇怪，差不多一個鐘頭的時間，花生羹煮好了，這花生幾乎溶化在嘴裏。這湯汁濃厚而帶有黏性，是滋順喉嚨的妙品。花生羹和杏仁湯非但滋補，而且對於咳嗽和喉音沙啞都有益處。鳳凰和小樂跳來奔去的，到各院子去一碗一碗的分送花生羹。老太太真是說不出的快活，她詼諧地說，要是木蘭做了她的貼身丫鬟，每天只管替她煮煮花生羹。

這時曾家的孩子們都到廟會去買新年玩具了，木蘭託新亞買一個萬花鏡給她的小弟弟阿非，這是她從蔣家看來的新玩具，她著迷於這東西均齊的色彩變化，所以新亞回來時，直接跑到曼妮的屋子裏去。他買了兩個萬花鏡回來，木蘭自然格外快活。但是當她問他價錢多少，他總是不肯說。

「你不用付錢給他，他也不肯收的，」曼妮說，「你還是送他一碗花生羹吧。」

花生羹實在只剩下一碗了，本來是曼妮和木蘭留著預備等一會分來吃的，木蘭就拿這碗請了新亞。

他正從外面冷空氣裏進來，所以覺得加倍的好吃。

「這是哪裏來的？」他問道，「我在家裏從來沒有嘗過這樣好吃的東西，是別人家送的嗎？」木蘭笑而不答。

「你有什麼報酬給我，」曼妮說，「假使我想法讓你天天有這樣的東西吃？」

「我願對你叩頭，」新亞說。

「好！這不是難事，煮花生羹的人就站在你的眼前，」曼妮指著木蘭說，「你問她肯不肯姓曾，假使肯的，那你還可以享受比這花生羹更好的福氣哩。」

這時木蘭忽然不見了，從隔壁房裏傳過回答的聲音道：「人心總是不會滿足的。這是一筆嚴格的現款交易，並不是賒帳；一個萬花鏡便換一碗花生羹。你享口福，我飽眼福。假使你想再要一碗，這全憑我是否再要一個萬花鏡。」

待新亞到了母親屋子裏，襟亞早已經吃過了，母親把留著的一碗給他，他不敢說穿已經吃過了，卻又吃了一碗，他母親問他滋味好不好，他只是淡淡的回答說：「還不壞。」

「不壞！」鳳凰說，她在曼妮那邊聽見當時的情形的，「在那邊屋子裏，他說希望每天吃它一碗哩！」

「那你已經吃過了！」母親詫異地說。新亞覺得很窘，但他自己可不知道爲什麼會覺得這樣窘。

木蘭到老太太那裏去告辭的時候，曼妮也跟著一同過去，曾太太和桂姑正伴著祖母。

「我的孩子，」祖母說，「你真聰明！我活了這麼大的年紀，卻從來沒有吃過這樣好滋味的花生羹。」

「這不算什麼，這是我孝敬您老人家的，」木蘭答道，「假如您老人家喜歡的話，我可以教石竹煮法，那您就可以每天吃了，」石竹是服侍祖母的貼身丫鬟。

「像我們這樣的人家，東西是什麼都有了，」老太太說，「可是我們也切勿恣所欲爲，過分的貪吃好東西。假使我們能愛惜五穀雜糧菜蔬而不浪費，可以減輕罪孽。恐怕我們的丫鬟們丟棄的東西已經足夠貧苦人家享用了。只有這花生是廉價的東西，是貧民的食物，而且是田裏出產的。我老年人喜歡它，因爲不用費力咀嚼，你是怎麼煮的呢？」

「這並不是什麼神妙的祕法，」木蘭答道，「只要加些蘇打在裏面，便是個訣竅，這是我從書本上學來的。」

「這方法好極了，」曾太太說，「書本展開在每個人的面前，可是我家的孩子們就沒學到，對於讀書和做人的常識，新亞真比不上木蘭。祖母，你還沒有見過她們姊妹二人的繡花呢。」

當曾太太講她們在那天下午瞧見的東西時，木蘭臉蛋掉轉了過去，一下子又走到了外面去，指導石竹煮花生羹的方法，她從曼妮房裏拿來一雙鞋面用絲巾包著，預備帶回去刺繡的，又提防給人發現了。

這時曾太太講述這花生羹的故事，和鳳凰揭破木蘭已經先給新亞吃一碗的經過，和他的窘態畢露的情形，這件事使得桂姑、曼妮和祖母覺得很有趣和驚異。木蘭再走進房裏來，見她們都在笑著。

「你們大家在笑什麼啊？」她問道。

「新亞在我們房裏吃了一碗，到太太房裏又吃了一碗。」曼妮說。

木蘭馬上明白了，羞得滿面通紅。她是難得害羞的。

「年輕人處得來，我很高興，」老太太說，無非是想緩和木蘭侷促不安的情緒。

「這並不是禮物，不過是一種現款交易，」木蘭迅速的說，「他買給我弟弟阿非一個萬花鏡，這羹湯是付的款子。」

木蘭帶著萬花鏡和要繡花的鞋面回去。她不知怎樣的，覺得這插曲很有趣味。

第十三章

兩年之後，木蘭已經十六歲了。這一年，她經歷了生平未有的刺激。她進了學校讀書，她憑父母之命訂了婚，可是，她發覺自己墜入情網了。

和種種遭遇有關係的人物，是一個從四川來的傅先生，他對於她這時期的生活，施有很大的影響力。傅先生後來在民國時代，擔任教育部長，而且負責推行注音字母，從此學校裏把注音字母和正體字一同教授。

傅先生體格瘦小，留著一撮短髭，他是吸鴉片煙的煙鬼，但卻是一個多才多藝富有思想的學者。他生平有兩大嗜好，便是尋訪名山和搜集並整理古書。他的妻子也是受現代教育的女子，所以他們在北京的時候，沒有一年不離開京都去遊歷幾處名山古蹟的，他們曾經模仿隱士，獨自在山裏住上一個時期。他出門遊歷的時候，只帶一捲被褥，中間裏著幾雙短襪和幾件袍子，還帶一箱古版的書籍，有時汙穢的襪子也和書籍塞在同一只箱裏。他是公認的中國目錄學和版本學專家。他在大學裏講授這目錄學和版本學的時候，一定要躺在安適的沙發上演講，學生們望著這瘦小而煙容滿面的人，都有無限的敬仰。

這學者非但學問好，還具有絕大的智慧。他愛好古學之外，還熱心於普及教育，尤其是婦女教育。他和他的妻子可算是婦女教育的先驅者。他在二十幾歲的時候，故鄉人士已經公認他是一個有爲青年了。二十六歲，他參加了科舉考試，獲得了翰林的榮譽頭銜。再經過一次考試之後，他又榮任翰林院編修的職位。拳匪之亂爆發的時候，他正動身到北京去，在一九〇三年擔任袁總督的幕賓。當時曾文樸也在總督的幕下，因此木蘭的父親就得和傅先生相識了。傅先生高瞻遠矚的見解，使得木蘭的父親不勝欽佩，所以他們交誼之深，爲曾先生與傅先生所不及。傅先生曾經被派南下訓練過新軍，後來回到北京又襄辦直隸教育。在一九〇六年，他在天津創辦女子師範學校，由他的妻子擔任校長。

經過傅先生的介紹，木蘭就進了這所首創的女子學校，在女子教育運動中，她也是個得風氣之先的人物了。再經傅先生的介紹，木蘭這一家又認識了立夫，一個傅先生所極力讚賞的四川孩子。傅先生和他的妻子常常到姚家去探訪，傅太太竭力的遊說，勸姚家的姊妹們進她的學校去讀書。

從四月一日到四月十五日，在西山聖雲寺有個廟會，木蘭全家要到西山附近的別墅去住上幾天，這時傅先生和傅太太也在北京度過春假，而他們又是愛好山水的，木蘭的父親就邀他們一同去住在他們的村舍裏。

木蘭要求曾太太允許曼妮一塊兒去。曾家對探訪古蹟的興趣比較淡薄，城外也沒有別墅。曾太太說這廟裏她只去過一次，還是十二年以前去的，那時孩子們還很小。現在曼妮雖然到北京已經一年半，可是出去的次數不超過十二次，她外出多半是到城南購物，難得幾次到孔廟等地方去過。在孔廟裏，她看過石碑上刻著的歷次考試中榜的名單，遊孔廟是曾先生准許的，因爲他崇尚儒教哲學，他以爲常常親近孔廟裏的東西的女子，教養出來的子弟，可以有做學者和題名金榜的希望。就是法源寺裏春天開放的紫丁香花，她也沒有和她母親去玩賞過，因爲花是認爲太容易攪擾青年婦女的心情的，偉大壯麗的喇嘛寺也沒有去過，因爲那裏有淫穢的偶像，祕戲雜陳，外面遮著幕簾，只要付些小費給寺僧，就可以入內參觀，她到喇嘛寺去，難免要看見這些東西，所以便和這些廟宇絕了緣。不過，照曾太太的意見，遊覽一事原則上是應該准許的，因爲遊廟也是一件敬神的事情。

曼妮變得更像修行的人了。她漸漸的獲得翁姑的信任，可是他們還是要防止她受這世界的各種誘惑。

「她可以和我同床睡，我負責照料她，」木蘭說，「她從未有機會遊過山。」

「蘭兒，你的確很有膽氣，」曾太太說，她已經用這親密的名字稱呼過木蘭。「我不常遊山，也活到這把年紀了，但我想她和你同去讓她散散心也不是壞事，我可以和你乾爹講講。」

所以，在四月十二日，木蘭和她的家屬、曼妮、傅先生、傅太太，都到玉泉山那邊西山附近的別墅裏去了。姚思安心目中的鄉村生活，是不帶著丫鬟隨身伺候的，他們雖然帶著一個廚子，但女兒們仍是常常親自動手燒煮飯菜。

曼妮因爲看不慣北京這種官僚的豪奢氣象，所以這次遊覽確是她的一大快事。一事一物，都使她看得神往——高大的城樓和深邃的西直門像一條四五十尺長的隧道，城門外的驢伕和小店，茶館裏的茶客，廣闊的通頤和園的御道，路面鋪著石板，路兩旁的楊柳已經展放著嫩綠葉了，美麗的郊外，和遠遠的西山的紫色山坡，襯著蔚藍的天空，圓明園的遺跡，以至於金瓦黃牆，亭閣森森的頤和園。

她最愛的是玉泉山的近郊，那裏有農舍，有游泳的鴨，西山環繞著北京，好像慈母的手臂擁抱她的孩子。木蘭的屋子就在這裏。在門前可以望見潔白的石塔立在玉泉的近邊，和頤和園的萬壽山，隱在蒼翠的綠葉叢裏，後面的山上星羅棋布的點綴著一處處的廟宇。

他們到達時，正是午餐時分。下午，他們遊覽了碧雲寺。爬上四組石級，到了雲石塔畔，已是遊客如雲，時候還早著，他們一直向前走，到了臥佛寺。那裏一尊銅佛有二十多尺長，裝成偃臥的姿態，身旁放著許多還願的鞋子，是皇帝皇太子們所供奉的，有的竟有幾尺長，都用繡花的黃色緞子做成。姚思安勸大家不要走得太累，因爲明天還打算跑得遠一點去遊八大處，所謂八大處是聚在一處的八座佛寺。

次日，他們到祕魔崖去遊覽，這是山中最富有畫意和莊嚴美麗的地方。這祕魔崖隱藏於山頂一群廟宇的後面，而這些廟宇又隱蔽在巉岩一角的叢林中間，年紀大了的太太們和曼妮騎著驢子，只有木蘭和莫愁要和男人家和孩子們一同步行。在這明媚的春天，女孩子的嬌憨和趕驢孩子的歡笑聲，打成了一片。

太太們都在廟門口下了驢子，等他們走到祕魔崖，已是喘不過氣來了。曼妮滿身穿著縞素，仍舊像個少女，唯一的區別，是她的頭髮向上梳攏盤成了髻，而木蘭和莫愁則是編著辮子的。木蘭每當走路或站立時，慣常握住辮子尖把辮子拉在身前，繞著食指打著圈兒揮動著。

祕魔崖實在是一個天然的山洞，大約有五十尺深。有一個懸空的石峰伸出來，像個屋頂；遊客立在下面會有一種奇異的感想，假使這峭峰一旦掉下來，他們就要壓成肉醬了。在這山崖的前面據說有個深淵，後來恐防有人跌下去，所以用塊大石頭蓋住了。

木蘭的父親提起了這深淵，就講述一件兩條龍藏匿在這深淵裏的神話：在第六世紀的時候，有個道家收了兩個孩子做徒弟，有一次逢著大旱，這兩個孩子就跳到這淵裏去變成了兩條青龍，霎時興雲化雨，大降甘霖，所以這裏至今蓋有一座亭子，紀念兩位龍王。

這一群人裏，男人家走在前面。當木蘭走到山洞的入口處，瞧見一個中年婦人，穿著黑色衣裳，和一個十歲左右的女孩子一同坐著，他們又聽見有一個男孩子的聲音，一看，瞧見一個很瘦小的十六歲左右的孩子，從近邊一間石屋子裏跳躍出來立著，比手劃腳地和母親與小孩講話。他生著清明的眸子、端直的鼻子和伶俐的容貌，穿著淡藍的布長衫。這淡藍色襯托著白皙青年的臉龐，和活潑的身段，更顯得美秀了。

「媽，」這孩子說，「這裏就是盧師父和兩個孩子修鍊的地方，這兩個孩子變成了兩條龍呢。」他的音調和臉龐吸引了姊妹倆的注意，她們和曼妮遠遠的立著，看他對他母親和妹子講故事的神氣。

「這倒是個動聽的故事。不過有誰見過這兩條龍呢？」他的母親說。

「乾隆皇帝看見的，」這孩子說，一面仍舊笑著比劃著，「有一天，他到這裏來，看見兩條細小的青色海獸在池裏，一個僧人指給皇帝說，這兩條動物便是龍，可是皇帝發聲笑道：『怎麼，牠們不過是一尺的小魚。』這樣一說，這兩條龍就漸漸的大起來，從池裏一躍沖上天去，在雲霧中不見了。」

「你在騙我了，」他的母親說。

「不，龍是大得看不見牠們的頭和尾的，只有皇帝看見一隻巨大的龍爪，有山一樣大，從雲端裏伸下來，牠的鱗是綠色的，閃閃的發著光，皇帝見了一嚇，回去覺得肚子痛。」

這孩子的母親聽了，揚聲的大笑起來，顯出她是個快樂的婦人。這孩子一望而知是一個貼心的好兒子。他不斷的做出種種意想不到的舉動，使原本孤寂的母親生活充滿歡樂。

這幾個女孩子聽了他的故事，見了他說話的表情，都覺得很有趣，也掩著手帕微微的笑著。莫愁說，她好像在某處見過這個男孩，木蘭也這樣想，不過想不起是什麼地方了。她很喜歡他生動的表情和態度，她不能確定是否真有這神話，還是他捏造出來逗他母親快樂的。

就在這時，傅先生漫步走回來，他瞧見了那男孩就喚道：「喔，這不是立夫嗎！」就上前去招呼他。這孩子的母親對傅先生非常有禮，雖然傅先生好像和他們很熟的樣子。他回過頭來叫道：「來，見見孔太太和她的孩子。」傅先生介紹著他們說道：「這位是孔太太，這位是立夫，這是立夫的妹妹，我們是他們的四川同鄉。」這母親只是笑。她走近過來了，木蘭覺得立夫雖然穿著普通的服裝，但是他的額角和眼睛好像具有動人的特色。

「了不得！」傅先生熱烈的讚賞著說，「你們看我們四川的產兒，生著峨嵋山的精神！」木蘭看看這孩子越發覺得有興趣了，因爲她曉得傅先生所讚賞的人一定是有價値的。

立夫有些羞怯，他的母親說：「我們只是平凡人，蒙傅會辦看得起我們母子罷了。」

這孩子過來對姚思安深深的作了一個揖，又回過來對姚太太深深的作了一個揖。當然他沒對姑娘們做任何表示，這是合乎禮儀的。

「你是不是孔夫子的後裔？」因爲他姓孔，所以姚思安這樣問。

「不，不敢當。」立夫回答道，「假使姓孔的都是孔子的子孫，就要侮辱孔夫子了。」

木蘭聽得忍不住笑了，立夫說話很流利，宛如是個有辯才的人，而且在眾人面前仍舊態度大方。木蘭的父親也笑著，就是迪人見一個和他差不多年齡的人敢暢所欲言，也覺得敬慕了。

「那麼至少孔太太是楊繼盛的後代，他離開現在還不過三世紀。」傅先生說，「我想這孩子也具有楊繼盛的性格。」

木蘭也曾經聽她父親講過楊繼盛的故事，在前門外還有間屋子，據說是他住過的地方。楊繼盛是一個學者而任官職。那時正是明朝末年政治腐敗時代。他不顧生命危險，彈劾當時奸惡的權相嚴嵩，說他有十大罪與五奸的罪狀，楊繼盛因此被殺了，但是他的忠烈氣節，使得後世的人至今紀念著他。這位不怕死的忠臣上奏章的地點，後人就建築了一座紀念亭，那裏至今有遊客去憑弔他。

「你住在哪裏？」姚思安問。

「在南城，四川會館，」立夫回答。

「今天你們要進城去嗎？」傅先生問。

「不，我們就在臥佛寺裏過夜。」

「你們到過香山嗎？」傅先生又問著說。香山距離臥佛寺只有一里多路，是以前乾隆皇帝狩獵的園囿，不過自從十九世紀中葉，狩獵這件事取消了以後，這裏也不再有什麼玩意兒了。這園囿雖然沒有開放，不過現在是一個姓尹的人管理著，他在女子教育這件工作上，和傅先生有著深切的關係，他後來還在園裏辦了一所女子學校。

「沒有，我們走不進去的，」立夫回答說。

「我們明天要去，你們肯同我們一起去嗎？」傅先生問他們，立夫很起勁的接受了。

傅先生邀約了新近介紹的人，加入姚家婦女小姐們的行列，確是件異乎尋常的事情；不過可見孔家是他極親密的友人。他自己以前也是貧苦青年，所以他很熱心援助有爲的後進。

在回去的路上，姚太太對她的丈夫說，有青年人一同去，對於女孩子或許有些不方便，可是姚先生只回答一聲：「喔，唔！」聲音短促得幾乎聽不出，然而女孩子們對這起突發事件覺得很有興味。

他們漫步走到了正殿上，這地方在拳匪之亂，沒有給聯軍破壞。他們還可以憑弔遠古壁畫的遺跡，那壁畫上繪著十八尊羅漢遊西山的圖畫，從廟裏出來，他們瞧見立夫和他母親正從那面十字架形的門戶走出來，但是距離這樣遠，他們招呼不應了。莫愁瞧見立夫拾了一粒石卵望著柏樹拋去，驚散了一群烏鴉，這孩子揮動手臂的姿勢，提醒她第一次和他見面的地點。

「喔，他就是我們在白雲觀看見的擲銅錢的人，」她對木蘭說。

莫愁確是記得不錯。三個月之前，在北京城外一里路遠近的白雲觀裏，有一次新年的廟會，從一月一日到十九日，男男女女和孩子們都去遊覽作樂。最後一天，是北方道教創始者的誕辰。

當時成吉思汗很崇仰他，所以他的遺體就葬在這觀裏，觀的四周，有男人的競走和女人的賽車，許多人都到那邊去「軋神仙」，據說那一天神仙化裝了到地面上來，遇到他的就有好運氣。他來的時候或許扮個官員或許扮個乞丐，或許變成一隻狗或驢子。妙在究竟那一隻躺著的狗是神仙，或是那一個臥在舊薦上的乞丐是神仙，大家瞧不出來，要留心觀察的是這隻狗、乞丐、和尚或是老婦人，是否神出鬼沒的忽然失蹤；假使有一個乞丐在幾分鐘之前還蜷伏在路的一角，忽然不見了，那麼他一定是神仙無疑了。那些曾經見過他的或者給過錢的遊客們，就覺得快樂高興了。所以養成一種風氣，大家對於乞丐都很慷慨，對待畜類也慈悲了，又引得熙熙攘攘的人群，所以笑話百出的事也層出不窮了。

那天木蘭和莫愁也去遊廟，一進門就有一條橋叫作捕風橋。因爲道觀名叫白雲觀，有個和道士打對台的和尚，便在附近建了一座西風寺，意思是西風一起就把白雲吹散。這白雲觀的住持造了這座捕風橋與之對抗，意欲收捕那佛法鼓起的西風。橋下面有一個黑暗的洞，洞裏有個老道士盤膝坐著，洞頂上懸空掛著一個大銅錢，據說用銅錢擲中這大銅錢的人，會有好運。不過這大銅錢懸掛的位置正在洞頂與橋相交的角度裏，所以擲中的機會很少，憑藉這個消遣的迷信，這道士倒可以收集到許多錢。

當她們也站著閒看的時候，有個孩子擲中了這標的，從這些看客裏發出一陣喊好的喝采聲。這孩子得意洋洋的去了。木蘭也試著擲幾個錢，試了幾次也擊中了，人叢裏發出了更大的喝采聲。這孩子聽得有人擊中這靶子和叫好的聲音，回過頭來望著木蘭笑了笑，然後不見了。「這孩子莫非就是神仙嗎？」莫愁對木蘭說。

他們在山崖上遇見沒多久，木蘭早已認出了，不過沒有對人說起。現在莫愁還說一句，「這是那天在白雲觀擊中銅錢的孩子，你記得嗎？」木蘭只是說，「是的，我也這樣想。」

立夫和他的母親和妹妹走在他們後面，大約離開五十多碼路，這兩個女孩子禁不住一次兩次的回頭看他，要確定是不是那個孩子。她們瞧見他右手又在指天畫地的揮動，還有隻手挽著他母親，一望而知他是非常的高興。

立夫等三人在廟門追過了他們，走在前面去了，因為木蘭這群中太太們上驢子很費時間。他們注視著前面走的立夫一家三口，立夫的母親騎著驢子，立夫牽著妹妹的手在旁邊走著。傅先生把這家的家庭狀況，講給木蘭的母親聽，而女孩子們豎起耳朵全神貫注的聽著。

立夫的父親生前在北京任著卑微的官職，一個叔叔又把家財浪費盡了，害得立夫的父親生活清苦。可是他並不怨恨，只是努力自食其力。父親死的時候立夫才九歲。立夫的母親是北京人，北京又有完備的學校，所以她和立夫仍舊待在北京，住在四川會館裏。他的叔叔這時又重娶了一個摩登女郎，住在上海。他的父親死了之後，有一天，他叔叔忽然趕到北京來想奪取他哥哥的遺產。在他想來，他哥哥做了一任京官，一定是發財的了。由於傅先生的調停，才使這叔叔空手的回去了。從此立夫的母親好似傅先生的被保護人了，她對他非常感激。鑑於立夫的聰明通達，傅先生像朋友一樣的看待他，他並且讓他利用他豐富的藏書。立夫好比是一隻幼小的猴子，放在樹林裏不用教導，會自己學得爬樹，從樹枝之間跳來跳去。

這小小的旅行團體進入圍場的山谷，已是日落西山的時候了。頤和園和石塔仍舊在日光裏閃閃發光，而這園林和山谷已遮在陰影裏。一陣陣清涼芬芳的氣息從松林裏吹拂過來，使木蘭覺得這一天的遊覽十分完美。立夫和他的母親在前面大約兩百碼，但是在柔和的暮光裏仍舊可以看得見。他們轉向臥佛寺的路上去的時候，瞧見立夫揮著手向他們告別。

這天晚上，木蘭的父母和傅先生、傅太太討論著，秋季送木蘭姊妹到天津去讀書的問題。當時北京沒有女子學校。只有天津的學校辦得最好。傅先生允承他會親自照顧木蘭和莫愁的。此外，她們姊妹仍舊可以每星期日回家，或者每月回來一次。這樣她們的父母似乎被說服了。

傅先生傅太太也談及送迪人到英國去留學的問題。傅先生說，他英語不好並沒有關係，這是可以在英國補習的。不但姚思安贊同這意見，並且迪人自己也很高興的立刻答允了下來。

木蘭的母親還猶豫不決，於是珊姐湊上來說：「一個青年應該到外洋去見識見識，擴充擴充眼界，」她簡單的說。

「時代已經轉變了，」傅先生說，「現在留學回來的學生同樣的能夠應試，一樣可以考得到進士和翰林的頭銜。即使你不希望他做官，你也應該讓他受這世紀中最好的教育。」

「我擔心他年齡還太小，」母親說，「遠渡重洋離家萬里的出去，誰來照顧他呢。」

「我能夠自己照顧自己，」迪人說，「我長大了，假使到外洋去，我要切切實實的刻苦用功一番。」迪人說要勤學，這還是生平第一次。

「或許他會就此轉性了，」珊姐說，「他現在十九歲，應該做正經的事了。你看孔太太的兒子，看他陪著母親妹妹一同走，真像一幅二十四孝圖。然而他不是也和別人有一樣的眼睛、一對耳朵、一隻鼻子嗎？」

「家貧出孝子，國亂出忠臣，」姚思安引句成語這樣說。這句話倒像在當面指斥迪人。

迪人的父母答應考慮這件事，他父親所以贊成的道理，一方面因為他有的是錢，一方面實在沒有辦法處置這放蕩慣了的兒子。迪人熱烈贊同的原因，是因為出洋去可以看看新鮮的世界，可以學最摩登最幸運青年的樣子。留學回國的青年，穿著西裝，揮著手杖跑來跑去，口中講著英語，似乎只有他們可以享受這種權利。不過公平的說一句，他也想學學好。

他母親心裏則有些疑慮，但是，一想到這樣可以解決一個眼前的問題，她又同意兒子出國了。銀屏已經二十二歲了，還是留在家裏，她又不能把她嫁在北京，因為她是個南方女孩子，要回到南方去的，可是又沒有人送她南下。去年春天，銀屏預備跟著迪人的舅父回到南方，可是到了動身的日子，終因爲有事，故動身不得，最後她病了，他們只得放棄她回南方的計劃。現在情形惡劣了，因爲一個二十二歲的寧波姑娘，已經十分懂人事了。或許依照珊姐的提議，把迪人和銀屏分開，可以使他重新做人。

第二天，他們到圍場去，每個人都很高興，木蘭和莫愁是因爲在秋天要到天津去讀書了，迪人是因爲要到英國去了，至於他們的父母因爲子女的教育問題解決了，所以也很高興。

這花園離他們的別墅不遠，所以他們就步行過去。傅太太已經和孔太太約定，在早飯後在花園隔壁的廟裏聚會，他們到那裏看見立夫和他母親和妹妹已先到了，在石拱旁邊散步。立夫等笑著奔過來招呼。可是對於木蘭、莫愁和珊姐僅是點點頭，這是適合當時的禮貌。木蘭和莫愁細細的觀察他的臉蛋兒，禁不住笑了，因爲昨晚瞧見他之後，她們對他的興趣更提高了。

當迪人和他談話的時候，她們假裝互相閒談著，一面卻留心聽著。而迪人自從聽了立夫講自己並非孔子後代的那段話後，就喜歡上了立夫。因爲他自己也是個直率敢言、常常評論官吏的人。其實迪人本來是活潑有爲的孩子，不過他凡事不肯依照舊規矩，有些叛逆的態度，而那些官家子弟的朋友，使他厭煩了。立夫在他看來是別有風格，還和他自己一樣的具有自由思想的青年。或許是因爲出身微寒的緣故，立夫完全輕視財產，評論人物也只是看他自身的價值。迪人遇見了這樣的人，他完全放棄了他的自負態度，只是平等的待他，或者這是因爲他今天心情好，所以有這樣的態度。因爲他將要到英國去了，他是要學好了，所以要和年長者所認爲的好青年交交朋友。

到了圍場的山麓，廟中的方丈和一群和尚出來迎接傅先生。這些西山和尚慣於迎接高官和滿洲太子的，因此他們說得一口流利的官話。方丈手拜念珠領路，這個園囿名叫香山，是在那陡峭的樹木茂盛的山坡上面，一直伸展到後山。走完高大的老樹之間的小路，有幾條石級，一直通到山頂的正屋，同時兩方都有羊腸小道通到各殿。立夫和迪人走在後面和幾個和尚講話，婦女們還跟在後邊。木蘭的母親爲了自己的幾種原因，似乎專心和立夫的母親交際，藉以增進友誼，因此她們一同走著。至於傅太太則跟著年輕的姑娘們曼妮和珊姐。

走到一段短的幾步石級那裏，立夫回過來扶他的母親上去。迪人被撇下孤單了，也等著，他母親走上來了，也走上去扶住了她。他母親受寵若驚，快活得叫起來了，「好兒子，假如你每天這樣，我不知要怎樣快樂呢！」迪人也覺得快活說：「媽，在家裏你有許多丫鬟服侍你，所以不需要我，至少，我是有顆孝子的心的。」

「不要說大話，」他的母親說，「你看見孔太太的兒子幫助他的母親，覺得不幫助自己的母親有點難爲情了，和他做朋友是有益的，還可以從他那裏學些正當的事。立夫，你願意和我的孩子做朋友嗎？」

「姚太太，您在開玩笑了，」立夫回答道。「假使你不以我爲不才，那是我的榮幸了。」

珊姐、木蘭和莫愁瞧見迪人扶掖著他們的母親走上來，她們輕輕的用肘推推互相看看，顯得有些詫異的樣子。這兩個母親互相詢問孩子的年齡，木蘭的母親曉得立夫是十六歲，比迪人小三歲，木蘭聽見孔太太說，自從丈夫死後，全靠利息度日。現在預備在四川賣掉幾間屋子，準備立夫進大學的學費，她爲了立夫的教育，預備把所有的做孤注一擲。當木蘭聽了這些話，心中有所感觸。她知道世上有貧苦的人，但是，她不知道竟有人要賣掉僅有的小小家產來支持兒子進大學的，她實在贊成這種意見。

一個和尚提議走旁邊的小徑，這樣可以省力些，婦女們就踏上左邊的小徑去走了。他們跟著和尚到了一圈籬笆裏去，走進裏面的廣場，瞧見一座廳堂面著一座峭壁，峭壁的頂上蓋著蒼翠的大樹，水從壁面流瀉下去，積儲成一池的清水。廳的面前鋪成一塊廣場，場上有石桌和石凳，這真是一塊清靜美麗的園地。木蘭聽見立夫高聲的讚賞道：「啊，這真是做圖書館讀書的好地方啊。」

迪人拿出了照相機說：「我要在這裏拍一張照。」攝影也是迪人的一件正當工作，他不但會攝影，還能夠沖洗顯影。這件事，他父親倒盡量的供給他費用，他認爲這也是一件使他不做壞事的工作。

於是請太太小姐都站立在一起。木蘭有種習性，當她見了一件非常美麗的東西，她的每一隻眼睛裏會有一滴淚，僅有一滴。珊姐瞧見木蘭在拭眼睛，就打趣她說：「你爲什麼哭？」同時曼妮也說，「妹妹，你的眼睛怎麼了？」因此木蘭變成了眾人的焦點，但是木蘭只是微笑的說：「沒有什麼。」立夫和他母親遠遠的望著，木蘭的母親邀他們過來一起拍照。

「來！我們同傅太太都像一家人的，」珊姐說。

後來，傅太太拉立夫的母親過來。恰巧木蘭和莫愁站在末尾，立夫就去站在她們旁邊，但是立夫站立得至少離開一尺遠近。

這也是木蘭拍得很滿意的一張照，她興奮得好像著迷了，她側著腦袋略略舉起了手臂，好像再要拭眼睛的神氣，真是說不盡的哀感頑豔。

立夫處在年齡和他差不多的青年女郎裏，覺得很不自在，所以只和迪人接近。木蘭、珊姐和曼妮另在一起，因爲木蘭覺得要負責招待曼妮，引她尋尋快樂。至於莫愁，她和她的母親、孔太太一同散步著，她是個靜默少言的女孩。兩位太太談話的時候，她總是保守著緘默並不插口，所以孔太太很歡喜她。而立夫從早晨到中午，從未和女孩們交談過一句話。

在他們離開廟宇到各處廣場和建築物遊覽之前，和尚問他們要吃素齋還是葷菜。木蘭的母親說，她和曼妮是吃素的，男子們則是非葷不可的。但是傅先生說，在這種地方，當然要吃素的，而且一個人不嘗嘗廟宇裏的素菜，不能算吃過素菜。西山的和尚們烹調素菜特別擅長，甚至宮中的太子也喜歡吃呢。蔬菜的名目，倒也有火腿、雞和魚丸，都是豆腐做的，做的形式和滋味都像葷菜，青菜煮得油水很重，還有各種高尚的饅頭和炒麵。

他們回到山頂的廟裏，廳上兩張桌子已經排好了，桌子上陳設著銀杯和象牙筷，傅先生和傅太太認爲今天要由他們做東道，所以兩人分坐在兩桌上。傅太太和女的合一桌，傅先生和男的合一桌。不過女的人數比男的多，姚思安又要和他的女兒坐在一起，他強把他的妻子和孔太太趕到男桌上去。女人的一桌人數還是太多，大家弄得團團轉，立夫的母親要莫愁坐過去，至於兩個小孩子，立夫的妹妹和木蘭的幼弟後來坐在女桌上，結果是這樣，一桌上是木蘭和珊姐照顧小孩子，一桌上是由莫愁和立夫招待他們的母親。這方丈坐在遠遠的看著，等到安排好了，然後對他們說了聲：「請多用些，」便去歇息了。

桌上的談鋒，轉到了刻著乾隆皇帝御筆的碑上去，這西山上各座廟宇裏都有乾隆的字，在這座廟的門前也有一塊。

「乾隆對於他自己的書法一定很自負的，」姚思安說。

木蘭正在想，到處都留著筆跡，未免有失帝王的尊嚴，這時她聽見立夫在另一桌上說，「物以稀爲貴，一個皇帝到處留著字不是太不值錢了嗎？」顯然，他們是意見相同的。但是莫愁靜默著不響，她認爲這是對皇帝不公平的批評。

「你可喜歡乾隆的字嗎？」立夫問傅先生說。

「啊，」傅先生說，「筆力還算剛健，但是尚未臻化境。」

「我也沒有過一首他的好詩，」立夫說，「都是普通的喜詞，大都是歌頌太平、繁華、美人和香草，你完全可以猜得出他將說的話。」

莫愁忽然問道：「他講些大家猜得到的話，就不是好詩了嗎？」雖然這在她不過是由於一時的衝動，脫口而出的話，對於立夫這句話卻是直接的挑釁。

立夫驚奇的對她瞧一瞧，不得不直接答覆說：「假使你說的是人家意料之中的話，那當然就是拙劣的詩了。」

現在莫愁也覺得非要再答覆幾句不可。「詩人和隱士不是過著普通的生活，當然不說普通的東西。但是乾隆是個皇帝，他應該說大眾要說的話，因爲他要做的是大家需要的事情。隱士的拙作就是皇帝的傑作。皇帝要治理國家，要體會他治下的一班普通男女的思想，一個皇帝應該要普通才好。」

莫愁想著她自己已經說得超過女子們應有的禮貌了，所以就此停止了，她並不認爲這是辯論。「照你說，」傅先生說：「就是他的字也算好字了，因爲筆法間合乎一般的法則。」

「不錯，這是圓潤和飽滿，」莫愁說，「皇帝的書法不宜古怪。」

「莫愁，你怎麼敢和傅伯伯辯論？」她母親說，她不懂他們在講些什麼，只覺一個十四歲的女孩子和一個著名學者爭辯是有失禮貌的。

「讓她說想說的話，我倒喜歡聽的，」傅先生說。另一桌上的閒談也停住了，都在準備諦聽莫愁的議論。

「我只是想替皇帝辯護幾句罷了，」莫愁說，「即便是普通的遊客也常常在亭子上、巉岩上、廟牆上塗上幾句詩，題上自己的名字，爲什麼貴爲一個皇帝倒不可以呢？他在這裏重建了好幾座廟宇，就是他自己不願意，諂媚他的人也要請他題上幾個字以誌紀念。而且他是個太平時代的天子，所以他的詩也是描繪太平的那一類。宮闈詩詞該當是這樣的吧。你不能說他的字有異國風，但皇帝的字理當端正而正統，他的字是圓潤飽滿，字體端正，柔中帶剛，符合皇帝應有的格調。」

「各人天性不同，」木蘭的父親帶著滿意的笑容說，「傅太太，你看我那三女兒的字就像這樣，圓潤、飽滿，一個個整齊潔淨。木蘭的字則像男子的字。」

「這都是不可勉強的，」傅太太說，「書法是品性的標記，假使你的心地不正，絕無法寫出純正的字體。」

這幾句話是傅太太自己的意見，同時也是她丈夫意見的反映。他更進一層，認爲看了一個人的字，就可以預知他的命運。除了這種前進思想之外，傅先生像那些多少帶著神祕主義的老學究一樣，也相信星相和算命。

「從一個人寫的字，可以看出他是長壽還是短壽，」傅先生說。

「這就是我說的意思，」莫愁說。「乾隆活到八十九歲，是歷代在位最長久的皇帝。」

「我不信，」立夫說。

「你年齡還太小，」傅先生說。

「我真不懂我爲什麼永遠寫不好字，」立夫說。

「那是你過於好奇的緣故，」傅先生說，「好奇本身並不壞，但是也需要規律去調和，初學書法的方法，但求平正，既達到平正，再要追求險峻，有了險峻，仍舊要歸於平正，這是書法的最高法則。」

傅先生繼續解釋他的無所不包的二元論，全部的生活是兩種力量的結果——平正和不平正。沒有了不平，那就沒有進步，沒有了平正，那就沒有基礎。這兩種原則調和的結果，就是人生，好比陰陽交互作用產生了一年的四季。

忽然他們聽見木蘭和珊姐高聲大笑起來，大家都回過頭去看。有人問道，「你們在笑些什麼？」

「沒有什麼，」木蘭說，她笑得更響了。

「她們是在笑我呀，」曼妮解釋道，「木蘭說我的字像隻老鼠，所以膽很小。」

「我只是說笑話，」木蘭說，「根據傅家伯伯的理論，要是誰寫的字像隻貓，就可以吃掉老鼠了。」

「這要看不同的情形的，」傅先生說，「你聽見過老鼠吃貓的故事嗎？」傅先生就此講了一隻老鼠在饑荒的時候養得很大，甚至能夠打敗貓，把貓趕走的故事。

「你的字像什麼？」傅先生問木蘭。

「我的字不像什麼東西——唔，或許像條蛇，」木蘭回答說。

「一條蛇也能夠吃老鼠的，」莫愁在另一桌上說。

「姊姊，你以爲我要吃掉你嗎？」木蘭問曼妮。

「在你餓的時候，或許會的，」曼妮回答。

「假使真的，我不是要給大家吃掉了嗎？」珊姐說，「因爲我的字像栗子，既不圓又不方，永遠不能排成直線。」

「你妹妹的字像什麼？」傅太太問木蘭。

木蘭停了一停說：「她的字像一隻春天的鵪鴣，身體渾圓而羽毛潤滑。」

正在這時候，知客僧走過來，他聽了「鵪鴣」這兩個字，就道歉著菜肴的拙劣說：「我很抱歉，不能煮鵪鴣肉給諸位。」

大家都笑了。就對他說明他們是在講書法。傅先生給和尚一張拾圓的鈔票，報酬他這席豐盛的午餐。

木蘭至今還沒有和立夫交談過。飯後他們休息了一回，因爲曼妮已經在叫苦，說是她這天已經爬得走得夠了。大約三點鐘的時候，傅先生和傅太太提議還到那山上去，但婦女們謝絕不肯參加。於是傅太太只得留著陪她們，說她已經去過了。莫愁是肥胖好靜的，也說要伴她的母親，因爲不喜歡爬山。迪人因爲有他父親一塊兒去，也避而不去，還有立夫的妹妹太小了，也沒有去。結果只有五個人上山去，傅先生、姚先生、立夫、木蘭和她的弟弟阿非，木蘭喜歡爬山，看野景。

道路大都向上傾斜，傅先生像一般的瘦人一樣，是很善於爬山的，木蘭的父親雖然有這樣的年齡，還能夠步伐輕鬆的朝上走，像走平地一樣。需要的時候，他還能夠每天走一百里路，立夫走走落後了，走在木蘭那一群裏，那時年長的都走在前面，他倒不能夠完全不睬木蘭了。他的神經一時興奮起來了，忙碌地手指兒一再的伸伸合合，讓指骨節發出聲音來。他在書堆裏長大，以前從未認識過美麗的女郎，所以只是和這小孩子說話，木蘭的腦海裏活躍著一種奇想，她想出一個滑稽的開端，她對阿非說：「你問問孔先生，去年新年他是不是在白雲觀？」於是立夫也藉著阿非回答道：「你告訴你的姊姊，我是在那邊，而且看見她在捕風橋擲擊那幸運的銅錢。」

這種談話的方法真有趣，弄得兩人都大笑起來。互相看看，這樣雙方的談話開始了。

在他們前面十五碼遠近，有一棵高大的白松樹矗立在一個小丘上，這白色的樹皮襯著綠色的山坡，非常的可愛。

「孔先生，」木蘭，「你能夠射中這白松樹嗎？」

「你要看的話，我可以試一下，」他說。

他拾起雞卵大小的一塊石片，擲過去，這石子擊中這樹幹，發出粗鈍的聲音。

「好！」阿非叫著。

木蘭覺得要做出那不合閨淑體統的姿勢，很不好意思，但她還是丟了一塊石頭，只是離樹幹還有一尺，沒丟中。立夫鼓勵她再來一次，第二次，她又不中。立夫示範了用手指揑持石子和兩種拋擲石子的方法給她看，一種是舉起手，從肩膀上面擲出去，另一種則是垂下手臂，從下面擲出去。

「你的方法還不對，」立夫在她將擲的時候說。木蘭知道這姿勢是不對的，但是她不肯把兩足分開著立。她併緊了腳，試驗肩上的擲法，果然擊中了，這樹搖動得幾乎倒下來。立夫發出一聲讚美的歡呼，阿非發一聲羨慕的歡呼，而木蘭自己則是一聲勝利的歡呼。

她快樂極了，不自覺地又促嘴吹了一聲長哨，立夫覺得很奇怪。

「啊，你會吹口哨嗎？」

木蘭滿面笑容的對他看看，繼續的吹了一曲調兒，這是一支形容一年十二個月景致的民歌的調子。立夫也和著她，一同向上走。姚思安回過頭來見他的女兒很快樂；他和傅先生講了幾句話，傅先生也回過頭望望他們。

他們一級一級的走上去，一幅新的畫面展開在面前。下面是深的山谷，和綠色的峭峻的山坡地，遠處橫著重重的山嶺。走上了這雲山的深處，木蘭覺得非常暢快，春天的空氣是愉快的，使人覺得心曠神怡，就是小鳥也似乎和木蘭一樣，解除了疲勞，筋骨舒鬆了，在山谷之間飛翔，鳴聲充滿了天空。

這一夥兒在半山亭上休息了下來。他們望見在遠處有奇形怪狀的建築物，牆上做成一個個的雉堞，木蘭問這是什麼東西。她的父親講給她聽，這是乾隆皇帝仿造的西藏城街建築物，摹擬西藏的堡壘，供給兵士們實驗的。有的是他征服西藏的紀念碑的遺跡，一個是他檢閱士兵們比賽射箭的看台，大部份的建築久已崩壞了。木蘭想起了「一將功成萬骨枯」的成語，默不作聲。北京距離蒙古平原很近，碧雲寺、臥佛寺和別的許多地方，到處留著成吉思汗蒙古皇帝的遺跡。

「哼！」姚思安急促的說。「你讀過『弔古戰場』嗎，立夫？」

「讀過，這都歸結到『而今安在哉？』一句上。」立夫答道。「我想幾時要去看看西藏，」他自言自語的說著。

傅先生唱了一段「李陵碑」，木蘭輕聲的合唱著，這又使立夫大大的吃了一驚。木蘭的聲調很優美，而且這是最難唱的一節，立夫自己從來沒有學過唱戲這玩意兒，「李陵碑」是一支悲壯的調子，現在木蘭已覺得生活是悲壯又美麗的了。

木蘭的擲石子、吹口哨和唱戲驚動了立夫，而立夫在回廟裏的路上的言語則驚動了木蘭。木蘭說可惜，別人沒有一同來遊覽，他就問道：「今天看見的風景，你認爲哪裏最美？」

「半山亭，」她回答道。「那麼你以爲哪個最美？」

「那些遺跡，」他回答。

姚太太希望立夫和迪人做成朋友，所以邀請孔家一同進晚餐，一同回去。大家都覺得餓了，提早吃晚飯，姚思安和傅先生都是善飲的，喝了很多的酒。飯後他們坐在戶外，討論子女的計劃，一邊觀賞頤和園上空升起來的月亮。

「還是送迪人到英國去吧，」傅先生說，「你的經濟又充足，新智識是重要的。這是個新世界，一個人應該明瞭外國的情形，再讀四書五經是沒有用的。」在這瘦小的軀幹裏，傅先生的精神在酒與月亮之下擴大了，他講述他對於未來、對於世界的理想。

迪人的母親還是躊躇不決，迪人出洋去，女兒到天津去，可說是家庭的變動，她是本能地反對變動的。但是莫愁說：

「哥哥，你一定要出出洋才好，男子應該周遊世界，決不可常躲縮在一處。」

「是呀，」傅先生說，「讓他脫離了這安適的享受，可以塑造他獨立的人格。到了外洋，他只好自己照顧自己，再沒有丫鬟們替他預備洗澡水，服侍他漱洗和給他倒茶了，假使要茶，只得自己去準備，這對他的身體也有益處。」這番話使姚思安得了一個結論。

他們計劃明天回去，可是姚思安說：「明天足月半，月色更好。」但是姚太太因爲家裏只剩幾個丫鬟，急於回家去，曼妮也掛念著她的孩子，雖則有她的母親在照料。結果，婦女們先回去了，姚思安和傅先生傅太太留著又玩了兩天。

第十四章

木蘭在回到她自己家裏去之前，先伴了曼妮回家。

曼妮的公婆見了她很快樂，不過她顯得這樣的愉快這樣的艷麗，使得曾文樸瞧了有些吃驚，他心中疑慮著是否應該放任年輕的寡媳常常在外邊跑，因爲曼妮守寡時只有十八歲，此後還在繼續的生長，現在長得高了，而且比從前格外的美麗。還有木蘭也變了，有著像她這樣年齡的少女應有的風度，這使曾文樸見了也有些吃驚，她的臉蛋兒圓了一些，眸子和睫毛的顏色深了，一雙眼睛也較從前有精神了，她的戶外活動加深了她的面色紅潤，他心中暗忖，不知道有沒有福氣得到這樣的媳婦，他還考慮到這樣容貌和天才出眾的女兒，不知道命運好不好。

曼妮宣佈了她們姊妹倆要出門去讀書的消息。

「還不一定呢，」木蘭說：「我的父母不過這樣說說罷了。」

「這種年紀還要上學讀書嗎？」曾文樸說，「女兒家離開家，住在學校裏讀書，是要學壞的。而且爲什麼要到遙遠的天津呢？」

桂姑說：「她們又不是我們家的人，我們怎麼可以說這些話去干涉呢？」

曾文樸聽了，只是笑笑，曾太太說：「木蘭是像我自己的女兒一樣的。」

「還是留心些的好，」曼妮說，「一旦讓這鴿子飛去，你就不知道她還會不會回來了。」

「你說什麼呀？」木蘭說道，「我只是出門去讀書，每個月還要回來拜望你的。」

木蘭回到了家，正在自己的房裏更換衣服的時候，錦兒走進來對她說：「你不在家，這屋子顯得更大且空虛了，乳香回去探望她的家屬去了，銀屏和我覺得很寂寞，前天我們曾經去探過翠霞的小孩子。」原來那時翠霞已經嫁給羅大的兒子，他是在王家做工的。

「翠霞現在情形怎樣呢？」木蘭問她。

「她很好，」錦兒說。「小孩子生得很俊俏，那天是這孩子滿月的日子，太太並沒有想到這事情，我們就決定用你的名義送了一雙虎頭鞋和兩塊錢的禮，我們三個人也合買了一副手釧送給孩子。翠霞說，謝謝你，過幾天她還要帶了小孩子來望你呢。」

「你想得周到，很好，」木蘭說，「銀屏好嗎？」

「她的處境倒是很爲難的，」錦兒說，「別人都不在，我們兩人談了很多，所以我覺得這也不能完全責備她。我們比不得你們做小姐的，我們服侍主子五年只五年，十年只十年，但是每個人要想想將來的歸宿。像我呢，我願意終身服侍你，假使我可以……」

「當然，錦兒，我們自小一同長大和姊妹一般，實在捨不得分離的。」

「但是銀屏的情形可不同了。」錦兒接著說，「她第一個到這裏來，被派去侍奉最長的大少爺，可是她現在早已二十多歲了，年齡比大少爺大，她的地位真是太高又太低。她勢必不能等到他結婚，她在這裏過慣了寫意日子，也很難回到家鄉去嫁給鄉下人，她也不願意離開北京。翠霞是結婚了，乳香有爸媽在這城裏，像我，雖然沒有爸媽，可是我知道，只要和你在一處是不會吃虧的，可是她卻該怎麼辦呢？」

「你說得很不錯，」木蘭說，「泥土裏的竹根也要向上發芽，那個不想高出同輩呢？假使她不願意回南方去的話，我們可以替她揀選一個丈夫，把她就嫁在北京好不好？」

「這全看她怎麼想了，」錦兒說。木蘭目不轉睛的注視著她，「天下沒有不好辦的事，只有這顆心，假使她換一個心思，就容易辦了，但是假使她心中老是這樣想，那就很成問題了。大少爺爲人慷慨，待她又溫和體恤，心中愉快的時候，說話很和善，當然，不快樂的時候也要發發脾氣的，但這也是男子應有的性情。就是她願意離開這裏，他也不見得允許的。她說……」

這時候乳香進來，說銀屏肚子痛，迪人叫她去拿藥來。銀屏在去年就有這肚子痛的毛病，也沒有人覺得稀奇了，但是在下午，銀屏痛得比平常厲害了。迪人急得面色慘白的跑到母親的房裏說，或者要請個醫生來診治診治。珊姐說：「等一會兒再說，這不是新鮮事，給她吃一些瀉藥和止痛藥好了，叫她不要吃東西，只吃些去年的荷葉湯。」

「這一定是你已經告訴了她，你要到英國去的事情了。」莫愁說。

「我告訴她，我將要出洋去了，」迪人說，「她說，她很高興我能夠出洋去看看外洋的世界。」

「我說仍舊是這個老毛病。」莫愁說。

「你錯怪她了，」她的哥哥說，「她的嘴唇全慘白了。這種肚痛危不危險呢？」

「我並不是說肚子痛會不會有危險，我的意思只是說，假使你告訴她你不去了，這肚子痛就會好了。」

「真的已經決定去了嗎？」珊姐問道。

「當然，」迪人說。「你們沒有一個人真正瞭解我。你們責備我不用功，怪我埋怨念書沒用。但這是我的信念，據說『讀書爲求顯達』。請你告訴我，爲什麼我一定要求官做呢，又爲什麼要苦讀呢？你處在我的地位，我家需要我賺錢養家嗎？需要我做官嗎？你們都讚賞立夫，然而他母親只希望他能贍養她。可是，我仍舊和別人一樣的要做好人，而我要知道世界的情形，出洋讀書的宗旨是不同的。」

他的母親對這幾句話很歡喜，迪人的容貌非常漂亮，他生著直鼻子，像木蘭；濃黑的眉毛，像他的父親，加上唇邊長著些短髭，很有大丈夫的氣概，這時他正在施展他的口才，顯得莊嚴、堅決和懇摯的神態。

「只要你真正決心上進，好好的做個人，那就好了，」他母親說，「昨天你這樣孝順，我在孔先生面前很有面子，我也不要你賺錢、做官，只望你像像樣樣的成人，但是你應該改掉你的脾氣，不高興的時候，不要亂搗毀東西。」

「這是因爲我們有東西可以搗毀的緣故，母親，我們又可以買新的。假使有錢人不破壞東西，不搗毀了買新的，叫工人靠什麼生活呢？金錢，金錢，金錢！我爲什麼要生在富人家裏？孟子說：『天將降大任於斯人也，必先苦其心志，勞其筋骨，餓其體膚，空乏其身，行拂亂其所爲，所以動心忍性，增益其所不能。』我現在既不勞又不餓，天對我也不會計較什麼的！」

莫愁和珊姐都笑了，只有他的母親不懂這段話。

「我從來沒有聽見過孟子可以這樣解釋的。」莫愁說，「你真懂得孟子嗎？」

「當然懂的。」

「孟子也說聖人和我們都是同類的人，人類天生是平等的，人和獸唯一的分別就是一些些是非之心，假使搗毀東西是合理的，那麼把米傾倒在陰溝裏，也可算是合理的了，你誤解了孟子，自己犯過倒要責備起天來。」

迪人止住了辯論說：「你也像二妹一樣，」他說，「你長大了也會教訓我了。」

現在迪人對待女孩子們溫和起來了，只有他的兩個妹妹是例外。銀屏正睡在她自己的房裏，這房間是在同一個院子裏的，他回到她房裏，看見她躺著，把被單蓋著臉，他輕輕的揭開被單，問她覺得怎樣，但是銀屏突然的把臉旋了過去。

「你去了很久，」她說。迪人看她在揩眼淚，「方才一陣劇痛，可是現在好些了。」

「你不要擔心，」迪人說，「今晚你休息一下，明天或者可以好起來了。且吃些荷葉湯，我們至少要等到明天才能請到醫生呢。」

迪人拉開了銀屏掩著臉的手說道：「我方才和三妹辯論孟子，她們都反對我的意見，只有你瞭解我；天上地下，只有你我二人是能互相瞭解的。」

銀屏笑了，「你出去了，自會有別人來瞭解你的，那時還想得著孩子時代的丫鬟呢？」她宛似一個成年婦人在對一個無知的孩子講話，而聲調的柔和使他銷魂。她發言直率，全沒有文明女兒的謙讓躊躇的語氣，她的口音和面貌獨具寧波型的活力。據說一個寧波姑娘若要追求一個上海青年，那這青年是註定倒楣的了。迪人雖有伶俐的口才和強健的體格，可是他的內心好比一個女性化的上海青年，像他方才說的，他是既不勞，又不餓，只是一個軟殼的蚌，他是誠摯的待她，所以聽了她提出來的幾句話，使他覺得懊惱，就回答道：

「你不信任我嗎？假使我忘卻我說的話，或是說了謊，我嘴唇上要生個毒瘡，要生痙攣病爛死，死後下世變隻驢子給你騎！」

「何必要在青天白日下這樣發誓呢？」銀屏笑著說。

「是你逼我說這樣的話啊，這是我做人的機會，所以一定要去。你替我好好照料那隻狗，假使我回來待你不忠實，那我就不如這隻狗了。那時你可以任意的踢我打我，而我將要睡在你的床下。」

迪人每件東西都喜歡外國的，外國貨的錶、自來水筆甚至於駭人聽聞的外國電影。他有一隻外國獵狗，到處帶著跑。不過餵食的事情是要銀屏來擔任的，迪人不知道怎樣對待一隻狗，生氣的時候，踢牠罵牠，弄得牠搞不清是怎麼回事，所以這隻狗對銀屏倒比對主子忠心。這時，他指著狗說：「人可以不及一隻狗的忠心嗎？」

「講聰明，狗不如人，講忠心，人不如狗。」銀屏回答道，「不是我不信任你，有機會出國留學，當然應該去，我沒有權來干涉你的前程。可是誰知道你幾時回來。我年紀早已一大把，縱使我想等你，難免也有我作不了主的事發生，假使我等得變成黃臉婆，再不嫁，人家都要問我：『你在等誰呢？』這叫我如何回答？假使我由別人擺布，那麼等你回來，我的身體不是已屬於別人了嗎？這種時代，最好不要生作女子，女子是無權過問自己前途的。」

銀屏歎口氣，顯出痛苦的樣子，額上流著汗，迪人替她揩去了。

「對了，」她說，「你待我這樣的和善，我很感激，但是我們講的都是廢話。你是主人，我是奴婢。各人的命運，生出來就註定了無可更改的。我並不是終身賣給你的，終有一天，我的家屬會來要我回去。那時候我要和鄉下農夫結婚，回去做農夫的妻子。我在你家吃得好，穿得好，這已算是我的好運氣了。所以我們不要談將來的事。」

這隻狗嗅著有食物的味道，就開口吠一聲。一個傭人掀起簾子，托著盤子送了一碗荷葉湯進來，再對迪人說：「午飯預備好了，太太在等你去。」

「叫他們先吃好了，我爲什麼要這時候吃東西？」迪人現在是行動自由了，因爲他父親不在家裏。

「我來餵你吧，」迪人等這傭人離開之後說，銀屏就讓他餵。這湯不很甜，迪人要到廚房去拿糖來，但是她說：「不要讓人家說閒話。」因此他就回轉來了。

於是她說：「你還是去吃飯，我已經好多了，你應當顧全面子。」迪人聽她這樣說，就走開了，吃過了飯，又來了。

次日的早晨，迪人對他的母親和姊妹宣佈他不要到英國去了。銀屏比英國好！

他的父親回來，迪人不敢說不到英國去的這句話了。

「最好剪掉你的辮子，」一天，傅先生這樣說，「還要做幾套西裝。」

在那時，剪辮子是件極端摩登的事情。不過有一點危險性，因為或者要被人誤認為計劃推翻清朝的「革命黨」。辮子是受清朝統治的標記，因此革命黨人都剪去辮子。不過對於出國留學生，剪髮是准許的，而且認為是應該的。

剪髮做西裝恰恰投其所好，迪人也不再說不到英國去了。幾個月裏，他的妹妹們瞧見了他的西式髮型、西裝、領帶、袖釦、飾鈕等附屬品，覺得非常有趣而且快樂。迪人自己也覺得漂亮摩登得多了。他是如此的得意，舉止行為都像是一個新人物了，銀屏是要負責他的衣物洗濯的，卻常常把衣服弄得雜亂無章，襯衫的尺寸長得滑稽，而衣袖又剪裁得式樣奇怪，常常的旋來旋去，很難辨別哪一面是袖口的外面，她往往把袖把反裝，她要學習燙衣服，和怎樣摺疊裝箱，可是完全絕望，總是學不會。

「為什麼西裝要有這麼多衣袋和釦子？」有一天她說，「昨天我計算過，他身上裏裏外外共有五十三個釦子。」

但是迪人很快樂，他學著把手插在褲袋裏走路。戴著淺色領帶，衣內藏著錶袋，有時一手放在衣襟裏，一手揮著手杖，他全是模仿他所見的留學生和外國人的模樣。

在那時，一個青年穿西裝是件這樣新奇的事情，所以莫愁也樂於幫助銀屏，而且她看見哥哥這樣的裝束入時，認為足以自豪，因此她也學著替他摺衣服了。

立夫是常常來望他的，現在一比之下，顯得老式和襤褸了。他並不一定要拜訪姚家，可是他們的母親友誼很深，所以大家都歡迎他。漸漸的他在富有之家侷促不安的情形，也不知不覺的消失了。由於貧富的差距，他和迪人之間有著顯著的鴻溝，他也歆羨他的安適，他也要想學得有禮貌，善交際，可是他終不肯當著姊妹們打趣說笑，只是小心翼翼的遠遠站開去。有一次經姊妹們堅決的要求，他含羞背誦第一頁的千字文。一字一字地倒背上去。因爲她們從傅先生那裏知道他能夠這樣背誦的。他常常靜默寡言，可是話匣一開，卻是辯鋒銳利，顯得他很有研究，有一次他對木蘭說：「瞭解一件事是愉快的。」

那時候男女交際漸漸的流行了，可是她們姊妹倆生長在舊式世家，當著男性面前還是羞澀地保持端莊的態度，然而背著立夫，她們難免要把他當作談論的題材。

他的辯才和嚴肅，特別吸引著木蘭。她的哥哥有較好的容貌、口才、慷慨、溫厚、機敏，可是沒有嚴肅的成分。這些，其實並不是缺點，但是兩下一比較，除了裝飾之外，全是對立夫有利的。

迪人買了一雙英國貨皮鞋，價值三十五元。立夫也買一雙皮鞋，是本地製造的，這是他爲了學校體操課而買的。但是他並不用鞋油擦皮鞋，所以這皮面變得乾燥，而起了裂痕。有一天，莫愁當他走了後說：

「你見他的皮鞋嗎？多麼髒！我真想要叫他脫下來，讓銀屏替他擦一擦了。」

「皮鞋擦不擦有什麼關係？」木蘭說。

「不是有礙觀瞻麼？」莫愁說。

「無關觀瞻的，」她姊姊說。

幾天之後，立夫又穿了那雙不擦油的皮鞋走進來了，她們姊妹倆禁不住互相望著吃吃的笑。

木蘭看了莫愁一眼，似乎在挑她，莫愁就鼓著勇氣說：「立夫，請教你一個問題。」

「什麼，」立夫說。

「你的鞋……」

木蘭先笑了，莫愁的話還沒有說完，立夫覺得奇怪，不懂在笑什麼。木蘭解釋道：「我們是在考考你，傅先生說你能背誦詩韻的，無論哪一韻的字都能背，請教『蟹』字的第九韻一共有哪幾個字？」

莫愁不勝歎服木蘭的急智，把「鞋」字改作第九韻的「蟹」字。

立夫乃滔滔不絕的背誦道：「『蟹』『解』『買』『獬』『嬭』『矮』『拐』『擺』『罷』『駭』……讓我再想一想，喔，還有『楷』『枴』『騃』。」

「欽佩，欽佩！」木蘭說，「毋怪傅先生要這樣的讚你了。」

「這實在是笨事，」立夫說，「這是騙騙不會作詩的人的訣竅罷了。定了韻腳作詩實在沒有意義，往往容易戕害好詩，本來自由用韻可以寫成的好詩都被限制壞了。而且詩韻從創始制定到現在，至少有七百年了，現代的人而不用現代的韻去配合現代的聲調，真是沒有理由。孔子時代是沒有詩韻的，可是《詩經》裏有許多好詩。」

這時候皮鞋雖然破舊，姊妹倆都忘掉了它的醜劣了。

「我贊成你，」木蘭說，「讀音一定有變遷的，譬如，『蟹』字一定讀過『亥』音，否則怎樣可以和詩韻上的『買』字、『嬭』字合韻呢？」

「對了，」立夫說，「譬如：我們叫螃蟹，有的地方讀作『螃亥』，鞋子有時讀作『亥』子。」

「沒錯，」莫愁笑著說，「我們北京叫擦鞋子，像銀屏是杭州人，她念作擦『亥』子，我聽了，以爲她是在擦孩子了。」

「假如你不信，我可以喚她來，」木蘭說。

於是立夫向下面望望他自己的皮鞋，莫愁倒有些擔心。

銀屏進來了，木蘭說：「銀屏，你是來替孔先生擦『孩子』的嗎？」

他們都笑了，不過銀屏確是拿了一匣鞋油進來，把立夫那雙唯一的皮鞋擦得光亮如新了。他只覺得錯愕，可是莫愁是滿足了。

這件軼事，立夫只明白了一半，其餘一半是幾年之後，莫愁告訴他的。

一天，正是六月的天氣，曾太太和曼妮正在下棋，桂姑站在旁邊瞧著。那時彬亞的二週年忌日才過，曼妮看起來有些精神萎靡的樣子。她的孩子阿善已經會走路了，正在她身旁玩耍。

曾太太說：「這幾天怎麼沒看見木蘭？」

「不知道她有什麼事，」曼妮說，「她自從上月底來探望方先生之後，就沒有來過。」

方先生這山東老師到了北京，就住在曾家。他的妻子已經死了，也沒有兒子，只是孤零零的一個單身漢，所以打算就在曾家度他的殘年了。名義上，曾文樸給他一個帳房的職務，可是他實在太老了，並沒有什麼用處。他曾經教過曾家的孩子，照慣例，他是他們的終身老師了。而且因爲是個老學究，當然可以受人禮遇。

「或許她是忙著準備她哥哥動身的事情，」曼妮說。

「什麼時候動身？」

「據她說是本月底。」

「爲什麼一定要到外國去讀外國書，她的母親怎麼願意放他去的？我是決不肯讓我們新亞去的。」

「有一天，錦兒替木蘭來送禮物給方先生，我喚她到房間裏，可是她不肯說什麼。隔天，木蘭來探訪方先生，她自己告訴我說，這件事和銀屏有關係。有人勸她母親，認爲只要使他離開銀屏，他就會改過自新的。」

「但是，僅僅要使他離開一個丫鬟，何必要送他遠遠的出洋呢？」桂姑說。

「誰知道。」曼妮說。她的目光又落到棋盤上，她分心說話，竟沒察覺她的「砲」快要給曾太太的「兵」吃掉了。曾太太的棋藝很精，她可以讓曼妮一隻「馬」。

「我看你還是放棄了吧，」桂姑說，「太太的『兵』渡了河就和『車』一樣，她可以下來將你的。」

「你的『砲』讓開，」曾太太說，「我看你這幾天的臉色不好，天這麼熱，你可以去探望一次木蘭，藉此活動活動，這樣是有益的。」

桂姑說：「最好我們請木蘭和她的哥哥吃一次飯，這有幾種意義，一替迪人餞行，二替方先生接風，三曼妮對木蘭還席，吃了別人的不還禮是不行的。這樣，我們可以一箭三雕，這次算是孩子們的宴會，讓曼妮和少爺們做主人。」

「真的嗎？」曼妮高興的說，她從來沒有自己請過客。「我有這意思，但是不敢說，這席可以完全由我負擔，我每月十塊錢的月費根本用不完，存起來有什麼用處呢？」

「你說得不錯，金錢本來是用來聯絡感情的，」桂姑說，「這次宴會用你們三個人的名義，你們做主人，更覺得有意義。你應該讓他們兄弟也有歡迎方先生的機會。而且一同請客比分做三次請的好。再則，由孩子們出面替迪人餞行，也比較適宜。」

「那麼，愛蓮呢？」曾夫人問道。

「我們可以這樣辦，」桂姑說，「分成三部分，我負擔愛蓮的一份，太太付少爺們的一份，曼妮，你負擔你自己的一份。」

「爲什麼一定要這樣？」曼妮說，「這次宴會由我們一同出面，可是帳全讓我一個人負擔好了。我能夠拿出二十塊錢來，這數目也足夠了。外面冷得很，我們就在我的院子裏舉行。媽，請你給我這個面子吧。」

「她一定要這樣辦，就依了她吧，」曾夫人說。

「請哪幾個人呢？」曼妮說。

「那由你，」曾夫人說。「姚家姊妹，和她們的哥哥，假使你喜歡的話，可以再加上阿非。我們這邊，就是你和幾個孩子，他們下星期就放假了。」

「牛家要請嗎？」

「我想不必，」桂姑說。「我想，素雲，就是請了她，也不見得會來的。」

原來素雲快要和襟亞訂婚了。過去的六個月是她的父親——牛度支部大臣的幸運時期。那時風調雨順，五穀豐收，商業繁盛，所以政府的稅收增加了。這裏面自下而上，直至度支大臣自己，一層一層「油水」很多，這大臣曾經對他妻子說：「假使天從人願，下一次的收穫也有這樣的好，國家又太平，那麼我們將要在冬天回到祠堂裏祭祖，這都是皇上的恩典和祖先的保祐，飲水應該思源，你應該記住了。」牛思道非常得意。所以決定在端午節舉行他的兒子和一位陳小姐的婚禮，藉此慶祝他的鴻運。並且經他妻子的鼓動，把他的女兒素雲許配給襟亞，現在男女雙方的八字已經交換過，不久就要正式訂婚了。

「這又提醒了我想起木蘭的事了，」曼妮說，「我們最好要趕快進行，否則就要被別人搶去了，這樣天仙般的姑娘一定訂婚得很早的，誰捷足就可以先得。有一天我聽說福州人林太傅家要向姚家求婚，我們不可一年年的耽擱下去了。」

「她說的不錯，」桂姑說。

「我也這樣想，」曾太太說，「我也不知道怎麼會讓這件事擱下去的。我常常認為木蘭是我自己的女兒。」

「不過，我們應該趕快了，」曼妮說，「她就要出外去讀書了。」

「你為什麼這樣著急？」桂姑說，「是新亞要娶她嗎？還是你？」

「我真的很著急，」曼妮回答說，「既然襟亞訂婚，為何不也替新亞想想呢？你又可以得著一個賢慧孝順的媳婦，至於我呢，可以得著一個閨中良伴，假使她那年不曾失蹤，我們也永遠不會認識她。還有什麼地方可以尋得到像她一樣的女孩子呢？」

「我也不怪你著急，」曾太太說，「她是萬人迷，但是我也要問問小三自己才是。」

「用不著去問了，」桂姑說，「假使親事成功，我們那扁鼻子的小三該自認幸運的了。」

「不用擔心，」曼妮說，「一提及她，我看見新亞的臉色就會轉紅，害羞起來。有一天她在這裏，正在和襟亞與我和方先生講話，新亞聽見了她在這裏，就衝進來，凝視著她，看得她羞澀起來，接著還慢慢的對她說，『蘭妹，是你要到英國去讀書嗎？為什麼要聽傅先生的話呢？』她驚奇的看著他說，『什麼？』『他們說你要到英國去了，』他說，面色很驚慌。『你聽錯了。那是我的哥哥，』她鎮靜地說。新亞就顯得很放心，跳躍著說，『真的嗎？你真的不會去嗎？』『當然，』木蘭說，『我為什麼要到外國去變外國女人？』『這就是我要問你的。』他說，『我嚇得慌了，你不騙我嗎？』『我為何要騙你，你這笨貨，』她笑著又說，『假使我真的要到英國去變成一個外國女人，那你怎樣呢？』『假使你去，我和你一同去。』新亞說，同時他的臉色一陣紅一陣白。他回過來對我說，『你不是對我們說，她要到英國去，而且是傅先生的意見嗎？』

我就對他說：他弄錯了。老方先生奇怪的望著他們兩個人，一聲也不響。」

「當時木蘭的臉色怎樣？她有什麼表示嗎？」桂姑問道。

「她是紅霞滿頰羞答答的，我想或許這是她現在所以不來的緣故。」

這宴會就在兩天之後舉行了，木蘭和她的妹妹和哥哥都到的。他們談及迪人的行程，談及英國和外國軍艦。迪人和老方先生坐著首位，迪人真是得意洋洋、有說有笑，每個人都注意他的西裝。方先生也非常快樂喝了許多的酒。曼妮注意到木蘭對新亞的態度不十分自然，但是新亞是最活潑最快樂的人了。

一切事情都很順利的進行，只有銀屏變得沉默寡言了。傅先生在六月的最後一個星期，從天津回來指導和幫助迪人準備行裝。他答應陪迪人到天津送他上船。現在迪人的父親對待迪人也和氣了，還領著他到各處去遊覽，常常和他談話，而且和顏悅色的勸導他。他的母親時常流淚，每天準備特別的菜肴給他吃。這幾天家裏十分熱鬧，但她精神上未免感到痛苦，但是她決心把銀屏的問題一勞永逸的解決，她真不懂迪人對這寧波姑娘有什麼中意的地方。她又恨她釀成這種煩擾的事情，逼迫她接受這種犧牲。

在動身之前沒幾天，迪人的母親想起了那條剪下來的辮子，就問迪人要了來，說是要用來塡在她自己的髮髻裏。不料迪人回答她，早已送給銀屏了。這使他母親非常不高興，「我的兒子呀，」她說，「你現在快要出國了，也不知道哪一天才回來，你現在是長大了，應該想想正當的大事。銀屏已經服侍了你這幾年，你待她好不好，我也不管，不過她終是個丫鬟，而且不久就要出嫁了。」

「她固然是個丫鬟，但是難道她不是人嗎？」迪人有些發怒的說，「我不知道哪一天回來，可是我已經吩咐她等候我回來，假使我三年之內不回來，你才可以嫁掉她。我的那條獵狗也已經送給她了，在我離家的期內，這狗是屬於她的。」

他母親不由吃了一驚。

「我的兒呀，你現在要動身去讀書了，爲什麼你的心思還是集中在女孩子身上？」

「你要答應我，在我離家期間，留她在這裏。」迪人說。

當時他的母親答應他，假使她的家屬不來要她，決不叫銀屏離開這裏。

迪人很快樂的去告訴銀屏這個好消息。

「你等著我，」迪人對她說道：「我是一家的長子，假如你和我住在一處，可以不用擔憂，姚家的財產足夠你終身舒服，吃著不盡。」

這是出於銀屏意料之外的。這幾天，她既不是毫無疾病，又不是真正的生病，她幫助料理種種關於迪人的行裝，可是她似乎免除了別種家事的職務，竟是不多走動了。在這家裏的婢女之中，她是年齡最長、最注重打扮的一個。

她正在迪人房裏試探箱子的鑰匙，聽見了迪人這幾句話，她的鑰匙這麼一旋，這鎖嗒一聲鎖上了，似乎象徵一件事的決定了。她慢慢地立起身來，走到鏡子面前，照照身子，撫著她的頭髮。

「你說的是真話嗎？還是和我開玩笑？」她裝著笑臉說。雖然是個丫鬟，她也學會了一個閨女的姿態。迪人愛看這種小女人的姿態：手指撫摩著頭髮，低首無言，又裝作在細看自己指甲的顏色。

「世界上最靠不住的是男人的心，」銀屏說，「全靠你自己，假使你是誠意的，你不在的時候，我自己能夠當心我自己的。」

迪人走近她的背後，她旋過頭來，用食指輕輕的在他臉上一推，咬咬牙齒，熱情地說：「你這冤家。」

「你肯等我嗎？」迪人再問她。

「這是容易的，」她說，「只要你的心不變，他們決不能趕走我。假使真真不幸，那還有死的一法呢。」

「嘿噓，你死不得，」他說，「你要活著等我回來，一同享樂哩。」

「死並不是了不得的事情，遲早每個人都有一死，」銀屛說，「誰能預料世上的事呢？唯一的區別只是死得有沒有價值的問題。假使死了有人爲他流淚，這就是我所謂有價值的死。假使死了沒有人同情，那是沒有價值的死。」

「不要說這種話！」他十分恐懼的說，「我的母親已經答應我了，你不用擔憂，我最恨年輕美麗的姑娘講死！」

「有重逢，當然有離別，所以有生，一定有死。」銀屛說，「你不喜歡聽女人家提起死字，但是你自己不是個女人。女人的生命比男人不値錢，所以死並不是難事。」

迪人聽了不由傷感起來，「假使真有這回事，讓我們一同死吧，這樣也沒有離別，也沒有重逢，永遠是太太平平的也沒有種種煩惱了。」

銀屛講起死不過是一般丫鬟們通常的口吻，其實她天性堅韌，意志堅強，並且連人生的小災難也想完全排除掉。她從眼角裏看見他對她的話認真了，而且很傷心，就走近他，坐在他身邊說：「只要你真心待我，我真不願死。無論環境怎樣，我決不死，但是你不可在外面住得太久。幾年裏的情形怎樣變化，是很難說的。」

迪人躺在椅子上，似乎沒有聽見。「或許你說的不錯。『有合必有分，有生必有死』。但是既然要有死和別，那何必要有重逢和生命呢，這不是空忙一陣嗎？」

「我決不死，我決不死，滿意嗎？」銀屏說。

「誰知道你這女兒的心？」迪人說。「我常常奇怪為什麼世界上一定要有女人。」銀屏呆住了：顯然的，他又故態復萌，說他的怪話了。

「男孩子和女孩子唯一的區別，只不過是身上多一塊肉和少一塊肉，但是卻招出種種的煩惱。把你和錦兒、乳香、翠霞而論，只有你和我一樣的聰明智慧，比她們美，你的品性又好，現在我是你的主人，可是幾年後，你就是出嫁，誰能干涉你嫁誰呢？我真不能瞭解這人生。」

「有時我對我自己說：假定這些女孩子生成是主人，而我和阿非和妹妹生出來做了傭人，生活仍舊不會有多大的變化，或許我也會很自然的承受下去，可是不知道誰是真能享福的。你試想：我的父親有這許多財產，有這許多錢，有幾十個人替我們做事，在各處店裏，大概有十六或十七個夥計，每天開門，關門，和氣地招待顧客，賣東西，付帳，收帳，還有好幾百人，大部分到處去搜集茶葉，裝箱，裝貨卸貨，或者負在肩上搬運。至於我們呢，只是坐在這裏，揀喜歡的東西吃用，和自由自在的到處走動。他們都是為了這姚家做工。但是你看看這姚家是怎樣情形，無論怎樣計算，家裏終是女人比男人多，我的母親、珊姐、木蘭、莫愁、你們和老媽子，豈不是幾百個男人都在發癡，賺錢供給你們女人消費嗎？是我們做你們的奴隸，還是你們做我們的奴隸？這就是為什麼我只講消費而不肯做事，這或許也是我的父親所以不做事的緣故。」

「現在我要到英國去了，我們買箱子、做衣服和購船票，而且，我也將要住在旅館裏了。實際上，我出去除了花錢之外，還有什麼事呢？有時候我這樣的想，處在你的地位，稍微做一些事，賺錢維持自己的簡單生活，倒是比較高尚。假設我是你的丫鬟，你是我的主人，我替你打衣包，讓你去遊歷，你肯和我對調嗎？」

銀屏倒一時回答不出來，「打包是女人的事，遊歷是男人的事，」她說，「男人怎樣可和女人對調呢？」

她不懂他講的什麼意思，可是也覺得聽得有趣。她是常常這樣的，因為他是一個有趣的人。但是當他走開了，她獨自的想，她這貧苦無依的南方女兒，竟然很幸運的生長在富有之家，真是不可思議的事情。假使真的，照他所說，做了這人家的女主人，這是何等不可思議的事情啊。至少，假使他的諾言實現的話，她可以和他共同享用姚家的財產。

一切都準備好了。在隔夜，姚太太才覺得她的兒子真的要出門去了，或許一去要幾年。父親雖然沒有和他多講話，可是待他更和氣了。阿非不時的拉著他的大哥，這時迪人又覺得他自己是一家的重要人物了。對於阿非和妹妹們顯出大哥的樣子了。

晚飯的時候，母親流著淚，父親安慰她說：「出洋讀書是一件好事情。」

「不過心中怪難受，」她含著淚說，「我想他從小沒有離過家，他還這樣年輕呢！」

晚飯以後，闔家坐在母親的房裏，父親在吸水煙。

「迪人，」父親很溫和的說，「你出洋去花掉一萬多洋錢，我倒不在意，錢本來就是要使用的，我只希望你成個人，你是長子。你走正路是我們全家的福氣，你走邪路，是我全家的不幸，能夠得到學位與否隨你的便，最要緊的要學做人。

世事洞明皆學問，

人情練達即文章。

假如你有興，可以遊歷一下，看看歐洲的情形，不過你應該改掉你的癡想，不要浪費你的智力在無用的地方。你想，假使孔太太的兒子有你這樣的機會，他將要怎樣的利用呀。」

「還有一件事，」母親說，「不要和外國女人混在一起，我是不承認外國媳婦的。我們是中國人，我們的禮節和他們完全不同。每到一處，千萬要寫信回來。」

木蘭見她的母親快要哭出來的樣子，就歡聲的說：「信上要告訴我們究竟有沒有葡萄牙國，聽說慈禧太后不相信一個國家會有這樣滑稽的名字。當葡萄牙公使第一次來見她的時候，她說人家一定在騙她。『怎麼會有一個國家叫作葡萄牙齒呢？』她說，『這樣一定也有豆牙齒國和竹牙齒國了。』」

木蘭的母親也聽得笑了。

「可以，」迪人說，「我一定去坐火車從倫敦到葡萄牙，再從那葡萄牙齒的國家裏寫信給你。」

這是完全和平的一夜，父母和兒子之間，兄弟與姊妹之間，顯得非常融洽。然而，這屋子裏此後不會再有像這樣和平融洽的氣氛了。

第十五章

第二天的早晨，姚家全家都到車站上去送迪人動身，只有他母親留在家裏哭著，沒有去，還有珊姐留在家裏作伴，也沒有去。

他們的家裏從來沒有過離別，所以這次迪人的遠行，可算是一件非同小可的事。

立夫也來送行，和他們在車站上聚會，他和他的妹妹更上車和迪人話別。新亞和襟亞在最後幾分鐘才趕到，急急的奔進車站，別人已經從車上下來了。時間倉卒，只能從車窗外和迪人略談了幾句，把一包東西從窗口授給迪人。

迪人靠車窗立著，白領頭、紅領帶，襯托著白皙的臉龐，高而直的鼻子，活像一個洋鬼子。姚思安默默寡言的站在月台上，注視這火車駛出車站，最後，火車不見了，曾家的孩子回轉身來看見個穿藍竹布長衫的陌生孩子，立在木蘭的身邊。

此時，立夫正望著這幾個穿湖色縐紗長衫、黑緞子背心、珊瑚鈕子的孩子，在等別人替他介紹；他們的辮子梳得很光，足上穿著黑色緞靴和白色短襪，姚家姊妹也穿著最時新的服裝，乳白色的短衫、小袖子、湖綠的花緞褲子。那時飄飄的大袖已經過時，流行著小袖子了。淡顏色的乳白色短衫，襯托著翠綠的鈕子，在夏天的早晨，越顯得涼快。木蘭戴著梨式紅寶石的耳環，莫愁戴了藍寶玉的耳環，每人都有一寸長的鬈髮，從鬢角垂在耳朵的前面。

立夫站在盛裝的青年男女之間，有些侷促不安。木蘭姊妹都是眼圈濕潤潤的，不斷的在揑鼻子。

木蘭破涕爲笑的對曾家兄弟說：「承你們來送行，謝謝你們。」

「很抱歉，我來得遲了。」新亞說。他說著看看立夫，木蘭就說：「這位就是孔先生，是傅先生的朋友。」他們互相鞠躬行了禮。莫愁注意到立夫的皮鞋，雖則黑色比從前黑了些，可是快要變成灰色了。

這送行的一群走出車站，他們的馬車拉到路邊，姚先生要請立夫坐了馬車送他回去，但是立夫說：他的家離車站很近，想步行回家了。「雖則迪人不在家，有空的時候也請常常來，」姚思安說。立夫答應著，立在路旁，看他們上了馬車，對他們行了禮告別，等到馬車發動離開了，才走回去。

姚思安握著阿非的手，默不作聲，他正在想這樣把迪人遠遠的送了出門，未免太殘酷了點，想到這裏，他決意不再讓同樣的事情臨到阿非身上，他要對待這小孩子和對待女兒們一樣的親密。

在馬車裏，木蘭說：「我有種異樣的感覺，好像我們的家卸脫了一副重擔。」

「你想以後他的脾氣會改變嗎？」父親問著說，或者他記起了他自己的童年時期，因而感覺到他兒子血脈裏的青年之血，還沒有完成它全部的行程。

「他有了這次好機會，」莫愁說，「或能擴充了眼界，受了世界最完善的大學教授的指導，可以使他改變的。」

但是她的父親說：「你還年輕，所以這樣講，我們家有錢，所以要用，不過出洋與否，對於學業是沒有關係的，學問和做人的道理，隨處可以學到，你看立夫向我們告別的時候，何等的有禮貌。處在成人之間，他並不落人後，舉止穩重，深得他人的尊重，這些事，也得要出洋去學的嗎？」木蘭和莫愁見她父親這樣說法，也就不再多說了。

在回家的途中，立夫心中另有一種異樣的感覺，他自己也不知道這是妒，還是看了別人出洋留學而激發的短暫衝動，他也曾聽見過劍橋和牛津這兩個名字，燃燒著他的求知慾，不過迪人不知是否能利用這個求學的良機，而且這兩個地方，迪人究竟去不去，還是個問題。

他覺得姚家曾家的地位比他來得高，他不能夠過著和他們同樣的生活，他和迪人的友誼並沒有什麼發展。他們兩人的相同點是評論權貴，或者是像他們在學校裏所說的寫「翻歷史舊案的文章」的本領，除此以外，就沒有相同的地方了。

迪人並沒有積極和嚴肅的性格，立夫以為曾家的孩子也是屬於這一類的，所以他認為這種人家是自成一個世界的。在西山初次聚會的時候，他瞧見姚家姊妹會自己烹飪，覺得很奇怪，也就是為了這個原因，他對她們加以重視。照他的傳統思想，他對於富家的女兒存著畏懼的心理，不敢隨意親近。這幾個女兒，固然品行端正，受過良好的教育，可是在他看來並不動人，有一次他為了禮貌關係，也委曲的把皮鞋擦了一次，他認為擦皮鞋是多餘的，至於一個婢女跪著替他擦皮鞋，實在是退化的生活方式。但是他也愛好質料良好的東西，像木蘭家裏的種種物件，所以他也實在還是個有著貴族思想的人物。

他的家在四川會館，他和母親妹妹住在一宅四開間的房子，他從小在那裏長大，門前有塊小小的空地，流著一條混濁的小溪，在小時候，遊戲的地方就在那棵大柿子樹下。在他父親當著卑微官職的時期，還是住在這房子裏，因為不用付租金，就住下去了。

講到他父親的經濟力量，很可以在西城買一所住宅，但是他們這筆款子卻放了債來生息增加收益。他父親死後，在傅先生的幫助之下，使他們可以仍舊在這屋子裏長久的住下去，看門的說是看立夫長大的，而立夫覺得也親見這看門人漸漸年老起來，做了祖父了。這門柱，這進門的路徑，和門外的一對石獅子，對於他也是這樣的熟悉，和他抽屜裏的舊陀螺一樣。

他親眼瞧見門檻漸漸的低了，道路漸漸的短了、狹了，他曾經親手把石獅子磨得光滑，每隻石獅子的嘴裏有個石球，是在同一塊石頭上鑿出來的，只在嘴裏滾來滾去。他曾經幾次想把這球拿出來，直等到年紀大了，聰明了些，才放棄了這個念頭。

這屋子有扇綠色的門，中央塗著一個紅圓形，門口面有條通路，沿著向左轉，通到一個石塊鋪的庭院：再向右面穿過一個狹的門口，就是他們住的屋子。那是老式的兩明一暗的屋子，就是說一共三間房子，三分之二當作會客室、餐室，和書室，其餘的三分之一做臥室：他現在和母親合住一個房間，他的妹妹和母親合睡一張床，他自己臥的竹床，靠近向著庭院的窗口，東邊兩間是廚房和儲藏室，一個僕役就住在那裏。

庭院的地面砌著磚頭，中央放著一隻日晷儀，是一個小專家做的，由立夫尋了塊石片請看門人幫著搬進院子做日晷儀的架子，在石架子的頂上，立夫放一塊灰色的磚頭，有一方尺的大小，磚頭面上放著一隻日晷儀，這個儀器包括一隻木匣子，面上刻著時辰，一根看日影的紅線，和一根指南針裝在中央的圓孔裏，石頭的面不十分平整，立夫再用一塊碎磚頭塡在日晷儀下面，保持了水平線。在庭院中央如此大的架子上，安置一隻三寸的木製日晷儀，情形確是滑稽，有時他移去這日晷儀，就在原地方裝一個捉麻雀的機關。

不過他也做過較大一點的東西。有一次在日晷儀旁邊豎了根竿子，縛一條繩從竿子伸到院子南面的盡頭，和儀器上的紅線平行，再在地上畫出時辰的記號，和儀器上的日影符合。他母親允許他做這種娛樂，她爲了要使他滿意，曾准許他做各種的娛樂。尤其這日晷儀是合於「惜寸陰」的格言的。可是這樣把繩子橫在庭心，未免妨礙他的母親和傭人的行路，致幾次遭絆傾跌，終於把這實驗放棄了。但是表示二十四小時的記號，仍舊留在磚鋪的地面上，引起客人們的驚異，從這種實驗工作上，立夫學到了在春季和夏季日光角度移動的準確觀念。

會客室是一間中產階級型的會客室，在邊牆上，懸掛著他父親的遺像，側面掛著文相國書的對聯，寫著他父親的上款。這副對聯是貴重的遺產之一，是他父親託朋友求來的。地上鋪著地席，天花板和牆壁糊著白紙，把這屋子裝飾得外觀非常整潔，一隻紅木的方檯子靠著牆壁，做為全家三人的餐桌；立夫的書桌排在東窗，還有幾張木椅子，一張裝著墊子的藤長椅，一張紫色光滑的舊籐椅，和靠著東壁位於相片下面半圓形的桌子，構成了傢俱的全部，書架上藏書豐富，其中有一部極有價值的歷史書《資治通鑑》，和幾種標準的詩文集，另有一部古版《十三經》，尤為珍品。他的父親只求考試上應用的智識，而對於文學和哲學倒不求深切的瞭解，然而當時和一班的官員一樣很自得其樂。此外還有幾種參考書，立夫又增加了各種現代的課本，和一部梁啓超的《飲冰室文集》。這是當時介紹新思想新知識的名著，他曾經把這部書精讀而獲得透徹的瞭解。

的確，立夫是這小小庭院的主人，行動自由，他的母親像一般溺愛孩子的母親一樣，不斷的被她的兒子弄得又驚又喜。

立夫曾經從她膝上跌下來，但是毫無損傷，這對她也是一個啞謎。立夫的母親給與他的只有慈愛而沒有教育，所以當她聽見傅先生讚賞她的兒子，她只是微笑，竟然不知怎樣措辭答謝。以前曾太太用「你的肚子真爭氣」這句話，稱頌木蘭的母親，現在木蘭的母親就用這同樣的一句話稱頌立夫的母親。她越是覺得她的兒子好，越是謙虛。在春天，他們在院子裏養了一夥小雞，有一天晚上，燈下團聚的時候，立夫的母親對立夫和他的妹妹說：「你們看這黑色的母雞養了這樣美麗的小雞，有這樣小而尖的嘴，這樣圓而黑的眼睛，生著這樣精緻柔軟的羽毛，我覺得我自己好比這隻母雞。」他母親常常告訴他說：他在初生時有片尖的小皮生在上嘴唇，所以就懂得這雞嘴的比喻。

「三十五元一雙皮鞋！」立夫從車站回來，講起方才的情形有些憤慨的說，「這數目等於我兩年的學費呢！」

「這秋季你進了大學，費用大得多了，要七八十元一學期哩。」他母親說，「喔，我想著了今天是月底，你可以去收些利息了。」

立夫聽了，就出去收利息了，收回來，正好預備學費。

木蘭的舅父馮澤安在杭州住了一年，到七月裏帶著妻子和一個七歲的女兒紅玉回來了。

紅玉這小妮子性情很怪僻，木蘭姊妹倆不知費了多少功夫才使她肯自由的講話，肯接受別人給她的東西，接受了東西，又一定像陌生客人樣的說聲：「謝謝」。過了好幾天，她方才覺得沒有拘束，自由自在的和阿非玩耍了。起初紅玉靜默的樣子，實在不像一般的孩子。珊姐還以為她懼怕她的北京表兄，然而不久，她竟會學著用北京腔講話，摹仿她的表兄表姊的說法了。紅玉是個聰明的孩子，五歲時就能識字，木蘭、莫愁就繼續教她更多的字。幾星期之後，她變得很會說話，姊妹們問她為何當初這樣的靜默寡言，她回答說，怕自己說出杭州腔來貽笑大方，所以不敢輕易開口呢。

馮澤安這次回來，使姚夫人想著一個計策。她決意趁迪人離家期間，將銀屏打發走。她願意厚待銀屏，願意正當的嫁她，盡力替她選擇一個佳婿，只是不能容忍她控制她的兒子。

世上沒有一個女人會瞭解別個女人對男子的愛的。她認為迪人對於銀屏的迷戀，不過是和她天天接觸，因而發生的一段幼稚戀情。所以她以為一旦割斷她與兒子的接觸，迪人就會把銀屏忘掉的。

姚夫人還未替她的兒子訂婚，所以不贊成迪人未有妻子先有側室，爲了要使兒子脫離銀屏，不得已才讓兒子出洋留學，因此非常怨恨銀屏迫使她讓兒子離開自己身邊。現在有了計策，也不和女兒說，只和她的兄弟祕密商議，叫他假傳家訊，說是在杭州遇見銀屏的嬸嬸，託他替銀屏在北京擇配偶，因爲銀屏的年紀已大了。

因此有一天，姚太太喚銀屏到她房裏去。銀屏隱約覺得情形不對了。自從迪人告訴她，他的母親允許把她留到他出洋回來之後，銀屏顯出格外的高興，她想討每個人的歡心，連同迪人的母親在內，可是她始終覺得迪人的母親不喜歡她，因爲她很少和她講話。

銀屏走進姚夫人院中，立在門口說：「太太，是你喚我嗎？」

「是的，你來，我有話要跟你說，」迪人的母親說，銀屏就走近她身邊。

「算起來，你到我家裏已經有十年了，」迪人的母親開始說，「你也已經長大了，照理，我們應該替你考慮將來的終身大事。這件事情在我心上已經好久了，去年我們想送你回南方家去，可是你生了病，不能回去，照我想來，你雖然是個南方人，也並不是一定要回到南方去的，你覺得怎麼樣？」說到這裏，姚太太停下來，觀察著銀屏的神情，見她的眼光向下垂著，身體有些抖動。銀屏說：「太太，請您有話直說吧。」

姚太太接著說：「我已經替你想著個辦法了，古語說：男大當婚，女大當嫁，你服侍我的兒子也很忠心，所以我們要替你選個好男人，將來也可以有個靠傍，這樣，你可以有你自己的家，不用再做丫鬟了。就像翠霞，已經有了丈夫和兒子了。」

銀屏仍是不肯開口，姚太太又接下去說：「上星期二，舅老爺從南方回來，他說，遇見你的嬸嬸，照你嬸嬸的意思，既然送你回南方很不便，年紀又大了，應該就近在京城裏替你選一個夫婿。」

銀屏說：「太太，您的意思我明白了，既然我到這府上已經有了十年，又承蒙太太的照顧，我只希望沒有做錯事，假如承蒙太太允許的話，我還不急著離開這裏。翠霞在去年才結婚，我還沒有到她的年紀，雖然少爺已經出洋，我的事情少了，可是家裏需要幫忙的事情正多著，雖然契約上訂明十年，我還願意再多服侍太太幾年，這對於您也不會多什麼花費，只不過多一碗飯錢，我現在也不需要添什麼新衣裳，只要到了那個時候，你叫我走，我就情情願願的走，也不要您給我辦嫁妝的。」

「這並不是我要你走，是你的嬸嬸說，應當替你早些配婚。」

「既然是她的意思，她為何不寫封信給我，她不會寫信，也可以託人代寫的，這並不是一件小事呀。」

「可是她已當面託付了二舅爺，這也夠了，難道你不相信他的話嗎？」

「並不是我不信任二舅爺，不過這是我的終身大事，為了我自己的一生幸福起見，我要拿到一封家信。像我們貧苦人家的女孩子，命運只好由別人來支配。假如太太不要我，我也沒有別的辦法，只好走，但是我一定要拿到一封書信。」

銀屏說著，眼淚流了出來，姚太太覺得她是失敗了。但還是說：「假使你一定要封書信，也可以辦得到，不過我是早已決定了。一有消息，我就來告訴你。」她說完便走了。

銀屏拭著淚水走開了。她的心上有說不出的恐懼、昏亂和痛苦，她覺得受了欺騙，這是太太在欺騙她的兒子，因為她確曾叫她等待著，而且當面許下了諾言。可是這種事她是不能夠講出來替自己辯護的。她回到自己的房裏，倒在床上，放聲大哭起來，「這是他的母親等他一走就要趕我出去的方法呀！」

銀屏的哭聲傳遍了整個姚家，引起了紛紛議論，也有表同情的。但是大家又聽得太太也在一邊高聲的叫罵，「我們並沒有虧待她，女孩子長大了就應當嫁人，我們不能夠養她一生一世。一個小丫頭是不可以癡心妄想的。」這幾句話的弦外之音是什麼意思，大家一聽就都明白。

這時候，珊姐、木蘭和莫愁都聽見了，只是在她們的母親盛怒時，都不敢插嘴。起初，姚思安以爲這是他妻子對付婢女的例行工作，後來覺得事情似乎不單純，就到她房裏來詢問原因。姊妹們也聚集到房裏來，婢女們不敢聽，都走開了。舅舅正在店裏照料生意，父親問了這事情的原委，母親就告訴他說：她的弟弟帶回來銀屏孀孀的口訊，要把銀屏在北京配婚，嫁出去。

「真的嗎？」木蘭的父親說，「舅舅沒有對我講起呢。」

「你是男人家，這是家事，所以他沒有告訴你，」木蘭的母親回答。

「銀屏對這件事怎樣說呢？」木蘭的父親問。

「她說在出嫁之前，要得到她孀孀的書信。她在我告訴她要替她配婚的事情時，卻要向我索取書信。我從來沒見過像這樣驕橫的人！」

「這也並不難，」莫愁說。「而且有了一封她家裏的信，倒是我們的保障。他們沒有把她賣絕給我們，所以我們沒有權照我們的意思去處置她的。除非把契約取回來，他們可以向我們要回這個女孩子的。」

「婢女生病死了，或是逃了怎樣呢？要是她有家或是親戚在這城裏，我要叫她拿了鋪蓋立刻滾了。」姚太太說。

事情沒有解決。在父親走後，母親輕輕的對木蘭說，叫她派羅同去通知舅舅，說是等他回來，太太就要見他。木蘭覺察這件事鬼鬼祟祟，一定有不可告人的地方，但是她並不去過問。她覺得這件事是遲早要發生的，不過太早了一點。

半小時之後，錦兒走來，木蘭問她銀屏的情形。

「她還在哭呢。她說她從小沒有了父母，她叔叔把她賣了二百四十元去還賭債，契約訂的是十年，是去年滿了期的，當時她願意回去，只是少爺不讓她走。她說他囑她等他回來，並且他已經得了太太的允許，最少要留她三年。但是這事當然是不能告訴大家的。我就對她說：『一味的頑強也沒有用的。少爺離家了，沒有人能幫護你了。』她說：『假使太太堅持要我走，我只能走，只是我一定要拿到我家的書信。』你等著看，她是個頑強的女子，還有第二幕戲可以看呢。」

「其實，」木蘭說，「她是在講紹興官話了，不過你千萬別在太太面前提起一個字。這話傳出去不是體面的事情。這件事早該在哥哥離家之前安排好的。假使哥哥真的曾經答應她的話，這倒有些爲難了。」

「可以恕我大膽的說幾句話嗎？」錦兒說，「他待她很好，一個人不能忘恩負義。看那隻狗在少爺動身那天早晨的情形，狗一定也覺得要和主人離別了，又何況是我們人呢？這固然是不光彩的事情，不過這種男女之情是難免的。假如現在要我離開你，我也要覺得難過的。」錦兒又說。

「啊！可是你和我是不同的。」木蘭說。

「但是你也要想想，」錦兒堅持的說。「她從小服侍大少爺，早晨服侍他梳洗，替他結髮辮，替他拿這個，尋那個，後來她服侍他慣了，別人也不能服侍了，別人也拿不著他的東西，也記不得在什麼地方；他出了門，她便沒有事做了，突然倒有些舉止失措了；這是事理之常，不能怪她的。再加上現在忽然要叫她離開這裏，我們能怪她覺得難受嗎？」

舅舅回來了，和母親在房裏密談了一小時多，午飯的時候，銀屏照常和別的丫鬟一同侍候，只是顯得鬱鬱寡歡，大部分的時間，她都呆立在一邊。乳香現在替代了翠霞的工作了。她正要替姚太太添飯，姚太太說：「不要，我要銀屏添。」銀屏就過來替她添飯，當她把飯碗拿回給太太，正放在桌子上時，一滴眼淚落在飯裏了，她慌忙把飯碗再拿起來。

「賤娼貨，你不願意服侍我嗎？」太太高聲的罵，其實她並沒有看見眼淚落在飯裏。

「滾開！」她重重的把銀屏一推。「我養你到這樣大，一些良心都沒有。你破壞我家的安寧，為了你，把大少爺送到外國去，都是你害得我們母子倆分離的，你還在癡心妄想！癩蝦蟆想吃天鵝肉。」

銀屏又羞慚又傷心，掩著了臉放聲大哭，並且回答說：「我沒有吃掉大少爺呀，我吃掉了嗎？」

女主人在盛怒之下，立起身來向銀屏衝過去，舅舅適時阻住了她。錦兒急忙勸住銀屏不要再說下去。

「小丫頭在東家面前放肆，」馮澤安說。

姚思安坐著只是看，一聲也不響。

銀屏回過身來。她正要哭出來又忍住了，顯出傷心和挑釁的神氣。

「老爺，太太，二舅爺，」她說，「請你們原諒，我在你家這許多年了。假使我是錯的，情願受罰。大少爺是出洋讀書去的，和我有什麼關係，為什麼要歸罪到我頭上？他對待一個丫鬟好，這是你兒子的事情。我有什麼罪，我怎樣的弄得你家七顛八倒要任意責罰我？」

「聽她油嘴，」姚太太說。

「銀屏，」珊姐充作調解人說，「你要說話，好好的講，不要這樣粗暴。」

「你要我走，我可以走，」銀屏說，「假使你要我死，我可以死在你面前。」

死的威脅，是僕役們對付東家最普通的方法。

「誰要你死？」馮舅舅說，「你家和我們訂的契約是十年，去年我本想帶你回去，可是你不能去。這次你的嬸嬸託我替你安排，我們只是依照你嬸嬸的話做。假使你一定要你嬸嬸或者叔叔的信，這也可以辦得到。我可以寫信通知她，那時沒有再爭辯的餘地了。你想怎樣？」

「假使東家以我爲粗鹵，我要說幾句話，」這婢女說，「期限已經滿了，不論你託人送我回去，或是把我在這裏嫁人，我一定要得著我嬸嬸的書信。我也明白，我嬸嬸並不顧我的死活的，不過婚姻終是一生的大事，我不像一般的青年女子有父母照顧，我應該照顧我自己，結婚要得到我自己的同意，我斷不情願嫁到蒙古或是甘肅去。」

「那麼，事情是解決了，」姚思安畢竟開口說了，「我們就在北京替你選個好的配偶。我想你不會受別人壓迫的。」

這件事情，就這樣暫時擱起來了。不過姚太太常謾罵，一天厲害似一天，所以銀屏很明白她並沒有選擇的餘地，離開這裏只是遲早的事。姚太太一提起她，就罵她「無恥的小娼婦」，但是銀屏無論如何要設法答覆這女主人說：「就是一隻狗養了十年，也不應該任意打牠走，真是人不如狗了。」

第十六章

那年夏天，北京的雨水很多，接連下了十天雨還不停止。這在北京是一種不尋常的現象，因爲夏季的雨總是來勢洶洶，一下子就停止，等到陣雨一過，全城就覺得涼爽舒服了。但這次的雨，卻打擾了平民不少遊興，所以木蘭姊妹倆都不大出門，僅僅找紅玉來解解悶，並要求她說些關於杭州的故事。

姚家要替銀屏找婆家的消息，不久竟傳到翠霞的耳中，因此翠霞就特地來拜訪他們，說她願意爲銀屏做介紹人，並答應幫她找個配偶。

一天，姚家忽然接到迪人從香港寄來的一封信，說他沒趕上香港的外洋船，所以暫住在香港旅館裏。這件事證明迪人還不能照顧自己，這使他母親擔憂不已，同時使他父親大爲震怒。但他們都不明白箇中的真相，因爲迪人的來信寫得不明不白。很顯然的，迪人的行李已經上了艙，因爲信裏寫他已發電給新加坡郵船公司，叫他們把行李送回來，但這個消息很奇怪，因爲按理而論，迪人應當趕快乘下一班郵船，在新加坡領到行李後，繼續前進。

真實情況是這樣的，迪人上了從天津開來的一條郵船，認識了一個從英國回國的留學生，那個學生告訴迪人很多有關英國公立學校裏戲弄新生的情形，並訴說新生怎樣替高年級生盛飯、擦皮鞋，他們的情形是怎樣困苦，說的時候不免誇大其詞，使迪人聽了，覺得留英求學似乎是一件苦事。他已完全忘記孟老夫子所說的「天將降大任於斯人也，必先……勞其筋骨，空乏其身……」那些話。因此他不能立刻下決心，雖然把行李送上了船，但到最後一分鐘，他變掛了。

好在他身邊帶了許多錢，正可乘此機會在香港大肆玩樂。他既有錢，而且耐不住寂寞，所以在旅館裏結交了許多朋友，不久，他們就請他參加宴會。簡言之，他對於香港的生活越見識得多，就越發愛這種生活，在這種情形之下，迪人對於自己的意向既覺得莫名其妙，因此寫起信來，就不能寫得清清楚楚。

三天後，迪人又來了第二封信，說是他喜愛香港，願意在留學前，在香港先把英文弄好。他又打算在香港進大學，專修英文等語。他父親接到消息，更覺得怒不可遏。

這一次，迪人又附帶寄信給木蘭，說他寄來象牙鈕扣兩副給木蘭姊妹，另外又寄一個銀粉盒給銀屏，但這是託木蘭轉交的。至於雙親方面，他卻不寄什麼禮物。木蘭姊妹想把那個銀粉盒轉送給母親，但又怕將來給迪人知道了，事情有些不妥，最後把轉贈的意思打消了。

迪人的母親更覺十分痛心。因爲就當時的情形而論，把禮物送給使女，似乎故意反對他母親的計劃。她深怕她兒子回來以後，不免和銀屏重敍前情，所以更加急於把銀屏嫁出去。

但是銀屏心裏卻非常高興，決定想盡辦法拖延。一天下午，她竟向主人告假，冒著雨出去拜訪翠霞，表面上說是要回拜翠霞。但是木蘭卻懷疑銀屏此行的目的，也許是託人寄一封信給迪人。

到了八月初旬，雨才停止。自從迪人遠行以後，立夫和他的母親都不曾拜訪姚家。同時姚家因爲過於操心銀屏的事，沒有工夫顧到其他。後來因爲迪人從香港寄些風景明信片給曾氏兄弟，又託他們轉送一張給立夫，這才使姚太太想起立夫，並且說：「爲什麼孔太太和立夫這麼久沒有來看我們？」天一放晴，姚太太就派人送些禮物給孔太太，並請孔家的人過去聊聊。僕人回來後，向姚太太報告，說是因爲天雨，有一根大樹枝折落在孔家所住四川會館的屋頂上，把屋頂搗了一個大洞，雨水直接落入屋內，無法居住，只得暫時遷到廚房裏安身，至於器具和衣箱之類，則暫時堆在廊下。

第二天，立夫親自到姚府拜訪，對姚太太送來的禮表示感謝，一面又乘便探聽迪人所以放棄留英計劃的真正原因。在立夫的心中，這幾乎是不可思議的。在談話中，姚太太就同立夫談起房子問題，立夫據實告訴了她，說是那天晚上，颳了一陣大風雨，把一根又粗又重的大樹枝折斷了，倒了來壓在屋頂上，把屋頂壓壞了。此外會館裏的天井也充滿了水；南城有幾間房子，也被暴風雨吹倒了。

「爲什麼你們不搬到別地方去？」姚思安問。

「因爲會館裏別的屋子都住滿了；況且雨這樣大，我們要搬，也沒有辦法，」立夫答。

「可惜我們沒有早點得到消息，否則我們一定請你和老太太搬到這裏來住。現在你們能搬來嗎？迪人住的那間房正空著，你們母子三人可以住在一起。」

「謝謝您，」立夫說，「雨已停止了，我們正打算雇泥水匠來修理屋子。」

「但是修理屋子非有幾天工夫不行；而且在修理的時候，你們母子倆也不便都住在廚房裏，」姚太太說，「你且把老太太請到這裏來住，等到你們的屋子修好了，再搬回去。」

立夫心裏並不贊成這提議。他想到住在有錢人家裏，行爲舉止不免有些拘束，因此就託詞道：「我因爲這幾天要監督泥水匠的修理工作，所以不能不住在會館裏。」但是姚先生對於立夫這孩子十分關心，就插嘴道：「這事你不能作主。等一會兒，我會親自到府上去，向你母親說明一切。」

「姚伯伯，那麼，我就把這事告訴母親就是了，請您不必爲這些瑣事親自勞駕。」

「我已經好些時候沒有出去了，正打算坐車出去走動走動，」姚思安說。

接著，姚思安就坐了車子，和立夫一同出去。到了立夫的家裏，就勸孔太太趕快準備一切，在最短期內搬到姚家去住。立夫的母親起初也不贊成搬家，後來因爲姚思安的盛意難卻。原來姚思安這樣說：「如果你們不搬來，我們怕就在傅先生面前失面子！」因此，他們終於聽了他的話。他們把細軟物件收拾在一起，以便隨身攜帶，其餘笨重物件，一概留給看門的老頭兒，託他代爲照料。前一天，這個老頭兒已從僕人口裏探聽出姚家是怎樣富有，現在他又從姚思安手裏領到一筆可觀的賞賜。因此，在這個老頭兒和會館裏幾家鄰居的眼光中，立夫這一家的地位已提高不少。

第二天，立夫的母親和僕人就利用剛放晴的天氣，把那些堆積已久的汙衣趕緊洗滌一下，以便搬到姚府作客時可以顯得整潔一些。所以在天色還不曾亮透以前，孔太太已起身，在爐火上烘幾件已經洗過的濕衣，同時立夫則在整理別的細軟雜物，一方面安排修理房屋的事。不料在估計修理費的時候，竟把孔氏母子嚇了一跳，因爲屋頂的損壞太大，要把它修好，非換上一個新的棟樑不可，這樣就得雇用一個老練的泥水匠和學徒，連續工作七八天之久，才能修理完畢。可是費用一項，就非二十元不可，這就影響到立夫的學費問題。但是立夫的母親以爲他們搬到姚府以後，可以在飲食上把一部分費用省出來，此外，他可以向同住的房客預收租金半月，因爲這家房客按月照付租金，向來很爽快，這次向他們預收半個月租金，想必沒有問題。

「也許傅先生能商請大學當局，准我們緩付學費數天，」立夫這樣提議。

他的母親說：「我們不應該這樣，如果給傅先生知道了，他也許要借錢給我們。傅先生待我們固然很不錯，但是到現在，我們不曾向他借過一毛錢，這是我所引爲傲的。你爸爸和我，曾決定不靠借錢過日子，我們也真的這麼做了。至於傅先生平日對我們的一番盛意，只好等到你長大以後再去報答了。」

「母親，您可以答應我一個請求嗎？」立夫問。

「是什麼呢？兒子。」

「我要一毛錢去買一盒皮鞋油。你知道，我向來不注意這些，但是現在，我既要同姚家曾家的孩子在一起玩，皮鞋若沒擦得光亮，是會引人側目的。」

「難怪我時常說，外國的東西總是貴的，」立夫的母親說，「如果不是爲你們學校上體操課需要皮鞋的話，我是不贊成你們買皮鞋穿的。原來一毛大洋，足供我兩個月針線的費用。」

但是她終於允許了，立夫就出去買了他生平第一盒鞋油，回來後，就把皮鞋擦得怪亮的。

第二天早晨，孔氏一家到姚府來拜訪，姚府的人就在客廳裏迎接他們。立夫的妹妹也同去，但這是第一次，因此莫愁就請問她的芳名，她的母親替她回答說：「她叫環，我們都叫她環兒。」

莫愁對孔太太說：「環兒的面貌很像你。」孔太太答道：「是的，她比較像我，但立夫卻像他父親。」

現在，迪人住過的那間房已準備就緒，讓孔氏母子搬進去住；姚太太並且親自領他們去看看。這個房間裏擺著一架發光的外國銅床，是人們很歡迎的一種傢俱，孔氏母子遷入後，就在裝成格子的衣櫃裏發現迪人留下的許多東西，其中有幾件絲織品的袍子，也有好幾雙穿過的中西鞋子。這個房間的光線不頂好，後房朝著一個天井，對面就是姚家的臥室。立夫覺得住在這個房間裏是很舒服、很愉快的。

姚府一家人把客人送入房內以後，莫愁和木蘭彼此以肘輕觸對方的身體，接著莫愁就這樣問：「你看見立夫的皮鞋嗎？——擦得怪亮的！」木蘭回答說：「我怎麼會沒有看見，當他進來的時候，我已看到了。而且我也料到，昨天晚上他一定把藍色袍子放在枕頭底下睡著，想你還能看到這上面的皺紋。」

自從孔家遷入後，姚先生就主張兩家一起用膳，使彼此都有歡敍的機會。因此孔家就和姚家同室用膳，當賓主們沿著一張圓桌，分別坐定以後，姚先生就伸手數著人數，一共有十二位，一種熱鬧的氣氛充滿了整個屋子，姚先生看了，不覺心花怒放，高興非常。孔太太是一個很有禮貌的婦人，非經主人一再催促，不輕易吃圓桌當中的菜。相反的，立夫吃飯特別快，當他吃完了一碗以後，正想起身自己盛飯，不料乳香已把一個美麗的漆盤遞過來，定要替他盛飯，這使立夫微微地覺得不好意思。姚氏姊妹用飯就安靜得多，她們一面吃菜，一面注意別人的行動，心裏頭十分高興。每當立夫開口說話時，就連一貫沉默的莫愁嘴角也會泛起微笑。

他們談論著曾家的事，和襟亞同牛小姐的訂婚，立夫很高興的問著說：「這位小姐是不是牛財神的女兒？」

「你知道他們嗎？」姚太太問。

「不，但我認識牛家的次子同瑜。他曾和我同學，但已好久不見了。」

「爲什麼？」有人這樣問。

「母親，我可以說嗎？」立夫問。

「你還是不說的好！」他的母親答。

木蘭已被引起了好奇心，覺得非聽下去不可，就說：「不要緊，我們是在家裏說話，即使你說了，我們也不會講出去。」

「同瑜帶了一支手槍，到學校裏去恐嚇他的先生，結果就被開除了！」立夫說。

「帶手槍去恐嚇先生！事情是怎樣發生的？」木蘭問。

「同瑜在學校裏的時候，每一級都要留上好幾年。他雖然聰明，但不肯努力讀書。最後一次，他自己知道分數不能及格，不得不再留級一年，因此他就老羞成怒，拿了一支手槍到教師宿舍裏去，威迫一位老師給他及格分數。那老師看他來勢洶洶，覺得若不答應他的要求，一定要吃眼前虧，因此就暫時答應下來，但是過後他就向學校當局辭職。此後的情形怎樣，我就不知道了；但是我曉得，這位老師從此不來學校了。」

「這樣一個年輕的孩子，怎麼會有一把手槍呢？」姚太太問。

「他常有兩個男僕陪著他上學，一個替他拿書包，一個拿著手槍保護他。起初，他只帶一個僕人上學校。後來他竟仗勢欺人，說是只要他父親說一句話，校長的飯碗馬上就打碎，因此他就橫行不法，任意侮辱校內的老師和同學。有一次，他竟侮辱我們同學品貴的姊妹，品貴心中大抱不平，就暗地裏召集幾個大一些的孩子，在暗處埋伏，等到同瑜走近的時候，他們就把他攔住，乘機把他痛打了一頓。從此以後，就有一個衛兵保護著他。」

「結果校長的飯碗打碎了嗎？」

「不，他們是在學校外邊打他，而且那地方很暗，他不知道誰在打他。」

「這些話是不大可靠的！」姚太太說。「前次我碰到牛太太，她告訴我，她的第二個兒子已在他父親的公署裏做官，看她的樣子，對於這個兒子是很得意的。」

「是的，」木蘭說，「你還記得她說的話嗎？她說：『你看，像他這樣年紀輕輕，還不到二十歲的人，已經做了一個京官，人人對他很客氣。兵士們都向他行禮，在他走得很遠的時候，他們還在向他立正，甚至連年長官吏同他談起來，也是很親密很自然的。』她雖這樣自滿自足，但沒有人反對她。」

「中國之所以敗給日本，原因就在這裏，」立夫說。

立夫的母親抱歉著道：「他在長輩面前說話這樣放肆，要請諸位原諒。」

「爲什麼？」姚太太問，「我們說話這樣才像一家人。我不認爲家裏應有嚴格的規律。」

吃了午餐，阿非要求他父親帶他去看「大水」。他聽說城的北區已經漲了大水，因爲湖水漲得很高。父親問他的女兒和立夫是否願意去。立夫說，他最喜歡看水，並且願意帶他的小妹妹同去。但莫愁卻這樣說：所謂「大水」也無非是一片水，所以不願意去看，情願留在家裏燙衣服。結果，姚先生就同木蘭立夫和另外三個小孩子，包括紅玉同去。這一群人，不是一輛馬車所能容納，於是他們雇了四輛人力車，分別乘坐；紅玉陪著阿非同坐，而立夫則和小妹同坐一輛。

這一群人出發以後，兩家母親和莫愁就坐著談起話來；過了片刻，室內只留著莫愁和立夫的母親，因此她們就談起燙衣服的事。

「你們家裏既有這許多男女僕人，爲什麼你還要自己燙衣服呢？」孔太太這樣問。

「我們姊妹是時常自己燙衣服的，只要我們有工夫，」莫愁這樣解釋著，「有時，我們也替父親、母親燙些特別的東西。這是一個女孩的分內事。」

「我對於你們姊妹兩個，是越看越喜歡了；你們既能燒飯做菜，又能縫紉、洗滌和燙衣，同時又能像男孩子那樣的讀書閱報。」

「如果能夠，女孩子也應當看些書，」莫愁說，「但是烹調和縫紉是女子的正當職務，否則她怎麼能治家呢？」

「那是因爲你們的老太太善於教育子女。在別的富有人家裏，他們的女兒就不願意擔任這些家務了。」

「孔阿姨，」莫愁說，「你有什麼東西要燙嗎？請你拿出來給我，我是願意替你燙的。」

「謝謝你，我沒有什麼東西要燙的。只有綢緞衣服和絲製的衫襯才偶然燙一下。」

孔太太因爲莫愁這樣可親可愛，而且又再三堅持，定要替她燙衣服，就把她帶來的一件最好衣服——一件黑色的綢衫，和立夫的幾件最好衣服拿出來，交給莫愁去燙。

立夫的衣服和姚家曾家孩子的不同點，就在於立夫的衣服是永遠不燙的，僅僅在摺好以後，放在箱子裏把它壓平。原來燙衣是有錢人家的一種奢侈品。

當莫愁動手替孔太太燙衣時，她發現這其中有男孩子的袍子，袖口是很窄的。她很用力地燙這件袍子，把它燙得很平很直，並且拿出針線來，把一個稍爲鬆了的鈕扣縫好，交給立夫的母親。當木蘭從外面回來的時候，莫愁並沒有將剛才替立夫燙衣的事告訴她。

姚先生帶著一群人去看「大水」，這水是從「什剎海」這個小湖漲上來的。那湖位於皇宮的北面，離他們的家只有十五分鐘路程。他們從家裏向北出發，到了鐵獅子街，再向左走，沿著紫禁城北城一直走去，就會在右面看見一個小湖。其實這個湖裏的水，同宮殿方面「三海」的水是相連的，只因爲湖中有一道柳堤和許多可愛的荷花，因此就成爲一個遊覽勝地。在夏天下午，那邊聚集著大隊群眾，說書者、擊劍者、唱戲者、賣冷飲者；但是在早晨，遊客就非常少，因此就比較清靜，顯示出一種田園之美。

那天下午，因爲水漲的緣故，遊客絕跡，於是這個勝地幾乎有了荒涼的樣子。泥漿似的水，幾乎漲得和柳堤一樣高，堤的北端便是茶館和宮殿。有幾個婦女坐在圓桶裏，在水面上浮盪著，目的是在採集一些未被大水沖去的蓮蓬。在堤的南端的一條路上，木蘭能望見遠處紫色的西山；至於北面的茶館，則隱藏在被雨沾濕的柳樹的綠影裏。一條繫在湖岸的小船，從遠處望去，顯出一種奇異的恬靜和美感。姚思安一群人，因爲要渡過「大水」，只得坐著人力車，衝過泥漿和水，沿著柳堤拉去。

他們到了堤的北端，就下車徒步走到茶館裏去。跑堂的認識姚思安，對他表示歡迎。姚思安說：「我們要在樓上找一間面著湖，而且有走廊的房間，使我們可以看看這裏的風景。你知道，孩子們是喜歡看『大水』的。」

跑堂的說：「是，老爺，託你的福。這幾天我們幾乎沒有客人上門，你老爺是第一位。」

跑堂的把他們領到樓上，請他們坐在陽台的椅子。姚先生叫他們泡了幾壺龍井茶，拿一些瓜子和幾個新鮮蓮蓬。那天天氣很好，所以，他們能望見湖水對面高聳著的方鼓樓，以及那矗立在皇宮區內北海湖上一個形式奇怪的西藏式鐘形塔。

木蘭坐在一張低椅裏，從蓮蓬裏剝著蓮子吃，一面低著頭，從紅欄杆中間望著下面的水。紅玉是在杭州長大的，對於遊湖一事很有經驗，她和阿非、環兒同坐在一張高桌上，用她敏捷的手指剝著蓮子。姚思安則斜倚在一張很低的籐椅上。立夫也坐在陽台上，並且和木蘭坐得很近，看她怎樣剝蓮子。他雖然吃過糖蓮子，但沒有吃過新鮮的，因此對於蓮蓬很感興趣。

「你這樣吃著生蓮子嗎？」他提出了一個不很聰明的問題。

「當然呀，」木蘭說，接著就把剛剝出的一個蓮子遞給他。立夫把蓮子拿到手裏嘗了一下，說：「很好吃，但和糖蓮子不同。它的味兒這樣淡，使你幾乎嘗不出什麼來。」

「正是這樣，」木蘭說，「我們所以吃它，正為了它的清淡和微香。這種味道，必須細細品嘗，忙碌人是享受不來的。」

木蘭又教他剝蓮子的手法。他嘗了一個蓮子之後，覺得很高興。

「你若吃得很急，就辨不出味兒，」木蘭說，「你必須慢慢地嚼，一個一個的吃，停一會兒再啜一口清茶，這樣，你的口裏就留著一股餘香，久久不散。」

他們一面啜茶，一面嚼著蓮子，兩眼則望著圓桶裏採蓮蓬的婦女。他們談論各種事情，並提到各人入學的計劃。最後，他們又談到迪人的事。

了。」

立夫說：「他既有機會到英國去求學，卻故意賴著不去，真使人有些莫名其妙。」

「木蘭、立夫，」姚思安說，「你們年輕人不妨寫信去勸勸他，我已經沒有什麼話能對他說了。」

「我們已經勸過他，」木蘭答，「在他動身前的兩個晚上，妹妹和我跟他談了很久。莫愁說到自己都快哭了出來。」

「那麼，他怎麼說呢？」她的父親問。

「他說，他的心和志向都同別人一樣，請你們不必替他擔心。後來他又說，到了英國之後，他一定要用心讀書，每天埋首在書中十二小時，以便得些最好的分數。你也知道他是一個怎麼樣的人。當他需要你的時候，無論什麼事他都會答應，並且會把你說得頭暈目眩，但是，父親啊，當他回來的時候，你必須勸他一番。他是否長住在香港？」

「我已經寫信給一位朋友，請他調查迪人在香港的行動，」她父親說，「迪人身邊帶了一千二百元，和一張在倫敦兌現的匯票，不久以後，他準會把錢用完，那時他一定會寫信來要，我就可以趁此決定我的計劃。但是，我應當對他說些什麼呢？我一見了他的面，心裏就生氣。如果他真的回來了，你願意再和他說話嗎？他還能稱爲一個人嗎？」

父親一想起迪人，不由得又是一肚子氣。木蘭看見了父親的一對大眼睛，灰色的頭髮，和前額上暴起的青筋，她又覺得父親面露憂色。

「也許這件事沒有多大關係，」她父親繼續說著，「他不到英國去，也許很好，可以替我省些錢。他到了英國，所能學得的也無非是些拍照的手法——真是孽種！但是，如果有錢人家的兒子都是好的，那麼有錢者就時常富有，窮苦著就時常窮苦了。你們應當知道，天道是循環的！」

姚思安的怒氣消失了，他若無其事地逗著阿非玩。他是在想他的幼子和兩個女兒的將來。這時的立夫非常沉默，他的神態正和木蘭的哥哥相反。木蘭想，如果她哥哥能像立夫那樣，他們一家一定很快樂，同時她也一定十分得意。

木蘭心中被一個難題困擾著。她的旁邊坐著一個沒有父親的孩子，他是貧苦的，但他和有錢人家的兒子一樣，有著很好的家教。立夫的衣服雖簡陋，但他的行爲舉止中卻帶著一種文雅和高貴的氣派。木蘭因此想起，以前她和立夫在寺院裏因擲銅錢而彼此相遇的經過，也許是一種富有意義的先兆。她還不能忘記立夫對她所說的一番關於古蹟的話。

「你愛古蹟嗎？」她說。

立夫就想起他遊西山的時候對她所說過的一番話。「是的，」他說，「但是我所以愛古蹟，不是因爲它是磚瓦和石塊，而是因爲它是很古老的。」

「將來我們不妨去看看頤和園的古蹟，好不好？」木蘭問。

「如果我們可以進去，我當然願意去。」立夫說。

正在這時候，他們聽到樓下起了一陣號呼和騷動的聲音。他們趕緊到樓下，聽說是一個採荷少女跌入湖中，淹死了。原因是她的木桶傾覆。起初人們還聽見她呼救的聲音，並且還看見她用力地向上冒了一兩次，但接著就不見她的影子了。她的家屬聽見這消息，趕緊跑來救她，但已經來不及了。旁人對死者哭泣的母親說：「這個湖裏有許多『水鬼』，所以有許多女人淹死在這裏面。」

紅玉是一個敏感的女孩，聽見這消息，不覺面色轉白，並在腦裏留下深刻的印象。幾天以後，她還是不斷問著這樣的問題——當那女孩淹死的時候，她究竟碰見了什麼？後來終於因她母親的阻止，不再提出這樣的問題。

姚思安一群人心中都受了很深的刺激，而且覺得十分淒涼。

立夫回到房裏，把所見的一切告訴了他母親。他母親對他說：「你最好把衣服換一下。這一件新衣已經替你燙得很平整了。你住在這個屋子裏，必須穿得整整齊齊，和別人一樣。」

「您什麼時候把這件衣服燙好的？」立夫問，「這樣，我豈不像一個花花公子嗎？」

「快穿上，快穿上！」他母親說，「這是姚家三小姐替你燙好的！」

立夫換了新衣，覺得他是有些腐化了，他的新袍和發亮的皮鞋，使他的神氣也隨著改變了。在吃午飯的時候，莫愁看見立夫穿著她親手替他燙平的那件絲袍，心中十分滿足，但這種感覺她是祕而不宣的。

他們買到一尾從溪裏衝出來的大鰻鱺，就交給廚子烹調，讓大家可以嘗些難得的鮮味。吃了午飯，兩家人都到客廳裏去休息。這個廳有兩個房間那樣大，而且造得很高，裏邊的裝飾十分古樸，而又帶堂皇的氣派。這個廳除了招待客人的時間以外，平時總是關著的，家裏人彼此閒談，總在母親的房間裏。這一次因爲家裏人多，臨時由姚先生作主，把那客廳開放。廳裏有一個三尺高的宮燈高掛在天花板上，燈光照映在龍雲相間的深藍地氈上，和綠窗簾上。客廳西面放著一張很大的黑色洋杉木的臥椅，椅上放著硬的藍緞墊子。在臥椅前面是一張杉木桌子，桌旁放著兩只三腳凳。

這個客廳裏的一切，都能顯示出偉大、簡樸和嚴肅。還有一張桃花心木的桌子，放在靠北的牆邊。這個桌上只陳設著三件古玩。放在中央的一件古玩，是一個古老的鑲金邊的景泰藍瓷器的三腳檯。檯上有著一塊兩尺見方的大理石嵌板，板上畫著雨天和霧露的風景，風景的背景裏，有一半被遮住的山峰和小叢林以及兩隻漁船。另外有一塊大理石嵌板，它的紋路極像一隻大鴨，鴨頭和鴨嘴幾乎是完整的，淡顏色的紋路像是鴨的輪廓，下面的棕色泥汙，象徵鴨的腳掌。在睡椅上面的牆上，掛著一幅米襄陽所畫的山水，長十五尺，由於年代久遠，綾子和墨幾乎已經消失，彷彿有些像大理石上的紋路，但是米襄陽的墨色還是非常明顯，像漆一般的黑，筆調也非常遒勁。這個客廳的四周，放著許多硬木椅子，以及幾張用廣東硬木製成的靠椅。這間客堂所給予人的整個印象，便是桃花心木所表示的堂皇，和大理石所暗示的樸素。

那天晚上發生了一件很不尋常的事，莫愁覺得非常高興，而木蘭卻沉默無言。那時女孩子們都在彼此談話，而父親卻坐在一張硬木的靠椅上，嘴裏抽著紙煙，在和他的舅爺談話。木蘭獨自坐著，靠在一張低椅子上，好像心不在焉似的。

「你怎麼了？」珊姐問。

「今晚不知道怎麼，我不太想說話。也許是吃鰻鱺的緣故，牠是那麼油膩。」木蘭答。

其實木蘭是被那佔據她心中的思想所煩擾著。她不斷地想起那個採蓮蓬而落水淹死的女孩，也許她今天所剝的那根蓮蓬，就是那女孩摘下的。她又想到立夫和迪人，這兩人不停的在她心中互換地位，甚至於使她把立夫和銀屏這兩個名字混在一起。「我一定是瘋了，」她這樣想，「這一定是因爲吃了鰻鱺的緣故。」

但她心裏確實有著煩惱。她母親告訴她，翠霞剛才來過，並且說，她要把銀屏配給一個麥商。木蘭知道她母親決意儘快辦完這件婚事，但是她母親不准她洩露一個字，也不願讓迪人知道這事。而另一方面，木蘭已在那天下午從她母親那裏聽到迪人快要回來的消息。如果他回來以後，發現銀屏已經出嫁了，必定會引起很大的風波。

立夫往往在早晨和下午回到自己家中，去看看修理的情況。到了晚上，兩家人就聚在客廳裏閒談，往往談得很晚。阿非和紅玉常是眾人的焦點，逗他們玩，使家裏的人覺得十分有趣。紅玉新學會的北京話，使人人覺得驚奇，她又愛說一些不平凡的話，其中有幾句是關於眼淚的，因爲她說：「眼淚是從鼻子裏流下來的，所以眼睛和鼻管一定連在一起。但是，爲什麼一個人抽煙的時候，煙氣不從眼睛裏出來呢？」

「你怎麼知道眼淚是從鼻子裏流下來的？」莫愁好笑地問。

「因爲我知道，」那七歲的女孩子這樣回答。

立夫因爲許多個晚上同姚家的人在一起談話用飯，漸漸與姚家人熟稔起來。當家裏的人離去之後，立夫就同他母親和妹妹退到自己的屋裏，立夫坐在床上看書，一直看得很晚。有時他從後窗窗牖裏望出去，看見對面女孩子們的臥室燈光依然亮著，她們的影子反映在絲織的窗簾上。一天早晨，木蘭問立夫說：昨天晚上你睡得這樣遲，究竟在看些什麼書？立夫聽了這話，知道木蘭姊妹倆是在窺看他，從此不敢再向後窗窺看了。

有幾個早晨，立夫跑到姚思安的書房去，目的是要參觀他的圖書和古玩。立夫對於古玩雖然毫無知識，但是他對於姚思安所搜集的大批刻石，卻引起深刻的印象。

一天下午，木蘭帶他去看她父親搜集的甲骨文，立夫很感興趣。原來立夫在吃午飯的時候，無意中談起「說文」這部書。這是一部關於中國文字的演進史，並且自成一門學問。立夫在「說文」這部書裏雖僅研究了五百四十個部首，但他對於中國文字的結構以及它們變遷的原則，卻有很大的興趣，從此他對於中國的字體就更加瞭解了。甲骨文的研究才剛在萌芽時期，所以關於這門學問還沒有專書問世。但這些最古的中國字體，是他以前所不知道的，現在卻給他看見了，所以很感興趣。他覺得，如果能夠對這些泥汙的甲骨做一種有系統的研究，那麼一定能發現許多就連「說文」的作者許慎都不知道的事情。

「請你想一想，這些甲骨是四千年以前的骨董，」木蘭說，「不識貨的人，也許會付一百元一斤的代價！」

於是他們就進一步去參觀她父親所搜集的許多古硯，上面還有許多以前的主人所刻的字；接著他們又去參觀古代著名的書法，他們東翻西翻，翻了很久，並且比較各時代的書法和摹拓。立夫是喜歡那種秀麗的、筆畫很圓轉的趙體字，但是木蘭卻喜歡健勁而有稜角的魏碑。立夫就天真爛漫說，男子喜歡秀麗的字，而女子卻喜歡遒勁的字，正像男孩子喜歡女孩子，女孩子喜歡男孩子一般。木蘭聽了這話，不覺臉紅。

立夫從沒有想到戀愛的事，他似乎是抗拒女性的魅力，但他卻喜歡木蘭，因爲，她瞭解這些事，並且有充分的知識和精神。他發現她是一個很好的談話伴侶，並且覺得她是極其美麗，如同趙體字一樣的美。這是立夫心中所蘊蓄著的一切。關於這些感情的事，木蘭雖和立夫同年，但比立夫要早熟兩年，因爲一般少女常是這樣的。

一天早晨，立夫想起姚思安曾請他們寫信給迪人，勸他悔過從善，因此立夫就在客廳裏寫起信來。木蘭看見了，就問他在寫些什麼，他就告訴了她，這是測試立夫筆墨的一個好機會，因此木蘭就說，她和妹妹也要寫信給迪人。說著，就差錦兒去叫莫愁，莫愁就穿著白色的短襖進來，頭髮梳得很光亮，並且微微笑著說：「你們兩人在做什麼啊？」木蘭一面用手握著自己的辮子，一面說：「立夫兄要寫信給我們的哥哥，但是我想，我們也該寫信給他。」

「兄」這個字，在朋友之中雖是很平常的稱呼，但是現在木蘭竟用它去稱呼立夫。

「那是當然的。」莫愁說，「我們早該寫信給他。但是母親卻吩咐我，當我們寫信給迪人的時候，別提起我們要將銀屏嫁出去的事，又叫迪人不要立刻回來。」

莫愁向立夫瞥了一眼，但是木蘭卻說：「不要緊，立夫兄已經知道銀屏的婚事，只有銀屏自己不知道。」

「以我的身分，寫忠告的信是不容易的。」立夫說，「那，我應當說些什麼呢？」

「我有一個主意，」木蘭說，「我最討厭用秋水軒尺牘的體裁寫信。議我們仿照明清兩朝人的書簡體寫信，刪除一切客套，大家直截了當把自己的意思寫出來。我們每人各寫一封信，字數不准超過一百。這當然比俗套的方法更覺有效，而且節省時間。」

「這個主意好，」莫愁說，「那麼我們要不要限定時間？」

「我們就拿點一炷香的時間來做我們的標準，你們以為怎樣？」立夫這樣提議。

三人都同意，大家就拿出硯台、毛筆和花信箋，又在香台上燃上一炷香。立夫和莫愁同坐在一張桌子旁邊，但是木蘭卻抓著頭蹮來蹮去，又不時向窗外望著。

「你好不好坐下來？」莫愁說，「這樣的蹮東蹮西，使我的心神不寧呢。」木蘭僅僅微笑了一下，並用手指輕輕穿過她的辮梢。

立夫交卷最早；莫愁也快完成了，那時香台上的香已經燒得很短了。莫愁給木蘭下了一個警告，木蘭就坐下來，口裏說：「天曉得，我還沒有把墨磨好呢！」

「那麼，你就用我的墨吧。」莫愁說。接著木蘭就趕緊在短時間內寫完了她的信。他們先讀立夫的信：

弟立夫頓首：

兄乘長風，破萬里浪，作海外之行，幸何似之！弟則如轅下之駒，發展無由，愧羨交併！今夏霪雨，不幸毀及敝舍，家母及弟，均寄寓府上。寒舍如經修復，可望收到租金，以做大學學費，此雖已屬萬幸，然吾兄前程萬里，以弟之愚，將來實難望後塵也。

莫愁說：「寫得很好！你是從側面去提醒他的。措辭簡練，簡直沒有一句廢話。」

接著他們就讀莫愁的信：

妹莫愁鞠躬：

接手書，知兄遲留在港，然兄此種舉動，是否合乎孟子所云：「行拂亂其所為？」果如此，則天必改變其觀感，而使兄負起重大使命。惟「拂亂」乃天所降，而立志全在乎己。堂上甚為兄擔憂，近來已漸羸弱。南天酷熱，諸望珍攝！

「這信寫得很好，並且很莊嚴。」立夫說。接著他們就讀木蘭的信。

妹木蘭鞠躬：

兄允抵葡萄牙後，須書見告，今竟如何？兄之所謂葡萄牙，或已變為香菌芽矣（所謂「香菌」，係香港兩字之雙關語），惟無論為葡萄牙，抑香菌芽，馴而至於豆芽，兄亦不能易牙（按易牙為古代名廚）。承兄惠贈象牙鈕，謝謝，惟兄對堂上，竟毫無所贈。連日下雨，氣候驟然轉冷。現妹等正研墨作書，如兄亦在此，欣快何似？

「這信寫得多麼動人！」立夫說，他們都笑了。

正在這時候，乳香進來了，手裏捧著一大束桂花，並且說，曼妮來了。曼妮因爲是熟客，所以跟著婢女進來，站在門口。

「木蘭，」曼妮喊著說，「你在做什麼？是在自得其樂嗎？」

木蘭一見曼妮，高興得奔向她，口裏說著：「你已好久沒來看我們了。」

「但你也不來看我。我現在帶一些桂花來送給你們，那是我們從花園裏採來的。其中有許多花已被大雨淋壞，甚至我帶來的那枝花也失了香氣。」

「你也許已經會過孔少爺，」木蘭對曼妮說，「他現在住在我們這裏，因為他的房屋被雨沖壞了。」

「當然，」曼妮回答說，「我甚至知道你們出去看過大水。」

「你怎麼知道的？」木蘭問。

「有人告訴我的。」

立夫站著，向曼妮深深地鞠了一個躬。

木蘭就想起那天有一群人，環繞著那溺死的女孩的母親，曾家的看門人也雜在人群裏面，而且和他們談過話。他當然會把這件事告訴曼妮，並且說他曾經看見姚小姐，且有一位男孩在她身邊。曼妮聽了這消息，就特地來看木蘭，並且要看看立夫。曼妮猜想那男孩一定就是立夫，因為新亞告訴過她，在給迪人送行的一天曾遇著立夫。

她們談論迪人和其他家務，不久曼妮就回家去了，對立夫留下了很好的印象，因此決定即刻採取行動。

當曼妮辭別之後，莫愁就微笑著對木蘭說：「你的好姊姊是特地來打探你的，她當然不是特地來給你送一枝桂花的。」

「我有什麼事可以給她打探呢？」木蘭問。

立夫看著她們，好像對她們所說的一點都不瞭解。

一天，立夫從自己家裏回到姚家來，報告一個好消息：「媽，你相信嗎，四川會館要替我們付那筆修理費，是門房老王親自告訴我的，他對我很客氣，並且把會館董事長寄來的那封信給我看。」

立夫母子倆對於這件事覺得很意外，並料想這一定是傅先生的好意。但是他們既然好久沒有寫信到天津給傅先生，他怎麼會知道他們缺少修理費呢？

幾天以後，傅先生竟親自來了，因爲他時常往來於京津之間，並時常探望姚思安。他看見立夫和他母親受了姚思安這樣優待，覺得非常高興，孔太太就把四川會館被毀的事告訴了傅先生說：「我猜想，一定又是你老人家想法子幫我們母子倆的忙。我真不知道怎樣來感謝你。」

「如果你要謝謝什麼人，你得謝謝姚先生。其實我沒做什麼，只不過寫了一封信。」於是傅先生就說出他們住在姚家的事他早已知道，因爲姚思安在他們搬進以後，立刻寫信告訴了他，不過姚思安說，他願意祕密捐助四川會館兩百元，作爲房屋的修理費，但他卻聲明這是無名氏捐的。

「我們受了姚先生許多恩，真不知道怎樣感謝他，」立夫的母親說。

「你不妨向姚先生說聲謝謝，我想他不會介意我把這個祕密說出來的。」

當立夫和他母親走去謝謝姚思安的時候，姚思安說，「嗄，這不是專爲你們捐助的，我很早就想替四川會館做一些事。你知道四川對於我是有恩惠的嗎？我鋪子裏的藥草，就有一半是你們貴省來的。」

這幾句話，使立夫和他母親釋懷了。這件事後來漸漸流傳出去，因此孔太太和她的兒子在那管門人和會館裏別人的心裏，地位更崇高了，而且對他們母子倆更加敬重，因爲他們是受著會館裏兩位有勢力的贊助人的保護。

中秋是一年中的大節之一，因此傅先生就被姚思安請去一同過節。那天晚上也是立夫住在姚府的最後一夜。姚思安照著中國人過節的習慣，買了一大筐大蟹來請客。

他提議在庭院裏吃晚飯，以便乘時賞月。但是珊姐說，天氣已經冷了，而且有些潮濕，蟹是帶「寒」性的，所以最好還是在屋子裏吃，同時，把窗簾揭開，也一樣可以賞月。接著他們就把熱酒拿出來，給各人斟上一杯，又在各人面前放一碟醋，混以醬油和薑末，目的是要抵消蟹的「寒」性。

再也沒有比吃蟹更受全家人歡迎的了，提起吃蟹，總是令人興奮不已。吃蟹的確是美食家的樂趣，因爲蟹帶著種特有的香味、形式和顏色。

在中秋時節，蟹已長得很肥美，今年雨水雖大，但沒有影響到蟹的出產。吃蟹之所以能引起興奮，大概是吃的方式和平常不同。平時吃東西都由傭人招呼，但吃蟹卻是要自己動手的。吃蟹的時候，往往使人覺得吃小的蟹片很有趣味，原因不在乎這裏面有多少東西可吃，而在乎吃的方式帶著一種趣味。有些人吃蟹非常快，有些人卻吃得很慢。有人喜歡吃蟹黃，有人卻喜歡吃蟹肉，但是也有人喜歡啃蟹腳。所以吃蟹如同玩紙牌一樣，可以測驗一個人的性情和脾氣，有人喜歡把蟹肉吃得很乾淨，但也有人喜歡狼吞虎嚥，不細細品嘗滋味。在吃完蟹之後，桌子總是一片狼藉，因爲蟹殼和蟹腳都高高地堆在上面。

大家坐定以後，僕人就端出一個直徑兩尺的大青盤，裏面盛著許多美麗可愛的紅蟹。大家看見了蟹，不覺都發出驚歎聲。傅先生和姚思安不約而同地捲起袖子來，傅先生還叫立夫也同樣捲起他的袖子。立夫就說：「我們的辦法比孔老夫子還好，因爲孔老夫子只有右面的一隻短袖子。」

「那是因爲孔老夫子僅僅寫字著書，」莫愁說，「如果孔老夫子也吃蟹，那麼，他會把兩隻袖子都剪短的。」

大家都笑了起來。於是傅先生就說：「那就證明孔老夫子是從不吃蟹的。」

「我可以證明孔老夫子吃過蟹。」木蘭說。

「你怎麼證明？」

「你們想想，孔老夫子既然時常吃薑，當然，他就有吃過蟹的極大嫌疑。」

「你是在胡說八道尋開心，」立夫說。

「等一下，我還沒有說完。《千字文》的開端，不是一句『天地玄黃』嗎？那『玄黃』兩個字就是指蟹黃和蟹膏。這可以證明自有天地以來，就有『玄黃』了。像孔老夫子這樣聰明的人，怎麼會不知道怎麼吃蟹？」

她一說完就引來哄堂大笑，而珊姐因為情不自禁，竟把蟹黃抹在臉上。

「那麼，爲什麼《論語》上不記載這件事？」莫愁這樣問。

「噢，那是因爲孔老夫子的門生不可能記下每一件事，或者記下來了，有一部分仍逃不過秦始皇『焚書』這一劫。我們在讀古書的時候，得運用我們的想像力。」木蘭說著又剔了一隻蟹腳，「我猜想，孔老夫子既然有過一件一隻袖子格外短的家居服，他的太太必然也得替他做一件吃蟹專用的衣服，可見他是一個多麼折磨人的丈夫！當聖人的妻子是何等的艱難呀。」

「正經點，我想考考你。」傅先生說，「你提到『玄黃』與蟹有關，這出自何典？」

木蘭立刻回答說：「《紅樓夢》裏有一首關於螃蟹的詩不是這麼說嗎？

眼前道路無經緯，
皮裏春秋空黑黃。」

「木蘭，你快些吃蟹吧，你話太多了。」她母親說。

人人都能看出木蘭的臉已微微發紅，話也比平常多起來。

「還早著呢。」她說，「花同樣的時間，我吃了兩隻蟹，妹妹只吃了一隻。」

「你不是在吃蟹，你吃蟹活像吃青菜豆腐。」莫愁說。

其實莫愁雖然連一隻蟹都還沒吃完，卻是吃蟹的老手。她把蟹的每一部分都吃得乾乾淨淨，盤子裏剩下來的，只是些薄得像玻璃和明殼的白色碎片。

現在女傭又端了一大盤熱氣騰騰的蟹進來，並清除桌上的蟹殼。「等一下，」莫愁說，「那些蟹腳還可以讓我啃個十五分鐘呢。」

「不要把蟹腳都吃完，讓僕人也可以吃一些。」姚思安說。

「嗄，我每一隻蟹都留下兩隻腳。」珊姐說。

現在，木蘭很認真的吃起蟹來。

她喝了一杯酒，接著又喝了一杯，而且又變得多話起來。當她要求喝第三杯的時候，姚先生說話了：「今晚你可真亢奮啊！最好不要再喝了。」

「我覺得還好。」木蘭回答，便喝下了第三杯。她固然有相當的酒量，但也已到了半醉的歡快狀態了，說的盡是輕浮、愚癡，有時又頗聰明的話。她說：「蟹真是一種奇特的動物，一種奇特的動物！」

立夫和木蘭舉起杯子，互相敬了一杯。幸福和憂愁是如此近似，愉快和痛苦也是，因此，那天晚上的木蘭究竟是快樂或悲傷，沒有人知道。

不久，大家就離席，以野菊花葉和水來洗手，同時桌子收拾乾淨以後，又把稀飯、鹹蛋和醬菜等端上來。

晚飯快要吃完的時候，傅先生說：「現在的學校不教學生作舊詩，實在很可惜，否則此時一面吃飯，一面作詩，豈非一大樂事？」

「我有一個提議，」珊姐說，「讓我們來『折桂傳杯』。前天曼妮送了我們一些桂花。」

「折桂傳杯」的玩法是，取一枝桂花，繞著桌子依序傳遞，同時叫人敲著小鼓，鼓聲一停，桂花在什麼人手裏，那人就得喝一杯酒，並講一個笑話或故事。

他們叫阿非敲鼓，開始玩了起來。第一次鼓聲停在傅先生手上，他須講一個故事。他說：「從前有一個小學教員，因為招不到學生，就決定改行行醫。他自修了幾部醫學書籍，就開始行醫，不幸卻醫死了第一個病人。病人的家屬打算告他草菅人命。結果因為他願意為死者辦理喪葬支付開銷，這件事才得擺平。可是他實在太窮，沒能力辦理喪事，只好自己動手，和他妻子、兒子一起，把屍體抬到墳地上去，然而，那死人非常重，約有兩百磅，以致扛到半路，醫生的老婆就要求休息一下。在起身把屍體再度扛起來以前，她歎了一口氣，對她丈夫說：『我的好人，下一次你出診的時候，千萬要揀一個瘦小一點的啊！』」

大家聽了，不覺哄堂大笑。遊戲繼續下去。

鼓聲第二次停止時，桂花落在木蘭手裏。她雖吃過了好幾顆橘子，還是那樣自覺聰明的多話。她開口說：「從前從前，有一個海龍王，指派一支螃蟹大軍去鎮守海門。那蟹將每天在海灘上操練蟹兵，我們大家都看得到數以千計的小蟹在沙地上演習。蛇精在海中發動叛變時，正巧蟹將生著病，龍王就指派蚌精去指揮部隊。於是蚌精浮出水面，面對海岸站在海中的岩石上，指揮蟹兵整隊。蟹兵都從地洞裏爬出來，排成隊伍，並且舉目『向右看齊』。整整齊齊的隊伍叫蚌精覺得驚奇萬分。接著蚌精下達命令：『齊步走！』可是，蟹兵並沒有向前直走入海，反而沿著海灘向右橫走。蚌精此時趕忙下令：『向後轉！』隊伍竟開步向左橫走。蚌精沒辦法，她不能使蟹兵向前走進海裏。於是她去請教螃蟹副隊長該怎麼辦。副隊長要求由他來指揮，然後便喊：『隊伍向左轉，前進！』乖乖！整隊蟹兵便這麼向前直接開進海中。蚌精大惑不解，請副隊長說明緣由，螃蟹副隊長乃回答說：『尊座，他們都是英國的留學生呀！』」

大家立刻會意而大笑，英文因爲橫向書寫，通稱蟹行文。

第三次，那枝桂花落在珊姐手裏，她說，「我沒有故事可講。」

「任何人都不可以推託，」大家喊起來，「只要說些使我們發笑的話就行了。」

「那麼，說個繞口令怎樣？」珊姐這樣提議。屋子裏的人都贊成。於是珊姐就說了一個連用近似字音，讀來讓人繞口結舌的繞口令：

有一隻大黑狗，碰到一隻壞黑鴨，
這隻大黑狗狂吠著那隻壞黑鴨，
那隻壞黑鴨怎啄著這隻大黑狗。

家裏的人，從紅玉、環兒到姚太太，甚至馮太太，都想把那個繞口令說得越快越好。結果只有小阿非和紅玉讀音正確過了關，而木蘭的母親，發音總是七顛八倒。

「你們瞧，」珊姐說，「竟是他們兩個小孩子過了關。」

那時候，踱來踱去的姚先生，停在窗前，並說：「看哪，雙層的月華！」

「我們都把月亮忘了，」珊姐說。他們全都抬起了頭，看見月亮的四周圍繞著一團發亮的白雲，同時，接近中心，則有兩個同心的光環。

「這是國之凶兆，」傅先生說，「改朝換代的時候，天文往往會出現異象。現在是一個不平靜的時代，未來不可逆料。」

「不平靜出自人心，」姚先生說著，引了一首眾所皆知的、某無名詩人題在山頂涼亭裏的壁間詩，他說：

天平地平，人心不平；
人心能平，天下太平。

大家繼續閒談了一會兒，就各自回房安歇了。

第十七章

那天晚上，木蘭已經喝得半醉，而且有些忘形，在這中間她覺得自己有一種個性是以前沒有察覺的。那天晚上，她多說多話，賣弄聰明，而且覺得興高采烈。當她躺在床上的時候，她覺得自己有了一種解放，這解放無疑地是由於她喝了一些酒。她第一次感覺到，她是單獨地生活在一個世界上，她又覺得宇宙之間有一個專屬她自己的世界。她覺得要說明這種感覺是非常困難的，但她又模糊地覺得在這新世界之中，有著立夫的存在。

在立夫和他母親搬回到自己家中之後不久的一個早晨，曾太太和曼妮就到姚府來拜望。那時莫愁正獨自一人在客廳裏插鮮花，一看見客人進來，就坐下來和她們談些家庭瑣事。小樂這孩子也和她們同來，莫愁看見了她，就說：她已改變了許多，而且比初到北京的時候文雅得多，雖然她還是一個心地單純的鄉下姑娘。

木蘭手裏握著一束鮮花，舉止文雅地從花園裏走進來。

「什麼風，這樣早把你們吹到這裏來啊？」木蘭看見她們的時候，就這樣高興地問著她們。

乳香跑出去對客人說：姚太太已經預備好，馬上出來見你們。那時曼妮微笑地對木蘭說：「妹妹，你不妨自便吧！今天我們不是來看你，是來望你家老太太的。」

木蘭聽了這話，覺得很奇怪，她不但看到曼妮在微笑，而且，也看到曾太太的嘴邊掛著微笑。「為什麼？難道你們要趕我走？那麼，莫愁呢？」她指著莫愁這樣問。

「是的，你們兩人都請自便，這件事和你們無關。」曼妮這樣回答。

「好，」莫愁說，「我們進去吧！」接著，她對她們說聲再見，拉了木蘭一同走開。

她們離開這個房間的時候，木蘭輕聲地對莫愁說：「她們在玩什麼花樣？」

「我可以和你打賭，那一定和你的喜事有關，」莫愁說，「你的婆婆是特地來要你的。」

當莫愁提到木蘭的婚事時，她覺得非常高興，雖然她不知道，她應當想些什麼。莫愁笑起來了，覺得很興奮，那是她平時所少有的。

「有什麼好玩的事，使你這樣好笑？」木蘭問。

「如果你現在不笑，要等到什麼時候才笑呢？」莫愁答。

但是木蘭覺得很茫然，她覺得她的命運已有幾分被決定了，她並且覺得，當她沒有下任何決心以前，她已經被推到某種命運前面。「也許這是和你的喜事有關的。」木蘭說。

「不，不，她們不要我。」莫愁很高興的說，「你且看，不久以後我可以得到一個新的姊夫呢。這門婚事是沒有問題的，一切都已停當了。」

「是嗎？」木蘭問。木蘭似乎在沉思，莫愁看到這情形，態度也突然嚴肅起來。

「這不是一個很好的對象嗎？」莫愁很興奮的說，「你要嫁到一個有錢而做官的人家去。我還知道新亞的面貌很俊美，脾氣也很溫柔，還希望些什麼呢？」

「妹妹，不要這樣說，如果你以爲他的面貌俊美，性情溫柔，那你嫁給他吧。」木蘭嘲笑似的說。

這是椿好婚姻嗎？根據一般社會標準，木蘭嫁給曾家，當然可以說嫁得很好。但這門婚事剛在木蘭感覺到自由的時候，向她提出。換句話說，正當她在立夫面前初次感覺到一種如癡如醉的甜蜜時提出。她沈浸在這種快樂裏，因此在立夫一家搬回去以後的幾天當中，她依然覺得她是生活在一個快樂的世界裏，並且幾乎忘記銀屏的婚事。她也忘記她已經因了舊時關係而配給曾家這件事——其實在這兩家的長輩方面，至少也默認木蘭要配給新亞。是的，新亞無疑是一個很好的伴侶，但是這件婚事使木蘭心中覺得煩惱。

木蘭初次對妹妹感到嫉妒。雖然沒有什麼事可以暗示立夫與莫愁的關係，但是木蘭心中有一種感覺，覺得莫愁遲早是要許配給立夫的。如果她能同莫愁易地而處，她將覺得何等高興呢！她斜睨著她的妹妹，說：「我不是時常告訴你，你要比我有福氣呢！」

「姊姊，我究竟怎樣比你更有福氣呢？」莫愁問。

「沒有什麼。」

莫愁發現她姊姊的回話有些奇特，就不再問她。

木蘭也相信一個人的婚姻是受命運支配的。因此當她母親同父親經過一度商量，並且得了他的同意之後，在晚飯前同木蘭在房裏談話的時候，木蘭不過微笑了一下，因此她母親就假定木蘭已經默許了。

那天晚上，木蘭睡不著。原來命運已經註定了，使她不得不然。她開始想到新亞——她記得，當她在運糧河的一條船上看見那孩子的時候，他曾經對她熱烈地笑過一次。命運之神已經把他們湊在一起了！而且當時的一切際遇，好像都是天作地配，使她無法逃避。她又想起新亞的面貌，覺得他這人是怎樣容易對付。對於這樣的男子，她可以不怕什麼。於是木蘭又想起他的母親怎樣客氣的待她；後來又想到曼妮的態度對她怎樣和善。但是過了一會兒，她又怨恨曼妮，因爲她干涉了她一生的大事。她又想到立夫，想到他所讀的學科和所愛的古蹟。在四、五天以前，當她和立夫舉杯對酌的時候，他們是何等快樂啊！當他聽見她訂婚的消息時，他又將怎麼想？他知不知道她在掛念他？當她想到這事的時候，總覺得臉頰發燙，好像酒性還沒有褪去。

當姊妹倆退回房裏的時候，莫愁就向木蘭重行道喜，並且開始說到訂婚的事，但木蘭僅僅微笑一下說：「如果這件事決定了，那就算是決定了吧！」莫愁聽了這話，好像覺得有些失望，並沒有說什麼。那天晚上，在半明半暗之中，木蘭看見她妹妹睡得非常舒暢，就以為她妹妹一定是一個幸運的女兒。

在以後幾天內，木蘭極力不去想念立夫，並竭力去想著目前的新局面和曾家的事情。在曾家，除了曾老爺以外，她是無須怕什麼人的。而且她是曾家的小媳婦，對於管家的責任當然很輕。但是在曾家裏還有素雲這個媳婦，不知將來妯娌之間的關係會如何！

在木蘭同新亞正式訂婚以前，他們必須交換彼此的八字。那時傅先生又到北平來了，木蘭的母親因為知道傅先生懂得命理，就特地徵求他對於她女兒婚事的意見。傅先生說，木蘭是「金」行，而新亞是「水」行，這就是「金生麗水」的意思，所以這件婚事是吉利的。接著傅先生就引一首詩來證明這件事。

山明石蘊玉，
江媚水藏珠。

人人覺得這首詩中聽，連木蘭也是，於是大家都來恭賀她。

人類是可以拿金、木、水、火、土五行來分類的。婚姻就是拿一種「行」同另一種「行」配合起來。有幾種「行」在配合以後，能夠互補；有的則相忌相剋，配合以後，雙方都會碰到不幸。一對同「行」的男女配合起來，是命理家所不贊成的，因為這樣的配合，只能增強丈夫或妻子方面的某一種傾向。如果把一個懦弱的水行妻子配給一個懦弱的丈夫，結果就會使事情變得更壞；如果把一個性急的火行丈夫配給一個性急的妻子，結果會使雙方產生破裂。一個性情很細膩，儀表很端麗，而且具有急智的人是屬於金行的。一個骨節很顯露，而且偏瘦的人是屬於木行的。一個豐滿的、懦弱的、帶點黏液性的、並且紋路向下的人是屬於水行的。一個頭腦發熱、脾氣急躁、眼波流動、性情輕佻而額角上斜的人是屬於火行的。一個穩健安靜、具有圓形而飽滿的輪廓和皮膚的，是屬於土行的。

在一種「行」之中，還有幾種小區別——無論是好或壞——正像木頭裏面有紋路的粗細和光毛之分。例如金和木是相剋的；同是一個骨節顯露、臉部很闊、而手指很粗的木行的人，也許是同一個柔軟的、細巧的、屬於金行的人相剋的。再簡單的說，一個粗糙而帶有獸性的丈夫，是要使一個神經過敏、形態秀美的妻子感覺痛苦的。

「那麼，莫愁怎麼樣呢？」那天下午，姚太太和傅先生在房裏清談，她把他所說的細細想通以後，再向他提出這樣的問題。

「莫愁是屬於土行的，」傅先生說，「莫愁是穩健、安詳、而身體飽滿的。這些都是最高貴最有福氣的特性。她有的是福相。她對於她丈夫是一種很大的福份，但是如果拿她配給新亞，那就不好了。土行固然是同水行配合，但結果是要造成一種柔軟、帶污泥的婚姻。」

「我的意思不是這樣，」姚太太說。

「那麼你指的是什麼呢？」傅先生問。

姚太太在傅先生的耳邊輕輕地說了一句話，他就哈哈笑了起來，眉宇之間顯示出一種得意的神情。在這時候，姚太太等傅先生的回答，確實等了半分鐘。

「好極了！好極了！」他說。

「你不要只說好極了，把實在情形告訴我。」

「好，」傅先生輕聲地說，「立夫是木行，並且是一個很好的木行。『土』能使『木』得到滋養，而『木』就因此繁盛起來。他是同檀香木一樣的堅硬，你是不能把他折碎的，但是他需要一個柔軟的人去調和他。他同莫愁的土行配起來，比較同木蘭的金行相配，倒覺得更好；但如果他同一個輕浮的、性急的妻子配合，結果是要使他爆烈起來的。」

木蘭和莫愁姊妹倆完全不知道關於上述的一段話，但那天晚上，姚太太卻把這段話告訴了她的丈夫，她丈夫說：「這當然是好的，一個立夫可以抵得上三個新亞和十個迪人。」

「那麼你看迪人怎麼樣？」姚太太問。

「他像一棵紋路很粗的樹，樹枝又是腐爛的，而且樹心已完全被蟲吃空了。對於這樣的樹，你有什麼辦法呢？把它當柴來燒，也覺得不好。」

「我不相信我們的兒子比別家的孩子壞，」那母親說，「當你聽他談話的時候，他似乎是那樣明智，而且很有道理。」

「正是這樣，」她丈夫說，「當你敲著一塊空木的時候，它會發出很響的聲音來。」

那時母親的腦筋起了一個小小的火星——銀屏——那是要把一個乾柴——迪人——很快的燒起來的。她告訴她丈夫，她的弟弟已經寫信給銀屏的嬸嬸，並已允許給那嬸嬸五十塊錢，如果她願意寫那一封銀屏所需要的證明信。但姚太太卻不曾告訴她的丈夫，她已請她的胞弟特爲這件事寫一封揑造信，目的是要在她兒子回來以前，趕緊把銀屏嫁出去。

在木蘭和莫愁到天津上學之前沒多久，銀屏忽然失踪了。在她失踪的前兩天早上，馮澤安故意把她嬸嬸寄來的信給她看，信裏的意思是請姚太太替她找一家相當的人家，就把她在北京嫁了出去。

現在銀屏既然得知她主母有意把她很快的嫁出去，所以她就想伺機而動了。她親筆寫了一封密信，寄到香港給迪人，可是沒有方法接到他的回信。因爲在家裏，她的信很容易被人截取了去，而且她也沒有可以信託的人。

當時她看了這封所謂她嬸嬸寄來的信，真是有些目瞪口呆了。她不動聲色地計算著日子，爲什麼這封信從杭州寄來會這樣快，因此就有些不相信起來。同時這封信，她嬸嬸自己既不懂書寫，也不會在信上具名，因此就越加懷疑，同時她又要求筆據爲憑證，而今，這封信卻是一個憑證。

所以到了晚上，大家都已入睡，她乘著夜晚的機會，溜到菜園裏去，一溜煙就向後門跑了。她這一走，帶了迪人的那條狗，一個皮包，和迪人給她的兩隻玉鐲，迪人告訴她，其中一隻玉鐲價值三四百元左右。第二天早飯後，錦兒跑來報告說，銀屏不在房間裏，她的床也沒有睡過的痕跡。直到十點鐘，他們才發現沿路有狗的足跡，一直到了洞開著的後門口。

銀屏住在北京已多年，全城的大街小巷，路途方向，她都相當熟悉。她雇了一輛人力車，先到了順治門內的西南，她料想這裏離姚家已相當的遠，人口又稠密，不致有人注意到她，所以就在近城的小旅館裏宿了一晚，可是最忌的是那條狗，很容易被人識破。次早，她餵了一塊肉給狗吃，便把牠繫在鐵床的腳上，先出去到珠寶店裏兌換一隻玉鐲。她服飾整齊，珠寶店討了一百五十元的價，使她很驚奇。她知道這玉鐲果真貴重值錢，所以她便跑到隔壁的一家，索價兩百元，果然賣了去。她手頭既有了這筆錢，她認爲有半年可以過了。當然這筆錢，她得好好兒的用；況且還留著另一隻玉鐲，即使不工作，也可過上一年半載，等到迪人回來。她心中有些惱了，她死心塌地的，只要迪人一回來，她就會使迪人和他的母親分手；她是一個婦人，而又深知迪人的弱點。

她裝作一個從上海來此的女人，開始尋找住處。稍微便宜的平民居所都是分租的，有時一個院子裏住好幾戶人家，銀屏因為要避人耳目，決意不租這樣的房子。最後她就選了一條冷落的街巷，只有一個小園子，裏面只住著一對孤單的夫妻，並沒有孩子。宅主男的是江蘇商人，這時剛在倒運的當口，女的是賣唱出身的歌伎。他們有一間東首的大房間出租。傢俱是破舊零落的，有一張木床，一個面盆架，一張麻將桌，現在當作家常用了，上面擺著一把舊銅壺和茶壺茶杯。房租按月四元，銀屏卻把它減到每月三元另六十個銅子。

銀屏因為說得一口上海話，那個女人對她特別客氣。這位華嫂子年事還輕，從前必是一個美人，可是如今卻滿口黑牙，銀屏望見她的床上放著一副煙具。銀屏後來漸漸得知，她和這個男子私奔出來，當時付了六百元給這歌伎的老鴇，就帶了一千元到北方來。於是男子的父母就不認其為子，不得已就在西牌樓市上，開著一家水果鋪子，這幾年來，他妻子就在一家較好的茶館裏賣唱，以便補貼家用。可是因為犯了煙癮，終於捉襟見肘，難以補償，現在他妻子連賣唱也不去了。室內東西凌亂不堪，但仍勉強雇著一個老媽子替他倆洗衣煮飯。

銀屏接洽妥當之後，就回到旅館裏去，付了錢攜了這條狗入新居，她告訴華嫂子說，她丈夫現正在南方旅行，這時不得回家，華嫂子就不再多問了。

平日裏，銀屏見她丈夫白日出去後，便有男客來看她。他們來是為了抽煙還是為別的事，銀屏不敢過問。一次，她看到她丈夫日落回家，老媽子告訴他，家裏有「客人」，於是他就又出去了。

過了幾天，華嫂子忽然問起，為什麼老是把這條狗拴著。到了後來，銀屏已經知道華嫂子已往的歷史，所以把自己的事告訴了她，華嫂子不禁感歎兩人的身世，也很同情她。銀屏既以為不如把實情告訴她來得方便，所以這婦人也認為給銀屏知道她是怎麼樣的人來得方便。她也叫銀屏躺在煙榻上來抽一筒，但是銀屏卻拒絕了。有一次正在這樣吞雲吐霧的時候，一個男子走了進來，銀屏想要走開，華嫂卻留她等一會兒。

一步又一步的，銀屏漸漸學會了婦人的媚術，不但如此，更重要的是做女子的人生哲學。「人世間沒有公道的，」華嫂子一天這樣說，「你看我好了，父母從小就把我賣了出去。還是盡量的享受吧，你既有了他，切不可輕易放過他。你主母真沒良心。她養著你，不過給你吃三頓飯。真同你所說。一條養了十年的狗，也不好意思隨意把牠打出去。你得聽我的勸，在他一回來，你就應當攏住他。我是此中老手，我懂得如何抓住男人的心。」

「如果你替我守著這祕密，」銀屏和她說，「他回來了，必然重重報答你。」

一天，銀屏被婦人說服，開始試吸鴉片。這婦人又把煙燈的趣味說給她聽，這小火頭是怎樣柔和動人，一口抽罷，便覺得滿室生香，使一個男人覺得極度的舒服適意。她說給銀屏聽：一個女子懶洋洋的躺在榻上和男人談笑，就越發增加嫵媚動人的光彩；或是在旁替他裝煙，燈光照映著她的面容，也能增添美感。不過銀屏只是吸著玩，而且還嚴防自己不致成癮。

事實上，銀屏真的覺得華嫂子是相當的成功，她很嫵媚動人，談鋒也很健。華嫂子幫她寫一封長信給迪人，告訴他一切的經過，他母親怎樣食言及怎樣辱罵她，以及她自己怎樣潔身自好，矢志守候，一心等他回來。

姚家自銀屏出逃後，宅內的使女一概推稱不知情。他們差羅大到翠霞那邊去問，問她知不知道這件事，豈料翠霞知道了，也十分驚訝。姚太太和她兄弟商議，他雖然認爲奇突，但她的嬸嬸方面並不認爲緊要，而姚太太當然以爲，如今這個婢女既然不在家裏，倒是一件快事。因爲銀屏是自己離開的，姚家就沒有多大責任。不過她說，這呆丫頭不識好歹，待她這樣好，她一點也不知道，現在去自討苦吃。「丫頭總是丫頭，」她這樣說。但是姚先生可不相信這事便算了結。大家都很奇怪，銀屏既已出去，她怎樣過活呢？而且出走的時候，她並沒有偷去任何珠寶古玩，因為她要偷也很容易，所以他們倒不疑有他。他們想，她帶了那條狗去，也容易被人識破，但也不積極的去追尋她。木蘭個人卻認為：銀屏帶了迪人的愛狗出走很浪漫，因為那似乎是表示忠貞的意思。

在這百忙之中，木蘭和新亞卻宣佈正式訂婚，兩家都向親友分送禮品，好不開心。立夫的母親當然也收著一份，母子兩人就同到姚太太跟前去道謝，並且按禮去拜望。特別是在她姊妹倆入校之前來探望她們一下。

木蘭直到自己訂了婚，立夫和他母親到她家裏來拜望時，才深深領略到立夫是她應當感懷的人物。當她和立夫的母親說了話以後，立夫母子便向她道賀。

「蘭妹，恭喜！」立夫跟著母親說，一面笑。

「謝謝你！立夫兄，」木蘭笑著說，可是這個笑，真有些像要悶死她的樣子。

她注視著立夫，直接了當地注視著他，當她叫聲「立夫兄」的時候，她的聲音裏含有一種畏縮的成分。她這一注視是勇敢的，在立夫如同無形的槍彈攻入了他的心窩，帶著一種非言語所能形容的消息——真摯的、柔軟的、專誠的。他從沒有一個這樣美麗的女子送給他這樣美麗豐滿的笑容。

木蘭因為立夫在此，便覺心花怒放，開心非常。她再度沉醉在愛情的迷藥裏，她是愉快而客氣，並比平常格外健談。

在那個時代之中，良家的女子最不喜歡人們說著她們的愛情，也不容許人們說長道短，因為這是一種汙點，攸關她們的名譽和品德。可是立夫離去之後，木蘭很稀奇的覺得半天的快樂已成過去，渴望著再有更多的快樂日子，她到學校之後，心中充滿著淒涼的情緒。在陰雨天氣裏，她想念著立夫；在晴天裏，她想到新亞。她想將之前迪人拍的一張照片帶到學校去，那裏面有立夫和她。照片裏，她半舉著手的速寫動態，露出憂愁的笑容。可是她沒有勇氣這麼做。

迪人在香港收到銀屏的信。他對母親恨極了，直接寄了百元給銀屏，這使華嫂子相信銀屏的話全是真的，就越加尊重她。他在信裏要求銀屏等他回來，但又叫她絕對不能將現在的住處洩露出去，切勿使家裏知道。他最初得知，便想立刻搭下班輪船回來，和母親清算過去，不過一想到自己的所做所為，不免有些怕起來。他父親一樣有對他盛怒的理由，正如他對他母親一樣。因此他就住了下去，進了一個學校。不過他正像在家時一樣的壞，他在北京的窰子裏還沒有逛夠，如今卻在香港把所有的錢都浪費了。不過他在玩女子的時候，並不想放棄銀屏，他知道他不日就要北返的。

同時迪人的父親已知道迪人的品行，並知道他的錢快要花光了，就直接寫信給船公司，申明要把船費退還，深怕這錢也落在他手中。

姚家的母舅現在已接得杭州方面的來信。這封信不是由銀屏的孀孀出面，而是由她叔叔出面，蓋有他的私章的。信中所示和去信所要求的大致相同，不過茶葉店的經理卻另外寫一封信說明：銀屏的叔叔所要求的不是五十元，而是一百元，這筆錢已如數照付。銀屏既已出逃，姚家舅舅當然不愁這個，只把這封信按下不提。他對於銀屏的家裏，也不關照銀屏出走的事。而迪人每次寫回來的信，對銀屏的失蹤，也佯作完全不知道，只等到了相當時候，由他母親來通知他。

第十八章

迪人想不到他的錢已快要用完了。這是怎麼一回事，他自己也不清楚。他雖記得曾借數百塊給兩個朋友，但他們已經逃之夭夭了。

十一月將終，他父親收到他要求寄錢的信，就回了他一封斷然要兒子回家，或是完全和家裏斷絕關係的信。

所以有一天，木蘭莫愁放了寒假回家之後，迪人就回來了。他的模樣大大改變了，看起來形容消瘦，面色蒼白，眼眶深陷，面頰顴骨突出，頭髮很長，蓄著一撮小鬍，戴了一副黑色眼鏡。而且在到家的時候，身邊只剩下一角三分。

迪人的母親悲喜交集，「我的兒啊，你不知吃了多少苦啊！在外面沒有人來照應你啊！所以我一向不主張這樣年紀輕輕就出門去。」她立刻吩咐做雞湯給他吃。等到雞湯端上來，珊姐對迪人說：「你可以喝了。這湯至少是三四隻雞煮成的。三天以前，我們叫人宰一隻雞，但那時你還沒有回來；我們每天都再宰一隻。所以這點雞汁是每天煮了又煮積下來的。倘然你喝了之後，眼睛不會亮一點的話，那些雞兒都是屈死的了。」

當迪人喝著雞湯的時候，全家的婦女、使女和僕役等都環立著。這時，他的父親進來了。迪人立刻站了起來，木蘭見她父親張大了眼睛，就猜想她父親會向迪人頭上亂打的；可是她父親歎了一口氣，便走了出去，整天不要見他。他連中飯也不回來吃，意思是要他們母女兒子過些太平的日子。等到吃了飯，錦兒遞給他一條熱手巾，他故意問她：「銀屏呢？怎麼不見她了？」

「我們不知道，少爺。一個晚上，她不見了，不見了，就如此不見了，」錦兒發著顫抖的聲音回答他，咬著牙根，沉默地看著她的小主和主母。

「你的狗和她一同不見的，」阿非說。

「所以還是這條狗來得忠心，」迪人很感歎似地說，更故意裝出氣憤的樣子。

「你在稱讚著狗呢，還是在罵人呢？」莫愁問。

「妹妹！你又怎麼了，」迪人答。「我不過問問而已。她既帶了這條狗去，那就好找了。你們有沒有去找過她？你們即使不為銀屏，也應當去尋尋我的狗。只要我一轉身，他們就被趕出去了。」

「兒啊！」母親說，「你錯了。沒有誰把他們趕出去。她自己逃出去的。」

「逃出去，必然有緣故的，」他堅持著說。

「是啊，」他母親說，「你出門不久，你舅父在七月底就回來了，他帶了銀屏孀孀的信來，要把她在北京嫁了出去……。」

「你們想法把她嫁出去沒有？」兒子追問著，「你答應過我的。」

「這是銀屏家裏的事。你不知道。你出門幾年，他們的女孩兒已到了成婚年紀，而她在此的年限又滿了，他們要把她嫁出去，我們怎好阻止呢？她孀孀有信來的。」

「是她叔叔來的信，」馮太太更正著說。平時馮太太不多開口，且是絕對順從她姑子的，因為她丈夫全都依靠著他們過活。姚太太看了看她，說：「她是對的。她孀孀在你舅父離開以前告訴他的，不過銀屏要求正式的信，所以她叔叔就寄了這封信來。」

「不是的，母親，這是她孀孀寄來的信，不是她叔叔的，」阿非說，因他曾聽到這封假造的書信，但不知後來又有了她叔叔的信。錦兒險些笑了出來，勉強的壓住了，至於他的姊妹因為不知道還有她叔叔寄信的事，都彼此望著發怔。迪人卻明白這裏邊是怎樣一回事。

「你這孩子，你知道些什麼？」他母親說，埋怨著阿非，「你倘然不相信，她叔叔的信還在這裏。在你那兒嗎？」她這樣向馮太太問。

「不在家，他放在店裏，」馮太太說。

「我可以叫他拿來給你瞧的，」他母親說，「不過過去的已經過去了。我們也不知道她逃到哪裏去。你也不必為這些事多費心機。」

「我相信，她就是死了，你們也不會管她的！」迪人說著，顯然比之前更有些怒意了。

「我兒呀，你真瘋了，」母親說，「她自己逃出去的，她就是餓死了，也是活該自作自受的。我們原想替她找一家好人家的。翠霞曾經提過一個很好的生意人。你母親並沒有錯啊！」

迪人勃然大怒了。他大聲喊著：「是你把她趕出去的，我知道的。是你把她嫁出去的。你答應我的，不是嗎？可是你食言了。」

他母親哭了，說：「我做母親的真是難做啊。」他絕對不以為可恥，但他的姊妹們卻替他慚愧，都跑到母親這邊來安慰著她。乳香絞了一把熱毛巾過來，木蘭就說：

「哥哥，我想這事可以結束了。你原想上英國去，如今你又不去了。你出門又好幾年，怎能把別人家的事也耽擱起來呢？她既然在此日期已滿，母親預備把她嫁出去，這於情於理，都一點不錯，現在你一回來，把母親弄哭了。你想這樣下去，家裏還有太平日子過嗎？」

「好，你們都是好的，家裏只有這個不肖子不好，」迪人叫著說，「如果你們不同我理論，我就可以出去，叫你們過些太平日子。」

母親含淚說：「就只為了一個丫頭，便鬧得闔家不安。我不知道你看上她什麼。等你長大，像我們這樣人家，就是替你找十個丫頭也不足奇。現在你也該倦了，可以去休息了吧！」

木蘭見她母親對迪人還是這樣和顏悅色，心中大爲氣憤。

如今家人安排好了晚餐，他父親坐下之後，滿面怒容。人人都有些吃驚，特別是馮太太和她女兒紅玉，因爲紅玉從不曾見過他老人家這樣一副可怕的臉。迪人的父親個子雖是矮矮的，卻有一個很大的頭顱，兩目炯炯有光，頭髮帶著美麗的灰色，當他現出怒容時，看起來越加可怕。迪人只靜靜的在吃飯，知道他老子快要向他發作了。在這中式的家庭中，他一個人穿了西裝，蓄著一些小髭，戴著墨鏡，看起來真有些不倫不類，直像一個從西洋進貢來的畸形怪物，哪裏還是一個兒子，哪裏還是一個中國人。他的姊妹們也在靜靜的進食，這霎時正是屏息靜氣，而空氣也越見緊張的當兒。珊姐想打破這沉悶的氣氛，就問迪人爲什麼比預定的日子遲到兩天，他就回答說，那是因爲路上難走的緣故。他父親聽了迪人的聲音，就瞪著眼睛發怒道：「你回來幹麼？」

「你叫我回來的，爸爸！」兒子回答說。

「你別發瘋！你還想我寄錢給你在南方濫嫖！你這個孽障！」

前幾月姚思安對他兒子的情形，是從「孽種」轉變到「孽障」。這是說罪的代價，妨害人生的絆腳石，是魔鬼設計之下無可逃避的陷阱；所以「魔障」云云，就是說「魔鬼的絆腳石」。

「他才剛回來，」母親幫著說，「你也該給他一點面子，至少不要在傭人跟前發作。」

「什麼？面子嗎？」父親跳起來了。「他還要面子嗎？他還是人？他出洋去學了點什麼？不過學了這些怪樣子，把眼鏡拿下來……給我！」

父親把眼鏡拿過來，用右手把它弄得粉碎，只剩了些彎曲的腳和一堆碎玻璃。他的手也被玻璃割傷了，流著血，但拒絕別人替他包紮。他用這流著血的手，把碗盞推在一邊，把椅子推開，就立了起來，足頓著地板，這時已沒有誰再敢吃東西了。他的面孔和血塗了一色，越見得可怕。阿非已經叫了起來，並且叫聲：「阿哥！」

姚思安說：「不許叫，這不是你哥哥，這是魔鬼的絆腳石！他可以做你的好榜樣！如果你長大了也是如此，那麼姚家就此完了。」木蘭坐在阿非旁邊，輕輕的叫他不要作聲，這時馮太太很害怕似的執了紅玉的手，叫她不要動。

這老人家很快的轉過去，對他的兒子說：「我不是要逼死你，也不要你報帳，我只要問你，怎麼在三個月裏用了一千二百元。我可不肯和你干休。你得自己打算將來做些什麼！」

迪人這時已站著聽話，馮太太也已離了座。迪人用懺悔似的聲音說：「父親，我知道錯了。我現在願意去讀書。」

「哼！讀書，」父親說，「你原有機會讀書的，可是現在不給你了。你知道你需要些什麼？最好不給你飯吃，你如果知道饑餓是怎麼難受的一回事，你便越加知道你是怎麼一個貨色。」莫愁想起孟子那句「餓其體膚」。她看著她母親，又看了迪人那副瘦削的面容，真好像沒有飯吃似的。

「把他關在我的書房裏，誰也不准給他吃的，叫他餓一整天。」

迪人覺得又驚又不敢抗拒。還是馮太太先開口說了：「姑丈，讓我說一句，我的甥兒自然有錯。是不是？不過飯已煮好了，以往的事，現在也不必去追究了。你看對麼？當然到英國去是談不到的，就是在這裏進大學也沒有意思。他過年就是二十歲了，應當學習點生意經，你看對麼？倘然你贊成我的話，就叫他上店裏去，學習店務，幫忙寫信，都是好的。」

珊姐也立起來說：「爸爸！飯要冷了。你應當吃一些。這些事，慢慢商量不遲。」

「我不餓，我還要吃什麼？」姚思安說，「明天把他關起來！」他說了，就走了出去。

孩子們開始吃飯了，婦女們把碗裏的飯吃了就放下。這餐飯吃得很淒寂。

「現在你可以改改了，哥哥，」莫愁說。「你很有上進的機會，至少你得振作著自己，使爸媽看了也高興些。如今父母年紀老了，你反叫他們擔心，也該覺得罪過。總之，你是兒子，這家就是你的。一個人生在世界上，必須在人面上有好面子。倘然你聽了舅舅的教訓，定心下來學習生意經，我們做姊妹的也覺得有面子。要不然的話，這事怎麼得了呢？」

「你老是說這些，」迪人埋怨似的說。

「假如你還是這樣下去，」木蘭說，「那麼我們一定要這樣說。」

珊姐喊錦兒再熱些飯和湯菜來給父親吃。當這些都弄好了的時候，珊姐就提議，為了要表明迪人能從此改過自新，表明他的孝思起見，迪人應當自己端去給他父親吃。可是迪人卻斷然拒絕了。末了，仍是木蘭和阿非過去，認為叫這小兒子去，定能使老人家容易息怒。他們倆走了過去，先從後面窗縫裏窺探一下，見父親正在抽水煙，一面看著報。木蘭和阿非托著盤子，一同進去。

他老人家一看，好不驚奇，他看見女兒和小兒子，他的心有些軟下來。

「你願意做乖兒子嗎？」父親問。

「是的，」小小的阿非回答說。

「你切不可學你哥哥的樣子，你應當做他所不做的；他所做的，你切不可做。」

「我會留心他的，爸爸，」木蘭說。

她看見她父親的鬚上帶著一點血跡，就叫阿非拿一塊熱手巾來替他拭去。

「明天你真的要把哥哥關起來嗎？」木蘭問。

「是的，這對他並沒有什麼不好，反而可以給他一點教訓。他應當知道饑餓是怎麼一回事。」

第二天，迪人被幽禁在他父親的書房裏，父親把鑰匙帶走了。不過到了下半天，他母親卻跑了過來，從間縫裏對她兒子說，她正在設法用帶子甩進幾個熱餅給他吃，並叫他吃了收拾乾淨，別叫他父親知道。

馮澤安是個道地的生意人。他在姚家具有獨特的地位；他是姚太太的兄弟，而且是姚家經營事業中實際上的經理。他很善良，方方的面孔，和他妹子一樣。他常戴一頂瓜皮帽子，上面有個紅頂子，手裏提著一桿一尺長的煙管，口上鑲著一塊玉。他的談吐是生意人的典型，滿口是『哈』、『好』之類的話，一句話前半句還靜靜的，到了必要的當口，就高聲叫囂起來。他有個特別本領，一到重要決斷關頭，聲音便高起來；在講買賣交易的時候，他會表示拒絕的樣子；一到交易快要成功的時候，便格外的誠摯客氣，知道這就是他所以要堅執而今可以通融或減價的理由。到了最後他就很爽捷給以允許，並做出極友好的姿態，好像在表示優待的意思，他心裏實在想買它的時候，他卻故意會說這東西不好，或是用方法拒絕它；當他自己要賣出去的時候，他會滿口的說這東西多好。他這樣熱烈的辯論，紅著臉，高聲的談論，這許多反覆的話頭，除了表示他對於你的討價不滿意之外，並無其他作用。當他忽然自己讓低一步的時候，就在你耳邊吹噓著，活像這其間有著極大的神祕，而也好像是他最親密的信任者。

他經營過相當大的商業，很覺得手，也很得他姊姊和姊夫的信任，因爲非有這種親戚關係，絕不能如此信任。姚思安因爲自已很精明，對於營業大致的方針，已經是胸有成竹，遇有重要問題，就隨時和他商議取決，至於普通瑣事，他就不願過問，概由馮澤安去處理。馮澤安每月的薪水真是微小得可笑——六十塊錢，不過年終花紅，可以拿到數千元之多，這是通常的辦法，和其他雇員一樣的。到了現在，他自己也時來運轉，居然家財與年俱增。

他的意思是，迪人很應當做生意，這不是因爲生意需要他，而是因爲要使他有個職業。更有一點好處，就是舅父可以時常和迪人密切的談說和勸導，這是他父親所不能的。但是這位舅父也明白，迪人對於生意經未必肯認真辦理。

因此到了第二天，馮澤安就走到姊夫的書室裏，那時迪人還是關著的。他對迪人說，他父親已允許把他帶到店裏去。迪人的任務並不難，只是視察店裏的夥計如何做事即可。所以迪人那天早晨出去，他的實在意義，還不止於釋放出獄而已，雙方已說定，他和馮澤安一樣在店裏用午飯。在店裏，馮澤安便取出銀屏叔叔寄來的信給他看，這上面有正式的簽名蓋章，由他保存在辦公室的抽屜裏。

中飯後，迪人藉口去探望一位同路回來的朋友，卻私下裏去看銀屏。他知道她的住址，等到他走近她的門牌，他的心跳加速，一間低濕的小屋，門是舊的，未經油漆。一個老太婆出來開門，這時他聽得他的狗受驚似地狂吠著，他知道牠是在這裏了。

「你是姚少爺麼？」老婦問。

他一進去覺得很奇怪，爲什麼銀屏不出來迎接他。這隻狗卻跳了過來，左右打旋，跳在他肩上立將起來。迪人因爲急於見銀屏，就把牠的腳放下來，這狗似乎懂得人事，就領了迪人向東首的房裏走去。房門還是關著，狗坐在門檻上吠著。女傭把迪人領到客堂裏去。一位年約三十許的瘦削中年婦人立在房門邊。迪人一見，便認爲她有一雙極美麗的眼睛，眉毛也生得很俊美。

「請進來，」那婦人很客氣地笑著，只可惜開口時她的牙齒是黑的。迪人走進了這間陳設極簡陋的客堂，可是仍不見銀屏出來。

「我姓姚，」他說。

「我知道的，你的少奶奶等了你幾天了。」說著。她便叫女傭去請銀屏出來。女傭回說銀屏身體有病，門裏上了鎖，她不肯開門。迪人忙想跑過去，可是這婦人笑了說：「她必然在生氣了。你不知道這三四天來，她日夜等候，望你回來。她甚至無心吃飯，還時常到門口去立著老等，她甚至於把這狗放出去尋你。」

「這倒奇了，」迪人說。他走到銀屏的房門口，敲著門叫道：「銀屏，這是怎麼了？我回來了！」

裏面仍然沒有回音。華嫂子也幫著叫道：「銀屏，開門吧！你的少爺來了，你怎麼不起來看看他呢！」

銀屏從裏面答道：「來看我做什麼？你回家去好了，忘了我吧！不論我死我活，都和你不相干。」

原來迪人給銀屏的信告訴她，可以早四天左右到京的。他遲到的原因，是因爲他到了天津，又過了最後一夜放浪自由的生活，也用完了最後的一點錢。在銀屏則塗脂抹粉，時刻在渴望著他回來。日子一天一天的過去，她等了又等，她怒了，以爲他有意把她疏遠了。華嫂子於是教她一個法子，叫她一聽迪人真個來到，便裝出不要見他的樣子，這時便讓華嫂子自己來應付他，並告訴他，她是在怎樣的想念著他，她對他多麼忠心，又因爲要使迪人死心塌地的服貼，而且也料到迪人非達到看見銀屏的目的不可，所以當時銀屏一聽得狗吠之聲，就把房門一關，立刻解去背心，躺在床上，然後再坐起來裝面孔。

迪人看見了華嫂子，埋怨著，而她只是笑嘻嘻的說：「這是你們相好的爭執。你還是賠了不是，因爲等了你四天了，你卻不來看她。」

「這真不公道極了。」迪人說。「銀屏，」他又叫著，「你聽我說啊！我是前天才回來的，因爲我被父親關了起來，所以脫不了身。一切我都可以解釋的。」銀屏聽了這話，心裏著實軟了下來，就下了床，拉去了門閂，讓迪人進來。他聽見了她的笑聲，見門開了，他連跳帶跑的走進去，擁抱了她，狗也跟了進去。

「現在可好了，好了，」華嫂子說著，走了開去。

迪人是讀過《紅樓夢》的，就真是學著寶玉，專吃銀屏唇上的胭脂。

「別急，先別急！」銀屏說著，把他推開了，努著嘴兒笑著。她喚女傭泡茶來，領他進了裏面的臥室。

迪人看見銀屏完全變了樣。她穿了一件白色的背心，紅色的襯衣，一排緊緊的銀扣子，下面是湖綠色的褲子，繡花緞鞋子。她的手又白又嫩，戴了一副珠耳環，眉毛畫得很整齊，和那中年婦人的一般。在兩耳旁邊的頭髮，垂了兩個髮結，綴得很精緻。

「把門關上吧，有些冷！」她說。

迪人看見她的被鋪半堆半疊的，問她：「你在睡麼？」

「是的，因爲身子不好。我幾乎等死了。」

她要把背心穿上去，可是迪人覺得這房裏太冷，有的不過是一個小火爐，便說：「你還是躲進被裏去，不然，怕要傷風。」

她坐在被窩裏，可是雪白的手臂和她穿的密排扣子的紅緊身都露出在外面，迪人坐在床沿上，只是細細的欣賞這種美；他也把他回家的一切經過告訴了她。

老媽子端茶進來，銀屏叫她在煤爐裏再加幾個煤球。老媽子走了出去，銀屏叫她把房門關上。

「這裏靠得住嗎？」他問。

「這裏是絕對靠得住的。誰也不能來管我們。」迪人開心極了，覺得他有這樣一位夫人，真是人生唯一樂事。「我們在這裏很自由，不比在你們家裏的時候那種樣子。」

「你看我現在怎樣？」她問。

「你妙極了，」他說。

她指著蹲在床邊的狗，對迪人說：「我把牠養著，和你在家時一樣的餵牠，我也把你的辮子保存著。我已經盡了我的責了，是不是？我要是不冒險逃了出來，到現在他們必然早已把我嫁了出去。」

迪人便說：「我自然也遵守著我的諾言。我要是不在往英國的路上返回，你就不是我的了。」

「謝謝你，」她說著，把他拉近了，吻他。他倒在她的懷裏，她撫著他的面頰說：「爲什麼你這麼好，你的母親這麼殘忍呢？我在你家裏，真比一條狗也不如，等到你一出家門，她開口閉口就罵我『小娼婦』。我因爲看著毫無希望，可是又不好當面對她說她已經食了前言。我不知道有多少個晚上從夢中哭醒，因爲我想，若等你回來，一定太遲了。翠霞在安排一個圈套，就把我像倒垃圾般的丟去了事，他們還以爲我不知道哩！家裏的人都瞞著我。我只想法子拖延，並且要求要等我嬸嬸正式有信來，因爲我不信他們的話。後來我嬸嬸的信來了，我就想我得跑出來，不然，準會落在他們的圈套裏，嫁給陌生人，我對於嬸嬸的信，也並不完全相信，因爲我計算日子，信不可能來得這麼快。」

「什麼？」迪人奇怪的叫著說，「究竟這是你嬸嬸的信，還是你叔叔的信？」

「他們拿一封信給我看，說是我嬸嬸寫來的。我又不認得字。所以我除了裝作相信的樣子以外，還有什麼辦法呢？這信我還留著。你把這包打開來，我拿給你看。」

迪人把放在床頭那邊的一個包包拿過來，銀屏就把信拿了出來。

「該死，」迪人怒著說。「我沒有想到我母親會做這樣的事！因為今天早晨我親眼看見你叔叔的來信。」銀屏從不曾知道有她叔叔的來信，這倒使她吃了一驚。

「好啊！這就是你親愛的母親設計陷害我的方法，」銀屏說。「這就是你離開之後，他們玩的花把戲。我猜得出來，但你也知道，一個丫頭在這種情形之下，除了裝聾作啞之外，還有什麼法子，只好聽由他們擺布了。」

「這事我倒要去問問我的舅父哩！」

「不好，問不得的。不然，他們會知道我在這裏。好在現在事情已經過去，我已經自由了。我只要有你在，我還在乎什麼？」

「一想到他們對你所做的事，我就生氣。」

她又撫著他，吻著他。

他們這樣整半天的坐著，冬天的日子又短，轉瞬將晚了。銀屏要留他吃晚飯，他卻回說不方便，因為他今天第一次進店去，他得先回去，以便和他舅父一同回家。

雖然如此，思想周密的華嫂子早已備好四碟小菜，有白斬雞、上海式的燻魚、鮑魚切片和寧波式的熱炒雞丁等，銀屏知道這些都是迪人所愛吃的。她們定要他坐下來喝一杯，燙熱的酒端了上來，三個人坐下賀著他這次回來，迪人開始喜歡華嫂子，也對她致意。他取出二十五塊錢交給銀屏，叫她去買一條新棉被、新被單，和房裏要用的東西。他又想給女僕五塊錢，但是銀屏說：「你別這樣浪費錢。給她一塊錢，她就很高興了。我們就像剛成家，一切能省則省。」她把老媽子叫進來，手裏拿著鈔票，對她像煞有其事的說：「這一塊錢是姚少爺賞給你的。快些謝了他，下次他來，你得好好服侍他。」老媽子手裏接過鈔票，鞠了半個躬，笑嘻嘻的說：「謝謝您。我老眼雖然有些昏花了，在街上還分得出富貴人家和窮苦人家的子弟。少奶奶說起你的時候，我想得到你是怎樣的相兒，現在我親眼看見了你，知道她說的都是真的了。少奶奶不知前世修了多大的福氣，今世才會碰到像你這樣的人。」

迪人出去的時候，知道不容易使這狗不跟著他。銀屏看著他走到門口，就輕輕的對迪人說：「下次你來的時候，應當帶點東西送給華嫂子。」他得意而愉快地走了出去，他覺得他已發現了新生命，竟有這樣一個神祕的去處，心中很是得意。

第十九章

姚木蘭這次和妹妹度過了短短的冬至假期，便又離家回到學校裏，直到新年放寒假才回來，那時是將近國曆二月光景。她倆對這短短幾天假期中在家裏的經過，一點也沒透露給任何同學知道，可是誰都知道了，每個女孩子要是有什麼快樂事，或是什麼意外奇遇，總是在學校外，而不會在學校裏的。

她們放了寒假，卻帶著一位同學錢素丹回來，這是她們的新朋友，她的家住在上海。這個女子的容顏是死灰色的，可是富於情感，易受刺激，而且出身於教會的家庭裏——因她母親是位基督教徒——可是她的國文科目成績卻是相當優異。木蘭方知素丹在家庭裏簡直是個反動的角色，她和她哥哥的思想見地完全相左，且不顧母親怎樣，決意進入國立學校去攻讀。她的書法很俊秀，讀過許多舊小說。她非常的敏捷機智，能和木蘭一樣的會唱京戲；她坐著時，會像男子一樣抖動雙膝。有時學生們因為沒有絲竹樂器，大家在宿舍裏低唱著調兒，素丹便會把手指拍著膝蓋骨，當作打冊板，同時在唱到停的時候，做出一種代替樂器的聲音。

木蘭因為受了她的薰陶，居然也跟她讀過了許多舊小說，又因為舊小說的字體版本太壞，使她的雙目不幸也受其害。後來幾年，木蘭的眼睛果然有些近視，可是她又不肯戴眼鏡。好在近視的程度還不算深，只要自己不說，別人倒也不甚知道，只是在向遠望的時候，她的眼睛便顯出一種奇特的神情，好似一種模糊不清的樣子。

素丹且曾把基督教的方法理論，不論好歹都灌輸給她，更是因爲受了基督教的影響，尤使素丹醉心「婚姻自由」之一途，這便是說，婚姻都由男子或女子完全自主。她認爲中國的舊思想，別的都還可將就，只是對於婦德觀念，婚姻問題，都不能苟同。從表面看，對於她，這是很矛盾的，但是事實則不然，因爲事實證明，素丹無論是生在上古時代，或是生長在今日現代化的中國，她總得要有論嫁娶的事情的。在各種西方思潮之中，她贊成的，或竟是信仰著自己的思想。

寒假既到，木蘭因知素丹不得南歸，勢必留校過年，所以就趁此寒假期間，邀素丹一同回北京老家。

姚迪人情形稍定，他的父親餘怒已息，姊妹倆知道了也很高興。迪人每天伴著舅父上店裏去，同時因爲在外表上他已獲得了職業，並且得了外出探視銀屏的自由，所以他對那封僞造信就不再追究了。他舅父對於他在下午出去「探望朋友」也不加禁止了，或是有時回來晚了一些，或是在晚上出去，照他告訴他母親的，是爲了他被人請去吃飯，或是上戲館，在這上面，他都已獲得充分的自由了。就是他舅父再也不會疑心到他還是和那個使女保持著祕密的關係。有時他也向舅父要錢，每次不過數十元，他舅父當然全不在意。

迪人並不傻。可是銀屏卻開始有金錢的要求了，她的理由是，倘不稍事積蓄，以防萬一，那麼這事一旦洩漏，給他父親知道了，她豈不是將瀕於絕境了麼？不過迪人以爲年關是結帳時節，他不願因此去驚動他的舅父，也不願意讓父親得知自己的花費。他想最好的辦法，還是等到過了新年，以免發生意外，至少在新年期中可以免去麻煩，在家裏過安穩快樂的日子。

迪人的艷福果然不淺。假使他沒有一個銀屏在手裏，他準會在前門一帶找到別的女人；假使銀屏住在他自己家裏，他也同樣的不得這樣的在外面自由逍遙。他喜的是不特把銀屏藏之金屋，同時發覺在他這次不來走動的時間中，她竟出落得格外美麗，風格獨標，服飾考究，且已是個成熟的婦人，對於男子怎樣應對周旋尤覺老練。

華嫂子和銀屏兩人，眼見得他住在這裏，多麼快樂適意，所以加倍使力服侍他，使他盡情滿意。他帶過來的那二十五元，因爲裝飾房間，沒多久就用完了；迪人後來覺得壁上懸的那幅畫太難看，第二天就把它拿了下來，換上一幀紅木鏡框的西洋裸女油畫。此外，新的鏡子、新的腳盆、新的椅子，只等迪人到此，便把他當作東家看待。這裏既沒有人罵他，也沒有人反對他，銀屏並且盡把他平日愛吃的做好了端上來給他吃，因此他越加覺得服貼舒適，真有此間樂不思蜀之慨了。那個老闆娘在說要把大房間讓給銀屏，自己願退讓到東邊的廂房去。迪人又答應替小房間出錢購備傢俱，只是說必得過了新年，才能實現這計劃。同時他再把到這裏來的時間，做很精密審慎的支配，使每週外宿的時間不過是一個晚上，這在家裏，當然是容易通過的。

木蘭姊妹倆因爲在冬至假期裏沒有遇見孔立夫而有些懊惱。這倒是一件意想不到的事。立夫和他的小妹妹原是常到姚家來的。姚思安因爲女兒不在家，時常覺得寂寞，立夫來了，便常常敍談，並且叫他下次再來。因此老翁青年之間，在不知不覺之中竟然產生一種忘年交，立夫因爲往常和傅先生談慣了的，所以對於政治文學等討論，不難和姚思安追隨商討。可是最稀奇的，卻是這位老者的思想，反比青年的立夫還要前進得多。

近來姚思安在浴室裏新裝了一個淋浴蓮蓬頭，以便在半夜練氣功和運動以後做沐浴之用。有時他也到北京飯店去吃大菜。他喜歡用英文字母拼華文，在那時尚沒有人想到過這事。他對於舊文學尤加嚴厲指摘。

立夫那時正熱愛讀駢四驪六的六朝文，但是姚思安卻認爲：這不過是一種雕琢裝飾的文字，雖富於詞藻，但是不實用的死文字而已。他說：「你應當去讀方苞、劉大櫆和桐城派的作品，和各大先哲的著述。」原來姚思安最愛的乃是道教中的莊子，而立夫一讀《莊子》之後，果然思想煥發，其後更使他在思想上排斥崇拜偶像的觀念。

在初時。他因年事尚輕，對於老莊之學不易有所深解，他只愛莊子雄偉的文體，想像的奇突，又如對莊子幽默的論調，懷疑論者的闡釋，幾疑天地宇宙之倒置，這些都使他迷戀忘返了。

然而姚思安的影響也是含有建設性的，說起了西方和西方的豐富學問，他老人家的眼睛便灼灼發亮。姚思安並不識得一個英文字，但是對於西方的事物卻知道得很多。對於科學，他有無窮的熱情。他所談論的是聲、光、化（化學）、電等科學，他還告誡立夫不要輕信歷史。他說：你要研究的，是事物的本體，而非二手的轉述。

道教和科學兩者，是姚思安所最熱忱擁護的，而且在他的腦中，此兩者之間幾乎是完全可以融會貫通的。這或者是當然的，因爲道教重自然，儒教則崇人道，側重人類間的關係，以及儒術歷史等。道教的大師若莊子，曾感於自然的可愛，歲月的無窮盡的推移，萬物的消長律，造物的繁複，無限度和極細小數的神祕。所謂宇宙，完全是瞬息萬變，在物物互相衝突的勢力之間形成相互對流的局面，循著一種超人的靜律的支配，在道家，這種的超人律是無聲無名，因爲無可名之，就名之爲「道」。在姚思安的意思是，西方的科學正在揭開這大自然的祕密，立夫是青年有爲，正不該把這探求新發現的好機會失之交臂。

「對於我們而言，」他這樣的對立夫說：「一個聲音，不過是一個聲音，一道光線，不過是一道光線。可是那些洋鬼子卻把它作爲一種科學，發明出留聲機、照相機、電話機，我聽說還有活動的電影，我卻沒有看見過。快學些新時代的新東西吧，陳腐的歷史科目不妨丟掉！」

姚思安這種崇尚新知的精神，實在比他的老友傅先生前進得多，在傅先生則必然有所不然。立夫對於姚思安這種青年的精神深表欽佩，這樣鼓勵他，實在比一位歐美留學生勸他還來得感觸深刻。

可是立夫志在研究文學。對於這一點，姚思安把林琴南的西洋小說名著譯本借給他，居然也多能影響他。林氏所譯的《福爾摩斯探案》一書，又使立夫讀了愛不釋手，而且因此激起立夫對於西洋文學的賞識。

林氏原是古閩一位舊式學者，不知英文，他所譯各書，乃是請一位從英國回來的留學生口頭講給他聽而寫成的。他最厲害之處，乃在於用文言譯述西方長篇小說。他的譯文瑰奇縱橫，充分的發揮小說所應有的各種規模，這也是他爲何得享盛名的原因。

林氏譯本有《撒克遜劫後英雄傳》者，立夫在書中發現了木蘭所做的鉛筆記號，還有一些關於芮白卡和羅文納兩位主角的旁注。這使立夫看得大爲起勁。因爲從這些札記上看起來，木蘭自然而然的是同情於芮白卡的，凡是遇到艾凡荷對於芮白卡的深情密意茫然不解的地方，木蘭寫的是「糊塗」，或是「糊塗，糊塗」等字樣。有一段說到芮白卡報告古堡受包圍，而受了傷的艾凡荷卻只關心戰局，完全不知道芮白卡爲他多麼著急，木蘭寫的是：「聰明一世，懵懂一時」。這些批註當然是以前所作的，立夫卻很想知道，究竟木蘭是什麼時候注的。

十二月二十八日，姚思安請了立夫、他母親、妹妹，一同來家吃飯，這天可巧也是曾家老祖母的壽辰。每年他們照例舉行家宴，而木蘭往常總是去祝壽的。今年可有些不同，因爲木蘭既經許給了曾家，當然不便去了。這天早晨，她便叫錦兒送一籃棗子和福建蜜橘給曾家老祖母祝壽；並且叮囑錦兒，若是問起她，就回說不來坐席了。

錦兒正在預備的時候，木蘭忽聽得迪人在房間裏呼喚著來媽。來媽是一個中年的女僕，從迪人回來以後，一直派她侍應料理的。從前迪人因有銀屏舒服體貼的在家服侍他，可是現在銀屏已不在此了，迪人對於來媽看得蠢笨討厭。受過訓練的少女來服侍是有趣的，倘由這樣的婦人來服侍，那便是淡而無味了。他和那粗魯的中年婦人的談鋒，也不如他從前和銀屏之健了。他還認爲她事事不好，動輒得咎，這或者是爲她實在不明就裏，而不能像銀屏那般的，事事迎合著他的心理，但也許因爲他實在討厭她。幸而木蘭姊妹從學校裏回來，還有一個客人素丹，使她服侍迪人的工夫減少了些。況時屆歲尾，每個傭僕都很忙碌。來媽這時正在廚房裏做新年餅，並且認爲少爺總會自己當心的。因此那天早上沒有去服侍迪人。

木蘭現在既聽得她哥哥呼喚來媽，便叫錦兒去看他。錦兒走了過去，只見他提著襯衫，拖著拖鞋。錦兒立在門邊對他說，來媽在忙著，問他要些什麼。

「不知道來媽把我的西裝扣子放在哪裏了，」迪人回答說。「你給我找一找，好麼？」

錦兒最討厭迪人嚕囌，總在設法逃避著他，這時不知所措，心裏既不願進房去，退出也不好意思。她答說，「我不知道放在哪裏。」

「看一看櫥抽屜裏，也許在那裏呢！」

錦兒進去翻了一下，卻找不著。她出了房去，一會兒又回來，對他說來媽沒有拿過扣子，也不知道在哪裏。迪人穿了襪子，對錦兒說：「你去找找，總是在房裏的。」錦兒就向別處去找。她聽得迪人在罵「飯桶姨娘」。爲什麼不把襪上的破洞補綴好，就給他穿。錦兒於是朝地板上尋找，以爲或許是掉在地上。迪人這時看了她，見她穿了一件淡藍色的馬甲，一叢烏黑的頭髮。她的身材比銀屏來得苗條，他直看得出了神，樂不可支。她站了起來，他又見她面頰紅潤，他就說，「不要緊，我今天穿中裝吧！」

「這都是因爲你硬要穿西裝，才有這許多麻煩的。」錦兒說。

「銀屏在這裡的話，就不會有這些麻煩的，」迪人說，「爲什麼他們派這種笨女人來服侍我。假如你來服侍我，或許還比銀屏好哩！」

「別胡說，我不是銀屏，」錦兒簡潔的回覆他。

「奇了，你們為什麼一起聯合了來反對我？就是妹妹們不在家的時候，你們也不肯來服侍我的，你和乳香都是這樣。」

「你何必問我？」錦兒回答說，她並不想和他多辯論，「到底要不要我找扣子？你妹妹有事要我出去，我沒有工夫。」

「我穿長衫吧！把櫥裏的東西拿給我。」

錦兒把櫥裏的長衫拿了出來，綢衫褲都遞給他，他這次又重新得領略一下，這樣一個美麗解事的丫頭在他屋子裏。錦兒把長衫輕輕的放在他床上，想要走了。迪人忽然把雙手伸出來，口裏喊著：「好妹妹，倘然你肯過來服侍我，我便和他們說去。」錦兒連忙把手縮了回來，說道，「放尊重些，誰是你的妹妹？」

他看她有些怒意，便面帶笑容的說：「我不過說來和你鬧著玩的，這有何妨呢？」

錦兒又生氣又不屑的說，「你是主子，我們是奴才，那有和你開玩笑的份兒。你是少爺，就應當有少爺的身分。切切不要妄想，以為一個女孩子把身子賣給你們家當丫頭，也就成了主子可以隨便蹂躪的東西。我既沒有銀屏的野心，也沒有她那樣能幹。她有什麼好結果呢？」她數說了這一番，便走了出去。

迪人給婢女數說了一番，心中不免氣憤，但也無可奈何。他穿上了長衫，急急上店裏去，因為這是年終結帳時節，父親必定在店裏。

木蘭問錦兒為什麼去了這麼久，錦兒回答說，「他沒了扣子，要我找，又說了許多不正經的話。你看他幾時說過正經話兒？」

「他說了些什麼？」木蘭問。

「他要我成爲銀屏第二，我叫他早些死了這念頭。」

「好呀！你這才是聰明哩！」木蘭答了她。

錦兒把禮物送了過去，回來說，曾太太囑咐木蘭務必要去坐席。「這像什麼呢？我不好意思去啊，」木蘭說。到了下午五點鐘光景，雪華來催木蘭走，並且說老祖母想念著她。木蘭還猶疑不決，因爲她雖和新亞已半年不見，但和他同坐，終不免有些靦覥似的，同時她和立夫不相見也有好幾個月了。她和母親商量了一番，他們的意思卻是要她去，不過去拜望一下老祖母，卻不必去坐席，她穿戴好了便和雪華一同去了。她到了那裏，便見新亞在老祖母的房裏，他們相見後都笑了，彼此問了好，可是新亞和木蘭一般的怕羞。曼妮卻匆匆的跑了進來，笑著說，「這次你得喚我一聲阿嫂了！你給新亞燒好菜吃，我們都可以沾光了。」新亞聽得難爲情，就跑出去了，他們都知道木蘭有些不好意思，所以都沒有強留她坐席。

木蘭很想回家吃飯，況且她也很想看一看立夫，同時與新亞同席也覺得不好意思。她回來的時候，聽見立夫的聲音，她知道新亞的聲音還要飽滿瞭亮好聽得多，可是立夫的聲音也使她覺得愛聽，竟有些壓制不住自己一般，他們兩人都叫她「蘭妹」，新亞說的是滿口標準的北京話，而立夫的口音卻聽得出帶些四川音，都是從他父親和在商會的四川同鄉那裏學來的，她甚至覺得這四川口音也是一樣的悅耳可聽。

傍晚了，木蘭的父親差人來說，他因爲很忙，所以就在店裏和馮舅舅一同進膳，不回家來吃飯了。於是迪人知道父親既不回家吃晚飯，也差了個人力車伕去通知，今晚回來須稍遲，他就趁這機會去看銀屏。那天的聚餐真是等於一個青年人的聚餐會，而立夫、素丹都是賓客。

迪人回來已很遲了，飯也吃過了，正在安排打麻將。現在莫愁麻將打得很好，木蘭則並不高明，因爲她太怕了。因爲很多人想玩，所以安排兩桌。這時人們知道立夫不會這個。木蘭說，她也無心玩這個，願和立夫同做賓客。到後來，姚太太、馮太太、孔太太和錦兒坐了一桌，另一桌是珊姐、莫愁、迪人和素丹。女主人再三邀姑娘們和她們打牌，因爲可以湊齊一桌，錦兒起初想坐在年輕人的一桌，她雖沒理由，卻在要求和珊姐對調。迪人卻輕輕止了她。

大家正在打麻將，木蘭和立夫同坐在室內，裝著和小兄弟阿非玩的樣子，她手上覺得老是沒勁兒，所以把小兄弟叫了過來，替他梳辮子。乳香把梳子送來，珊姐回過身來說：「這樣晚了，何必梳辮子呢？」

「你管自己吧，」木蘭笑嘻嘻的說。她把阿非的頭髮從當中分散開來，兩邊梳了兩條辮子，正像紅玉的一樣。立夫看她這樣做著，但是木蘭卻對他使眼色，意思叫他別作聲，乳香也是看見的，她卻不作聲；紅玉在旁立著看，要叫她母親來看，木蘭卻低聲的止了她。第一個見了她喊出來的乃是莫愁，「大家看！二姊在把阿非裝扮做小姑娘了。」木蘭一面有些惱，卻很快的打了辮結，把阿非和紅玉並排的立著，叫他們兩人同去看他們的母親，兩手握著他們，說，「看呀！他們像西方來的一對王母仙子！」大家都朝過來看，都笑了。

「我的木蘭常會想到這些玩意兒的，」她的母親和立夫的母親說。

「我並沒有想，」木蘭回說，「你們的手在動，我的手卻空著，我要把他的辮子重新梳理一下。我怎知道會梳成兩條辮子呢？」

「這是一種奇妙不過的念頭，」立夫的母親說，「他們真像一對雙生子，手攜手的。」

現在阿非攜著紅玉的手，說：「讓我們學西洋人吧，做兩夫妻。他們都是手攜手的走著。」可是紅玉很敏感，立刻把手縮了回去，跑到她母親那邊去了，回過來埋怨道：「阿非欺侮我。」

馮太太很快的說：「他只是在玩，並不是欺負你。你也不可以叫他阿非。應當叫他二哥。你現在漸漸長大了，應當學習規矩，你去玩，別來攪我們。」

「等到他們長大了，那時中國人的夫婦，一定也可以手攜手的在外面走了。」素丹說，「他們當然可以自由結婚的。」

阿非既被紅玉拒絕了，就跑到立著看麻將的立夫的小妹子那邊。他拉了她的手說，「我們來學外國人，我們挽了手臂走。」環兒是天生怕羞的，不過因為她是客人，所以不好意思拒絕，何況她也願意和阿非玩的，而這又是一個好機會。所以她被領到房間的一面，阿非拿起了一把掃帚當作外國人的「打狗棒」，母親們都看得笑起來，忽然的，她們聽得一陣子啜泣聲，卻是紅玉倚在她母親旁邊哭了起來。

「人家原是先叫你同他玩的，你又不肯，現在又為什麼哭了起來？」紅玉的母親對她說。

紅玉還不過是七歲的孩子，卻不聽母親的安慰，阿非的母親看了這情形，叫了阿非來對他說：「你應當也和表妹一同玩。」阿非這才知道為的是什麼，環兒已走開去，跑到她母親那邊去了。阿非果然跑到紅玉那邊來，要求和他做「外國人」，紅玉卻怒了說：「你玩你的，我哭我的，管你麼？」說時，一把手掙了開去，伏在她母親的膝上哭了。

「你不知道我這孩子的性情，」她母親道歉似地說，「她人雖小，脾氣倒很大的。」

阿非站了起來，不知所措。珊姐說：「阿非，你最好向你的表妹賠不是。」阿非就過去向紅玉道歉，叫她千萬不要生氣，但紅玉卻依舊說：「不要來睬我！」後來阿非就對她說：「妹妹，我願意終身和你在一起玩，以後我不再同別人玩，你想這樣夠了麼？」紅玉覺得滿意了，帶著眼淚站了起來，又微微的笑了。她又用食指在自己的臉畫了畫，對阿非說：「你應當自己害臊！你是一個男孩子，你的辮子倒梳得像女孩子一樣。」於是阿非就把辮線扯下來，又把辮子弄散了，紅玉就笑了起來。

當他們繼續打著牌的時候，木蘭就問立夫，他在讀什麼書，立夫就告訴她，他在讀一本《撒克遜劫後英雄傳》的翻譯小說。

「尊大人把這部小說借給我的，」立夫說，接著又道：「這本小說裏的鉛筆摘記是不是你寫的？」

木蘭思索了一下，想起她以前所記的摘記，覺得有些不好意思。但她卻把注意力移到林琴南翻譯的小說上去，而且加以討論。因爲林琴南是木蘭所欽佩的一個作家，而立夫對於林琴南的作品也非常喜愛，因此他們倆對於林琴南就引起一番熱烈的討論。

「爲什麼你對小說中的芮白卡表同情呢。」立夫問，「我倒喜歡羅文納呢！」

「那是很自然的。因爲讀者的同情往往寄託於一位在婚姻上很適配而結果倒是失敗的主角。一般的讀者之所以同情《紅樓夢》裏的黛玉，就是爲了這緣故。」

珊姐聽見他們在談論「婚姻」，就豎起耳朵留心的聽，並且說：「什麼事使你們兩人討論得這樣起勁？你們不妨講得響一些，讓我也能聽得見。」

「我知道，」莫愁說，「二姊是在談論《紅樓夢》，而且是同情黛玉的。」

「嗄，」迪人說，「我也知道。二妹喜歡黛玉，而三妹卻喜歡寶釵。」

「你喜歡誰呢？」素丹問。

「我喜歡寶玉，」迪人說。

「你應該慚愧，你這個沒有男子氣概的少年！」莫愁說。她又問素丹：「你最喜歡誰？」

「我倒喜歡湘雲，」素丹說，「她是有些男性，而且態度豪放的。」

「好極了！」迪人感歎著說。

「那麼你最喜歡誰呢？」木蘭用低而柔和的聲音問立夫。立夫想了一會兒說：「不知道。黛玉哭得太多，而寶釵太能幹了。也許我最喜歡探春，因爲她是兼有黛玉之才和寶釵之德。但我不喜歡她對待她母親的方式。」

木蘭靜默的聽著立夫的話，並且從容的說：「世界上沒有一個人是完備的啊！」

木蘭接著又對珊姐說：「大姊，我知道你最喜歡誰。李紈，我說得對嗎？」

「在這部小說裏，每個人都喜歡和他自己相像的一個角色，」珊姐說，「如果我們這樣談下去，就沒有時間打牌了。」

當他們打完一圈牌以後，素丹贏了。迪人說他忙了一天，而且覺得有些頭痛，因此莫愁就提議停止打牌，大家加入談話。於是這一班青年就散了局，但是珊姐還要繼續打牌，就跑到另一張完全女眷的桌上去，錦兒馬上把自己的位置讓給她。

迪人開始埋怨天氣太熱，就吩咐使女拿一塊熱手巾來，一面把他的皮袍脫下來。他身上穿了一身棕色的綢衫褲。他母親看見他穿著那綢的短衫，就說：「當然你覺得太熱了，你回來以後，還不曾換過衣服呢，但你穿著這樣的衣服，不免要受寒呢，乳香，你去替少爺拿件夾衫來！」

迪人伸展著四肢，在座椅上蹺起了兩條腿。當乳香把他的夾衫帶來了，迪人就站起來穿上，但他沒有把領口的鈕扣和下沿最後一個鈕扣扣好。原來他從來不扣領口的鈕扣的！所以當他接連穿上了幾件短衫和長衫的時候，他領口的一連串鈕子都不會扣好，也許這就是他不修邊幅的形跡。莫愁是最不喜歡亂七八糟的，就對迪人說：「哥哥，你穿一件長衫，至少應當穿得像君子人的模樣，但你領口的鈕子既不扣好，而下襬的鈕子也不扣上。你看看立夫兄，他穿得怎麼樣。一個人若能把領口扣得好好的，豈不覺得更整齊一些嗎？」

「你所說的穿衣裳不像君子人，究竟是什麼意思？」迪人問著說，「爸爸的領口也是不扣好的！你知道一個人把鈕扣扣好了，頭頸是不自由的！」

「那麼，你袍子下襬的鈕扣怎麼樣呢？你有什麼理由可說？」

「下襬的鈕扣不鈕好，走起路來可以更自由一些。還有當銀屏在這裏的時候，我豈不是時常把鈕扣扣得很整齊的嗎？」他母親聽見他提起銀屏的名字，就仰起頭來，對他很注意的看了一下。

「我真佩服你有臉提起這名字，」莫愁說，「怎麼連你衣裳的鈕扣也要叫你的丫鬟來給你扣好！假使你能帶銀屏到英國去，替你時常扣鈕扣，我想你一定不會回來的。」

「不一定這樣！」迪人說。

莫愁因爲迪人這樣說，覺得很惱怒，就繼續說：「當你穿西裝的時候，你也時常不扣你背心的最後一顆鈕子，這豈不是也爲了使你走路覺得舒服嗎？」

迪人聽了這話，不覺很狡猾的，同時又帶著發怒的樣子笑起來。

「妹妹，」他很傲慢的說，「請你不要談論你所不知道的事情。穿西裝也是有派頭的。不把背心最後一顆鈕子扣好，那是派頭的一種，他們稱它爲劍橋派。如果你把背心最後一顆鈕子扣好，別人就要譏笑你。」

迪人是勝利了，莫愁卻暫時的語塞。但是她立刻振作精神來反攻他說：「嘎，你沒有到過劍橋，但你卻學會了劍橋的派頭。但我猜想，劍橋學者的派頭，絕不是單單在乎不扣好最後一顆鈕子的。」

迪人覺得他妹妹的話裏帶著諷刺。木蘭覺得不好意思，想把語氣弄得緩和一些，就對他們說：「我不相信英國的君子人都不把背心最後一個鈕子扣好。也許不把鈕子扣好是和一個人的胃有關係的。」木蘭說這句話是帶著一種開玩笑的意味的，但迪人倒鄭重其事的回答說：「妹妹，也許你說得對的。也許一個人在吃了中餐以後，應該把這顆鈕子寬著不扣好；但在吃中飯以前是應當把它扣好的。對於這問題，我想研究一下。」

此時莫愁就不顧情面的說：「你既然沒有到過英國，怎麼學會了這種派頭？」

「那是我從東交民巷的一個裁縫那裏學來的，」迪人說。

立夫正舉起杯來喝一口茶，聽見這句話，不覺笑出聲來，無意間把茶嗆入氣管裏去，以致把嘴裏的一口茶完全噴在地板上，木蘭和莫愁也同時笑起來。迪人覺得難爲情，但他卻知道怎樣替自己辯護，就很詼諧的回答說：「你們豈不記得當我辭別的那天晚上，父親對我說的兩句話嗎？他說：

世事洞明皆學問，
人情練達即文章。

你們必須有一種遠觀，不要拿讀書當學者唯一的方式。」

「好好，」莫愁說，「你這句話比你對《孟子》的解釋更說得有道理。」

立夫對莫愁那種尖酸帶刺的辯才，印象十分深刻，這使他想起三國時代一位叫作陳琳的學者。陳琳在痛罵政敵的時候雄辯滔滔，據說他的政敵在讀了他的討檄文以後，頭痛即不藥而癒。因此立夫就說：「現在迪人的頭痛應當治好了。」

「你這話有什麼意思？」木蘭問。

「你的妹妹像一位小陳琳。」

莫愁覺得非常得意，就說：「不，迪人的頭痛應該會更糟！」但是這一番話，迪人聽了全然無動於衷。

莫愁看見立夫的袍子被吐出來的茶水濕了一大塊，就趕快去拿一塊乾毛巾來交給他。立夫就把毛巾接過來，謝謝她。莫愁本來想親自替他揩的，但又不敢，所以沒有實行。

正在這時候，他們的父親和舅父都回來了，他們看見每個人都嬉笑詼諧，又看見立夫的袍子濕了一大塊，於是父親就問，他們在做什麼。

「我們在談論學者的派頭，但是立夫兄笑得太起勁，就把一口茶嗆進了氣管。」木蘭說。

「難道學者的派頭這樣有趣味嗎？」他們的父親問，他覺得很高興。

之後，在素丹模仿一段牧師講道的腔調逗得大家哈哈大笑之後，這晚的聚會就結束了。

第二十章

在新年裏，少年人和老年人之間，彼此有一種拜年的習慣。這個時節，對於木蘭倒覺得有些不好意思，所以木蘭和她的家屬在曾家逗留得並不長久，但是曾太太和曼妮及桂姑等卻到姚家來同木蘭和她家裏人做一番長談。同時曾家的兩弟兄也到姚家來給姚思安和姚太太拜年，木蘭卻把自己藏起來，不肯出來見他們，因此就被她的姊妹們所取笑。

年假結束以後，木蘭就帶著一顆沉重的心回到學校裏去。她們的母親抱怨著說，當這姊妹倆離開這屋子以後，家裏覺得很冷清，而且阿非這孩子除了和紅玉在一起逗著玩，就沒有別人同他玩了。不過她們的父親卻反對轉學，尤其是因為傅太太對於這兩個女孩子特別照顧。因了這緣故，木蘭和她的妹妹在一九〇八年夏天以前，仍舊在這所學校就讀。到了那年夏天，莫愁不幸生起病來，不得不回家休養，同時木蘭也回到家裏去陪著她。在這時候，曾家的人正在談論新亞的婚事，因此木蘭就放棄她的學業，開始為婚姻做起準備來。

當她們姊妹倆在學校裏的時候，她們常常在假期、暑假和年假時回到家裏來省親。所以在學校裏的時候，木蘭已經感受到別離的滋味。立夫這孩子從沒有公開地向木蘭或莫愁表示愛意，他們之間也不像現代少男少女那樣地自由走動。她們從來沒有和立夫通過信，當然木蘭也從沒有同新亞通過信，或從新亞方面接到什麼信。那時的風氣還未開，所以木蘭的父母把她配給新亞，她從來不懷疑，她抱著鎮靜的態度去接受她的命運。

但是當春天來臨時，她就熱烈地渴望要同立夫見面，和立夫談話，並且要聽見他的聲音。每當花前月下，或臨窗讀書，或薄暮時在校園裏散步，她的芳心裏總不能脫離立夫的形影，因此素丹同莫愁常看見她獨自坐在花叢裏的一塊石上，手裏捧著書，眼睛望著天空。但是她心裏的衷曲，不能告訴她的妹妹，並且因爲有她妹妹在一起，也就不能告訴素丹。至於素丹這孩子，因爲多少不受她家庭的管束，所以有時竟唱起相思曲來——一種歌女們所唱的下流曲子。這些小曲所包含的情調，雖然很真摯，但措辭卻很通俗，有時且近於誨淫。莫愁當然不贊成她在她們的房間裏唱這種愛情小調，同時木蘭也因爲這些小曲能引起不良的聯想，所以也不贊成素丹唱這種歌曲。但木蘭卻開始愛讀宋朝的抒情詩詞。木蘭因爲年紀太輕，對於蘇東坡的詩的欣賞，倒不如對於辛稼軒等詩人的作品更加愛好，她熟讀宋朝女詩人李清照的詩詞。如她所填的一首有名的詞《聲聲慢》，開始就是七個疊韻，是非常難得的，那詞句滴落在她心上，如同雨點滴落在梧桐葉上一般：

聲聲慢

尋尋覓覓，冷冷清清，悽悽慘慘戚戚！乍暖還寒時候，最難將息。三杯兩盞淡酒，怎敵他晚來風急？雁過也，正傷心，卻是舊時相識！

滿地黃花堆積；憔悴損，如今有誰堪摘？守著窗兒，獨自怎生得黑！梧桐更兼細雨，到黃昏，點點滴滴，這次第，怎一箇愁字了得？

在夏天的時候，木蘭姊妹倆覺得她們的家庭裏有一種表面上的安寧。不過在這時候，迪人有好幾夜回來得很遲，因此他們的母親老是坐著等他回來。據迪人說，他是由朋友請去吃晚飯或看戲，他似乎有許多朋友願意幫他在他母親面前造成這種印象。當他在半夜二點鐘回來的時候，他發現他母親還在房裏獨自坐著，點著燈，因爲她不放心迪人對於丫鬟的態度。在這時候，迪人看見這種情形，心中常常覺得很煩惱。當迪人回來的時候，他母親往往從房裏出來，手裏持著一盞燈，在全家熟睡的當兒，走過一條黑暗的走廊和天井，來迎接她的兒子，看看她兒子是否平安回家。她希望這樣誠懇的態度，或者能感動她兒子的心使他回到正路上來。迪人當然是受感動的，同時也覺得煩惱，就懇求他母親不要老是坐著等他回來。

「請您不要這樣等我，」他懇求她說，「也許您會在黑暗的天井裏絆一跤的。」

但他母親不願意聽他的話。當銀屏知道迪人的母親每天等他回去，她就故意在自己房裏把迪人留得越久越好。她以爲這是她折磨她的舊主母的一種方法。

當迪人在晚上稍微早一些回家的時候，他往往看見他的妹妹也在等候他。而且比較起來，莫愁陪著她母親守夜比木蘭更多。因爲莫愁能夠在必要的時候警醒著不睡，但是木蘭的眼睛容易發倦，她往往是最先去睡的。到了第二天早晨，當母親起得很遲的時候，莫愁卻照她平常的時候起床。

母親相信迪人晚上是在外賭博，雖然她沒說出口。至於父親的態度則難以言喻，他顯然不想管他。或者是在回憶他年輕時期的事情或者他是聽天由命，他以爲兒子是像一般青年那樣，在許多愚笨事情上放縱情慾，但是因爲他已經停止學業進了商店做生意，所以這種娛樂是每個商人生活的一部分。但是他卻不知道，迪人已從店鋪裏調用了幾千塊錢，但這件事他母親是知道的。

就在過了清明節不久，迪人向他舅父要兩千元，說是去付一筆賭債。他舅父覺得他近來離店的時間越來越長了，所以不願意對這筆借款負責任。迪人又請求他不要讓他父親知道，舅父就對他說，假使他把這件事讓他母親知道，那是可以的。於是迪人就拿到了一筆款子，同時他母親和舅父則設法在他父親面前保守祕密。舅父卸了自己的責任以後，對於迪人的行爲就不再關心，並且還對迪人討好，說他是一家的長子，同時他對於外甥常不在店裏也不介意。從此以後，迪人因爲已做出了一種先例，向店裏調用的款子也越來越多了，有時一調就是數百元。

他所挪用的幾千塊錢，是拿去給銀屏買首飾和衣裳的，因此銀屏的穿著，同任何富家太太一樣講究。現在她已經搬到她所住的那間屋子的一個大房間裏去，而屋子的女主人則搬到東廂房去住。迪人對於銀屏的結拜姊妹——女主人——也很慷慨。那女主人的丈夫覺得他們現在的境遇比從前好得多了，就不願意再到水果雜貨店裏做事，但是他的妻子卻勸他保守舊有的職業，對他說，這樣是比較可靠的，而且有職業總比沒有職業好。那時候，這女主人就停止接待別的客人，而專門對迪人獻媚，因爲迪人覺得她是一個多才而又輕佻的女子，又善於唱歌和講述有趣的故事。

銀屏曾經告訴華嫂子，說是如果這間屋子裏再有許多客人來，就要引起迪人的反對，並且勸華嫂子，別再做這種事。那女主人就很詼諧的回答她說，如果她這樣辦，她將得到什麼報酬呢？並且她這樣的幫助銀屏做成好事，將得到銀屏的什麼賞賜呢？

「我可以叫他每月給你一些錢，否則我自己可以給你一些。」銀屏這樣說。

「我不願意無功受祿，」華嫂子回答說，「我做些事情，一方面是爲錢，一方面也是爲快樂。如果我一天到晚獨自坐在房裏，而僅僅在晚上看見我的男人，這總不是生意經。我要把我們的計劃告訴你。」她在銀屏的耳裏輕輕的說了一些話。

「我知道這樣可以使他更高興。我很懂得男人的心理。如果他厭惡你，另外同別的女人要好，你將怎樣呢？但是我可以對你說，我們兩人是結拜姊妹，那麼我們兩人姘一個男人，比他去同別的女人要好強得多。」

在銀屏的心裏，她想把迪人牢牢抓住，並使他離開他的母親，所以她覺得這種方法是她的另一種武器。而另一方面，她想到這樣的辦法是可以令那女主人放棄其他客人的一種公道代價。銀屏也知道自己正值青春，所以有一天當迪人輕輕地半認真、半玩耍的和她說話時，他竟發現她已準備一切，願意接受他的要求，因此他大喜過望，並讚美她的慷慨，而且深信她願意做任何事來取悅他。

因此這兩個結拜姊妹一起看緊迪人，並時常討他的歡喜。當迪人有一禮拜以上不來的時候，她們兩人就要責罰他，說是他同別的女人發生關係，而負了她們，但是迪人卻竭力否認，說是他很忠於她們倆。

一天，姚家全家的人覺得很稀奇，因爲迪人的狗突然出現在他們家門口。原來迪人在他店裏做事的時候，這條狗就到了姚家的門口，被羅大認出來。他就很驚慌地跑進去報告女主人。

事情是這樣的。在兩個晚上之前，迪人從銀屏的屋子裏出來時，坐著一輛人力車，那條狗就跟在後面，但迪人卻沒發覺。到了半路上，迪人發現了這條狗，就從車子上跳下來，把牠帶回銀屏家裏。但是當他第二次坐上人力車的時候，他看見這條狗還是跟著他，而狗的帶子卻在地上拖著。那時已經很晚，因此迪人不能再把牠送回去。最後，他在沒有辦法之下，就從車上下來，走進一家茶鋪，再從後門跑出去，目的是要避開那條狗。第二天下午，他再到銀屏家裏去查問，知道那條狗沒有回去，已經失了蹤。而現在這狗已回到牠舊主人的家裏，而且似乎非常飢餓的樣子。

那條狗離開老家差不多已有一年，現在忽然回來，自然引起家裏人的許多疑問。同時他們就提起關於銀屏的問題，她究竟在什麼地方？在北京嗎？她究竟遇到了什麼？那條狗跑進牠自己住過的房間裏去，並且用鼻子嗅著。牠發現那房間裏的氣味已完全不同，牠就蹲下去，很安靜地伏在地板上，斜睇著屋子裏的人，似乎在想以前住過的人，並且似乎在奇怪房裏已經有了改變。

當一家的人都走攏來看著牠的時候，牠就站起來，用鼻子嗅嗅牠的女主人，木蘭姊妹倆，以及阿非，嗅過以後，依舊伏下去躺著，似乎表示失望的樣子。她們就吩咐來媽把一些廚房裏剩下來的東西給牠吃，那狗在吃以前，先用鼻子嗅了一下，似乎在表示懷疑。

「也許銀屏碰到了什麼意外，以致那條狗沒人照應，就到處跑來跑去。」珊姐說。

姚太太默默地看著那條狗，好像覺得這條狗一來，把一種厄運也帶到家裏來了。「那個小婊子一定住得不遠，」她終於這樣說。

「那很難說，」木蘭說，她一面想緩和她母親的恐懼，一面卻也懷疑。「那條狗一定是失了牠的主人，也許銀屏已離開北京，不能把牠帶去，所以把牠拋棄了。」

當迪人回來的時候，家裏的人就注意他對於這條狗的回來究竟採取什麼態度，但他到了門口的時候，羅同已經把這件事告訴了他，所以當他一進來看見了那條狗，他就假裝驚奇。但是那條狗卻非常高興，向他站立起來，並搖著牠的尾巴。

「這可以證明銀屏依舊在北京，」迪人說，「你們為什麼不去找找？也許她要餓死了，也說不定。」

「如果這樣，」他母親厲聲的說，「那是她自討苦吃。在春天的時候，狗的性情是要出去追求別的狗，雌狗總是雌狗，你還運氣，狗不會說話，也不懂得人的話，否則我一定要問牠幾個問題。」

但是，從此那條狗的厄運就開始了。起先，他們叫來媽去照顧那條狗，後來沒有人去照顧牠，牠就偷偷的在廚房裏覓食。迪人白天不在家裏，並且也沒有時間和心思去照顧牠。有時牠在街上蕩了半天，在無人能夠看見牠的時候回來了。牠是一條獵狗，所以時常在雞棚裏追逐雞鴨，在菜園裏引起嘈雜的聲音，後來給女傭看見了，就用腳去踢牠，或用木棍去打牠。到了夏天，那狗懷了孕，並且生了一窩四隻雜種的小狗。小狗比較像牠們的母親，而不像那不知名的中國父親。迪人拿了一隻小狗去，說是要送給他的一個朋友，但他卻把牠帶到銀屏的家裏去。

「你爲什麼把這個孽種帶到這裏來？」銀屏這樣問。

「你知不知道，」迪人回答說，「外國女人喜歡玩小狗，而且願意出高價去買牠？你替我養著這條小狗吧。」

銀屏因爲迪人要這條小狗，就把牠養在家裏，一方面因爲能拋棄那條老狗，倒覺得很高興。

一天晚上，迪人喝得爛醉，在半夜裏回家。他這個樣子回家，還是第一次呢。他大聲的敲著門，並且在羅同給他開門以前，還大聲的叫著。羅同出來開門的時候，要扶著他進去，但他卻用手把他推開，而獨自搖搖擺擺地沿著東首走廊走過去，嘴裏咕嚕著，而羅同卻拿著燈陪著他走，那條狗正和牠的小狗睡在這條走廊裏。

「當心這裏有狗，」羅同說。

「哈哈，」迪人說，「我的父親說我是孽種，但是這裏睡著的才是孽種呢。」他就蹲下身去，和一隻小狗逗著玩，不料他的身體失了平衡，撲倒在走廊上。幾條小狗就尖聲的叫了起來，而那條母狗也很凶的狂吠起來，但是迪人卻很舒服的躺在地板上不願意起來，並且捉了一條小狗玩著，癡笑著，老狗看見這種情形，又叫了起來。於是迪人打著那小狗，口裏喊著：「孽種！孽種！」母狗就咬著迪人的衣袖，意思是叫他放了那小狗，迪人就把手裏的狗用力的向牆壁一擲，一面又轉過身子來趕掉那條母狗。當迪人用力去打母狗，意思是要叫牠放開他袖子的時候，牠就把迪人的手咬了一口，一面去救護那受傷的小狗。這一切事情都是突然發生的，使羅同來不及去幫助迪人。迪人被咬以後，因爲受了刺痛，就在地上滾動，一方面罵著僕人，問他吃誰的飯。別的幾隻小狗都跳來跳去，同時也叫著使嘈雜的聲音更加厲害。於是迪人的母親和父親就從不同的房間裏趕到走廊裏來。

「我的兒，我的兒，你碰見了什麼啊？」那母親喊著，接著她就在黑暗中絆了一跤，跌在走廊角裏的地板上。羅大趕快披上短衫跑到黑暗的天井裏來，那天井非常暗，因爲地板上只有羅同在照顧少爺時放著的一隻燈光閃動的豆油燈，而這燈已被老太太打翻。在黑暗中發出來的一種呻吟聲，使他父親知道，妻子是跌倒受傷了。那老人家立刻發現他的老伴侶伸展著四肢，跌撲在地板上，口裏喊著：「倒楣！」

「羅大，趕快點起燈來！」那主人喊著，一面在黑暗中保護他的老妻，防護那條狗的侵犯。羅大就趕快回到房裏，拿了一隻燈籠來。當燈籠拿來的時候，他們看見木蘭和莫愁穿著很薄的睡衣，頭髮蓬蓬的和羅大一起趕了來。他們看見迪人如癡似呆地坐在地板上，又看見他們的父親慢慢的把他們的母親扶起來。

她們就趕快跑到母親那邊去。

「當心那條狗，」父親喊著說。

父親把母親留給他的兩個女兒照應，一面就趕過去抵擋那條狗，因爲這時候那條狗還是狺狺而吠，準備抵抗任何侵犯小狗的人。接著丫鬟和女僕等也都出來了，因此，全家的人都被吵醒了。羅大就拿著一條木棍去對付那條狗，狗因爲懼怕而跑開，狗的後面跟著一群小狗，那受傷的一條狗，也瘸著腿跟在後面。

「我的兒！我的兒！」母親說，「我早已曉得會有這麼一天。那條狗咬在你什麼地方？」

現在迪人已經站了起來，並且知道他父親也到了這裏，所以他雖然酒已醒了，但覺得還是裝醉的好。「我覺得還好，我覺得還好。」他說，說的時候故意捲了舌頭，並且把身體靠在羅同身上，搖搖擺擺的走開了。那父親扶著母親走進去，並對他的兩個女兒說：「趕快回到屋裏去吧！這樣的深夜，你們是要受寒的。」

這一群人靠著暗淡的燈籠做引導，跑進屋子裏去。那嘈雜的聲音，有好幾次被一種嚴肅的沉默所打斷。那個時候，父親的面容是可怕的，態度是沉默的。迪人躺在自己的床上，還在裝醉。他的手在流血，母親的手臂是跌傷了，她的面色慘白得可怕。父親就把母親扶到她自己的臥室裏，又把她扶到床上。父親覺得她手腕的關節脫了臼，就憑著他從前練拳的本領，用他有力量的手，把那脫臼的手腕歸位；但是當父親用手去揑的時候，母親覺得非常痛，就喊出聲音來。當外科手術完畢以後，母親就很乏力的躺在床上，口裏做無力的呻吟。

女傭和兩個女兒都忙著替母親縛繃帶，並且替母親預備一些強心的熱藥酒。馮氏夫婦聽見姚太太受了傷，也趕緊起來走到姚家來，因此全家的人除了小孩以外，都起來陪著姚太太，直到她進入夢鄉。這時燈光慢慢的暗下去，他們坐在母親的房裏輕聲的談著話。當她睡著的時候，天色已經發白了，而陪著的人們竟在一個夏天的黎明開始上床休息。

第二天，迪人睡到中午方始起身，並沒有到店裏去做事。當他覺得頭痛而醒轉來的時候，珊姐剛巧在他的房間裏。

「昨天晚上究竟碰到了什麼？」她問著說，「你且看你的手！母親的手腕已經脫臼了。」

「是不是傷得很厲害？」

「我不知道。當醫生進來的時候，她仍舊睡著，而我們也不敢驚醒她。我想現在醫生正在她房裏。」

迪人是沉默的。他心裏不免覺得懊悔，並且怕見父親的面。最後他就問珊姐說：「父親怎麼樣了？他講我什麼話？」

「沒有說什麼。但是你知道你應當受些什麼責備。要是母親永遠受了傷，你的良心怎麼過得去？」

「那麼，我應當做什麼？」迪人對她說。

「你最好到屋子裏去請母親原諒你。」

珊姐幫他穿好衣裳，當他躊躇著不敢進去看他父親的時候，她就對他說：你對於所做的一切事，應當由自己負責。說的時候，她幾乎用手拖他到他母親的房裏去。

姚思安在沉思著對付他兒子的方法：這是對於做錯了事的青年的一個不易解決的問題，他知道鞭打他是無用的。他不曾打他兒子，已經有好幾年了，現在他已長得這樣大，是不容易用武力去對付的，而且他已經抱了一種獨立的精神，不願意聽信別人的勸告，同時又因爲年紀太輕，還不能知道自己是個傻子。所以當他兒子被珊姐推動著，扭扭捏捏地進來的時候，他便用理智去管束他的怒氣了。

迪人站在他父親的面前說：「父親，昨天晚上我喝醉了酒，我是錯了。」

「你是不是仍舊當我是你的父親？」那老年人帶著怒氣對他說。迪人安靜沉默地站在他父親的面前。

「趕快跪在你母親的面前道歉。你幾乎害了你母親的老命，你這不孝的兒子啊！」

迪人跪在他母親的床前，請她原諒他。她流著眼淚說：「如果你還看我是你的母親，你應當改過，起來，我的兒啊！」

迪人想要站起來，但他父親不准。

「你這個孽障！你這個敗子！倒你祖宗的面子！人類所以和禽獸不同，僅在乎知廉恥，要保全體面。現在你既然在你同輩當中不顧面子，我不知道怎樣來對付你。我們姚家是完了。當女兒們出嫁以後，我就要把我的鋪子結束掉，把銀錢捐給學校和寺院，而我個人就要入山修道了。當你出去拉洋車的時候，你就會對你現在的境遇感覺滿意。」

「你說這些話，當然不是認真的，」醫生說，他的目的是要安慰他。他繼續著說：「像你這樣有家產的人，不要說做和尚！一個年輕人有時不免要做錯事的。」說時，他的聲音被長鬍髭擋住了，有些含糊，同時也很溫柔，帶些安慰的性質。

「我這話是認真的，我情願把我的家當捐給任何慈善事業，而不願意被這個孽子浪費得乾乾淨淨，讓他在這裏跪兩個鐘頭，不准任何人來干涉。」

迪人就跪在他母親的房裏兩小時，終於使他的膝蓋跪得痲木發硬，他的頭因了痛楚而昏眩難忍。他的姊妹和女傭都進來看他，但沒有人能干涉他的事。

至少在家庭裏，迪人是受辱了。木蘭就用長時間同阿非談論喝酒和賭博的害處，一方面拿他的哥哥當作一種教訓。那天晚上在吃晚飯的時候，乳香預備給迪人添飯，但他的父親說：「讓他自己去添吧，他簡直不是人。」迪人一方面老羞成怒，一方面因爲當眾出醜，覺得悶悶不樂；但是沒有辦法，只得自己起來盛飯，他恨他的父親，使他在女傭面前失面子。

他的母親在床上躺了三四天才能起身，她的手腕則在幾個禮拜之後才能拿碗吃飯。然而，她的手腕依舊有一塊突起，這很容易使家裏的人想起迪人所闖的一場禍。在闖了這場禍以後，迪人有好些時候不敢晚歸，並且有時雖然回來很遲，但他的母親並不再坐著等他回來。

在下個夏季裏，莫愁生起病來，於是姊妹倆就停止入學數月，第一是爲了莫愁的病；第二是爲了傅先生受總督的委託，在北京設立一所女子大學，並且到南方去募捐和招收新生；第三是爲了曾家正在計劃新亞和木蘭的婚事。當木蘭姊妹倆還在學校裏的時候，襟亞已在春天結了婚。在那年初夏，曼妮到姚家來拜訪木蘭，並且告訴她，曾太太對於襟亞的新娘覺得不滿意，因為新娘是牛財神的女兒，具有富貴人家女兒的習氣，對於任何事情都不滿意。

「在素雲的眼裏，簡直沒有我這個人！」曼妮說，「我還是曾家的大媳婦，但在素雲的眼裏，卻連灰塵都不如，在蜜月時期中，她已開始對襟亞不滿意起來，對於無論什麼事，她總要提起我們牛家是怎樣怎樣的。你的婆婆對於她總是萬分忍耐。但是有一天，素雲卻拿我們吃飯的一條魚，同她家裏的魚比較起來，你婆婆就對她說：『你應當記得，現在你是姓曾的了。』她聽了這句話，就突然離開桌子，走到自己的房裏去，並且馬上趕回娘家，在那邊住了三天。婆婆沒有辦法，只得請她回到夫家來。至於我在她面前，簡直連一句話也不敢說。當她看見她婆婆的時候，連瞧都不瞧她一眼。這樣的婚姻，簡直要使男女兩家發生爭吵呢。還有素雲在嫁過來的時候，親自帶來了兩個丫頭，所以她的房裏是不准別人進去，也不准別人碰動她什麼東西。我雖然生在窮苦的人家，但也看見過許多像你們姊妹倆這樣有錢人家的女兒，我不知道為什麼光是因為她父親是一個部長，家裏有了一些錢，就這樣的不知禮貌呢？當一家人坐在一起談話的時候，只有她沉默著不說話，彷彿心中有些煩躁似的。她面上所搽的粉至少有三寸厚，並且她說話的時候，她的嘴巴的兩角彷彿是被封住的，只有嘴唇的中部在動著。」

曼妮說話時，就模仿著素雲說話時的一種姿態，她假裝出賣弄風騷的一隻小嘴，故意把她的下唇突出來，顯出一種藐視人家的狀態。但是曼妮的面貌總是美麗的，所以裝出來的樣子使得木蘭發笑。她就說：「如果素雲的樣子像你一樣漂亮，那一定是動人的。我不明白一個女人在談話的時候，為什麼不能很自然的呢？」

「我是愚笨的，」曼妮說，「但是，妹妹你在幾方面都及得上素雲，並且比她聰明得多。論到金錢，你們的家產也有幾百萬。我是等著要看你將來嫁到我們家裏的時候情形怎樣。你比她會說話，如果我們兩個人合起來，就無須怕她了。」

「我們有錢，這是實在的，」木蘭說，「但是你不知道我們家裏的一切事。原來有一件事，同別人家比起來我們是倒楣的——那就是我們的哥哥了。」

「你已經把哥哥的事告訴了我，他是不負責任的，而且脾氣很躁，但他的為人，倒並不怎樣壞，」曼妮說。

「我不願意把所有的事都告訴你，」木蘭說，「但是我可以這樣說：我猜想他在外面姘上一個女人，就是銀屏。我也猜想他是抽鴉片的。但這是一個絕對的祕密，你決不可以告訴別人。這件事，我同母親也不曾談到。」

「但是這件事不能說是很特別的，」曼妮堅持著說，「素雲在這方面並不見得怎樣高明，她的兩個哥哥是鎮上最壞的無賴，他們的行為放浪，一味追求女性。如果這樣的家庭能夠長久的興旺下去，那麼老天爺一定沒有眼。現在我張開了眼睛看看他們一家怎樣了結。」

「我的父親時常告訴我，」木蘭說，「有幾家窮苦人家怎樣興起來，有幾家富有人家怎樣敗落下去。他時常說，如果不是這樣，那麼，富貴人家就永遠富貴，而窮苦人家就永遠窮苦了。他又告訴我說：世界上最要緊的不是依靠金錢；一個人固然應當享受他自己的財產，同時也應當時常準備，在沒有金錢的時候怎樣過日子。」

「有了這樣的一位父親，」曼妮說，「那就無怪乎你們姊妹倆教養得這樣好，全沒有有錢人家的習氣。但是你知道，全北京的人都厭惡那個貪得無厭的牛財神。」

在這個時候，木蘭的父親時常說起要出門去旅行。當他心裏高興的時候，他會告訴他的女兒們，說是要到南洋去遊歷一下。所謂南洋，就是馬來群島和荷屬東印度。當他心境不好的時候，他就說，他已決定把他的家產在他兒子能夠敗完以前，把它完全用掉。姚先生的心裏表示出兩種現象：有時他像一個老人家那樣，在夢想著他晚年的舒適生活，有時又表示要分散他的家產，出家去修道，如同虔誠的道教徒那樣。

但是在他出門以前，他要辦完兩件事：第一，替木蘭的婚事定一個日子；第二，使莫愁和立夫訂婚。曾家已經非正式地表示他們對於婚期的意見，他們提議在春天來迎娶她，但是姚思安因為要出門，對於婚期就不能做具體的決定。當然他喜歡親自參加木蘭的婚事，因為他的參加是很重要的，同時他也很愛木蘭，但他又不願意從旅程中急急忙忙地趕回來。到最後他答應男方，說是在下年的秋季舉行婚禮。

說到莫愁的訂婚，姚思安要等傅先生傅太太從南方回來以後才舉行，因為他們兩人是在孔太太面前說項最適當的人物。立夫還不曾大學畢業，但聰明的父親往往很早就替他們的女兒物色夫婿。

姚思安在學理上雖然贊成「自由婚姻」，但是論到他自己的女兒身上，他就不能完全做一個道教徒，把樣樣事情完全聽其自然。還有，「機會」在道教中固然被一些不能看見的原因所支配，但也是靠著事件的順序而表顯的。莫愁婚配的機會，在這裏有了一種清楚的表現，因為立夫是最好沒有了；所以，等到機會來到的時候而不去抓住它，那就違反了道。

姚思安覺得他是站在時代之前，如果讓他的女兒自己去找配偶，而別人的女兒卻由她們的父親設法去找青年的配偶，那是不公道的，何況時間非常的重要，一班優秀的青年往往早已被別人注意到，所以在姚先生的心目中，自由婚姻是一種供他玩耍的烏托邦的理想。一個有禮的女子往往情願守節而死，也不願用她的魅力去替自己找丈夫。在那個時候，因為風氣未開，女孩子自己去找丈夫，是何等下賤而失體面。

在木蘭以後的現代，有許多優秀的女孩居然抱獨身主義，因為時代已經改變了。一方面也因爲優秀的女孩子不願意自己出去找丈夫，而她們的父母也沒有權利爲她們作主婚姻問題。

莫愁的訂婚，因了傅先生的突然回家，以及一九〇八年十月事件的發生，而急轉直下了。傅先生在西湖的時候，突接電報，說是他已被升任爲直隸省提學司，因此他就趕緊回到北京，在十月十六日到了京城，傅先先和傅太太都願意玉成這件婚事，所以當天晚上傅太太就去見孔太太，特別提起這件婚事。

婚事很迅速地完成了。於是男女兩家就換起帖來，並交換彼此的生辰八字。

傅先生特爲這件訂婚事情準備一切，並在覲見皇上和西太后以後，急急趕往天津上任。他因爲能在皇上和西太后生前的最後幾天覲見了他們，就認爲是生平最得意的一件事。因爲在同月二十一日那一天，忽然傳來皇上和西太后在三天內相繼駕崩的消息。

正在這個舉國惶亂的時候，莫愁和立夫正式訂了婚。雙方交換一些禮物，男家送去一副金鐲，女家回了一頂帽子，一套綢的袍褂，一管玉柄的毛筆，和一方古硯。此外還用一種新方法，彼此交換照片。

男家送到女家的一副金鐲，是孔太太自己的，這是她爲了她未來的媳婦預先留下的。行聘禮是很簡單的，而立夫也不自以爲同女家一樣富有。一方面也是爲了國殤的緣故，並不辦酒。當四川會館的鄰居跑來恭賀立夫母親的時候，她就回答說：「論到家庭的地位，我們是不敢同姚家相比的，我們也不敢娶這樣一位有錢人家的女兒做媳婦——如果我們不知道姚小姐是這樣一位穩健、儉樸、又有家教的少女，完全和別的有錢人家的女兒不同。我真不明白爲什麼我的兒子有這樣的運氣。我知道這一定是傅伯伯替我們玉成的。」

至於莫愁這方面，她父親曾對她說：「我們已替你決定了這件婚事，我們料想你是不會反對的。」

「如果我要反對的話，我會老實的告訴你們。」莫愁說。要一個少女說這樣的話，似乎多少有些礙難出口的，但是莫愁這個女孩子並不示弱，而且也不怕羞。她是一個重實際的女孩子，所以當她覺得應當說話的時候，她就老實不客氣地說出來了。

姚思安和藹地說：「你們姊妹倆的婚配是不同的，但是在我們的心裏，覺得待你們都很公道。曾家有的是錢，而孔家是窮的。你不反對嗎？」

「不，父親，」莫愁回答說，「金錢算不得什麼！」

「你真是這樣認爲的嗎？」父親問。

「是的，」莫愁微笑著說。

「我知道你有這樣的感覺。我告訴你，這是一件美事。立夫是終身可靠的，而且是獨子，對於母親又很孝順。這是一個快樂的小家庭。」

那時，莫愁年僅十六，但在理智上已經成熟了，在品性方面已經很穩健了。如果她心裏很快樂，她在表面上僅僅在嘴角上流露一些微笑罷了。但是木蘭的確非常的快樂和興奮，所以當她向妹妹道喜的時候，她甚至於快樂得流下淚來。

那時候，光緒帝和西太后不幸同時駕崩，所以全國都在舉行國喪，一切慶祝和宴會都停止三個月。其實這位愚蠢的老婦人治理了十九世紀的後半葉，她阻止了中國的進步，比任何一個人物都厲害。如果沒有她，那麼抱進步主義的光緒帝就會進行他的維新事業，到最後光緒帝就像一隻被削了翅膀的老鷹，只好向他的老伯母屈服了。這個太后是愚蠢而又頑固的，所以這兩種性質合了起來，使事情越變越壞了。她終於奪去光緒的皇位，並且把他禁閉在南海的瀛台裏。

在某年冬季，一個太監因爲可憐皇上的苦惱，把皇帝所住的房間窗子用紙糊好，以防寒風的侵襲，結果這個太監立刻就被撤職。西太后知道，如果她死了以後，而光緒帝還是活著，他就要設法在各方面向她報仇了，所以，當太后知道自己的死期將至，就祕密地差人在她去世前兩天把光緒毒死了，但是光緒並沒有忘記袁世凱在戊戌政變時對他的不忠，所以在他臨死的時候還用牙齒咬破了手指，用血寫了他最後的一個遺詔，對於袁世凱永不敍用。

這時革命的氣氛已充斥空氣中。中國人對於滿洲人的統治開始覺得不滿，因爲這個統治裏有許多的柔弱、愚蠢和辦理不當，而對於立憲的推行也故意延遲。在光緒駕崩以後，就由年僅三歲的孩子溥儀繼登皇位，而他的父親就成爲攝政王。雖然一般商人不知道政治的情勢，但是一般知識分子卻知道革命的勢力是不能長久被壓制的，而姚思安就是其中的一分子。他知道皇帝和太后的死，和他到香港、新加坡、爪哇等處去旅行的志願是合得起來的。他現在徹底覺悟，一個人的財產太多，對於他的兒子們是無益的，所以他願意支持革命事業。但他這種心願是不能對任何人說明的，甚至於不能對他妻子、女兒、妻舅，或傅先生等說明，因爲這種舉動近於「叛國」。

姚思安在那年十一月到南方去旅行。他不顧妻子的反對，帶了阿非一同出門。他年紀越大，對於小兒子就越發鍾愛了。他帶小兒子和他一同出門，是不帶一些危險性的，而且他也願意親自照顧他的兒子。木蘭姊妹倆在她們的父親出門以後，才知道他帶了五萬塊錢出去，她們就告訴她們的舅父，說是父親也許會寫信再提款子。當姚思安出門的時候，姚太太曾經問他，你帶了這許多錢出去究竟有什麼用處，但他始終不肯告訴她。木蘭姊妹倆猜想，那大概是父親對於迪人極爲不滿，所以故意把家產分散。但是這一家的營業和財產，幾乎值一百萬，除非把家產完全出賣，並且把金錢丟在海裏，那碩大的一筆家產是不容易散盡的。但是當他出門的時候，他允諾在下一年春天或夏天木蘭結婚的時候趕回來。

迪人覺得他的父親把屬於他和阿非的錢拿了去，並且故意浪費它。他這樣地告訴了銀屏。在大除夕，他到舅父那邊要了一萬五千塊錢，去付他的幾筆賭債，結果這個問題就提到他母親那兒去，但是據迪人說，他是在賭場上輸了許多錢，必須在新年以前完全付清。他並且說，以後不再賭了；而且他的確有這樣的決心。

「這是一筆很大的錢，所以你父親回來的時候，他一定會曉得。」他母親說。

「媽，饒我這次吧！我可以答應你，以後不再這樣，」他堅持著說，「當爸爸回來的時候，事情已經過去，難道他能叫我把這筆錢從肚子裏吐出來嗎？我也願意當面去見他，如果他要打我，就讓他打吧。但是你要曉得，他也是在浪費我們的錢呢。」

在這以後，迪人又恢復晚歸，因爲父親的出門，是他的一種好機會。他在家裏是不怕任何人的。只要母親不干涉的話，他的舅父也絕不會干涉。

後來，迪人索性整晚都不回來了。當他第一次徹夜未歸的時候，他母親就問他什麼緣故，他生氣地回答說，他已經長大成人，誰也不能把他關在屋子裏的。從此，他不回家的時間也越來越長，有時竟一連三四天不回家。

這些日子對於他母親是悲慘和可怕的。以前他母親老是等他到半夜，知道他會回來的，但是現在，他似乎不是他母親所能抓得住了。

在下一年春天的某一天，他母親因爲迪人連續五夜不回來，就要求他說出個理由來，迪人就說：「媽，我不能說出理由來。你還是不知道的好，即使你知道了，也是無用的。我做的事是沒有錯的，你必須相信我。」

「是不是銀屏呢？」莫愁在惱怒之中突然說出這句話來。

迪人躊躇了一下，就赤裸裸地把事實說出來了，並且堅決地說：「是銀屏！我知道母親不喜歡她，所以我爲了不讓母親痛苦，一向不說出來。」

母親聽了這兩句話，變得歇斯底里起來，咒罵的話也從她嘴裏接連地飛出，像是一個飽受委屈的女人。「這個小娼婦在哪裏？這個狐狸精在哪裏？我要把我的老命去同她拚一下！她這地獄裏的吸血鬼，拿了又來把我的靈魂攝了去！」

祕密是全部的揭穿了，乳香就從房裏跑出去，把這件事告訴了錦兒，並且立刻帶了錦兒回來，唯恐耽誤一分一秒的時間。她們立在門口，聽見迪人再次宣布更驚人的消息。

「媽，你必須理智些，」他說，「你在不知不覺中已經做了祖母了。有某一個女子已經替你養了一個孫子，而你仍舊罵她爲娼婦。無論她是不是婊子，她總是我孩子的母親，所以，我必須站在她這一方面。」

「什麼時候養的？養在什麼地方？」迪人的姊妹們喊著問。

「在上個月，並且是一個男孩子。所以我不得不在她那邊住上好幾天。我不願引起麻煩，所以不願加以解釋。如果你知道了一切經過情形，我就可以這樣說：自從母親破壞了她對我的諾言，把銀屏趕出去以後，我就獨自在照顧她。我不能把她拋棄。一個人最要緊的，是他的良心。」

母親聽了這話，覺得很驚駭，並且呆若木雞。這個關於孫兒的消息，更加使她頭昏顛倒，並且引起了更大的糾紛，使她簡單的頭腦無法應付。現在她只有一種清楚的感覺；就是母親是失敗了，而丫頭銀屏是勝利了。

銀屏早已有了這種希望。那孫兒的誕生，就能幫她完成她的勝利，並且使她處於一個穩固的地位。更有幸的是那所生的孩子竟是一個男孩。在這時候，她更感覺著一種快樂，和女人的一種勝利！在孩子生下來以後，她願意把這消息傳出去，看看迪人的母親採取怎樣的態度，但一方面她又忠告迪人，叫他等著他父親回來的時候再把這消息傳出去，因爲她覺得那父親是比較富有理性，而且對於這樣的局勢是比母親更容易接受；他也許會重新把她召回去，使她居於半丫頭、半主婦的地位。如果她能重新回到姚家，使她的血同姚家的血連在一起，這在於她是一個何等的勝利！但是迪人卻突然地把這消息說了出去。

她母親立誓不要再見這丫頭的臉。但她卻要那個孫兒——她血中之血。木蘭和莫愁都想安慰她。但是她對於銀屏的仇恨似乎像海那樣深。所以，這丫頭雖然替她生了孫子，也沒有機會回到主婦的家裏來。她就和她弟弟商量這事，他勸她把這事暫時擱著，等到父親回來。

木蘭假裝答應迪人在母親面前說情，並藉著機會把銀屏的住址探了出來。所以某一天，姊妹二人就出去做她們生平最大的冒險，去探望銀屏和她所生的嬰孩。

銀屏曾受過迪人的警告，所以當姊妹兩人到她家裏的時候，她是很有禮貌的，而且很端莊，她仍稱呼她們「二小姐」、「三小姐」。華嫂子知道姚家的地位，所以看見這兩位美麗而有錢的小姐降臨到她家裏，就覺得很害怕。那時迪人不在家裏，銀屏照例給她們倒茶。木蘭就趁這機會在屋子裏四面看一下，看見那房間雖然很小，但是倒很整潔，陳設也很講究，除了懸掛著一幅可怕的西洋婦女裸體畫。木蘭明白這一切買傢俱的錢是從哪裏來的。然而，有一件事木蘭不喜歡，那就是丫頭銀屏現在全身穿了綾綢，手臂上還戴著一副玉鐲，儼然一付少奶奶的模樣。

「小姐，請你原諒我，」銀屏說，「這中間有一層誤會，老太太說我是一隻狐狸精，但你們都待我很好，而你的哥哥更有很好的心腸。所以到現在我還能活著呢。」她在談吐之中，無形中表現出一種滿意和勝利的感覺。

「過去的事讓它過去吧，」莫愁說，「我們到這裏來不是算什麼舊帳，乃是要看看那個孩子。他在哪裏呢？」

「請進來吧，」說著，她把她們領進自己的臥室，在那邊有一個肥胖的嬰孩躺在白漆的西式搖籃裏，銀屏很得意地把他抱起來，獻給吃驚的幾位客人看，那個嬰孩有一個尖削的小鼻子，像極了他的父親。

「把這孩子借給我們吧，」木蘭說，「我們要把他帶去給太太看看，以後再帶回來，當太太看見這孩子的時候，她一定很快樂。」

銀屏對於這樣的要求，表示堅決的拒絕，但是當姊妹們離開她的時候，她對於自己的這種拒絕開始後悔，並且害怕起來，唯恐姚家的人會過來把孩子搶了去。她曾把這件事告訴了迪人，並提議要搬到別的地方去。

「如果他能把嬰孩綁去，我豈不能把他綁回來嗎？」迪人說。

「如果他們真的把孩子綁了去，那麼，連我也會趕到姚家去。」銀屏說，「他們當然能阻止我進門，但我能死在他們的門前。」

雖然這樣，迪人仍舊聽了銀屏的話，搬到前門外另一家屋子裏去。那孩子的母親銀屏，就日夜地照顧那孩子，從來不肯把他放在她目光所不及的地方。

不幸她母親的本能所懼怕著的事情終於發生了。一天，羅同帶了幾個女傭到她新租的屋子裏去，並且用太太的名義要求她放棄這孩子。

那時迪人恰巧不在屋裏，同時和他們一起搬到新屋裏去的華嫂子也碰巧走開了，銀屏坐在孩子的白色搖籃旁，身旁躺著一條獵狗。這條狗已經長大了，名字叫「戈羅」——就是銀屏心中所想的英文「Girl」這字的諧音。

銀屏看見羅同帶了幾個女傭一起進來，不覺臉色發白，那條獵狗含著敵意似的對這一群外客狂叫起來，銀屏喝止狗的叫聲，用她的身體遮住搖籃，她的面孔雖然向著外人，但她的兩隻手卻抱住嬰孩的身體，口裏並且說著：「你們這樣做是什麼意思？」

「那是太太的命令。」羅同回答說，「這孩子是姚家的，而太太現在要回她的孩子呢。」

「怎麼樣？」她說，「那孩子是我的。少爺對於這件事沒有說過什麼話。如果她要把這孩子帶回姚家去，那我們當中必須要有一個條件。」

「這個我可不知道，」羅同說，「命令終究是命令。」

「但你們敢碰我的孩子嗎？如果碰了那孩子，我是要和你們拚命的。那孩子的母親不是還活著嗎？」

「我來這裏無非要執行太太的命令，」羅同堅決地說。

「你不可以把他搶走。」那母親絕望似的喊著，「這孩子是太太養的，還是我養的？」

羅同就帶著恫嚇的樣子跑過來，把銀屏抓住，一面吩咐女傭說：「把他帶走吧！」

銀屏開始用她吃奶的氣力來掙扎，並尖聲喊叫著。銀屏的一條狗立刻向羅同撲過去，這時一個女傭快速地把孩子從搖籃裏搶了去，羅同就將銀屏放鬆，回過來把那條狗趕跑。那個搶孩子的女傭抱著孩子跑出去了。

「戈羅！」銀屏喊著說，「快跑過去咬那女人！」戈羅跑過去，在背後咬那女傭的肩部。那女傭吃了一驚，不覺大聲喊叫，一面她的腳步有些站立不穩，幾乎把她手裏的嬰孩跌在地上。於是孩子的母親因爲懼怕，又喊了起來。有另一個女傭，當嬰孩跌下去的時候接住了他，接著就趕快跑到門外，後面跟著那條狗。

銀屏怕那條狗也許會在無意中傷害那嬰孩，就喊著說：「戈羅，回來吧。」那條狗就回來，並且望著銀屏，彷彿覺得很奇怪似的，銀屏想要自己趕出去阻止那女傭，但羅同卻把她拖住了，銀屏就咬羅同的手臂，扯他的頭髮，要使羅同放開她。在嬰孩被搶去以後，羅同就放鬆了銀屏，跟著別的女傭一起跑出了屋子。

那母親在絕望中看見她的嬰孩被人抱去，於是她一面哭著，一面用寧波話咒罵著說：「斬千刀！戲哪阿姊阿妹，姑母，姨母，和祖宗三代的X！賤骨頭，我一定要把我的孩子搶回來，唔，儂婊子妮子，馬上給我昏到，儂給我跌進十八層地獄去，千世萬世嘸沒出頭！」當這一群人離去以後，她哭了好一陣子，華嫂子在十分鐘以後回來了，看見她躺在床上哭，嘴裏不停的咒罵著。

當迪人回來的時候，知道他的孩子已被搶去，十分憤怒。他的談話之中似乎都表示他要殺了他母親，但是要知道，迪人的言行是不符的。

「那麼你會怎麼辦呢？」銀屏要求著說。

「怎麼辦？我要把孩子搶回來，即使我要殺害幾個人，我也不在乎的。」

「且慢！俗話說，急事須得緩做，」華嫂子說，「這是一件重大的事情，你且先去看看你老太太，和她談一下。你不妨勸老太太，讓銀屏到你們姚家去住。這是我對於你們的忠告，但是你們二人會不會把我忘記呢？」

「現在我需要你的幫忙，我是永遠不會忘記你的。」銀屏說，「如果我死了，你會不會代我照顧這孩子？」

「不要瞎說，」迪人說，「華嫂子，我有一個想法，你跟我一塊兒去向我母親說情。無論怎樣，我是需要你的，因爲我不知道怎樣把這孩子抱回來。」

所以華嫂子就同迪人一起到了姚家，迪人把她帶到他母親的房間裏。

「你是誰？」姚太太發怒似的問華嫂子說，同時卻不同迪人講話。

「我是銀屏的朋友，」華嫂子說。她在進入姚家大廳的時候，看見他家裏的陳設非常像樣，就覺得心神不寧，所以在她同姚太太談起嬰孩的時候，不免有一半膽怯。

「姚太太，」華嫂子說，「我不過是一個旁觀者，沒有權干涉你們的事。但是俗語說得好，

『旁觀者清，當局者迷』。當然那個嬰孩是屬於姚家的，並且應當抱到這裏來。但是老太太您知道，母子關係是出於天性的，現在那嬰孩既然抱回到這裏來了，你們必得想些辦法，使孩子的母親能時常看見他。就是皇帝也不拆散人家的母子。您既然是一個母親，您應當替您的媳婦著想。」

「那個無恥的婊子，難道是我的媳婦嗎？」姚太太回答說，「什麼時候我派大紅花轎去接她的？」

姚太太不願意聽進任何勸告。她既不願意把小孩讓華嫂子抱回去，也不願意讓銀屏回到姚家來。

「既然您不願意和解，」迪人說，「那麼我必須把嬰孩抱回去。」

於是迪人就跑到隔壁有珊姐在照顧嬰孩的房裏，要把那嬰孩抱回去。珊姐因爲看見他要抱回去，就竭力把嬰孩抱牢，迪人就用他有力的手臂把珊姐推開，把那嬰孩抓住。

「當心，否則你是要把孩子弄死的，」珊姐喊著說。

「如果我把他弄死了，也是我的孩子，不是你們的孩子。」他說。

迪人就把嬰孩抱出去，強交到華嫂子的手臂中，並且吩咐她跟著他，但是姚太太卻吩咐幾個女傭把華嫂子抓住。正在這當兒，迪人就回轉身來把那些女傭打開，重新把嬰孩搶去，華嫂子就在混亂之中單獨地逃出姚家的屋子。

羅同正在這個時候跑進天井來，和迪人面對面碰到了，姚太太就用家鄉話大聲吩咐羅同阻止他。結果，迪人因爲手臂之間抱著一個脆弱的嬰孩，就被擋住了。

「擋住他！快把那嬰孩搶回來！」姚太太喊著說。那些女傭就重新衝到屋子外面去。羅同覺得他有用武的機會，就把身體退回去，擋住了迪人所必須經過的到第二個客廳去的一個門路。一班女傭就環繞著迪人，拉住了他的衣裳，他因為兩手抱著孩子，經不起這許多人的攪擾，就在絕望和發怒之中，放棄了他的抵抗，終於把他的孩子交給了珊姐，自己走到屋子外邊，打了羅同幾下耳光。

銀屏看見迪人和華嫂子回來的時候，手裏沒有抱著孩子，就著慌地喊出聲來，以致沒有心思去聽迪人的解釋。第二天，在迪人出去買東西的時候，銀屏就獨自跑到迪人的家裏去。到了姚家的門口，傭人不准她進去，銀屏就在大門外噪死噪活起來，她拆亂了她的頭髮，尖聲地哭泣著咒罵著。

「天地良心，」她對著一班聽她哭訴的人這樣說：「他們搶去了我的孩子，但不許我進門。他們要拆散我們母子的關係。諸位鄰舍朋友，我要對你們哭訴。」

這種舉動，對於姚家是很失面子的。原來「拆散母子關係」是一種嚴重的罪名，並且在皇帝面前告狀是可以贏的，因為這種行為對於孔教的倫理基礎是不合的。從法律上講，迪人的兒子雖然是屬於他父親的一家的，但從另一方面看，他父親的一家也該對那孩子的母親負責任。因此旁觀的人就在彼此交換意見，並同情那哭著的母親。姚家的羅大跑出來，想要安慰銀屏，並且終於請她到屋子裏去同太太說個明白。但是銀屏卻不願意進去。

「把我的孩子還我吧！把我的孩子還我吧！」她喊著的時候帶著一些瘋狂的神態。「如果不是這樣，我就會死在你家門前。」

銀屏看見地上有一塊埋在泥土裏的石碑，就跑過去把自己的頭向那石碑上撞去。當羅大趕緊把銀屏拖開的時候，她的額上已經流下血來。於是羅大和羅同就用力把她拖進去，而銀屏只能用腳踢著，用嘴喊著，好像他們是要把她關起來似的。

現在大門已經關上了，街上的人再也看不見什麼，只能聽見銀屏在裏面狂罵的聲音，後來這班看客就慢慢的散了。銀屏就坐在門房裏尖聲地喊著哭著，後來木蘭和莫愁就勸母親同銀屏講話，並且說：「如果她自殺了，那絕不是好玩的事。你知道她是有脾氣的呢。」

但她們的母親卻如同金屬一樣的堅硬，她說：「孩子是我們的，不是她的。」

「那麼讓她住在這裏吧，」珊姐說，她是爲了孩子的緣故，對於銀屏表示軟化。

「你希望我容忍這個潑婦在家裏嗎？你知道她已經把我的孩子搶去了，」姚太太這樣說。

錦兒和乳香後來同來看她們的老夥伴，並且安慰了她一番。

「你可以聽我的話，」錦兒說，「因爲我和你是同等的，這裏豈是你可以用固執去得到勝利的地方？你必須把眼光放遠一些。如果你死了，你能得些什麼呢？難道你們的本家能從杭州跑到這裏來，替你控訴這樣一份人家嗎？所以我勸你回去，把這件事細細的考慮一下，因爲這樣的事是不能馬上決定的。」

銀屏覺得她是失敗了。那個嬰孩從前可以說是她的一種要挾工具，現在卻成了她的弱點根源了。

當她完全乏力的時候，錦兒就扶著她回到她自己的屋子裏去，那時她已頭昏目眩，神智有些顛倒，當迪人回來的時候，他看見銀屏躺在床上，並且在呻吟著說：「我的孩兒！我的孩兒！」當迪人懇求銀屏爲他的緣故而起床的時候，她還是不願意起身，她也不吃華嫂子給她送進去的任何東西。她整天躺著，也不洗臉，也不梳頭，因此，迪人在失望之餘不得不離開她。

他一方面替她憂慮，一方面卻在怨恨，因爲剛才所發生的那件事，使他處於困難和顛倒的地位。現在他也許以爲，任何女人都不值得他忍受如許麻煩去取得她。

三天以後，他又來了。華嫂子就告訴他說，銀屏還是和從前一樣。他因爲有些不耐煩，就用手去推銀屏關著的房門。當他推開這門的時候，覺得有些困難，所以不得不用一些力氣，當他走進這房間以後，轉過頭來一看，竟看見了銀屏，原來她已經上吊自殺了。

銀屏是一個好女人嗎？是的，但是這裏有沒有一個壞女人？在這裏，我們若能把環境和身分略微改變一下，那麼她就能終身佔據一個和木蘭的母親相同的地位：一個富家的奶奶，一個幹練的主婦，一個虔誠的母親，在她子女的眼中是完美無缺的。

銀屏自殺的消息，由迪人自己傳到了他母親的耳中。

「你殺了她！你殺了她！」迪人在怒氣中這樣喊著，「但是你要受到報應的。她一定會使你同這一家都倒楣。她的鬼必定有一天來打你，跟著你，束縛你，一直到你死去！」

他母親聽了這話，不覺臉色轉白，就說：「我兒！我兒！你為了一個丫頭的緣故，竟敢咒罵你的親娘嗎！」

「那咒罵你和這一家的，就是銀屏，但是媽，你是活該受的！」

姚太太在驚恐之中，不覺把雙手舉了起來，意思是要阻止迪人不要這樣說。

此後的一個月，迪人沒有同他母親說過一句話，雖然他母親要求著，但他沒有聽她的話。現在他不能饒恕她，因為銀屏已經死了。他母親似乎忽然蒼老起來，但他一點也不在意。現在他不過在拿東西的時候，才偶爾回到自己家裏來。

華嫂子和她丈夫幫助迪人料理銀屏的喪事。在舉行喪禮的時候，乳香和錦兒都來參加，後來他們就把銀屏葬在外城一帶。馮澤安也願意幫迪人的忙，但迪人卻不准姚家的任何人來參加這喪禮。現在他竟不惜同全家人為難，他更不是他母親所能抓住的了。

大約一個月以後，華嫂子的丈夫因為肺炎去世了。迪人到了華家，覺得華嫂子對於他的前妻非常關心，因此就對華嫂子表示好感，並且住在華家屋子裏。她是很懂事的、誠懇的，並且隨時安慰他，使他快活，結果他對她是非常聽話的，這是他對於任何女人所不曾做過的。他開始和她一起抽起鴉片來，並且覺得在抽煙的時候有一種非常的舒服和安慰，同外面擾亂的世界比起來，真是相差很遠。

因爲他們年齡的差距，華嫂子似乎成爲迪人的母親，同時也身兼太太和房東的角色。當他時常到前門外妓院裏找女人尋開心的時候，華嫂子並不阻止他，她只不過給他一種有經驗的勸告，以免他墮入更壞的境地中。這樣，華嫂子就把迪人牢牢地抓住，益且使他對她抱著一種忠實的感覺。

最後，迪人回到家裏來，但依然是怒氣勃勃的。他走到母親那邊，口裏喊著說：「你殺了我孩子的母親。現在我什麼都不管了。如果父親要把我趕出去，那就讓他把我趕走吧！我們姓姚的一家即使是破產了，也不關我的事。這話你聽見嗎？」

他母親沒有回答他，她只不過可憐兮兮地望著他，不說什麼話。在這幾個月裏，她的頭髮漸漸變白了。夜裏，她在睡夢中驚喊起來，她害怕黑暗，說是有銀屏的鬼跟著她。

銀屏的孩子叫作伯牙，他們把這孩子交給珊姐照顧。很奇怪的，姚太太現在對這孩子產生一種近乎迷信的恐懼，雖然這孩子是她的長孫，同時也是唯一的孫子。所以珊姐就把這孩子帶到別的地方去，把他養大起來，不讓他出現在姚太太跟前。

姚思安帶著阿非回來的時候，發現家裏變得一團糟，他妻子老了許多，每個人都顯得憂傷而嚴肅。他聽說迪人在除夕當天挪用了一萬五千塊錢後，僅僅只說了：「很好！」但是這兩個字在他兩個女兒聽起來很是可怕。

可是他聽見了銀屏的死訊，就責怪太太沒有接她回來。他說：「她好歹都是我們孫子的母親呀。」於是他親自去看了銀屏的墳，要人修葺了一下，並且說要在家祠裏立一塊牌位，上書：

「寧波張銀屏之靈位」幾個字。因此，銀屏死後總算得以列入姚家的靈位。姚太太覺得非常失面子，但是爲了對銀屏的亡靈表示安撫，也只好認了。

木蘭就在這種環境中準備婚事。她一直在搜集陪嫁用的珍珠寶玉，一班珠寶商聽到了消息，紛紛攜帶一包包極其驚人的項鍊、手鐲、戒指和玉墜子上門，她很仔細地挑了她中意的幾件。可是家裏的氣氛異於往常，迪人對母親總懷有敵意，她母親夜裏的恐懼也很反常，所以木蘭有時候出於自私的緣故，恨不得馬上出嫁，到比較平靜的曾家去住。

一天晚上，在晚飯以後，父親用十分悲傷而認真的語氣對全家說：「吉凶全由天定。我只等阿非長大了。等木蘭和莫愁出嫁，阿非也長大了之後，我走我的路，你們走你們的路吧。」

姊妹兩人聽了心如刀割，害怕極了。她們難以相信會有一天父親要離開她們全家。她們深恨迪人把悲劇的陰影帶進家裏來。

「爸爸，縱使我們不算數，你也別虧待了阿非。」木蘭含淚說，「現在您又添了一個孫兒，總得爲他活下去呀。有時歹竹也能出好筍的。」

可是她父親只對著木蘭一再吟詠俞曲園在樂享晚年時所作的一首詩，詩題叫作〈別家人〉：

骨肉由來是強名，
便同逆旅總關情；
從今散了休提我，
莫更鋪排傀儡棚。

第二十一章

也許命相家是錯誤的。也許算命是一種藝術，而不是一種科學，正像行醫是一種藝術，而不是一種科學。如果一個醫生的鑑定是一種科學的斷言，那麼一個人在診病的時候就無須請年老和有經驗的醫生，也無須在緊急時去同別的醫生商量，或徵求他們的意見。

我們平常人對於某種絕對的東西需要相當的信仰，因此專家就得對我們表示事物的確定性，和對於真理的相當把握。在這種情形之下，相面就如同醫生診斷病症一般。在金、木、水、火、土五行的面貌之中，是沒有嚴格區別的。有許多支「行」是彼此合併的。所以問題是：某某幾種「行」是否處於優越的地位；在另一方面，這許多支「行」的合併，在區別上也是變化無窮的。只有經驗豐富的命相家才能看出這一方面的區別。

論到木蘭和莫愁姊妹倆，她們的區別是很顯著的，原來木蘭的眼眶比莫愁來得細長，而木蘭眼中還含有一種情感性的智慧。此外木蘭的身體比較瘦一些，面容也比較尖一些，而且比莫愁更易改變，更有精神。至於莫愁，是屬於土行的，她有圓圓的眼睛，豐滿而多肉的身體，並且比木蘭來得穩健和實在。莫愁的膚色是白而柔軟的，這是她佔便宜的地方，因爲這能顯示出她肌膚的細膩，和她所過的一種安樂生活。無論是東方或西方，從古到今，凡是理想的女人都是有白皙的皮膚、溫柔和豐滿的外貌。

人們很可以相信莫愁同新亞配起來是很相配的，同時木蘭和立夫也是能夠配得很好的。無論這四個人屬於何種性質，但是他們的「行」都是很好的。

莫愁具有實際的智慧，如果嫁到一家像曾家那樣富有的大家庭裏去，結果一定是快樂的，因爲她很能注意到家庭裏面的一切瑣事，同上上下下的人也都能合得來。

在另一方面，如果木蘭嫁到立夫的家裏去，結果就會改變立夫的家庭生活，使他多做一些快樂的旅行，並且會把他引到更含有詩意的、比較不整潔的旅程上去。也許她會在蘇州河上，在月兒高照的時候同立夫喝酒行樂。她不是一個謹慎和節儉的女人，所以立夫娶了她以後，家庭狀況也許要苦一些，但是也許她會替他想一些不花錢的有趣玩意兒。還有立夫這人的性情是很急躁的，所以木蘭若要勸他「明哲保身」，也許比較不容易。也許她會像立夫母方的祖宗楊繼盛的妻子那樣，在她丈夫入獄以後，說是要死在她丈夫的家裏。

如果當時的男女間有一種自由選擇婚配的制度，那麼木蘭也許會同立夫結婚，而莫愁也許會同新亞結婚。木蘭也許會宣佈她是在和某某人戀愛，而且會不顧一切地像現代的少女那樣，向曾家提出解約。但是舊時代的制度依然很有勢力，所以木蘭對她自己也不大自認她是在私愛立夫，並且她對新亞的喜愛是從不懷疑的。至於她對於立夫的一種戀愛，是她心中最深處的祕密。

她們姊妹倆的婚姻，有了這樣的結果：莫愁把立夫拉了回來，並且多少加以一些限制；至於木蘭對於新亞，那不過是推動他，使他前進。自然，一個女人把丈夫拉回來，要比推他前進覺得自然得多，所以在兩者之間，莫愁是比較快樂的。因爲如果要木蘭推動一個性急的立夫前進，結果是會發生亂子的。

木蘭是在虛歲二十歲那一年結婚的。在一九〇九年夏天，曾家就派人送龍鳳帖到姚家去，行一種擇日的儀式。在送龍鳳帖的時候，附帶送來了幾色禮物，如龍鳳糕、綢衣料、茶果、一對白鵝，和四瓶老酒，女方對於男方所選的日子表示贊同，就送一個回帖過去，並回了十二種麵食。

按照古禮，新郎應該到女方去迎娶，這種舉動似乎完全於新娘有利，但因爲女方既把女兒嫁到男方去，男方也應當趁此機會對女方有所回報。

由於兩家的同意，木蘭的婚事將成爲北京城裏一件最熱鬧的婚事。第一、因爲男女兩家都很有錢；第二、因爲姚思安很鍾愛這個女兒，而曾家對於這個新娘也非常得意；第三、因爲襟亞的婚事是非常奢華和熱鬧的，所以爲了公平待遇新亞以及支撐場面起見，曾家仍願意在結婚的時候鋪張一下；第四、因爲木蘭的父親現在對於財產不很看重，所以在嫁一個得意女兒的時候，多花一些錢倒成了他消耗家產的一種最好方法，這樣也可以在生前的晚年看見一件快樂的事情。他看待財產就好像是在黑夜裏放爆竹一樣，在放的時候發出了許多嘈雜的聲音和光亮，但結果只剩下一些煙霧、灰塵和炭屑罷了。

姚思安的確已在幾個月以前，設法到福建去買一種特別的爆竹，而在購辦爆竹的時候，因爲運輸方面花費很多，而且特別帶了一個焰火匠去，所以一共花了一千塊錢。阿非和他父親在南方的時候，曾見過這樣的爆竹，他並且告訴他姊姊和紅玉，說這些爆竹是怎樣的有趣。

在舉行婚禮的時候，北京城裏的嘉賓貴客都被請到了。其中有當時最高的官吏，有清廷的太子和公主，那時袁世凱確已去職，隱退在本鄉項城，但他所送的一副紅色綾子的對聯，倒是很顯著地同一般大官，如牛尚書、王大人和清太子等的掛在一起。

那些送紅綾對子的人的姓名，留在曾家的客廳裏，好像朝廷裏一般覲見者的姓名那樣；在這些姓名之中，有當時的幾位大官，像軍機大臣、侍衛大臣、禁衛軍統領、直隸總督、山東總督和清廷的王爺等等。曾府所有的廳堂，完全爲了這次的婚事出空了。曾家的老祖母身體康泰，她喜歡把這件婚事辦得很熱鬧。

婚事是在十月初舉行的，那時天氣已經涼下來了，曾家在舉行婚事以前，把第一個廳裏的窗格卸下，使它和前後兩天井連起來。一方面，他們又在天井和天井旁邊搭起四丈高的高瓦檯，這樣，當賓客們進去的時候，彷彿走進一個八丈深的大客廳，裏面高燒著三尺高的紅燭，掛著四五尺寬，十六尺長的紅軸幛。這些紅軸子是密密的掛著的，所以有些牆壁上，竟沒有地方把所有的軸子都掛出來，只得把贈送者的名字掛出來。軸幛上的金字被紅燭的光照映著，使整個廳堂裏發出一種金碧輝煌的氣象。在客廳前面有幾個石階，可以使人走到裏面的一個大廳裏，那就是舉行婚禮的地方。廳的正中洞開著，並且掛著姓陶的王爺的一個大紅幛子，右面掛著樞密院大臣那氏的喜幛，左面的是王丞相的喜幛。在這三大人物的兩旁，掛著親家牛尙書（素雲的父親）的幛子，另外的一個軸子，是曾家一個不很出名的舅爺所送的。

在準備婚禮的時候，曾家曾雇用了許多花匠、木匠和漆匠，忙碌工作了許多日子，使整個廳堂煥然一新。那西面通到臥室的一條走廊，已經重新漆過，牆壁也已經粉刷過了，窗櫺和天花板，也重新用紙裱糊過了。曾家的祖母已搬到後面的正廳裏去，以便一家人請安方便。

祖母的臥室，本來是在曼妮最初住過的臥室的東南面，現在這房間給素雲搬過去住了。這房間是被一個狹窄的小徑和小花園所隔開的。在西面有一座生著青藤的假山，把素雲的臥室同老學究方先生的臥室隔開。

在這以外，還有一座很老的、舊式的、在夏天可以避暑的廳堂，這廳堂是同祠堂面前的一片空地相近的。這廳堂在前一年已經改造成幾個很舒服的臥室；那一年，曾老爺和桂姑在這裏過夏，這一個廳是最靠近西南的一個屋子的，在這裏的人可以從月洞門看到外邊空曠之地。但是當他們替新亞準備婚事的時候，曾老爺就爲著他兒子的緣故，主張把這道圍牆拆去，原來曾太太記得木蘭是非常喜歡戶外景致的。

這一片空曠之地已經有一部分被打掃得很乾淨了，並且有一個木台已經搭好，預備做三天三夜的戲。有一條向著北面的路，是一直通到後面曼妮臥室的門口；另一條是從南面的天井起，一直到正門方面一個小小的六角亭。這後面是靜心廳，那是曼妮同她母親從山東初到曾家時所住的一個房間。

婚期越來越近了，準備的工作也就越發緊張了。曾老爺的許多下屬都被借過來籌備婚事。此外還有幾個從山東來的親眷，和山東同鄉會裏的一部分職員，也在結婚以前到曾家來住上一禮拜。他們把工作仔細地分配一下；他們工作的性質，不外乎寄發請帖，收受和登記禮物，開發小費，管理戲班和吹打，安排迎送的路程，貫器，安排花轎和筵席，以及向會館裏借用器具。他們分配四個聽差管理燭子、燈台和喜幛；另外派四個人打掃廳堂和安排器具；兩個人管理桌上的銀器和象牙筷；還有八個聽差得了管器具的人的幫忙，負責管理茶擔。這些工作分成了兩部分：男客在前廳，女客在後廳，中間隔著正廳。女客是從第三所進去以後，就被請到一明廳裏去休息，這個廳是在第三廳的西面，靜心廳的東西。

當準備工作正開始的時候，老祖母就吩咐一切準備手續，應當同去年襟亞娶親時完全一樣；但是因爲今年老祖母的身體特別健康，人又高興，對於新亞和木蘭又特別鍾愛，所以她對於許多新提議，就特別通融而贊成了，像做戲是去年襟亞結婚時所沒有的。全家人看見老祖母這樣高興，也覺得很高興，他們都想討她的歡喜，因此準備的工作就超過他們最初所計劃的。

在十月初六早晨，也就是結婚的前一天。曾太太、桂姑、曼妮和她母親，以及素雲等都聚在老祖母的房間裏。曾太太就問襟亞，一切準備工作是不是都辦好了。襟亞以一家長子的資格，就支配男子方面所擔任的籌備工作，他聽了母親的這句話，就說：「結婚所用的鑼鼓和吹打都預備好了。今天我們所要做的事是向同鄉會去借一些木器來，喜幛是會隨時送來的，我們也會隨時把它掛起來。至於筵席和燈燭，都已派專人負責去辦理，無須我們再去煩心了。只是東面的一間廚房還不曾蓋好，所以我們打算在今天把灶頭和煙囪都築好，以便明天可以燒菜。此外只有一個問題，就是明天在北京城裏將同時舉行一起重大婚事，所以素雲嫁過來時所坐的那頂有花玻璃的花轎，已經被別家租去了，而全城裏這樣的花轎就沒有第二頂，我也沒有辦法。但我想到了另一個辦法，我記得在今年三月陶王爺的三公子結婚的時候，新娘是坐了一部馬車到男家去的，現在風氣已經改變了，我們也不妨改用馬車。」

「這主意很好。」祖母說，「你趕快向陶王爺去借這部馬車，」那是用四匹馬拖帶的，馬頭上裝著很好看的絲彩球，在街上跑起來，倒覺得很威風。

「我不相信在北京城裏真的不能找到第二頂花轎。」素雲對她丈夫說，「你們爲什麼要坐我去年坐過的那頂花轎呢？」

「我想坐馬車倒是很好，這是很新奇而又美觀的，」愛蓮說。

「如果您同意的話，我可以在老祖母和太太跟前說幾句話，」使女雪華這樣說，「我想這次婚事的場面既然這樣大，我們不應該再用舊式花轎，還有這次婚事的用意，無非是要把新娘迎接過來，而我們所娶的新娘又像花樣的美麗，要是把她放在一頂普通的花轎裏，不但不合事宜，而且也不相配。」

素雲看了看那使女，沒說什麼話。

「你最好派一個人去借陶王爺的馬車，並且請他們明天千萬別來晚了。」曾太太說。

「好，趕緊去辦，因爲我們大家都同意，」素雲說，說時眼睛斜睨著襟亞。當襟亞出去的時候，她對別人說：「似乎外邊的一切都靠襟亞，所以他很忙碌，在過去一禮拜內，他的體重減輕了幾磅。」

「替自己的胞弟忙碌奔走，辦好這件婚事，是應該的。」祖母這樣說，「我們不應當浪費金錢，但謝謝菩薩，一切事情都辦得十分順利。老三是我最小的孫子，而木蘭又是那樣美麗。我能親眼看見他們結婚，死也甘心了。我不知道木蘭現在已長得怎樣了，她已經有一年不來看我們了；當然，女孩子是害臊的。」

「老祖母，您會覺得很驚訝的，」曼妮說，「她長得越大，面貌也越發出落得漂亮了。現在她已長得很高了。」

「今天下午新娘會把嫁妝送過來，」曾太太說，「我聽說有七十二扛呢。」

「這是錦兒那樣告訴小樂的，」曼妮說。

「我不能等著看嫁妝進來，因爲那樣多的嫁妝，看起來眼睛也要發花的，」愛蓮說。

「這原是意料中的事，」桂姑說，「因爲男女兩家都贊成把這次婚事辦得很熱鬧，同時女方也願意盡力做到完美，因爲木蘭是他們所鍾愛的女兒，而他們又這樣富有。」

提到金錢的時候，素雲覺得很不高興。原來她在出嫁的時候，只送過來四十八扛嫁妝，而在那時已經覺得十分威風了，現在聽說木蘭的嫁妝有七十二扛，她就覺得很失面子。她自以爲她是曾家最有錢的一房媳婦，她也的確是。她知道木蘭的娘家有錢，但她卻不曾想到木蘭的嫁妝會比她的豐富得多，這似乎故意來同素雲比較，要蓋過她似的。

「我們很幸運，」她說，「也許我們不但討到了姚家的小姐，而且，也討來了姚家一半的家產。」

曾太太稍微有些生氣了，所以她說：「其實嫁妝的多少沒有什麼關係。我們是要娶她的人，不是要討她的家當。除此以外，我們在沒有親眼看見嫁妝以前，無須多說。」

於是素雲就懊惱著回到自己的臥室裏去。

那天下午三點鐘的時候，木蘭的嫁妝就搬來了，後面跟著八個男僕。嫁妝共有七十二扛。分爲金、銀、玉、珠寶、房中用具、書房用具、骨董、綢緞、皮貨、衣箱和棉被等。

這一大批嫁妝引起了許多人的注意，以致東四牌樓一帶的交通阻斷了五分鐘，還有一般沒有看見嫁妝的人，因爲沒有眼福看見北京城裏最好一次的嫁妝，覺得很懊惱。在靠近東四牌樓最前面一批人的當中，有一個女人對於這批嫁妝特別感興趣，這個女人就是華嫂子。因爲迪人已把發嫁妝的時間告訴了華嫂子，並且說他父親花費了五萬塊錢來辦木蘭的嫁妝，此外還陪送她許多骨董，其中有幾樣可以說是無價之寶。

華嫂子站在人群中，把所經過的嫁妝扛箱一個一個留心看過。她看見每一個扛箱都是由兩個人抬著，其中有值錢的珠寶、金銀和玉器之類，都裝在玻璃扛箱裏。據華嫂子所看見的，扛過的嫁妝有以下這許多：金如意一支，銀如意一支，玉如意四支，雕龍金鐲一副，絞絲金鐲一副，金元寶十隻；銀檯面二席，大銀花瓶一對；小銀花瓶一對，鑲金漆盤一副，銀燭台一副，小銀菩薩一對，銀元寶五十只，玉刻動物一套，紫水晶一副，琥珀和瑪瑙一套（**這些是木蘭自己收藏的珍品**），玉簪、玉耳環和玉戒指一套，大玉押髮一支，大的玉彩鳳兩支，大的玉盒一隻，小的瑪瑙箱一隻，棕色玉筆筒一隻，綠玉鐲兩副，鑲玉鐲一副，玉耳環兩對，一尺高的白玉觀世音一尊，白玉璽一對，紅玉璽一對，玉柄枴杖一根，玉柄蚊子拂一把，玉嘴煙筒兩個，大玉碗一隻，玉花六瓶；長的珠項鍊兩條，珠別針一副，珠簪、珠耳環、珠戒一套，珠鐲一個，珠項飾一隻。

接著還有幾個扛箱，裏面裝著古銅鏡和玻璃鏡；此外還有福建的馬子箱，白銅的手爐，水煙筒，鐘，房裏傢俱，揚州浴桶，和普通的衣櫃，接著又來了一批文具和古玩（**如檀木製的古玩匣**）、置物架、木凳、古硯和古墨，古老的山水畫，以及景德和福建的白瓷。此外還有一個漢鼎，一塊銅瓦（**從第三世紀的一個古銅亭子的頂上取得的**），和一個玻璃匣子的甲骨文。跟在這些後面的，是一扛象牙的雕琢品、十扛絲織品（**如生絲、紗、縐和綢緞**），六扛皮貨、二十箱衣服，六箱被頭，這些一部分專供新娘個人之用，一部分則贈送新郎的親戚。

當這一切嫁妝全部送到曾家以後，大家覺得這樣豐富的嫁妝，是出乎他們意料之外的。「木蘭是我所知最有福的女子，」曼妮說，「她既美貌，又有家產，或者可以說，她既有家產，又有美貌。要是一個沒有她這樣美貌的女子而擁有如許家產，那就未免太不公道了。」

華嫂子站在一個街角的前排，眼睛注視著這些嫁妝，特別是那些金元寶和珠寶，簡直把兩眼都看紅了。她在回家以後，決意好好地勸迪人一番，叫他暫時和父親好好相處，切勿因自己放浪過度，而冒被家庭驅逐或父子斷絕關係的危險。所以過了兩天，迪人來了，她便對他說：

「如果我知道你家真的這樣有錢，那麼，那一天我就不敢到你家裏去了。你又居於長子的地位！好孩子，千萬別冒著和家庭斷絕關係的危險，否則你便是一個傻瓜了。你應該設法使雙親歡喜你，把我丟開。我一個人不要緊，只要你不完全把我忘了就是了。」

「嚇！」迪人說：「你知不知道爲什麼我父親故意把這些珠寶珍品給了我妹妹？這是他故意把錢亂送，要同我比賽咧！他拿了十萬塊錢到南洋去，爲什麼？真是天曉得，而這次喜事又花了五萬塊錢。他這樣下去，不出幾年，定會把錢弄得精光的。你沒看見木蘭結婚那天胸前所佩的金剛鑽鈕針嗎？光是這一支針，就花了五千塊錢。」

「爲什麼你妹妹倒先結婚呢？」華嫂子問。

「我不知道，這是湊巧如此的。木蘭的親事，還是三年前我要到英國去的時候定下的，而那時便出了許多事情。」

於是華嫂子心中開始替迪人做種種的計劃。

說到木蘭的喜事，那些嫁妝、儀仗、酒席、喜劇、音樂等種種排場，都顯示出新娘珠光寶氣的景象。假使這種富麗堂皇的鋪張即是人世間的最佳樂事，把人世的夢想轉變成了現實；那麼木蘭就可以當之而無愧了。可是當她結婚那天的早晨，她也同別的新娘那樣，流了幾點眼淚。那是從她不可捉摸的內心裏流出來的眼淚。她把阿非領了進來，面上帶著淚容，把她多年放在書桌上的一個圓形玉紙鎮，給了她弟弟作爲分別的贈禮。阿非後來果然把它好好地保存在書桌上面，從不曾離開它。

「你姊姊就要到別人家去了，」她對阿非說，「你還有三姊在家。你應當聽她的話，並孝順父母。你現在十一歲了，你應當立志成人長大，做一個好人，做一個有名的人，切勿學你大哥的樣，你應當替姚家爭氣，使我們做你姊妹的也覺得有面子。倘然立夫來，你應當陪著他，和他做朋友。你大哥是沒有希望的了，姚家的希望，就全在你一人身上了。我們姊妹倆都是女孩子，是不中用的。你不知道你和父親到南方去的時候，我們過的是怎樣的日子。」她說完，眼淚已奪眶而出了。

這一番話，充滿著姊弟間的摯愛，使阿非感受很深，他一字字記在心裏，並時常想起這些話，使他在長大成人之際，越加奮發向上。後來他提起了這件事，總覺得有一番深刻的情感；而他所感念不忘的，就是這偉大的姊姊的愛，甚至還勝過母愛許多。

在古代的中國社會裏，一個人向上的觀念，繫於家庭的日臻發達的願望。因此他就得保全其令名，使家道日益興隆。唯其如此，我們才能解釋中國人堅強的道德傳統，對於日常行爲的注重，以及充斥在中國文學歷史裏的陳腔爛調和無止盡的道德說教。這些會跟隨人一輩子，直到進入棺材。

這也是木蘭恨不得生而爲一男孩子的緣故：因爲她自己不是一個男孩子，她就把她弟弟當作姚家的一種光彩，並將一切希望都寄託在他身上。

在當時不知有多少女子，因爲她們的理想不能實現，或有了極高的志向而不能達到目的，或雖有了極大的志願，因結婚而整個地被打消，因此她們只得把一切潛藏在自己的心底，而用希望的方式寄託在她們兒子的身上！也不知有多少女子想繼續求學卻未能如願！也不知有多少女子，希望在畢業後升入大學，而結果則全然落空！也不知有多少女子願意嫁給她們心目中所愛的那種青年人，可是卻身不由己。

少女心中所有的空泛不定的各種理想，正像一朵花在含苞待放的時候，忽然被狂風暴雨摧折了。這些可愛而無人歌頌的婦女們，無名的女英雄，她們不論嫁給配與不配的丈夫，其所留給子孫的，無非是豎立在野草荊棘中的土堆面前的一方墓碑而已。

木蘭嫁給這樣的夫婿，已比大多數的女子幸運得多。她和立夫並不曾真正戀愛，所以她以一顆最純潔的心出嫁。新亞是愛她的，她知道；而毫無疑問的，她婚後也必會愛著她的丈夫。這樣的愛情，當然是沒有問題的；這也是一對青年夫妻以終身相託的必然現象。在正常的情形之下，一切都聽自然去擺布了。一個做妻子的，固然不容易留駐在一個天使或女神的地位上，擁有一種戀愛的魔力源泉，使她的愛人丈夫永遠拜倒於其下，丈夫也同樣無法如此。但是老天卻早已替每一對青年夫妻，設好了一種天然融洽的方法，可以補綴婚姻上的一切破痕，使它天天煥然一新。這方法就是使每個人的心裏有一種慾望，要去得到彼此所沒有的德性，一方面產生一種互相的吸引力。性的愛戀和神祕，在婚姻裏正和在婚姻外一般地能發生作用，但人類的肉體在婚後終會喪失性的誘惑力。

木蘭的婚事，典禮是很隆重的。萬眾矚目的新娘，嬌美如滿月。從前沒見過她的男男女女，都驚爲天人。除了她兩眼具有迷人的魅力，和婉轉嬌弱的聲調之外，她真有一種神仙般的姿態。我們稱譽一個女子的美麗，說是「增一分則太長，減一分則太短。增一分則太肥，減一分則太瘦」，凡喜歡身段高大的女人，看見了她便說她長；喜歡短小女人的，看見了她便說她短；喜歡肥碩女人的便說她豐滿，喜歡瘦女人的便說她的身段生得苗條美觀。這種修長合度的比例，正具有一種不可解釋的魔力，可是她既不怎樣注意飲食，也並不做什麼健身操，卻天生如此美麗。

時代正在改變，木蘭也擁有新思想。她並不像一般新娘一樣，時刻低垂雙眼只往地下看，也沒有板起面孔收斂笑容，她更沒有緊閉雙唇，甚至還和桂姑低聲談笑著。當她嫻靜地低著頭的時候，只要一聽到人群中有什麼趣事，她就會很快地看他們幾下。所以她做新娘，並不像舊時代那樣拘束。人們看見了她的笑，只覺得是一種擺脫舊習俗的行為，並不認為她是個輕佻的新娘。

在喜筵中，她和新郎走到每一席去敬酒。新亞覺得高興極了，他的嘴巴簡直合不攏，他的兩眼幾乎笑成一條線。新娘離席之前，匆促地走到新房裏去會會一班客人。當她在更衣的時候，桂姑便輕輕地告訴她說：有一群新亞的同學要來「鬧洞房」，所以祖母特地差她來通知，以防這班青年人胡鬧。

「鬧洞房」這鄉風是有它特殊的目的的。當事者用盡各種各樣的方法，動手動口，做出種種惡作劇，引得新娘發笑。在以前，新娘迷人的笑容，視同丈夫的私產，現在就應當公開，使人人都可以瞻仰一下，這是他們所喜歡的。木蘭是進過新式學校的，也可以說是新式的人，而且她天性就喜愛哈哈大笑。

「素雲的兄弟們來了，」桂姑說，「他們是這裏最會鬧洞房的人。好在祖母已叫素雲過來，請他們小心一些，別要胡鬧，當然，他們是不敢不聽的，況且他們也是新郎的親戚。你怕嗎？」

「我不怕，」木蘭回答說，「只是鞋子有些挾痛，這樣撐到晚上，我真的要痛死了。」她又問：「曼妮在哪裏？」

「她在外頭，不過因為規矩如此，所以她不進來。」原來曼妮是個寡婦，不能進新房的。

「孔太太和她的子女也在外頭，」桂姑說。

「啊，是立夫嗎？」木蘭說。過了一回她又說：「你會和他說到話嗎？」

「不會，我不大認識他，」桂姑說。

「那麼你請新亞和他說，叫他進來站在客人那一邊。或許這樣會好一些。我是不怕人來鬧房的，不過胡鬧卻也有些怕，」木蘭說。

鬧新房這班人走進了新房，有一個新亞的同學姓蔣，他的面龐非常肥碩，他會把面孔扭捏裝腔，發出各種可笑的聲音。起初他勝利了，每個動作都能逗引新娘笑。他凸出了肚子，學著新亞說話的樣子和動作，以及新亞在校的種種舉動。這時連站在新娘背後的伴娘和錦兒，都忍不住笑了出來。於是這班青年人越加起勁，鬧個不休。末了，這個姓蔣的又說了一個笑話。

「從前有個壞蛋，沒有錢過年。」他說，「他妻子問他要錢，他就說，『不用擔心。』恰巧這時一個理髮匠走過他門口，他就叫他進來替他修面。理髮匠給他修了面，他又叫理髮匠把眉毛也一併剃去；可是剛剛剃去了一隻，他忽然大怒，跳起來大叫道：『混帳！你把我的眉毛也剃了嗎？叫你老子新年裏怎好去看朋友？來！我和你見官去！』那個理髮匠嚇壞了，於是給了他三百文錢了事。他妻子見他只留著一隻眉毛，就對他說：『你過年的錢是有了，可是你還可以叫他把另一隻眉毛剃去，你不知道你這樣看起來多麼可笑。』『啊！不！啊！不！』這壞蛋說：『我們還得留這個過一個節。我這隻眉毛是要留到正月十五用的。』」

那個人說了這故事，手裏拿了一張紙，用唾沫沾濕了，貼在一隻眉毛上。大家可真想不到，木蘭不但和他們一起笑，並且還說：「請你再說一個！」

「不！不！」他說，「我不說了。新娘既已笑過了，而今反要同我開玩笑了，這好像玩足球一般，守門的反而走來把球捧進門去。這已不成事了，算我輸了吧！」

大家又催著他順從新娘的意思，於是他又開口了：

「有一個人，他是健忘的。有一天，他突然肚子痛，就跑到一棵樹下的空地上解手。他把扇子暫時掛在樹枝上。當他站起來的時候，看見了這把扇子，就高興起來說：『是誰放了把扇子在這裏的？』他就開步走了，不料竟踏在自己的糞上。『老天啊！』他叫道，『是誰瀉肚子，把這公眾地方也弄髒了！』」

木蘭聽了忍不住噗哧一笑，新亞說道：「老蔣，我想你最好還是學做畜生叫。你學豬叫給我們聽，做個豬八戒。」

於是老蔣便裝出《西遊記》裏醉了的豬八戒的樣子，在滿屋子裏亂跳亂舞起來。這個卻使木蘭不歡喜，立夫因時制宜，便說道：「這次新娘沒有笑，你可失敗了，再找發笑的！還是學學驢子叫吧！」

老蔣在做獨腳戲了，他把兩隻手張開了放在頭上做驢子的耳朵，又跑到新娘新郎跟前，做驢子叫。木蘭仍然不笑，立夫看了她，就對她說：「新娘，這回你應當笑了。這隻驢子不是叫得很好嗎？」

她頓時覺得立夫在幫著她，便拉起老蔣的辮子，笑著說道：「蔣先生，你真好啊！謝謝你，今晚這般使勁，使大家這樣高興。」

這時，氣氛陡然一變，大家不免吃了一驚。新娘忽然說出這番話來，宛如把桌子壓在他們的身上一般，老蔣也搖著頭走了開去，自己覺得這樣的鬧洞房，未免太覺沒趣了。現在新娘居然來謝他的鬧了！這樣急轉直下的方法，再沒有一個人要鬧下去了。

牛同瑜走出去看戲，他對他兄弟說：「我這輩子還不曾見過一個鬧房的反而被新娘鬧了出去。這真是一個新派的女子！」

客人漸漸散去了，可是新娘新郎還得等著有客人來看新娘。新亞的同學走了之後，他謝了立夫的幫忙，木蘭也說道：「謝謝你，立夫兄。」他們就在這班鬧房的人失敗而去時相對而笑。

立夫辭了出來，說是母親和妹妹都在等他一同回去。客人漸漸散盡，樂聲則猶未盡，木蘭從窗子裏望出去，花園裏的燈光依然明亮。到了半夜，樂聲才停止，錦兒和伴娘幫她卸裝，請新郎新娘去安息，然後走了出來，並隨手把門鎖好。

在那天下午的「合巹杯」儀式中，木蘭和新亞已略有交談。在他和她之間，並沒有其他新郎新娘那種陌生不相識，一旦同居一室時所流露的奇怪窘態。

所以木蘭的第一件事，便是把太緊太窄的鞋子脫下，側著身子搓摩著她的兩隻腳。新亞看著她，不覺微笑起來。

「你在看什麼？」她追問著。

「我在看你，妹妹！」他說。

他走過去，想要幫她。她立刻把穿著襪子的一雙腳放了下去，說道：「這個不干你的事。我的鞋子緊得要命。」

「妹妹，讓我替你揉一揉吧！」他仍然不放鬆地說。

她用食指在自己臉上劃了一下，半嗔半喜的說著：「倒楣啊！」可是他伏下去替她搓揉腳的時候，她初時把腳縮了幾下，後來也就任憑他了。新亞又用雙手把她的雙腳抱住了說道：「這遭怎樣？我已得到你了！」

她心頭的小鹿在卜卜地跳躍著。「你還記得我們在運河船上第一次見面時的情形嗎？」她這樣問。

「是的，你還記得我們到山東遊泰山的時候，我們在爭論著你們的山多麼高，我們的山多麼小嗎？」

他站了起來，讓她先上床，他倆還是在談著話。在透露出曙色之前，他倆簡直不能入睡。

次早木蘭起床，非常愉快。喜娘連忙進房去道喜。這又是忙碌的一天。她要向曾家的親眷「奉茶」，作爲見面之禮。她先向祖母獻茶，接著又向別的親眷獻茶，每一位尊長都在茶盤裏放著一份見面禮。那天中午又得擺席，名爲補席，請昨天不及列席的來吃酒；到了晚上，又宴請新娘的全家，名叫「會親」。

到了下午，木蘭偷著閒在新房裏打個盹。她確是想睡，忽然聽得錦兒在外面低聲叫一個丫頭別作聲。錦兒躡進了房裏，木蘭又聽她走去，低聲說著她在睡了。

「有什麼事，錦兒？」木蘭叫著問。錦兒走了進來說道：「石竹在外面，祖母現在很高興，全家都聚在那裏。新郎官也在那邊。祖母叫我來看看你在做什麼。她希望你過這邊來。我見你睡著了，不敢來叫醒你；不過你還沒睡熟。」

「我不過在打個盹。我怎好真的睡著呢？」木蘭答，「現在什麼時候了？」

「大約四點鐘了。我們一家的人，大約五點鐘到此坐席。有一個姨母，領了她的孫兒來看新娘。」

「哪一家姨母？」木蘭問。

「我沒有見過她。聽說她是這家太太的一個表姊妹，住在北京附近。」錦兒答。

木蘭坐了起來，趕快把自己端正好。石竹已經到了門口，和小樂笑嘻嘻地站在那邊，不敢進來。

「進來吧！石竹，小樂！」木蘭說，「你們爲什麼不去伺候你們的太太？」

「小樂要我陪她來看新娘的報時錶，」石竹說。

「她自己也要來看看啊！」小樂說，「真的嗎？錢太太（桂姑）已和我們說過了。」

木蘭叫錦兒把金錶拿出來給丫頭們看，把手按下去，這錶便會在一個小鐘上，敲出幾點幾刻鐘。這兩個丫頭看得著迷了。

「錢太太告訴祖母，昨天晚上，新娘反而在取笑鬧洞房的，大家都高興極了！」小樂說。

「二太太在那邊嗎？」木蘭問。

「不在那邊，」小樂答。現在大家都舒齊了，小樂可不肯放下那個錶，她要木蘭拿去給祖母看。

木蘭進了祖母的房間，屋子裏的人幾乎都在這裏，祖母正斜倚在椅子上，丫頭石竹站在她旁邊。坐在她對面的，是一個六七十歲的老婦，服裝像是窮人的樣子，而身子卻和一般村婦一樣壯健。她十歲的孫子，穿了一件長出兩吋的沒有洗過的竹布長衫。曾先生和曾太太坐在靠椅上首，桂姑和鳳凰侍立在背後，曼妮的母親坐在對面，曼妮卻站在她後面，雪華則站在兩人的後面。木蘭在早上已經正式地和她們見過禮，這時是家人隨便敍談的時候了。站在門外的幾個婢女已在報告：新娘過來了，室內起了一陣騷動，祖母就吩咐石竹招呼她坐起來。

「你不必這樣，母親！」曾太太說。

「她是新娘，」祖母說，「今天我尊重她，日後她可要尊重我，服侍我，管理家務，生育兒女。這一應家務，不交給孫媳婦，還交給誰呢？」

木蘭進了屋子，祖母笑容可掬地迎著她，說道：「我的孩子，過來見見你的鄉下姨婆。」

「對不起，我來得遲了，」木蘭說。她對全家人笑著說，她穿著一件繡花粉紅色的短襖，和密密地鑲著雲頭和波浪形的長裙，看起來比先一日大婚時的喜服苗條得多。她胸前懸一顆綠柱玉，雕著一隻猴子和仙桃，卻不用前一天所別的金剛鑽把針。她走到靠椅跟前，先對祖母鞠了一個躬，然後再對姨婆行禮。

「這位是你的姨婆，是我的表姊妹，」曾老太太說，「你還不曾見過她呢。」

錦兒托了一盤茶和糖果跟了進來，木蘭接過來，請新姨婆吃。

「姨婆！」木蘭說。這老婦人探手到自己的口袋裏摸了一下，摸出一個紅色的小紙包來，裏面包著兩塊銀洋，放在盤子裏說：「真的，我的孫媳，你看起來真像人家新年裏買來的軟洋囡囡一般。」木蘭把盤兒提了給錦兒，她便站著不知怎樣是好。這位姨婆拿出一副老花眼鏡，戴上了說：「我的孫媳，不要走開去，讓我看個清楚。」她把她的手握了起來，周身打量了一會兒，便道：「我聽老太太說，你上過學，會讀書寫字的。我的姪孫真好運氣，娶了這樣一個有才學的妻子。過來，讓我看看你胸前掛的是什麼。阿彌陀佛！這是真寶玉啊！就是龍王的女兒也沒有這樣好的玉戴啊！」

祖母道：「我這個孫媳豈愁沒有玉戴！」

這位鄉下姨婆執了新娘的手，看她戴的戒指和臂環。摸到她手上綠玉的手鐲，她又叫道：「我怕這副手鐲，就是走遍了全北京城，也找不到第二副呢！我的老眼真好福氣。」她對孫子道：「你必須格外用功上進，將來可以做官，娶一個穿戴像你表嫂那麼美麗的新娘。」

石竹輕輕地在祖母耳朵旁說了些話，祖母就說：「好孫媳婦，你把金錶給我看！」木蘭從袋裏摸了出來，拿給祖母。石竹按給她看，鈴聲便響了。祖母聽了這聲音，轉過來說：「這些外國人雖不懂禮節，可是的確能做出些聰明的玩意兒。」

這位鄉下姨婆一見她孫兒擠上前去看錶，就駭極了，她便連忙叫道：「不要碰。要是你弄破了，就是賠上一百擔穀和豆子也是不夠的。」

回去。

「不要緊的，讓他看吧！」木蘭說著，就拿給他看，但他卻不敢看，很怕的樣子，把手縮了

「讓我看吧！」曾太太說。木蘭便拿給她婆婆看，小孩子們都擠了過來。

「坐下吧，」曾太太對著新娘，指著靠近她的一個座位說。

「大嫂還站著，我怎敢坐呢？」木蘭說。接著曼妮就坐了下來，祖母就說：「我們在家裏，全是一家人，自由些好了，不必拘禮。」因此木蘭也坐了下來。大家很小心地把錶傳過去給人人看，甚至丫頭們也都進來看這個奇怪的東西。

「光緒二十六年那一年，」那位鄉下姨婆說：「外兵搶劫皇宮，有許多人看見那稀奇古怪的外國自鳴鐘！可是我從來不曾聽見過這種稀有的寶貝。這一定是皇宮裏流出來的東西，不知道這是幾百年前的古物呢！」木蘭說，這是她父親從新加坡買來的。

祖母忽然想到了素雲，問起她爲什麼沒有來看木蘭。

「我想她是在害頭痛，」襟亞說。

「叫她來。全家人都在這裏，對她說，我要她過來，」祖母說。

素雲因爲頭痛，所以待在房裏。據她說，因爲昨天喜事忙碌，所以發頭痛病了。但事實是，她自覺曾家最富有的媳婦地位已遭受了威脅。她的家庭確實比木蘭家富有，但並不是每個富豪之家都肯在嫁女兒時大肆鋪張的。

現在她來了，出人意料之外的，她穿著便衣，不戴任何珠飾。

「這是我第二房孫媳婦，」祖母對鄉下姨婆說，「她是牛部長的女兒。」

素雲看見這皺紋滿面的鄉下老太婆在屋裏，覺得驚異得很，然而她卻隨便坐下來了。

「她父親是牛財神嗎？」鄉下姨婆這樣問。

「是的，」祖母說，「你在鄉下也聽到他的大名嗎？」

「一點兒也不錯，」老姨婆答，「北京城裏和城外的人，真沒有一個不知道這位牛財神呢。啊，老姊姊啊！人家說，他們有著藏金窖，藏著金塊銀塊。就是他們的看門人也有了幾千幾萬家產，他們在城裏開著好幾家當鋪，在鄉下有許多田地。前年，看門人的老太太做壽，官府也都去送禮的。怎的幾位最富的姑娘們都會嫁到我們家裏來呢！」

素雲雖不知道她家裏看門人在家裏做壽的底細，但已覺得心裏好過許多，好似爭回了許多面子一般。大家的目光都對著了她，她只是一點不作聲。曼妮坐在她上首的旁邊，把那金錶傳給她看，說道：「這是新娘的錶。我們正在看咧！」說著，隨手撳了一下，鈴聲叮叮的響了。

「是的，這倒挺好玩的，」素雲說著，露出嫌惡的樣子，連手也不提起來接錶。曼妮既遭了拒絕，就拿著錶還給木蘭，木蘭心裏也懊悔著，不應該帶錶來。新亞的父親卻沒有看過，所以他拿來仔細的看著，按了不停的響著。

「這真的很好，」他說：「老人家晚上睡不著，只要一按錶，便知道幾點鐘，用不著再點燈了。」

「爸爸，假如你喜歡，」木蘭說，「就送給你，我叫父親在新加坡再買一隻來好了。」

「我不過說說罷了，」父親說著，把錶遞了過來，但是木蘭卻站了起來，雙手捧給了公公，說道：「這算是一點小禮物，奉敬兩位老人家吧！」

「我已經收過你的禮物了。」母親說。

「請你們收了吧，表示我的一點心意，同時也要謝謝你們在我小時候的救命之恩。」

「那麼我們收了它吧，」曾文樸對他太太說，「她可以再去買一個的。」

「做公公的竟會公然收受贓物，」老祖母尋開心似的說著，「小老三，我不許你去嚇她。你們的婚事完全是上天註定。」大家都看著新亞，而他只是微笑而已。

「老祖母，」桂姑說，「讓我告訴你吧！倘然新亞的新娘會被丈夫或別人嚇倒的話，我可以把頭顱割下來給你坐。老祖母，你應當叫木蘭別吃癟小老三才是。你不知道，昨天一班鬧新房的，反被她下了面子咧！」

「你說點給我聽聽，好孫媳婦啊！」祖母說。

「別相信她，祖母，」木蘭說，「我不過謝謝那個來鬧房的小夥子。別信錢太太的話兒。我在這裏是最小的孫媳婦。在我上面有公婆，再上有您老祖母，平輩的有丈夫、大伯、大嫂子們，還有姑娘們。倘然我敢欺壓別人，還有什麼家規呢？」

「您聽她怎樣說話，」桂姑說。

「不過她說的是有道理的，」祖母很高興地說，「真正好口才，必須合理才是。」又對兒子說：「我的兒，我的孫兒們都已成婚，全家都團聚快樂，你應當對這班年輕人說幾句怎樣治家的話。」

做父親的微微笑了一下，說：「曼妮，你到我家已有五年了，我可找不出你有什麼不好，這應當歸功於你母親的教導有方。襟亞和新亞，你們兩人現在都已成了家。這兩房媳婦都是名門之女，且受過良好教育，程度還比你們兩人好些。我們做父母的十分滿意。現在這一家都在你們青年人的手裏，我們老年人不久是要交卸的。持家之道，不外乎『忍讓』兩字。我很高興，因爲木蘭把她的錶送給了我，我並不在乎一隻錶，而在於一種『讓』的意思，和一種慷慨地想到別人的存心。你們媳婦在家裏都受過良好的教導，你們頭一件事不必我再來說，就是要幫助丈夫。一個越是受過教育的女孩子，尤其應當在家裏表現好的樣子。不然讀了死書反而會害了一個人的品德。奉侍你們的婆婆，幫助你們的丈夫。你們幫助丈夫，就同幫我一樣。」

這篇演說相當好，卻不免形成了一種比較：素雲是乖戾的，但是木蘭在家庭中既因了她的樂觀而大方，又有一種天然的美麗，贏得了大家的喜歡。

現在木蘭家裏的人來「會親」了，全家的人都迎了出去。愛蓮跑過去問木蘭：「這錶要多少錢？」

「這我不知道。是我父親買來給我的，」木蘭回答說。

「倘然你父親還要買一只的話，請你叫他替我買一只好嗎？」

「只要你喜歡，當然可以的。」

素雲站在旁邊，對愛蓮道，「倘然你要買，你應當買兩只。一只自己用，再留一只給你未來的公公，不然的話，當你結婚的時候，又得要到新加坡去買一只，多麻煩？」

木蘭聽了這種譏刺的話，只好忍耐著不答，只做沒有聽見。

木蘭家裏的人來了坐不多久就走，並沒有吃，因爲這「請」席不過是一種例。她父親看見女兒的態度這般雍容大方，心中不勝欣慰，而莫愁也被曾家親屬大加讚賞。

第四天新娘回門的日子，新郎由女方設宴款待。他們的鄉風是新人須在天未破曉之前，起身到達女家，據說這是由於一種迷信：新娘回家時不得看見自家的「屋脊」，無疑這是有戲劇裏的話做根據的，而現在已失傳了。

回門的日子，不過自己家裏幾個人參加罷了，木蘭雖然離家不過三天，如今回家探視，心裏也很快樂，尤其是看見小兄弟阿非。新亞也很喜歡他。

這晚坐席終了，便有放焰火之舉，阿非看起來是其中最活躍的角色。他先說了一些話，留神著把焰火放在一根高桿上，豎在屋子西首的廣場上。因爲後面的果園略嫌狹小，樹木也太多了，容易妨害視線，而木蘭父親的意思，是使這焰火讓近鄰人家都有欣賞的機會。這次的喜事早已人盡皆知，今晚有特別焰火，尤其是轟傳遠近。所以到了七點鐘光景，前街後巷已是人山人海，有許多人已爬上廟牆坐著。

那晚的焰火，花樣非常多，掛在一根橫檔上，像帆一般地在一支二十尺高的木桿上擴張開來。放出火花的時候是整齊相連的，而且自動地放出各種花色。在未放出以前，這些焰火，望上去好像掛在桿上的幾包紙頭和竹頭架子，其實它們都須經過佈置和安排，並妥爲保護，以嚴防火燭，不然便先自著火了。在木桿頂上繫著一隻紙做的仙鶴，在開始放射的時候，那隻仙鶴的口裏先吐出一支火箭，直衝雲霄，隨後便放出金色、菊黃色的火花。其後又接連放出九套焰火，叫作「九龍入雲」。

「這還不是頂好的，」阿非說。「下面還有一套猴子兜圈子哩！」

果然，在一個竹架上放出一個紅色猴子的焰火，火焰的炸裂聲做爲猴子的叫聲。從猴子的身後放出嘶嘶的火花，站在木桿四周的兒童和婦女的面孔，都在火光之下照得發亮。

「那是猴子在撒尿啊！」阿非勝利般的喊著。

再放出來的是一個大而青的西瓜，火花又向四面飛散。紅玉有些怕，用雙手摀住了兩耳，阿非說：「這沒有什麼可怕的。下面還有葡萄的咧！」阿非好像記得全套的花樣。西瓜的煙層完了之後，果然放出一串紫色和白色的葡萄，忽然發出一道輕而靜的紅光。看的人沒有一個不讚歎備至的，眼看著這樹脂的質料漸次焚去，終於落在地上。

這下面的一套是「散桃」，有一個旋轉的輪子，用飛箭的原理在自動旋轉，這次那最精彩的一套也來了。瞬時間出現著一座五尺高的七級寶塔，筆直地懸掛在天空裏，每一級裏面好像點著一盞燈一般，接著又是靜靜的兩三套花色，放出各種顏色的雲彩。又下面是「立開荷花」和

「慢開荷花」。接著「投鼠」也放了出來，但見空中有一團彩色的煙霧，隨即落到地上，向四面飛去，使鄰近站著的人大吃一驚，起了不少紛擾。之後是各種的趣畫，如「八仙捧壽桃」和「七聖滅妖」在煙霧中消滅了。此外更有田野的風景、畫舫的風景、朱紅色的樓閣，裏面坐著一個美女。焰火的末了是「三連進」，是一支很大的火箭式的東西，連續不斷的，射出三種爆烈的火箭，射入高空。焰火放完了，眾人就都散去，恨不得再看下去。

紅玉最喜歡最後的人物畫，每次看了一個總叫著：「別燒了，為什麼燒了？我想要永遠看著它。」等到焰火放完，她就問道：「結束了嗎？」

「結束了。」阿非說，「焰火總有放完的時候。」

「那麼，我下次再也不要看焰火了，」紅玉說。

現在阿非把紅玉帶了去，新亞就對木蘭道：「你看你們的表妹，她是那麼悲傷。她太多愁善感了。」

紅玉站在木桿下面，望著已放完的焰火架子，神情悲痛欲絕。這條木桿上面僅僅留著一二條還未燒完的小繩子，眼看著樓閣、畫舫、美女等在一個兒童看得十分有趣的時候，忽然間煙消雲散了！

那個放焰火的老者，把辮髮盤在頭上，老是拿著煙管抽煙。對於所放焰火認為很得意似的，也和其他看焰火的兒童一樣高興。阿非跑過去領他去看新娘。木蘭稱讚他的焰火，這時候才知道他是個福建人，他聽不懂她的話。阿非因為到過南洋，曾經學得一點福建話，就翻譯給老人聽，新亞拿兩塊錢來賞給他，他就深深的打了一個躬，並向新郎新娘道謝，覺得很高興。新亞還問他怎樣學得這副本領。這老人家說：他們一家依此為生，已有三代了。

木蘭的婚事算是告了一個段落，可是紅玉還是吵著要玩點不盡的花紙燈。

卷之二

庭園的悲劇

夢飲酒者，旦而哭泣；夢哭泣者，旦而田獵……是其言也，其名為弔詭；萬世之後而一遇大聖，知其解者，是旦暮遇之也。

——莊子，齊物論

第二十二章

在一九一一年那年，革命終究爆發了，而滿清政權遂隨即潰滅。革命能夠這樣迅速地成功，是因爲一般人民對於滿族統治的不滿情緒已經達到了極點。第一砲是在八月十九那天在武昌爆發的。自九月一日至十月之間，有七個省份連珠般的接著響應起來，另外的幾省，也陸續的跟著豎起革命的旗幟。每一次的發動，差不多總是很容易而且很敏捷的獲得了勝利的結果，各省的滿籍總督不及逃避的都被砍了腦袋，滿族的督撫，有的被部屬所拘禁，有的參加了革命軍。

那時候，滿族總督的監視和牽制漢族巡撫的制度，已經廢弛了，所以有幾個省份，索性兩個職位由一個人兼攝著。至於這兩個職位，實際上卻也沒有什麼嚴格的差別。清廷空洞而不著邊際的煌煌敕諭，不能滿足人民，乃急急的頒布了久經許諾而未實踐的十九條憲法條文，那差不多是十年來漢人所爭鬥的目標。一面，清廷又明令赦免了革命黨人；准許人民剪辮；又下詔罪己。可是這種種措施，無不歸於徒勞。

那個老邁的慈禧太后，當初不自醒悟迫在眉睫的危機，久經驕泰奢豪地過度使用慣了皇室特有的權威，現在讓這個小皇帝來替她還債。經過了五十四天的戰爭，清廷和革命軍之間，便開始締結停戰協定，皇帝隨之退位了。

十一月六日，國父孫中山經由歐洲自美洲歸抵上海。四天之後，被選爲中華民國大總統，是時，便決議採用西曆，乃定於舊曆的十一月十三日選為民國元年一月一日（一九一二年），而孫中山先生即於這一天就任大總統。四十二天之後，清朝皇帝實行退位，中國的帝制政治於是告終。

一切革命都是一樣，在這種場合，總要影響到一個時代的制度，亦影響到一個階級，使他們喪失安定的既得權益。

中國革命的結果，首當其衝的便是滿洲人，無論貧富，都得嘗一嘗這個況味。因而滿族的王公貴冑，不得不變賣他們的資產來維持原來排場的生活了。退了位的皇室，也就領了頭出賣其寶藏。一六四四年以征服者臨馭華夏的滿族後裔，那些秉著權威的旗人妻女，一時降而去充當人家的傭婢。比較貧苦的旗人，向來是受著宗人府的按月錢穀津貼賴以生活的，到此陷入身無長物的苦境中了。要他去勞動則太懶惰，要他去偷竊則太高潔，要他去求乞則太羞怯。居常講著很儒雅很富教養的官話，在過去二百七十年中，是受著皇家供養以生活而不知有所謂工作的。旗人在那時構成了貨真價實的有閒階級，現在，突然面臨到了倒運的日子。俗語說：「樹倒猢猻散」，正是那時的情形。

實際上漢人對於滿族並無所謂種族的敵對心理存在，因為滿洲人一向是優柔懦弱，很講禮貌，也很適應漢人的生活。他們已經採取了漢人的文化，除了婦人的服裝以外，漢滿兩族在形貌上簡直分不出什麼差別來。現在，滿洲姑娘巴不得要嫁一個漢族郎君。年輕一些的男子，不得不去拉洋車度日。不過，他們之中有些人委實太窮。有時一家幾個人必須合穿一套衣服，彼此替換，當一個人穿著這套衣服外出的時候，另外的合穿者只好赤裸著身體蜷伏在被窩裏，直要等到出去的那個人回家來，脫下那套衣服，才挨得著另外一個人穿上身去。

下面是一段這種革命的棄兒在當時的故事，也可以說是革命時代的插曲。

有一個旗人，在一家茶館裏喝了一壺茶，吃了一塊芝麻餅，用完了最後一個銅鈿，可是他吃完了這塊芝麻餅之後，還沒有滿足他的食慾。他瞧見茶桌的罅縫裏有幾粒芝麻，不禁饞涎欲滴，可是細細的剔撥，怕人瞧了見笑，乃突地裝著發怒的樣子，把桌子狠狠的猛拍幾下，芝麻層不由從罅縫裏跳躍出來，乃從容把它們沾些口沫撮了起來，徐徐送入口中，一面說道：「想不到這原來是芝麻啊。」可是這一拍，引起了隔桌一個茶客的注意，他看清楚他的這種古怪行爲，心中知道他是爲了沒有錢買第二塊餅吃的緣故。這個人走了過來，撮起幾粒殘留著的芝麻，用了同樣古怪的審察姿態，說道：「我早知道這些是芝麻呵！」

就在這個時候，那個旗人的女兒到茶館來了，說：「媽媽要出門，可是沒有褲子穿，請你回家去。」

「什麼？沒有褲子穿？」這個旗人威風十足的咆哮著說：「她難道不會打開那只大紅箱子嗎？」

「爸爸您忘記了，」那小姑娘說：「那大紅箱兒早已在端陽節前當掉了呢。」

「那麼便在放真珠的櫥裏啊，」這個尷尬的父親說。

「爸爸，您又忘了。那口櫥是在去年年底當掉了的呢。」

這才叫作「殺風景」。於是他紅著臉拉著女兒走出了茶館，讓旁人在他背後哄然譏笑著。

當時受影響的還不止那些旗人，整個北京的官僚階級統退出了政治生活。此輩不可救藥的傢伙喪失了他們全部的政治關係和社會關係，他們現在必須面對新的社會秩序，面對著他們所詛咒的墮落的道德，又須面對他們所不理解的青年階層。

那些比較過得去的，蓋已蓄積了足以維持舒適生活的資產。有幾個在外國租界內購置了別莊。有的深恐引起別人的注意，就去住在租界內普通里弄紅磚石庫門內，掩藏起他們積蓄的資產來，可是其中也有幾個，忍不住買了一輛新式汽車，以圖快適的。擁貲雄厚的，還雇上幾個高大個子的頑強俄國人，充當車伕或保鑣。有幾個腦筋比較切實些的，則投資經營工商業。另有少數人是政治職務的永久追求者，這些人就是很短期的擔任一官吏職務，好像過了一過鴉片煙癮了，他們一跨進衙門，便認爲搜括私肥是「讀書人」最自然的行爲。此等天生的政治蛹蟲慢慢地又逐漸溜回進政府機關裏來了，他們從內部腐蝕，使民國政治墮落起來，造成一九一一年以迄一九二六年的惡劣現象，傳爲一時政局上的笑柄。

木蘭的娘家並沒有受到多大影響。因爲革命倒不致影響到中國茶商和藥商的買賣。不論在民國統治下抑或在帝制統治下，茶仍然是茶，藥仍然是藥。後來木蘭才知道，她的父親在革命勃發前曾輸送過數十萬大洋餌到南洋去接濟那兒的革命黨人。這讓他的現金一時短少許多，而他的營業額依然不變。等到革命成功，他又是第一個剪掉辮子的。

可是她的夫家，卻有重大的變化。曾文樸是一個頑固的孔教主義者，對於他，革命簡直是翻天覆地的行動。他倒並不關心清朝被推翻，卻擔心著以後的變化。

他與木蘭的父親並沒有十分深切的友誼，因爲姚思安是一個改革主義者，而他本人則是個守舊思想極厲害的人，無論社會風習、文物體制，舊的總是好的。木蘭嫁過去不久，就發覺他痛恨外國書籍、外國制度以及一切外國的東西。他身上雖掛著一隻金錶，卻是取著蔑視的態度，認爲這不過是下賤匠人的工作。外國人種種玲瓏的技巧，只足以表示他們是優良的工匠，他們的地位低於種田人，更低於讀書人，而不過比商人較高一級。這就是說：外國人沒有高深的教養，不理解精神的事物。這可以說是曾文樸對西洋事物所持的看法。

現在，革命爆發了，民國建立了，試想一個國家沒有皇帝，成何體統？真所謂「無父無君」，不啻即爲個人的無法紀與社會的無秩序的證據，他堅確地相信此後中國文化將遭遇空前的厄運。他反對外國事物的意見是不可妥協的，直等到數年後自身經歷了一種體驗，才改變過來。那時他患著糖尿病，經過醫生診治，百藥罔效，卻給愛蓮做西醫的丈夫用胰島素治好了。

當時曾文樸第一個念頭便是決心引退，因爲他早已積聚了相當資產，足以供養全家舒適的生活。他眼看混亂的時代來了，決意置身事外。他的友人袁世凱在革命爆發四天以後，雖出山復職，也沒有動搖他的決定。

新亞和木蘭在這個時期中，是生活於大家庭之下的一對小夫婦，他們在個人行動上，就需要種種的規律。這兩口兒最重要的義務，爲怎樣取悅於雙親，做一個孝子賢媳。不過一聲取悅雙親，不論在新亞方面或在木蘭方面，都包括著許多事情。第一件，要襄助保持家庭的秩序與調和的氛圍。所謂小夫婦者，務必盡力設法減輕父母的心事，不論對內與對外，要擔當協助萬端家事。

木蘭雖是最小的一房媳婦，倒是很快的獲得了曾氏夫婦的信任。曾夫人對於素雲已經感到失望，她服侍丈夫和照顧自身都很周到，卻是不願管她自己院子以外的事情。長房媳婦曼妮，生性懦弱一些，不是管理他人的人物，不論男傭人或女傭人，她都沒有統御的力量，也沒有治事的才能。她總是怕得罪人，就是對女傭人也是如此，因而有幾個底下人直接爽快的不聽她的話。這樣，桂姑就慢慢兒把家務的責任一些一些分給木蘭。如分配傭人的工作、監視幾個想偷懶把工作委卸給別人代做的老僕、禁止賭博、解決爭端、檢考傭人報告的家用帳目。

日常的家務是容易理會的，木蘭又每天午前花其大部分時間，與曾夫人或桂姑委派工作和商談親友間交際往來的事情。木蘭在娘家，對於這些事情已是弄慣了的，所不同者，曾氏所往來的是另外一批親友，她也很迅速的記憶起來了。

管理一個雇二三十個僕人的家庭，好似管理一所學校，也有些像管理國家，她的基點在於保持日常工作的行進，維持在上者的公正與尊嚴的態度，在所與共同工作的下級之間，總要保持一種適當的區別。關於一般的家教事情，木蘭很嚴格的不使陪嫁過來的錦兒過問，這倒是錦兒很願意的事情，一方面選了曾家的雪華和鳳凰做她的助手。

木蘭在娘家的家庭訓練，已經使她足以應付這個大家庭的一切困難家務。而她幽默又切實的理性，更使她來得容易。僕傭們幹錯了事，她只讓他們知道是瞞不過她的，很少要她公開的說穿，但她卻不願意整理家務顯出勝過桂姑獨掌時代的形跡。而她的地位，實比桂姑來得優越，因爲桂姑畢竟是位姨太太，她的行動，是出於充當曾夫人的代理人的資格，她本身對於重要的事情，總是不大下決斷的主意的，木蘭則爲正房的媳婦，所謂少奶奶，是一家的女主人。

曾家的總管姓卞，是個四十多歲的旗人，開始畏怕木蘭比怕桂姑還厲害了。因爲每當帳目中有些微參差，木蘭總是對他笑笑，雖一言不發，卻充分地表明，她是不能受欺的。

卞老兒將這件事告訴方老夫子。有一天，方老師當著木蘭的面，對曾太太說，卞總管最畏懼的是三少奶奶。木蘭聽見了，對人說：「假使他畏怕我，那是不錯的。可是倘使他什麼事情都照規矩做，那也不用怕我，誰不想照顧自己的家族和兒女呢？在這樣的大家庭中，有些事情也只能假裝看不見了。」曾夫人見木蘭這樣年輕，卻又這樣老練，不由深深地喜悅，此後益發把權力次第託付給她。最終，曾氏全家的家務是要歸入她的掌握的。

至於就木蘭和新亞而論，像他們這樣的婚姻，生育孩子是件最重要的大事，不獨爲對家族盡其應盡的義務，亦爲充實他們之間的聯繫關係。孩子不啻在兩個全然獨立的生物之間構成了結合的焦點。結婚兩三個月之後，木蘭果然懷了身孕，新亞和木蘭十分高興。木蘭覺得她的婚姻從此是完美的了，於是她對於新亞倍增了一番柔情，而新亞想到了自己的孩子，原本的孩子脾氣有時也會顯露出正經的神情來。他們過得很幸福，遠超出木蘭曾經想像的。

大家都認爲她的第一胎大概是個男孩子。她久已希望自身要做一個男孩子，而她的品性確也具有無畏、獨立、明斷的性格，這樣的性格，一定會在男孩子身上求得其表顯。木蘭自己也這樣想。

可是，等到分娩的時候，那誕生出來的卻是個女孩子。家族裏邊多還曠達，倒也並不感到失望，木蘭甚至不許任何失望的情感滲進自己的心中。話雖如此，就實際情形而論，這個孩子的誕生，到底因而並未舉行盛大慶祝宴，假使是男孩子的話，就不免有一番熱鬧了。

這孩子取名叫阿滿，革命爆發的那一年，她一歲。

木蘭第一次惹得她公公不高興，是因她孩子氣的興奮情緒。原來他們小夫婦得悉了清朝被推翻，忍不住欣喜的情緒。當十月中，清廷詔下，允許人民自由剪髮，木蘭便拿了一把剪刀毫不遲疑的把新亞的辮子剪掉了。等到曾文樸得知這個消息，除了埋怨她的輕率以外，沒有別的辦法。

木蘭說：「我爸爸的辮子在一星期前就剪掉了，我們是奉了聖旨剪髮的。」曾文樸默然，心中卻是老大不悅。襟亞的辮子過了幾星期也剪掉了，曾文樸自己的卻拖到來年，那時袁世凱自己也把辮子剪掉了。袁世凱做了中華民國的大總統，因爲孫中山先生高潔而失算的把職位讓給了他，不過這不能說是孫中山先生的錯誤。經過革命之後，不能不有握強大實權的人物出身擔當重任。

現在的問題是襟亞和新亞的出路，他們能夠做些什麼？結婚六個月之後，新亞和他哥哥曾同在戶部謀得低級的職務。後來，政府被推翻了，現在弟兄倆就守在家裏。

北京市表面很平靜，只就北京而論，那是不流血的革命，因是帝制廢革之後，清帝和皇族還能容許其留居北京的中心紫禁城內，維持其稱號，行使朝廷的儀式，宮中得置宦官宮女，生活於瞬將消逝的帝皇夢境中，竊幸其生命的得以保留。在紫禁城外，是一個清廷所嫌忌的人，稱雄統治全中國。袁世凱受著一手所訓練的軍閥們的擁護，握著軍權實力。此等北洋軍閥的殘存勢力，遂支配了此後十數年的中國。

這一次政治變革，可以說是表面化的，然而革命意識終於推介到新社會時代來了。社會變革就是人民態度的改變，而這十年的改變，明顯拋棄了舊有傳統。例如採用陽曆、採用西式外交禮服、採用西式政體組織，都是公開承認西方事物優於東方的一種表示。從此以後，保守分子常立於守勢的地位。那十年是個荒唐滑稽對照的時代，有如舊瓶之於新酒，在社會的事實與急進的理論之間，在茫然的老人與迷惑的青年之間。

無形之中，這些事物都影響著我們這個故事中的人物。曆法的改革尤其是很表徵化的。在這之後，這個故事中所用的日期，是引用西曆的，因而新年佳節在每年的一月一日，而不同於舊曆的二月中了。

革命發動期間，正當素雲娘家的家運衰落時。財產、政治權力方面都崩潰了，在社會上也已喪失了顏面。然而由於袁世凱的再起，或許有了一絲復興的希望。

原來去年十月間，革命爆發前一年，社會上一時掀起了對牛家的公憤。

這事情起於牛同瑜企圖誘拐一個尼姑而褻瀆了寺院。在引起公憤之前，雖集中了有「財神之目」的牛氏之政治力量以圖庇護，亦無濟於事。假使只爲了家族中一個分子的犯罪行爲，或許還不致禍延全家。事實上，這件褻瀆寺院的案子不過是個導火線，這其中包含著牛姓一家過去種種的罪惡，人民不過藉此以圖洩恨而已。

牛氏弟兄倆，懷玉和同瑜，慣常仗勢欺人，他們的母親也有同樣的毛病，對於兒子，從不肯規勸警戒，因而他們好像受著鼓勵般，益發膽大起來。而且他們的母親也有些怪脾氣，對於每一次兒子的公開違法，無視官憲威力的行爲，認爲這便是威震北京城「萬能馬祖婆」的威風。她自信著，又使闔家深信她是控制著全國財政的支配人，她的地位是不可動搖的。她的腦海中，充滿了「牛家財霸天下」這種念頭。她在這個世界中，只畏懼一樣，那就是「佛」，說得切實一些，她的敬畏佛的心理，其實不敵懼怕掌理地獄的閻羅王之甚。因此她成了最虔誠的佛教信徒，時時向寺院捐輸奉獻，而每一次的捐贈，使她增進一些獲得安全保障的感覺，她深信，當發生災難時，那冥冥不可見的佛家之手，會伸展出來保祐她，保祐她的丈夫，保祐她的子孫。無疑，她的性格總是富於宗教色彩的。

她兒子在外面所幹的事情，有幾件她是知道的，有幾件她卻是不知道的。至於他們帶著保鑣橫衝直撞，破壞北京交通規則，她是贊同的。否則怎麼能顯出她的威風呢？一個人得以升到這種地位是非有高貴的命運不可的，而交通規則之設施，非高貴命格像她的兒子那樣的人物是不行的。不過還有更糟的事情，甚至令婦女們在劇場中怕見牛家兄弟的影子。有一次，有一個人家的小老婆，惹起了那牛家長子的注意，劇終之後，那婦人就被他的保鑣「邀請」到他的密室裏去過了一宵。隔天早晨那小老婆回到家中，她丈夫還不敢透露半個嫌惡牛家的字。

這個牛氏的長子娶著一個纖弱柔順而遲鈍的妻子，她從未想到要問一問丈夫的去處。次子同瑜尚未結婚，行動上所享的自由自然更大。兩個人各有一個朋友，專門替他們尋找新的女人，倘能找得一個新的女人到手，便有大量報酬可享。

有一個富商的女兒，生得漂亮又年輕，可是總不肯和同瑜接近，這一來卻更引起了他的征服慾。他逕自走進她家裏，她的父親不敢拒絕他進去。接著他更進一步乾脆挾著她出門去了，公開的向她求婚，自陳已經愛上了她，最後就鄭重的約定要娶她。那姑娘想想去嫁給牛家做媳婦，總還不差，倒也回心轉意過來。那裏知道不到一個月工夫，同瑜就對她厭倦了，又轉而去追求一個田舍姑娘。從此把富商女兒的影子抛到九霄雲外，想也不想，這等事情不值得煩上帝的寵兒牛家公子費心的。不論貧富，女子總不過在晚上供人玩玩，而自己是永久的勝利者。

這個被拋棄的姑娘懷著說不出的怨恨，灑了不少虛枉的眼淚。她的父親怕她自殺，為要勸阻她出此下策，勉勵她設法報仇雪恨。然而，一個早晨，這姑娘瞧著四下無人，悄悄的握了剪刀，把數千煩惱絲一下子剪了下來，決心出家為尼。這姑娘的爸爸眼見自己女兒終身被毀，不由萬分激憤。但告官無際於事，他並沒有婚約的確切證據。因此只有靜靜等待時機，虧得他有的是錢，終於黠巧地設下了一個陷阱，來伺候這個年輕的浪子。

他開始在全北京城極力的尋找，要搜求一個最美麗的妓女，結果終於被他找到了年輕貌美的一個，她的年齡恰恰和他女兒一樣，是十八歲，聰明伶俐，還能和一般歌妓一樣，熟悉各種掌故戲曲，能講種種英雄俠義，友情報恩的歷史。他就出錢從鴇母那裏把她買了過來，讓她住在自己家裏，像公主那樣款待她。那個姑娘受了如此隆重的禮遇，忍不住問他希望她替他做些什麼？這父親並未回答。到了第二天，她又說：「您這樣毫無理由的善待我，實在令我十分困惑。您既不是把我充作偏房，那麼要做什麼呢？生命是人人所珍惜的。除了死之外，我願意做任何事來報答您。」

這父親這才把他女兒的遭遇，講給她聽了，約定假使她能夠實行他的計劃，他將重重的酬謝她。假使他計劃能順利的成功，其結果會使她一舉成名，她的過去已有這樣的根柢，仍舊可以回去重操舊業，那時便會成為世界上最被熱烈追求的皇后了。他又想盡種種方法，說得她義憤填膺，深惡痛絕那惡少，而十分同情他女兒。在她的任務裏，並沒有什麼危險性，而且她還年輕。

在大家立誓嚴守祕密之後，她同意擔負這項任務。

於是他把女兒送到郊外的一所庵堂裏去，那兒附近村莊他熟識幾個當地的長老，一面許下大量願心，以博取庵堂中老師太的歡心。每次他去探望女兒，總是順便一個個地去拜訪村莊上的父老，仔仔細細的把他女兒的經過講給他們聽。牛家的聲名久已在這村莊上爲人所熟知，長老們聽了這番話，不由一個個表示同情，而暗暗痛恨牛氏。

接著第二步工作，這商人又設法結識了幾個牛家的僕人，藉此得知了牛家弟兄倆所常去的地方，包括戲院和公園。在酒鋪中，他和牛家僕人喝著花雕，又在僕人口中探聽著牛家內幕。於是他又替那歌妓租好了一所房屋，雇了一個傭人和一對假父母，把她打扮好了，跟隨著老媽子送到戲院裏和公園中去。過了一個月左右，那野貓果真被釣上了鉤。

同瑜跟這姑娘發生了曖昧，這姑娘裝著大家閨秀的樣子，在外邊可以親暱的接近，卻不容許他跟隨到她家裏。經過三個星期的幽會，在這期間，同瑜被迷得神魂顛倒，甚至相信他自身正沉浸在初戀的情海中。

一天，這姑娘突然失約，沒到他們所約會的地點。她的老媽子卻一個人匆匆趕來告訴他那一段不幸的消息，說她家小姐因爲她父母不顧她的想法，要將她許配給人家，又怕她出走而軟禁在家裏；但她小姐總想在這幾天脫身溜逃出來，親自來和他會面，或者至少讓他知道一些消息。她要求他耐心等著她，要對她保持真情。又過了三天，這老媽子又來告訴他，說她小姐因爲絕了望，已把青絲剪掉，準備出家修行。這樣一來，一切希望都完了。假使他想見見她的面，可以過了幾天之後，到北京城外一所寺院中和她相會。

這商人一邊就在家裏準備把這妓女送到他女兒出家的那寺院裏去，等候這上鉤的浪子。他的計劃，就在把同瑜牽入和尼姑發生曖昧的漩渦中，那是一件社會上認爲不可輕視的罪行，這罪行會從這妓女口中漸漸暴露出來。那當家師太相信她是另一個因失身匪徒而削髮爲尼的姑娘，也就收受了另一個女弟子，這兩個年輕尼姑之間，互相守著極端的祕密。

九月中，牛家二少爺乘了轎子到這個尼庵裏來，說明他是現在新出家的一個小尼姑的親戚，要求和她會一會面。這個歌妓，現在取名爲惠能，走出來接見他。她對他說明她現在還是愛著他，後悔削髮爲尼，可是現在已沒有補救的辦法了。誰知同瑜聽了這話，卻說：「那容易，你只消跟我走，這裏的人，沒有敢碰我一碰的。」原來他想在光天化日之下挾她奔出寺院，這行動等於綁票，惠能請他今天先自回去，約定過了三天再來。

一等他跨出寺院，惠能就慌慌張張奔到師太那兒去，倉皇的說：「救命啊，師太！從這年輕人手裏救救我吧！」

「咦，他不是你的親戚嗎？」師太說。

「我的親戚！他是牛家的兒子，那財神牛老爺的兒子。我不敢不去接見他。就因爲怕和他鬧亂子，我媽媽才把我送進寺院裏來，而現在卻被他找到這地方來了。」

「啊，真是想不到的事情！」師太長歎一聲的說。

她想起了那富商女兒惠恭的遭遇，還不過幾個月的事情，說：「惠恭師姊也就是受了這個少年的糟蹋的。」

「我知道，我知道，」惠能說，「他要帶我出去，我拒絕了他，他卻說定要在三天之內再來搶我。我們該怎麼辦才好呢？」

老師太不免擔足了心事。抗拒牛家是絕對危險的一件事情。但是假使他真的帶了人來搶這尼姑，而她任由事情這樣鬧下去，她的寺院的名譽將蒙受多大污辱，而且別的尼姑也就失卻了保障了。

這事情於是在寺院中三三兩兩的傳著，大家都覺得有可怕的事情要發生了。這消息從尼姑們裏傳到香火伴淘裏，又從香火伴淘裏傳入村民耳中。強搶尼姑這種舉動，未免激怒了村民，長老們都已知道惠恭遭遇的事情，就來和老師太商量。商量的結果，決定召集全部村民合力來援助她。假使京城近郊的尼姑可以強搶，簡直目無皇上。所以他們決定以武力來抵抗這強搶的暴行。

到了第三天將近落日時分，牛二少爺坐了車子，跟隨著兩個壯漢又到這寺院裏來，料想定不會遭遇抗拒的。他大步跨進這尼庵，說明要見老師太，見面之後，他先說明了姓名來意，吩咐她把惠能放出庵來。

老師太一口拒絕他的要求，說：「這樣的事情是前所未有的。這裏是佛門聖地，不容你來褻瀆，不管你是誰。」

牛家少爺於是吩咐他的隨從動手搜查這尼庵。不防尼姑們大家齊聲的吶喊起來，暗角落中便有少壯農夫，拿著扁擔木棍，紛紛縱躍而出，望著隨從當頭便打。這事完全出乎牛同瑜的意料，不得不急急湧退，一面威嚇著要來復仇，一面急急的拔腿奔逃。

第二天，牛同瑜又派人來說，除非馬上把那尼姑交出，否則就要封閉寺院、懲罰村民。老師太至此，覺得真陷於尷尬的境地了，乃懇求稍予延長些時間，而於兩天以內答覆。到底是不屈不撓的奮鬥過去，還是屈服，她得和村老們仔細的商量一下。

有一個八十多歲的老人，好像是個村長模樣的，開口說：「我活到八十多了，卻沒有瞧見這樣的事情發生過，老師太，這場仗是我們幫著你起頭的，也會一路幫著你下去。這裏還有皇帝在呢。我可以擔這個責。我到了這個年紀還怕死嗎？我倒要看一看牛財神的顏色，看他能不能把天地翻身！」

受了這個老人的激勵，村民們決意和尼姑們協力。到了約定的時間，牛家僕人來討回音，這個老師太便回覆他去告訴東家，任憑他要怎樣擺布便怎樣擺布，她不能讓這個寺院的名譽被毀。等牛家僕人離去了，老師太便設法把小尼姑們匿藏在附近農家，又把惠恭、惠能寄居到別個寺院裏去，準備自己的庵堂被封閉起來。

隔不了多時，北京政府果真派遣了差人，在「對待和平紳士無禮」的罪名之下，來查封這所尼庵了。差人們踏進寺院，瞧著院裏闃無一人，乃拿著拘票轉而去逮捕村中長老，加以「參與擾亂公共治安」的罪名。那個發言的老年人首先挺身而出，願受逮捕，但村民們把他阻止了下來，換了一個讀書人和一個老農去。

隔了幾天，北京城各處街道中，意外地出現了成群結隊的和尚村姑和村農們。街頭巷尾以及城門上，又貼滿了無頭告示，公布強搶尼姑的經過，並由尼庵和那村莊名義，向各界乞求公正援助。

最惹人注目的是，行列中為首的是一個八十多歲鬍鬚雪白的老人，年齡足以引起旁人的尊敬。每到一處，這老年人站住了，以其緩慢而沉著的聲浪演講時，總聚攏了一大群人來聆聽。

這樣的事件，本來是一般人所憎惡的，加以這憎惡的對象是久被痛恨的牛財神家的一分子，益發引起了大眾的同情心。這一行列一路過去，群眾的力量越集越強大。當他行到天安門廣場的時候，已集聚至數千之眾，一時議論紛紛，人多口雜，勢不可遏，便成了暴眾，齊聲吶喊起來道，「打倒財神啊，和牛馬畜生一塊兒打倒他啊！打倒那破壞法紀的賊子啊！」目睹這樣勝利的情景，尼姑和農夫們便在宮門前號叫起來，尼姑的聲浪更惹引別人的注意，所以在那天至少有三四千人環集在天安門附近，這故事便像閃電般的散播出去，迅速的鬧翻了北京城。

這樣在宮門外的公眾示威，在宋朝的時候是時常有的，不過近代已屬罕見。那時攝政王在宮中聽得了外面的騷雜聲音，初起還擔心著，怕的是革命爆發了。待得悉了詳情，便遣派一個太監去會見和尚尼姑們，訊問他們所欲控訴的是什麼案情。尼姑們早已預備好了訴狀，這太監拿了進去，又出來答覆他們，代表攝政王面允立即啓封這尼庵，並釋放逮捕的村老，把這件案子移送到法堂去審理。

這樁尼庵案件和公眾示威，把反對牛財神的公憤益發推上了最高峰。北京茶寮酒肆的閒談者連續數月之久的議論著，全城充滿了赤裸裸非難牛大臣的論調。牛家老小至此才有些畏懼，大家斂跡的蟄居在戶內。

那時有一個御史大臣叫作衛武的，久已企圖彈劾這位牛大臣，不過他的同僚卻竭力勸阻他，他們覺得這一舉動絕對是徒勞無功。受了公憤的激動，衛武化裝成平民的裝束，親自到一家一家茶寮酒肆去歷訪公眾意見，並採集材料。有一次正在東城一家有名的茶館裏坐著啜茶，聽見一個人說：兩百個尼姑也抵不住一個大臣，官官相護是向來的慣例啊！你且記著我的話，碗砂壺瓶是不能和鐵獲子對撞的。」

另一個人說：「倘任令事情這樣下去，那還有什麼王法了呢。我知道還有一個好好的良家閨女給那小牛遺棄了的。誰還不知道這一對寶貝弟兄天天幹的好事呢？」

第三個岔出來說：「你還是少開口爲妙。牛家的勢力不是容易搖撼的。」

第二個又開口說：「我真不知道那班御史大夫在幹什麼？他們的眼睛一定給什麼糊住了。我倒要等著看看這件案子將來怎樣結束。我聽說這大臣已請了病假，想利用他的勢力來平定這件案子。倘若這件案子真的認真辦理起來，就是去封閉寺院的京兆尹也得受罰呢。」

衛武把座位移近第二個人說：「啊，我們平民百姓在這裏說是不中用的。那些御史大夫的耳朵好像給蠟塊塞住了。誰敢扯城隍老爺的鬍鬚呢？我聽說牛家大少爺專門誘拐別人家的小老婆呢。」

「哼，那是一件公開的祕密，」這個人說。「因此他特在西城準備好一座房屋，另外他有嘍囉專門替他蒐羅女人。在他家裏，還有許多駭人聽聞的慘案呢。」

「什麼慘案？」衞武追問著。

「聽說他們家裏有個女傭人，曾被拷打，死於杖下的。他們怕給外邊瞧見身上的傷痕，還不許她父母來收屍，就把她掩埋在自家的花園裏呢。」

「你又不是鬼神，怎麼會知道這樣一個大官府裏邊的事情？」

「哼，這是什麼話，蛋殼還有罅縫呢！若要人不知，除非己莫爲。你想這樣一個家庭，裏邊的傭人會個個對他們忠心的嗎？事情是會洩漏的。」

衞武接著又繼續他的偵探工作。先到那尼庵裏去和尼姑及村老們談話，打聽出了惠恭父親的家庭所在，其後又探出了一個重要消息，乃去請了牛家的一個僕人來，他發誓自陳確是知道那件慘殺案件的真情，又說他還知道那埋葬的地點。

這僕人的話確證之後，衞御史乃把這事態加以審愼的考量。

自經宮門前一次公眾示威之後，大多數牛氏僚友都對他疏遠迴避起來。牛氏的權勢雖大，在朝廷上卻沒有多少真心親近的朋友；因爲他的資格非由經過正規考試得來，他沒有同寅，也沒有考師。袁世凱那時還隱晦引退著。王樞密使或許可以有力量衞護著他，但他卻是個個性懦弱而老邁的人。所以衞御史覺得這時機不可失，便決定提出彈劾。

當這件禍事爆發的時候，襟亞適正在拜訪著岳父家。老牛對於公眾狂熱的憤恨，不免心上著急；卻是牛太太還抱著驕矜倔強的態度，聲言對這班和尙鄉愚終須施以嚴厲的懲戒，忽然門房裏的一個當差的，慌慌忙忙的飛奔進來，嚷道：「老爺！太太！不好了！欽差大人和御禁軍進來了。」

大臣聽了，慌忙走出去迎欽差。同時另一個僕人奔進來告訴牛太太，說這公館已經被團團圍住，御禁軍守住了門口不讓任何人走出去。在外面，那欽差一走上大廳，馬上轉身南向而立，吩咐牛大臣準備迎接聖旨。牛大臣馬上面北雙膝跪下，恭聽欽差宣讀聖旨：

牛思道，不體國家恩寵，濫用國權，收受賄賂，散放重利，目無王法，已由御史告其罪狀。且乃治家無方，縱其子弟欺辱百姓，姦淫良家婦女，搶拐尼姑；又復慘殺婢女，私埋屍首，實屬罪惡甚已。牛思道應革去官職及一切勳位，與其子懷玉同瑜一併扣押候審。牛家應加監視以待命案了結。

宣讀聖旨已畢，欽差下令捉拿牛思道。這一來把牛思道急得目瞪口呆，身體縮作一團，恰如抽去了脊椎骨一般。衛士們奉令捲起衣袖，大步跨上前來，把牛思道一把提了起來，動手卸卻了他的衣冠。

「你的兒子在哪兒？」那欽差厲聲發問。

「他們都在裏邊，等候閣下的命令，老爺，」牛思道囁嚅的說，聲浪斷續的發抖。無人會想到他竟是這樣一個懦夫，會變成這樣一個瑟縮的東西的。欽差又下令把他兒子押上來，一霎時就把弟兄倆帶來了束手就縛，於是父子一同被解出大門，押入御林軍警衛的拘留所。

幸虧經王樞密使的斡旋，牛思道終得從寬發落，姑念其年老，特剝削官階，予以赦免。不過他在北京置的財產，由國庫予以沒收，連幾所錢莊在內，不過他在北京以外，也還置有家產，得獲脫漏。

懷玉被判徒刑三月，以其縱使僕人拷死婢女，且復拒絕其家屬收屍，而私埋掩跡，殺人罪經解釋作牛氏同意殺人，而將其直接責任轉嫁於一個僕人，這個僕人遂被判充軍苦役終身。牛氏的女眷都得因牛思道的赦宥而脫逃法網，蓋牛思道倘被判處死刑，其妻妾及未嫁女兒都得沒收爲官奴婢，以國有財產發賣。

次子同瑜則因誘騙良家閨女，惡意遺棄，並企圖強搶尼姑，玷污寺院雙重罪名而被斬決。他可算是一個陰謀的犧牲者，不過他的行爲亦屬罪有應得。這個消息傳出以後，半個北京城萬人空巷，老老小小、男男女女，都來爭看人人痛恨的牛財神家兒子的斬首，所以到了那一天，至少有三萬人聚集在天橋刑場，甚至擠得有十二個孩子或死或傷。

惠能尼姑於是還俗而回到假父母那邊去。惠恭和惠能經過這一場風波之後，得享有自由還俗的權利，而且一般社會上也希望她們還俗，現在加於她們身上的威脅已經解除，她們嗣後可無須再畏懼小牛。在一般人的激憤之中，大家集中注意力於發掘被殺婢女的屍體，無人熱心去刺探惠能的身世，這事件真相，過了數年之後，始完整的披露於世。

是以當革命爆發之際，牛氏的勢力早已消滅，他們一家就依賴在天津及別處所剩留的產業，在一般社會輕蔑的眼光中過活著。當民國元年袁世凱重握政權，牛氏始萌復上政壇的願望。但袁世凱雖想盡力予以幫忙，終覺得缺乏適當機緣。直等到數年之後，經由素雲丈夫的汲引，她的長兄才得到了一個小小差使。

第二十三章

沒有人會比素雲更銳敏且深刻地感到家族的沒落了。

她在曾家總是脾氣怪僻而又憂傷的過活著，一半因爲疑心有人在背後講她壞話，而一半是她對襟亞感到失望。是以襟亞雖在北京新共和國政府裏謀得個職缺，她的大部分時間還是跟著娘家家屬在天津過活的。又因爲她在家不擔負任何重大責任，每次她請求要到天津去，曾夫人總是答允的。

在天津，她的母親正開始著新的生活，她本人也就開始她的新生活來了。像天津那樣大的商埠上，生活於不同典型的人群中，她感覺到一種新的拜金狂，感覺到一種現代的奢侈享受的威力，舞廳呀、戲園呀、汽車呀，一切新式的美妙景色，無一不促使舊社會道德趨於崩潰，新的社會道德，即社會功利主義的樹立。任何人有了金錢，即受尊敬，受尊敬的人必爲富人。這樣的功利主義，恰巧與素雲的本質吻合。她每一次來到天津，總是興奮異常，也就盡可能的待下去，等到回到北京來，她感覺北京城是呆鈍暗淡的，和天津相比之下，頓形遜色。漸漸地，她過慣了天津的商埠生活，不知不覺間把北京的家看作監獄那樣的煩厭起來了。

當牛家禍事發生的時候，曾夫人吩咐底下人不許談論或提起這件事情，使素雲不致難受。木蘭也在這個時期特地和素雲表示格外的親密，更叫她的丈夫新亞去探望監獄中的懷玉。她自己又和曾夫人到素雲娘家去慰問。可是這幾次拜訪卻只是引起了素雲的誤會，而受她的懷恨，她不獨猜疑著木蘭在外表的親密之下含有幸災樂禍的矜誇意思，還疑心每次曾家的探訪是去刺探牛家的內情的。

牛老太太是經不起或不服膺受打擊的，時常在發脾氣，她永遠不信洪福超人的牛家會長久的倒運下去，她還是自信著自己和懷玉的福分；預計一朝臨到翻身的日子，務必對那御史和所有反對他們的人狠狠的報復。她具有這樣的自信，這自信的活動園地，也就是政治方面的未來變動。

「罷了，罷了！」她的丈夫說。「我們能這樣脫身，可以算是很幸運的了，感謝攝政王還能顧念我們過去的功績。」

「嘿！」牛太太說：「我從未知道你是這樣不中用的。要不是我，你怕至今還是個山東錢鋪老闆哩。」

牛思道覺得受了頓挫，未免感到厭倦了。拔除了過去的自負意氣，他現在又是原來的那個簡樸人物了。不知是因爲沮喪還是羞愧見人，他往往一連睡上六七天，老躺在被窩中呻吟。牛太太深深的恨著瞧見這樣一個懦弱無能的丈夫，她的媳婦，懷玉的妻子，終日的啜泣也惹她嫌厭。只有她的女兒素雲還有些可愛。懷玉的妻子是個懦弱而遲鈍的婦人，自她的丈夫關進牢獄之後，益發覺得一無辦法。她在家庭中最大的貢獻是接二連三的生育孩子，且都是男孩子。這幾個孩子題名爲國昌、國棟、國樑、國裕，原來牛太太就在這些題名中寄著無限的希望，雖然最小的兩個是對孿生子，還在襁褓中。

有一次木蘭到牛家拜訪的時候，恰值牛太太正在責罵懷玉的妻子，她只是默默的啜泣，身邊依靠著幾個孩子。她的父親是湖北省的視學官，曾存有五千圓大洋鈿在牛氏的錢鋪內，出事之後的三天，他慌忙來提回這筆款子，那時牛家的鋪子在天津以及別的碼頭還開著，誰知卻被牛太太截住了不放，因此雙方起了惡感。牛太太現在便找這個伶仃孤弱的媳婦出氣，這媳婦連一句話都答不出來。

「親戚不及陌路人，」牛太太咆哮地罵她的媳婦。「落井下石，他的良心何在？你忘了我們每當你父親爲難的日子，總幫他的忙。現在他自己的女婿關在牢裏，他卻向我逼索金錢。我倒從未想到我的兒子竟有這樣一個沒心肝、忘恩負義的丈人。」

「這都是我爸爸的事，和我沒有關係，」懷玉妻子所會說的話，就是這麼一句了。

當這個時候，一個當差的進來通報說有個姓張的承包人來拜訪牛太太。她一時想不起這個人，不知道他爲了什麼事情來訪，但是她料想在這些日子來，上她家門的都沒有好事。

正遲疑間，姓張的已由門役帶了進來了。在平時，是沒有這樣容易闖進來的。但是時勢已經變遷了，那門役竟自作主張的讓他進來，原來這人已向門役許下私約，倘能把這筆款子討得到手，也讓他分享一份。姓張的是個普通商人，就穿著隨身的衣服，現在他已不用費心更換服裝，來求見這從前的活財神了。

「你這渾蛋，老蔡，」牛太太向這門役說：「你竟不先來請示我要不要接見客人麼？」

「太太，」門役說，「他說他一定要進來見太太呢。」

「你這老呆蟲！」牛太太罵著說。「你就這樣隨便讓人家進來嗎？只要人家說一定要見我，就胡亂讓人家瞎闖嗎？老爺身體不舒服，還睡在床上，這裏還有女客，你們這班底下人都是一個樣子。老爺在患難之中就沒一個是忠心的了。」

曾夫人和木蘭瞧著有事情要談論，便和素雲及懷玉妻子退入另一間屋子去了。

牛太太轉向姓張的，問他說：「你要什麼？」

「我要我的錢，」姓張的回答說。

「什麼？錢我老早付給你了。」

姓張的秉著客氣而堅定的商人態度，他掏出一張契約，說，「太太，三年以前我訂約承包建造那座方家胡同的房屋，價値三萬五千元。我替牛大人造房屋，哪裏會賺一個錢？你那時付了二萬七千元，卻說是付清了。你們有權有勢的太太說了一句話，我們哪裏敢說一個『不』字。我就在這件工程上連工帶料損失了七八千塊錢。當時你允許我得承接政府工程，我就把這一筆虧耗的數目當作孝敬你大人的薄禮。誰知道此後我非但未從你那裏接獲任何工程，且每次拜訪無不擋駕，而讓王大耳朵搶去了這些工程，我再不要任何政府工程契約了。我只要我的錢。八千塊錢加上利息，三年一算，現在本利要一萬二千塊。我是一個生意人，不像你們做官的可以白紙寫一寫撈進個幾萬塊錢的。」

牛太太仍然拒絕支付，她不去和他爭論，只是簡簡單單的說，她沒有錢，這就是她不願意付款。這承包人於是不客氣起來了，漸漸的提高聲量，甚至威嚇著要進行訴訟手續。素雲在裏面皺著眉頭，加重了陰鬱的氣氛，致使曾夫人滿覺得尷尬，趕緊和木蘭從另外一邊走廊下溜了出去。後來木蘭從素雲那裏探聽得，這件事情經門役的調解，約定支付四千元了事。這四千元中，姓張的實際到手的只有三千元。

在另外一次拜訪中，恰巧又給木蘭撞著得悉了些事情，遭著素雲的懷恨。原來木蘭得悉了牛太太在家中養著一個私生女兒，叫作黛雲的，現在才八歲。黛雲生得非常靈巧，一般私生兒往往如此，不過她的臉蛋兒卻沒有她媽媽那樣漂亮。她臉頰豐滿又有一張肉感的嘴，宛似她父親的再版。不過她的性格活潑，說話又伶俐，真是家中可愛的小天使。牛太太嚴厲監視她丈夫，並禁止其娶妾，並未能絕斷阻制他的曖昧行爲。一旦經她發覺了，怒不可遏，強逼他要捨棄那情婦，她的丈夫居常屈服慣的，至此倍感羞愧，馬上像頑皮的學童那樣服服貼貼俯首聽命。黛雲的母親遂給付三千元被送到南方去，且永遠不許再踏進北京城，否則將有嚴重的後果。牛家當時還在勢上，黛雲母親知道牛太太的威力不可抗拒，遂被逼著捨離親女，默然南去。這件事情發生的時候，黛雲還只有六歲。從此她被教以稱呼牛太太為母親，但是她由於環境使然，終於漸漸變成反抗的女兒了。

當袁世凱就任中華民國大總統而重握政權，牛太太認為她的機會來了，可是她想替丈夫謀一個職缺的努力，終歸於失敗。袁世凱富於判斷人才的能力，當他用了這個人，他知道每一個人所追逐的目標——金錢、名譽、權力或女人——而使之各遂所欲。但是他不願意任用像牛氏這樣過去聲名惡劣的官吏來玷污他的新統治權。所以袁氏僅對那些來推薦牛思道的朋友說，且讓他「休養一下」。這樣的說法，殊屬圓通，而又堅決。牛氏自此挫折以後，漸漸習慣於新的環境，乃決定於一九一二年夏天移居天津。在外國租界內過生活，結識了不少新朋友，接觸了許多新環境，又與許多不利的閒言蜚語隔絕了。

素雲在曾氏家庭中，感覺到種種惡意的氣氛，這種事情總是體會出來而不是說出來的。由於素雲對待傭僕的態度，把這緊張形勢更加深刻化了。她的貼身丫鬟冷香老是離群獨立，不與儕輩為伍，因為素雲從不鼓勵她去和曾氏丫鬟們融合的結交著。有一天，冷香和曾夫人的丫鬟鳳凰起了口角，鳳凰個性高傲，說了一兩句辛辣的諷刺話。冷香把這事情哭訴給她的奶奶之後，素雲就到曾夫人面前申訴，而曾夫人自己的丫鬟早已在她面前把口角起因宛轉陳訴，所以曾夫人不肯在素雲面前訓斥鳳凰。素雲就把這件事情又當作一個證據，證明她在曾家不能與別人並肩而立了。

這也是一個原因，所以素雲時常回到天津娘家去。曾夫人的上頭還有老太太，而曾夫人在這樣的大家庭中能把各人支配得各適其所，素雲的支配慾或統治的野心，未免受了嚴重打擊，這一層也使她不歡。雖然時常留在娘家，素雲到底還不與曾氏家庭生活絕緣。不論古時或現代，每個人的生活總不免影響著他周遭的人，尤其是家屬之間。素雲的生活，以其時常歸寧，以及她在天律的行爲與其新的不可滿足的慾望，影響著襟亞，就如木蘭的生活影響著新亞，這些將在後面說明。

目前，新亞還住在家中過著享樂的生活，襟亞則早已獲得了一分官職。新亞告訴他父親說，現在這個新政府局勢還不太安定，又因爲有了一個共和政府，或許此後不再有官吏，所以他應該或則謀操別業，或則繼續求學以資深造。正當二十三歲的一個青年，他現在面對著當前的擇業問題，這差不多是一般的常情。不過，新亞對於擇業的主見，還有未曾對他父親說穿的一點，那便是他不喜歡官場生涯。

他的父親本人便是對共和政體不感興趣的人。好像政體變革以後，官職的風味一切都給破壞了。他覺得共和政府的新禮服看起來很可笑。尤其對於剪辮一事，不啻認爲對老年人的侮辱。假使他參加了新政府服務，是不是也要那種醜陋奇特的襯衫、硬領、領結，弄得像有幾個同僚現在穿的那樣難看呢？身上穿著中國服裝，頭上戴頂西式氈帽，成何體統？

曾文樸是個有教養的審美家，他自信著，一定要戴著中國式的瓜皮帽以終身，這種瓜皮帽才和他的長袖相調和。既已穿慣了寬博柔順的中國長袍，它予人以一種優閒莊嚴的姿態，今苟易以西裝革履而出現人前，便可想像得出一幅恐怖的畫面。

外國紳士們穿了這種短裝，才使他們走路健步如飛，處處露出工人模樣，失卻尊嚴的氣派，所以才有「長腳殭屍」的雅號。他瞧見有幾個從南方來的回國青年留學生和革命黨官吏，捏了手杖，戴了銅盆帽，說著兇暴的官話，在他的胸中只覺得這班人可鄙。他對於握手，尤覺得尷尬——兩手互握，該是極親切的舉動——而有些青年，竟伸手出來想和他握手，這還了得！官位的名稱一律都變動了，原來的榮銜到哪裏去了呢？「狀元」、「榜眼」、「探花」、「翰林」、「進士」

自然早已取消了。內閣閣員不再稱爲「郎中」，各部次長不再稱爲「侍郎」，省府長官不再稱爲「總督」，地方官員不再稱爲「道台」、「府尹」。一律改用了粗俗的新名稱，用著那些平民的不和諧的名詞，好像「長」字，——部長、次長、省長、縣長。優美的舊時代，舊官僚，一切都完了，舊書生風度的官吏的堂堂姿態，教養威儀，一切都完了。水晶頂子的紅纓帽，寬廣而帶深藍色的官服，方頭白底緞靴，水煙袋，風韻的笑容，溫雅的撚鬚，書卷氣的談話，謙婉的客套，微妙的遁詞，流利而抑揚有致的官話，也都完了。富於教養的官僚，現在易以粗野無教養的青年了。

一個年輕的留學生自稱某某官員，有一次來拜訪他，在談話中，時常無禮的用食指指點他，這一班官員甚至還不知道怎樣講官話，因此之故，那班廣東籍的革命黨人該列爲第一等罪人。甚至孫中山先生本人也把人字念若「雲」字。有人傳說南京臨時政府內，有個留學生在會議中隨口夾著英語如：「but」「so long as」「democracy」等等，直把不懂英語的幾個人聽得莫名其妙。這種傳說曾文樸聽了倒很相信，因爲他本人親自在宴會席上遇到過這樣的人。

因此之故，曾文樸和姚思安碰面，總是避開政治不談。時勢的多端變化，益令姚氏伸展其空想。曾氏則始終保持著原來態度不稍沾染。他仍舊爲一個老式的官僚，頹喪而不與時勢相接觸，但仍不脫其驕矜的氣焰。木蘭在想，臨到他挺直了足，走進棺木的時候，他還是要穿整了頂戴入殮的。

因爲他自身脫離了政治生活，毫無妥協可能，也就不去勉強新亞加入政府服務。不過他疑心著木蘭的主意或許與新亞的規避政治有著相當關係。實際上卻是他本人對此並不感興趣。他在他父親的衙門裏早已見過下級官吏的生活，在他的眼中，這種生活的實際情況，根本把外界人聽了虛榮官銜所想像到的魔力，掃除得乾乾淨淨。假使他的父親至今仍度其政治生活，則他也難免同入仕途，這差不多是繼續先人業緒的不可抗的慣例，倒也絕非羨慕做官的虛榮。搶奪飯碗的奮鬥過程中，以及搶牢以後的努力保守，都是件很困苦的工作，而且總是行動於陰謀的，徹底犬儒主義的，厚顏無恥的氣氛之中。

有一個晚上，他對木蘭說：「妹妹，你知道我對政治是不中用的。我有許多事情都不中用，而對於政治尤不中用。我不會拍馬。你可瞧見局長在爸爸桌子前面端莊謹嚴的站著，屏住了氣息，直等到爸爸抬頭望了他一眼，差不多屏了五分鐘才透一透氣麼？他的走路姿態和講話，簡直像一頭老鼠。外界不明白內幕的人，總以爲做了局長做了京官是何等光榮的了。到了外面去，他自身也端出威嚴的儀態，受他下屬的畏懼。不過我告訴你，越是嚴厲威猛對待下屬的官吏，越是老鼠般善於裝腔作勢的奉迎上級，這是千篇一律的例規，也就是拍馬專家怎樣爬升上去的不二法門。」

木蘭岔著說：「我懂得這些。政界以外的人，就像一個十八歲的姑娘，過著政治生活的人，就像已經出嫁而生了孩子的婦人。」

新亞對著木蘭微笑的說：「妹妹，這也有例外，你跟二嫂一樣收拾得多麼清潔，雖說她是沒有孩子，而你是有的。」

「這當然要看各人的本性，」木蘭回答說。「不過假使你看顧著孩子，便不能時常穿綢著絹，也是實情。而且錦兒也幫了我很大的忙。可是你不能看了婦人上宴會場的服裝而斷定她整潔與否。錦兒聽素雲的丫鬟說，她家奶奶穿的內衣頂多每星期更換一次。這些事情只有她的丈夫和貼身丫鬟才知道。」

「這就像我告訴過你的那個局長一樣。一個男子擺著官架子，正如同婦人家穿著華麗的宴會服裝。當你不察裏面的時候，外表很覺得美麗。這就是我不進入政界的原因。我是不能諂媚拍馬的。」

木蘭沉思了一會兒。「我知道你不會拍馬，」她說。「可是你將做什麼事情呢？」

「我能夠做什麼！」新亞回答。「這差不多是每個人的難題。北京城裏有著整千整萬的人在候差。一個個都是一無所長，所以都想做官。你知道我是痛恨這情形的。天天坐在衙門裏，喝喝茶、讀讀報、閒談閒談、偶爾簽一兩張字。做一天和尚撞一天鐘，這差不多是個個人一律的態度。假使爸爸還在官場，我或許還有些提升的希望，否則我或許只能終身做個局長，一生一世的向人家叩頭以保有這個職位。可是我受不了這種麻煩，野心、權力、成功，都與我無緣。唔，妹妹，可惜你嫁了一個沒有野心的男人了。」

「好，我想我們總不會餓死的，」木蘭說著，歎口氣，「你這種想法，也不能算錯。我看得出你恨著政治，不願受官場污染。我爸爸時常說：『自持而正，邪僻莫能侵其身。』與其外面被著綾羅而內穿汗穢內衣，不如更換乾淨內衣，而外面穿件布衣。」

「布衣」這兩個字，暗示著一種隱居生活。木蘭頓了一頓，又突然說：「我要問你一句。三哥，你一定要坦白回答我。」木蘭有時還稱呼他作「三哥」，一半帶些戲謔的口吻，這稱呼是從孩童時代遊伴中呼慣了的。

「是什麼呢？」

「假如我們有一天沒落了，像牛家那樣，你會在乎嗎？」

「怎麼會有這樣的事？」

「事事難料呵。我的意思並不是說我們特地要它貧窮，但事態的遷移是不可控制的。那時將怎樣？」

「假如你跟我能快樂地生活在一起，我並不在乎貧窮。不過你卻是時常有這樣奇怪的念頭的啊！」他說。

「或許我這種念頭是從父親那裏傳來的，」木蘭說。「每當他說起要出家做和尚，往往把我嚇一跳，後來也就聽慣了這種念頭。不過這種空想也有實現的可能，當我出去瞧見住在西城外面的舟子，我時常想最好我自己也變成他們夥伴裏的一人，我們將來可以置備這樣一艘船。試想有一天，一個曾家的少爺變成船伕，而我，姚家的小姐，變成船娘，那情景將怎樣？我的平滿大足恰好撐船；我便替你洗衣煮飯。我的烹飪工夫是不差的！」

「你這愛狂想的丫頭，」新亞大笑地說。他笑得那般厲害，以致在外間的錦兒跑進來問著說：「你們在笑些什麼？」

「我正在告訴他，」木蘭對她的丫鬟說：「或許我們有一天沒有錢了。那麼他要去做船伕，我便變成船娘。到那時候，錦兒，你早已好好的嫁了人了，已經生了七八個兒子女兒了。倘有老朋友來瞧瞧我們，我便上岸到你家裏借一隻雞，備一杯酒，拿來待客。你想怎樣？」

「奶奶，你真會開玩笑，」錦兒回答說。「你們正當不窮的時候拿窮時景象來開玩笑，是很有味的。」

「她這樣說是因爲她要我去做官，不過我說不要，」新亞解釋說。

「不是的，」木蘭說。「我是在問你到底想做什麼？」

「好，我告訴你我所想做的事，」新亞說。「我想的是『腰纏十萬貫，騎鶴下揚州』。」

錦兒打岔著說：「少爺知道什麼是最好的生活的。」

「不過世界上不會真有這樣的事情的，」木蘭說：「問題在你到底是要富有十萬貫而生活在揚州呢，還是要騎鶴。假使要乘鶴邀遊，便不能上揚州去。做了這樣，便不能做那樣。還是做個船伕吧，依我說。」接著，她哼出了一首愛好的詩：

兄拋魚網赴中流，妹樹釣絲待上鉤。
盡日得來仍換酒，白波歸路操空舟。

「妹妹，」新亞說，「假使我跟你住得日子長了，將來我也會作詩了。我很喜歡你有一天念給我聽的那首鄧敬揚的詩。」

「是哪一首？」木蘭問。

新亞就念出了下面一首詩：

誰知過客從何來，莫謂君家在那畔。
故里若無還若有，李花到處有花開。

「你真的愛好這首詩麼？」木蘭說。「那麼你將寧可騎鶴而不願住揚州了。我們這樣才能一塊兒快活的去歷訪名山。現在跟雙親一同住著，還不能做這些事情呢。不過我們有一天便可以這樣做，是不是？」

新亞被木蘭的愉快情緒感染了。「這都是很合詩意的說法。」他說，「但是誰知道我們到底能不能實現我們的願望呢？」

木蘭大笑起來：「空想想，瞎談談，有何傷呢。或許今天的空想不會實現，而你有一天飛黃騰達，做了內閣閣員或公使而不是漁翁舟子，我則做了夫人太太！那我們才會笑我們自己此時的年輕夢想了呢。」

「你真狂妄，」新亞說：「以後我要叫你狂想家了。」

「那麼我便叫你大胖子。」木蘭回答說。

但是木蘭在想，爲了留待將來有較自由的時機，那時他們夫婦倆可以無拘無束的遨遊旅行，便放棄眼前她性之所近的樂趣，那也是不對的。她理想中的旅行，是去歷訪遼遠名山。她所要歷訪的是衡山、華山、嵩山和峨嵋山，都在別的省份中；除了名山之外，更去遊歷南方的繁華都市，像蘇州、揚州、杭州。這些念頭是她腦海中渴望了許久，盤桓不去的模糊影子。但是她居住在北京城裏，北京本身也就充滿了自然的美與樂趣，她沒有一樣放鬆過。

曾氏夫婦馬上發覺了木蘭具有兩種毛病，這兩種毛病都與少婦太常從事戶外活動有關。其一是她時常喜歡和新亞結伴出遊和上小飯店用膳，其次是時常到公園中或郊外鄉村去遊蕩。她的性格和曼妮多麼不同，曼妮總是靜靜的留在屋裏，而且大部分在自己的院子裏。而木蘭的這種行動，卻還時常的有惡化曼妮的趨勢，這不由得令曾文樸對她有些生氣。

現在的木蘭，在新亞眼中看來是有些困惑的。木蘭的脾氣簡直是隨時令而變遷的。她的諢名「狂想家」十分貼切。好像她有意使她自身逐季反映出當前的時令來。她的脾氣性情，每逢冬令則穩靜，春令則困倦，夏令則閒逸，秋令則銳敏。就是她的髮髻的梳理方式，也是變換的，因爲她喜歡變換它。

在冬令，每當下雪的早晨，她將穿一套鮮艷的青色衣衫，花瓶裏則插以紅梅花、野生桃花或臘梅花。在春令，尤其當四月末，那時楊柳正探吐其幼嫩青黃的芽苗，或當五月中法源寺的紫丁香花盛開，她便將晏起將髮絲散垂而不盤成髻，有時則拖了拖鞋賞覽庭中的芍藥花。到了夏季，她將留戀於自己院子裏的天井中，那好像是特地爲了暑季而設計構造的，它的周圍，比別處的庭院遠為寬廣。中間散放著石凳和瓷質鼓形圓座，庭院西邊，架著葡萄棚，繁茂的葉蔭下，放著四方的石桌，是下棋啜茗最清雅的所在。她有時和錦兒有時和丈夫在那兒下下棋，當夏天的清晨，下人們正在打掃房屋，或當午後垂暮，那是最好的消遣方法。或則她將橫躺於藤製安樂椅上，捧讀小說。到了秋天，當著這個乾燥清明的北京的十月，木蘭就待不住戶內。有一次她和新亞住在西山的別墅中。新亞卻第一次瞧見她滴下眼淚來，那時她正睇視著遠山上的紅柿，農家的鴨子正在前溪澗中游泳。她覺得這個落淚的老毛病，在新亞面前未免慚愧，竭力要想改掉它，怎樣也辦不到。

一九一二年的秋季，木蘭完全在豪遊的興致中過活著。她現在是個嫁了三年的媳婦了，既已是出了嫁的婦人，可以很自由的和丈夫出遊，未出嫁的姑娘可沒有這種自由。此外，共和政體成立以後，故宮的園池建築物逐漸開放了，他們逐天的去觀光「三海」，和那幽禁光緒帝的「瀛台」，紫禁城的西北隅的「天壇」，改造成了中央公園，天壇的周圍，縈繞著深蔭的千年古木。這種去處，正合木蘭的口味，因此她時常挾著錦兒或伴著丈夫在午後到中央公園去，又時常喜歡到公園背後、池塘邊，那裏遊人比較稀少。

曾家家族則去觀覽那些比較重要的地方，像從前禁止出入的南海和正殿。在此等出遊中，曼妮往往被拉著加入他們的遊伴。恰恰繞了正殿前的石砌陽台一匝——那陽台有足容一萬二千人的寬廣——已把曼妮累得香汗涔涔，透不過氣來。她至今還保持著羞怯持重的習慣，在大庭廣眾之間，低眉不敢輕易望一望人，正當曼妮體力疲乏的時候，木蘭瞧了這種建築物的景色，它炫示著皇家的豪奢，不由精神上感覺到厭倦起來。

曾文樸忍不住開口說穿了，他殊不贊同此等戶外活動。有一次木蘭和她丈夫在六月裏的一天清晨，到煤山西面池塘邊去嗅吸那露點猶新的蓮花香氣，那裏離她的家不遠。隨身還帶著一個玻璃瓶，準備收集那蓮葉上的露滴，攜回來煮茶。這樣她在岸畔偃出了身子，幾乎翻入水中，幾次由新亞拉住。這一個夏朝的樂趣，新亞與有同感，但是當他們回到家來的時候，錦兒告訴他們說，曾老爺從門房那裏聽到了他們的清晨出遊，口中喃喃自語的埋怨：「狂妄的年輕女人」才那麼大清早的趕出門去。木蘭一聽到了這幾句話，立刻跑去見她的公公，一手拖著新亞，一手捏著一瓶露水。

「早，爸爸，」她說。

曾文樸正在讀報，並未抬頭，木蘭乃轉面向曾夫人說：「媽媽，我們出去到池塘邊，從荷葉上收集些露水，留待煮茶。」

曾夫人說：「我正在想，不知道你們倆口兒為什麼那麼早的出門去。」

曾文樸抬起頭來，「為什麼你們要自己去呢？你們可以差傭人去收集的。」

「我們同時也去瞧瞧蓮花呢，」新亞解釋的說。

木蘭不敢再說一句話了。

「我們自己的家裏不是也有蓮花嗎？那些還不夠你瞧一個飽嗎？」曾文樸說。

「不過那池塘裏紛披著幾里見方的花叢，看去真美麗，空氣裏頭充滿了清香的氣息。」木蘭接上去說。

「美麗和清香！」曾文樸哼一哼鼻息說：「你就稱這些為詩是不是？可是一個年輕女人不應該向外跑得太厲害，一個年輕女人早早晚晚向外跑，成何體統？」

曾文樸明白採集花露以煮茶為文人雅事，所以聽到了他們出去的目的，很難以不當行為斥責木蘭。他知道木蘭的性情具有詩的傾向，不過他對於詩之於婦德的影響，很抱懷疑。詩往往和羅曼史相關聯，而羅曼史即為女性墮落的路線。他幾乎要說，詩，非為有教養的女性所宜的。對於歌女固無妨，對於良家婦女便不相宜。

曾夫人比較採取縱容的態度。「孩子們年紀還輕，不懂事，」她說。「木蘭天性喜愛這些事情。她伴了丈夫一同出去，便不算錯。」

「木蘭和新亞，」曾文樸說，「你們做這些年輕無知的事情，我也不在意，就是午後到中央公園去也無妨。但是你們知道公園那種地方，是時髦的男女學生和各色各樣年輕人遊蕩的地方。記著你們的嫂嫂是個寡婦，所以最不適合她去，我不許你們帶她出去，除非你們的媽媽或祖母一塊兒去。你們自己也不可以把這些事情天天當飯吃那樣。我們自己有自己的花園，你們也應該知足。」

不錯，木蘭在那些日子可以被視爲輕浮的女性，所以在這方面看來，她就是個壞媳婦了。

曾文樸那天早晨的口調，是耿直而不是嚴厲的口吻，說過了，這件事情也就過去了。木蘭從此把午後的散步時間竭力縮短，又復徵得婆婆同去，藉爲護身符。有一個星期日下午，曾文樸自己也加入了遊伴，帶著桂姑、曾夫人和曾家闔家家屬。一面，他伴護著祖母出遊，所以表示孝行，以取悅她老人家。他或許也覺得闔家團坐在古柏之下，啜茗清談，隔池眺望故宮金瓦，確係一件快事，不過他忍著不欲表露其欣喜的感受。

木蘭屢次邀曼妮去走走，曼妮總不肯允從，木蘭乃單獨和新亞出去了，當回來的時候，總帶著激勵的口氣把經過情形講給她聽，又說：「下次你一定得去走走，我去請媽媽的准許。」

而曼妮卻說：「還是不要。我願意留在家裏。我的地位和你的不同，蘭妹。」

有一天晚上，曾文樸真個怒不可遏，原來木蘭和新亞竟帶了曼妮和小阿善在前門外上菜館，吃了飯之後上戲院去。這是曼妮第一次、也是終身最後一次瞧見影片，因爲曾文樸認爲此等影片是傷風敗俗的。他們當初並未有意上戲院，因此臨時告訴曾夫人，他們用膳之後馬上會回來的。

至於說傷風敗俗一點，中國固有戲劇與現代電影彼此相差無幾。然所有家庭婦女時而出去聽聽戲，也是當時容許的習慣。至於新式的電影則不同；因爲它顯露著女性的裸體活動，顯露著兩性的接吻形態，都是中國舞台上向來所未有的，它又演出一種男女之間抱合的旋轉姿勢，稱爲跳舞的，都是誘惑觀眾的要不得的表演。中國舞台上，雖也有男女伶人表演情戀的場面，然他們不過用暗送秋波，至多不過用賣弄風情的姿態傳達出來。他們決不互相摟抱，做環形旋轉，讓觀眾瞧見女人赤裸裸的肩背的。曾文樸對於這種表演，外表上簡直視爲洪水猛獸，心底卻也相當喜愛。當時社會上像他這樣的人物，固不止他一人。王府井大街附近有一所新開幕的電影院，闔家少不得去觀賞一趟，也不知道它的內容到底是怎樣的演出。不過那時曼妮恰巧患病，她就沒有參加。

這張影片裏有一個夜總會的場面，裏邊有跳舞，有現場演技，更有一個叫范倫鐵諾的男子和女子接吻十秒鐘的放大特寫。桂姑瞧了忍不住咭咭的笑了，曾夫人相當欣賞；只有曼妮的母親在暗中羞紅了臉。

老祖母瞧了好不歡喜地說：「喔，多麼稀奇嚇！怎麼能繪畫得像這樣靈活呢？當那個人抽煙的時候，看來怪像真的煙從他的鼻孔中噴出來的。」

木蘭則瞧了外國婦人穿的好像內衣那樣的服裝，腦海中時常縈想著。曾文樸覺得她們的腿很美麗，但是他斷定這是不宜於青年男女觀看的。

經過這一次之後，他帶了桂姑去瞧了幾次電影。他絕對不許他的女兒愛蓮和麗蓮去瞧電影，卻並未嚴格的禁止過曼妮。

在那時默片的時代，觀眾互相談話是容許的，這差不多是觀賞中國戲劇者的習慣。茶房們替座客沖滿了茶，把熱噴噴的手巾，隔著觀眾座席從這邊擲到那邊，同時口中大聲高呼：「唅！」那邊的茶房應聲接住，與在燈火通明的屋子裏一般無二，所以觀眾們可以時而瞧見手巾的黑影，飛躍過銀幕，時而縱情的談話，不致惹起任何人的討厭，一如西式宴會席上。因是頗有提高聲浪的趨勢。

另一張影片裏頭，是一個社交婦人穿了晚裝行將赴宴的場面，有個老年紳士站立起來，大聲向觀眾說：「看看這些外國女人吧！上半身，有了身體不穿什麼，下半身，身體之外，反拖著衣裙來，上無襖，下無褲！」觀眾哄堂大笑，但有一個外國觀眾在後座，用英語叫著「Quiet!」。沒想到，那個老年紳士非但聽得懂他的話，而且轉面向這外國觀眾，用英語很流利的把他方才用中國話向觀眾講的話，翻譯了一遍。這個外國觀眾不由暗暗吃了一驚，也就和著老紳士笑了一陣。

北京的外國人後來知道這位老哲學家姓辜，以後每逢提起他，總表示著相當敬意與歡迎，這一來，不啻鼓勵了他的譏誚西洋文化的興致。他留學於愛丁堡大學，畢業回國，變成了一個偏多怪想的人物。他是留學生，卻偏偏珍視腦後的一條髮辮，並愛穿老式服裝。這樣的裝束亦可以認為是一種詭裝，在火車上或菜館中，若遇有肆口批評中國的外國人，他往往要令他們大吃一驚。不論這外國人講的是英語、德語，抑或法語，都沒有關係，因為這幾種語言，他都能流利的回覆。不過辜先生也有喜愛的外國東西，那就是外國影片和外國大菜。然而他這種脾氣，你卻不能稱為矯揉造作，因為他也有他自己的信念，即令他實際是個矯揉造作者，北京的外國人也因為服膺他的智慧而替他辯解。木蘭後來經詩人巴固的介紹而認識了這位人物。

那天晚上在菜館中，木蘭、新亞和曼妮暢快的吃了一頓，菜單中有鮮美的鯉魚頭和剛上市的鮮豆。新亞適意地吃了飯，又喝了幾杯酒之後，總是興致很好，他的性格木蘭覺得是近乎唯感主義者之流。他快適的神情，充分展現出來，他的毛孔流露著光彩，臉龐又溫熱又滋潤。當這種時候，他往往會微微咳嗽，而比尋常多吐些痰沫。

「我們去看場電影好不好？」他提議。

「我想我還是不去，」曼妮說。

「爸爸是不贊成的，」木蘭說。

「統由我來負責任，」新亞說。「這種東西不可不去看一看，真是偉大而不可思議。」

「它看去像什麼？我真猜不出，」曼妮說。

「它完全映在一張銀幕上，就像圖畫一樣，不過裏面的東西都是活動的。跟我去吧！」新亞說。

這樣他們就一塊兒走了。那片子是毫無弊害的演出，主演的是一個丑角叫作查理．卓別林的，揮著一根手杖，穿著一雙破鞋，異常地跳動，十分有趣。曼妮瞧了不住的笑，真是一生沒有這樣笑過。

曾文樸夫婦在家中卻老早的在等候著他們，心中還擔憂著出了什麼亂子；他們約莫十一點半回來的時候，母親首先發問：「你們到哪裏去了？」

「喔，我們到戲院子去的，」新亞說。

「我們去看了一場電影，」曼妮無心地說。

「什麼！」曾文樸暴嚷著。「這都是你的好事，木蘭！前幾天我怎樣跟你講！電影這東西可以讓寡婦去看得的麼？」

「那是我發起帶嫂嫂去的，」新亞辯解的說。

「夠了夠了，」父親說。「曼妮，假使你明白做錯了事，我就不來責備你。不過此後你不准再去。至於你，木蘭，電影是怎樣的東西你是知道的，你還帶她去。她不像你，她是寡婦。你不要再拖她出去害她惑了心，壞的地方多著呢。」

「抱歉得很，爸爸，」木蘭說著，想哭出來，卻找不到眼淚。她公公從來沒有這樣嚴厲的向她呵斥過。

「那都是我的不是，」新亞又說。「那是一張滑稽片，我們想沒有什麼關係。那是一張查理・卓別林的片子。」

曾文樸的恐懼心減輕了。他本人也歡喜瞧卓別林的片子，他的怒氣已多少融化於滑稽舉動中了，但是他總不肯笑，只說一聲：「喔！」

木蘭和新亞回到他們的房間，木蘭說：「都是我的不是。我應該知道。但是我希望她至少能看一次電影。」

「不，這是我應該負責的，」新亞說。「不過爸爸不肯相信我的話。此後我們總要使他明白，現在時代已經變了，我們不能把她像這樣的禁閉起來。這種保護她的方法是什麼意思呢？」

「你可以把這話對爸爸講，」木蘭說，「可是我不能講。」

到了明天早晨，曼妮自己也跑來責備木蘭不該帶她上戲院去，倒是想不到的。

「它對你有什麼害處呢？」木蘭問她。

「沒有，」曼妮回答說。「我覺得這樣瞧了一次，很覺滿意了。不過我們總要服從長輩的命令，我本人也不想多看。假使你不去想看它，一樣可以舒舒服服過日子，媽媽也說影戲裏有許多不好的事情，她贊同爸爸的意見。」

第二十四章

北京城中有一個地方是木蘭還沒去過的，那便是圓明園的廢墟。那年秋天，她和她丈夫在西山小住了幾日，當回家的時候，新亞建議順道去瀏覽一下，木蘭心中本來也這樣想。一路向頤和園行去的途中，經過圓明園那蜿蜒數里的長垣，她隔牆瞧見聳出於牆頂的山顛和建築物的遺跡，長牆的一處罅隙，使她得以望到內景的一部，只見裏面是一片原野和沼澤，滿長著蓬草和蘆葦，構成一幅荒蕪鄉村的景色。

但是木蘭的心，仍把這荒涼廢墟遍想像成皇朝華貴的氣象。不過她觀賞這個廢園，心中有一個缺憾，除非跟立夫結伴，因爲這兒有著立夫所愛好的古蹟。幾年前在什刹海看大水，木蘭曾無意中約過立夫，他們可以一塊兒去瞧瞧圓明園。他們兩人中間這個未實踐的宿願，現在具有神祕的特性。它的回憶纏繞於她的胸中，恰像一節未完畢的樂曲。新亞也能欣賞古蹟，然而沒有立夫在場而去欣賞它，總覺得是違反她的審美觀的。所以木蘭對新亞說，「讓我們以後去請莫愁和立夫一同來觀賞，那便有趣得多了。」

「爸爸或許會反對，」新亞說。

「我爸爸不反對。立夫時常到我們家裏，我爸爸讓妹妹招待他，和他同桌進膳。跟我們在婚前的情形大不相同。」

「那麼我們不妨去請請他們看。」新亞說。

「立夫酷愛古蹟，你是知道的，」木蘭說，「我有一次答應陪他一同去瞧瞧這圓明園……你可要妒忌嗎？」

「不，我爲什麼要妒忌呢？」心無芥蒂的新亞回答。

所以他們決定直接回到家中，這一次不進去參觀圓明園故址。

實際上，立夫時常來拜訪他們，因而他和新亞漸漸熟絡了，結成要好的朋友，因爲新亞真率的欽佩立夫的才能。

「你們姊妹倆，你妹妹的福氣比你好，」新亞對木蘭說。「你知道我是沒用的。我在世界上會做什麼呢？嘿，慚愧，我一身所有，堪以自負的只有我的賢妻了。」

「我的夫君也不弱，大胖子。」木蘭受了他謙遜的態度所感動，這樣說。

「真奇怪，」新亞說。「你們女人自有一種力量來控制男人。且瞧瞧華家嫂嫂感化令兄的力量！」

「那確是不可思議，」木蘭同意的說。「這個女人我倒要細細的審察審察她看。」

事情的始末是這樣的。經過華家嫂子的感化，木蘭的哥哥果真改變了一切性情行爲了，這是根據他的自白。他已經戒脫了鴉片，每天遵守著一定時間到店，每晚遵守著一定時間返家。

華家嫂子在那個時候開了一家骨董店，是一位很可敬的婦人。自從木蘭結婚以後，也可以說自從看了木蘭的嫁妝以後，她看待迪人的心變更了。銀屏的死，深深感動了她，因而一種親密的情愫產生於她對迪人的同情與憂傷之間。

她從前把迪人看作由金錢縱容出來的小獃子，而她自己便利用這一點弱點，蓋銀屏逝世的時候，迪人把一部分珠寶隨著她屍體殉葬，餘下來的統贈給了華家嫂子。這一批珠寶，價值三四千元。她拿了這筆款開始盤算怎樣來利用它。併上她從迪人直接所贈禮品積蓄來的款項，前後已有五千元，所以等到革命實現，許多滿洲人破產的時候，她便盤進了一家骨董店。這家骨董店的盤價，開始索價一萬元，結果以七千五百元成交了下來。她告訴迪人說，現在是骨董生意最順利的時期，因為沒落的滿洲貴族，正在糞土一般不值錢的脫賣他們的寶藝。買舊貨的從滿洲婦人手中收買像鍍金舊香爐這種東西，只花二十個銅子，骨董商從買舊貨的手中買來只花二三塊錢。華家嫂子具有商業眼光，迪人遂答允資助她盤進這骨董店所欠缺的款項。

所以現在華家嫂子在前門外開著一家骨董店，又認識了幾家滿洲人家。她繼續雇用著原店裏的老店員，他們自然樂於保持原來的位置。她又領了一個孩子，準備過一個中等階級的生活。已經有了生活樂趣，又從迪人那兒獲得了這許多錢，她現在受了良心的驅使，決意設法把迪人的習慣改造一番。

迪人告訴立夫說，華家嫂子在過去一年中，動不動就呵斥他。除了她，世界上就沒有第二個人可以辱罵他了，而他自己卻肯聽她的話，倒是姊妹的話他是不聽的。他罵他「獃子」、「小呆蟲」，又罵他「渾蛋」。

「你這一生一世到底在想些什麼？」她曾經大聲咆哮的向他呵斥。「你想過些享樂日子，就去過！你想弄女人，就去弄，你想要金錢，自己有的是錢。你要學習你爸爸好的一面，否則你非傾家蕩產不可。我知道一個人受家族的擯斥是怎樣情形，像我的丈夫就是。我知道貧窮是怎樣的況味，我知道典質東西、借銅錙、擔心焦慮房租的到期，這種種況味。你為什麼定要逸出軌道來，頂撞你的父母以致冒著斷絕關係的險？倘使你的父親果真發了火，把財產分散了，或竟捐給寺院，你將怎樣？清醒清醒吧，否則你便是個沒頭腦的東西，連做我朋友的資格也還不夠。」

這樣每逢他到那邊來的時候，她總是向他說教，使他早些回到家裏，他果真聽了她的話，並決定戒去了鴉片。

次年春天，木蘭跟了夫家回到山東去住了幾個月。因爲老太太決意要回籍去，趁她生時把自己的墳墓構築好了。她在過去半年中，時常把這件事情掛在嘴角上，看得出她是把這樣一件事情當作重大心願的。曾文樸在北京也沒有任何重要的事情可做，而且他已好久沒回家鄉了，現在已有了直通北京上海的鐵道，老太太也想去乘乘這新奇的玩意兒。襟亞也跟了他們一同回去，直住過了清明節才重返北京。新亞和木蘭則住到這一次回籍的最後一天，因爲木蘭的第二個孩子快要誕生了，她不能冒險受火車的震動。

新亞在山東，便幫忙設計墳墓的構築圖案，老祖母請了一位風水先生，依了他的指導，把一棵大樹砍倒了下來，因爲它妨礙著從墓地對閻羅殿的直接視線。老祖母很希望到了入土長眠之後，得能與閻羅王保有直接的交通線。

五月一日，木蘭生了一個男孩子。她第一個孩子誕生於五月的最後一天，而這第二個孩子誕生於同月的第一日。雖說她的骨格生來比較纖細，可是兩次生育都沒有什麼困難，這無疑是由於她早婚的緣故。

這個孩子是曾文樸夫婦第一個嫡親的孫子，自然異常的歡喜。曼妮的兒子阿善，現在已經十歲，原是領來的，而素雲大失翁姑所望，竟毫無生育。曾文樸曾聽見過有人說起木蘭因爲是個摩登姑娘，相信一種節制生育的方法。他聽了心中很爲惱怒，但怎樣也不能對新亞直率的問起這種事情，只得靜靜的等著，直等了三個年頭，至木蘭生育了第一個女孩子。現在一切疑雲可都消散了，家裏每個人都很歡喜，老夫妻倆也稱心了。木蘭如此才幹了一件做媳婦所應該做的最大最正當的事情，這個新生育的兒子題名爲「阿通」。

孩子的乳名，都是由木蘭自己來題取的。她把長女題名叫作「阿滿」，係採用詩人白樂天的女兒的名字。

新亞有一天問她：「那麼『阿通』這名字取的是何意義？」

「那是紀念你的母親的，」木蘭說。

「怎樣紀念法？」

「你還記得陶淵明那首記述他兒子的詩嗎？裏頭有兩句：

阿通垂九齡，
但覓梨與栗。」

「那麼這首詩與我母親有什麼相干呢？」

「唔，」木蘭解釋說，「那是一個掩隱的雙關意義。你母親的名字不是叫作玉梨嗎？當我呼著『阿通』，不是就想起梨了嗎？將來『阿通』上學，還可以把『思梨』二字替他題作學名，要不是襲用祖母名字垂爲諱例的話。」

新亞把這番話轉告給爸爸媽媽，他們都覺得木蘭的這種想法著實聰明。木蘭曾受過父親的勸告，戒她不可題取平凡的名字。她曾暗暗竊笑牛懷玉的孩子們所取的名字，像國昌國裕那一套，這種字眼完全缺乏風韻。

她父親替她們姊妹倆題了含有古典意義的名字。他曾經對她講過，大詩人和大文學家常替孩子們題取單純的名字，這種字眼，像我們生命中一切重大的事情一樣，是自然湧現的。他又講給她聽，詩人蘇東坡的兒子，名字單單一個字，叫作「過」，這「過」字的意義，可以解作孔子兒子在他父親面前越過庭院的「過」，或竟可以解作「過失」的「過」。清代詩人袁子才的兒子名字叫作「阿遲」，因為他誕生的時候，這位詩人年齡已高，未免來得太遲的緣故，因而木蘭的弟弟名字，也題為「阿非」，非字的意義是「錯誤」或「不正當」，真和蘇東坡兒子阿過的名字相同。不過他的意義是根據陶淵明詩中「固知今是而昨非」的出典而來的，原文的意義是一種覺悟的表明。

木蘭的父親又告訴她，也有教育程度很高的人講出粗俗話來的事情。從人生的各方面觀察，大凡世人多由野人之俗，轉入雅人之俗，唯有少數人能由雅人之俗，再轉入俗人之野。例如牛大臣，就不會容許他的任何一個孫子題名「阿過」。他的理想，非要字眼中包含「國昌」「廷華」「耀祖」那種意義不能滿足。而且當題名的時候，這個以有教育自居的「高等下流坯」，還得拚命翻遍康熙字典以搜尋生字來避免鄙俗的嫌疑。

木蘭不敢把這個命名哲學向翁姑說明，但她暗中卻把公公所題取的命名批評了一下，像彬亞二字是促進亞細亞文化的意義；襟亞二字是襟帶懷抱亞細亞的意義；愛蓮是愛好蓮花；麗蓮二字是美麗的蓮花的意義。這幾個名字中，她認為愛蓮二字最好，因為它簡單而秀雅。不過最好的還是新亞的名字，因為它包含兩個簡單的字眼，並沒有怎樣深切的意義，讀來卻很響亮。

生了兒子，未免把木蘭的性情改變了。那不是她愛阿滿的心減低了，卻是她愛阿通的心更見深切。可惜阿通生著一個平扁的鼻子，恰像他的爸爸，不過他的眼睛卻和他母親一樣的美麗，而膚色尤為白皙。新亞看得出現在木蘭改變了，好像這個兒子是她的第一個孩子。她的性格變得較為慎重了，服裝方面則隨便了一些，一兩年之間，她完全喪失了遠足和上小飯館的興趣。母性的責任，外表上已把她融入普通女性一般的典型。每當新亞提議一同出門去遊玩，她總是拒絕的，使他感覺到自己在她芳心上所佔有的地位逐漸的縮小，而由兒子來取而代之了。

木蘭現在的生活，可以說是真正的幸福。不過她精神狀態的變動，全然是她丈夫當初所想像不到的，新亞這才第一次瞧見她的行動像個母親。如撫愛孩子，她的袒胸哺乳。她的架一腿於另一腿之上以支住孩子的坐相——這坐法在未婚姑娘是認爲無禮的——她的附耳低語，她那爲丈夫所不解而孩子懂得的特殊小兒語言，她的容顏和胸脯的變形——這種種，使他快慰而感到滿足。阿通爲了消化不良而患病的時候，他瞧見她真的通宵不眠達一星期之久。他心上在想，他未曾理解木蘭，但已開始理解女性。他知道了自然賦與女性以比男性來得複雜的心理，以適應母性的迫切需要，這需要使得女性的心和人格天然的比男性趨於圓通而更現實。他曾經認爲木蘭獨具靈性美，但現在他也瞧出了她肉體的一面了。但在肉體的存在中，也包含著精神的存在，而且肉體的神祕更較精神的神祕來得偉大。所以木蘭所具有的母性經驗，發展到了新亞所莫測高深的程度。

夫妻之間每逢起了有關小孩子的問題，木蘭總是拿不懂事的眼光看待新亞，這未免使他又氣又愧。他的提議總被輕視著，而她自己所說所講的，儼然是一個撫育嬰孩的專家神情。雖然結果木蘭的意見往往是對的，也不能減輕新亞心中不平的程度。爲什麼她在這種問題上反而去聽錦兒的話而不聽自己的話，難道自己的意見反而及不上錦兒嗎？不幸關於育嬰的科學在數以萬計的作家中，竟沒有一個寫過一本書下來，因而新亞無由窺婦女之道的奧祕，而錦兒、木蘭、曼妮，和其他婦女卻都能從少女時代便精於治理。和一般做父親的一樣，他自己覺得對於孩子，形同一個滑稽的旁觀者，不久也就放手，一切都不過問了。

這也是一件不期而然的巧遇，木蘭現在變成了那個叫暗香的姑娘的女東家了。她是十三年前和木蘭同在運河畔被綁匪擄掠的被難者，是木蘭的短期患難伴侶。

曾文樸自從木蘭生育了孩子，喜不可言，說定要另外替木蘭雇用一個婢女，專事照顧這個孩子。

錦兒照管著阿滿，木蘭深怕喪失她的助力，在翁姑面前約定替她在曾家僕人中選一個夫婿，但以繼續服侍自己爲條件。錦兒對於這樣的安排，自然樂於依服，一面獲得了丈夫，一面又得靠住了安逸適意的生活，尤其因爲木蘭對待她十分慈惠，而她們的關係超越了一般主僕的身分。錦兒喜歡那個誠實而生得稍微清秀的書僮叫作曹中的。婢女的選擇配偶，比大家閨女享有較大的自由，所以她自己打定了主意，那就容易撮合。錦兒就此受著木蘭的祝福而和曹中結了婚。曹中自然喜出望外，你想不花分文的獲得了一個美貌妻子，那裏是事前意想得到的，兩人遂一同到木蘭那邊來當差。曹中當著外邊的走差，錦兒當著監督木蘭那邊全部傭僕，兼看護阿滿的職務。

在山東要找個女傭人本非難事，可是曾夫人要替她孫兒找到一個最好的、最有能力的女傭人，自然得細細的挑選。已有幾個婢女前來應徵過，結果都不滿意，新亞和木蘭都不喜歡粗俗拙笨的鄉下姑娘。有一天，鳳凰的叔母來探望她，告訴她說：當天早晨她聽到城中有一戶人家要賣屋，連傭人出讓，她可以去打聽打聽有無婢女在內。兩天以後，她果真來了，帶了一個十九歲的姑娘。

曾夫人讓木蘭自己出來看這姑娘。這姑娘看去怯生生地沉默寡言，穿著一身破舊的衣衫。她從未在這世界上得到親切恩情的慰藉，也失卻了一切人生的希望。她的東家沒落了，她所能獲得的也只是最惡劣粗俗的衣食，不過她生得不怎樣笨拙，性情好像很溫和，木蘭想不妨就用了她。

「你照顧過孩子沒有？」木蘭問她。

「照顧過的，」這姑娘文靜地回答。她的神態，看起來好像對於目前的遭遇漠不關心，她只覺得受著命運的支配，從一個東家轉換到另一個東家那邊而已。

「你叫什麼名字？」木蘭問。

「暗香。」

「暗香！」木蘭徐徐地自語而沉思著，好像在什麼地方聽見過這個名字。於是她想起了，那是十幾年前和她一同被禁閉起來的一個姑娘的名字。

「你多大年紀了？」木蘭很興奮的問她。

「十九歲。」

「你的爸媽還在世嗎？」

「我沒有爸媽。」

這姑娘抬起頭來望望木蘭，木蘭看來生得很美麗、很富裕、又很慈和。

「告訴我一些有關你的事情，你是從哪兒來的？」

「奶奶，」這姑娘回答說，「我已經照顧過幾個孩子，倘使承你不棄，我得能服侍你奶奶，便是好福氣了。我的事沒什麼好講的，我的生活，天天都是一個樣子。」

「那麼你難道連親戚也沒有嗎？」

「我是在六歲的時候走失了的，所以我也不知道我的親戚在哪裏。」

「你還記得是在什麼地方走失的？」木蘭問著，竭力鎮靜自持，幾乎怕聽她說出的回答。

「那年正當拳匪起事，我在德州和父母失散了，被人擄拐，賣到濟南一家人家。後來我們才搬到這兒來住。」

鳳凰的叔母和鳳凰在旁邊站著，插嘴說：「奶奶，她是個好姑娘，很喜歡孩子的，你用了她吧。」

使她們詫異的，木蘭竟不理睬她們，只自對那姑娘說：「跟我到裏邊來。」這姑娘默不作聲的跟著她走。一到了房間裏，木蘭掩上了房門，一手握住了她的手，顫巍巍的說：「你還記得有一個姑娘叫作木蘭的，和你一起被禁閉的嗎？」

這姑娘想了一想，說道：「有的，那時有一個姑娘，過了幾天回到爸媽那邊去了，我還記得她的名字好像叫作木蘭。」

「我便是木蘭，」這年輕的女東家說著，激動得幾乎再也說不出話來，涕淚盈眶地抱住了這姑娘。這種突如其來的行動，反把暗香呆住了。過慣了無福生活的人逢到運氣來的時候，總覺得不自然，暗香至此還不肯相信眼前的事。

「或許您弄錯了。那姑娘確也和您一樣和善，不過哪會有這樣巧的事呢？」她戚然地問。

「當然那便是我，」木蘭說。「你可記得那姑娘比你年紀長一些？那時我是十歲。我比你先在那裏，你可又記得那兒一個小房間有著一扇很高的窗？還有那個胖胖的老婆子？可又記得我是從北京來的，我還答允請求我的爸爸來把你贖出來？」

這幾句話，一句一句好似鐵錐一樣擊入暗香的耳中，緩緩地喚醒了遺忘的記憶，她不禁突然衝口說道：「當你離開的時候，你又曾請求那老婆子拿一碗棗子粥給我喝！」

至此，過去的情形確定地明白了，暗香忍不住痛快的哭了一場。一個婢女賣給了粗暴的女東家，總能磨練成特別會忍耐且很少哭泣，就是被打了也是一樣的挺熬。不過遇見了和善的東家，又是另一種情形了，她在木蘭面前跪下來，幾近瘋狂的說：「好奶奶，我便呼你做我的媽媽了吧。我在這個世界上一向孤寂著，沒有朋友也沒有親戚。怎樣你的福氣會這樣好，我的運氣會這樣壞。你尋得了你的父母，我卻永遠失散了……」

說著，她要叩頭下去，木蘭慌忙彎腰扶了她起來，主僕兩人坐定了面面相覷，半晌無言。

「你和我一起住著，幫我照顧孩子，」木蘭終於開口了。「我會像待姊妹那樣的待你。」

「倘若能得如此，我的苦難可以終止了，」暗香說。「這樣我將燒香謝謝天地哩。」

木蘭此時羞得走不出房門。

「你還要回去拿你的東西嗎？」

「還有什麼東西可去拿的呢？我一樣東西也沒有了，只剩此一雙空手罷了。」

「那你去開了門，告訴他們說，你現在就住在這裏了。旁的一句話也不用說，說罷就把門掩上，」木蘭低低的向她說。

鳳凰和等候在門外的人都覺得詫異，因爲她們聽得裏邊有哭泣聲，尤其青天白日在家裏掩上了門，同著陌生人躲在裏邊，更覺得猜不出底蘊。

過了些時，木蘭聽得阿滿的小手輕輕拍著房門，就叫暗香拉開了門，錦兒和阿滿走了進來。木蘭把這件祕密告訴了她，吩咐她拿些衣服出來給暗香更換。

女人的祕密總是守不住的，錦兒剛脫身離開了這間屋子，便趕緊把這件祕密故事說給曾夫人和其他丫鬟傭婦們知道了。大家聽了這故事，又蜂擁的趕到木蘭面前，要聽她們親口說。

「什麼事情都是由天定的，」木蘭說。「我的一生經歷就是如此。你試想想，假使鳳凰的叔母不來瞧我們，又假使她不是恰巧聽到有人家賣屋和傭僕的消息，我或許回到北京去就不會遇到她了，雖然我們同住在一個城裏。」

鳳凰說：「當然那都是天老爺的意思，我的叔母講過這事情是那樣湊成的。她的孩子掉了一隻篩子到井裏去，她就到鄰舍家去借一根繩子和鉤子，去把它鉤起來。就在那兒瞧見了另一個婦人，大家站著談了一會，這才聽到了姓丁的賣屋的消息。倘使這不是天老爺的意思，爲什麼她的孩子早不掉篩子到井裏去？這樣就可以看得出，凡事由天，強求不得的。」

鳳凰的議論說得尤爲動人，大家遂把暗香看作特地由天意差來服侍木蘭的人物。

第二十五章

六月中，木蘭跟家人從山東回來，這許多日子，一向由襟亞照顧著空屋子，現在素雲也來居住了。

襟亞是個堅強而沉靜的青年，他生性慣於憂慮細微事情，而拘謹的泥守自己的職務，他從未有反抗日常公務的意識，如素雲就有這股脾氣。他從未對於生活意味深予思考，這就是說，一個青年爲什麼每天按時起身，每天走相等的路程，進同一公事房，與天天碰面的人談論一樣的事物，發表同樣的意見，發送文書經由各司各科而達小書記，更回覆而重返於局長司長部長，更發送而遞達另一部另一署，附以四五句之按語，加於文字之上，這正文包括摘錄另一來文之片段，由「案據」爲首，「等因奉此」結尾，千篇一律。就稱這樣爲治理國家。

他從沒看出這其中的可笑之處，因爲這全部的過程其實只是抄錄而已。一件公文中，摘錄的部分成爲主要內容，再加上些按語，大都是些「仰即知照」「凜遵毋違」等等套語。公文的輾轉套引，往往可連疊至四五重，因此摘錄之中有摘錄，故典型的公文，可由下面一式示其大概：

為某某事件如此如此由

案據某某局呈稱：「案奉某某部令開『……』等因，奉此，理合呈請鈞署如何如何」等因，准此，除將該件附呈外，竊審該局意見尚無不合，是否有當，理合呈請鈎核裁奪。

「鈎核」「裁奪」這幾個字，總是抬頭寫於一行之頂格。

中國公文文法的哲理，一般官吏都用八個簡明的字表達出來，這八個字叫作「不求有功，但求無過」。換一種說法，即爲「多做多錯，少做少錯，不做不錯」。這是做官安全的祕訣，完善不易的鐵則。這就是爲什麼對接受公文的上司，動不動恭維爲「明察」「裁奪」。

襟亞是個誠實謹飭的人，而且相當勤勉於工作。不過不大伶俐，亦即天生不善於交際。有了背後勢力的支撐，他或許可以升到部長的地位，但是他的丈人現在失勢了，除了做做小科員以外，很少機會可以讓他遷升上去。他的謹飭誠實的個性，使得素雲失望而懊惱，因打從內心的輕鄙著他。而且他還有一種古怪的習慣。有時離家已走出了百碼遠近的路，會特地趕回來瞧瞧家中的一把雨傘，是否安放在前天原來的位置上。倘若他要差一個僕人出去，一定把他吩咐的話反覆交代個三四遍，再要問他這樣聽得清楚了沒有，等到僕人走出了門，他還會喚他回來，再行複述一遍。假使他要一打鹹蛋，一定說了「一打」還要說明十個加二個，引得旁邊站著的婢女忍不住笑起來。有一次他同了素雲去買一頂新的呢帽，他從南端到北端走完了一條王府井大街，再退回到他第一家瞧見的那帽店，怎樣也拿不定主意。素雲當了他的面，把這件故事講給襟亞的母親聽，歎口氣說：「我真不敢相信一個男人會這樣的不中用。」

曾夫人覺得此時應該替她兒子說句話，說道：「他總是很小心，卻可免掉他不少麻煩的事情。小心總比亂闖好。」

「無論如何，我總不像你的哥哥，」襟亞反駁他的妻子說。「你的哥哥可以隨口說話，可以答允人家下星期一就找得到工作，或下星期六喝酒，說得活靈活現千真萬確，卻毫不放在心上。

上一次我和他同在天津，他約定請人家在星期六晚上喝酒，到了星期六晚上，我問他爲什麼不到外邊去用晚膳，也沒有回答我，甚至電話也不打一個去道歉，後來下星期和他見面的時候，一句話也沒有提起過。這樣的事情，我是做不來的。」

「但是這就是人家在這個世界上圓滑過活的訣竅。」素雲說。「那就因爲你說了一句話，太過顧前顧後，才不能多交朋友。你瞧瞧他結交了多少朋友。」

木蘭回來的那個晚上，雪華跑來告訴她一大串故事。雪華現在變成了曾家一家最重要的女傭人，曾夫人少不了她，所以，幫忙她完了婚事，她的丈夫是一個同村的農夫，係自小訂婚的。曾夫人要留雪華在家裏，少不得也找個位置給她丈夫，可是這孩子是一個過分老實的人物，除了讓他做做花園裏的園丁以外，沒有旁的工作可給他做。木蘭曾問過雪華本人，她對於這樣的一個丈夫滿不滿意，而她說她早知道他是個老實人，不過她想老實的丈夫倒遠比城內一般圓滑少年可靠。所以在她自己的理想中，這個丈夫也很滿足的了。

那天晚上，雪華把在她離開北京時期的家事狀態講給木蘭聽。

「三奶奶，你真不知道二奶奶的難服侍。只有兩天三天的平靜，過了就有麻煩事情出來。當她脾氣好的時候，便拉我和邊大嫂來打牌，一賭就賭到深夜，而且我必得輸給她，否則她又要發起脾氣來；到明天早晨，我們都須大清早起身，她可以睡到中午，不知要在二少爺上衙門去後幾個鐘頭。至於賭帳呢，哼！且莫說有錢的少奶奶不計較銅錙。我們不過賭賭小籌碼，但是她從不肯放鬆一個錢。上個月，當我領工錢的時候，她說：『雪華，你記得你還欠我一毛六分錢，我替你扣去了，所以這裏給你一元八毛四分錢。』做少奶奶的這樣計較，我倒替她慚愧。現在我明白了大富翁原來是怎樣造成的。有一天她在瑞福祥買了一段外國衣料，後來卻另在一家鋪子裏看中了一段外國呢絨，心活了，明天便叫阿邊把買好的衣料送回了瑞福祥。可是這衣料是已經剪斷了的，店鋪子哪裏還能收受呢？你知道她怎樣說法？『自然他們可以收受的，我娘家時常把買好的東西退回到店鋪裏去的。』阿邊不得不跑一趟。還得自己貼車錢，因爲二奶奶叫她走路去。那鋪子的經理爲討好老主顧，勉強收受了下來，告訴阿邊說，只好當零頭再賣出去。她不買瑞福祥的布料，是因爲她在另一家鋪子看中了一段呢絨。這樣，她跑到王府井街剪了那段呢絨，叫個縫工做了一件衣裳。等那衣裳做好送來的時候，她看出這縫工並沒有小心的替她裁製，那滾邊上用的漿糊，在衣裾上染了一個斑點。那不過大拇指那麼大小，沒有多大關係。但是她卻大大發火，叫那裁縫把衣裳拿回去，把衣料的錢賠給她。這件衣料值二十八塊錢，結果裁縫千求萬求，最後退給她十五塊錢，不過他說：『奶奶，以後你如果要做衣裳，還是拿到別的裁縫那邊去吧。』這樣的零碎事情還多著哩。」

第二天早晨，莫愁帶了阿非來探望木蘭，並瞧瞧她的新生孩子。久別重逢，姊妹倆和姊弟倆都自不勝歡喜。木蘭先問問母親現在怎樣，莫愁說她現在好著，只有當氣候轉變的時候，腕關節的毛病總會復發，所以她可以預告每一次的暴風雨。當莫愁瞧那新孩子的時候，木蘭突然問莫愁最近可曾見過立夫。

「他有時到我們家裏來，他和爸爸結成了好朋友，」莫愁說。

「哥哥現在怎麼樣了？」

「他已經改過了，鴉片也戒掉了，又能每天晚上按時回家，爸爸媽媽都很歡喜呢。」

「真的麼！」木蘭驚奇地呼喊出來。「他或許會變成孝子呢。當他肯學好的時候，他是可以做好的。爸爸可還談著要做和尚麼？」

「現在他不提起了。當然嘍，他現在喜歡哥哥了，便和他多講話了。有一天，爸爸、哥哥和立夫三人長談，談到了大半夜。哥哥說，他是由華家嫂嫂改造過來的。你想得到麼！媽媽現在正在替他和天津姓朱的一個姑娘談婚事，可是他堅決反對，他說一定要娶一個自己選中的女郎。我聽說他正在追求一個姑娘——你知道，就是惠能，從前是個尼姑，現在是個紅歌女。」

「你說的惠能，是不是她進尼姑庵前和同瑜惹起了問題來的那個姑娘？」

「是的，哥哥說他大大贊同她的俠義精神。媽媽當然不允許，昨天他爲了這件事情跟媽媽吵了一場，一怒出門去了。」

「那麼他跟素丹的事情怎麼樣了呢？」木蘭聽了這許多消息，很激動地問。

「喔，那是長長的一樁故事了呢。她現在已經嫁給了一個南洋富商的兒子，他的名字叫作王佐。這件事情，她實在是有欠考慮的。有一天我遇到她和她的丈夫，那簡直是可憐相。」

素丹已成爲社會的棄兒。她在家庭則爲叛逆，在社會則是「現代女性」裏的先鋒，從學校畢業之後，就在北京住了下來。她的哥哥素同，現在是一個教會醫院裏的醫學生，大大地不贊同她的行爲，但也沒有辦法。

素丹酷愛自由，遂擁有許多崇拜她的異性群，因爲有不少青年受著她大膽的自由行徑和娼婦樣的美艷風韻的誘惑。她有時來探望木蘭，遂愛上了迪人。自然二人的結婚問題曾經被提出來討論過。木蘭的意思比較不贊同，她喜歡素丹，把她視作同學好友，但她覺得素丹不適合作爲她的墮落哥哥的有益支助者；又覺得她哥哥也不配做她的配偶，也不見得會使她幸福，不過木蘭雖有這意思，卻沒說什麼。而莫愁卻在家中竭力的反對這婚姻，這就是後來素丹和巴固都不歡迎莫愁的原因。

素丹失望之餘，就去嫁給了一個有錢的鹵莽青年王佐，他剛從新加坡來，住在北京大飯店的頭等房間裏，特地來尋找歡樂和物色一個新娘。王佐既有錢，脾氣又驕，他大言不慚要娶一個北京城中最美麗的姑娘。結果被他獲得了素丹。至少在他自己眼光中，可算已十足的達到了目的了。

素丹生得幽靈樣的蒼白，卻是特別的漂亮，正如一朵異域的鮮花，一雙誘人的秀眼，宛如盈盈秋水。王佐求婚的時候的確很熱情，但是剛結婚兩個月之後，雙方都已發現了這一次結合的錯誤。

「我有一天在王府井大街遇見他們，看得出那是剛從旅館裏吃了飯出來，」莫愁繼續說下去，「素丹喚著我，想把我介紹給她那碩高的丈夫。可是她丈夫筆挺挺一直向前走過去了。他穿著西裝，捏了根飾著金圈的手杖。一看就知道他不喜歡會見任何妻子的友人。素丹皺皺眉頭，不等她開口，我心中早已明白。『我要走了，』她說。我說，『有空請過來聊聊。』她回答道，『真沒有機會呵。』說著，急急的跨開高跟鞋，追上她的丈夫。她丈夫在前面一家店鋪櫥窗邊站定，望也不望我們一眼。她真大可不必竭力裝作很愉快的新娘模樣了。她丈夫瞧不起她的家族。他與她結婚，純粹為了誇口，把她當作獵物，在朋友面前炫耀炫耀。她的哥哥雖參加她的婚禮，卻並沒有設法到南方去接她媽媽來。目前她看來真是舉目無親。當他們走出後，她不過跟著丈夫的背後，費力的追趕他的昂視闊步。」

「這婚姻早晚要拆散的。我料定他們會在最短時間內宣告離婚。」木蘭說。最近，莫愁聽說這一對兒已出洋上馬尼拉和日本去了。

那天下午，木蘭正準備去探望她的父母。娘家卻差了個女傭人來報急訊，說迪人墜馬受傷，人事不省，已經被人抬回家，恐怕有性命之虞。木蘭吩咐錦兒照顧著孩子，自己急急的動身，又留言關照著新亞，叫他盡快到岳家去一遭。

此時迪人剛恢復知覺，開始慘呼痛楚，遂被送入素丹哥哥工作的醫院。據抬他回家的農人報告，他騎著一匹強壯的牝馬正在城北郊外馳騁時，恰巧有一匹野放的牡馬，嗅著牠的氣息，從後面追蹤上來，因而牠放足狂奔，迪人無法制住。牠沿著一條小路突馳，那路上適有一條低垂的樹枝橫叉著。那馬兒在它下面飛馳衝過去的時候，他慌忙彎腰把身子伏下去，他的後腦殼已撞上了那叉枝，遂被翻下馬來。醫生說他得了腦震盪，右腕右腿有複雜骨折與內出血，又因爲顛撲得太厲害，目前無法施手術。

迪人的父親心中自然說不出的悲痛，但當天晚上力持鎮靜的過了一夜，老母親則坐在兒子的床邊默默地流淚。迪人片刻的清醒過來，要求去請華家嫂嫂，思安聽從著臨終兒子的話，馬上差人去請她。華家嫂嫂來了，迪人勉強的說了幾句話，他說：「爸爸媽媽，做兒子的辜負了二位大人的恩典了，不曾做一個盡職的兒子，我是知道的，請對珊姐姐說，把我的兒子伯牙管得緊一些，把他教養成比我要好一些的兒子。」說著，回頭望了華家嫂嫂一眼說：「休要誤解了華家嫂嫂，她是我唯一的益友。」

說著，他的眼睛闔上了，他的聲音含糊得聽不清楚，接著就斷了氣。

這天晚上，木蘭和新亞聽見父親說了句奇怪的話，「那很好，幸虧他死前還未結婚。」

木蘭新生了個孩子，照普通習俗，總時常回娘家來往一程，不過現在她回娘家，卻是爲了安慰她母親。姚太太現在顯得蒼老許多，她的年紀雖還不到五十歲，頭髮已全部轉成白色，她一直鍾愛著迪人，至此，她懊悔當初沒有順從他的意願完成婚事。「假使我當初不阻止他去瞧惠能，他或許不會跑出去騎馬。」她說。

「媽媽，這是不相干的，」莫愁說。「什麼事情都是註定了的。他自小就愛騎馬。那不是你的過失。」

姊妹倆和弟弟想盡方法安慰他們的老母親，勸她照常的進食。這一年熱天來得特別快，姊妹倆拿了鵝毛扇更番的替媽媽打扇，媽媽則在床上躺著。

迪人和銀屏都已死了，家人對他們的印象和他們在世時大不相同，開始起著好感的懷念他們了。時間也緩和了太太心中的憎恨，她把銀屏看作渺遠的「古代」生物，是命中註定橫亙於她的進路的障礙物，不過她此後不再存著嫌厭她的心理了。

聽了父親的吩咐，他們把銀屏的墳墓遷來改葬於迪人墳墓的旁邊，這墓地便是玉泉山裏別莊附近的姚氏家塚，又教伯牙向這一對墳墓致敬禮，一如致敬於正式父母的前面。

木蘭受了她哥哥突然逝世的刺激，乳汁完全乾竭起來。錦兒那時也已有了孩子，剛六個月大，正當乳水旺盛的時候，她遂把自己的孩子暫時斷了乳來哺餵阿通。因此錦兒乃和暗香相互把職務對調一下，而由暗香照顧著木蘭的女兒阿滿。

迪人的死亡，意外的改變了姚思安的心理。迪人在世總是思安心上一副負擔，就是在迪人既經改過，竭力的想做好兒子，按時的回家，專心的做買賣，也還脫不掉這心上的隱憂。無論怎樣，總覺得他還存有不可逆料的劣根性，例如和惠能的牽絲。他總是逞著自己的意志，很可能還會去闖出什麼亂子來。這情形不啻給了思安一種藉口，使他時時談著要分散了家產出家，以示與兒子的放浪抗爭，現在家中已經清除了這種威脅。乃集中心力於他的小兒子身上。這孩子正在好好的長大起來，不曾幹過什麼壞事。

他的心，不可思議地回到這世界上來。這位曾經想出家做和尙的人，現在以飄飄欲仙的神態，轉而開始熱心享樂這塵世。他處於這世界之內，同時也處於世界之外。由於讀書思索的結果，他忘卻了自我的意識，因而泯滅了自己與他人之區別——這一點就是佛後聖哲的目的。因爲家庭不過爲自我的範圍之擴大，遂並喪失了對於家庭的真的信念。這一種態度使他能充分的享受他自己的生活與財富，而同時他絕不重視他的財產。

出乎全家的意料之外，他竟斥資購了一所滿洲貴族的大花園，這件事情的經過是這樣的：

當華家嫂子見了迪人最後一面要離開時，姚老先生向她表示由衷的感謝，並對她說，假使她需要什麼，只消來告訴他。又允許她參與迪人的葬儀。她來的時候，見了迪人四歲的孩子伯牙，表示非常關心。

中秋節的前幾天，華家嫂子帶了些月餅來瞧瞧伯牙，又說要見姚先生。思安便很客氣的接她進了書齋。華家嫂子是受過戲劇歌唱訓練的，口齒特別伶俐，大家照例寒暄了一番，她開始說：

「姚家伯伯，我特地來告訴您一件有趣的消息。我能達到今日的地位，完全仰仗令郎的力量，間接地，也就仰仗了伯伯的力量。您一定知道這情形，我真不知道怎樣報答您才好。所以每逢遇到有任何便宜而有價值的東西，我覺得我應該第一個先來告訴您。而這一次確實是個絕好的機會。」

「骨董是麼？」姚思安說。「這東西現在我覺得厭倦了。我不買骨董已經好幾年了。」

「不，不是那個。我知道你現在對於骨董已乏味了。姚家伯伯，千萬不要以為我是來做買賣的。我講的是城北一座大花園，本來是一個滿洲王爺的產業。他現在願意以令人難以相信的價格出售，用來度過這個中秋節。因此我想起北京城中除了姚家伯伯，能有多少人有那個福氣又有錢配去住在一個皇族的花園裏呢？」

「我為什麼要去住在皇族的花園裏呢？」他問著，可是這提議終究引起了他的興味。

「這也有個道理，」華家嫂子繼續地說，「一個人有了錢，還須有『清福』。多少高貴官員光有了錢，卻沒有清福來享受花園的樂趣。所謂『清福』，光是空閒還不夠，還得有這種享樂。這樣好的地方去讓一般蠢物來佔據，不是很可惜的一件事麼？」

做過歌女的人，可說是最藐視京中官員的一班人，因爲她們太清楚這些人了。當她們服侍他們時，自然從中得知了許多內幕。清代末年，那時還有一些懂得詩賦的歌伎，她們輕視官吏而友善一班文人墨客。所以華家嫂嫂提起了官，少不得流露她的慣常感想。

姚思安笑笑，問她說：「他索價多少呢？」

「我說出來了你不要笑。他只索十萬塊錢。光就那些建築物論，已可值到二三十萬塊錢了，而且現在也沒有人會建築這樣富麗的建築物。這位王爺正急需金錢，準備脫手了搬到天津去住，所以他索價特別的低了。這價錢他一定很容易賣脫，我知道。倘使你有意思的話，我今天或明天都可以領你去瞧瞧。」

姚思安是爽性子的人，聽了這番話，他心上不啻早已買定了這座花園了。第二天，他便領著全家和她去瞧這花園。木蘭早已聽到了這個消息，因爲當天珊姐兒就去瞧她，對她說：「我們要到皇族的花園裏去了！我們明天先去瞧瞧，你趕快和我們一齊去。」

部分屋子和亭榭已經老舊，不過做爲住宅的一部分還很齊整。它們是在咸豐年代替一位親王造的，那親王便是現在這位王爺的祖父，建築所用的木材都是又堅挺又粗大，準備數百年永遠據爲家業的。

姚思安跟舅舅商量之下，決定買下它。這位王爺態度還是很驕傲，堅持著這個整數，一些不肯讓步。一方面又不屑討價還價，姚思安也就決計不再爭論價錢，在他的眼中，這價錢早已夠便宜了。

馮舅舅在回家的路上說：「這位華太太簡直是我所遇婦人中最靈巧的一位。她至少可以在這筆交易中到手五千塊錢。我一定要去和她合股。骨董店在這些日子確是好生意。她說過只苦在沒有錢去買這位王爺的古玩。你的意思如何？」

「你要是喜歡的話，不妨去試試，」姚思安說。他對於華家嫂嫂很有些好感，假使他的舅舅與她合股，這家店少不了需要他背後的支持。

「因為我們要去買這位王爺的住宅，那容易以皇族珍藏名義出售他的骨董，」馮舅舅說。「他一定可以信任我們，這筆交易還可以做一個賒帳約期付款。」

這計議便如此很容易的決定下來。姚思安之所以購買這座花園，因為他已把金錢視為身外物，馮舅舅之所以贊同這筆交易，因為他認為這是便宜貨。阿非、珊姐、莫愁則很興奮，因為他們將搬去住在那新鮮的環境裏了。他們大家都覺得替母親換一個環境也是好的，母親自從迪人去世以後，經常鬱鬱寡歡。

「這花園買來幹什麼的？」姚太太問他們。「你們是不是準備轉賣掉的？」

「我可以待莫愁結婚之後，送給她，」姚思安說。「或者她願意和你們住在一起，讓你們一同遷進了那花園，則我們可以賣掉這所房屋，或即捐贈給了學校。」

姚家此時還算諸事順利，而曾家卻已露出了分離拆散的景象。曾夫人縱能賢淑持家，要在這樣一個大家庭中，兒子漸次長大，又娶了媳婦，要保持永久的和諧，真是一件煩難的工作，只有在人人能講禮貌、各自忍耐的環境下做得到——也就是人類社會互相維持和平的生活藝術之元素——還需大家對於家長應有共同的尊敬觀念。

曾夫人體質雖嫌薄弱，治事倒還能幹，故能使闔家上下男男女女，都守自己的本位。不過本非自家的人，要他個個講禮儀講忍耐，似乎超出了她的能力範圍。媳婦們長育於各自不同的家教中，沒有方法可以變更她們各別的個性。

素雲本來總是悒悒寡歡。現在似乎又改變了一些脾氣，把襟亞依著自己的興趣帶東帶西。她酷愛天津而懷恨她的北京生活，但是北京終究是首府，所謂首府，是含有造就獲得權力和地位並積聚財產的機會之意味的——假使，她丈夫能像她的哥哥，豈不是好！她的哥哥現在回到北京來了。他是她心目中的英雄，他的行動是她心目中一個男子應有的行動典範；相反地，襟亞是個馴順而柔弱，缺乏勇敢奮鬥的男子氣概的人物。她何等的羨慕她哥哥在天津證券交易所中的運氣與手腕嚇！他的進項動不動總是幾千幾百，而文靜可憐的襟亞，只有固定的三百元一月！這一個數目假使他們在外面賃屋而居，還不夠日常的開支呢。每逢她聽著丈夫訥訥的反覆向傭僕們吩咐，只有感到難以名狀的憤怒。但是，她的母親對她說，「且瞧瞧你的爸爸，都是我一手捧他起來的！」這樣，素雲覺得此後必要的事情，只有緊緊操縱住丈夫，一面希望她哥哥恢復了權勢去幫助他。幸虧在她不住的督促推動，襟亞居然結識了部長第三姨太太的第五兄弟，他是一個活潑的青年，因而替懷玉謀得了政府中財務委員會的一個臨時位置。

曾氏兩弟兄漸漸的益見分離了。新亞終日快活地閒蕩著；襟亞則孜孜不捲的按時工作，還不能滿足他的妻子，他時常對他妻子起一種反抗的心理，然由於他的善良的氣質或懦弱的性情，大概還可以繼續的忍耐相當時期，而不至於表面化。朋友中間，襟亞以「懼內」著稱，不過在他的內心，也蘊蓄著一種不滿意的情緒，這情緒直到幾年後，他才表現出來。只有當他受著素雲對他和他家庭永遠表示不滿，著了惱的時候，他才引了素雲母家衰落的故事，惡狠狠反譏爲「你們這種好家庭」來報復她。有一次相互含慍暗鬥了整個早晨，他跑到新亞那廂來對他弟弟說：「我寧可終身不娶妻子的。」

不可思議的是，素雲又有所謂兄弟之間的不平等來埋怨襟亞，叫他睁開眼睛瞧瞧。她說：

「爲什麼新亞可以遊蕩著，而你必須做事？你們是同一個父母生養的，你們大家一樣用著父母的錢。我們大家吃著用著家裏的財產。但是你每月賺進三百塊錢，他一些事情也不做。爲什麼他不去找些事情做做？倘使照這樣的情形繼續下去，我們不如趕快分家。分了家，我們至少有些自己的錢來用用，自由的投資，做做買賣。我們可以託哥哥來替我們投資。他在上星期一夜中賺了二萬五千塊錢，不過打打電話通知交易所。而且你枉爲長子，有什麼事情都去和新亞木蘭商量。無論什麼事情，你只聽見蘭兒這樣，蘭兒那樣。闔家上下被這狐狸精迷昏了。倘使沒有我在這裏，準會保不住你自己的權利的。」

「保住了自己的權利，要去對付誰？」襟亞聽了說他不中用的話，激怒而反問素雲。

「對付他們，對付他們全部。就是傭僕們也都拍三奶奶的馬屁，因爲她管理著家務。曼妮和她一條心。我瞧見了她們手挽著手有如久別重逢的樣子，就覺得難受。」

「這完全是你自己的私見，」襟亞回答說。「我們畢竟是一家人。你爲什麼不能也和她們要好呢？我們爲什麼不能和和氣氣的住在一起呢？」

「真是我的私見呵！這就是我爲什麼要說你頭腦簡單。你可曾瞧見阿通爬在地板上的時候，上自老太太下至傭僕們，大家怎樣的歡笑熱鬧呵。真的，一個媳婦生了孫子，好似將軍凱旋那樣威風！」

這最後對於木蘭的一番形容是確實的。不過生了一個孫子，木蘭好像比別個媳婦高出了一個頭。這當然不能說是素雲的過失。但是舊式家庭中的壓力是相當大的，家庭中沒有一個分子可以逃出它的範圍。每一次對於木蘭的兒子有所舉動，總好像施於素雲怪她不能孕育的無言譴責。襟亞聽見老祖母說過素雲是不會生育的，老祖母雖不承認說過這句話，終不能減輕不快的情緒。曾文樸夫婦一個也沒有說過什麼話。但有時一家人飯後圍坐閒談，往往大家依興之所至的把阿通抱來玩玩。這個孩子乃在地板上爬行起來，四面遂騰起一陣拍手歡笑聲鼓動逗引他。「昨天他還只能站立走三步路，今天會走四步了！」木蘭少不得得意地插幾句嘴。阿通的一舉一動都能引起讚美和騰笑聲。

素雲爲了這事情曾數度去求醫生的診治，問他有何方法可以掃除她的這種恥辱，結果是毫無辦法。

有一天襟亞被妻子催迫得厲害了，真的對新亞說，勸他想想法子去找些工作做做。「你假使要做工作的話，只要設法，一定可以找得到。你瞧我卻是怎樣替懷玉找工作的。」

新亞對他回說：「我知道我現在怎樣的生活著。我也明白你怎樣的靠傍了部長三姨太太的第五兄弟替他謀到的這個位置。」

襟亞說：「我因爲是你的胞兄，所以這樣告訴你。我們的爸媽一天比一天老了，我們所有的金錢和資產，除了這座屋子外，併起來剛不過十萬塊錢。除了用完利息不算，我們每年要吃喝掉六七千塊本錢。我們大家都在消耗家產，沒有一個人想法賺一分錢進來。這是我爲什麼把懷玉介紹進政府的道理，現在他進去了，或許能替我們謀兩個較好的職缺。」

「我勸你對你這位大舅子還是小心一些的好，」新亞說。「你將來還會套進後悔不及的事情哩。他好像正在玩火，和鶯鶯攪得火熱。」新亞把木蘭的意見引用了出來。

「鶯鶯跟我們有什麼關係？她對我們有什麼傷害呢？」

「你想家裏來了一個歌妓，還弄得好？」新亞問。

「那不關我們，那是他自己家裏的私事。」

「我不願說你親戚的壞話，」新亞說。「但我是你的胞弟，所以勸你和他隔得遠些。他是個橫行不法的坯子，你應該知道的。」

鶯鶯是當時在天津紅極一時的紅妓女，爲一般閒居外國租界的失意政客和落伍老紳士們爭捧的美人。鶯鶯天生是個嬌媚動人的尤物，芳齡二十三四歲，那時的賣笑姑娘正當盛行模仿女學生裝束的時代，所以她的體態倒不是舊式妓女的模樣兒。吸引男性的本能與其交際天才在有些婦女是天生而不需要學習的，而鶯鶯同時還具有冷靜、不動感情、善擘畫的才能，這些在女性大都是視爲畏途的。以其妓女擅長的手段，她可以毫無躊躇的玩弄著嫖客，展其明敏的蓮花妙舌，可以擺脫任何窘境，奉承取悅男子的技術，熟練到精明全美的境地，就好像是她的家常便飯。男子們明知受了個聰明妓女的撥弄，也還依戀著她的迷湯。自從一位天津市長的兄弟發現了她，總督的前祕書替她作了一首詩捧了場，便一躍而爲天津最紅的一名妓女了。

懷玉是經市長的兄弟介紹給她的，這兩人一經撮合，相互受著吸引似的變成好友了。鶯鶯知道他在清朝當時曾經烜赫一時，尤其佩服而另眼相看了。懷玉時常講著種種政治陰謀的內幕，以及花費數百萬元金錢的大計劃——一件他口中時常讚美著的是墾殖黑龍江沿岸組織資本三千萬元的墾殖公司的那樁事業。此等談論獲得了鶯鶯的崇拜，假使不是佩服他的計劃，至少佩服他的想像力。

那很清楚，她磨練好了的工夫就在準備嫁給一個有權勢至少前途有希望的政治家。她畢竟是個女人，而懷玉還年輕著。寓居外國租界的紳士們或則年老，或則醜陋，都是過了他們的全盛時期了，他們的生活呢，是早已營私自肥飽了的，現在只想在租界中安適舒泰的過一程，既沒有理想，也沒有希望。他們都是厭倦了自己的黃臉婆，想弄一個摩登姑娘，能自由自在的挽著男人家臂膀出入交際場中，又羨慕別人擁有這樣的妻子。但是他們一方面又篤信儒教，而非難摩登姑娘的道德墮落，極力避免自己的子女捲入這現代道德的漩渦中；不過大家都歎著這種潮流是遏止不住的。大家都追求那題著古代飽學名妓芳名的娼婦，不過此輩娼婦，實際上連報紙上記載自己故事的文字也讀不下去。那是一班喪失了精神的男性，在物質生活的麻醉下，生活在「租界」裏。

懷玉冒著兩位有權勢的老官僚的嫉妒，連市長兄弟也在內，因爲他要納鶯鶯爲妾，而獲得了她的承諾。這件婚事登載於京津各報，因爲一個是紅妓女，一個是牛財神的兒子，正好是絕妙的話題。有的還加上一段奇妙的記載，說鶯鶯原來也屬於牛氏的一族。與同姓結婚，懷玉實違犯著古來的習慣——這是道德觀念混亂的先兆，現代中國，正就漸趨習慣於此等觀念！

至於素雲，她卻從哥哥的姨太太那邊尋獲了一個臭味相同的好朋友，使她的北京生活更見愉快。

襟亞則仍認爲他的父親偏護著他的弟弟和木蘭。他又覺得，有些人是生而勤奮工作，有些人則生而好遊蕩，善於享樂，而他自己，絕非屬於後者。他又相信有些人生來福氣好，有些人生來福氣不好；而自己恰巧娶著了素雲，他相信自己的一生，總被惡星宿籠罩住，這是天命，他應該安分的知足眼前的環境。

第二十六章

次年的春天，姚家遷入了新居，出空了的老屋子還沒有決定做怎樣的措置，馮舅舅說讓他帶著家眷留住在裏邊。這個時候，馮舅舅除了女兒紅玉以外，只有兩個兒子，這所大屋讓這幾個人住進去，未免覺得過於寥落，同時因爲不願意把一部分出租給陌生的房客，便去招了立夫一家來住在一起。支付租金與否，當然是出乎問題之外的，因爲立夫家向來住在四川會館內，本來是不付租金的，而姚思安特地向立夫母親提出這個提議，用意全在對她表示好感。因爲思安不願意出租給陌生人，她和立夫不是應該來幫忙照顧這房屋的嗎？馮舅舅跑去對立夫母親說：因爲他時常要爲了營業上的關係出門到江南去，他的妻子孤零零住在偌大的屋子裏覺得膽怯，有了立夫他們住在一起，可以壯壯膽了。因是孔夫人和立夫答允了和他們一起住了。

姚家係在三月二十五日遷進那座花園的。新公館沿用舊園名，分明是不相宜的，因而思安另給它起著了一個園名叫作「靜宜園」。木蘭也提出了幾個新名稱，像「清和園」「沉靜園」「清純園」，依照過去名園題名的前例，總取用簡短的字眼來灑蘊最高的哲學。但是她父親覺得他自己題取的園名比較適當。這兩個字眼既非矯飾，又不虛僞，所以含有詩意而切實有如「半耕盧」那樣的園名。加以「宜」這一個字，是一個再好沒有的字眼，含有適合你自己的地位性情氣質和生活的意義。表示著家庭的融合的題名，比了表示詩意的逃避主義的題名，自有其好處，也就把姊妹倆折服了下來。思安此後遂自稱「靜宜園」主人。這種稱呼，當然不是正式的名號，不過用於詩詞消遣的場合。這樣他雕了「靜宜園主」四字的一顆印，又雕了「桃雲小憩閒人」一顆印，用來刊印於含有詩意的消遣的事情上。不過北京本地人仍稱這園子原來的俗名——「王爺園」。

四月十五日，姚思安設筵宴請親友，以慶祝新居。木蘭對新亞說：「不知道鶯鶯可來不來，我倒要去瞧瞧她是怎樣的人呢。」

「當然她要來的。你想像這樣一個婦人，會怕家屬不成？」

木蘭轉向暗香說：「我希望你跟著一同去。你或許不相信這園子裏恰巧有間屋子，題名和你的名字一模一樣，叫作暗香齋。你想稀奇不稀奇？」

暗香聽了，真有些驚喜交併。暗香現在侍候著木蘭，覺得非常愉快，不過以前的有些反射作用，至今還殘留著。凡遇任何突如其來的言語，她的身體總得顫抖一下，受著一種畏懼心理的激動，常在揣疑難道又做錯什麼事了嗎？假使她本來閒著沒有事情，一見木蘭來了，她馬上會隨手拉些東西到手裏，裝作很忙碌的樣子。木蘭很不喜歡這種神氣，告訴她不用怕人家瞧見她沒有事情做，暗香聽了木蘭的話，只是愣愣地仰望著，直要等木蘭笑了，她的恐懼心才鎮定下來。她羨慕著錦兒對待少奶奶的那種天然而具自信的神態，可是自己總覺得難於仿效。

有一次她很詫異的聽到木蘭說起素雲有一丫鬟叫作冷香，自己叫作暗香，好像是命中註定的一對。現在更使她吃驚的，竟有一個書齋在王爺的花園裏題著自己的整個名字。

「我真不明白，爲什麼一個王爺的書齋，會題取這樣平凡的名稱，像一個丫鬟的名字，」暗香回答說。

「喔，那倒不是一個平凡的名稱，」木蘭說，「它的典故是出於一首詠梅花的名詩的。那個書齋面對著一個梅園，所以題了這個名稱。」

「照我想來，暗字是個壞字眼，因爲我沒有聽過別的姑娘名字用過這一個字眼，我想它的意義便是『暗淡的運氣』，替我題名字的人是來挖苦我的。」

木蘭笑了，新亞說：「那倒是一個再優雅沒有的名字呢。」稀奇得很，自從她的名字獲得了這樣稱讚，她自視拾高了不少身價。不再認為自己像戴著被人辱罵的帽子，也不再覺得自己的命運，像那八月底的幽暗月影了。

木蘭新亞準備好要去赴宴之前，先到母親的房間裏。他們發現曼妮的母親雖已全身打扮好了，卻堅持著要留在家裏，不去赴宴。

原來，桂姑因為流產之後，身體沒有復元，不能出門。鳳凰在替曾夫人編髮髻，素雲和曼妮穿著好了在房間裏等候，準備出發，曾夫人沒有抬頭望一望，就問道：「誰將留著照顧這屋子？香薇只能夠伴護著桂姐。」

鳳凰搶著說：「我可以留著，倘使要我留守的話。」

「讓孫嬸母留著好了，」素雲說。

假使換了別人說這句話或換一種說法，那可以認為隨口而出，未加思索的話。但是素雲從前就說過曼妮母親壞話，又說她是無家可歸的人，這一次新的侮辱便是不能再忍受的了。曼妮第一次遏不住她的怒火。

「為什麼我的母親就該守屋，旁人該赴宴？」她質問著，「誰去或誰不去，該由太太來吩咐的。」

正在這個當兒，曼妮母親走進來，曼妮站起來接著說：「媽媽，我們是不被邀請在內的，我們換好了衣裳做什麼呢？」

曼妮母親禁不住駭愕起來，默不發聲。曾夫人不防曼妮突然發起脾氣來，趕緊解釋道：「您別誤會了。我先問著誰將伴著桂姐照顧屋子，鳳凰說她願意留在家裏，素雲乃插口說請您留一留在家裏，她也許是沒有別的用意的，不過她本不該多嘴，素雲，你該向嬸母道個歉。」

素雲正要開口說話，曼妮母親說：「太太，我是這裏的客，從沒有說過一句不滿的話，因爲你和表兄都待我們母女這樣好。我們是窮人家，我的女兒不能和你們的二少奶奶、三少奶奶比的。不過我雖在這裏作客，還不至於無家可歸。因爲我單生這個女兒，便和她住在一起。」

「誰說過你無家可歸呢？」曾夫人反問著她。

「當然有人說過，」曼妮搶著說，「我收養了一個兒子難道也錯了嗎？一個人就算要收養一百個兒子也可以的。難道收養的兒子不算是兒子？你總不希望寡婦生兒子，是不是？」

正在這時候，木蘭和新亞跨進房間，聽了曼妮這樣迅捷而蹊蹺的言語，倒奇怪起來。

「是誰說了這些話的？」曾夫人問。

「一定有人說過這些話，否則母親和我不會聽見。」曼妮回答說。

「我從未說孫嬸母是無家可歸，」素雲說，「假使我在說有人無家可歸，那不能便指爲說她，我也沒有閒工夫去想到別人的有家可歸與無家可歸。」

曾夫人說：「嬸母，你總要原諒我們。倘使我的二媳婦對你說了失禮的話，我代替她向你賠個不是，至於你，素雲，我今天親耳聽見你說的話，就是你不是有心的，那原也不是你應該說的話。」

「就是說了留在家裏也不見得有什麼得罪人，」素雲說，「我倒願意留在家裏。」

「不，鳳凰會留在家裏，你跟我們一同去，這是我的吩咐。」曾夫人說，「嬸母，休要去聽她們孩子氣的爭論，假使你不去的話，我也不要去了。」

木蘭聽了這一陣搶白，又瞧見曼妮幾乎滴下淚來的模樣，暗下裏也恨著素雲，但是她心中明白，自己是今天的主人，不能拆散這個赴宴的團體，所以她小心的說：「媽媽，假使你允許我拿主人的地位說幾句話，我一定要請嬸母和我們一起去。嬸母，你總要給我這個面子。要是你不肯去，我便認爲你不把我當作曼妮要好的朋友，而且今天的宴會是親戚團聚的大會，你一則是老太太的姪媳婦，二則是老爺的表弟媳，三則是我的嬸母，要是你不去的話，那我們的宴會就不完整了。」

襟亞此時走了進來，聽著木蘭在說這一番話，還不知內中底蘊。曾文樸坐在隔壁一間屋子裏聽著。爲了這是些女人的爭論，索性任他妻子去解決。現在他的兒子走了進來，桂姑躺在床上，勸他去排解排解。

「襟亞，新亞，」他一面跨進去一面說，「家庭中妯娌爭論是常有的事情。你們做丈夫的，應該勸解約束她們，否則不難從妯娌爭論進而爲弟兄間的爭論，這就是一個家庭沒落的氣象。過去的算了，此後不許再提起這事情。」又轉向孫太太說：「嫂嫂，休要去聽孩子們的口角。今天天氣再好沒有，快把這事情丟開了。」

這樣就由鳳凰香薇兩人照顧桂姑，錦兒和暗香跟了同去照顧著孩子。

正要出門的時候，素雲對她丈夫說：「你呆立著望著你的妻子受人家欺侮，一句話也不說。你可聽見木蘭的舌鋒？」

「你自己爲什麼不回答她？我完全不知道這件事的來龍去脈，」襟亞反質問她說，「就是我知道了，也不能和她鬥嘴呢。」

「倒了楣才和這種鄉下女人鬥嘴！」

「你的老脾氣又來了，謹防隔牆有耳呢。」

「自然她真是個鄉下的蠢貨……好，你幫你親戚的忙好了，我靠我自己。假使不是爲了鶯鶯，我今天就不去。」

「閒話少說，我們先要把外觀整肅一下，禮貌要緊呢。」襟亞說。

一群人在十一點半抵達姚氏的新居，爲了一場口角，未免耽擱得晚了一些了。阿非和紅玉等候在進花園的大門口，原來紅玉和她的父母先來幫著招待賓客的。

阿非現在已經十六歲了，穿了洋服，確是英俊少年，生活的環境既快樂，又受著父母姊妹們的鍾愛，更顯得活潑伶俐溫雅了，不過還不脫孩子氣，總是靜不下來。紅玉則嫌厭這種帶頑皮性的動作，瞧見了阿非的舉止，未免頭痛，不過她和阿非站在一起，不知怎的，總覺得另有一種說不出的愉快情緒。她比阿非小一歲，在智識方面，似乎卻超越了阿非，而在她的芳心裏，已暗暗的萌生了一枝愛苗，愛上這個和她一起長大的表兄。她覺得他太孩子氣。但是她的愛他，並不因而稍減。

那是木蘭的主意，讓今天應宴的賓客們不走南面的大門，而從後門進來。主要的居室，都聚集於南面的入口處，漸漸向北展開，接著由一條人工開掘的池塘做前導，穿過走廊，跨過石橋，經過許多亭閣樓台而通至一個偌大的果園。另有許多小徑通入後園，但在西北角的一條，可以直視無阻的望入桃園，那裏還有一畦一畦的蔬菜和一口井，建築物的屋面則隱於樹枝的後面，時時從間隙裏顯露其塗丹的陽台和五彩的樑柱，與繁茂的綠葉適相對照。當你打從後門走進去，恰像到了鄉村田舍間，令人逸閒地漸次走近南面的建築物。這裏有扇小門，由木蘭的主意，替它改名爲「桃雲小憩」，因爲一到了小暮春，這園子中桃花盛開，紅白相間，宛如天際陣雲。

大家跟在祖母老太太後面，個個都放慢了腳步，老太太一面由石竹、雪華二人扶掖著。她現在已經是上了年紀的人，腰彎了，背脊蜷了，身體好像一天一天在縮短下去了，照她這樣的年紀，走這幾步路，還不能算慢呢。不過他們走在這園子裏果然也不用著急，四面桃花正盛放著，有野桃、有青桃、有水蜜桃，那各種不同的花朵，也還隔著梅樹、杏樹、林檎樹，個個探出了青綠的新芽了。

曾老太太說：「今年的春天來得好早，往年桃花都得在四月的下旬才開放呢。唔，我這才明白了這裏爲什麼要稱作『桃雲小憩』呢。」

「我在想，應該雲色像桃紅；現在卻是桃花像雲層呢。」曼妮說。

走過了果樹園，他們來到了一座八角形的友耕亭，它位於一彎溪水的盡端，沿著溪岸，由一條長長的遊廊通連著前面的建築物。亭下泊著一條小艇。老太太緩步行著，曾文樸夫婦和子媳們閒蕩著去瞧那豎在遊廊半邊的一方青石碑，那石碑上刻繪著《紅樓夢》二十四景。過去五六丈路，來了一條朱漆木橋，它在全部園景中，烘托出緊湊的效用。立在橋上一望，他們瞧見這一條小溪彎曲地通入一個小池塘，約莫四十尺見方，位於溪水南面，臨靠池邊，有一座四面環有欄杆座位的樓台，半身凸出於池水之中，上面嵌著一塊匾額，書有「環水台」三字。有幾個老嫗在這樓台上走動著，姚夫人便坐在那裏招待賓客。池塘兩面，掩蔭著紛披的樹木，那遊廊一段一段遮住了，使它時隱時現的接至樓台。

木蘭的父親走到遊廊下來迎接他們，他們就跟著他走上那樓台。它的佈局設計，分明是在隔池鑑賞鄉村景色，一面也供作少數人的消暑勝地。那樓台的南面隔板上，嵌著四幅十尺高的大理石版，上面鐫著董其昌的書法。幾張工細刻花的黑檀木桌子放在中央，一色景泰藍方形杯壺沖滿了熱騰騰的香茗，令人感到一種古風的優美興味。羅同的兒子已經離開了原來的主人，和翠霞帶了幾個老媽子來替賓客們上茶。珊姐和莫愁在裏面忙著指揮僕人，沒有在那裏。

木蘭的母親上前來，曾老太太向她道了喜。姚夫人的斑斑白髮和她的面部表情，顯出她現在是個神經衰疲了的婦人，不再有過度歡樂的興致了。曾老太太走了這一長段路，該歇一歇了，孫子孫媳們分別在陽台座位上坐了下來。

「瞧哪，瞧荷葉在撥動哩！」阿非嚷著說，「下面一定有魚呢。」

滴留著小水珠的荷葉浮在水面上，宛似一顆顆懸宕在天空中的滿月，在繁茂樹蔭的掩映下，尤見得深綠如碧玉。浮動的苔蘚簇擁在岸畔，把池水轉成黃綠色，池塘中央，青空的反映，與水色相融合，化成美麗的翠青色。

此時，莫愁出來招呼親戚，曾老太太說：「快到這裏來！好久沒有見面，你現在長得這樣高了。」莫愁文靜地走了過來，曾老太太捏住了她的手，叫她在自己的腿上坐下來，莫愁依了她的話，浮倚地偎靠上她的腿，卻不敢把全身重量壓到那麼老邁的太太身上。她現在已經是二十多歲發育完全的姑娘了，這樣的情景，多少使她有些窘態。那雙從稍覺見短的衣袖裏伸出來的豐滿雪白的手，確是抱小孩、捏繡花針、捧碗碟的模樣兒了，看了這一雙發育姑娘的美麗的手，足以充分顯示她準備做賢妻良母的日子近了。

曾老太太擎起皺了皮的手指，摸摸莫愁的面頰，她說：「這樣一個美麗的姑娘！可惜我的兒子沒有替我再添一個孫子，我真喜歡你，希望你來做我的孫媳婦呢。」引得旁邊個個人都笑了，直把莫愁羞得要覓地縫去鑽。

「要是桂姐在這裏，她一定要說老祖母越來越貪饞了，」曼妮岔口說：「難道嫁了一個女兒過來還不夠麼？」

老祖母回答說：「俗語不是有句話，說人越老越饞麼？可是相信我這副老眼睛，小姑娘生著這雙手，不論她嫁到哪一家去都會帶好運道去的呢。」

莫愁到底不能長久的坐在老太太膝蓋上裝著孩子氣的模樣兒，就站了起來。

曾夫人要向姚太太客氣一番，接著說：「老祖母不曾說得過分啊，像蘭兒那樣能替我分擔重擔的、年輕而能幹的媳婦真是難得，都要感謝姚太太的教導。此後家務都得交託到年輕的一輩裏去了。我的福氣總算好了，這都要謝謝媳婦的爸媽呢。」

「蘭兒倘能盡一些孝道，我這才放得下心。但是親家總得好好的管束她，休要放縱了她，放縱了才害了她呢。」木蘭的母親回答說。

木蘭說：「我想我們還是把桃雲小憩當作一個正常的入口處，」這一句話引起了姊妹倆的辯論。

「不行的！」莫愁說，「這樣你得多走一百多碼路才得走到住屋那邊。逢到了下雨，一路都是泥濘，多不方便。」

「咦，邊上另外有磚鋪的小路，」木蘭說。「而且一到了下雨天，那不是更覺得有趣了嗎？我們可以在門房裏多放幾件棕櫚蓑衣。就是南邊的那扇小門也開放著，倘使媽媽喜歡打那邊走的話。」所謂棕櫚蓑衣是由棕櫚樹下幹的包網皮做成的，編結了供作雨衣一樣的用途。

莫愁說：「我知道你又喜歡把這些漁夫用的雨具來罩在綢緞衣裳上，當然，那看來怪別致，又怪有趣的。」

「我倒也不是有意這樣想法。」木蘭說。

「你道我爲什麼叫她作狂想家，就是爲了她的這股老脾氣。」新亞說。

「這問題是在你是要以奢侈始而簡樸終呢，還是要以簡樸始而奢侈終。」阿非插進來說。

「一點也不錯，」莫愁說。「我很明白二姊的意思，她是要掩藏這個奢侈的生活而呈現一個簡樸的外貌。但是我們還是現出一個奢侈外貌而度著簡樸的內在生活要好得多。假使你讓人家一個個打從後園出入，那後園幽雅閒靜的氣氛就給破壞了。」

幾位老爺太太都默默的靜聽著小姑娘們的爭辯。姚思安覺得這一點上，莫愁的意思實比木蘭的來得深長。

木蘭還繼續的說下去：「我還是不明白。這個後門的進口，令人走向住屋去的時候，精神比較好，還可以眺望全部建築。只要我們有空間，讓我們盡量的利用空間。我們不要像貧苦人家，給人進門第一步，就一眼望到底。而且這空間你假使不利用它，會永遠找不著它的。」

說到這裏，新亞嚷道，「瞧啊！他們來了！」大家向橋邊一望，瞧見立夫和他母親和妹妹正從橋面走下遊廊來。阿非飛也似的奔過去招呼環兒，她現在是一個十八歲的姑娘了，裝束成當時的摩登女學生模樣。穿一件紅紫色圓角短衫、黑綢褲、高跟鞋。立夫挽著他媽媽的手臂，母子之間有一種至親的情愫存在著，這情景在姚家或曾家是見不到的。

立夫穿一件灰藍嗶嘰長衫。他走上前來先招呼了曾氏祖母和其餘的長輩，然後再來和新亞木蘭攀談。這兒他發現了難以置信的事實，一個婦人生幾個孩子，竟毫未減其春色，她的肌膚還是那麼嬌嫩，眼角還是那麼豐盈。立夫走近過來的時候，莫愁笑咪咪的走開了。那時風氣雖已變遷了，未婚夫婦已可見面，但年輕人還習慣於這種行動，總還感覺到侷促。莫愁天性倒不甚怕羞，她的儀態時常能保持端莊的神色，而立夫的不時到她家來拜訪坐談，她也久已不當一樁稀罕的事情看待，不過現在當那麼許多人面前，她總要保持一些舊式閨秀的色彩。

木蘭對立夫說：「我們正在辯論進花園的入口處所呢，你想想是從哪一個門口進來好些；是用南面的正門呢，還是你方才走進來的那條路？」

「誰在爭辯呢？」立夫問她。

「妹妹和我，」木蘭回答。

「別告訴他誰主張用哪一個進口，」新亞插進來說。

「喔，我知道了，」立夫說，「你主張打『桃雲小憩』進來，而她主張從大門進來。」

「真稀奇！」阿非說。

「那麼你的意見如何？」新亞問他。

「逢著下雨天，我贊成從大門進來，天氣好的時候，贊成從『桃雲小憩』那兒進來。」立夫說。

「可有人寧願晴天主張從大門進來，而下雨天主張用後門那一條路的？」阿非這樣發問，用來和木蘭開玩笑，紅玉大聲的笑出來，讚美阿非的慧黠。

「這是什麼意思？是不是要考考我？」立夫說，「當然不會有這樣癡的人的。」

「阿彌陀佛！」木蘭說。

「但是你說二姊贊成打從後門出入呢？」阿非又說。

「我說她贊成後門不論晴雨，卻不是下雨才用它。」木蘭滿足地笑了，莫愁贊許著立夫。

設計完美的後花園，總包含著一連串出人意料的巧妙佈局，使得每一個轉折，成一個激動的謎，每一個門戶，成一個神祕窟的入口。當時一行人走過一層板壁間的一個門口，突然覺察方才所站立的地方原來是個「海岬」，由板壁分隔成南北兩部分。南半部題名叫作「迷魂塔」，它的意匠設計是備作演劇的舞台用的，它的下面，大約低去五尺的所在，另有一片小場，以防演劇者偶或失足墮入水中。那條小溪彎彎的圍繞於這小岬的西邊，在這舞台前做東西橫流的約莫五十來尺長。

木蘭把暗香拉近了身旁，遙指池塘對岸的一座廳屋對她說：「那就是暗香齋。」

暗香把阿滿放在地上，站起來仔細瞧這不可信的東西；直至一行人走開去了，她還是出神地站著，穿過格子窗遙遙穿望那盛春陽光下的梅林。

「來吧，」木蘭終於輕輕地說了。「我們下次還會到這裏來的。」

暗香咬緊了牙唇抱起了孩子，跟著走了。走到了北半部，他們瞧見紅玉獨個兒站著，在遠遠地眺望，看她聚精會神，一點也沒有覺察別人走近。木蘭一時想到紅玉現在是十五歲，已經是長成的姑娘了，那邊原來是阿非和麗蓮在過橋那邊的一座亭子裏喁喁密談。

「他們在那裏幹什麼？」木蘭問紅玉。

「他說他要等牛先生，」紅玉說，「走吧，我們不用等他了。」

他們走上了兩邊夾著灌木叢的一條石鋪小徑，穿越了曲折的一群假山石，到了一間「自省室」，這是一間相當寬廣供作住居用的建築物，由青綠色的格子長花窗分隔起來，分成一間一間壁龕那樣的小凹室，稱爲「碧紗櫥」，這種碧紗櫥的性質，介乎大床榻與小房屋之間，用木格窗而由紗幕掩蔽住，冬暖而夏涼，牆壁上還砌出小櫥，用以安放日用東西，像床几之類，上面又放著茶壺茶杯、香爐、水煙筒等等。

在全部住居用的建物之中，這一間是居於最後進、最鄰近後花園的一間，它南面可以望見池塘全景，但因爲四面受樹木假山的圍繞，好像離群而獨立，不與該別墅的其他各部相連屬，在它的北面，有一條破卵小徑，由白牆隔開，牆裏頭有一個彎瓦砌成古錢形的圓口窗，只露出隔牆果樹假山石的些微形跡，一扇小小的瓶形門，開在東邊導入另一個四周圍住的院子，但是姚思安動議，他們還是向南轉彎到「暗香齋」去。

他們跨上幾步大石級，登上一座小山的山頂，那兒在平面上，豎立有一塊十二尺高的樹皮化石，化石的旁邊，有一棵松樹，低垂著枝葉，橫亙的衝過了一群山石和小樹，直抵那池水邊。建築物因爲行得太近了，只瞧得出它的弧形屋頂，不過西向而立，可以瞧見那塔形的舞台，凸出於池塘之中。附近有塊白石，上面鏤刻「映照紅暉」四字，它的意義是形容這是個欣賞落日晚景的好處所。大家瞧著的時候，只見一棵樹上飛出一隻捕魚鳥，掠過池塘水面，留下小波紋，擾亂了天空的雲影。

走下小丘，向西轉彎，進了一條有屋面的遊廊，這遊廊一面還具有橋的效用，因爲到這裏，小溪又折而南行，穿過遊廊的底下。這條狹隘遊廊，臨池的一面，裝配有花色玻璃窗，連通至一所寬廣廳堂，前面築有三十尺長的門廊，正對著那舞台，分明是供作王爺及眷屬的觀劇客座之用的。那牆壁築來只有離地二尺多高，上面的窗櫺是活落的，在演劇的時候可以卸下來。小岬上的舞台，給樹木掩蔽著，它的基礎立於岩石之下，看來真像水中伸出的一座怪塔，一塊書有「迷魂塔」三字的匾額，從這裏可以望得出。一條小石階又下降而達於水際。不過那兒只有一樣破壞美感而予人以俚俗之感的東西，那是立於舞台前面，池塘中央的一個泥塑仙童像，手中捏著一面橫匾，上面書有「吉祥如意」四字。

曾文樸說：「這倒是個好意思，隔水聽歌曲，提起不少興味了。」

正說話間，木蘭聽得有笑聲越水而來，那笑聲受著水的回響，現出激盪波動的調子。仔細一看，舞台的西面透出一條小艇的船頭，接著出現了阿非和麗蓮的綠色和緋紅的身影，他們正打著槳兒。綠水的波光映上他們的臉龐。麗蓮多麼愉快地笑著。

「多麼快活啊！」曾老太太讚美地嚷起來。

姚夫人卻說：「小孩子們玩水真不是好事情。當心哪！」她向他們呼嚷過去。

「沒有關係，」阿非嚷著回答。「這條船是新修理好了的。」

「我猜得出你正在等候牛家的人呢。」木蘭說。

「可是他們還沒有來哩，」阿非回答說，「等他們來了，我便請他們坐了船到前面去。」

他把小艇搖近門廊，紅玉高聲地呼喚他說：「二哥哥，你要當心啊。」

「我知道，我知道。」阿非笑著回答。

麗蓮說：「你們真不知道從這兒看過來景色多麼不同啊。你們真像立在塔頂上呢。」

姚思安說：「趕快回來接待客人吧。下次沒有大人同行，不許再弄這條船，這個池塘是很深的。」

那條遼闊的門廊和裏邊的客廳上都陳列著桌子和座位，當演劇之前或正演劇的時候，同時可以宴飲。

姚思安說：「我們倘使在這裏等候牛府的人，只請他們走到戲台邊就可以清楚地瞧見。而在那方面，他們卻不容易尋找到我們。」

這樣，大家就各就桌子邊坐了下來。姚思安神情很愉快，他轉臉向那班小夥子們說：「我來考考你們。你們瞧見我面前的景色。那條小溪圍繞於客座前間的西面，同時那小丘也在這一面圍繞著小溪。瞧誰能對出下面一句的最好的下聯：

曲水抱山山抱水。」

這一個下聯是相當難對的。因爲上聯中有三字重複，而意義必須貼切眼前的景色，而聲韻又須與之對照。青年人中愛蓮和麗蓮因爲在教會學校裏念書，完全不懂這玩意兒，就是阿非，也沒有學過怎樣對對聯的方法。這是學習作詩的一種基本訓練，開始的時期是很早的。阿非和麗蓮也還在外邊沒有進來，所以參加的只有立夫、姚氏姊妹倆和曾氏弟兄倆。

立夫第一個對上去，說：

「池魚穿影影穿魚。」

「立夫是個貪饞漢，」木蘭說。

「爲什麼？」

「因爲你用這個穿字，你要把魚兒穿起來帶回家去烹煮了吃的。」

珊姐說：「你自己才是貪饞呢，誰會想到吃魚呢？」

大家又想了一想，莫愁說：「你可以拿那穿字換個巢字上去：

池魚巢影影巢魚。」

「好！」木蘭讚著說：「這裏來了一位一字師了。」這一字師的出典是古時有個詩人，把別人的一首詩改了一個字，遂生色了不少，被改者本人也佩服讚歎不已。「但是你也可以說：

池魚巢樹樹巢魚。」

「又來了你的二字師了，立夫弟弟，」珊姐說。她見了立夫總喜歡跟他開開玩笑的。

「這不行，」莫愁說。

「但是，你想想可是不是？」木蘭說。「池魚隱宿在樹影裏，看來不是老像巢宿在樹枝上麼？」

「原來你時常做狂想，因而竭力的想出這種危險的想像，」莫愁說。

木蘭乃念出了她自己的一聯道：

「鳥歌鳴樹樹鳴歌。」

「好，」姚思安說。「上聯寫了色，下聯寫了聲。」

曾文樸也贊許地笑笑，因為他自己也喜歡這樣的文字遊戲。乃轉面對自己的兒子說：「你們二人就準備在蘭兒面前服輸嗎？」

新亞說：「有了她們在這裏，我們費力也不中用的。」

襟亞拚命的在想以畫作夜以夜作畫的意思，他說：「可惜我不能構成完全的一聯。

通宵達旦……」

而用達字再接下面三字「旦達宵」分明是不行的。

莫愁乃說：「且看這一句怎麼樣？——

白雲掩塔塔掩雲。」

「這一句也不弱，」姚思安說。「上聯橫的描寫景色，下聯縱的描寫景色。但是它還不很貼切；要描寫塔踞山上的景色比較的好。」

莫愁解釋道：「爸爸，你不瞧見水中的反映嗎？水中的白雲不是給塔影掩住了嗎？」

紅玉緘默了好久，拚命的在搜索她自己的聯句。她雖同樣在教會學校裏念書，由於個性與天才之所適，對於中文就很用功。

「我不知道這一句可行不行，」她說。她的對聯是——

閒人觀伶伶觀人。

「這位是誰？」曾老太太驚賞此非凡之才，大聲詢問起來。

「她是我的內姪女，」姚思安說，「她還只有十五歲哩。好！」

無疑地紅玉已奪得了魁榜，她的父親自然十分得意。這一句聯句，不獨以其自然流利不假雕琢勝，抑且很貼切目前現場的情景，而在它的背後，還隱涵著一種偉大的哲理，即他們自己一方面雖爲觀賞劇藝的座上客，另一方面，他們在這世界舞台上，自身亦爲劇中人，反被隔水的演劇人所觀看。所以後來姚思安把紅玉的一句配上去刻成木質楹聯，懸掛於暗香齋中。

不意此時卻見阿非走上戲台，麗蓮在後面跟著。忽然阿非昂奮地隔水呼嚷過來說：「喂，外面有賣拳藝的人來哩，我們喚他們進來玩玩好不好？」

「一個姑娘和一個男子。那是再好玩沒有的！」麗蓮也嚷著說。

姚思安問曾老太太，她可要瞧瞧這表演。曾老太太說：「爲什麼不要呢？我是瞧見過這玩意兒的，可是孩子們都喜歡瞧瞧呢。」

姚思安答允了，賣藝人馬上從裏門外的舞台上走了出來。原來是兩個山東孩子，一個小姑娘，約莫十三歲，她的弟弟，約莫八歲，由他們的父母陪著。這些本來是街頭賣藝人，沿街表演技藝，賴以賺幾個銅板。他們的母親纏著一雙奇醜的足，齊腳踝骨紮緊了褲腳管，她的背上還背著一個嬰孩。他們的父親一手提一個小梯子，一手提一隻手鼓，那姑娘穿一件闊袖紫色舊短襖，這式樣在十年前早已過時了。她的足雖已纏小了的，可是行動卻很敏捷。她的臉蛋兒則塗得煊紅。

大家正隔水注視的時候，瞧見阿非和麗蓮卻和這班賣藝人談得很熱烈，曾夫人說：「現在時髦的女學生是不怕陌生人的了。」

紅玉默不作聲的靜聽這個批評。紅玉和麗蓮現在同在一所教會女學校裏念書，這學校是以教授英語著稱的。曾文樸雖抱著私見的反對基督教和其他一切外國事物，但是在這一點上他到底屈服了，終於把他的女兒送進了教會學校。因爲官立學校，由於思想的混亂，規律失墮，而在教會學校中，學生至少被教以敬師之道。至於曾夫人倒能比她的丈夫對於時代潮流具有較優的理解，寧願她的女兒和其他時髦姑娘一樣的時髦。不過一進這樣的學校，中文自然要被疏忽的。然而紅玉與麗蓮之間，自有其基本的不同。紅玉在內心上仍然留著舊式家庭型的怕羞姑娘的跡象，麗蓮則安然習慣現代風尙，有如魚之於水。

這表演開場先來一個古代喜劇型的鄉村舞蹈。由父親擊鼓，一家四人分成兩組，對面而立。那是一曲短歌，伴以合節奏的動作，時而那婦人組前進，時而那男子組前進，同時以手指婦人，口中合唱著：

得——兒——兒——兒——啦——嗒　飄一飄

得——兒——兒——兒——啦——嗒　飄一飄

這調子倘有良好的合唱，那一定是一支很美麗的小曲；不過它的動人之處，還是大體仰仗在滑稽的效果上。那母女們的搔頭弄姿，父子倆的冶蕩挑情，沒有多大意義。可是那小姑娘和她小弟弟的天真聲調，卻是很美妙而愉快，在陽春的天氣更嘹亮地回響著。

那小曲終了之後，手鼓開始擊動起來，那小姑娘出場跳到戲台下面的那塊小場地上，開始用三把小尖刀接續的向上空拋擲，很敏捷的隨接隨擲。這塊小場地約莫五尺闊，不過從對面的看客看來，這小姑娘好像站在池塘的邊際，大家都替她擔心。姑娘的目光，目不轉睛地仰天注視著空中的尖刀，而她鎮定地接送尖刀，看來毫無難事。

當她住手的時候，個個人拍手喝采，那姑娘聽到了采聲，帶笑的退場了。接著，她的父親出場，向對面的觀眾一鞠躬。他指指面前的水，說要顯顯本領。提起那條小扶梯，安定地頂住在頭頂上，隨即緩緩屈膝蹲下去，那小孩子便準備爬登上去。

「使不得呀！」紅玉呼嚷起來了。

「不要害怕，」那變戲法的隔水回答，身體毫不移動，他說：「倘使各位老爺太太瞧得起，請多賞一些賞錢。」他的喉嚨緊張而聲音強大。

說罷，那孩子動手向上爬，伶俐敏捷地爬到了梯頂。兩腿夾住小梯，他又擎起雙手攀住那塔的屋面。隔岸婦人們無不慌急得屏住了氣息，那孩子卻橫轉身子在梯級之間順次前後穿越而下，一眨眼又把他的身子倒豎了起來。這算不得怎樣特殊的技巧，因爲小孩子的體格小，體量又輕，不過看來總是緊張的。正在這樣表演中，那孩子的雙足觸及屋面下的格子板，那身子遂被拋擲出去，他的父親卻不慌不忙，把頭頂上的梯子擲開，把孩子雙手接住，動作迅疾如電。不待看客們來得及捏把冷汗，那孩子早已立定在地面上。那父親又鞠了一個躬，觀眾們又拍手喝采。姚思安差傭人去賞一塊錢給那孩子，曾老太太受著感動，也吩咐她的丫鬟去賞了一塊錢，還歎著說：做窮人家的孩子才是不容易呢！

木蘭一手抱了阿通阿滿坐在腿上，聚精會神的瞧著。當表演完畢以後，她突然發覺屋子裏不見了暗香，趕快到外面去尋她的時候，瞧見她正獨個兒坐在花園內客廳南面一棵梅樹下的一條石凳上。暗香生來瘦小，穿著一身桃紅色衣裳，坐著正在仰視翠綠的樹枝，太陽光照著一條條枝影在她面上，她的髮辮歪垂在半邊。她好像在想什麼。

「你在這兒幹嗎，連那表演也不要看了？暗香！」木蘭問她。

暗香敏捷地以指尖拭拭眼睛，抬起頭來，開懷地笑著，木蘭從未見她這樣痛快地笑過，她說：「喔，我坐在這裏正在想事情呢。」

「我知道你在想的是什麼，」木蘭說，「便是王爺花園中的暗香齋。你可曾瞧見那兒頂上的一塊匾額？你念得出你自己的名字嗎？」

「認得的，但是最末一個是什麼字？」

「這是個齋字！」

「那看來好像一隻湯鍋蓋在頂上，瓦爐放在下面，當中放一塊麵包片。」

木蘭笑起來。「或許那是前世替你造的。或許你前世是此地的小主人，謀殺了一個丫鬟，這才使你今世受幾年的苦。」

暗香聽了很快活，淚珠卻意外地從她臉上滾落。「好，那些事情現在過去了！」她說。

「暗香——靜芳——冷香——溫香——」木蘭說，「這些都是很美麗的名字，你現在可覺得快活嗎？」

「喔，這多得謝謝奶奶，倘沒有你奶奶，我真不知道有今日的一天哩。」

「那也不是我，」木蘭說，「那是你的運氣才把你送到這裏來。我可曾預料得到爸爸購買這個花園嗎？你不能再想下去了，否則你將越弄越迷惑的。和我從前孩子時代走失的時候一樣，你一定也有著什麼保祐著你的呢。」

「奶奶，」暗香說著，咽住了。

「什麼事情？」

暗香皺皺眉頭，注視木蘭的臉，說：「我願意終身的侍候你。」

「怎樣呢？」

「像錦兒那樣。」

「喔！」木蘭說。

木蘭心中早已有了一種主意，要把暗香嫁給她丈夫做側室。木蘭本來是個摩登的姑娘，她自然具有反對纏足和娶妾制度等等的時代思想，但是此等思想是無形中的抽象思想，在她眼前的環境上是不適用的。替丈夫娶個妾，倒比較能打動她的心坎。一個妻子而沒有一個美麗得力的妾，譬如孤零零的皇太子。正房妻子的地位，必須有了第二夫人的存在，反而提高了起來，好似總統的地位，因爲有了兩位副總統，益見其增高身價一樣。

「一個妻子沒有一個妾，有如花瓶中插一朵鮮花而沒有綠葉的陪襯。」木蘭有一次這樣的對新亞說。

「狂想家，我想你是個摩登的女學生呵，」新亞曾這樣回答。

這思想或許可以稱爲木蘭的許多狂想中之一。新亞覺得她需要一個助理的妻子，一如她的喜歡貴族的奢侈品和玉雕禽獸。同時她具有一種熾烈的交友能力，一種親暱的、不求形式而與人共憂樂的友誼。她的愛美心非常篤摯，就是別的女人而具有美質，她亦必愛她。有些思想，在社會方面是不合體的，而從藝術的眼光看來是風雅的。讀者諸君，假使你願意的話，盡可以稱木蘭爲不道德者。此等事情，不能以道德家替我們定下來的規律來衡量的。

新亞是喜愛女色的，她知道。新亞有時從友人處應酬了花酒回來，常把他所瞧見的妓女怎樣怎樣講給木蘭聽，木蘭聽了，倒比他自己更起勁兒，更感覺有味。他因此叫她「戇大」，但也就這樣更喜歡她。他之所以喜歡她，無疑地是由於她對於他的喝花酒採取放任態度的緣故。

有著桂姑做全美的現成榜樣，木蘭所以和曾夫人一樣很舒泰的保持妻子的地位。她的地位絕不會有危險，尤其像暗香那樣的姑娘。當時暗香說了情願終身的侍候木蘭，木蘭心中認爲這是她願意做她丈夫的小老婆的表示。所以當暗香說「像錦兒一樣」的時候，她只說了一個「喔！」這裏頭含著失望的意思，此外一句話也說不下去。

木蘭和暗香及阿滿站住了正瞧著一個直徑三四尺的大金魚缸，裏頭儲養有幾尾大金魚，轉眼瞧見曼妮抱了她的兒子走過來。

曼妮說：「喔，你們主僕二人避開了旁人，卻在這裏自得其樂。」

「這是什麼話，我沒有把我的身子掩藏起來過。」木蘭說。

「牛家已經來了，」曼妮說，「我特地跑開了迴避牛先生的。他們的孩子也都來了，還有他們的夫人和如夫人。」

「鶯鶯麼？她的模樣兒怎樣？」木蘭問。

「她自然很時髦，梳著新式的髮髻，身上穿著外國式春裝。腳上穿著外國式靴子。活像新式上海女人的圖樣。進了屋子，她穿一件淡紅馬甲，左肩上插一朵芍藥花。最滑稽的是她和懷玉手挽著手兒走進來，儼然一對摩登夫婦，而他的妻子反而挈了孩子跟在後面。我有一些事情要告訴你。她時常喜歡這一套，我恨透了她這種行爲。」

「誰？」

「素雲。當鶯鶯進來的時候，當然由素雲來替她介紹親戚，當她介紹到我的母親的時候，她說：『這是我的鄉下叔母。』這句話倘使換了你說，我就不介意，但是她講這話就不行。我想她仍然懷恨著今天早上的事情。」

「這未免太過分了，」木蘭說，「這是說說玩笑也還太粗呢。你等一等，我去對付她。」

木蘭一心急於要去瞧鶯鶯，就和曼妮到一間邊屋裏，從一扇梅花窗格子，向外注視著。瞧著牛家一家走近過來，男人和女人機械地分開去了，懷玉和曾文樸、姚思安以及襟亞在外邊。立夫和新亞站在一個轉角正在談話。在裏邊，女人們坐在一起，姚夫人和懷玉的妻子談話，四個孩子環繞於懷玉妻子的跟前，莫愁則正在和孩子們談話。

有了鶯鶯在座，她是一度為紅妓女，現在做人家小老婆的，使得各個女人都感覺到不自在，因為良家婦女對於這一類女子具有天生的厭惡心理。同時，她們還很好奇的在觀看她到底是怎麼一個樣子的。

鶯鶯和素雲一塊坐著，那分明是一個富於魅力的婦人，生來既肉感又白皙而活潑，她的青春的嫵媚，有了肩頭上一朵芍藥花而益增其活力。她的態度非常從容，一點也不覺得自身與良家婦女之間有何差別，或有任何做作，說來奇怪，她敷施胭脂倒並不怎樣深濃，不過說話時慣於揮動那一條深紫色的綢手帕，顯露出了她妓女的出身。而她的坐相，慣於寬寬的分叉雙足，絕非良家婦女的型式。她雖說是個側室，卻和一般時髦的正房妻子一樣，穿著時式的裙子。她的一件淡紅短衫，有著高高的領頭，而一雙緊緊的短袖，只齊到臂彎，露出她那肥白柔嫩的手臂。在她的手指上，木蘭瞧見她戴著閃光的四克拉鑽戒。她的身旁，坐著懷玉的妻子，由於生育過多，顯得又瘦又弱，看去好比一幅褪了色的古畫，而她的腹部，看去好像又已懷了身孕。一面鶯鶯在從容談話揮動著紫手帕，充滿了舒適歡娛的神色，而那妻子，看去好像是受了死刑宣判的、默默挨苦的動物。

牛氏孩子們好像都環繞著自己的母親，而很疑忌地注視著他們父親的新姨太太。素雲叫他們過來一個，那孿生弟兄裏頭遂走過來了一個。

鶯鶯伸出了手興奮地說：「到我這邊來吧。」那孩子見了她的表情，倒驚嚇得退縮了過去。但是，鶯鶯硬把他拖了過來，摟入懷裏，鶯鶯滿想和這個四歲的孩子玩玩，可是他的孿生兄弟喚了他一聲，他一個脫身溜回了他母親的身邊，於是鶯鶯突然的站了起來，走到她丈夫懷玉的身邊，懷玉充作時髦，馬上離座來接她，曾文樸和姚思安卻兀然坐著不動。鶯鶯和懷玉二人仍走到窗口邊一同站著閒眺流水。懷玉又掏出一支香煙授給她，替她擦好火柴，她掮起手臂，環擱上他的肩頭。

曼妮低低的向木蘭耳語說：「真的，她簡直是不怕羞恥的。她做的事情我們簡直是不敢做的。」說著，她們走到那邊太太們坐的一間。曾老太太瞧見了暗香，指指她問木蘭說：「蘭兒，這個美麗姑娘是誰，是你的朋友麼？」

「咦，祖母，她就是暗香呀！」木蘭說。

「喔，我現在是老糊塗了，」曾老太太說，「我現在記不起人。她穿得那麼美麗，真像一個官家的小姐呢。」

這幾句話聽得暗香很高興，不啻增強了她的自信，從這一天以後，木蘭瞧見她的精神安頓下來了，有時也能熱烈的笑笑了。

賓客上筵席就座的時候，男客們走在前面，女客還得等候著曾老太太做領導。

「阿善，和我一同走，」老太太呼著她的長曾孫，於是一手扶住了阿善肩膀，一手擱在石竹身上，舒緩地走動著。木蘭瞧著環兒扶掖住了她的母親，覺得沒有第二個婦人可以更比立夫的母親來得真心的快樂了。相比之下，她自己的母親，雖有莫愁襄助，看去好似一個窮愁老婦，不像是個皇族花園的女主人。她的精神這樣的頹喪，已和以前完全不同了。

沿著一條大石磚鋪的道路，那兒兩面植著高大的樹木，春天的空氣中充滿了菜花香息，走到了排宴的大廳。

這座大廳是一所約莫五丈寬三丈深的半舊建築物，前面挺立著巨大的紅漆木柱以及二丈來高的大門，它的頂上是塗著綠漆的細工格子。一方橫匾額書著「忠敏堂」三字掛在那上面，忠敏二字顯然是這皇族的一個祖先的諡號。廳的前面是遼闊的石鋪院庭，西邊有一隻石龜鐫著一方石碑。石碑頂部刻有遊龍兩條；上面記載著那親王的功績係由皇帝欽頒。院庭之前有兩座芍藥花壇，靜靜地煦育於陽光之下。

男客們正在細看石碑碑文的時候，新亞和立夫走過來，伴著素丹的哥哥素同，他現在和姚家已經很熟了的。素同是一個西醫，中文根柢極淺，石碑上也認不出幾個字。他穿著西裝，體格很結實，人形雖矮，而方肩闊背，說話時一口沉著響亮的聲浪。立夫見他只在觀看那石龜，而不在觀看碑文，又用手中的手杖輕輕撞擊那石龜頭。他生性沉默，卻是目光銳敏。立夫是很喜歡他的。

看了一回碑文，懷玉轉面問姚思安說：「三令嬡幾時出閣？」

「或許今年秋季，」姚思安回答。立夫已經畢業了兩年，現在正過著他的教員生活，因爲他主張要在結婚之前，先積蓄些自己的錢。姚思安固不反對這個主張，姚太太卻希望讓莫愁住在身邊越久越好。

懷玉乃對立夫說：「恭喜恭喜！你的事情我都知道了。贊成贊成，你要替國家幹一番大事業出來哩。」立夫給他這樣說了，未免發窘，可是懷玉還滔滔不絕的說下去：「國家現在正當用人之際，便需要像你這種人才。現在有那麼許多事業待人去做：推廣教育、發展實業、建立大學、改造社會、刷新政治、推行民主主義。哪一方面不需要人才呢？」

立夫感覺到這些動人的言辭，一似大學開學典禮席上一般政客的演說辭，他是很熟悉了的。什麼「改造社會」「刷新政治」，不過是一般政客舌尖上翻滾的空洞客套語，激起立夫內心激烈的反感。然而他表面上只回答了幾句客氣的話。

酒筵排開了四張桌子，由曾老太太坐了首位，曾夫人坐了第二位，一桌男人桌上由曾文樸坐了首位，牛懷玉坐於其次，第三桌上多坐年輕姑娘，由曼妮母親坐了首位，懷玉的妻子和素雲順次坐在一邊，鶯鶯則坐在素雲的下首，這樣來表明正房妻子的地位。其他各人則隨意坐著，立夫新亞襟亞坐在老年人一桌上，立夫的妹妹環兒和莫愁並肩坐在老祖母桌上，木蘭紅玉則與幾個年輕女人同桌。由馮舅舅、木蘭、莫愁、珊姐分坐在四桌的末座，恭恭敬敬的擔任招待職務，替賓客們斟酒。

木蘭在她一桌上居於主人的地位，發起向曼妮母親舉杯祝飲。曼妮母親的被邀坐在上座，乃根據她的年事已高，曼妮就坐在母親的下面，與懷玉夫人、素雲和鶯鶯對座，曼妮的母親在就座之先，推辭了好久，她堅說應該讓懷玉夫人坐在上位。「我們是天天見面的，」孫太太說，「牛太太今天應該是客氣的貴賓呢。」但是她到底受了尊老習慣的支配，懷玉的妻子年紀簡直要比她輕上一代呢。

「這一杯敬祝孫孀母，」木蘭說。

「先向牛奶奶乾杯，蘭兒，」曼妮母親說。

「那不行，」木蘭回答。「第一，你應該長一輩。你的經歷比我們多得多。第二，你在這裏代表了祖母老太太的家屬。怠慢了孫孀母就是怠慢祖母老太太。任憑旁人怎樣說，卻不願讓人家說姚家的女兒不懂禮。」木蘭站起來飲這祝飲杯。素雲冷冷地坐著，心上明白這一針是對著她刺的。

宴飲時，木蘭想跟鶯鶯搭訕談談話。坐得近了，覺得她的容貌比了在距離較遠的地方觀察起來更要顯得美麗。木蘭乃提起紅玉的那句對句，然後把方才比賽對聯的那番韻事講給鶯鶯和懷玉的妻子聽。那是她們還沒有到時的情形。

鶯鶯生來是北方型的高個子，她的聲浪含著豐盈成熟的氣質。「我也能夠想一句出來，」她說：

「變雲為雨雨為雲。」

「雲雨」這兩個字，原來是一種描寫「性交」的婉轉說法。這種輕薄的韻語在妓院中說說固無妨，在眼前這一群人面前，卻說不得，那簡直可以認作一種侮辱。紅玉和木蘭明白這兩個字的意義，紅玉甚至泛紅了雙頰，木蘭只能呆呆地望著她，一句話也說不出。

「這有什麼關係？」鶯鶯豪爽地說，「我們現在生活在摩登的時代。」

但是沒有一個人接上嘴來。鶯鶯至此，認識自己暴露了修養上的缺點了。

在男桌上，懷玉一個人在高談闊論，講那信仰這個時代世界的人的興味。但是這個被信仰的世界，大體上是個政治的世界。那是一個適於生活的好世界。不錯，那兒有袁世凱的暗殺宋教仁案，但這不過為高等政策上不得已的舉動。議會已經解散了，但是議員都是豬仔，很容易賄買的，現在所需要的是一個強盛廉潔的政府。去年二月間憲法的頒布尤為好事情，這是共和政體的礎石。內閣總理有辭職的可能。內閣的更迭，其責任倘能只由總統來負擔，當能造成更強大的政府。不錯，有了三百五十萬元便不難實行新的煤油統制政策。端午節關需要五千萬元新公債（立夫在想，沒有一件政治祕密他不知道，沒有一個政府大員他不認識）。

賓客們就在一道一道政治大菜下吃完了筵席，第一道進的是投資三百五十萬元的煤油統制政策，接著第二道是五十萬新公債來幫助眾賓客渡過這端午節關。懷玉一面談論，一面大聲地咳著吐痰，以肅清喉管，以致幾桌婦女席上屢屢停止說話，一如大家來恭聽他的政治大祕密。僕人們也只當現在正在伺候著內閣閣員的宴會。只有祖母老太太沒有忘記稱讚一聲魚和鵝脂捲烹調的得法，滋味實在鮮美！

宴飲臨終，立夫已經煩到無法忍受的地步。懷玉先說：「我們一定要大家聯合起來擁護我們的行政元首，藉以效忠我們的國家。」

「我不願效忠我們的國家。」立夫粗厲地說。

懷玉簡直吃了一驚。這樣一個思想真是不可解的。立夫的插嘴完全出乎意料的突如其來，致使他呆了半晌，才繼續的說：「我們的行政元首，老袁，假使當初的皇帝是他，而不是滿洲人，早就把這個國家治理得井井有條了。假使他早生了二十年，他也許做了皇帝了，就能把國家推上進步自由的大道。」

「他現在或許還想做皇帝，致會把這個民國弄得壽終正寢。」立夫說。

那時的空氣確已充滿了緊張急迫的氣氛，那雖然是一九一四年的事情，但當時早已盛傳袁世凱將推翻民國，登極稱帝。沒有一個人敢把這謠傳公開地談論，就是他最強有力的擁護者也不敢，立夫是個強硬的民主主義者，聽了懷玉正講「擁護我們偉大的行政元首」，立夫早就感覺到他的準備成為帝制擁護人，只在等候時機的成熟。

立夫說了這句話之後，姚思安站起來，他把椅子向後移動一下，說：「今天承各位的光臨，非常榮幸，謝謝各位。」因此把立夫懷玉的爭辯打斷了，也就結束了。

賓客們站了起來。立夫的臉龐激怒得通紅。木蘭走上去對他微微笑。莫愁也走上去靠近了他的身子，低低地向他說：「你爲什麼要對他說這幾句話？」

立夫說：「我委實忍不住了。」

請續看《京華煙雲》下冊

林語堂作品精選：1

京華煙雲(上)【經典新版】

作者： 林語堂
發行人：陳曉林
出版所：風雲時代出版股份有限公司
地址：10576台北市民生東路五段178號7樓之3
電話：(02) 2756-0949
傳真：(02) 2765-3799
執行主編：劉宇青
美術設計：吳宗潔
業務總監：張瑋鳳

初版四刷：2024年6月
ISBN：978-986-352-500-4

風雲書網：http://www.eastbooks.com.tw
官方部落格：http://eastbooks.pixnet.net/blog
Facebook：http://www.facebook.com/h7560949
E-mail：h7560949@ms15.hinet.net
劃撥帳號：12043291
戶名：風雲時代出版股份有限公司

風雲發行所：33373桃園市龜山區公西村2鄰復興街304巷96號
電話：(03) 318-1378
傳真：(03) 318-1378
法律顧問：永然法律事務所 李永然律師
北辰著作權事務所 蕭雄淋律師

行政院新聞局局版台業字第3595號 營利事業統一編號22759935

定價：350元

國家圖書館出版品預行編目資料

林語堂作品精選：1 京華煙雲(上) 經典新版 / 林語堂著. -- 初版. -- 臺北市：風雲時代, 2017.08 面； 公分

ISBN 978-986-352-500-4（上冊：平裝）

857.7 106012278